译文纪实

The Loudest Voice in the Room
How the Brilliant, Bombastic Roger Ailes
Built Fox News and Divided a Country

[美]加布里埃尔·谢尔曼 著 徐晓丽 译

福克斯新闻大亨

上海译文出版社

献给我的父母亲

"每个机构都是一个人拉长了的身影。"[1]

——拉尔夫·沃尔多·爱默生

"电视很少,甚至从不,完整地讲述故事。"[2]

——罗杰·艾尔斯

① Ralph Waldo Emerson in his essay "Self-Reliance."
② Roger Ailes, Candidate+Money+Media=Votes(transcript of speech), Town Hall of California, June 8, 1971, Nixon Presidential Library and Museum.

目 录

致读者 …………………………………………… 001
前言 "世界上最有权势的人" ………………… 001

第一幕 …………………………………………… 001
    一、"跳啊罗杰，跳" ………………………… 003
    二、"你可以用你的方式搞定一切" ………… 025
    三、费城故事 ………………………………… 045

第二幕 …………………………………………… 063
    四、推销把戏 ………………………………… 065
    五、REA 制作公司 …………………………… 086
    六、一个新舞台 ……………………………… 113
    七、思维模式的革命 ………………………… 141
    八、冒险的策略 ……………………………… 164

第三幕 …………………………………………… 205
    九、美国访谈 ………………………………… 207
    十、"一个极其危险的男人" ………………… 233

十一、澳大利亚人和美国中西部人 …………… 252
　　十二、10月的惊喜 …………………………… 275
　　十三、趣味相投的朋友 ………………………… 301

第四幕 ……………………………………………… 325
　　十四、反克林顿的新闻网 ……………………… 327
　　十五、开票 …………………………………… 358
　　十六、"圣战" ………………………………… 379
　　十七、无法估量的困境 ………………………… 393
　　十八、"你打算用这些权力做什么呢？" ……… 419

第五幕 ……………………………………………… 453
　　十九、找寻新人手 …………………………… 455
　　二十、东山再起 ……………………………… 482
　　二十一、主街的麻烦 ………………………… 508
　　二十二、最后一场竞选活动 ………………… 543

后记 ………………………………………………… 583
致谢 ………………………………………………… 601
精选参考文献 ……………………………………… 605

致读者

2016年11月8日，美国人民前往各投票站，推选唐纳德·J.特朗普出任第45届美国总统。在差不多每一位媒体从业人员看来，特朗普对希拉里·克林顿的这场胜利无异于一个黑天鹅事件——几乎没有人预见到会有如此反常的结果。就在选举日当天，根据《纽约时报》的计算，特朗普只有9%的胜算。而《赫芬顿邮报》给出的特朗普的概率仅为2%。似乎没人相信选民们会去推选一个谎话连篇、种族歧视、厌女、自夸抓女人下体而且喜欢在电视的黄金档炒人鱿鱼的电视真人秀明星。是怎样一种文化导致数百万人做出如此明显的自杀式选举行为的呢？

希望这本书可以就此提供一些答案。也许，没有人的一生比罗杰·艾尔斯的更能清楚地解释我们最终选出特朗普总统这一结局。在其超过50年的不同凡响的职业生涯里，作为一个电视制作人、共和党政治战略家以及福克斯新闻的创始人兼董事会主席，艾尔斯是他这一代人中在娱乐和政治的融合方面最有作为的一个，而这种融合也成为一股强大的力量在2016年被特朗普利用。在理查德·尼克松1968年的总统竞选中，艾尔斯通过富有开拓性的工作展示了日间电视制作的技术如何能够重新塑造一位政治家的形象。在1970年代和1980年代，艾尔斯就像在政界单打独斗的政治活动家，利用种族和阶级怨恨接二连三地猛击他的民主党对手。在福克斯新闻，艾尔斯完成了右翼提出的针对在战后制定整个国家议程的东部沿海媒体的去合法化的要求。

福克斯新闻在推动特朗普的崛起过程中发挥了至关重要的作用。艾尔斯和特朗普于1980年代结识，当特朗普决定涉足政坛时，艾尔斯出手相助。自 2011 年起，艾尔斯在《福克斯和朋友们》这个早间谈话节目中给特朗普安排了每周一次的现场电话采访，通过这个节目，特朗普首次向共和党选民推销了自己。特朗普这位拥有三段婚史的来自纽约的共和党人，采纳了艾尔斯的分裂保守主义政治。在特朗普启动竞选活动后，艾尔斯除了在战略层面出谋划策之外，还为共和党全国代表大会的具体计划提供帮助。福克斯的新闻主播肖恩·汉尼提成为媒体人中特朗普最大的支持者。2016 年 7 月，艾尔斯因被二十多位女性提起性骚扰指控而被迫退出福克斯集团，转而成为特朗普竞选团队的顾问。

当这本书在 2014 年第一次出版的时候，一些读者认为我对艾尔斯的影响力言过其实了。艾尔斯曾是美国收视率最高的有线新闻网的掌门人——福克斯的观众人数通常超过 CNN 和 MSNBC 这两家加起来的观众人数——但他两次阻止巴拉克·奥巴马当选均以失败告终。艾萨克·乔丁纳（Isaac Chotiner）在网络杂志 Slate 上这样写道："艾尔斯的确彻底改变了电视新闻，但赢得多少受众和赢得白宫这两者之间还相距甚远。"像唐纳德·特朗普这样完全不够格、不受欢迎而且明显情绪不稳定的候选人居然赢得了总统职位，就是艾尔斯对美国文化影响力的证明。福克斯新闻让恶毒攻击和阴谋论成了一种常态，以至于福克斯现已成为主流。保守党正转向布赖特巴特[①]，而该机构的执行主席史蒂夫·班农被任命为特朗普的白宫首席战略师。我根本没有高估艾尔斯的能力，事实证明，我反而可能低估了。

加布里埃尔·谢尔曼
2016 年 11 月 14 日于纽约市

---

① Breitbart，一个极右翼的新闻网站。——译者

前言　"世界上最有权势的人"

2011年12月7日晚上，罗杰·艾尔斯发现自己在敌人的地盘上：他在奥巴马政府于白宫东厅举行的晚宴上跟记者们打着招呼交谈着。① 作为福克斯新闻的董事会主席兼首席执行官，艾尔斯实际上是美国最强大的反对派人物，有大批共和党人在他手下工作。晚宴上到处都是来自东海岸的新闻主播、毕业于常春藤名校新闻专业的记者以及民主党人士——艾尔斯借助对他们的攻击建立起了自己的职业生涯，他相信他们对他也是如此。尽管艾尔斯在华盛顿特区和纽约市生活了四十多年，他觉得自己还是那个来自名不见经传的州的某个小镇的争强好斗之人，一切都是靠自己不断打拼得来。当一位记者问他，他的那些对手是怎么看他的时候，他回答："我差不多可以挑这几个词给你：偏执、右翼分子、大胖子。"②

但罗杰·艾尔斯相信美国机构的重要性以及总统地位的神圣性，这也是为什么他会带上自己11岁的儿子扎克瑞一起去见总统。而艾尔斯对白宫早已是轻车熟路。当他还是个28岁的电视顾问时就一直去那里，去帮助理查德·尼克松改掉其强硬、严厉的形象，使其在电视上看起来是一个更温暖、亲切的总统。

艾尔斯和尼克松1968年的1月在费城相识。当时即将开始总统连任竞选活动的尼克松，到费城参加《迈克·道格拉斯秀》这档美国各地有700万家庭主妇收看的午后综艺节目。作为这档节目的执行制片人，艾尔斯对媒体影响力的理解是这位政客所不具备的。"一个人得借助这样的把戏才能当选，真是太遗憾了。"尼克松在镜头外对艾尔斯说。③ "电视可不是什么把戏，"艾尔斯反驳道，"如果你有这样的想法，你会再次败北。"艾尔斯帮助重新塑造了尼克松，而尼克松反过来也重新塑造了艾尔斯。"我从来没有过什么政治思想,"艾尔斯回忆道,"直到他们邀请我加入理查德·尼克松的总统竞选活动。"④ 他汲取了尼克松的世界观,学着如何与众多在1960年代的动荡中被遗忘的美国人建立起联系,利用这些见识艾尔斯会获得政治优势,并在稍后让福克斯新闻获得创纪录的收视率和利润。

"罗杰就是为电视而生的。他的整个人生轨迹与电视的发展平行。"⑤ 记者乔·麦金尼斯说,他的标志性著作《推销总统》(*The Selling of the President*)讲述的就是1968年的那次总统竞选,这本书让艾尔斯成为了一个政治活动明星。作为尼克松、罗纳德·里根和老布什总统的电视顾问以及后来的福克斯新闻创始人,争强好斗的艾尔斯重新创造了美国的政治和媒体。跟同时代的任何人相比,是他帮助政治转变为大众娱乐活动——在将政治货币化的同时,让娱乐成为一股强大的组织力量。⑥ 在1968年的总统大选之后,他说:"政治是力量,沟通是力量。"⑦ 艾尔斯通过福克斯将美国选民两极分化,划下了一道非友即敌的明确界限,将对手妖魔化,鼓吹反对妥协。

---

① 消息来自一位熟知嘉宾名单的政府官员。也可查看 http://www.whitehouse.gov/files/docs/Holidays-at-the-White-House-2011.pdf。
② Tom Junod, "Why Does Roger Ailes Hate America?", *Esquire*, Feb. 2011.
③ Joe McGinniss, *The Selling of the President: The Classic Account of the Packaging of a Candidate*, reprint edition (New York: Penguin, 1988), 63. See also Tim Dickinson, "How Roger Ailes Built the Fox News Fear Factory," *Rolling Stone*, May 25, 2011.
④ Hoover Institution, "Fox and More with Roger Ailes" (video interview), *Uncommon Knowledge with Peter Robinson*, Feb. 5, 2010, http://www.hoover.org/multimedia/uncommon-knowledge/26681.
⑤ 作者对该书作者乔·麦金尼斯的采访。
⑥ 在接受 *Uncommon Knowledge* 采访时,艾尔斯提到他在自己的职业生涯早期,因为为一档广受欢迎的综艺节目工作而注意到了这种趋势。在视频的5分07秒处,他说:"早在60年代时我就制作了《迈克·道格拉斯秀》这档节目,因此我对观众还是比较有感觉的。事实上,我们开始在那档节目中邀请一些政客的妻子出镜。我们在休伯特·汉弗莱的家里拍摄。邀请他的妻子缪丽尔担任节目的主持人之一。所以,我大概清楚电视会发生些什么。那就是娱乐、资讯和政治融为一体。如今,这些已经合一了。"
⑦ David Nyhan, "Roger Ailes: He Doctors a Politician's TV Image," *Boston Globe*, May 3, 1970.

到了规定的时间，艾尔斯带着扎克瑞步履蹒跚地走到用隔离绳围起来的等候区去见总统。在 71 岁这个年纪，他的身子已大不如前了。看似是关节炎，但实际上是他的血友病加重了关节的问题。他从小就受此病的折磨。日积月累，这种疾病导致血液在他的膝盖、臀部和脚踝处积聚。尽管血肿对他的关节造成了伤害，但他显得相当坚忍——有时他的鞋子都被伤口流出的血浸湿了，他还是会坚持坐着把会开完。他的病痛成为一面徽章。他曾经说过："职业选手和业余选手之间的差异在于职业选手会带伤上场比赛。"[1] 也许是因为自己的病史，艾尔斯会表现出一种宿命论。就在他 30 岁生日前几个星期，他告诉一位记者："很多人认为我到 35 岁就会死掉。"[2]

年轻时，艾尔斯长了一副演员的模样，浓眉大眼，笑容狡黠而自信。但如今他看起来更像阿尔弗莱德·希区柯克。他放弃了对自己腰围的控制，这已经超出他的控制范围了。艾尔斯会说："并不是因为我吃得多，而是因为我的身子没法动。"[3] 严格来说，他这话并不对。在 1988 年的总统竞选期间，艾尔斯的同事们亲眼看到他大口大口地吃哈根达斯冰淇淋，他的体重像吹气球一样疯涨。[4] 偶尔，艾尔斯会流露出对自己体形的不自信。"图片编辑都是一帮冷酷无情的混蛋，"他当时跟一个记者说，"摄影师总把我拍得很笨重。"[5]

总的来说，他的胃口和他直来直去的性子一样——你饿了你就吃——但这也可以视为对他的野心勃勃的一种隐喻。在他职业生涯刚起步的时候他就发誓："我绝不会成为那种拿 2.5 万美金年薪的家伙。"[6] 他也知道自己会为这个目标做出怎样的牺牲。"我认为我的生

---

[1] Lloyd Grove, "The Image Shaker; Roger Ailes, the Bush Team's Wily Media Man," *Washington Post*, June 20, 1988.
[2] Nyhan, "Roger Ailes: He Doctors a Politician's TV Image."
[3] Junod, "Why Does Roger Ailes Hate America?"
[4] Tom Mathews and Peter Goldman, *The Quest for the Presidency: The 1988 Campaign* (New York: Simon & Schuster, 1989), 191.
[5] Grove, "The Image Shaker; Roger Ailes, the Bush Team's Wily Media Man."
[6] 作者对艾尔斯的前助理、漫画老师斯蒂芬·罗森菲尔德的采访。

活不会快乐,不是大多数人认为的那种个人幸福,"他说,"个人生活上的不幸福会让你更努力地工作,而越努力工作个人生活就越不幸福。"① 他结过三次婚,直到人们认为该退休的年龄才做了父亲。为了自己的职业生涯,他将理想的美国式幸福——"房子、家庭、朝九晚五的工作、一场高尔夫球赛的好得分、三个星期的带薪休假、一台新车"——都拒之门外了。

金钱和权力是同一件事,都是衡量成功的重要标志,对于来自美国中部的人尤为如此,而艾尔斯就是一个好胜的人。但他如此努力工作还有另外一个原因,那就是他认为自己是在抵抗非主流文化的史诗般战役中捍卫美国梦的一位将领。他说过:"革命者们想从手头有东西的人那里夺走些什么,而不是想去创造什么。他们拉帮结派寻求支持。"② 作为一名政治顾问,他所有的战术天赋都源自要将这些人打垮的那股动力——比如在出任老布什的顾问期间,他以迈克尔·杜卡基斯在打击犯罪方面不够强硬为由,令其在总统大选中溃败。从另一个方面来看,福克斯新闻本身也是他政治观点的一种延续。在福克斯工作了12年后于2011年担任美国哥伦比亚广播公司(CBS)新闻部总裁的大卫·罗兹说道:"很多时候罗杰都认为自己能阻止潮流。而他让人抓狂的一点是人们认为他也许真有这样的能力。"③

对艾尔斯而言,奥巴马在全球政坛的飞速崛起是非主流文化和自由派媒体的又一次胜利。在奥巴马宣布参加总统竞选的时候,艾尔斯曾对福克斯新闻的高管们说:"我们需要提醒人们,这个人从来没有一份正经工作。他就是个社区组织者。"④ 在奥巴马获得历史性的选举胜利几天后,艾尔斯在一天上午的编辑会议上说:"鉴于白宫里已经有个黑人了,也就没什么理由再进行民权运动了。"⑤ 奥巴马的获

---

① Nyhan, "Roger Ailes: He Doctors a Politician's TV Image."
② 同上。
③ 来自 CBS 新闻部总裁大卫·罗兹的邮件。
④ 作者对一位熟悉此事人士的采访。
⑤ 同上。

胜改变了福克斯新闻的使命。① "他刚开始创办这个新闻频道时，就是为了对抗 CNN。但如今，这已经无关行业竞争，而是对政府的挑战，"一位福克斯前资深制片人说，"他真的认为奥巴马让这个国家永远倒退了。他认为自己是唯一能普度众生的人。他自己就这么说过。"②

艾尔斯的战斗在他从办公室退下来后也没有停止。③ 艾尔斯在纽约市以北约 40 英里的普特南县有一套周末住宅，他买下了当地的报纸，用来推进他关切的事项。他跟邻居们抱怨奥巴马拒绝把穆斯林称作"恐怖分子"。他还告诉他们奥巴马把经济刺激手段当作"政治工具"，以此收买人心，谋求在 2012 年获得总统连任。奥巴马提出了绿色能源战略，但事实上，气候变化是由"外国"发起的旨在控制美国资源的一个"全球阴谋"。

艾尔斯甚至告诉他的智囊团，假如奥巴马获得连任的话，他就会像政治犯那样受到指控并被判入狱。④ 在哈莱姆的比尔·克林顿基金会举行的一场 45 分钟的会议上，艾尔斯告诉这位前总统他可能会移民爱尔兰，而且他已经着手去办爱尔兰护照了。

尽管如此，在白宫大厅里，艾尔斯始终不露声色。他走向奥巴马，与其握手、合影留念，他眼前的这位政治人物跟 2008 年夏天他们第一次见面时早已大不相同。彼时，奥巴马还是一位总统候选人，自信能够通过其个人阐述的力量，冲破过去政治带给人们的不满。他告诉助手们，他能以理服人，收获福克斯电视台的受众乃至艾尔斯本人的支持。如今，他的第一个任期差不多已经过去三年了，屡屡碰壁后，奥巴马终于意识到他关于和谐共处的愿景不过是一场白日梦。

在沿着隔离绳等候的队伍尽头，奥巴马跟艾尔斯和他的儿子打起

---

① 作者对一位熟悉此事人士的采访。
② 作者对一位福克斯新闻前高级主管的采访。
③ 作者对纽约菲利普斯镇居民的采访。
④ 作者对一位熟悉此事人士的采访。

了招呼。

"我见到了世界上最有权势的人。"奥巴马说。[1]

艾尔斯微微一笑。"总统先生,别相信你读的那些东西。那都是我亲自炮制的谣言。"

无论奥巴马总统说出这句话的意图为何,但这话里头有一个事实无可否认。在定义这位总统方面,罗杰·艾尔斯比任何一位美国公众人物的权势都大。对许多美国人——明确承认没有投票给他的人——而言,他们所了解并极力反对的奥巴马很大程度上是艾尔斯一手打造的。

奥巴马作为调解人付出的所有努力都无法改变这样一个事实,那就是从本质上讲,冲突要比共识更有意思。再没有比艾尔斯的福克斯

---

[1] 作者采访了一位熟悉此事的人士。就在艾尔斯与奥巴马见面的当晚,肖恩·汉尼提将白宫的圣诞晚会变成了福克斯关于奥巴马的另一个数据点。他与两位福克斯人士谈论了这次聚会:福克斯商业频道的年轻主播桑德拉·史密斯和保守派电台主持人莫妮卡·克劳利,后者曾在20世纪90年代担任理查德·尼克松的助理。
"你们是说今晚在白宫有一个为媒体人举办的派对?"汉尼提对这两位女士说道。
"是的,而我们这几个人居然都没被邀请,真是难以置信,"克劳利评论道,"他们这么做太不地道了——"
"为什么我们不在邀请名单里呢?"史密斯说。
"等一下。有人去了吗?"汉尼提问道。
"呃,好吧,某些媒体去了——"克劳利说道。
"不会吧,但是,福克斯有人去了吗?"汉尼提说。
"我不知道,但我们不都没去吗。因为我们在工作,把奥巴马的真面目公之于众。"她说道。
"我没有收到邀请。我从未收到过邀请,"汉尼提抱怨道,"在布什政府的8年里,同样的派对我只参加过一次,我看到所有的自由派媒体都在那次派对上,全都在。"
"是的,而我们保守派则继续被这个白宫拒之门外。"克劳利说。
"福克斯有人收到过邀请吗?"汉尼提又问了一遍。
"哎呀,这个我不知道——"史密斯说。
"我们也不清楚。"汉尼提补充道。
"不过,我们也许明天会听到这方面的消息。"史密斯接着说道。
"那肯定很有意思,"汉尼提说,"我们拭目以待吧。"

新闻更吸引人的政治冲突了。他的频道是一个自成体系的宇宙，有其独特的准则——"公平和平衡"——有时还会有自己的事实。尽管在宣传上定位为针对主流媒体的认知封闭的一剂解药，但福克斯新闻和它想要制衡的主流媒体世界一样闭塞——艾尔斯的受众群体很少收看其他节目。他们已经在福克斯评论员的影响下，把 CNN 和 MSNBC 这些广播网视为一场党派大战中的对手了。

在福克斯新闻节目中，日常政治圈里乏味的名人重生为英雄和恶棍，有胜有败——这样的故事情节永无止境。其好处在于，艾尔斯的观众——那些选民——成为主角，他们是社会主义统治者的受害者，是为夺回政府揭竿而起的义军。这些电视观众，坐在自家的沙发上，因被视为最重要的参与者——艾尔斯大军的步兵——而受宠若惊。

在福克斯新闻创办之初，艾尔斯力图在自己的世界观和最终播放的产品之间保持一种良性的距离。这家电视网的最初蓝图是更多八卦和民粹，而不是赤裸裸的保守主义。1996 年澳大利亚媒体大亨鲁伯特·默多克聘请艾尔斯创办福克斯新闻时，整个传媒集团把这件事视为一个笑话。对于批评向来充耳不闻的艾尔斯，将这个频道打造成了比默多克新闻集团旗下其他任何部门都更实力雄厚的赚钱机器。2002 年，福克斯超越 CNN 成为收视率第一的有线新闻网；7 年内，其受众人数是 CNN 和 MSNBC 两家观众人数总和的 2 倍有余，其赢利据信超过那些有线新闻竞争对手以及夜间新闻广播收益的总和。[①] 2012 年，一位华尔街分析师对福克斯新闻的估值为 124 亿美金。[②] 特权随这些数据而来，艾尔斯对自己的优势从来不加掩饰。"没人可以约束

[①] Jim Rutenberg, "MEDIA: Gazing into 2003: The Balance of Media Power Is Poised to Change — Cable News; At CNN, Hoping for Restored Glory," *New York Times*, Dec. 30, 2002. See also Carr and Arango, "A Fox Chief at the Pinnacle of Media and Politics."

[②] Merrill Knox, "Estimated Fair-Market Value of Fox News at $12.4B," *TVNewser*, Feb. 6, 2012, http://www.mediabistro.com/tvnewser/estimated-fair-market-value-of-fox-news-12-4_b110790.

艾尔斯。"新闻集团的一位前高管说。①

甚至鲁伯特·默多克本人也约束不了他。这已经无关紧要了，默多克与艾尔斯在合作之初的柔情蜜意，十年后开始冷却。"他生性多疑。"默多克跟艾尔斯的朋友、八卦专栏作家丽兹·史密斯说过。②尽管鲁伯特·默多克本人是一个真正的左派，但他也是一名实用主义者，其政治承诺随着自己生意的需求而改变。2008 年的时候，默多克甚至考虑过在《纽约邮报》上公开支持奥巴马而不是共和党的总统候选人约翰·麦凯恩。③当时，听到风声的艾尔斯以辞职相威胁。在这场边缘政策的游戏中，艾尔斯赢了。默多克答应在新闻编辑上给艾尔斯完全的独立性，还给了他一份在新闻集团继续任职 5 年的合约。④ 9 月，《纽约邮报》公开表示支持麦凯恩。⑤

有好几次，默多克甚至因为力挺艾尔斯而跟自己的孩子反目成仇。2005 年，默多克的大儿子拉克兰因为在管理决策上跟包括艾尔斯在内的几人发生冲突而离开了公司。2010 年，默多克跟女儿伊丽莎白的丈夫马修斯·弗洛伊德断绝联系，在这之前弗洛伊德告诉《纽约时报》说："我绝不是这个家族或者这个公司里唯一一个因为罗杰·艾尔斯对新闻集团及其创始人和其他所有全球媒体公司所追求的新闻标准残酷且持续的漠视深感羞耻和恶心的人。"⑥ 2011 年，新闻集团的伦敦八卦报纸深陷电话窃听丑闻，默多克那位不喜欢福克斯新

---

① 作者对一位熟悉此事人士的采访。
② 同上。
③ Gabriel Sherman, "The Elephant in the Green Room," *New York*, May 22, 2011.
④ Matea Gold, "Roger Ailes Extends Fox Deal," *Los Angeles Times*, Nov. 21, 2008.
⑤ "Post Endorses John McCain," *New York Post*, Sept. 8, 2008.
⑥ Carr and Arango, "A Fox Chief at the Pinnacle of Media and Politics."弗洛伊德在与默多克发生争执后发表了这段话。弗洛伊德想说服默多克把《纽约邮报》上一篇关于他公关公司的一个客户——百事可乐首席执行官英德拉·努伊的报道毙掉，被默多克回绝了。2010 年 1 月 10 日上午，弗洛伊德向默多克的黑莓手机发了一封电子邮件，告诉他自己对此采取了报复。"我跟《纽约时报》说了一段你可能不会喜欢的话。"

闻的小儿子詹姆斯看到了自己接替父亲的机会。"他真他妈的是个笨蛋。"艾尔斯曾在饭桌上跟朋友这么说。①

窃听危机席卷公司越严重,默多克对艾尔斯掌管业务的利润就越依赖。"他们都恨我,我为他们赚了大把的钱让他们拿去花掉。"艾尔斯跟福克斯的节目编排负责人比尔·希恩这样说。② 看看新闻集团的高管们因为丑闻而面临诉讼和刑事检控时,艾尔斯有些暗自窃喜。"他很高兴会发生这样的事情,"一位高管回忆道,"他说:'很高兴我不是公司里唯一的坏人。'"③

大家都容忍了艾尔斯的自负和坏脾气,就像没什么实力的球员被换下场时那种。他会毫不避讳地说新闻集团董事会成员约翰·桑顿的坏话,这位前高盛董事长就节目编排向他提出过一些想法。④ "我才不会让那个他妈的自由派分子对我这个台的节目安排指手画脚。"艾尔斯对比尔·希恩说。

但是,艾尔斯真正感兴趣的是全国政治而不是公司政治。"我要选出下一届总统。"他在2010年的一次会议上跟福克斯的高层这样说。⑤ 在美国,如果说有谁可以这样夸下海口的话,那就是艾尔斯。在福克斯新闻,他把自己定位为最接近这个国家的一党老大的人物。2011年春,福克斯围着5位潜在的共和党总统候选人忙碌着,那些认真考虑参加总统竞选的共和党人至少要得到艾尔斯的认可。一位共和党要人说:"每一位候选人都在罗杰这里咨询过。"⑥ 挑战在于,艾尔斯在福克斯演播室里召集的这拨候选人,尽管他们当中有不少人在娱乐大众方面表现出色,但没有人能胜任成功竞选入主白宫的活。虽然艾尔斯告诉福克斯的一位嘉宾就连他的保安也能当个比奥巴马更好

---

① 作者对一位熟悉此事人士的采访。
② 同上。
③ 同上。
④ 同上。
⑤ 同上。
⑥ 作者对一位共和党国家官员的采访。

的总统，但艾尔斯看不出在他的这些权威评论员中有谁会胜出。①
"他在每个人身上都看到了缺点。"他的一位亲信这样说。② 前众议院议长纽特·金里奇是个白痴；前参议员里克·桑托勒姆是个无名之辈；前州长迈克·哈克比连 5 美分的政治赞助都筹不到；前阿拉斯加州州长莎拉·佩林是个蠢货。跟福克斯没什么关系的前州长乔恩·亨斯曼和米特·罗姆尼在这群人当中看着还有点样子，但也没能给人留下什么深刻印象。

在福克斯新闻的一次会议上，艾尔斯在说起亨斯曼关于气候变化问题的立场时，直截了当地告诉他："你跟我们不是一伙的。"③（亨斯曼此前在推特上写道："我想明确一点。我相信生物进化，在全球变暖问题上信任科学家。说我疯了我也无所谓。"④）在新罕布什尔州举行的共和党初选中亨斯曼位列第三，随后他退出了竞选。⑤ 在他的整个参选过程中，他在福克斯上露脸的时间仅有 4 小时 32 分钟。⑥ 相比之下，跟他参选时间差不多长的披萨大亨赫尔曼·凯恩则有 11 小时 6 分钟。⑦

要拿下白宫那个位子，艾尔斯必须把自己一手打造的班底用在有跨党派吸引力的候选人身上，为了找到这样的候选人，他不知疲倦地努力着。艾尔斯曾两次动员新泽西州州长克里斯·克里斯蒂参选。⑧

---

① Sherman, "The Elephant in the Green Room."
② 作者对一位跟罗杰·艾尔斯关系密切的人士的采访。
③ 作者对一位熟悉此事人士的采访。
④ Darren Samuelsohn, "Huntsman on Evolution, Warming: 'Call Me Crazy,'" *Politico*, Aug. 18, 2011, http://www.politico.com/news/stories/0811/61656.html.
⑤ Jim Rutenberg and Jeff Zeleny, "Huntsman Says He's Quitting G. O. P. Race," "The Caucus" (blog), *New York Times*, Jan. 15, 2012, http://thecaucus.blogs.nytimes.com/2012/01/15/huntsman-says-hes-quitting-g-o-p-race/.
⑥ "The Fox Primary: 8 Months, 12 Candidates, 604 Appearances, 4644 Minutes," *Media Matters for America*, Feb. 27, 2012, http://mediamatters.org/blog/2012/02/27/the-fox-primary-8-months-12-candidates-604-appe/185876.
⑦ "The Fox Primary: 8 Months, 12 Candidates, 604 Appearances, 4644 Minutes."
⑧ Sherman, "The Elephant in the Green Room."

艾尔斯还派人专程前往阿富汗的喀布尔，力邀大卫·彼得雷乌斯将军加入党内初选。但两位均决定置身事外。①

艾尔斯只能面对现实。从一开始，他就对在党内初选保持领先并最终获得提名资格的米特·罗姆尼不冷不热。②"在初选期间，罗姆尼来福克斯参加了一场会议，并在二楼的会议室发表了讲话，"一位与会人士说，"最能说明问题的一点是罗杰本人没有问太多的问题。罗杰从没喜欢过罗姆尼。"艾尔斯曾经在跟罗姆尼共进晚餐时对他说："你上电视时要轻松点。"③ 在另一次谈话中，他告诉罗姆尼："你得表现得更真实一些。眼睛看着镜头。别搞得跟个大学预科生似的。"④但在背后，他的话要尖刻多了。他跟一位福克斯主持人形容罗姆尼"就像中餐一样——吃完20分钟后，你就不记得自己吃的是什么了"。⑤ 艾尔斯在他的福克斯办公室里跟《标准周刊》⑥ 编辑比尔·克里斯托的一次谈话中，对罗姆尼的强硬表示了质疑。"罗姆尼得撕下奥巴马的脸皮，"艾尔斯说，"可他真的很难做得到。"⑦

如果罗姆尼没法撕下奥巴马的脸皮，那么福克斯会亲自上场。"罗杰是在搞一场政治运动。"艾尔斯身边的一个人说。⑧ "他认为，'我们需要做大量工作把这个人选上去'。并不是把罗姆尼抬上去，而是'让我们一起去搞定奥巴马吧'。"艾尔斯亲自指点并管理他这个频道的宣传活动，利用娱乐技术塑造一种政治语境，以一种公平的新闻

---

① Bob Woodward, "Fox Chief Proposed Petraeus Campaign," *Washington Post*, Dec. 4, 2012. See also "Petraeus in 2011 Fox News Interview: 'I'm Not Running for President'" (audio), *Washington Post*, Dec. 3, 2012, http://www.washingtonpost.com/posttv/lifestyle/style/petraeus-in-2011-fox-news-interview-im-not-running-for-president/2012/12/03/c0aa0c72-3d6d-11e2-a2d9-822f58ac9fd5_video.html.
② 作者对福克斯新闻多位高管的采访。
③ Howard Kurtz, Roger's Reality Show, *News Week*, Sept. 25, 2011.
④ 作者对一位熟悉此事人士的采访。
⑤ 同上。
⑥ *Weekly Standard*，美国保守派的舆论杂志，每年出版48期。——译者
⑦ 作者对一位熟悉此事人士的采访。
⑧ 同上。

形式呈现，这让艾尔斯成为一位独具风格的美国导演。

2012年5月30日早上，即罗姆尼获得共和党总统候选人资格后的第二天，福克斯在其《福克斯和朋友们》节目里非正式地推出了罗姆尼参加总统大选的宣传片。[①]节目主持人史蒂夫·杜奇提了个问题："在过去4年奥巴马政府执政期间，我们到底看到了什么样的变化呢？"

"让我们一起回顾一下。"他的搭档格雷琴·卡尔森随声附和道。

接下来，开始播放一段4分钟的片子。在奥巴马于格兰特公园发表大选获胜感言的几秒激动人心的画面后，响起了一段仿佛来自恐怖电影的诡异不祥的管弦乐，淹没了奥巴马支持者的欢呼声。整个视频充斥着新闻主播播报恐怖的新闻标题的声音。响彻着刺耳的警笛声。一个以动画形式表现的钱袋暗喻日益高企的国债。屏幕上显示的失业人数不断飙升，给人一种看世界末日倒计时时钟的感觉。一个卡通形象的牲口，站在一个不断上升的圆形平台上，象征着食品成本的不断上涨。最后，配上了一段奥巴马的讲话："那就是希望的力量。那就是我们寻求的变革。那就是我们能够代表的变化。"

这段视频是艾尔斯想出来的。[②]据一位掌握了一手资料的高管所说，艾尔斯在会上就这档节目给比尔·希恩"提出了整体意见"。希恩随后将这些指示传达给了《福克斯和朋友们》的执行制片人劳伦·佩特森，后者与其副制片人克里斯·怀特亲自操刀。在这段视频正式播出前，希恩还让艾尔斯过目了。

不出意料，这个片子引发了媒体热议。一个新闻频道制作并播出了只能被定义为政治攻击的一条广告。艾尔斯当然把这件事推得一干二净。福克斯将这段视频从其网站上撤下，随后发布了由希恩署名的

---

① 摘自《福克斯和朋友们》的片段，可在YouTube上查看。参见：http://www.youtube.com/watch?v=Cq26qtY8Muo 以及 http://www.youtube.com/watch?v=tmVXmO7R0mI。
② 作者对一位熟悉此事人士的采访。

一则声明，将责任推到了一位低级别的员工身上。① "罗杰对这段视频的事一无所知。"福克斯的一位女新闻发言人告诉《纽约时报》。②

奥巴马的阵营并没有被说服。奥巴马的高级顾问大卫·阿克塞尔罗德当天就给艾尔斯发了邮件。"我看你又重操旧业了。"他写道，暗指艾尔斯在1980年代制作的那些臭名昭著的政治攻击广告。③

随着竞选活动铺开，福克斯成为罗姆尼媒体战略的一个重要组成部分。在佛罗里达州的一次私人筹款活动上，罗姆尼告诉客人们："看福克斯的是真正的信徒。"④ 罗姆尼多数时候都会避开三大电视网以及CNN，而对艾尔斯的频道青睐有加。在他宣布参加总统竞选后的一年里，罗姆尼接受了《福克斯和朋友们》的21次单独采访。⑤ 因此，当格雷琴·卡尔森问他："你会像拉什·林博昨天那样说自己是现代史上第一位以反资本主义作为竞选纲领的总统吗？"罗姆尼随声附和道："嗯，听上去这确实是他现在在做的。"⑥

8月，当罗姆尼宣布了自己的副总统人选、威斯康星州众议员保罗·瑞安后，福克斯主播梅根·凯利随即将瑞安和罗纳德·里根进行了比较。⑦ 她的节目里播出了用蒙太奇手法剪辑的一些影像资料，展示了瑞安和里根两人在对政府支出进行抨击时采用的颇为相似的表述方式。接着，凯利请出了里根的儿子迈克尔在镜头前亲自对这两个人

---

① "What the Fox," *Hotline*, May 31, 2012.
② Brian Stelter, "Obama Video on Fox Criticized as Attack Ad," "Media Decoder" (blog), *New York Times*, May 30, 2012, http://mediadecoder.blogs.nytimes.com/2012/05/30/obama-video-on-fox-news-criticized-as-attack-ad/.
③ 作者对一位熟悉此事人士的采访。
④ Michael D. Shear, "Aides Play Down Romney's Talk on Taxes for Wealthy," *New York Times*, April 17, 2012.
⑤ Jeremy W. Peters, "Enemies and Allies for 'Friends,'" *New York Times*, June 21, 2012.
⑥ 福克斯新闻对米特·罗姆尼的采访（笔录），联邦新闻署，2012年5月24日。
⑦ Solange Uwimana, "Fox Runs Montage Splicing Together Quotes from Paul Ryan and Ronald Reagan," *Media Matters for America*, Aug. 14, 2012, http://mediamatters.org/blog/2012/08/14/fox-runs-montage-splicing-together-quotes-from/189345.

进行比较。

与此同时,艾尔斯在幕后帮瑞安做参选准备。① "瑞安跟罗杰见了面。"艾尔斯身边的某人说。艾尔斯告诉瑞安,他需要提高面对电视镜头的技巧,并把他介绍给了演讲指导乔恩·克劳沙,后者1980年代在艾尔斯自己的咨询公司工作过,并跟艾尔斯合著出版了《你就是信息》(You Are the Message)一书。"我认识一个人,他能教你不照着提词器念稿子。"艾尔斯说。

共和党基本上在由一个新闻制片人操盘,这是美国政治一个非常不得了的变化。却是艾尔斯预言过的结果。在1968年的总统竞选后,艾尔斯提到了一个时代,届时电视将取代政党,成为20世纪的另一个群众组织者。而福克斯新闻可以说是让这种预言成真了。②

艾尔斯的权势源自一个悠久的传统。早期的媒体活动家——查尔斯·科夫林神父、沃尔特·温切尔——在他们那个时代就带领大批追随者,推动这个国家朝着他们的目标前进,这为福克斯新闻铺平了道路。但是,这些煽动者的影响力毕竟有限。而在福克斯新闻,艾尔斯可以调动起一群煽动者,他的势力也随之成倍增加。

艾尔斯把福克斯打造成了一个彻头彻尾的政治宇宙。但最终,表达的只是他这个人的想法,包括他所有的执念和特质,以及他所吸收的一切。"罗杰就是福克斯新闻,没有他,就没有这一切,"保守派月刊 Newsmax 的主编克里斯托弗·鲁迪说。③ 埃德·罗林斯——罗纳德·里根的竞选主任以及福克斯新闻的嘉宾——也表示认同。"这个频道的每个元素都是他设计的,"他解释道,"他不仅仅是制片人,他

---

① 作者采访了一位熟悉此事的人士。在一封电子邮件中,瑞安的发言人说:"瑞安议员跟乔恩·克劳沙认识好几年了,但他不记得是艾尔斯先生介绍他们两人认识的。"
② Nyan, "Roger Ailes: He Doctors a Politician's TV Image."
③ 作者对 Newsmax 主编克里斯托弗·鲁迪的采访。

深谙沟通之道。"[1]

在 2012 年大选前不久,艾尔斯告诉一位记者:"假如理查德·尼克松还在世的话,他会是那个坐在奥普拉面前,诉说自己曾经一贫如洗,兄弟英年早逝,自己不受母亲待见,被父亲拳打脚踢的人。然后每个人会说,哦,这人太可怜了,他现在真的在全力以赴。瞧,家家有本难念的经——有些事伴随一生,无法回避。理查德·尼克松也有一本难念的经。他尽力而为了,但最终还是败于此。"[2]

艾尔斯因为自己的经历,把福克斯新闻从一个新闻频道变成了一个国家级现象。"我以自己的亲身经历打造了这个频道。"他在一次接受采访时说。[3] 此话不假。在他每天早上 8 点的编辑会议上,艾尔斯经常会对他最亲近的智囊团——差不多十来个人,有男有女——大谈他对美国战后历史的观察,这些会被用在该频道的节目中。[4] 作为《迈克·道格拉斯秀》节目制片人,他从 1960 年代日间电视的那种闲聊商业模式中学习了大量吸引观众注意力的技巧。在担任尼克松的顾问时,他做出受政治迫害状,并表现出对敌人的偏执,后者成为其职业生涯的标志。1970 年代,身为一名百老汇制作人,他磨练了自己的戏剧本能,他还经营着一家由右翼啤酒巨头约瑟夫·库尔斯资助的羽翼未丰的保守派电视新闻服务公司——而这实际上是福克斯新闻的一次预演。到了 1980 年代,作为一名唯利是图的竞选战略家的艾尔斯已然深谙政治攻击这门暗黑艺术,并很快会利用这些技能将一个电视新闻网变为一股前所未有的政治力量。在福克斯,艾尔斯经常说起自己的父亲,一位日子过得并不舒心的工厂工头。福克斯新闻开办于 1996 年 10 月 7 日,但它真正的开始时间是半个世纪之前,就在俄亥俄州沃伦市一条林荫小道边的一栋小木屋子里。

---

[1] 作者对顾问埃德·罗林斯的采访。
[2] Junod, "Why Does Roger Ailes Hate America?"
[3] Carr and Arango, "A Fox Chief at the Pinnacle of Media and Politics."
[4] 作者对参加这些会议的一位高管的采访。

第 一 幕

一、"跳啊罗杰，跳"

　　罗杰·艾尔斯关于美国有迷失之虞的荒唐念头，源自他的家乡——位于俄亥俄州东北部的沃伦。在 19 世纪第一个十年末期，沃伦成为商贸和制造的中心，是一座生机勃勃的市镇。在这座人口 6000 的市镇，有 6 家报纸，7 座教堂，还有 3 家银行。① 沃伦的两个儿子在 1890 年创建了帕卡德电气公司（Packard Electric Company），后来罗杰的父亲就在这家公司上班。② 1899 年，这两兄弟在沃伦的这家工厂生产出了第一台帕卡德摩托车，并让沃伦的街道成为全美第一个被白炽灯点亮的街道。在整个 20 世纪，马洪宁谷（Mahoning Valley）的煤炭和铁矿石储量，带动着该公司不断发展。当地也成为全美最大的钢铁制造地区之一。

　　通用汽车公司于 1932 年收购了帕卡德电气公司，为其生产汽车电缆。③ 罗杰的父亲差不多是在 1929 年股市大跌的时候开始在帕卡德上班，在新的领导班子接手后保住了工作。④ 帕卡德继续发展壮大，整个沃伦也欣欣向荣。1936 年，当时只有 5 岁的尼尔·阿姆斯特朗就是在沃伦坐上一架福特三发客机，开始了他人生的第一次飞机之旅。⑤ 第二次世界大战后，沃伦的工业蓬勃发展，在上个世纪整个中期，这里就是美国的无尽潜力所在。

　　1940 年 5 月 15 日，罗杰·尤金·艾尔斯就出生在这个地方。⑥ 彼时沃伦居民的收入超过全国平均数近 30%，如此定义中产阶级是今天的人们可望不可即的。⑦ "这里没有贫民窟。"艾尔斯的儿时朋友劳娜·纽曼回忆道。⑧ 沃伦跟战后美国各地的蓝领小镇一样，建立在管理者和劳动阶层之间的一种君子之约的基础上，也就是说，随着利润的不断增长，小镇的繁荣昌盛也将惠及更多的人。1953 年雇用了

6000 名员工的帕卡德公司，俨然就是一座城市。[9] 它有自己的报纸《海底电报》(Cablegram)，还赞助每年有数万人参加的野餐会，孩子们会在那里参加吃派的比赛，并在幸运便士争夺战上一较高下。[10] 罗杰的父亲老罗伯特的职业生涯也受益于此，他一路升到了维修部门的领班。[11] 他在贝尔蒙特街上的那栋整洁的房子里把孩子们抚养成人，院子足够大，不仅可以容得下他的番茄地，还能让他们家的那只小猎犬提普到处撒欢。[12] 他在这家公司工作了40年，1969年他在六十出头的时候退休，之后靠公司退休金生活，直到生命走向尽头。[13]

虽然沃伦是工人的大本营，但整座城市的政治风气中涌动着保守的潮流。成长于1920年代的老罗伯特·艾尔斯更倾向于此。[14] 他退

---

[1] Henry Howe, *Historical Collections of Ohio: An Encyclopedia of the State*, Vol. 2, (Cincinnati: C. J. Krehbiel and Company, 1908), 669–70.
[2] Dennis Adler, *Packard* (St. Paul, Minn.: Motorbooks International, 2004), 11–15. Also: http://packardmuseum.org/ed1.aspx.
[3] "A. Wolcott Dies, Auto Parts Maker; Head of Packard Electric Co., Manufacturers of Cables," *New York Times*, Oct. 14, 1933.
[4] 根据小罗伯特·艾尔斯在Findagrave.com上创建的"罗伯特·尤金·艾尔斯"的条目。
[5] James R. Hansen, *First Man: The Life of Neil A. Armstrong* (New York: Simon & Schuster, 2012), 45–46.
[6] 罗杰的出生日期列在他父母的离婚文件上：*Donna M. Ailes v. Robert E. Ailes*, Trumbull County (Ohio) Court of CommonPleas, Division of Domestic Relations, Case 5396, Oct. 7, 1959。
[7] *Warren* (Ohio) *Tribune Chronicle*, April 20, 1954.
[8] 作者对电视台高管劳娜·纽曼-明森的采访。她跟艾尔斯一起上学和工作时用的是自己婚前的名字劳娜·纽曼。
[9] "就业岗位创6000新高。超过了战时及战后的高峰，是有史以来的最高纪录，预计将进一步增长。"*Cablegram*, March 23, 1953, National Packard Museum。
[10] 参见，如"Packard Family Picnic Program"和"18,000 Attend Picnic; Ruth Drenski Wins Top Prize," *Cablegram*, July 1955, National Packard Museum。
[11] 作者对小罗伯特·艾尔斯的采访。《海底电报》在一篇提到罗杰·艾尔斯的文章中也将罗伯特·艾尔斯称为"维修部领班"，"雇员的儿子接受荣誉教育培养"，约1959—1960年。
[12] 作者对小罗伯特·艾尔斯的采访。
[13] 根据小罗伯特·艾尔斯在Findagrave.com上创建的"罗伯特·尤金·艾尔斯"的条目。
[14] 作者对小罗伯特·艾尔斯的采访。

出了工会。在他看来，工会武断专制，常常让那些懒人得到好处。在帕卡德的工厂，罗伯特被视为管理层的一员，因此加入工会所带来的福利他一概都享受不到。但因为没有大学文凭，他没有升到公司上层的机会。"我没法理解他怎么就成了一名共和党人。那些一路打拼上来的人当中，99%都是民主党人。"他的儿子小罗伯特说。[1] 他的保守主义是对那些人时来运转而他却蹩屈不伸的反应，他的怨恨吞噬了他。

老罗伯特成年时，正值沃伦深陷因为伦理以及种族不和的加剧而引发的文化战争。快速工业化带动了移民潮，一批又一批的匈牙利人、罗马尼亚人、意大利人、南斯拉夫人、希腊人来到了俄亥俄州东北部。[2] 他们为找到在工厂的工作而来。在沃伦，移民们住在一个位于铁路仓库旁名叫弗莱兹（the Flats）的肮脏街区。当时正处于禁酒令时期，腐败现象随处可见。这些外国人就在弗莱兹的一些俱乐部后场里经营博彩厅和地下酒吧——"罪恶巢穴"。新来的人当中许多是天主教徒和东正教徒，镇上的新教徒指责这些人让他们为遏制贩私酒所做的努力付之东流。有位牧师曾向禁酒联盟（Dry Enforcement League）抱怨说，该县明明"富得足以把每个私酒贩子关起来"，却不肯这么做。[3]

成年后，罗伯特加入了共济会，一个反对城市的特征不断变化的兄弟会组织。[4] 罗伯特全身心投入共济会。他成为一名 32 级导师，并在沃伦当地的卡洛尔·克拉普会所担任了 25 年的牧师[5]。作为共济会的导师，他受邀加入了一个名为"蒙面神秘先知团"（Mystic

---

[1] 作者对小罗伯特·艾尔斯的采访。
[2] William D. Jenkins, *Steel Valley Klan: The Ku Klux Klan in Ohio's Mahoning Valley* (Kent, Ohio: Kent State University Press, 1990), 57–58.
[3] 同上，第 58 页。
[4] 根据小罗伯特·艾尔斯在 Findagrave.com 上创建的"罗伯特·尤金·艾尔斯"的条目。
[5] 该附属机构的全称是"阿里巴巴石窟魔法境界的蒙面神秘先知团"（Mystic Order of Veiled Prophets of Enchanted Realm）。

福克斯新闻大亨

Order of Veiled Prophets）的附属机构。加入这些组织是他职业生涯的高光时刻。他们给了他帕卡德拒绝给予的头衔和尊重。他的太太抱怨他为那个共济会会所花了太多的时间。① "他这辈子的一大遗憾就是罗杰和我都没有成为共济会成员。"小罗伯特回忆道。②

老罗伯特和他的太太唐娜在教堂相识。③ 她是个远近闻名的美女，比他小 9 岁，身姿窈窕，一头棕色秀发，一双大大的眼睛。她还不足周岁的时候就跟家人从西弗吉尼亚州的帕克斯堡搬到沃伦。④ 她的父亲詹姆斯·阿利·坎宁安手上连一张高中文凭都没有，只能在当地的钢铁厂讨生活。⑤ 他是个虔诚的信徒，每个星期天都会带着一家人去热情的福音派兄弟会教堂。⑥ 罗杰说："他们不信电影或跳舞这些东西。"⑦ 罗伯特和唐娜很快恋爱了，并且婚后不到一年就怀上了小罗伯特。⑧

当罗杰·艾尔斯提起沃伦的时候，他唤起的是一首小镇田园诗，一个迷失的美国梦，但那只是他童年故事的一部分，其中的阴暗面已被删除得一干二净。自他患病起，生活就变得艰难了。在罗杰 2 岁时，刚学会走路不久他摔了一跤，还咬到了自己的舌头。⑨ 无论他父母怎么弄都没法止住流血。惊慌失措的夫妻俩赶紧把他送到了特朗布尔纪念医院。根据医生的诊断，他们的孩子患有血友病，这是一种

---

① *Donna M. Ailes v. Robert E. Ailes*, Trumbull County (Ohio) Court of Common Pleas, Division of Domestic Relations, Case 5396, March 18, 1960.
② 作者对小罗伯特·艾尔斯的采访。
③ 同上。
④ 根据小罗伯特·艾尔斯在 Findagrave.com 上创建的"唐娜·玛丽·坎宁安（·艾尔斯）·厄本"的条目。
⑤ 根据小罗伯特·艾尔斯在 Findagrave.com 上创建的"詹姆斯·阿利·坎宁安"的条目。
⑥ 作者对小罗伯特·艾尔斯的采访。
⑦ Deroy Murdock, "This Is the Most Powerful Man in News," *Newsmax*, Nov. 2011.
⑧ 作者对小罗伯特·艾尔斯的采访。
⑨ 同上。

存在严重凝血障碍的遗传性疾病。当时对这种疾病缺乏了解，也没有治愈的方法。"也就是说，你死定了。这就是你所知道的，"罗杰后来回忆道，"好几次我被告知，我挨不过去了。"① 后来成为医生的小罗伯特回忆说："那时针对血友病的治疗手段残酷至极。"② 他们的父母竭尽全力地呵护着罗杰，避免他遇到任何麻烦，不让他在高低不平的人行道上行走，因为他可能被绊倒而刮伤膝盖，也不让他去后院玩闹。当时重度血友病患者的平均预期寿命为 11 年。③

尽管罗杰身患血友病，或许是出于对这个疾病的愤而反抗，他反而行动大胆，甚至有些不计后果。上小学时趁父母不注意，罗杰偷偷爬到自家车库的屋顶上。④ 他一跃而下，落地的时候咬着了舌头。父亲赶紧把他送到特朗布尔纪念医院。⑤ 这一次，那里的医生也手足无措。"我听到医生说——我当时不理解他的意思，但是我听到他说：'我们真的什么也做不了。'" 罗杰说。⑥ 他的父亲，那个矮小、固执、争强好胜的男人，拒绝就此放弃。小罗伯特对当时的情景仍记忆犹新："我爸爸用毯子裹着罗杰，然后把他抱到我们家的雪佛兰车子里，直接开车去了克利夫兰医院。"⑦ 他们以 80 英里的时速沿着 422 号公路狂飙，很快就被一辆州警的车拦了下来。

"你看，我儿子正在流血。我们必须马上赶到医院去。"罗伯特对着站在车窗外戴着警帽的男人祈求道。⑧

警察看了一眼汽车后座上裹在沾满血的毯子里的男孩，说了句：

---

① Junod, "Why Does Roger Ailes Hate America?"
② 作者对小罗伯特·艾尔斯的采访。
③ Robert A. Zaiden, MD, "Hemophilia A," http://emedicine.medscape.com/article/779322-overview#aw2aab6b2b6aa.
④ Tom Junod, "Roger Ailes on Roger Ailes: The Interview Transcripts, Part 2," The Politics Blog, *Esquire*, Jan. 27, 2011, http://www.esquire.com/blogs/politics/roger-ailes-quotes-5072437.
⑤ 作者对小罗伯特·艾尔斯的采访。
⑥ 同上。
⑦ 同上。
⑧ Junod, "Roger Ailes on Roger Ailes: The Interview Transcripts, Part 2."

"跟着我。"① 然后开着警灯护送他们一路开到了克利夫兰。

罗伯特的一帮工友,那些有着诸如"脏脖子沃森"这样绰号的人,都赶到医院献血。② 很多人身上脏兮兮的,以至于医生不得不先给他们擦洗干净,再从他们手臂上将血直接输给罗杰。"好吧,儿子,"他父亲事后这样说道,"你身体里流淌着很多蓝领工人的血。千万别忘了这一点啊。"③

这次医院的经历把这个小男孩吓坏了,因为害怕再去医院,他失去了很多童年生活的乐趣。"罗杰有一次跟我说,他很小的时候在医院里被倒吊了好几个小时以防血液过度集聚。"劳娜·纽曼说。④ 课间休息时,别的孩子都到外面去玩耍,而罗杰通常待在自己的座位上。⑤ 但是放学后,他的老师没有办法阻止他去玩触身式橄榄球和沙地棒球。"直到他浑身上下青一块紫一块的动不了了,他才会停下来。"他的哥哥说。⑥

就算是走路上下学这么简单的事也充满了危险。他上小学二年级时,有一次他被一辆车撞了,因为那次事故他又住院了。"那次是我那个小小的方形午餐盒救了我的命,"罗杰说,"那人撞到了我的午餐盒,我被弹了出去倒在人行道边。"⑦ 还有一次,他在回家路上被一群住在附近的男孩揍了。"我爸爸,那是我第一次看到他热泪盈眶,"罗杰回忆说,"我从来没见过他这样。然后他说'那种事以后再也不会发生在你身上了'。"⑧

老罗伯特给儿子灌输的是沃伦的某种教义,一种蓝领精神,它可

---

① Junod, "Roger Ailes on Roger Ailes: The Interview Transcripts, Part 2."
② 同上。
③ 同上。
④ 作者对劳娜·纽曼-明森的采访。
⑤ Junod, "Why Does Roger Ailes Hate America?"
⑥ 作者对小罗伯特·艾尔斯的采访。
⑦ Junod, "Roger Ailes on Roger Ailes: The Interview Transcripts, Part 2."
⑧ 同上。

以概括为：武力从来解决不了任何问题，但武力威胁相当有用；[1] 如果你得干掉两个人，那先撂倒一个；[2] 假如你别无选择，那么，儿子，你得记住：对他们而言，就是打一架而已。对你，则关乎生死。[3] "罗杰和我父亲非常非常亲近，"小罗伯特说，"这都是因为他的缺陷，他的健康问题。他对罗杰很有保护欲。他教了罗杰很多东西。我父亲是个硬汉，就跟茅房里的砖一样又臭又硬。他年轻时斗志十足。有时候，他不得不跟人斗。在公司里他是个不起眼的小人物，无力反抗。但他认为若非万不得已，还是别跟人打架。"[4] 有一次唐娜和老罗伯特[5]开车出门。唐娜开车，一个开着皮卡的男人冲着她大声嚷嚷。老罗伯特一下子从车上跳下来，朝着卡车跑去。"他踩上卡车踏板，手伸进车窗一把揪住那个人，把他从窗子里拽了出来，身子挂在外面。"罗杰回忆道。

尽管老罗伯特有强烈的保护欲，但他并不认为他儿子就该为血友病所困。"我13岁那年他允许我跟着基督教青年会（YMCA）的一帮年轻人，在一个印第安导游的带领下前往加拿大的北林区，"罗杰说，"我们在那里待了三周。现在回忆起来，我父母还因为这事争执过，但是我父亲说'让他去吧，他会没事的。他扛得住'。于是他们把我送去了。到了那里，我们沿着蒙特利尔河漂流——我们玩了好多不同的项目。我顺利完成了所有的活动，这给了我极大的信心。我父亲说：'接下来你的生活跟正常人没有任何差别，别退缩，也别躲避。更不要害怕。'我的人生之路就这样展开，我觉得那对我的影响特别大。"[6]

老罗伯特教的东西有时也颇为残酷。当罗杰尚在那次车祸后的恢

---

[1] Lloyd Grove, "The Image Shaker; Roger Ailes, the Bush Team's Wily Media Man," *Washington Post*, June 20, 1988.
[2] 同上。
[3] Junod, "Why Does Roger Ailes Hate America?"
[4] 作者对小罗伯特·艾尔斯的采访。
[5] Junod, "Roger Ailes on Roger Ailes: The Interview Transcripts, Part 2."
[6] 同上。

复期时，父亲就带他去跑道帮他练习走路。① 一天，罗杰陷进了路上的一堆粪肥里。"别倒下，那样你就不会沾上这些脏东西！"罗伯特厉声呵斥道。罗杰提过的最残酷的一课是在他跟哥哥合用的卧室里。②罗杰站在上铺。他父亲张开双臂微笑着。

"跳啊罗杰，跳。"他喊道。

罗杰从床上一跃而起，往他的怀里扑去。但是罗伯特往后退了一步。他的儿子整个人摔趴在地上。当他抬起头往上看的时候，罗伯特弯腰把他抱了起来。"千万别相信任何人。"他说。

1970年代在罗杰的咨询公司工作过的斯蒂芬·罗森菲尔德认为这个插曲是"罗杰告别童真的事件"，那一刻塑造了他老板这个人，也一直困扰着他。这件事艾尔斯跟他说起过好几次，每次声音里都带着痛苦。"他很生气，但他也清楚他父亲是在给他上一堂重要的课，"罗森菲尔德回忆道，"这也就是为什么我认为你是在写一个没有很多好朋友的人。跟着罗杰一起工作的人成了他的家人。知道一切尽在自己的掌握之中会让罗杰更有安全感。"

老罗伯特要求屋子里保持安静。③ 如果男孩们在他面前打闹的话，他会警告他们马上停止。如果他们充耳不闻，他就会抽出皮带打他们，他们哭着哀求也没有用，直到他们彻底收声他才会停手。"他不会大喊大叫，从来不会提高嗓门，"小罗伯特回忆道，"他就是喜欢拿那根皮带狠狠地抽你。他会一直打，一直打……这几乎是我们童年时的家常便饭。"随着时间的推移，男孩们学会压制住他们痛苦的哀嚎。"假如我们不哭了，他就走开了。他就想安安静静的，"小罗伯特说，"罗杰肯定受伤了，但我没有。我也就有些红肿什么的。他从来没打过我们的脸。只打我们的腿或屁股。"男孩们对他们父亲的暴力

---

① Ken Auletta, "Vox Fox: How Roger Ailes and Fox News Are Changing Cable News," *New Yorker*, May 26, 2003.
② 作者对斯蒂芬·罗森菲尔德的采访。
③ 作者对小罗伯特·艾尔斯的采访。

没什么看法。"如果这发生在现在,我们会被送去寄养家庭,他则会去蹲大牢。但在以前,我们什么都不知道。"小罗伯特说。"我害怕极了,"罗杰回忆道,"但我爱我的父亲。"①

多年之后,两兄弟才知道,原来他们的父亲也是在打骂中长大的。② 老罗伯特经常跟家人说,他父亲梅尔维尔·达尔文·艾尔斯在第一次世界大战中阵亡,留下他做小学老师的母亲萨迪独自抚养他跟他的兄弟姐妹。"关于这事有两三个不同的版本,"小罗伯特现在还记得,"有一个战争故事最后结局不错。"萨迪不停地虚构。在1930年的那次人口普查中,她自称为"寡妇"。③

小罗伯特高二那年,他收到了坎宁安奶奶寄来的一个衬衣盒。里面塞满了《阿克伦灯塔报》(Akron Beacon Journal)的剪报。它们显示梅尔维尔·艾尔斯并没有死,而是个上过哈佛大学、颇受尊重的公共卫生官员,就住在距离阿克伦45英里的地方。他已经跟另一个女人结婚了。④

---

① Junod, "Roger Ailes on Roger Ailes: The Interview Transcripts, Part 2."
② 作者对小罗伯特·艾尔斯的采访。
③ "United States Census, 1930," index and images, Sadie H. Ailes (Warren, Trumbull, Ohio), FamilySearch. 实际上,她的丈夫梅尔维尔已于1922年7月24日与另一个女人结婚。参见 "Michigan Marriages, 1868-1925," index and images, Melville Ailes (1922), FamilySearch。
④ 大学时,小罗伯特·艾尔斯第一次独自去见他的祖父。梅尔维尔当时住在俄亥俄州的西德尼,患有老年痴呆症。"我们吃了晚饭,"小罗伯特回忆说,"他当时神志不怎么清楚了。我见到他时,他已经不认得我了。"饭后,小罗伯特去他的海伦姑婆家,她是个历史老师,他们围着厨房的桌子坐下,她给他讲家里的故事,一直聊到深夜。这一经历激起了小罗伯特日后对家谱的兴趣。他后来写了一本家族史,但从没出版过。"第一批艾尔斯家的人于1700年来到美国。威廉和斯蒂芬·艾尔斯两兄弟,他们是第一批到美国的艾尔斯家人,"罗伯特说,"他们在宾夕法尼亚州安了家。他们都是农民,有意思的是,他们娶了姓安德伍德的两姐妹。威廉的第一个孩子是小威廉·安德伍德,罗杰和我是他的后代。"艾尔斯这个家族亲历了美国的许多建国神话:逃离欧洲的宗教迫害,在中西部的边疆木屋里过活,在军中英勇效力,帮助建设国家。小威廉的儿子摩西·霍夫曼·艾尔斯是艾尔斯家第一个到俄亥俄州的。摩西是1812年战争的退伍军人,他在1842年把家人带到了离印第安纳州边界40英里的俄亥俄州谢尔比县。他们在那里从一个名叫丹尼尔·鲍德温的驼背男人那里买了个农场。(邻居们给鲍德温起了个绰号叫"黄樟树",因为据地方志记载,此人提着一篮子药草根挨家挨户(转下页)

小罗伯特并没有把他的发现告诉罗杰。① 他们的母亲告诉他罗杰"太小了",不应该知道这个真相,但罗杰最后还是知道了。唐娜请求

(接上页)地去"净化和稀释我们这些人身上因食物太多、缺乏运动而变得黏稠和迟钝的人的血液"。)他们在农场上生活了7年,直到离他们最近的定居点蒙特拉被调查。1862年8月,摩西最小的儿子赫兹基亚加入了联邦军去作战。两年后,他在佐治亚州的雷萨卡战役中肩部中弹,此役中,5分钟的炮击让他所在团的220人伤亡了112人。由于他在战斗中的勇敢表现,他从中士升为军士长。战后,他返回谢尔比县,在当地教书,并担任政治职务。他曾是治安法官、县审计师和俄亥俄州西德尼市的三届市长。据地方志记载,"很少有人的家庭和公共生活能比他更繁忙、更幸福,并且获得如此多的荣誉"。他的哥哥阿尔弗雷德·艾尔斯(罗杰的曾曾祖父)是一位成功的农民和商人。1852年4月,阿尔弗雷德与梅丽莎·简·杨结婚,她是一位卫理公会主教派奋兴运动人士的女儿,婚礼在她17岁生日的前一个月举行。他们在一个农场干了15年活——那条蜿蜒而过的土路至今仍被称为艾尔斯路。1868年,他们搬到了蒙特拉,阿尔弗雷德在那里买了一家蒸汽锯木厂的一半权益。此时,蒙特拉已经是一个欣欣向荣的边疆前哨。当地有一家旅馆、一家酒铺以及一家铁匠铺。与赫兹基亚一样,阿尔弗雷德是一位公民领袖,也是民主党成员。他从1870年开始担任治安法官,直到1882年去世。该地区的一本编年史称阿尔弗雷德是"一位德高望重的人物"。1858年5月19日,阿尔弗雷德的长子约翰·福赛尔·艾尔斯出生在谢尔比县中心的富兰克林镇。约翰继续着艾尔斯家族在美国的上升轨迹。他头脑聪明,进了南俄亥俄大学,成为家里第一位大学生。他与来自哈丁县的一位名叫丽贝卡·洛芬娜·德鲁姆的教师结了婚。约翰在学校教了32年书,同时管理着家里剩下的80英亩农场。约翰和他的父亲一样,是社区的杰出一员、政治活跃分子。"他在政治上是民主党人,"一份地方志指出,"他倾向于父辈那种基于历史累积的经验,而不是创新者未经检验的理论。"约翰曾担任该县的副审计师3年,并当过一年的遗嘱认证副法官。有8年,他是杰克逊镇的书记员,还是县学校检查委员会成员。20年来,约翰经常出入当地的秘密共济会,并在其中担任领导职务。他曾在俄亥俄州第37区担任过4年的代表。约翰和丽贝卡养育了三男一女,其中两人成为教师,两个成为医生。他们的长子梅尔维尔·达尔文·艾尔斯(罗杰的祖父)1883年4月17日出生。梅尔维尔获得了三个高级学位,是艾尔斯家族所有成员中受教育程度最高的。他先在俄亥俄北方大学学习,1905年前后毕业,获得了学士学位和法学学位。大约在这个时候,梅尔维尔与一位教师、同样毕业于俄亥俄北方大学的萨拉·霍滕斯·麦克默里喜结连理,朋友们称萨拉为萨迪,她比他大7岁。梅尔维尔和萨迪接连生了3个孩子。罗杰的父亲罗伯特·尤金是中间那个,他1907年出生在俄亥俄州的斯普林菲尔德。本家谱的主要来源是对小罗伯特·艾尔斯的采访,A. B. C. Hitchcock's *History of Shelby County, Ohio, and Representative Citizens* (Chicago: Richmond-Arnold Publishing, 1913),*History of Shelby County, Ohio with Illustrations and Biographical Sketches of Some of Its Prominent Men and Pioneers* (Philadelphia: R. Sutton & Co., 1883),以及 Ancestry.com 网站的出生、死亡和婚姻记录。

① 作者对小罗伯特·艾尔斯的采访。

孩子们千万别让他们的父亲知道他们发现了这事。"他绝对不会容忍任何有关这个话题的讨论。"小罗伯特回忆道。他们从未在父亲面前提起过这事，罗杰也从未见过他的祖父，后者因老年痴呆症1967年去世。①

等儿子们长到十几岁的时候，老罗伯特不再鞭打他们，但高中生活带来了截然不同的压力。唐娜是个好胜且霸道的母亲，她鞭策起自己的两个儿子来就像当年对自己一样严厉。② 高中时，她是篮球场上的明星。虽然她从没上过大学，但她期望自己的儿子可以走出沃伦看看外面的世界。"为此她做什么都愿意。"小罗伯特回忆道。她给兄弟俩报名参加了表演课和音乐课，对他们的学业要求达到完美。"在看到考试卷子前她就想知道我得了A，"小罗伯特至今还记得很清楚，"她要知道我是否得了满分。假如我没得满分，她想知道我是否得了最高分。"唐娜在表达爱意上也很吝啬。罗杰记得她只是"偶尔"才会给他一个拥抱。③ 他曾在一个记者面前猜测她有可能害怕他所患的血友病。

罗杰学习不错，但在班上也没到出类拔萃的地步。在学业上，他没法跟小罗伯特比，后者当年是沃伦·G.哈丁高中的学生会主席，拿着奖学金上了欧柏林学院，之后又进了医学院深造。④ "显而易见我哥是最得宠的那个。"罗杰回忆道。⑤ 唐娜的高压政策在罗伯特身上颇见成效，但在罗杰这儿却事与愿违。"她越逼他，他就越不努力。"罗伯特说。⑥ 罗杰会说："我拿了个C，这成绩够不错了！"为了

---

① 根据小罗伯特·艾尔斯在Findagrave.com上创建的"梅尔维尔·达尔文·艾尔斯"的条目。
② 作者对小罗伯特·艾尔斯的采访。
③ Junod, "Roger Ailes on Roger Ailes: The Interview Transcripts, Part 2."
④ 作者对小罗伯特·艾尔斯的采访。
⑤ Junod, "Roger Ailes on Roger Ailes: The Interview Transcripts, Part 2."
⑥ 作者对小罗伯特·艾尔斯的采访。

能过拉丁文这门课,罗杰还抄了他哥哥的家庭作业和考试的答案。

电视屏幕成了罗杰的教室。小时候,他经常浑身瘀伤,然后躺在客厅沙发上看几个小时的综艺节目和西部电影。"他会分析节目,而且猜出结果。"他哥哥说。① 罗杰伴着电视一起长大。1940 年,罗杰出生的那一年,赫伯特·胡佛在共和党全国代表大会上接受采访时,第一次在电视荧幕上亮相。② 7 年后,哈里·杜鲁门总统的白宫第一次进行电视转播。③ 1950 年至 1951 年,拥有电视机的家庭数翻了一番,达到了 1000 万。④ 1952 年,理查德·尼克松在电视上发表了"跳棋演讲"(Checkers Speech),成功地挽救了自己的政治生涯。跟他最喜欢看《荒野大镖客》(*Gunsmoker*)的父亲一样,罗杰喜欢的都是男主角强势、情节简单的电视节目。⑤

罗杰还喜欢表演。他说:"我喜欢走出教室,但我又不喜欢体育运动。那么剩下的也就只有表演课了。"⑥ 他跟邻居家的孩子一起排演节目。这些演员伙伴中有一个叫奥斯汀·彭德尔顿,长大后成了知名的舞台剧和电影演员。⑦ 彭德尔顿的母亲给罗杰上表演课,而他那位在沃伦工具公司(Warren Tool Corporation)当总裁的父亲,则在他们家大宅的地下室里搭了个小剧场,让彭德尔顿和他的朋友们一起演节目。彭德尔顿有时也会请罗杰跟他们一起玩。

在沃伦·G. 哈丁高中的时候,罗杰出演了几部舞台剧以及学校

---

① 作者对小罗伯特·艾尔斯的采访。
② O. E. D. Jr., "Mr. Hoover Televiewed," *New York Times*, June 30, 1940.
③ Samuel A. Tower, "Truman Calls on Nation to Forego Meat Tuesdays, Poultry, Eggs Thursdays," *New York Times*, Oct. 6, 1947.
④ Richard Sutch and Susan B. Carter, eds., *Historical Statistics of the United States: Millennial Edition* (Cambridge, U. K.: Cambridge University Press, 2006), Vol. 4, 977 - 98. 该统计数字出现在"Communications"一文中,此文为经济学家亚历山大·J. 菲尔德投稿。
⑤ Nancy Hass, "Embracing the Enemy," *New York Times Magazine*, Jan. 8, 1995.
⑥ William Alcorn, "Fox News Chairman Ailes Comes Home, Discusses Obama's Tasks," *Vindicator*, Nov. 11, 2008.
⑦ 作者对小罗伯特·艾尔斯的采访。

每年举办的大型综艺节目"欢乐大派对"。"他坐在钢琴前自弹自唱，"校友肯特·弗塞尔曼回忆道，"他很棒，看起来得心应手。"[1] 劳娜·纽曼跟罗杰在去舞台剧《1月16日的夜晚》(*Night of January 16th*)试镜时一见如故，那是艾恩·兰德创作的一部关于贪婪和道德败坏的法庭戏。[2] 他们在对台词前没进行过任何交流。"那一刻就像命中注定一样，"她说，"他选了我。我也选了他。我当时脑子里一闪而过的是——我之前怎么就没注意到这个人呢？他是如此英俊，如此睿智。"他俩分别得到了剧中秘书和辩护律师的角色。罗杰在高中毕业前还参演了改编自《一个叫彼得的人》的一部舞台剧，讲的是一个极具个人魅力的美国参议院特遣牧师的信仰的故事。[3]

尽管老罗伯特希望他的孩子们可以通过努力上大学，但他对接受教育的看法颇为复杂。"父亲并没有鼓励我们。"小罗伯特回忆说。[4] 他自己那位上了常春藤大学的父亲抛弃了他，帕卡德工厂里的那些上过大学的管理人员的傲慢态度常让他气不打一处来。但他也认识到自己高中一毕业就工作，这一路走来是何等艰辛。一次，当罗杰看到那些"上过大学的人"对着他父亲"指手画脚"时，他问父亲为什么任由这些人如此对待他。[5] "儿子啊，我是因为你、你哥哥还有你妹妹，"他答道，"我需要这份工作，而你们这些孩子得去上大学，只有这样你们以后才不会受这份窝囊气。"

他在帕卡德赚得最多的那几年，一个月可以拿到650美金，相当于今天的6万美金年薪。[6] 这是一份相当不错的薪水，但在付完妻子、两个儿子和小女儿的开销后，老罗伯特就剩不下什么钱给自己花

---

[1] 作者对沃伦居民肯特·弗塞尔曼的采访。
[2] 作者对劳娜·纽曼-明森的采访。
[3] 作者对沃伦居民伯尼斯·马里诺的采访。
[4] 同上。
[5] Auletta, "Vox Fox."
[6] *Donna M. Ailes v. Robert E. Ailes*, Trumbull County (Ohio) Court of Common Pleas, Division of Domestic Relations, Case 5396, Oct. 7, 1959.

了。为了赚点外快,他打了第二份工,傍晚出去给人刷房子。① 唐娜也出去工作,她在美国癌症协会的当地分支机构做文书,这也加深了老罗伯特的不满。"这个可怜的家伙从没有过一套新西装。衣橱里有他两双鞋,一双星期天才穿,另一双平日里穿。"罗杰回忆道。② 等到这家人要买 1957 年的别克特别款轿车时,老罗伯特是拿了房屋去抵押才买下的。③ 尽管他有着工人那种逞强和稳定的收入,但他的生活充满了失败。"他一直都那么努力,但到头来还是一事无成,"小罗伯特回忆道,"他没有一举成功的本能。"④

罗杰深知自己的父亲作为蓝领工人的挣扎,不想活成他那样。"我一心只想着赚到足够多的钱,只有这样,我才不会重蹈我父亲的覆辙。"他曾经这样说过。⑤ 罗杰还发誓永远不会受人支配。罗杰 17 岁时找到了一份工作,跟着一帮高速公路工人在俄亥俄州的 45 号公路上挖沟,并第一次学用手提钻。⑥ 他还记得当时领班的话:"他告诉我用肚子顶住手提钻,然后扣下扳机。"手提钻猛地一冲,将他弹了个四脚朝天。他一下子倒在泥地里,整个人都蒙了。他想揍那人,但意识到"如果我敢动手,他会把我弄死"。

"你为什么要那么做?"罗杰对他大声嚷道。好多年了他还记得那人的回答。

"小子,我又不是你妈。"那人回呛道。

罗杰高三那年的春天,有一天,他父亲把他拉到一边,问道:"你要去哪里?"罗杰觉得这个问题问得很奇怪。他就坐在客厅里,没

---

① 作者对小罗伯特·艾尔斯的采访。
② Grove, "The Image Shaker; Roger Ailes, the Bush Team's Wily Media Man."
③ *Donna M. Ailes v. Robert E. Ailes*, Trumbull County (Ohio) Court of Common Pleas, Division of Domestic Relations, Case 5396, March 18, 1960.
④ 作者对小罗伯特·艾尔斯的采访。
⑤ Grove, "The Image Shaker; Roger Ailes, the Bush Team's Wily Media Man."
⑥ Donald Baer, "Roger Rabid," *Manhattan, Inc.*, Sept. 1989.

打算去哪里。"你不能住这里。你 18 岁了。应该独立了。你现在得自力更生了……如果你搞大了人家的肚子,别把她们带回家。我不会给钱的。"①

就在这个时候,罗杰收到了位于阿森斯的俄亥俄大学的录取通知书。他想去,但他没有拿到奖学金的可能,不能像他哥哥去上欧柏林学院那样。父亲说不准备付他上大学的钱。他还建议罗杰要么参军,要么就在帕卡德找份工作。

"我可以在工厂里给你报上名,试着给你找份工作。"

为此,罗杰气得两个月没跟他爸爸说过一句话,但是,回想起那件事,罗杰说这是"他为我做过的最好的一件事"。

或许是为了气他父亲,罗杰去大学报到了。他也许对自己的学业并没有明确的目标,但他绝不允许自己成为他父亲那样的人。

那年夏天,罗杰来到阿森斯,一座窝在阿巴拉契亚山脚下的小城,开始了他大学新生的生活。庄严的红砖楼围成四方院子,俯瞰着俄亥俄河的支流霍金河,整座校园颇具东海岸学院的田园风情。罗杰的同班同学亚瑟·诺雷蒂回忆说:"那感觉就像是艾森豪威尔时代的一张完美的明信片。你会有种在这城市里有座堡垒的感觉。"② 学生们在秋天开车出去兜风,到了圣诞节聚在一起唱颂歌。③

冷战是校园里最受关注的话题,而大家对民权抱有怀疑的态度。艾尔斯大二时,《俄亥俄大学邮报》针对在大学街举行的一场只有 80 人参加的民权游行发文进行批判。"如果你惧怕真相,就不要读这篇社论!"文章这样写道,"平等并非单方面的主张。平等也意味着责任和义务。有些黑人已经摆明了没有准备承担责任……白人只要记得一件事——在我们这个偏执的世界里,你是少数。而且随着时间一天天

---

① Junod, "Roger Ailes on Roger Ailes: The Interview Transcripts, Part 2."
② 作者对俄亥俄大学校友亚瑟·诺雷蒂的采访。
③ 参见,如,*Athena*, 1959 (Ohio University yearbook), 32。

福克斯新闻大亨　　017

流逝，你这个少数正在变得更少。"①

发到罗杰班上的手册鼓励学生们遵循社会惯例。②"'学生中的风头人物'要穿深色西装和运动外套，"手册这样写道，"男女生同校就需要穿毛衣和裙子、短袜配马鞍鞋以及周日的全套行头。"指导原则就是以端庄朴素为主。"俄亥俄大学鼓励个人主义，但必须符合校规，"手册提出，"在俄亥俄大学表现出你最好的一面，别把你家的丑事带到学校里来。"1959年的大学年鉴里有一张照片，上面是一个男孩和一个女孩站在保龄球道上，下面的图片说明写道："他在指点，她在聆听。"③ 1959年12月，300名学生组织了一场游行，抗议"垮掉的一代"。④

当艾尔斯初来校园的时候，他并不清楚自己想学什么，但有一点他非常清楚。他想参军，就像他在沃伦最好的朋友道格·韦伯斯特那样。⑤ 罗杰报名参加了空军的预备役军官训练营，并在这个项目中待了两年，但他的健康状况是个问题。"我最想做的是驾驶战斗机……但是我的视力和身体问题让政府做出了明智的决定，那就是不允许我碰那些价格昂贵的飞机。"后来他这样说道。从某种意义上说，他最接近自己目标的一次是在大学的舞台剧《荒唐大兵》(No Time for Sergeants) 里扮演有点跛脚的大兵欧文·布兰查德。⑥

就跟他在高中时一样，艾尔斯对课堂不太感兴趣。"我整天酩酊大醉，"⑦ 他回忆道，"我还逃了不少课，最后挂科了。系主任把我叫

---

① *The Post* (Ohio University), May 19, 1960.
② 1958–1959 Student Handbook, Ohio University, Athens, Ohio.
③ *Athena*, 1959 (Ohio University yearbook), 9.
④ Wesley M. Stevens, "Beatniks Protested at Fireside Group," *Athens Messenger*, Dec. 30, 1959.
⑤ Tom Hodson, *Conversations from Studio B* (interview with Roger Ailes at 4:18), WOUB Public Media, Ohio University, May 20, 2012. http://woub.org/2012/05/20/fox-news-chairman-and-ceo-roger-ailes.
⑥ Playbill, Ohio University, Athens, Ohio.
⑦ Marshall Sella, "The Red-State Network," *New York Times*, June 24, 2001.

进去，说'因为这是所州立大学，所以我们不得不把你的学籍再保留一个学期'。"① 但是大一时他随便申请了一个大学广播电台播音员的职位，让他找到了新方向。当时，俄亥俄大学是美国仅有的几所拥有学生经营的广播和电视台的大学之一，堪称大学广播的先驱。艾尔斯一开始的工作是在一档名为《电台文摘》（*Radio Digest*）的节目里播报新闻。② 之后，他与朋友唐·希尔克玛主持了一档名为《哈欠巡逻队》（*Yawn Patrol*）的晨间综艺节目。③ 广播部门的负责人叫文森特·尤克斯，长得壮实，为人专横，他对这些年轻的广播员有非常严格的规定，严令在电台播放的所有音乐必须事先得到他的批准。④ 摇滚乐唱片是被明令禁止播放的，但艾尔斯在尤克斯的眼皮底下成功地曲线救国。一天，他和希尔克玛定好计划，居然让一张鲍比·达林的唱片顺利通过了审查。⑤ "我们把唱片拿到他那里审批，"希尔克玛回忆说，"我俩从头到尾一直跟他说话，分散他的注意力。"

因为有舞台表演经验，艾尔斯做播音员很有天分。担任电台顾问的教师、37岁的阿奇·格里尔发现了他的才能。⑥ 格里尔跟尤克斯截然不同，他是一位为人友善、充满热情的导师。⑦ "阿奇有可能是第一个对我抱有信心并对我说'你会有所成就'的人。"艾尔斯说。⑧ 在他大二快结束的时候，格里尔将艾尔斯升为电台经理，这个职位通常是由大四学生担任的。⑨ 由于他在广播方面的出色表现，艾尔斯很

---

① 2004年12月19日，媒体公司C-Span的布莱恩·拉姆对罗杰·艾尔斯的采访。
② Hodson, *Conversations from Studio B*（对罗杰·艾尔斯的采访，在4分40秒处）。
③ 作者对俄亥俄大学校友唐纳德·希尔克玛的采访。（直播中，希尔克玛用的是化名唐·马修斯。）另见Hodson, *Conversations from Studio B*（对罗杰·艾尔斯的采访，在7分42秒、8分10秒处）。
④ 作者对前WOUB站长弗里德·扬维斯的采访。
⑤ 作者对唐纳德·希尔克玛的采访。
⑥ Jaine Wyatt, "Archie Greer," *Athens* (Ohio) *News*, Jan. 4, 2010.
⑦ 作者对WOUB的学生的采访。
⑧ 罗杰·艾尔斯在俄亥俄大学罗杰·E. 艾尔斯新闻编辑室落成典礼上的讲话，2008年4月24日。
⑨ 作者对WOUB的学生的采访。《海底电报》上一篇题为《雇主的儿子获得大学荣誉》的文章中指出："俄亥俄州阿森斯市俄亥俄大学的大二学生罗杰·艾（转下页）

快被选入 Alpha Epsilon Rho[1] 广播电视协会。[2] 即使身为一个低年级学生，艾尔斯也比其他学生看起来更为老成持重。"我们有点怕他，因为他是老板。"1960 年入学俄亥俄大学的迈克·亚当斯回忆道。[3]

电台的播音室成了艾尔斯的家。艾尔斯一心扑在广播上，并决定主修综合艺术。在上课期间，除非去街上的布莱克莫尔店里吃点东西，他几乎从未踏出演讲楼的地下室一步。[4] 他经常是早上 6 点第一个到，然后打开电台发射器的那个人。[5] 有一年暑假他没回家，而是在阿森斯当地的商业电台 WATH 找了份每小时挣 1.1 美元的工作。[6]

尽管他在广播这个小圈子里头花的时间不少，但艾尔斯还是个让人难以捉摸的人。他瞒着同学，用迪克·萨默斯这个假名在 25 英里外、位于俄亥俄州南部米德尔波特镇上的 WMPO 广播电台兼职做摇滚 DJ。[7] "他不让人接近他，"唐·希尔克玛回忆说，"他从不说任何关于他个人或者他所感受的、思考的事情。这挺奇怪的……每个人都认识罗杰这个人，但他们都对他一无所知。"[8] 就算他有政治信念，别人也不清楚他的立场，甚至在 1960 年总统选举期间他领导电台的时候也没有表露过。WOUB 电台的特别活动负责人唐·斯威姆回忆说："他没有表现出任何极右政治迹象。"[9] 艾尔斯基本上不跟别人说

（接上页）尔斯被任命为该校广播电台 WOUB 的经理。据报道，这是第一次有大二学生受命担任该职。"

[1] 旨在表彰在电子媒体领域取得成就的学生的学术荣誉社团。——译者
[2]《海底电报》报道说，艾尔斯还被"Alpha Epsilon Rho 的当地分会评为广播电视专业的优秀二年级学生"。另见 *Athena*, 1962 (Ohio University yearbook), 215。
[3] 作者对俄亥俄大学校友迈克·亚当斯的采访。
[4] Hodson, *Conversations from Studio B*（对罗杰·艾尔斯的采访，在 5 分 40 秒处）。
[5] 同上，在 11 分 30 秒处。
[6] 作者对唐纳德·希尔克玛的采访。
[7] Hodson, *Conversations from Studio B* (interview with Roger Ailes, at 10:12)。据《广播》(*Broadcasting*) 杂志称，艾尔斯在 1962 年也是 WMPO 的节目主管。("Week's Profile: How to Change Debate Loser to Arena Winner," *Broadcasting*, Nov. 11, 1968, 101) 关于"迪克·萨默斯"这个化名，参见 Nadine Brozan, "Chronicle," *New York Times*, April 2, 1993。
[8] 作者对唐纳德·希尔克玛的采访。
[9] 作者对唐·斯威姆的采访。

起他的血友病。"我记得他告诉我的时候,"他的同学比尔·克洛科夫说,"我们正在图书馆里找音乐素材,他说问题很严重。在那个时候,他也不知道自己会活多久。"①

当他得不到自己想要的东西时就会大发脾气。"控制对他来说非常重要。"希尔克玛回忆说。② 小罗伯特把他的这个特点与他的身体状况联系起来。"血友病患者就是这样,他们都是冒险家,"他说,"他们倾向于否认自己的病情。他们不想特殊化。他们与疾病作斗争,而问题是:他们的行为变得更咄咄逼人。"③

老罗伯特和唐娜的婚姻在罗杰童年时期就开始分崩离析,等到罗杰上了大学后,这段婚姻就彻底破裂了。在他大二那年的秋天,唐娜提出离婚。她修改后的离婚申请书所描绘的场景令人心痛,就像一扇窗口让人可以望进罗杰成长的那个黑暗环境。④ "在他们的整个婚姻期间",她的律师写道,老罗伯特"总是对她大喊大叫,在毫无征兆的情况下对她施暴"。她感觉不到被爱。"多年来,被告未能给予原告妻子理应从丈夫那里获得的尊重:未曾充分证明自己对她的关心或爱,也从未对她所做的任何好的、有利的事或者她的举止予以赞赏,他对原告缺乏感情和尊重。"她很孤独。"在整个婚姻过程中,被告人与外界的交往以及社交活动基本上都以男性为主,而且从未将原告包括在他的大量社交活动中。"当唐娜表达她对婚姻的不满时,她说罗伯特将这一切怪罪于她——其表达方式包括在厨房的黑板上写下他的种种抱怨。他有些偏执,跟他的朋友说她对婚姻不忠。"在她看来,他变得令人厌恶且具有攻击性,因此她再也无法忍受跟他共同生活、

---

① 作者对俄亥俄大学校友比尔·克洛科夫的采访。
② 作者对唐纳德·希尔克玛的采访。
③ 作者对小罗伯特·艾尔斯的采访。
④ Amended Petition, *Donna M. Ailes v. Robert E. Ailes*, Trumbull County (Ohio) Court of Common Pleas, Division of Domestic Relations, Case 5396, March 18, 1960.

继续在他的虐待下委曲求全。"申述书这样写道。

唐娜担心罗伯特会杀了她。最初的申诉书于 1959 年 10 月 7 日递交,其中写道:"如果对他提起与此指控类似的诉讼,他将威胁她的生命并对她进行人身伤害。"[1] 她要求法院禁止他进入屋子,禁止打电话给她或者打扰她的工作。"她担心不禁止他对她进行骚扰,他就会对她实施人身伤害。"该文件中写道。在法院应她要求发出临时限制令后,两天后的上午 9 点,警长 T. 赫伯特・托马斯带上其副手埃德温・詹姆斯驱车前往位于贝尔蒙特街上的房子,向罗伯特出示了法庭文件,并命令他离开现场。[2]

法庭记录中没有任何内容显示罗伯特对限制令或离婚申请提出过异议。罗杰回忆说,直到他定下日子从大学回家过圣诞节前,才从父母那里听说了离婚的事。"他们打了个电话给我,让我务必安排一下去我朋友道格家住,"他说,"然后他们告诉我他们正在闹离婚。"[3]这消息给人的打击太大了。"这对罗杰的影响很大,"他哥哥后来回忆道,"他无处可去……我或多或少还有地方可去。罗杰没有。"[4]

1960 年 4 月 27 日这天,法庭认定罗伯特"极度残忍",于是批准了唐娜的离婚请求。[5] 她获得了还在读高三的女儿唐娜・珍妮的监护权。离婚后不久,唐娜就把房子挂牌出售了。她爱上了住在旧金山的美国癌症协会筹款人约瑟夫・厄本,此人之前是一位报纸记者。[6]"他会说德语和法语,"小罗伯特回忆说,"他和我父亲正好相反。他

---

[1] Petition, *Donna M. Ailes v. Robert E. Ailes,* Trumbull County (Ohio) Court of Common Pleas, Division of Domestic Relations, Case 5396, Oct. 7, 1959.
[2] Journal entry, Judge Bruce Henderson, Trumbull County (Ohio) Court of Common Pleas, Division of Domestic Relations, Oct. 8, 1959.
[3] Junod, "Roger Ailes on Roger Ailes: The Interview Transcripts, Part 2."
[4] 作者对小罗伯特・艾尔斯的采访。
[5] Journal entry (decree of divorce), Judge Bruce Henderson, April 27, 1960。唐娜・J. 艾尔斯是一名高中生,见修正后的申请书。
[6] 根据小罗伯特・艾尔斯在 Findagrave.com 上创建的"约瑟夫・厄本"条目。

非常温和，从不发脾气。"①

等罗杰再回到沃伦时，贝尔蒙特街上的房子已经卖掉了，他把这样的变故归咎于他的母亲。"我再也找不到我收集的邮票了，"他说，"我什么都找不到了。什么都没了。……我从外婆那里得知我母亲去了加州。她给了我一个电话号码。……我到现在都很生气，因为我的那些好东西都留在我衣柜里了，全都是小时候的纪念品。我时常想念我那些东西。我想着'我的东西都去哪儿了？'。"②

在他父母的婚姻走向破裂的时候，罗杰开始了自己的婚姻。当他还是大学新生时，他遇到了玛乔丽·怀特，那是一位来自西弗吉尼亚州帕克斯堡——他母亲的出生地——的一位棕发美女，她主修艺术，比罗杰大 2 岁，当时已经跟受欢迎的 WOUB 电台经理大卫·蔡斯订婚了。③ 蔡斯的朋友弗里德·扬维斯回忆说："在 WOUB，大卫可算得上是个人物。他是那里的灵魂，大家对他都很肯定。"④ 蔡斯是一位才华横溢的广播员，后来移居纽约，在 MSNBC——美国全国广播公司（NBC）集团的旗舰电视台——担任节目总监。⑤ 但蔡斯在毕业后被召入空军服役，艾尔斯近水楼台，俘获了怀特的芳心。希尔克玛说："罗杰偷走了她，并跟她结了婚。"⑥

1960 年 8 月 27 日上午 11 点 30 分，也就是在他父母离婚 4 个月后，罗杰和玛乔丽在学校的加勒布雷教堂里举办了婚礼。⑦ 婚后，

---

① 作者对小罗伯特·艾尔斯的采访。
② Junod, "Roger Ailes on Roger Ailes: The Interview Transcripts, Part 2."
③ 作者对弗里德·扬维斯的采访。另见 Chafets, *Roger Ailes*, 22。艾尔斯的母亲出生在帕克斯堡，参见小罗伯特·艾尔斯在 Findagrave.com 上创建的 "唐娜·玛丽·坎宁安（·艾尔斯）·厄本"条目。已故的大卫·R. 蔡斯的女儿丽萨·蔡斯证实，玛乔丽与她父亲订过婚。
④ 作者对弗里德·扬维斯的采访。
⑤ 作者对已故的大卫·R. 蔡斯的女儿丽萨·蔡斯的采访。也可参见 "Fates and Fortunes," *Broadcasting*, Feb. 20, 1978, 64。
⑥ 作者对唐纳德·希尔克玛的采访。
⑦ Original logs of Galbreath Chapel, Ohio University Archives.

他们搬进了位于校园东侧的斯图尔特街上一排工匠风格房子里的一间公寓。① 玛乔丽在阿森斯以北 13 英里的纳尔逊维尔教艺术课,艾尔斯则继续留在学校完成他大学最后两年的学业。② 他们的婚姻向别人发出了强大的信号。扬维斯说:"就这么一个大一新生,从 WOUB 的风云人物手上横刀夺爱,一年后跟她结了婚。"③

组建自己的家庭也是艾尔斯寻找安定的一种方式。父母的离异给艾尔斯家的孩子们留下了伤痛。对于罗杰而言,事业心就是治愈早期伤口的一剂良药。"也许那就是我为什么总是回去工作。"他曾这样说过。④ 毕业后,他有一个在哥伦布的电台工作的机会。⑤ 但电视才是未来。他在位于克利夫兰的西屋公司旗下电视台申请到了一个初级职位。⑥ 于是,他和玛乔丽收拾起家当,开车北上。

---

① 根据 1960—1961 年的学生通讯录,他们住在斯图尔特街 49 号。俄亥俄大学档案馆。
② 作者对小罗伯特·艾尔斯的采访。
③ 作者对弗里德·扬维斯的采访。
④ Junod, "Roger Ailes on Roger Ailes: The Interview Transcripts, Part 2."
⑤ 艾尔斯在接受霍德森采访时提到了他在哥伦布电台的工作,见采访录音 17 分 20 秒处。
⑥《海底电报》在 1962 年报道说:"来自 551 部门的罗伯特·艾尔斯,其子罗杰·艾尔斯将于今年 6 月从俄亥俄大学的电台电视专业毕业。毕业后,他将在克利夫兰的 KYW 电视台担任副导演,并在节目部协助制作和指导电视节目。"

二、"你可以用你的方式搞定一切"

西屋公司在克利夫兰的电视台 KYW 是一家充满自由气息的公司，不算是初创企业，但也是新兴领域的一个节点。电视制作蓬勃发展，不仅是在纽约和洛杉矶。自从决定在 1955 年从 NBC 收购这家电视台之后，西屋在克利夫兰推出了一个雄心勃勃的新计划，其中包括一个半小时的当地新闻报道《目击者》(*Eyewitness*)，以及由喜剧演员林恩·谢尔顿主演的颇受欢迎的有关小精灵的儿童节目《巴纳比》(*Barnaby*)。①

一天，当 KYW 电视台的节目经理切特·科利尔②正带着艾尔斯在二楼的各个办公室转悠的时候，听到有人大喊了一声"罗杰！"③艾尔斯转过身，看到他高中时的朋友劳娜·纽曼坐在一个房间的桌子后面，屋里挤满了年轻的制片人。自从他们一起在学校出演舞台剧《1月16日的夜晚》之后，两人就再没见过面。纽曼现在是一档全新的 90 分钟午后谈话节目的嘉宾联络人和制片人。西屋公司正准备在五个大都市联合推出这档节目。④

这个概念是福雷斯特·"伍迪"·弗雷泽提出的，他是一位来自芝加哥的容易激动的年轻制片人。⑤作为日间电视节目的开创者，弗雷泽曾推出过一些播出时间不长的午后综艺节目，包括《你好，女士们！》《60 岁俱乐部》和《仅限成年人》。⑥纽曼是弗雷泽为这档新节目雇的第一个人，他为这档节目规划了一个新颖的模式：节目由一位和蔼可亲的常驻主持人，跟每周换一次的名人共同主持。两位主持人在节目上的互动时间要多于对其他嘉宾的采访时间。弗雷泽和纽曼一起面试了 6 位应征者。⑦要找到一位不介意跟比自己名气大的嘉宾主持人分享每周薪酬的常驻主持人可不是什么容易的事。"他们只想找那些没什么名气的歌手、失业的 DJ 和一个能用钢琴演奏'再见了，黑鸟'的家伙。"最终获得常驻主持人这份工作的那个人在他的回忆录中这样写道。⑧ 然后，他们找到了他。

一天下午，回到芝加哥的弗雷泽正坐在位于商品市场大楼的亨里奇酒吧里，NBC 在这栋大楼有十多个演播室。墙上的一个小电视机调了静音，上面正播着一档电视游戏节目。"迈克·道格拉斯！"弗雷泽指着屏幕上的主持人大喊道。道格拉斯是一个大型爵士乐队的歌手，为人亲切和善，曾与弗雷泽在好几个节目中合作过，弗雷泽认为他是这份工作的理想人选。"酒保抬起头，看了一下电视，然后语气温和地纠正了他的说法，"道格拉斯回忆说，"那是主持《试试你的第六感》（*Play Your Hunch*）的梅尔夫·格里芬。这不重要了。伍迪不认识梅尔夫，他认识迈克。他没有梅尔夫的地址，但他有迈克的。几天之后，我就在去克利夫兰的路上了。"⑨

那时候的道格拉斯已经是一位才华将尽、几乎要放弃演艺事业的艺人。他在跟作为乐队领队和电台红人凯·凯瑟一起演出的时候积攒

---

① 关于1955年的部分，参见 Val Adams, "TV Variety Show Faces Time Cut," *New York Times*, May 18, 1955; 关于 *Eyewitness*, 参见 archive.wkyc.com/company/about_us;关于 *Barnaby*, 参见 Tim Hollis, *Hi There, Boys and Girls! America's Local Children's TV Programs* (Jackson: University Press of Mississippi, 2001), 217-18。

② *Radio Annual and Television Yearbook 1962* (New York: Radio Daily Corp., 1962), 803. 作者对劳娜·纽曼-明森的采访。科利尔 2007 年去世。

③ 作者对劳娜·纽曼-明森的采访。

④ 作者对劳娜·纽曼-明森的采访。有关联合推出节目的日期，参见 Gil Faggen, "Cleveland Local Show Begins Syndication," *Billboard*, Aug. 17, 1963。

⑤ Mike Douglas, *Mike Douglas: My Story* (New York: Ballantine, 1979), 209. For *Hi Ladies!*, see Mike Douglas, Thomas Kelly, and Michael Heaton, *I'll Be Right Back: Memories of TV's Greatest Talk Show* (New York: Simon & Schuster, 2000), 17. For *Club 60* and *Adults Only*, see Douglas, *Mike Douglas*, 202-3。

⑥ 同上。

⑦ Mike Douglas, *Mike Douglas*, 211. 作者对劳娜·纽曼-明森的采访。

⑧ 同上。

⑨ Mike Douglas, *I'll Be Right Back*, 21, 203. 关于这则趣闻，道格拉斯有不同说法，参见 *My Story*, 212。

了一些名气（正是凯瑟叫他把他的姓"多德"改成"道格拉斯"的①），他甚至还为迪士尼的影片《灰姑娘》里的王子角色录制了演唱的部分，但是，这会儿他正在南加州靠做房地产买卖养家糊口，也会有些小的演出机会贴补家用，跟主持游戏节目八竿子打不着。② 弗雷泽的邀约似乎是他的最后一搏。道格拉斯告诉自己的妻子吉纳维芙："这是百万分之一的机会。"③

西屋起初跟他签了3个月的合约，周薪400美金，1961年12月11日《迈克·道格拉斯秀》正式亮相。④ "他的友善、机智、翩翩风度和悦耳的歌声，都让他看起来像一位游刃有余的专业主持人。"《克利夫兰日报》第二天的电视评论这样写道。⑤ 这档节目越来越受欢迎，一年后变得红极一时。

"你要做这档节目了！"当科利尔带着艾尔斯在过道上走的时候，劳娜·纽曼对他大声说道，"这是这个电视台里唯一一份工作了。写下10个点子，然后交给伍迪。你一定要接下这份工作，求你了，求你了。我们一定会合作得很开心的。"⑥

艾尔斯在《迈克·道格拉斯秀》节目组从管道具的做起，周薪是68美金，他几乎不着家——就跟他在大学的时候一样，尽管他只负

---

① Douglas, *My Story*, 6. 关于道格拉斯如何得到他的艺名，有许多不同的说法。Harry Harris, *Mike Douglas: The Private Life of the Public Legend* (New York: Award Books, 1976), 82 有两种说法：道格拉斯说"迈克·道格拉斯"听上去太像凯瑟的一个朋友。凯瑟说，"道格拉斯"比"多德"听着更柔和、节奏感更强。Douglas's *My Story*, 168 有另一个说法：道格拉斯说，凯瑟把名字从"小迈克·D. 多德"改为"迈克尔·道格拉斯"的原意是，前者听起来太"花哨"，像最高法院法官的名字。
② Douglas, Kelly, and Heaton, *I'll Be Right Back*, 16.
③ 同上，第23页。
④ 同上，第18、23页。
⑤ Harris, *Mike Douglas*, 100.
⑥ 作者对劳娜·纽曼-明森的采访。艾尔斯大约在1962年到1963年加入了《迈克·道格拉斯秀》。1963年3月11日的《广播》杂志报道称："克利夫兰KYW电视台《迈克·道格拉斯秀》的副导演罗杰·艾尔斯［被］提升为制片人兼导演。"

福克斯新闻大亨

责跑腿，帮节目的资深制作人去拿他们需要的任何东西，但他几乎把所有的时间都扑在了工作上。① "通常我还没起床的时候他就出门了。"玛乔丽的妹妹凯勒克哈特回忆说，她当时在他们位于欧几里得-格林的公寓里借住了一个月，那里在市中心的东北面，距离闹市区9英里。② "他的弦绷得很紧。他就像个晕头转向的苦行僧。忙个不停。说个不停，" 1965年加入该节目的副制片人黛比·米勒说，"我和罗杰关系很好。他和我都是底下的工作人员。"③ 演播室里的工作人员对他的邋遢形象也已经习以为常。"我记得他插在口袋里的钢笔漏墨水了，把衬衫的整片前襟都给染了，"米勒说，"他的头发总是乱七八糟的。他的衬衫下摆总挂在裤子外面，袖子总是卷起来。他老穿黑色的裤子配白衬衫。"

尽管最初对他有些成见，但他的努力给同事们留下了深刻的印象。1963年，当克利夫兰本地的明星鲍勃·霍普第一次上节目的时候，艾尔斯负责举提字卡，这是个责任重大的活。但是当他们开始直播的时候，卡片从艾尔斯手里掉了下来。霍普只得临场发挥。在摄像机关掉后，霍普来找艾尔斯说话。纽曼在这位年轻的制片人眼里看到了恐慌。不过，霍普表现得相当亲切。"他说了些鼓励的话。他觉得那是个可爱的小事故。"她说。④ 艾尔斯并没有受这次失误的影响。他很快就建立起他那标志性的坚定不移的自信。有一次，节目定了一位歌手来表演，临开播前她发现自己的丝袜开了个口子，她不知所

---

① Harris, *Mike Douglas*, 122.
② 作者对玛乔丽的妹妹凯·勒克哈特的采访。1964年，她和他们一起住了一个月。根据1964年的《克利夫兰城市目录》，他们住在欧几里得大街17400号的221公寓。这条商业街主要是在20世纪20年代开发的，离铁路线不远。关于欧几里得-格林社区的边界和事实，参见 http://planning.city.cleveland.oh.us/cwp/districts.php?dt=dist6&dn=green。
③ 作者对《迈克·道格拉斯秀》节目前制片人黛博拉·米勒的采访。她当时的名字是黛比·米勒。
④ 作者对劳娜·纽曼-明森的采访。另见 Faggen, "Cleveland Local Show Begins Syndication."。

措,跑到洗手间里不肯出来。艾尔斯走过去把她拖进了演播室,并把她摁在那里,直到录像机的红灯亮起。她那次的表现相当完美。[1]

尽管他还是个不太有经验的年轻制片人,但艾尔斯有强大的自信。在艾尔斯加入克利夫兰的电视台后不久,道格拉斯和小萨米·戴维斯做了一期节目。事后,道格拉斯让艾尔斯谈谈他的想法。"我什么也没说,但是我有个可怕的问题。我从来都是实话实说,"艾尔斯后来说,"我天生就有点口直心快。"因此,当道格拉斯不停地追问时,艾尔斯脱口而出。"迈克,我认为它很糟糕。"他说。艾尔斯认为道格拉斯在戴维斯面前一副毕恭毕敬的样子,在采访中反而让对方占了主导地位。"你每天都来上节目,你是这档节目的明星,但你今天坐在那儿,基本上是在讨好他。他抢了你的风头。让人觉得你人好这没错,但你才是把控节奏决定什么时候插播广告的那个人。你才是那个实现这一切的人。"这话像一记突如其来的重拳。"他眼里泛起了泪水。"艾尔斯回忆说。[2] 但是,正如艾尔斯记得的那样,他的心直口快确保了他俩之间的牢固关系。

尽管艾尔斯以其直率豪爽的友好备受节目组幕后工作人员的喜爱,但他的同事们感觉到在他的内心深处,还有别的不为人知的东西。纽曼说:"你不知道他在想些什么。"[3] 他的病就是他保守的一个秘密。伍迪·弗雷泽的副手拉里·罗森回忆说:"他以前来上班的时候脸上还挂着些血痂。"[4] 当他问艾尔斯对自己做了什么时,艾尔斯会说:"我不该用剃刀刮胡子。"还有一次,艾尔斯告诉罗森,他唯一害怕的就是手术。罗森回忆说:"那是他唯一无法控制出血的时候。"

艾尔斯马拉松式的工作习惯让他跟玛乔丽在家里的关系变得紧张

---

[1] 作者对罗杰·艾尔斯一位前同事的采访。
[2] Harris, *Mike Douglas*, 108. See also Faggen, "Cleveland Local Show Begins Syndication."
[3] 作者对劳娜·纽曼-明森的采访。
[4] 作者对《迈克·道格拉斯秀》节目组前同事拉里·罗森的采访。

起来。他几乎从不邀请同事去家里玩,更何况他家里的布置本身也不适合招待客人。① 否则玛乔丽也不会不认识《迈克·道格拉斯秀》节目组的人(尽管罗杰在一期关于手指画的节目中让她出镜了②)。他是员工中少数几个已婚的。他们全都是年轻人,大部分人刚大学毕业,充满野心,富有创意。道格拉斯在加盟节目时正值36岁的壮年,他喜欢称他们为"孩子们"。

节目的制片人们都觉得他们是在创造历史——如果那些保守派依然把电视看作带图片的收音机的话,那么他们正在把文字和图像融为一体,让媒体发挥更大的力量,在情感层面和观众紧密联系起来。"我感觉当时我就跟今天在硅谷的那些人一样,"节目的一位制片人里夫特·福尼尔回忆说,"我们所有人都能跟今天那些做Facebook的人相提并论。"③

在辛苦工作了几个小时之后,他们喜欢用恶作剧和搞怪来排遣压力,而艾尔斯常常在这当中扮演核心角色。"他总是在开玩笑。"米勒回忆道。④ 大家最喜欢的活动之一是办公椅篮球赛。当艾尔斯试图将揉成团的纸球投到对方球队的废纸篓时,他没刹住。罗森回忆说:"第二天他来了,身上满是瘀伤,整条胳膊都是青的。"⑤ 一次,大伙儿没打篮球,而是在办公室互相扔灌了水的气球。当他们最后一起合影时,艾尔斯连衬衫底下穿的白色汗衫都湿透了。⑥

《迈克·道格拉斯秀》让艾尔斯沉浸在专业的娱乐世界里。他从弗雷泽那里学到,好的电视节目更多是关于戏剧——冲突、惊喜、自然的反应——而非昂贵的布景和尖端的广播技术。通过让道格拉斯和

---

① 作者对《迈克·道格拉斯秀》节目组同事的采访。
② 作者对玛乔丽的妹妹凯·勒克哈特的采访。
③ 作者对《迈克·道格拉斯秀》节目前制片人里夫特·福尼尔的采访。他于2013年10月6日去世。
④ 作者对黛博拉·米勒的采访。
⑤ 作者对拉里·罗森的采访。
⑥ 同上。

他每周的搭档主持人一起经历道格拉斯所称的"有意炮制的每日噱头",弗雷泽在节目中创造了戏剧性。① 弗雷泽说过:"每日脱口秀节目最重要的要素就是保持新鲜感,要做到这一点,有个办法就是让人们不知道接下来会发生什么,不知所措,只有半边屁股坐在椅子上。而当人们感到无聊的时候,他们就会换频道。"② 制片人集思广益,比如插入一位神秘嘉宾或一段出人意料的歌曲和噱头。弗雷泽坚持认为,节目每个环节的结尾都必须让观众"有所收获"。③ "有时候我们会坐在大开间的办公室里苦思冥想 30 分钟,'收获是什么呢?'"前制片人罗伯特·拉波塔回忆道。④

弗雷泽对道格拉斯在电视上的人设有着清晰的定位,认为他跟接替约翰尼·卡森主持《今夜秀》(*The Tonight Show*)的杰克·帕尔完全相反。⑤ 帕尔以一段独白开场。道格拉斯则高歌一曲为节目拉开序幕。在当地的爵士组合"埃莉·弗兰克尔三重奏"的伴奏下,他唱着不同的美国歌曲。弗雷泽希望道格拉斯像个瞪大眼睛的粉丝那样跟他的名人嘉宾互动,就像那些在家收看电视的观众有机会见到明星时一样。帕尔的风格是从容不迫、无所不知的,迈克·道格拉斯则像他的观众一样不谙世事,热情洋溢。"你不能对纽约和洛杉矶视而不见,"道格拉斯在某次接受采访时说,"可要是没意识到它们之间还有很多房地产的话,岂不荒谬可笑。"⑥

这档节目的宣传调性及其拥有的忠实观众,很快引得电影明星、歌手、活动家和政客纷纷要求上节目。尽管偶尔会有些突袭,但基本能照常进行。通过每周让与他搭档的名人主持人在 5 期 90 分钟的节目里出镜,道格拉斯为他们提供了远比任何其他节目都要多的曝光

---

① Douglas, *I'll Be Right Back*, 28.
② Harris, *Mike Douglas*, 108.
③ 同上。
④ 作者对《迈克·道格拉斯秀》节目前制片人罗伯特·拉波塔的采访。
⑤ Douglas, *I'll Be Right Back*, 26–27.
⑥ Harris, *Mike Douglas*, 114.

率。到 1965 年初，该节目已经推广到 47 个市场，正日渐成为美国排名第一的日间节目。①

就像他的观众一样，道格拉斯充满好奇，但对新兴文化有一定的警惕。作为一名善良保守的天主教徒式的向导，道格拉斯在为数百万美国家庭主妇介绍滚石乐队、比尔·科斯比和马丁·路德·金等标志性人物时，也帮助观众划定了新旧文化之间的界线。② 道格拉斯通过节目传递着他那艾森豪威尔时代价值观。拉里·罗森说："我们给他写的都是些简单的非探究性的问题。都是些普通女性所关心的问题。"③

这档节目正成为利润的中心，西屋公司的主要资产。但节目的成功改变了原本关系紧密的员工之间的氛围。艾尔斯和弗雷泽开始就节目的制作问题发生冲突，关系紧张到科利尔临时把艾尔斯换到了 KYW 电视台的另一个岗位上。④ 节目组人员和道格拉斯的关系也不尽人意。用艾尔斯的话说，道格拉斯的"注意力就像蚊子那么短促"，而且是个"从不自律的人。他给人的印象就像是那种认为自己就算不做功课，也能凭着自己有趣或可爱的样子逃过老师批评的孩子"。⑤ "我们必须把所有的东西都给他写好，"拉里·罗森说，"通常，他不会读自己在节目里谈论的书，也不去看那些电影。"⑥ 头几年，道格拉斯还会和制片人们一起坐在大开间的办公室里，但随着他名气渐长，道格拉斯有了自己单独的办公室。⑦

① Harris, *Mike Douglas*, 104, 109. See also Mike Douglas Archive of American Television Interview: http://www.youtube.com/watch?v=8QP0oRay9eY&list=PL065F0DF2B108C359.
② 关于滚石乐队、科斯比、金，参见 Douglas, *I'll Be Right Back*, 56-57, 97-98, 187-89.
③ 作者对拉里·罗森的采访。
④ Harris, *Mike Douglas*, 121.
⑤ Harris, *Mike Douglas*, 60, 105.
⑥ 作者对拉里·罗森的采访。
⑦ Harris, *Mike Douglas*, 105.

当西屋公司宣布将 KYW 电视台和这档节目搬去费城时，这种不良气氛暂时消退了。公司正在逐步获得那里的 NBC 电视台的控股权。① 员工们个个都兴高采烈的。科利尔也调和了艾尔斯和弗雷泽之间的矛盾，并同意让艾尔斯重返道格拉斯秀的制作团队。②

　　1965 年 8 月，《迈克·道格拉斯秀》在一间有 140 个座位的地下演播室里开始播出，演播室位于一栋六层楼的建筑里，被一间皮衣店和一间家具店夹在当中，离里滕豪斯广场以东有两个街区。③ 这个位置让道格拉斯秀的制片人更容易招徕纽约的明星大腕，只要开辆豪华轿车去纽约接人就可以了。不出两年，该节目在全国 171 个市场播出，吸引了 600 万观众，创造了 1050 万美元的收入——相当于今天的 7500 万美元。④ 道格拉斯的经纪人很快谈成了一份合同，让他的客户成为了"电视上收入最高的演员"。⑤

　　节目高居收视率排行榜的时间越久，道格拉斯就越不愿意接受弗雷泽的建议。弗雷泽多数时候是个强硬的制片人，富有远见，但也性格多变。"迈克其实受伍迪的控制，"黛比·米勒回忆说，"伍迪有个剪贴板，上面写好问题，然后迈克会照着读。迈克嘴里说出来的几乎全都是事先准备好的。这全归功于罗杰的训练。"⑥ 搬到费城后，道格拉斯开始更为公开地谈论他对弗雷泽什么事都要管的种种不悦。纽曼说："原因很简单。迈克已经成了明星，但伍迪的确一手打造出了这档节目。让迈克不喜欢的是，弗雷泽对待他的方式还跟他刚来节目时一样。"⑦

---

① "NBC to Make Trade with Westinghouse," United Press International, June 3, 1965.
② Harris, *Mike Douglas*, 121.
③ Harris, *Mike Douglas*, 110, 112, 116; Inga Saffron, "Channeling TV History," *Philadelphia Inquirer*, Feb. 4, 2011.
④ "Television: Mommy's Boy," *Time*, Oct. 6, 1967.
⑤ Douglas, *I'll Be Right Back*, 36.
⑥ 作者对黛博拉·米勒的采访。
⑦ 作者对劳娜·纽曼-明森的采访。

福克斯新闻大亨　　033

在道格拉斯的自传《我马上回来》中，他叙述了在电影演员唐·阿米契上节目做嘉宾主持时他跟弗雷泽的一次争执。① 弗雷泽写了个段子，道格拉斯和阿米契在表演的过程中要把一套搞笑的帽子换着戴。彩排时阿米契告诉弗雷泽他不想参与这段。弗雷泽还是坚持跟他们过完了这个环节的内容。

"伍迪，你没在听我说话，"阿米契对他说，"我不戴什么搞笑的帽子。"

弗雷泽的火气马上就上来了。他向道格拉斯寻求支持。但道格拉斯耸了耸肩说："我也不戴那些搞笑的帽子。"在公开场合让弗雷泽下不了台，让道格拉斯感到洋洋得意。"是的，我出卖了他，"他事后回忆说，"我等了好几年才逮到那个机会。"

很快，道格拉斯就耍了个手段把他挤了出去——这给艾尔斯制造了机会。一天早上，在开始录制节目前，切特·科利尔把拉里·罗森叫到一个会上。"伍迪·弗雷泽到底怎么了，你给我们一五一十地说说。"罗森记得科利尔这样说道。② 科利尔这么问提供了一个机会：假如有人事变动的话，罗森就是代替弗雷泽的人选。但罗森对弗雷泽很忠心，因为是后者给了大学刚毕业的罗森第一份工作。"他们想尽办法挖出他的丑事好赶走他。我拒绝跟他谈论任何有关伍迪的事。"罗森后来说。他最后也承担了这个决定所带来的后果。

艾尔斯跟罗森不一样，他懂得怎么跟上面的领导打交道，也跟科利尔和道格拉斯建立了非常密切的工作关系。"他在工作之外跟迈克交上了朋友，"劳娜·纽曼说，"他俩的关系很好，因为他们有一个核心的共同点。他们都是共和党人。罗杰对迈克很尊重。"③ 艾尔斯对道格拉斯这样的明星的独特需求极为了解。在公开场合，艾尔斯会给

---

① Douglas, *I'll Be Right Back*, 217-19.（目前在福克斯新闻工作的伍迪·弗雷泽拒绝接受本书的采访。）
② 作者对拉里·罗森的采访。
③ 作者对劳娜·纽曼-明森的采访。

他打掩护。"就跟玩游戏似的,"艾尔斯回忆道,"我说,'迈克,现在该你上场了',他会冲着我大吼——然后上去了,他本来就是要那么做的。"①

1966 年的 6 月,也就是他 26 岁生日后的一个月,在节目定期安排的一次休息期间,艾尔斯把握住了他的机会。那年的春天,费城的天气特别冷,因此黛比·米勒和一个朋友在最后一刻决定坐上飞机去洛杉矶度个假。② 不久劳娜·纽曼也加入了他们。一天下午,他们坐在比弗利山酒店衣橱大小的房间的床上,劳娜看到门缝下面塞进来一张字条。她捡起字条,倒抽了一口气。艾尔斯打电话到酒店,给米勒留了言。"事情办妥了。"字条上写着。弗雷泽要走人了,艾尔斯将坐上他的位置,不是拉里·罗森。③

纽曼打电话给弗雷泽问他发生了什么。他承认自己已经被排挤出去了。官方的说法是弗雷泽被调到公司总部,负责纽约的 WBC 制作部"艺人和节目开发"工作。④ 但是被踢到楼上是西屋的做事风格。1967 年,弗雷泽离职加盟美国广播公司(ABC),和迪克·卡维特一起制作《今日早晨》(This Morning)节目。⑤ "那是一场真正的宫廷政变,"纽曼回忆说,"如果你从外面看的话,根本不会知道发生了什么。"⑥

拉里·罗森接到电话的时候正和他太太一起在家待着。"你这会

---

① Harris, *Mike Douglas*, 66.
② 作者对黛博拉·米勒的采访。
③ 1966 年 7 月 18 日,《广播》杂志宣布:"《迈克·道格拉斯秀》的副制片人罗杰·E. 艾尔斯被任命为执行制片人,接替福雷斯特·L. 弗雷泽,后者成为 WBC 制作部在纽约的艺人和节目开发经理。"
④ Harris, *Mike Douglas*, 120-21. 弗雷泽告诉哈里斯:"西屋公司确实把我的办公室搬到楼上去了,因为他们想留住我,但我没待很久。我留下来只是看在钱的分上。西屋在一个方面做得相当地道。当他们想让某人离开时,他们的做法比其他许多大公司都要好得多。"弗雷泽在 1973 年重回《迈克·道格拉斯秀》。
⑤ 作者对肯尼·约翰逊的采访;"New Morning TV Show in March," The Record Newspapers, Troy, New York, Jan. 20, 1968; "Upbeat in Variety Talk Syndication," *Broadcasting*, Feb. 26, 1968, 19-20.
⑥ 作者对劳娜·纽曼-明森的采访。

儿是坐着的吗？"弗雷泽在电话里问他，"我离开了，罗杰是执行制片人。"①

罗森整个人都呆住了。他比罗杰大4岁，在节目组工作的时间也更久。

"你怕不是在跟我开玩笑吧。"

"我没有，是他们在开玩笑。"

第二天，罗森开车去道格拉斯家跟他当面对质。"我很生气，"罗森回忆说，"我受到了侮辱。罗杰在那里工作的时间根本没法跟我比。"道格拉斯说这是他的决定。"我雇用了罗杰·艾尔斯。"道格拉斯后来说。

至于艾尔斯究竟如何越过罗森获得了弗雷泽的职位，大家众说纷纭。一位制片人听说在安排休息的那一周，艾尔斯去找科利尔下了最后通牒：要么让他跳过罗森得到那份工作，否则他拍拍屁股走人。②在他写《你就是信息》一书中，他把自己描述成一个敢于对抗资深制片人霸凌的胜利者。虽然没有指名道姓地说是弗雷泽，但通过别的方式亮明了他的身份，并将他描述为一个"残酷的虐待狂"，"对员工吹毛求疵，整天吓唬人"。③艾尔斯写道，当轮到他面对制片人暴怒时，他反击了。"我直接走到他面前，盯着他的眼睛说：'就此打住吧。以后别这样对我了。'"弗雷泽并没有罢休。"所以我挥拳打了过去。接着就变成了常规的打斗。我们打烂了一些办公室里的设备，直到两个人把我拉进了男厕所后，这场闹剧才收场。我当时觉得这下我是自毁前程了。但事实恰恰相反。"艾尔斯接着写道，"公司总裁"（想必是科利尔）因为这次事件提拔了他。根据艾尔斯的说法，这位高管告诉他，"两年前你就证明了自己能独当一面。你是唯一一个反击的"。当

---

① 作者对拉里·罗森的采访。
② 作者对《迈克·道格拉斯秀》一位前制片人的采访。
③ Roger Ailes and Jon Kraushar, *You Are the Message: Getting What You Want by Being Who You Are* (New York: Crown Business, 1988), 128–29.

被问及此事时,《迈克·道格拉斯秀》节目组有 6 位员工都不记得居然还发生过这样的一场打斗。

艾尔斯走马上任执行制片人后很快就掌控了全局。弗雷泽离开后没几天,艾尔斯就搬进了弗雷泽那间位于一楼的宽敞的大办公室。① 他把西奥多·罗斯福在 1910 年发表的演讲"一个共和国的公民"中他最喜欢的一句话用相框装裱起来挂在了墙上,② 这句话是这样的:"荣耀并不属于批评的人,也不属于指出勇者如何失败,或者点出别人哪里应该做得更好的人。荣耀属于亲自置身竞技场中、脸上沾满尘土与血汗,依然英勇奋战的人;他们会犯错,而且会一错再错;因为只要努力,就一定会犯错和暴露弱点。"③

在他掌权的第一天,艾尔斯解雇了黛比·米勒。④ 他声称她到处散播是他的介入导致了弗雷泽的离职。因为她,节目组的所有工作人员都认为他的晋升是因为政治斗争而非他所做的贡献。"他对此非常直言不讳,"米勒回忆道,"他说:'这事总得有人来承担。'总得有人来保全他的面子。"甚至好几年后,这件事还是会刺痛早已是一名成功的好莱坞经纪人的米勒。拉里·罗森和劳娜·纽曼讨论过一起辞职以示抗议,但最后还是决定等等再说。⑤ "罗杰一直这么跟我们说:'你可以让任何事情看上去合情合理。就算你被逼得没有退路了也可以靠嘴皮子走出困境。'"制片人罗伯特·拉波塔回忆道。⑥

要是换上一个没什么能力的领导的话,这场幕后的动荡可能会影

---

① 作者对拉里·罗森的采访。
② 作者对罗伯特·拉波塔的采访。在接受《广播》杂志采访时,艾尔斯提到把这句话挂在他办公室的墙上:本周概述:如何将辩论失败者变成竞技场赢家。*Broadcasting*, Nov. 11, 1968, 101. 另见 McGinniss, *The Selling of the President*, 67。
③ Theodore Roosevelt, "Citizen in a Republic" (speech, Sorbonne, Paris, April 23, 1910), http://www.theodore-roosevelt.com/trsorbon nespeech.html.
④ 作者对黛博拉·米勒的采访。
⑤ 作者对劳娜·纽曼-明森的采访。
⑥ 作者对罗伯特·拉波塔的采访。

响整个节目的正常进行。但艾尔斯对他的全新角色表现得完全游刃有余。"罗杰的体重达 160 磅。他长得很像鲍比·达林。他是个英俊的年轻人，"罗伯特·拉波塔塔回忆说，"他喜欢那种作为主管日理万机的感觉……他过去喜欢在节目录制期间沿着中间过道走到后墙边，身体抵着墙，注视着眼前的一切。"[1] 艾尔斯确保他团队中的关键成员，比如为人和善的导演厄尼·谢利，都留在原来的岗位上，但他要求他们忠诚于他。[2] "你可以随时进我的办公室，关上门冲我大喊'愚蠢！'。"艾尔斯对谢利说，"但如果你当着员工的面这么做的话，我绝不饶你。"跟弗雷泽不同的是，他并不事必躬亲。"他给了我很大的空间，"纽曼说，"罗杰有两个按钮：停下和全力以赴。如果你在他的团队里，他就会信任你。你知道有人在挺你，而别人就没有。另一方面，如果你不是他的人，那就只有上帝才会帮你了。他会把所有的怒气都撒你身上。"[3]

艾尔斯很维护他的员工。有一次，迈克·道格拉斯的妻子吉纳维芙当着迈克的面向艾尔斯抱怨，说她想开除厄尼·谢利，艾尔斯记得她的原话是"他脾气暴躁，经常打断别人"。[4]

他说："吉纳，如果您还想参加这节目，就尽量参加周一上午 8 点的会。"

艾尔斯的韧性给他的员工留下了深刻的印象。在艾尔斯的办公室召开的某次节目制作会议上，当制片人在房间里一边走动一边讨论节目内容的时候，约翰逊观察到艾尔斯看上去越来越不舒服。"就在我们开会讨论的时候，我注意到罗杰的脸色变得越来越苍白。"约翰逊回忆说。会议一结束，约翰逊就关上了门。[5]

---

[1] 作者对罗伯特·拉波塔的采访。
[2] Harris, *Mike Douglas*, 54.
[3] 作者对劳娜·纽曼-明森的采访。
[4] Harris, *Mike Douglas*, 53–54.
[5] 作者对肯尼·约翰逊的采访。在他职业生涯的后期，约翰逊闯入好莱坞，跟人一起合写并导演了 CBS 的电视电影《高年级旅行》(*Senior Trip*)，讲述了（转下页）

"你还好吗?"

"我可能需要你帮点忙。"艾尔斯说。他的裤腰以下全都被血浸透了。

"你为什么不先把会停了呢?"约翰逊问道。

艾尔斯耸了耸肩。"重要的是先把会开完。"

"很多人遇到他这样的情况肯定就放弃了,"约翰逊回忆道,"显然他绝不会让自己被这事打败。"

艾尔斯像个经验丰富的领导一样,给员工写备忘录。"我希望每个人都意识到拉里·罗森为节目额外付出的努力,"他在1966年8月10日的备忘录中写道,"我知道,跟那些一个制作团队里有15至20人的电视台相比,我们制作出更胜一筹的节目至少花了15个小时。他全力以赴地完成了工作,给我们树立了榜样,值得祝贺。"[1]

他日益膨胀的个性已经无法容忍任何问题。作为执行制片人,艾尔斯联系了古典音乐爱好者格雷戈尔·班科,此人在纽约与人共同成立了一家专门对那些市面上不常见的唱片进行保护的非营利性组织,艾尔斯想从他那里拿到该组织新发行的约瑟夫·霍夫曼演奏的一首肖邦钢琴协奏曲的唱片拷贝。班科回信解释说,他没有预算免费赠送拷贝,如果付10美元的话可以寄一张给他。艾尔斯直接把班科的那封信退了回去,并在上面写道:**"我明白你的机构规模小,而且明白为什么你们会一直如此。"**[2]

在艾尔斯晋升8个月后,节目开始以彩色画面播出,但除此之

(接上页)一个小镇的同班同学一起到曼哈顿旅行的故事,其中由斯科特·拜奥扮演的角色名叫罗杰·艾利斯,是一位野心勃勃的血友病患者。"我一定会成功。取得巨大的成就——而且是在纽约……这样一个意义非凡的地方。"在一个场景中,艾利斯这样喊道。

[1] Roger Ailes memo, Aug. 10, 1966.
[2] 作者对国际钢琴图书馆(International Piano Library)的联合创始人格雷戈尔·班科的采访。

外，节目内容跟弗雷泽时期并没有太大的区别。① 有一次，当芭芭拉·沃尔特斯来上节目时，艾尔斯让她和杂技演员一起表演。"当NBC得知这件事时非常生气。他们觉得这有损于我的声誉，"沃尔特斯回忆道，"可是罗杰相当聪明，他知道人们会对此感兴趣。"②

1967年9月，几位制片人策划邀请电视剧《冷暖人间》(*Peyton Place*)的主演瑞恩·奥尼尔担任迈克·道格拉斯的搭档主持，并在节目的一个环节里和一位著名拳击手打场比赛。他们和乔·弗雷泽约好上节目跟奥尼尔较量一下，次年弗雷泽获得了年度重量级冠军。比赛由弗洛伊德·帕特森担任裁判，穆罕默德·阿里宣布开场。但就在拍摄的前一天，弗雷泽告知他不来了。③ 拉波塔回忆说："罗杰一个电话打过去，把他骂了个半死。"④ 另一位制片人肯尼·约翰逊说："罗杰把他臭骂了一通。"⑤ 弗雷泽最后还是来了，但他很生气。当他来到拍摄现场时，他问那些制片人："这个叫拉尔夫的家伙在哪里？我要找这个拉尔夫算账。"他在电话上听错了艾尔斯的名字。有位脑子活络的制片人告诉弗雷泽，拉尔夫那天不在办公室。拉波塔说："打那以后，我们管罗杰叫'拉尔夫'。"⑥

1967年的秋天，艾尔斯和玛乔丽花41500美金在宾夕法尼亚州梅迪亚市郊区，买下了位于一条绿树成荫的路的尽头的一栋房子。⑦

---

① "Douglas Show to Make Color Debut," *Billboard*, Feb. 11, 1967. 文章指出，该节目将于2月20日在佛罗里达州的赛普拉斯花园开始录制彩色节目，并将于3月6日播出。
② 作者对芭芭拉·沃尔特斯的采访。
③ "People," *Sports Illustrated*, Sept. 18, 1967, 86.
④ 作者对罗伯特·拉波塔的采访。
⑤ 作者对《迈克·道格拉斯秀》节目前制片人肯尼·约翰逊的采访。
⑥ 作者对罗伯特·拉波塔的采访。
⑦ 该房契在宾夕法尼亚州梅迪亚文书登记办公室的契约中有存档，文书编号2287，第560—561页。他们为房子办理了31000美元的抵押贷款（见文书编号2786，第411页）。这条断头巷道就是橡树谷路（Oak Valley Road）。

那时的艾尔斯一年挣 6 万美金（是他父亲在帕卡德工作的鼎盛时期挣的 6 倍还不止）。[1] 他甚至开始邀请手下的制片人到家里吃晚饭，他们也因此发现了他家里关系紧张的一些蛛丝马迹。一天晚上，罗伯特·拉波塔去他家做客的时候刚好玛乔丽的父亲也在。客厅里的电视机开着，大家都在那里。玛乔丽的父亲让罗杰把电视机关了。"你终究还是会一事无成。"拉波塔无意中听到他对艾尔斯这么说。拉波塔觉得艾尔斯想要证明他是错的。"他总是执着于成功，一心要超过所有人。"拉波塔说。[2]

就在这个时期，艾尔斯遇到了一位 24 岁的记者，名叫乔·麦金尼斯。[3] 作为《费城问讯报》（The Philadelphia Inquirer）的专栏作家，麦金尼斯是给美国主流日报写专栏的最年轻的作家。麦金尼斯打电话给艾尔斯，讨论给迈克·道格拉斯写文章的事。"罗杰和我立刻发现彼此有着相同的幽默感。"他说。[4] 艾尔斯显示出了一种能把跟记者的关系变为有价值的资产的本能，邀请麦金尼斯和他妻子共进晚餐，后者性格娴静，信天主教，夫妇二人是在马萨诸塞州的圣十字大学认识的。不久之后，对方回请了艾尔斯夫妇。"我们一直相处得很好，我太太和玛乔丽也很合得来。"麦金尼斯回忆道。每次艾尔斯一到他家，就喜欢陪麦金尼斯的两个小孩一起玩。麦金尼斯说："他就是他们的罗杰叔叔。"他们的家庭生活还有一个相似之处。到 1967 年的时候，这两个早婚的男人都明白自己的婚姻出了问题。他们偶尔下班后会在费城一起吃晚饭，讨论彼此的困境。

在麦金尼斯看来，艾尔斯在政治上似乎是一位温和派，面对像民

---

[1] "Nixon's Roger Ailes," *Washington Post* (Q&A), Feb. 13, 1972, http://www.scribd.com/doc/53543922/Roger-Ailes-I-Dont-Try-to-Fool-Voters. 在作者的一次采访中，接替艾尔斯担任执行制片人的肯尼·约翰逊说，这个数字与他自己担任执行制片人的工资差不多。
[2] 作者对罗伯特·拉波塔的采访。
[3] McGinniss, *The Selling of the President*, xi.
[4] 作者对乔·麦金尼斯的采访。

权这样的问题时则是进步派。① "因为我写的专栏文章,有人叫我'黑鬼支持者',警察局长弗兰克·里佐还要来抓我,"麦金尼斯说,"罗杰总是给我捎个纸条或打个电话,在祝贺我的同时对我表示同情,还说我们需要更多这样的文章。在费城的民权问题方面他起初也有些投入。"艾尔斯对种族问题的看法,或许受到了他读高中时某年夏天在公路施工队的一次工作经历的影响。他的一个朋友回忆说,正当施工队上的一个人操着铁锹追赶艾尔斯"几乎要把他的头砍下来"的时候,"突然一个身高6英尺6英寸的黑人工友拦住了此人。那个夏天,艾尔斯每天都和那个黑人一起吃午饭。他说:'那家伙救了我的命。'"②

到1968年的时候,艾尔斯和麦金尼斯见面的机会少了,那年的总统大选占用了他们不少精力。掌管着全国排名第一的电视节目似乎并没有让艾尔斯感到满足,他正在不断加快自己的电视职业生涯的发展。在被任命为道格拉斯的执行制片人一年后,他开始偷偷推销更多的电视节目。③ 他和《迈克·道格拉斯秀》的一帮制片人一起成立了两家电视制作公司:邦提公司(Bounty Enterprise)和项目五制作公司(Project Five Productions)。④ "我不确定切特(艾尔斯的老板)是否知道这事,"拉波塔回忆起当时的情景说,"他总是野心勃勃。你跟着他走就行了。"⑤ 艾尔斯拍了两条试播节目——一条是在新泽西州卡姆登拍的心灵感应者"神奇的克雷斯金"(Amazing Kreskin),另一条是在洛杉矶的好莱坞宫殿拍的歌手哈尔·弗雷泽。⑥ 他还跟电视

---

① 作者对乔·麦金尼斯的采访。
② 作者对罗杰·艾尔斯的一位朋友的采访。
③ 作者对罗伯特·拉波塔和肯尼·约翰逊的采访。
④ 作者对罗伯特·拉波塔和肯尼·约翰逊的采访。根据宾夕法尼亚州的文件,邦提公司创建于1968年7月8日。项目五制作公司创建于1968年8月12日。1968年11月11日,罗杰·艾尔斯在《广播》杂志上的简介中提到了邦提公司。
⑤ 作者对罗伯特·拉波塔的采访。
⑥ 作者对罗伯特·拉波塔和肯尼·约翰逊的采访。

名人，也是道格拉斯当年在克利夫兰的竞争对手多萝西·福尔德海姆讨论了节目制作事宜。拉波塔设想作为主持人的福尔德海姆站在圆形的场地中央，身后是她二十多岁时拍摄的风姿绰约的巨幅照片。他以艾尔斯挂在办公室里那句"竞技场中的男人"作为灵感。节目最终不了了之，但艾尔斯保留了拉波塔的创意。

尽管艾尔斯在他升到弗雷泽的职位后设法平息了内部的一些反对声，但节目组的工作人员最终还是因为他的专横霸道和他发生了摩擦。对于拉里·罗森而言，导火索①就是在 1967 年该节目获得日间电视节目成就和个人成就两项艾美奖提名。② 在节目成就奖的提名中提到了罗森的名字，但艾尔斯想揽功。"罗杰希望获奖提名中只出现他自己的名字。他向电视学院提了这个请求。"罗森说。③ 表彰内容并没有改动，但就在于纽约举行颁奖晚宴的前一天，罗森发现届时只有艾尔斯和道格拉斯代表节目组出席活动。罗森搭火车去了举办晚宴的酒店。"我就直接从他们两个人面前走过。"他说。即使这样，罗森最终也没有得奖。④ 在颁奖典礼结束后，道格拉斯邀请罗森跟他和艾尔斯一起坐车回费城。坐在加长轿车里的罗森因为自己被排除在艾美奖提名之外以及弗雷泽被踢走的事大发雷霆。"我到今天都坚信一切都是政治斗争。我相信伍迪是遭人暗算了。我相信就是罗杰下的手。"罗森回忆说。

几个星期后，罗森辞职了，去洛杉矶担任由唐·默里和奥蒂斯·杨主演的《弃儿》(*The Outcasts*) 的制片人。⑤ "伍迪在的时候有许多

---

① 作者对拉里·罗森的采访。
② "The Complete Emmy List: Over 160 Nominations Are Made in 33 Categories with CBS Leading," *Broadcasting*，May 8, 1967, 82-83. PMK* BNC 的阿利萨·麦戈文代表国家电视艺术与科学学院确认，拉里·罗森在节目成就奖的制片人提名名单中。迈克·道格拉斯也得到了艾美奖日间电视个人成就奖的提名。
③ 作者对拉里·罗森的采访。
④ Robert E. Dallos, "'Death of a Salesman' Wins Emmy as Best Drama," *New York Times*, June 5, 1967. 迈克·道格拉斯获得个人成就奖。
⑤ 作者对拉里·罗森的采访。1967 年 10 月 2 日的《广播》杂志第 68 页提（转下页）

福克斯新闻大亨　　043

温暖和友爱,罗杰接手后就消失殆尽了,"罗森离开后在一次采访中说,"一切无非就是勾心斗角,暗箭伤人。在那儿工作变得让人很不舒服。"① 纽曼信守她和罗森之前的约定,跟着他离开了。

(接上页)到了他的离职。报道称:"《迈克·道格拉斯秀》的制片人拉里·罗森被任命为好莱坞银幕珍宝公司(Screen Gems)的制片人。"银幕珍宝公司制作了《弃儿》。
① Harris, *Mike Douglas*, 121.

三、费城故事

正是在制作《迈克·道格拉斯秀》期间，艾尔斯开始萌发出将政治娱乐化的想法。政客是节目的一部分，他们是名人中的一个特殊群体，同事们记得艾尔斯密切地观察着到节目上接受采访的家喻户晓的名人。1968年，在华盛顿给鲍比·肯尼迪制作节目时，艾尔斯指出镜头外的肯尼迪为人友好且充满自信，但在采访开始后就变得紧张而冷漠。"罗杰对这些人展示自己、与人沟通的方式非常感兴趣和着迷，"制片人肯尼·约翰逊回忆说，"他们都有一种能力让你深信你是他们此生最重要的人。"①

对于引起争端的议题以及如何通过巧妙的提问来开掘它，艾尔斯已有了某种直觉。1967年乔治·华莱士上了一期节目，艾尔斯在采访前给道格拉斯做了准备工作。②他告诉道格拉斯一定要让其在种族问题上明确表态。摄像机一启动，艾尔斯就在一旁引导整个对话。艾尔斯说："我像三垒教练那样指挥着。"③ "罗杰真的一直在开火，"约翰逊回忆说，"他真的很想在采访中让华莱士亲口承认自己相信种族隔离是对的。我仍然记得罗杰站在一边举着提字卡，一边挥舞着拳头暗示迈克让华莱士'回答那个该死的问题'。在那一刻，如果你问我罗杰的政治倾向的话，我会说他是民主党人。"④

1967年夏天的一个早上，在劳娜·纽曼辞职前不久，艾尔斯接到了她打来的一个令人兴奋的电话。⑤当时纽曼出差去了纽约的办公室，听说理查德·尼克松计划去费城。在1960年美国总统大选中落败、1962年又输了加州州长的竞选之后，他搬到了曼哈顿，加盟麦基-罗斯律师事务所做律师。当时他正在为1968年重返总统大选进行准备工作。⑥

纽曼认为尼克松会成为节目的彩头，但她本人不喜欢尼克松，不愿意自己打电话跟他下面的人联系。⑦

纽曼催艾尔斯赶紧打电话过去。"你为什么不跟他约个时间呢？"她记得自己当时这么问道。

"跟人约时间这种事我不干。"

"我不喜欢他，但是你很喜欢他，"她戏谑道，"你是共和党人。而我不是。你为什么不打电话给他邀请他上节目呢？"

事实上，艾尔斯之前在匹兹堡和尼克松有过一次简短的会面，但他不想打电话。"那是你的工作。"

"知道吗，有一天你会为他工作，做他的媒体顾问。"她说完就把电话给挂了。"那时候根本就没有所谓的媒体顾问，"她后来说，"因为我不想打电话，就随口造了这个词出来。"艾尔斯于是就接手了。

这个时候的艾尔斯汲取了方方面面的影响。肯尼·约翰逊还记得有一次在艾尔斯的办公室里一起讨论关于政治宣传的影响力的情景。⑧ 跟艾尔斯一样，约翰逊也喜欢戏剧。他在高中时参演过几部舞台剧，在卡内基理工学院的导演专业学习期间，他开始着迷于莱妮·里芬斯塔尔制作的纳粹政治宣传片，尤其是《意志的胜利》和《奥林匹亚》这两部。"我被彻底震撼了，"约翰逊回忆道，"我对希特勒深恶痛绝，但当我看了《意志的胜利》之后，发现自己的脑子里在想："哇，他真的很酷——不对，等等，我对这些人可是恨之入骨的啊。'"艾尔斯告诉约翰逊他自己也是里芬斯塔尔的超级粉丝。"他认

---

① 作者对肯尼·约翰逊的采访。
② 同上。
③ Harris, *Mike Douglas*, 60.
④ 作者对肯尼·约翰逊的采访。
⑤ 作者对劳娜·纽曼-明森的采访。
⑥ Peter Kihss, "Nixon, Happy as New Yorker, Says Job Is Law, Not Politics," *New York Times*, Dec. 29, 1963.
⑦ 作者对劳娜·纽曼-明森的采访。
⑧ 作者对肯尼·约翰逊的采访。

为她的作品棒极了。"约翰逊说。他们讨论了"她如何针对不同的国家而将电影制作成不一样的版本，不仅为了吹捧纳粹分子，也为了让其他人臣服"。艾尔斯尤其佩服里芬斯塔尔对镜头角度的运用。"在政治宣传片里你会看到很多细微的东西，"约翰逊说，"如果你把镜头放在被摄对象的眼睛下方，这就是一个'英雄镜头'。这给了他权威感。我们一起讨论了摄像机机位的心理影响。"

尼克松原定在 1967 年 10 月 31 日上节目。[1] 但在正式录制节目前的几个星期，他的团队打起了退堂鼓。费城的共和党市长候选人阿伦·斯佩克特的选情正处于胶着状态，这个城市正变得对共和党人充满敌意，因此会面被推迟到 1 月 9 日。正式采访的前一天，尼克松竞选团队一个叫克林特·惠勒的外聘公关顾问来到费城和艾尔斯一起做准备工作。他们一起讨论了采访的话题，其中包括类似"鲍勃·霍普这人到底怎样？大卫［·艾森豪威尔］为了向［你女儿］朱莉求婚的事来征求你的同意了吗？你怎么看反对林登·约翰逊的示威活动形势？你怎么看妇女参政？你可以来弹钢琴吗？"等。[2]

第二天早上 9 点 45 分，尼克松离开了他位于第五大道的公寓，在他的助理德怀特·查宾的陪同下前往拉瓜迪亚机场，搭乘等候在那里的《读者文摘》杂志的湾流飞机，35 分钟后抵达费城。[3] 艾尔斯在演播室不止一次地讲述过他们两人之间的对话。他的职业生涯的轨迹正是在那一刻发生了改变。最早记录这次会面的是乔·麦金尼斯，他在《推销总统》书中写道，尼克松候场时，在艾尔斯面前发了一通关于电视的牢骚，艾尔斯不得不反驳说电视并非什么"噱头"。[4]

若干年之后，艾尔斯会在再次讲述他们的第一次接触时，淡化自己的野心。无论是在杂志采访还是在演讲中，艾尔斯都说他与尼克松

---

[1] Memo from Nixon aide Dwight Chapin, Oct. 6, 1967.
[2] Memo from Clint Wheeler, Feeley & Wheeler advertising agency, Jan. 8, 1968.
[3] 理查德·尼克松每天的日程安排，1968 年 1 月 9 日。
[4] McGinniss, *The Selling of the President*, 63.

讨论起后者的竞选活动，是因为他在尼克松上的这期节目中还定了一位肚皮舞表演者上节目，为了不让尼克松遭遇尴尬，在采访开始前一直让其在他的办公室里等着。"我记得自己 27 岁为迈克·道格拉斯工作时的事，"他在 2001 年告诉《纽约时报》，"节目嘉宾是理查德·尼克松，还有一位叫小埃及的舞者和她的蟒蛇。我不想吓着尼克松，也不想惊了那条蛇，于是我把尼克松关在我的办公室 15 分钟。如果我当时把小埃及也关在那里，那我现在就在管肚皮舞生意了。"①

根据当时在场的艾尔斯的几位同事以及节目记录，那天并没有请过叫小埃及的肚皮舞表演者。在尼克松录制节目期间的嘉宾是歌手玛格丽特·惠丁、女演员斯特拉·史蒂文斯、费城铜管乐团以及托尼·桑德勒的孩子们。② 迈克·道格拉斯后来告诉一位采访他的人说，是他出的主意让尼克松在艾尔斯的办公室里候场，因为艾尔斯一心想涉足政治，便抓住了这个可以和尼克松有一次私人谈话的机会。"他特别想踏入那个领域。"道格拉斯回忆道。③ 肯尼·约翰逊站在走道里，看到艾尔斯和尼克松一起走进他的办公室后关上了门。④ 会面持续了一个小时。⑤ 之后，约翰逊看到艾尔斯摇着头走出了办公室，一脸洒

---

① Marshall Sella, "The Red-State Network," *New York Times Magazine*, June 24, 2001. 艾尔斯还向记者泽夫·查菲茨重复了这一说法，后者得到授权在 2012 年写出了传记《罗杰·艾尔斯：镜头之外》(*Roger Ailes: Off Camera*)。在第 32 页，查菲茨引用艾尔斯的话说："那天我们邀请了艺名为'小埃及'的充满异国情调的舞者上我们的节目。她带了一条大蟒蛇来表演。我知道我最好别把她和尼克松放在同一间后台休息室里。"
② 《迈克·道格拉斯秀》1968 年 1 月 8 日的艺人记录。约翰·布拉西亚和泰比·阿尔法这对舞蹈组合是脱口秀的常客，为弗兰克·辛纳屈和莱娜·霍恩等人热场，他们原定于 1 月 9 日去演播室，但根据那个星期的艺人记录，他们被推迟了一天。泰比，这是她被大家所熟知的名字，的确很有异国风情。但她从没有以'小埃及'之名表演过。至于那条蛇？"没有人记得泰比曾和蟒蛇一起跳舞。"约翰·布拉西亚的女儿克里斯蒂娜在接受作者采访时说。
③ 美国电视档案馆所存的 2005 年 3 月 31 日卡伦·赫尔曼对迈克·道格拉斯的采访，总共七部分，在第一部分的 30 分 47 秒处。
④ 作者对肯尼·约翰逊的采访。
⑤ 参见 "Nixon's Roger Ailes," *Washington Post*。艾尔斯告诉采访者说："我亲自花了一个小时陪他。"

脱地笑着。"我要么是搬起石头砸了自己的脚,要么是给自己另找了一份工作。"艾尔斯告诉约翰逊,说他不断重复劳娜·纽曼的那条建议:

"尼克松先生,你需要一位媒体顾问。"

"什么是媒体顾问?"

"我就是。"

节目开始录了。碰巧,那天正好是尼克松的55岁生日,制片人准备了一个蛋糕。①"我们插广告了,"道格拉斯后来复述道,"而他转过身来跟我说:'迈克,你想要问我什么随便问。'"②

节目播出后,尼克松和德怀特·查宾去出席费城商界人士的一个午餐会。③ 查宾能感觉到尼克松对艾尔斯印象不错。几天后,艾尔斯接到了尼克松的竞选总部打来的电话。④ "当务之急就是尽快把罗杰调到纽约来。"查宾回忆说。⑤

不久之后,在1月的一个午后,艾尔斯在纽约的广场酒店和尼克松的助理兼演讲稿撰写人、37岁的雷蒙德·普莱斯共进午餐,就如何利用电视为尼克松的1968年总统大选助力提供一些新思路。⑥ 竞选团队中负责媒体策略的伦纳德·加蒙特在尼克松的敦促下安排了艾尔斯与普莱斯这次会面。艾尔斯和普莱斯看似来自完全不同的世界。艾尔斯毕业于公立学校,在日间电视节目领域崭露头角。普莱斯是一位上过耶鲁的作家,曾是亲尼克松的《纽约先驱论坛报》的社论版编辑。作为尼克松身边罕见的温和派,⑦ 普莱斯与尼克松合写了《越南

---

① 在1968年1月16日给迈克·道格拉斯的信中,尼克松写道:"致以我最真诚的谢意,感谢你和你的工作人员为我准备的生日蛋糕。"
② 美国电视档案馆所存的2005年3月31日卡伦·赫尔曼对迈克·道格拉斯的采访,总共七部分,在第三部分的16分00秒处。
③ 理查德·尼克松每天的日程安排,1968年1月9日。
④ "Week's Profile: How to Change Debate Loser to Arena Winner," *Broadcasting*, Nov. 11, 1968, 101.
⑤ 作者对尼克松前助手德怀特·查宾的采访。
⑥ 作者对曾担任理查德·尼克松演讲稿撰写人的雷蒙德·普莱斯的采访。
⑦ Leonard Garment, *Crazy Rhythm: From Brooklyn and Jazz to Nixon's White House, Watergate, and Beyond* (Cambridge, Mass.: Da Capo, 1997), 106.

之后的亚洲》(Asia After Viet Nam),该文章几个月前已发表在《外交事务》杂志上。①

事实证明,艾尔斯和普莱斯之间有一种同代人的纽带——他们是最早的一批电视婴儿,对媒体改变政治的潜力有着直观的认识。普莱斯自夏天开始就在制定关于如何革新新兴的影像制作技术的战略。竞选活动的电视片制作由艾尔·斯科特负责,他是 NBC 的前音响技术员。② 但 53 岁的斯科特是电台时代的产物。他们需要的是一位深谙现代电视制作的奥妙之处的年轻人,需要让新生力量来完成这方面的工作。时年 27 岁的艾尔斯似乎已经具备了处理这方面事务的职业经验。"面对权势,罗杰丝毫没有发怵,"尼克松的顾问弗雷德·马列克说,"罗杰可以看着副总统和我们其他人说他满嘴胡话,他得合理筹划付诸行动。"③

1968 年 2 月,艾尔斯被聘为兼职顾问。④ 要将尼克松这样一位过气政客打造成赢家,艾尔斯在这方面还是有有相关经验的。毕竟,那个节目刚推出时职业生涯已处在恶性循环中的迈克·道格拉斯,正是在他的帮助下才摇身一变成为全国家喻户晓的明星人物。普莱斯希望艾尔斯能让尼克松也有同样的变化,被同样的受众群体所接受。尼克松和电视之间的旧怨广为人知,他利用电视媒体发表了著名的"跳棋"讲话,但在 1960 年总统竞选的电视辩论中被肯尼迪打得落花流水。

---

① Richard M. Nixon, "Asia After Viet Nam," *Foreign Affairs*, Oct. 1967, Vol. 46, No. 1.
② 阿尔弗雷德·M. 斯科特生于 1914 年 10 月 6 日。"Cornell Alumni News" (Feb. 17, 1938, Vol. 4, No. 18, page 259)中提到了他早期在 NBC 从事音响技术员的工作。1960 年代,他成为智威汤逊公司国际广播部门的负责人。(See *Broadcasting*, June 25, 1965, page 39)在 1968 年的竞选中,他在哈里·特雷文手下担任电视顾问。"艾尔·斯科特是个了不起的家伙,"德怀特·查宾说过,"他是旧时代的电视人。我记得他是被推到边上的。因为罗杰。"选举结束后,斯科特继续为尼克松政府工作。他于 1989 年去世。
③ 作者对理查德·尼克松前顾问弗雷德·马列克的采访。
④ Robert Windeler, "Nixon's Television Aide Says Candidate 'Is Not a Child of TV,'" *New York Times*, Oct. 9, 1968.

艾尔斯在文化上跟尼克松的竞选团队非常契合,部分原因是他的人生故事跟尼克松的超乎寻常地相似:他们俩都出身贫寒,童年的经历驱使他们不断获取权力。"他有胆识,坚强不屈,"艾尔斯后来这样评价尼克松,"他自力更生,靠自己的努力取得过两三次的胜利,东山再起成为最后的赢家。"① 或许尼克松和艾尔斯最看重的是,他们都自认为是凡事尽力而为之人。"尼克松是个行动派,不是光说不练的那种人。"艾尔斯说。②

艾尔斯后来曾告诉《华盛顿邮报》的一位记者,20世纪的政治家当中,没有比尼克松更让他愿意为其工作的人了。③ 就在普莱斯和艾尔斯一起共进午餐之际,尼克松的全新媒体策略的预热工作已经启动了。在新罕布什尔州,竞选团队投放的是5分钟长的电视广告,画面上的尼克松出现在教室、消防站和社区中心,跟当地的选民亲切交谈。④ 随竞选团队远道而来的那些媒体不允许出席这些事先安排好的活动。当记者们大声喊话时,加蒙特和他的团队根本不予理睬。尼克松在新罕布什尔州击败了他的对手们,以7比1的优势大胜不在选票上的候选人纳尔逊·洛克菲勒,赢得了初选。⑤

艾尔斯的主要任务将从秋天开始,比起在新罕布什尔州推出的5分钟实验性质的电视广告要大胆得多。加蒙特和普莱斯给他安排的任务是在全国各地的城市制作一系列一小时长的市民大会——旨在展示尼克松跟一群市民访谈小组成员之间的互动。同时,这些活动还被用来打开通向全国性媒体的大门。对于那些坐在家里收看电视的人而言,尼克松在直播电视上回答那些棘手的问题看似有点冒风险,事实

---

① Nyhan, "Roger Ailes: He Doctors a Politician's TV Image."
② 同上。
③ "Nixon's Roger Ailes," *Washington Post*.
④ Theodore H. White, *The Making of the President 1968* (New York: HarperCollins, 1969), 155.
⑤ "Nixon in New Hampshire: Granite State Saved Nixon's Political Life," *Manchester* (New Hampshire) *Union Leader*, April 23, 1994.

上，正如加蒙特后来所写："随便一个问题就能把像尼克松这样久经沙场的政治家难住的可能性几乎为零。"① 白纸黑字的报纸时代是过去时了，拥有一支比别人更优秀的组织团队的尼克松，即将迎来属于他的时刻。

尽管如此，尼克松决定再次参选的事还是让很多人震惊不已。不到 6 年前，他在自己家乡竞选加州州长时尴尬落败，自那以后，他已无回天之力了。尼克松将这种不公的结局归咎于全国性媒体。"自〔阿尔杰·〕希斯事件②以来，这 16 年里，你们都乐呵得很。"这位前副总统 1962 年 11 月在比弗利希尔顿酒店那次自怜自哀的败选演讲中这样说道。他的讲话以对与会记者的挑战做结——"假如他们反对一位候选人，苛待他的话，"他说，"那也要认识到，在苛待他的同时，要在他的竞选团队安排一位记者时不时地公布这位候选人说的话。"③ 选举结束的 5 天后，ABC 播出了一部题为《理查德·尼克松的政治讣告》(*The Political Obituary of Richard M. Nixon*) 的 30 分钟纪录片。④

但是，1962 年 2 月加盟麦基-罗斯律师事务所并很快从顾问升为合伙人，还有小心思想成为美国职业棒球大联盟主席的尼克松，并没有真正失去翻身的机会。让他起死回生的那个人是伦纳德·加蒙特。

---

① Garment, *Crazy Rhythm*, 133.
② 二战后的反共政治案件。1948 年 8 月，美国国务院前经济与政治事务顾问、旧金山联合国筹备会议秘书长和卡内基国际和平基金会主席希斯被指控为是 1930 年代"共产党间谍集团"成员，并曾于 1938 年向苏联透露国务院秘密文件。1948 年 12 月希斯被起诉。1949 年 7 月和 1950 年 1 月希斯因作伪证受审。第一次审判因陪审团不能达成共识而告终，第二次审判被判有罪，入狱 5 年。他服刑 4 年 8 个月后被释放。——译者
③ Garry Wills, *Nixon Agonistes: The Crisis of the Self-Made Man* (New York: Houghton Miffl in, 1969), 414 – 15. See also Gladwin Hill, "Nixon Denounces Press as Biased," *New York Times*, Nov. 8, 1962.
④ Peter Kihss, "Nixon Aide Says TV Program Twisted 'Life of Great American,'" *New York Times*, Nov. 13, 1962.

出生于布鲁克林的加蒙特是一位庭审律师、民主党人,会吹爵士萨克斯,他成为尼克松全方位的顾问和左膀右臂,并为尼克松进入曼哈顿社交圈铺平了道路。① 他的主要任务就是为尼克松的新政治团队招募一批新鲜面孔。"关键的关键就是要年轻。"德怀特·查宾说。② 除了雷蒙德·普莱斯,还有一位讲话语速超快的纽约公关人比尔·萨菲尔,以及《财富》杂志的一位名叫迪克·沃伦的年轻作者。加蒙特也请来了经验丰富的老手加盟,并说服市政债券律师约翰·米切尔签约出任竞选经理。

如何将他对媒体及更广泛的文化圈苛待他的苦涩怨恨,转化为他政治实力的源泉,尼克松自己很有把握。1960年代中期,许多美国人认为文化已经失控,与传统价值观脱钩,并已听不进他们之中像尼克松这样最聪明的人所说的话了。为抵制泛滥的青年运动,这种文化需要加入一剂成熟的良方。尼克松把他保持清醒的药方称为"法律与秩序"——与林登·约翰逊的宠溺自由主义与巴里·戈德沃特的反动保守主义形成一种三角关系。尼克松打赌说,将意识形态的纯洁性摆在其理性之前的话,共和党将会恢复理智,并在其熟悉的表象下看到价值。在1966年选举期间,他为58个州中的86位共和党候选人助阵,其中近三分之二的人最后获胜。③

尽管伦纳德·加蒙特热切地谈论尼克松重返政坛——他说:"终于到了天时地利人和的时候了。"④ ——但很少有人相信他。在大众的想象中,迪克·尼克松仍旧是个可悲的笑话。加蒙特陷入了一种自相矛盾的境地:跟人面对面相处时,尼克松显得自信十足,诙谐有趣。在电视上时,美国人看到的却是一个缺乏自信、毫无幽默感的政客。加蒙特意识到,所有关于"新尼克松"和"旧尼克松"的话题都

---

① Garment, *Crazy Rhythm*, 65-69,126,128.
② 作者对德怀特·查宾的采访。
③ Donald Richard Deskins, *Presidential Elections, 1789-2008* (Ann Arbor: University of Michigan Press, 2010),439.
④ Garment, *Crazy Rhythm*, 121.

完全忽略了一点。只有一个尼克松。但是，充满敌意的新闻机构以及毫不留情的电视摄像机镜头，使选民无法看到那个真人。他在1968年的任务就是要突出尼克松的人格中被遮蔽掉的那些积极方面。因此，选择电视不仅是出于战术上的考虑。这更是一个具有战略重要性的问题。

这个活最难的那部分或许就是让尼克松本人认识到真相。在尼克松的怨恨对象中，电视位列榜首。在他看来，三大电视网就是东海岸的自由主义者拿来惩罚像他这样本应被尊重的人的又一件工具。尽管如此，他还是打定主意，要像赢得自己人生中的每个挑战一样——凭借努力和蛮力——征服媒体。哈利·罗宾斯·霍尔德曼，留着出名的板寸头、一身好看的运动装扮的一位智威汤逊广告公司前广告人，阐明了下一步的方向。鲍勃——他的朋友都这么叫他——认为夜新闻的一篇报道在瞬间到达的人，比竞选活动10个月里的演讲所能到达的人还要多。[1] 他写道："是时候让政治竞选活动及其运用的技巧和战略走出黑暗时代，迈进万众注目的勇敢的新世界了。"[2]

1967年的夏天，尼克松到处寻求电视相关的建议。[3] 埃德·麦克马洪去了他位于第五大道810号的办公室，为他上约翰尼·卡森的节目做准备，该节目肯定要问到他计划参加总统选举的问题。7月，尼克松还与CBS电视台总裁弗兰克·莎士比亚碰了个面。[4] 在尼克松办公室举行的那次90分钟的会上，莎士比亚对电视这个宗教般的全新事业大大宣扬了一番。作为一位热心的保守派人士，莎士比亚最初考虑为罗纳德·里根工作，直到他认识到里根经验不足才改变想法。[5]

---

[1] J. Y. Smith, "H. R. Haldeman Dies, Was Nixon Chief of Staff; Watergate Role Led to 18 Months in Prison," *Washington Post*, Nov. 11, 1993.
[2] Christopher Matthews, *Kennedy & Nixon: The Rivalry That Shaped Postwar America* (New York: Touchstone, 1996), 257.
[3] Ed McMahon and David Fisher, *Laughing Out Loud: My Life and Good Times* (New York: Warner, 1998), e-book.
[4] Garment, *Crazy Rhythm*, 129-31.
[5] "Reagan Chooses Ex-U. S. I. A. Head," *New York Times*, May 16, 1981.

那次会议结束后，尼克松告诉加蒙特将其招入团队。

几个星期后，加蒙特在长岛他位于阿默甘西特的度假屋附近的海滩上，碰到了来此消夏的邻居哈里·特莱文，此人日后成为艾尔斯的一位重要导师。① 特莱文在智威汤逊工作了 18 年，他是 20 世纪中叶福特、泛美航空和胜家②等著名品牌广告创意的策划。1966 年，特莱文向智威汤逊告假后前往得克萨斯州，为老布什的国会议员竞选活动制作电视广告，这位 42 岁的共和党人所在的休斯敦选区从来只选民主党人，因此他这次获胜的希望相当渺茫。③ 特莱文认为，跟候选人就某问题所表达的立场相比，其外貌形象对选民更具说服力。他曾在一篇报告中这样写道："政治候选人就是名人……如今，电视将他们与约翰尼·卡森和蝙蝠侠一起带到每个人的家里，他们比以往任何时候都更对公众有吸引力。"④ 在采访得克萨斯州的选民的过程中，特莱文发现他们个人还是挺喜欢布什的，即便不怎么清楚布什的政治立场。为此，他为布什打造了这样一个角色：辛勤工作的弱势者。在电视节目中，特莱文让布什这样一位出自格林威治国家学校⑤、菲利普斯安多佛高中⑥和耶鲁大学的人物打扮得像寻常的得克萨斯人一样，肩上随意搭着休闲西装，衬衫袖子卷着，笑容可掬地走在尘土飞杨的街道上。⑦ 这一招果然有效。布什轻松获胜，特莱文进入了尼克松的竞选团队。

作为加蒙特的媒体理论专家，普莱斯的工作就是将他提出的概念做进一步的深化与丰富。1967 年 11 月下旬，普莱斯根据马歇尔·麦克卢汉 1964 年出版的《理解媒介：论人的延伸》一书中的思想，拟

---

① Garment, *Crazy Rhythm*, 131. See also McGinniss, *The Selling of the President*, 45.
② Singer，以缝纫机的发明人命名的品牌，几乎是缝纫机的代名词。——译者
③ McGinniss, *The Selling of the President*, 43–45.
④ Harry Treleaven, "Upset: The Story of a Modern Political Campaign" (unpublished).
⑤ 美国顶尖中学之一。——译者
⑥ 美国顶尖私立高中。——译者
⑦ Rick Perlstein, *Nixonland: The Rise of a President and the Fracturing of America* (New York: Scribner, 2008), 234.

了一份战略备忘录在团队内部分发。书中"电视：胆怯的巨人"（Television: The Timid Giant）一章写到了尼克松在1963年上了《杰克·皮尔秀》（The Jack Paar Show）节目，并演奏了自己创作的钢琴曲，麦克卢汉对尼克松在节目上的表现进行了一番评价。"我们看到的是一位坚持己见的创作者和态度谦和的表演者，而不是什么狡猾的能说会道的律师尼克松，"麦克卢汉写道，"一些这样恰到好处的画面（timely touches）会大大改变肯尼迪—尼克松的竞选结果。"① 普莱斯假设，处于电视时代的人们生活在多种现实当中——其中最为突出的两个是实际存在的现实和投射在电视荧幕上的现实。鉴于99%的选民永远不会见到候选人本人，普莱斯深信，他们所知道的唯一现实就是电视荧幕上的那个。"关键并不在于现实是什么，"普莱斯写道，"而在于投射出来的内容——更进一步讲，重点不是他投射出的是什么，而在于选民接收到的是什么。"电视是唯一能够影响数百万选民想法的现实。"我们必须改变的并不是那个人，而是人们接收到的印象。"②

普莱斯认为，如果尼克松的竞选团队能够让受众对这位候选人的感觉有所不同的话，那他是可以赢得大选的。"政治的感性成分多过理性成分，与总统竞选相关的政治更是如此，"普莱斯继续写道，"对潜在总统人选的衡量标准是一个集统领、上帝、父亲、英雄、教皇、国王于一体的理想形象，也许再稍稍来点复仇女神的手段。"和特莱文为布什做的一样，普莱斯也为尼克松勾画了一幅人物素描。竞选团队要将他塑造成"那些自豪的家长满心希望自家儿子长大后能成为的那种理想男性：这个人体现了国家的理想、抱负、梦想，人们希望他的形象成为家人的楷模，希望他代表他们的国家在世界会议上发言，代表他的同代人在历史的篇章中发出自己的声音。"要实现这一点就

---

① McGinniss, *The Selling of the President*, 181, quoting from McLuhan's *Understanding Media*.
② McGinniss, *The Selling of the President*, 193-94, citing Price memo.

要使些手段。"电视媒介带来了一种失真的元素,无论就其对候选人的影响,还是对人们下意识接收其形象的方式而言,"普莱斯写道,"而这不可避免地会传递一个局部的形象——因此,我们的任务是弄清楚如何驾驭电视,使传递的那部分就是我们想要传达的。"

罗杰·艾尔斯将负责实现这样的一个构想,并将他制作脱口秀节目的技术移植到总统竞选活动中。

罗杰·艾尔斯的传奇之处在于他利用自己制作脱口秀节目的高超手段,凭一己之力将尼克松从一个讨厌鬼变成了一个总统。但实际情况比这复杂得多。从很多方面来看,艾尔斯更像是个学生而非老师。加蒙特、特莱文和普莱斯——以及尼克松本人——对艾尔斯的思想有着不可估量的影响。他们一起提供了一个装着概念、关联信息及技术手段的工具箱,艾尔斯将在自己的整个职业生涯中使用它。然而,具有讽刺意味的是,正是现在所谓的主流媒体的一员——一位自由主义者——给艾尔斯的履历提供了最关键的助力。1968年6月的一个早晨,在艾尔斯加盟竞选团队的几个月后,他那位来自费城的朋友乔·麦金尼斯会见了 ABC 体育节目主持人霍华德·科塞尔,并写了一篇有关他的文章。[1]

而这成了麦金尼斯职业生涯中最大的突破。在跟踪采访科塞尔时,麦金尼斯和科塞尔的一位朋友、麦迪逊大道上的恒美广告公司执行副总裁的爱德华·拉塞尔一起乘车到康涅狄格州的斯坦福德火车站。一路上,麦金尼斯坐在汽车后座上专心地听着他们两人的讲话,拉塞尔兴奋地告诉科塞尔,他们广告公司已经拿到了休伯特·汉弗莱的总统竞选广告的单子。麦金尼斯有着新闻记者的敏锐触觉。总统的竞选活动像汽车和牙膏一样被包装好出售给毫无戒心的选民,这种想法令他深感不屑——这真是一条大新闻啊。

---

[1] McGinniss, *The Selling of the President*, 193 - 94, citing Price memo, xii - xvi.

当天，麦金尼斯刚巧约了跟西蒙与舒斯特出版社的一位名叫尤金·普拉卡帕斯的编辑一起吃午饭。用餐期间，麦金尼斯把自己听到的这段对话跟对方说了。普拉卡帕斯也认为政治广告的确是一个潜在的尚未被人发掘的话题。以其里程碑式著作《1960 年总统的诞生》首次对现代总统竞选进行了阐述的白修德①，已经签下合同，要写一部有关 1968 年总统竞选的书。麦金尼斯告诉普拉卡帕斯，他想要关注的重点在于汉弗莱和尼克松在总统竞选广告上的投入。"你别把书名定为《总统的诞生》，"麦金尼斯告诉他，"你应该称其为《推销总统》。"

普拉卡帕斯喜欢他这个主意。"我会让他们给你开一张 500 美金的支票，这样你可以继续做下去了。"他说。

午餐结束后，麦金尼斯走进第五大道上洛克菲勒中心外面的一个电话亭，给拉塞尔打了个电话。他向对方推销了这本书的创意，但当即被拒绝了。

"不行，不行，那都是私底下说说的。"拉塞尔告诉麦金尼斯。②

"所以你不会配合了？"

"配合？你说什么，你以为我们都疯了吗？不行。我不想再听你说，也不想再读到任何有关这方面的东西了。"

郁闷且心灰意冷的麦金尼斯给哈里·特莱文打了个电话，把自己对汉弗莱竞选团队说的也对他提了一下。出乎他意料的是，特莱文接受了麦金尼斯的想法。特莱文之所以能接受，或许跟他曾经给加州的电台节目写剧本有关。③ 他叫麦金尼斯抽空到他在 Fuller & Smith & Ross 广告公司的办公室去一趟。④ 伦纳德·加蒙特对此没有提出任何异议，只是要麦金尼斯保证，无论 11 月竞选的结果如何，他都不会

---

① 即西奥多·怀特，抗日战争时期《时代》周刊驻重庆记者。——译者
② 作者对乔·麦金尼斯的采访。
③ Irvin Molotsky, "H. W. Treleaven, Nixon Consultant, Dies at 76," *New York Times*, Dec. 20, 1998.
④ McGinniss, *The Selling of the President*, xvi.

在竞选结束前出版这本书。加蒙特事后说:"让他跟着我们这个想法还是挺让我们感兴趣的。"① 而他之后将为这个决定后悔。

6月下旬,尼克松在纽约的一间电视演播室里回答了那些专程飞过来拍摄广告镜头的伊利诺伊州选民提出的问题。这个30分钟长的节目叫《尼克松的回答》(*The Nixon Answer*)。② 他的竞选团队准备在伊利诺伊州和密歇根州的6个市场以及俄亥俄州的8个市场投放这支广告。这是竞选团队最后一次使用预先安排好的采访。他们给这些被挑选出来参与这次拍摄的人提供了全套的安排,包括每个人的往返一等舱机票、在曼哈顿酒店的两晚住宿和一日三餐的费用。

艾尔斯没有参与那次播出,但他在录像带上看了一些。这个节目拍得不好。摄像机镜头没对好,而且节奏拖沓。艾尔斯注意到总统候选人仍然很僵硬,一副没有调整过的样子。整个节目没有高潮,没有低谷,也没有惊喜,几乎没有任何戏剧性可言——每个环节结束时也没有出来任何效果。7月6日那天,他打了一份6页纸的备忘录交给加蒙特和莎士比亚,对尼克松的表现提出了他的一些想法。③ "如果你们要给尼克松先生的回答掐时间的话,那么他的每个答复或许都应该在45秒之内,"他写道,"这让人感觉他对每个问题的回答都是'脱口而出'的,因而不会显得他在对具体问题做出回应。按照这个逻辑,观众脑子里的下一个想法是这些问题可能也是'当场提出的'或'事先设置的'。"

当然,整个节目本身都是事先设置好的。至于节目是否达到预期的效果,这取决于他们是否能说服观众这一切都是真实发生而非事先计划的。

艾尔斯用上了他在《迈克·道格拉斯秀》的拍摄现场从伍迪·弗

---

① 作者对伦纳德·加蒙特的采访。他于2013年7月13日去世。
② "Nixon and TV: Changing a '60 Weak Suit into a '68 Trump," *Broadcasting*, July 22, 1968, 53. 另见尼克松在1968年总统竞选期间在密歇根拍摄的一段电视特别节目,YouTube, http://www.youtube.com/watch?v=yFeWFjbeEQ8.
③ Memo from Roger Ailes to Leonard Garment and Frank Shakespeare, July 6, 1968.

雷泽那里学到的理念。确切地说,尼克松需要的是"更形象化的描述性短语",这会让他的评论有一种"语出惊人"的效果。"电视是一种'打了就跑'的媒介,"艾尔斯写道,"普通公众的见识还没有高到可以找出答案的程度。因此,尼克松先生的回答至少有一些应该以这样一种结论作为结尾……明确具体、视觉性强、简洁明了且令人难忘。"

在这份备忘录中,艾尔斯的想法已初见端倪,即他希望影响到的不仅是电视,还有电视背后的政治。尽管他没有什么政治经验,只是一位兼职的总统竞选电视顾问,但他为尼克松准备了二十多条针对不同问题的答复——也就是今天人们所说的"金句"。艾尔斯早期写的那些金句有点像他父亲说的格言,短小精干,有出奇不意的效果,但往往过于夸张不像是总统说的。他的备忘录对某些话题给出了答案:比如,越南("这个国家有近200年的历史——从现在起的200年后,我们不会只加上200岁——而是200年更伟大的历史!"),联合国("战争的问题在于人们很少在开战前讨论。有太多时候一方并不清楚对方为什么要开打"),北约("过时了"),通货膨胀("如果你每年赚10000美元,花掉15000美元,那么你很快就会有麻烦了"),税收("我有时听到人们说'美国开始走下坡路了'。这些人拿着自己辛苦赚来的钱支持一个国家,然后把他们的时间花在诋毁这个国家上"),贫穷("我们不能通过分享政府的财富来赢得这些人的支持。我们赠与他们的礼物是自救的能力。一味的慷慨会让他们感觉不舒服")。这些短语代表了艾尔斯力图用一些能在情感上引起共鸣的俏皮话来简化复杂问题。这样的技能将在有线电视新闻中备受追捧。

到了7月底,艾尔斯意识到自己无法道格拉斯秀和竞选活动两头忙。1968年的共和党全国代表大会在迈阿密海滩正式举行的几天前,艾尔斯跟道格拉斯说他要离开节目几天。[①] 道格拉斯没有同意。"迈

---

① Harris, *Mike Douglas*, 52, 122; "Week's Profile: How to Change Debate Loser to Arena Winner," *Broadcasting*.

克拒绝了我。他心情很沮丧,因为我们即将进入秋季电视收视率评分期。"艾尔斯说。政治令人兴奋不已,而他想更多地参与。"我说无论如何我都会走,"艾尔斯说,"所以他们勉强答应了。"但这是有风险的。"当我迈出这一步的时候,我是在拿自己的职业生涯冒险,"他后来说,"这就更刺激了,有点像自己和自己进行斗鸡比赛。如果我拿不下来,我就有可能回俄亥俄州去管道具。"① 道格拉斯感觉自己被人卖了。"我想迈克受到了伤害,"罗伯特·拉波塔说,"迈克要的是忠诚。那是迈克最看重的事情之一。"② 艾尔斯再也没回那个节目。之后好几年,他和道格拉斯都没再说过话。③

艾尔斯离开后,这个节目举步维艰。部分原因是自节目开播以来的 7 年里,文化已经变得更加复杂,而像《迈克·道格拉斯秀》这样一个本质上轻松自然的节目,在那个混乱的时代里几乎肯定有些不合时宜。节目又拖了 10 年,收视率不断下滑,也经历了各种改版。1980 年代初,节目被取消了,道格拉斯退居佛罗里达。④ 2006 年 8 月 11 日,在他 81 岁生日当天,道格拉斯过世了。虽然艾尔斯跟他的同事们渐行渐远,但在北好莱坞举行的道格拉斯追悼会上,他与他们中的许多人重新建立了联系。⑤ 黛比·米勒和拉里·罗森在离开电视后转行做执业医师助理,艾尔斯尝试跟他们简短地交流一下,但显然那么多年的时间也没能缓解他们之间的紧张关系。⑥

"有一点我必须承认,"艾尔斯告诉罗森,"作为制片人,你一直都比我更优秀。" 当时站在罗森身旁的米勒注意到,艾尔斯这话刺痛了罗森。

---

① "Nixon's Roger Ailes," *Washington Post*.
② 作者对罗伯特·拉波塔的采访。
③ Harris, *Mike Douglas*, 47; see also page 122. 艾尔斯告诉哈里斯,"当我告诉迈克我无论如何都要和尼克松做那件事时,他同意了我离开几天,但那时,经过六年半的近距离相处后,我们之间的关系并不那么好了"。
④ "TV Personality/Singer Mike Douglas Dies at 81," *Billboard*, Aug. 11, 2006.
⑤ "Mike Douglas Tribute Scheduled Saturday," *Los Angeles Times*, Oct. 19, 2006.
⑥ 作者对拉里·罗森和黛博拉·米勒的采访。

其他同事对当时的回忆更美好一些。道格拉斯去世时，罗伯特·拉波塔正在加州的一辆美铁火车上，他的儿子打电话来说了这个消息。① 拉波塔的第一反应是打电话给艾尔斯。"我给他的秘书打了电话。我说：'就问问老板他要我们做什么。'"

---

① 作者对罗伯特·拉波塔的采访。

第二幕

四、推销把戏

  1968年的共和党全国代表大会是罗杰·艾尔斯进入国家政治的洗礼，一次近距离目睹总统竞选活动盛况——各路媒体、盛装出席的代表们——的机会。抵达小镇的第一天，他在枫丹白露酒店跟芭芭拉·沃尔特斯吃了一顿昂贵的晚餐。① 那一周的其余时间他都忙于跟广播新闻界的一些名人打交道。不过，艾尔斯只是重量级人物中的一个小角色，几乎没有官方职责。他给竞选团队跑跑腿，有一次坐出租车去机场接了尼克松的几个女儿。作为候选人，尼克松要到星期一下午大会正式开幕前才会抵达迈阿密。在此之前，他会留在长岛的一栋租来的房子里，埋头准备他接受正式提名的感言。②

  在压制住罗纳德·里根最后一波的得票高潮之后，8月8日，尼克松大步登上演讲台，在大会上发表讲话并接受了党内的提名。该演讲将成为此次竞选活动电视广告的基石。在8月的剩余时间里，哈里·特莱文播放了节选的30秒演讲片段。"我们将会获胜，因为我们的事业是正确的。"尼克松告诉观众，引得台下掌声如雷。"我们看到城市笼罩在烟雾和火焰中。……我们在深夜里听到警笛声呼啸而过。我们看到美国人在遥远的海外战场上流血牺牲。我们看到美国人民相互仇恨；相互争斗；在自己的家园里相互杀戮。当我们亲眼看到、亲耳听闻这一切的时候，成千上万的美国人在痛苦中呼喊。难道我们一路走来，就是为了这个吗？"③

  艾尔斯肯定已经听出了这当中的悲叹。尼克松说的正是那些收看道格拉斯秀的普罗大众。他们想要快快乐乐，而不是每天都被人敲打说这个国家存在种种问题。"难道美国小伙们就是为了这个而战死在诺曼底、朝鲜和福吉谷④的吗？"尼克松问，"听听这些问题的答案吧。这是另一种声音。是夹杂在喧闹和叫喊之中的寂静之声。是绝大多数美国人、被遗忘的美国人的声音——他们没有大声叫喊;也没有上街游行;他们不是种族主义者,也不是病态之人;那些让举国上下备受困扰的问题也非因他们而起。"尼克松向他们保证问题终会解决:"今晚我对你们说的就是美国真实的声音。就在今年,1968年,这是将会传达给全美国和全世界的讯息。"

大会结束后不久,艾尔斯在 Fuller & Smith & Ross 广告公司位于曼哈顿的办公室里撞见了乔·麦金尼斯。"我的天呐,你在这里做什么?"麦金尼斯记得自己当时这么说道。⑤

"问题是,你在这里做什么呢?"艾尔斯答道。

"我在写一本关于这次大选的书。"

"你他妈来真的?谁允许你这么做的?"

"呃,哈里和伦纳德——"

"——上帝啊。难道他们从来不看报纸吗?"

麦金尼斯突然紧张起来,担心艾尔斯会提醒竞选团队警惕他的政见。"我每天都写专栏,大部分都刊登在头版,上面会写:'天啊,尼克松是个混蛋。这太恶心了。'"麦金尼斯回忆道,"他们所要做的就是拿起一份《费城问讯报》,发现,天啊,这家伙不是我们的朋友。但他们根本就懒得看一眼,因为没人听说过我这个人。"为了写这本书,麦金尼斯已经从报社离职了。如果没法接触尼克松的竞选团队的话,整个项目就玩完了。

"罗杰,千万别出卖我。"

---

① 罗杰·艾尔斯在理查德·尼克松的总统竞选活动中提交的费用报告,1968 年 8 月 21 日。
② Stephen E. Ambrose, *Nixon, Vol. 2: The Triumph of a Politician, 1962–1972* (Los Angeles: Premier Digital Publishing, 2013), ebook.
③ The American Presidency Project, 1968 年 8 月 8 日理查德·尼克松获总统候选人提名的演讲(笔录),http://www.presidency.ucsb.edu/ws/?pid=25968.
④ Valley Forge,美国的革命圣地,建有福吉谷国家历史公园。——译者
⑤ 作者对乔·麦金尼斯的采访。

"这你不用担心,"艾尔斯说,"但是天呐,我真的无法相信这是真的。不过,没事,反正也没人征询过我的意见。"

一个战略联盟就这样形成了——这个联盟会让这两个年轻人变成明星。

9月4日,也就是休伯特·汉弗莱在乱哄哄的民主党全国代表大会上获得正式提名的6天之后,尼克松竞选团队的第一场电视秀安排在隶属于CBS的芝加哥WBBM电视台演播室举行。对理查德·尼克松而言,WBBM有他不堪回首的往事:1960年他惨败于肯尼迪的那场总统辩论就是在此举行的。麦金尼斯跟着艾尔斯去了芝加哥,记录这次节目制作的情况。① 在尼克松抵达演播室的几个小时前,麦金尼斯亲眼看着艾尔斯四处灭火。"那些负责场景设计的蠢货用蓝绿色帘子做背景。除非尼克松拎个手提包上来,否则跟这背景根本不搭。"艾尔斯说。他让人把帘子扯掉,把三根带有"简洁、结实、阳刚线条"的木板柱推上了现场。这样的舞台旨在让人产生同情心理:尼克松将独自站在一个高8英寸、直径6英尺的圆形舞台上,面对那些向他发问的人,就跟《迈克·道格拉斯秀》的制片人罗伯特·拉波塔在和艾尔斯一起制作多萝西·福尔德海姆那期试播节目时设想的一样。"'竞技场'式舞台所具有的潜台词发挥了作用,"艾尔斯在给加蒙特和莎士比亚的备忘录中这样写道,"就算是不喜欢理查德·尼克松的观众,在看了15分钟节目后,潜意识里差不多也开始支持他了。"② 尼克松的家人、政治盟友以及由当地共和党团体召集的300名支持者坐在观众席上,尼克松每回答一个问题,他们就会鼓掌欢呼。

坐在市民小组里的人也是整个节目安排的一部分。加蒙特、莎士比亚和特莱文一起梳理了好几组人选,最终形成了一个"顾及各个方

---

① McGinniss, *The Selling of the President*, 64–67.
② Memo from Roger Ailes to Leonard Garment and Frank Shakespeare, Sept. 27, 1968.

面"的名单。① 该节目的真实性取决于尼克松是否让人觉得他是在跟不同阶层的潜在选民打交道。种族方面的问题尤其需要小心处理。最终的决定是市民小组里应该有一个黑人。"两个的话会对白人有所冒犯,"麦金尼斯事后在描述他们的考量时写道,"也许对黑人也是如此。选两个黑人参加会让人感觉有点过。一个黑人是必要且安全的。"② 为此,竞选团队招募了一个在芝加哥公立学校做过教师的黑人,名叫华纳·桑德斯。此外,为了代表芝加哥的其他主要人口群体,他们还选了一位犹太律师、一位波兰社区领袖、一位茶色头发的商人、一个有着圆脸盘的农民、一位端庄娴静的家庭主妇以及两名报纸记者。

这样就没有报道竞选活动的记者什么事了。"让我们面对现实吧,尼克松和新闻界的关系不好,"艾尔斯后来说,"这些人还在打赌说'你会从这家伙手里买二手车吗?'他唯一的希望就是绕过新闻界,直接面对民众。"③ 但是竞选活动的新闻秘书赫伯·克莱恩一直接到记者的抱怨,他提醒说,如果不邀请他们,此次竞选活动可能会遭到强烈抵制。特莱文倾向于听从这个建议,但莎士比亚告诉他无论如何都不允许他们进入会场。

艾尔斯站在莎士比亚这一边。"我同意弗兰克说的,"他说,"去他妈的。这又不是什么新闻发布会。"④

在《迈克·道格拉斯秀》,同事们没听到艾尔斯对媒体表示过反感。⑤ 但在1968年这场激烈的总统竞选中,艾尔斯接受了一个新观点:记者是敌人。艾尔斯提醒特莱文,记者会指出节目里运用的所有狡猾的电视技巧。比如,他们可能会透露一个叫杰克·罗克的负责暖

---

① McGinniss, *The Selling of the President*, 64.
② 同上。
③ "Nixon's Roger Ailes," *Washington Post*.
④ McGinniss, *The Selling of the President*, 66.
⑤ 作者对《迈克·道格拉斯秀》多位制片人的采访。

场的双下巴男子会调动演播室观众的兴奋度。"观众是节目的一部分。"艾尔斯对他说。① 麦金尼斯站在一旁听着。"关键在于，这是一档电视节目，我们的电视节目。"正如麦克卢汉的理论所说的那样，重要的是荧幕上出现的图像。其他任何事情只会分散注意力。艾尔斯说："新闻媒体和现场没有任何关系……这是一场电子化的选举。有史以来的第一个……现在电视已经有了影响力。"和那些在家收看节目的选民一样，新闻记者将坐在另一间演播室里观看节目。

晚上9点，打开电视准备收看《多姆·德路易斯秀》的观众们看到的却是一条尼克松在芝加哥街上受到英雄般欢迎的新闻片。② 如同六月飞雪，五彩缤纷的纸片飘落到人群中成千上万的笑脸上。黄色粗体的标题字幕"尼克松来到伊利诺伊州"在荧幕上闪烁着。一位播音员用男中音说："今天下午，理查德·尼克松抵达芝加哥，受到了这座城市有史以来最热烈、最热情的欢迎。"这是特莱文的想法，节目以尼克松站在豪华敞篷轿车里，像得胜而归般高举双臂，比划出他标志性的V字形作为开场。③ 对于在家收看电视的观众而言，欢腾的场面与一周前民主党人引起的街头骚乱形成鲜明的对比。当理查德·尼克松来到镇上时，街头是游行队伍。

艾尔斯在导播室的监视器上看着这段开场，这时导演提示放下一个镜头：尼克松走上舞台。正如杰克·罗克训练过的那样，演播室里的观众全体站了起来，热烈地鼓掌。导演把镜头在候选人和观众之间来回切换。尼克松笑容灿烂，此刻看上去像迈克·道格拉斯一样温暖、充满人情味。他甚至自备了帮他在台上暖场的人：俄克拉何马州前橄榄球教练、现在的ABC电视台播音员巴德·威尔金森，他是少数支持尼克松参加1968年大选的几位名人之一。在这之前，威尔金

---

① McGinniss, *The Selling of the President*, 66.
② "Nixon in Illinois"（DVD of Chicago campaign broadcast）, Richard Nixon Presidential Library and Museum.
③ McGinniss, *The Selling of the President*, 68.

森刚刚和台下的观众打过招呼,并介绍了市民小组的成员。"我要强调的一点是,尼克松先生根本不知道会问什么问题,"他像一场大型比赛开始前的解说员那样说道,"事先不可能做任何的准备工作。"

而事实是,尼克松一直在艾尔斯的帮助下,为这一刻努力准备着。在开播之前,尼克松打磨出了一系列他可以随意使用的话术,能巧妙地针对任何问题做出相应的回答。艾尔斯在1968年7月给加蒙特和莎士比亚的备忘录中写道:"如果他所展示的材料可以变得更加简洁明了且令人难忘的话,那么他无疑会在即将到来的选举中全面掌握这种媒介。"① 由于这些电视节目只能在当地观看,尼克松便可以在一个又一个城市重复他的回答。他还可以根据不同受众的敏感度来调整自己的应对。因此,他可以在芝加哥肯定民权的重要性,但几周后在夏洛特那边反对学校取消种族隔离。② (几年后,艾尔斯将建议他的客户使用同样的技巧:"你可以用那种放得进钱包的索引卡片,在上面写下未来10年里观众感兴趣的10个故事的关键词,"他在《你就是信息》这本书中这样写道,"因为你很少有机会两次面对同一批受众。"③)

威尔金森介绍完之后,尼克松上台来了一段独白——就跟一场真正的脱口秀一样。"我并不是要在我们进入提问环节前拖时间,"他调侃道,然后语气一转,真诚地说,"你们刚刚看到了我到达芝加哥时的画面,就此我想简单地说两句。这些画面带给我许多回忆。"摄像机的镜头推得很近:"16年前的1952年,在芝加哥举行的共和党全国代表大会上,我被提名为副总统候选人。然后8年前,在芝加哥举行的共和党全国代表大会上,我被提名为美国总统候选人。今天,在芝加哥,就在我踏上竞选征途之际,我必须说一句,这是我有生以来受到的最棒的政治欢迎会。"他一遍又一遍地重复了6次那个暗示

---

① Memo from Roger Ailes to Leonard Garment and Frank Shakespeare, July 6, 1968.
② Perlstein, *Nixonland*, 331.
③ Ailes and Kraushar, *You Are the Message*, 82.

民主党无法无天的代码：芝加哥。

《莫林电讯报》（*Moline Dispatch*）的编辑杰克·桑丁问了第一个问题。"是的，尼克松先生，乔治·华莱士说过，我想其他人也说过，无论是两党之间还是两党的提名人之间，其实没有一丁点差别。先生，您可否说一下，您和民主党提名人之间具体的区别是什么？"

摄像机切回到尼克松那里。

"我有多少时间（来回答这个问题）？"

台下的观众哄堂大笑。尼克松接着他开场独白的结束语往下说。"上周在芝加哥举行的全国代表大会上，我认为美国人民在那里看到了他们的选择，而且我认为这可能是最果断的选择，也是本世纪两党候选人之间最大的差异。"接着他滔滔不绝讲了近 2 分钟。他提到"新领导力"和"新外交政策"以及"解决国内经济问题的新政策"。没有一个是具体的。

导演切换到演播室后面的一个机位。从这个角度看，整个房间就像一个竞技场。尽管坐在观众席里的每个人都是尼克松的支持者，但画面给人的印象是这个候选人没有讲台或提词器，在毫无防备的情况下勇敢地面对来自四面八方的威胁。在家里收看电视的观众会同情他的处境。

导演让镜头摇向下一个提问者。这是个名叫莫里斯·莱布曼的犹太律师，一位民主党人。摄像机镜头从正面拍摄莱布曼。他头发几乎都秃了，戴着厚框的塑料眼镜，他不得不向后仰着脑袋才能与尼克松对视。看起来莱布曼像是充满敬仰地凝视着。

"尼克松先生，时常有批评说你会改变观点，而这些观点是基于权宜之计得出的，对此你作何评论？"

尼克松没表现出任何不适。摄像机拍到他望向台下的莱布曼，双臂轻松地反扣在背后。他说出更多搞笑的话来："这样，莱布曼先生，我觉得你刚才提的问题，说白了就是在问是不是有一个'新尼克松'还有一个'老尼克松'？我想我可以反问一句，今天我们应该听哪个

福克斯新闻大亨　　071

汉弗莱说话呢？"

尼克松笑了。观众们笑了。甚至连莱布曼也笑了起来。

这套策略对所有人而言都很有趣，除了坐在讨论小组里的那几个，他们觉得这是给他们挖好了坑，再把他们往里推。观众席上的欢呼声表明，真正的牺牲品是这个讨论小组里的人而不是尼克松。每次这些人开口提问的时候，他们都能妥妥地感觉到有600只共和党人的眼睛盯着他们的后背。

艾尔斯花了好几天时间把这一切都安排得万无一失。特莱文、莎士比亚和普莱斯提出了操纵电视的概念，但艾尔斯对摄像机机位以及舞台什么的进行了调整。从眼睛水平线下的角度拍摄尼克松让他看上去更加伟岸挺拔，一位胸有成竹的领导者。

在播到一半的时候，那位黑人社区领袖、前教师华纳·桑德斯坐到了麦克风前，他双臂交叉在胸前，似乎有些抵触的样子。"我想跳出教育从业者的框架来讨论一下沟通的问题。沟通的隔阂基本而言就是种族的隔阂，"桑德斯语气坚定地说道，"我想向你说明的是，黑人社区认为'法律与秩序'这一说法意味着是顽固的警察部门、顽固的市长和我们社区内的其他官员造成了发生在我们社区内部的暴力与破坏。'法律和秩序'对你而言意味着什么呢？"

任何在家收看这个节目的人，如果已经看得感到厌烦了，那么这会儿他们肯定精神一振。

尼克松的身子往后靠了一下，深深地吸了口气。"这么说吧，首先，桑德斯先生，"他说道，"有一点我很清楚，我听到人们在用的法律和秩序这个说法，是一个代码，基本上代表的是种族主义。"然后，他转接到事先准备好的一个论点：过去的不公永远不会成为违法的理由。"我经常说，没有规矩，不成方圆。没有正义，谈何秩序。没有进步，谈何秩序。因为如果你只是一味地压制异见、扼杀进步，没有进步的秩序只会造成怒火一触即发和混乱。另一方面，没有秩序就不可能有进步，因为当你造成了混乱——革命——的时候，你所做的就是摧毁所有的进步。"

摄像机捕捉到了坐在前排帕特·尼克松身旁的马萨诸塞州黑人议员埃德·布鲁克听到这番话时的表情。然后镜头又转回到尼克松身上,只见他说:"美国的伟大之处在于,我们的制度使得我们能够在有秩序地进行和平变革的同时,也能实现和平地进步,这在我们的历史上很少有例外。而这就是我现在想要给美国的。"

现场几乎清一色的白人观众报以欣喜若狂的掌声。这场运作顺畅的脱口秀节目正是尼克松和他的团队试图推销的国内社会的缩影。

尼克松顺利地完成了剩下的节目。他谈到了结束战争,建起"通往人的尊严的桥梁",并"重新让这个国家站在坚实的根基上"。

在提示还有最后15分钟的时候,威尔金森大声说道:"很抱歉我不得不打断这场非常有趣的讨论,但我们剩下的时间不多了。"

尼克松问威尔金森是否可以让家庭主妇玛丽·弗朗西斯·斯奎尔斯提一个问题。

"你知道我从来不喜欢不让女士发言。"尼克松说道。一听这话,台下一片笑声。

斯奎尔斯想知道尼克松是否赞成公布被越南抓住的战俘的名字。"如果不涉及国家安全的话,就没有理由不公布这些信息,"他说,"我肯定会深入了解一下情况的。"

威尔金森提了当晚的最后一个问题:"我想知道朱莉和大卫婚礼的具体计划是否已经定下来了?"

这时,摄像机停在了朱莉·尼克松和大卫·艾森豪威尔身上,他们在座位上微笑着,又有点不知所措。

尼克松故作玄虚地说:"那是机密信息。"

台下的观众窃笑了起来。这是节目最后的卖点,就跟《迈克·道格拉斯秀》的安排一样。

第二天早上,艾尔斯收到了尼克松这次节目的录像带。在道格拉斯的节目组,艾尔斯的完美主义性格经常会让他在节目录完后很快就感到沮丧。但看了尼克松在芝加哥拍摄的节目镜头后,他确信尼克松做到了。"现在,尼克松先生在电视上的表现非常出色,对局面的整体把控能力也很好,"艾尔斯在给加蒙特和莎士比亚的备忘录中这样写道,"他站在台上的样子看起来很不错,而且'火力全开'地展现出他的人格魅力……这种'竞技场效果'非常好,他在各个方面的表现都很棒。他看上去'很有胆识'。"①

在那个月,尼克松还有另外三场市民小组的节目要录。② 接下来是去克利夫兰和洛杉矶,在那里,尼克松会在喜剧节目《罗文和马丁的笑话》(Rowan & martin'Laugh-in)中以一段4秒钟的录像亮相(他故作正经地说了一句:"冲我来吗?")。③ 至于怎么能把这个站在竞技场的男人的节目做得更好,艾尔斯早就给加蒙特和莎士比亚出了不止二三十个点子。④ 在对自己老家的观众播出的节目里,尼克松更多时候得直接对着摄像机镜头说话。因为他很容易在演播室灯光的炙烤下出汗,所以室内空调必须在他到场4小时前就开到最大。他的眼神深邃,这得益于让他上眼睑显得更白一点的妆容。尼克松总共准备了20个问题的答案,艾尔斯给它们一一掐了时间:"有些……还是太长了,有一半以上的答案差不多长。"他解释说。尼克松需要"令人难忘的短语来总结某些观点"。艾尔斯还建议安排更多的掌声和音乐,比如康妮·弗朗西斯演唱的一首电影原声。"这或许可以让我们有一个经典的'标准'开场。"他这样写道。

9月18日,麦金尼斯和艾尔斯抵达费城,比候选人早了两天。⑤

---

① McGinniss, *The Selling of the President*, 73.
② E. W. Kenworthy, "'The Richard Nixon Show,'" *New York Times*, Sept. 22, 1968.
③ Diane Werts, "You Bet Your Bippy That 'Laugh-In' Is Back," *Newsday*, Feb. 7, 1993.
④ McGinniss, *The Selling of the President*, 72-76.
⑤ 同上,第97页。

艾尔斯喜欢对麦金尼斯的笔记本表现得夸张做作。"他从未忘记我正在写书这件事。"麦金尼斯后来说。① 艾尔斯在提起尼克松的竞选搭档斯皮罗·阿格纽时说的尖刻的俏皮话尤为大胆。"我们会做得很好,"他对麦金尼斯说,"只要我们能让某人玩'把希腊人藏起来'(Hide The Greek) 的游戏"。②

尽管艾尔斯在郊区的家离演播室只有 10 英里,但他还是住在万豪汽车酒店。他和玛乔丽的婚姻出了问题。他连续 6 个星期出差在外,每天工作 18 个小时,竞选的节奏很自然地拉开了他俩之间的距离。在费城,艾尔斯想挑战一下极限。之前在加州录制的时候,讨论小组提的问题都缺乏新意,让节目显得平淡无奇。艾尔斯想把讨论小组的成员打乱。"都是同一类人的话,尼克松会感到无聊,"他说,"我们必须对这个稍做调整。"③ 当地共和党的一名助理丹·博瑟推荐了一个黑人社区组织的头头加入讨论小组。

"而且他是黑人。"博瑟补充了一句。

"你说他是黑人是什么意思?"艾尔斯问。

"我的意思是他是有色人种。电视上一目了然他不是个白人。"

"你的意思是我们不需要在他身边竖个牌子,上面写着'这就是我们的黑鬼'?"

艾尔斯定下了这个人。麦金尼斯推荐了一位政治新闻记者,艾尔斯发现这位也是黑人。

"该死的,我们不能有两个黑人。就算在费城也不可以。"

讨论小组里头的人安排得差不多了。他最后找了一位来自匹兹堡的意大利律师,一位住在郊区的家庭主妇,一位沃顿商学院的在校生,一位来自卡姆登的新闻记者,以及一位叫杰克·麦金尼的广播电视评论员。就剩最后一个名额了。当艾尔斯和麦金尼斯坐在一起享用

---

① 作者对乔·麦金尼斯的采访。
② McGinniss, *The Selling of the President*, 97.
③ 同上,第 98 - 103 页。

他们叫的酒店送餐时,艾尔斯跟他的朋友抖出了自己的想法。"一个刻薄的出租车司机,华莱士①拥趸,那样不是会很出彩吗?那人坐在那里说:'好吧,麦克,这些黑鬼来干吗?'艾尔斯继续说道:"很多人认为尼克松呆板。他们认为他是个无趣的讨人厌的家伙。在他们眼里,他就像个总是背着书包的孩子。一个生下来就 42 岁的家伙……。现在你让他上了电视,麻烦接踵而至。他是个长相可笑的家伙,他看起来好像被人在壁橱里吊了一整夜,然后早上衣服皱巴巴地从里面跳出来,开始到处说:'我想当总统。'我的意思是他给人的印象就是这样。那就是这些节目为什么很重要。这些节目是为了让人们忘掉这一切。"

费城的节目录制安排在第二天晚上的 7:30 开始。② 艾尔斯下午 2 点就到了演播室,一副准备找人麻烦的样子。"我要把这个他妈的导演开了!"他咆哮道。摄像机的机位全都不对。他需要对着单个观众的特写镜头。每个镜头都要扫到好几个人,那是 1940 年代的过时做法。"我要看到人脸,"他说,"我要看到汗毛孔。那才是人。那才是电视。"

导演出言反对。"我不要听你的屁话!"艾尔斯说,"我告诉你我要什么,你的工作就是给我做出来。"

"他疯了,"那个导演事后告诉麦金尼斯,"他说他要特写镜头,就好像说他要去登月一样。"(那次节目后,艾尔斯把他开了。)

那天晚上的节目是在 30 分钟的《尼克松的回答》特别节目之外,尼克松做的第四场市民小组节目。但是罗杰·艾尔斯准备给尼克松上一课:最好的电视节目是变化莫测、不可预知的。

杰克·麦金尼给当晚定了个基调。他的举止绝对不友好。他质问

---

① 指小乔治·科利·华莱士,民主党人,四届亚拉巴马州州长,坚定的种族隔离制度支持者。——译者
② McGinniss, *The Selling of the President*, 103–5; "Nixon in Pennsylvania" (DVD of Philadelphia campaign broadcast), Richard Nixon Presidential Library and Museum.

尼克松为何在越南问题的立场上闪烁其词,并指出这位候选人在1952年针对朝鲜的政治局势发表了党派评论。① 尼克松皱了一下眉头。

"我认为这的确是一个关于时机的问题,"他带着戒备回答道,"作为可能成为美国总统的人,我所说的任何话都会被远在河内的敌人解读为一种信号,即他们会等我上台而不是跟我们的现任总统进行讨论。"

摄像机这时拍到了一位身穿金色长裙的女观众对麦金尼怒目而视。

20分钟后,又轮到他提问了。这次麦金尼重复了汉弗莱公开指责过的一件事:为什么尼克松拒绝上《面对国家》(*Face the Nation*)这样的全国性政治节目接受专业人士的采访,反倒要回答业余人士的提问,并且是在一个坐满准备恫吓那些想问些棘手问题的提问者的共和党人的屋子里?

在导播室里,艾尔斯的实验看起来进行得很糟糕。"那家伙是在发表演说啊!"弗兰克·莎士比亚大叫起来。艾尔斯拿起电话想叫威尔金森打断麦金尼的话,但他停下了,觉得还没到要走出这一步的时候。

尼克松低头注视着向他提问的人。"你说的是这些在星期天播放的智力竞赛节目。我上过《会见新闻界》(*Meet the Press*)和《面对国家》,而且已经上了太多次了。"

这正是艾尔斯想要营造的画面:尼克松接受挑战,然后反击。

"对,给他点颜色看看,迪克宝贝②!"莎士比亚说。

节目录到后面,另一位嘉宾问尼克松,为什么他在1965年要求将罗格斯大学一位马克思主义教授革职。尼克松咬定自己知道这件

---

① McGinniss, *The Selling of the President*, 106–11.
② 迪克(Dickie)是理查德(Richard)的昵称,此处指尼克松。——译者

事，并解释说那位教授曾在校园内喊话叫越共打败在越南的美军。当轮到麦金尼提问时，他再次向尼克松发难。

提到罗格斯大学的这位教授，他说："当你说你知道这件事时，你没有说清楚来龙去脉。他并没有要越共取胜，他指的是他认为即将到来的胜利——"

尼克松突然打断了他的话。"他说——我引用了他的原话——'我欢迎那场胜利。'他用了这个词。"

观众席里爆发出阵阵掌声。

麦金尼回应说："我觉得这当中有一个非常关键的区别——"

但他的话再次被尼克松打断了："你认为欢迎和呼吁这两者有区别？"

麦金尼一下子没反应过来。这种用词上的细微差别对报纸新闻而言很重要，但电视则不然。电视讲的是情感。观众们并不在乎尼克松在用词上混淆概念。他们看到的是这位总统候选人告诉一位道貌岸然的新闻记者，某位共产党教授无权为杀害美国年轻人的敌人说好话。

在录完节目后，麦金尼向记者们抱怨说："我觉得他不可以用一个赢得掌声的技巧来结束一个问题。"①

费城的这个讨论小组是政治沟通上的一大进步。"尼克松先生在麦金尼的质询中成为无可争议的赢家，"艾尔斯事后在给加蒙特和莎士比亚的备忘录中这样写道，"观众对他抱有同情心（麦金尼不讨人喜欢）……而当他'把主动权交给电视观众'来决定对越共说'呼吁'或'欢迎'的含义时，这一举动所显示出的对电视媒介的运用和信心是我前所未见的。"② 经过他的一番操作，尼克松的表现达到了艾尔斯的期望。"天啊，他会不会生气啊，"艾尔斯对麦金尼斯说，

---

① Kenworthy, "'The Richard Nixon Show' on TV Lets Candidate Answer Panel's Questions."
② Memo from Roger Ailes to Leonard Garment and Frank Shakespeare, Sept. 27, 1968.

"他会以为我们真的想搞垮他。"①

当晚走出大楼时,艾尔斯在电梯里巧遇了帕特·尼克松。她噘着嘴跟他打了招呼。

"似乎每个人都觉得这是迄今为止最棒的一场。"艾尔斯说。尼克松夫人一言不发。

在费城录完节目后,艾尔斯发现他效力的尼克松团队越来越不愿意纵容他那些天马行空的想法。而身在这些反对冒险的政治从业者中的他,却是个敢在电视上赌一把的人。他们的立场正在移位。9月30日,汉弗莱呼吁单方面停止轰炸,认为这是"一个可以接受的和平风险",反战浪潮也顺着他的方向发展。② 面对其日益严峻的民调结果,尼克松团队的反应是把问题归咎于艾尔斯。莎士比亚对艾尔斯的执导能力尤其持怀疑态度。③

艾尔斯认为,尼克松的民调数字下降是因为自初选以来,尼克松一直马不停蹄地上电视。"说实话,我觉得这个数字蹿到顶蹿得太早了,"艾尔斯后来说,"要在一整年的时间里炒作一件事,这是个高度复杂的技术问题。"④ 新闻媒体捕捉到了艾尔斯的沮丧。10月8日,正在纽约将拍了5个小时的电视素材剪成一部30分钟的电视特别节目的艾尔斯接受了《纽约时报》的采访,并坦言他的优势在于他是电视时代成长起来的,而他的"候选人不是,这可能是其弱点"。艾尔斯指出:"尼克松不是个在电视机前长大的孩子,他可能是最后一个上不了《约翰尼·卡森秀》节目但能参加总统大选的候选人……。他是个沟通者,是电视名人,但当人们在脱口秀节目上说'现在有

---

① McGinniss, *The Selling of the President*, 111.
② R. W. Apple Jr., "Humphrey Vows Halt in Bombing if Hanoi Reacts; a 'Risk for Peace,'" *New York Times*, Oct. 1, 1968.
③ McGinniss, *The Selling of the President*, 134.
④ "Nixon's Roger Ailes," *Washington Post*.

请……迪克'时,那并不是他的最佳状态。"① 如果没发生别的事的话,艾尔斯至少会因为这几句点评而出名。

10 天后,尼克松的政治顾问将尼克松在波士顿的小组问答节目上的糟糕表现归咎于艾尔斯对提问者的挑选。② 事实上,此次竞选仅有的一次在马萨诸塞州的摇摆是一场全方位的混乱,跟艾尔斯一点关系都没有。但在一个星期后,竞选团队还是取消了艾尔斯选拔市民小组成员的任务。10 月 25 日,在纽约的 CBS 演播室录制的最后一场节目,将其中一部分工作移交给了年轻的人口统计学家凯文·菲利普斯,③ 他后来写了一本关于竞选的书,叫《新兴的共和党多数派》。④ 在节目马上就要开播前,菲利普斯在导播室自豪地宣称,他挑选的提问小组"在族裔的权重上非常完美"。艾尔斯则发牢骚说这是"我们用过的最糟糕的一组人",还跟麦金尼斯抱怨如果莎士比亚再因为他导演节目而打击他的话,他就走人。

在这场较量的最后日子里,尼克松的团队不断地给自己挖坑,陷入了一场又一场的危机之中。艾尔斯相信他们此时人心惶惶。星期日,尼克松一改此前面对杰克·麦金尼的提议时的说法,上了 CBS 的《面对国家》。⑤ 整体表现平平。此外,他还同意在下周去上《会见新闻界》。

11 月 3 日,星期天,艾尔斯去见尼克松,为他参加《会见新闻界》节目做准备。艾尔斯因为遭人猜忌,情绪依然有些低落,他后来告诉一位记者"太多人在烦"他。为发泄情绪,他一路向北开了一个

---

① Robert Windeler, "Nixon's Television Aide Says Candidate 'Is Not a Child of TV,'" *New York Times*, Oct. 9, 1968.
② Crocker Snow Jr., "Nixon in Boston Tonight," *Boston Globe*, Oct. 17, 1968. See also McGinniss, *The Selling of the President*, 129.
③ McGinniss, *The Selling of the President*, 133.
④ Kevin P. Phillips, "The Emerging Republican Majority" (New Rochelle, NY: Arlington House, 1969).
⑤ McGinniss, *The Selling of the President*, 136 – 37.

半小时的车,到位于郊外的一个机场去跳伞。第二跳时,他来了个硬着陆,冲击力撕裂了他脚踝的韧带。[1]

第二天早上,他包扎好的脚踝几乎无法动弹,他开着一辆租来的黄色福特雷鸟来到NBC位于伯班克市的演播室,那里已经为即将举行的大选前电视直播筹款安装好了125部电话机。他拄着拐杖一瘸一拐地在片场来回走动,吃着止痛药,对着工作人员呼来喝去。这次受伤似乎暴露出艾尔斯内心的愤世嫉俗。艾尔斯对麦金尼斯说:"这两小时会他妈的很沉闷。"[2]

的确,这场电视筹款活动礼貌而内敛——一场中规中矩的庆祝活动。尼克松给大家看了杰基·格里森支持他的录像。大卫·艾森豪威尔认真地朗读了他祖父写的希望尼克松获胜的信。

与之相反,汉弗莱那边的电视筹款活动相当时髦。[3] 他请来了不少明星,包括刚刚凭借在影片《铁窗喋血》(Cool Hand Luke)中的角色获得奥斯卡奖提名的保罗·纽曼,以及出生于布鲁克林的歌星阿贝·莱恩,她因为涉及性爱的露骨谈话得罪了很多美国人。

"疯了,"当看到汉弗莱在回答直接打进来、没有准备过脚本的电话时,艾尔·斯科特说,"他们没有任何控场。"[4]

那正是关键所在。汉弗莱的电视顾问里克·罗斯纳曾和艾尔斯在《迈克·道格拉斯秀》节目中共事,他要给汉弗莱打造的是与尼克松的拘束完全相反的形象。[5] 整个晚上,汉弗莱在现场自由地踱着步,跨过地上缠绕着的电线和丢弃的咖啡杯,直接跟打电话进来的人交谈。[6] 现场故意被弄成杂乱的样子:顾问们希望舞台给人一种真实的

---

[1] McGinniss, *The Selling of the President*, 148. 另见 Garment, Crazy Rhythm, 135。
[2] 同上,第149页。
[3] White, *The Making of the President 1968*, 456, McGinniss, *The Selling of the President*, 136-37.
[4] McGinniss, *The Selling of the President*, 156.
[5] 作者对《迈克·道格拉斯秀》前制片人里克·罗斯纳的采访。
[6] Arlen J. Large, "Mr. Nixon on TV: 'Man in the Arena,'" *Wall Street Journal*, Oct. 1, 1969.

感觉。而藏在这片有意识的杂乱之下的是贯穿美国的反权威意识,这正是该节目试图充分利用的。对于千百万收看节目的美国人来说,休伯特·汉弗莱的辩论总结就是他很真实;而理查德·尼克松是电视造出来的。

第二天,全国将给出最后的结果。早餐后,艾尔斯、麦金尼斯和竞选团队的其余人员开车前往机场,横穿美国飞往纽约。① 艾尔斯入住的纽约希尔顿酒店在尼克松的竞选总部华尔道夫酒店附近,他已经安排玛乔丽去他的房间相见。② 他们只有几小时的时间,但在曼哈顿的一家豪华酒店过一晚是对这几个月的分离所做的小小补偿。整个晚上艾尔斯都在看着选票进来,跟住在他房间下面四个楼层的麦金尼斯交谈。这是一次漫长的等待。东部的许多州已早早倒向了汉弗莱。③ 但当晚的大部分时间里,两人在加州、伊利诺伊州、俄亥俄州和得克萨斯州的选票不相上下。电视评论员声称两者都有胜算。

然后,胜利降临了:1968年11月6日一大早,尼克松拿下了俄亥俄州和得克萨斯州。④ 当天中午12:30,在汉弗莱来电承认败选的一小时后,尼克松在华尔道夫酒店的宴会厅发表全国讲话。艾尔斯在阳台上看着尼克松发表获胜感言,大谈他要弥合国家的分裂。⑤ "这次竞选中我看到了许多标语牌,有些并不友好;有些则非常友善,"尼克松说,"但最让我感动的是在俄亥俄州德什勒看到的一个,那天我们连续访问了好几个地方,最后经过那个小镇。我想那天站在黄昏里的人差不多是今天这里人数的5倍。当时几乎看不清什么东西,但有个十几岁的孩子举着一块牌子,上面写着'把我们团结起来'。将

---

① McGinniss, *The Selling of the President*, 160-61;作者对乔·麦金尼斯的采访。
② 同上,162。
③ White, *The Making of the President 1968*, 456,458。
④ 同上,459-461。
⑤ McGinniss, *The Selling of the President*, 164.

美国人民团结在一起,这将是本届政府开始时的伟大目标。"①

艾尔斯当然知道德什勒这个地方。这是位于巴尔的摩与俄亥俄铁路交叉口上的一个农业小镇,距离他祖父梅尔维尔的出生地谢尔比县不到100英里。1948年,艾尔斯的父亲带他去看哈里·杜鲁门在火车后面向人群挥手致意,那列火车载着他马不停蹄地走遍了俄亥俄州各地,包括像德什勒和沃伦这样的小镇。"我记得我父亲抱着我向总统挥手,"艾尔斯回忆道,"每个人回到家里都觉得自己认识了哈里·杜鲁门。"②

艾尔斯一路走来早已有所建树。尼克松的电视试验使他深信,还有一片广阔的新市场可以开拓。"就是它了。他们从今以后永远就要靠这个当选了,"在选举日的前一晚他这样告诉麦金尼斯,"以后参加选举的人必须能表演。"③ 但他还是有疑虑。"值得探讨的问题是,电视机有多诚实?如果你把一个冷漠的家伙包装成温暖的人,别人能看出破绽吗?"

尼克松的胜利证明你可以不被看穿。在发表获胜感言时,尼克松把自己打扮成一位谦逊的调解人,发誓要弥合分裂的选民。尼克松的朋友迪克·摩尔告诉竞选团队那个举着牌子的德什勒女孩"可能是捏造出来的"④,就像威廉·萨菲尔后来所写的那样,但这并不重要。这些话从美国当选总统的嘴里说出来并传到了全国各地的家家户户,

---

① Rowland Evans and Robert Novak, *Nixon in the White House: The Frustration of Power* (New York: Random House, 1971), 33 - 34.
② E.G. Marshall, "Television & the Presidency," Part 13, 1984, http://www.youtube.com/watch?v=ky30KChtz_Y.
③ McGinniss, *The Selling of the President*, 162.
④ William Safire, "The Way Forward," *New York Times Magazine*, Sept. 2, 2007. 1968年11月,《纽约时报》的一名记者找到了一个带着这样一个标语牌的德什勒女孩,该报刊登了一篇关于她的报道,并附上了一张美联社拍摄的她手持标语牌的照片。参见 Anthony Ripley, "Ohio Girl, 13, Recalls 'Bring Us Together' Placard," *New York Times*, Nov. 7, 1968. 萨菲尔后来写道: "多年后,当我问迪克·摩尔那天他是真的看到了那个女孩还是凭空想象想出了那个标语,他的眼神游移不定。" William Safire, *Safire's Political Dictionary* (New York: Oxford University Press, 2008), 83.

那它就是真的。

无论选举日那天发生了什么，艾尔斯已经铁了心要闯出自己的一番天地来。返回费城就像降级去小联盟打比赛。"我决定在竞选活动结束后不回演播室去给一个喜剧演员准备台词出谋划策。"艾尔斯说。①

但政治也有其弊端。在看了尼克松发表的胜选演讲后，艾尔斯和麦金尼斯一起出去吃了晚餐。麦金尼斯问起艾尔斯接下去有什么打算。②

"你会搬去华盛顿做新闻秘书吗？"

"就算付我100万的年薪我也不会接那个活的，"艾尔斯说，"不管我做什么，我甚至还没讨论过，但应该是幕后工作。"艾尔斯告诉麦金尼斯他已经厌倦了政治。"电视才是我要做的事。"另外，他对自己的第一爱好——戏剧很着迷。"我真的对百老汇的演出感兴趣。"他补充道。

他想搬去纽约。甚至在竞选活动结束前，他就已经做起了准备工作，去跟费城的杜安·莫里斯律师事务所的年轻合伙人罗纳德·基德会面，填写成立一家娱乐公司所需的文件。③ 他给自己的公司取名叫REA制作公司。④ 然后，在尼克松获胜后不久，艾尔斯开始到处找钱。在华尔道夫酒店举行的宾夕法尼亚协会⑤晚宴上，有人把他介绍

---

① Harris, *Mike Douglas*, 122.
② 作者对乔·麦金尼斯的采访。
③ 作者对费城律师罗纳德·基德的采访。
④ 向宾夕法尼亚州政府公司事务局提交的公司章程，1968年10月28日。
⑤ Pennsylvania Society，1899年，住在纽约的历史学家、土生土长的宾州人詹姆斯·巴尔·费雷邀请55名同样住在纽约的宾州人在华尔道夫酒店共进晚餐。席间，他们决定成立一个团体，"团结国内外所有宾州人，将他们的友谊和对家乡或第二故乡的忠诚联系在一起"，并提醒他们宾州在国家经济和工业生活中重要且长期的领导地位。最初称为"纽约宾夕法尼亚协会"。1903年注册为501（c）3组织，名称缩短为"宾夕法尼亚协会"。随着时间的推移，在华尔道夫酒店举行的晚宴成为该协会的标志性活动。——译者

给了富有的投资银行家霍华德·布彻尔四世,后者同意改天见见他。① 在费城,艾尔斯向一群投资者推销自己,对方问他取得过什么成绩。"这么说吧,我的成绩其实还不错,"艾尔斯后来回忆自己当时是这么跟他们说的,"我是一档全国性电视节目的最年轻的制片人……。我把它推广到了 182 个市场。非常巨大的成功。而且,当所有人都说理查德·尼克松不可能赢得大选的时候,我接手了这项艰巨的任务,最后他通过电视手段取得了胜利。所以我认为我的成绩很好。"他们又问了他的商业经验。"让我告诉你们我的商业经验。我的商业经验就是你得有两列数字,一列叫'进账',一列叫'出账'。如果你的出账比进账多,那你就要破产了。"②

艾尔斯把这件事说成是中西部的常识对常春藤联盟时髦但无用的那套东西的又一次胜利。这些人当中的一名男子让艾尔斯去门外等几分钟。当他回到房间时,这些人宣布他们会投资给他。"你知道有多少哈佛毕业的家伙会到这儿来吗?"艾尔斯记得其中一位投资人这样说道,"他们拿着图表、矩阵数列以及其他所有该死的东西……。他们不知道如果出账比进账多,就成不了事。"

艾尔斯的损益底线那套给布彻尔留下了深刻印象。不仅如此,他还看到艾尔斯作为一名竞选活动策划者的各种本能。"罗杰的意志非常坚定,人也很聪明。他是比我更了解黑暗面的那种人,"布彻尔回忆说,"我所说的黑暗面指的是政治和人性的黑暗面。"③

---

① 作者对霍华德·布彻尔四世的采访。
② Junod, "Roger Ailes on Roger Ailes: The Interview Transcripts, Part 2."
③ 作者对霍华德·布彻尔四世的采访。

五、REA 制作公司

艾尔斯把自己塑造成尼克松不可或缺的形象顾问,而这样一个角色以前几乎是不存在的,他因此成功说服了他的新投资伙伴,但这种自我推销本身就是一种形象操纵。从尼克松当选总统的那一刻起,艾尔斯就发现自己被排除在了尼克松的核心圈子之外,而他接下来将花3年时间努力杀回那个圈子。

1968 年 11 月,艾尔斯向尼克松团队发送了一份机密报告,谈了白宫可以如何利用电视作为一个宣传工具。"(总统的顾问们)应该尽一切可能,有意识地努力控制尼克松先生在电视上的形象,"他写道,"在有必要竞选连任时,公众(在过去 4 年里)对总统的综合印象将影响他们。"这份两页的文件提供了 16 种可能的策略,供新政府用以塑造公众舆论。他的想法涉及后勤安排(确保总统在电视上出镜的视频存档以备日后使用)和电视出镜的问题(让尼克松直接对着镜头说话,"让他形成一种沟通风格")。备忘录还建议创办一档白宫自己制作的节目,拍摄总统对全国发表的有关国家发展的报告:"实际上,尼克松先生自己的电视节目将给公众某种期待,并让人们产生一种他随时会让他们了解情况的感觉。"当尼克松公开谈论将全国上下团结起来的时候,艾尔斯则在私底下解释电视如何能成为造成分裂的有力武器。他写道:"利用电视作为与顽固不化的国会议员之间的政治楔子,以争取选票。"[①]

这份备忘录以自我推销作结。"任何电视顾问小组都应当有一位在电视行业获得相当成功的电视制作和导演方面的专家。此人还应了解尼克松先生、他与媒体打交道的经历和问题,以及这届政府的目标。"

1969年冬天，艾尔斯搬到了曼哈顿，住在第八大道靠近52街的一间公寓里，玛乔丽则一个人留在了宾夕法尼亚州。② 实际上，由于现实原因，他们已经在那年秋天正式分居了。乔·麦金尼斯说："罗杰总是匆忙赶往各个地方，玛乔丽却不是。"③ 卸下了婚姻生活责任后的艾尔斯专注于打造自己新成立的制作公司。"一到晚上，他的办公室就成了他的卧室。"帮助他公司起步的他哥哥这样回忆道。④ 在结束了竞选活动后，他接到的第一批工作当中有一项来自他的老东家。西屋公司给他的任务是提高那些人气不佳的节目的收视率。⑤

　　艾尔斯也在洛杉矶寻找工作机会。竞选活动结束后，他跟杰克·罗克拉上了关系，后者是电视筹款节目的主持人，跟好莱坞走得比较近，作为托卢卡湖乡村俱乐部成员，他跟宾·克罗斯比和鲍勃·霍普⑥都有来往。罗克比艾尔斯大20多岁，作为一位业内人士，他可以帮初露锋芒的新人建立自己的职业生涯。⑦ 1969年1月8日，艾尔斯在信中这样写道："我想你知道我有多喜欢跟你共事，但我还希望你知道，在专业上我对你所做的工作怀有最崇高的敬意。"⑧ 这位28岁年轻人的许多信件落款都是"REA制作公司总裁，罗杰·E.艾尔斯"。

　　在他们的往来信件中，和1960年代的一些男人一样，罗克和艾尔斯喜欢用令人捧腹的俏皮话讽刺政客。"几周前我在州长大会上见

---

① 罗杰·艾尔斯给未具名的尼克松顾问的备忘录，1968年11月。
② 罗杰·艾尔斯当时的信纸抬头。艾尔斯告诉查菲茨，自己冒着暴风雪驱车前往纽约。Chafets, *Roger Ailes*, 37.
③ 作者对乔·麦金尼斯的采访。
④ 作者对小罗伯特·艾尔斯的采访。
⑤ 罗杰·艾尔斯写给杰克·罗克的信，1969年1月8日。
⑥ 此处这两人都是美国演员、制片人、主持人。——译者
⑦ "Passings: Jack Rourke, 86; Producer of Sam Yorty's Show," *Los Angeles Times*, Oct. 21, 2004.
⑧ 罗杰·艾尔斯写给杰克·罗克的信，1969年1月8日。

到了 RN 和几位州长。然后我就得了流感。"罗克在给艾尔斯的信里这样写道。① 斯皮罗·阿格纽尤其容易成为攻击目标。艾尔斯在总统就职典礼前不久给罗克写了一封信:"我要求他们给你寄一份邀请函。你还会受邀和副总统斯皮罗·T. 阿格纽一起参加一个私人派对。……就只有你和他两个人。"② 1 月下旬,在艾尔斯得知罗克正在搞一个公关造势活动——为了竞选洛杉矶市长——后,他给罗克寄了一封用西屋公司的信纸打印的信:"我认为现在是时候让少数族群有个代表了。你们这些基佬被压制得太久了。"③

罗克则嘲笑艾尔斯和露西·温彻斯特的绯闻,后者是肯塔基州的社交名媛,并成了尼克松的社交秘书。④ "我很高兴文章没有提及你与露西·温彻斯特夫人之间的特殊关系,"他在《洛杉矶时报》的一篇文章中看到艾尔斯的名字后写信说,"你可以完全相信我不会跟任何人提及此事,可能除了乔·嘉根这个例外。你知道他是什么都不会说的。"⑤ 乔·嘉根是肯尼迪的一位表亲,两周前他就在查帕奎迪克岛,那一夜,泰德·肯尼迪开的那辆奥兹莫比尔 88 轿车发生车祸,导致玛丽·乔·科佩奇尼丧生。(温彻斯特后来在被问及她是否和艾尔斯有一腿时说:"我很遗憾地告诉你,他和我之间从没有好感,就像丘吉尔曾经说过的那样,'这根本不是真的,但谢谢你的报道'。"⑥)

艾尔斯在娱乐圈寻找新机会的同时,继续向尼克松政府示好。他给尼克松的高级顾问写了一系列充满关切的信,试图招揽一些生意,确保他新成立的制作公司随着尼克松的竞选成功而获得认可。3 月

---

① 杰克·罗克写给罗杰·艾尔斯的信,1968 年 12 月 30 日。
② 罗杰·艾尔斯写给杰克·罗克的信,1969 年 1 月 8 日。
③ 罗杰·艾尔斯写给杰克·罗克的信,1969 年 1 月 29 日。
④ 尼克松社交秘书露西·温彻斯特的生平,参见 Nixon Presidential Library and Museum, http://www.nixonlibrary.gov/for/researchers/find/textual/central/smof/winchester.php。
⑤ 杰克·罗克写给罗杰·艾尔斯的信,1969 年 8 月 1 日。
⑥ 作者对露西·温彻斯特的采访。

初，他向已被任命为总统特别助理的德怀特·查宾索要一张尼克松的亲笔签名照放在他曼哈顿的办公室里。① 3月14日，艾尔斯前往白宫取这张照片，并面见了尼克松10分钟。② 几天后，艾尔斯向霍尔德曼表达了愿为共和党政治人物做顾问的想法。③ 为此，霍尔德曼代表艾尔斯给马里兰州国会议员、共和党全国委员会主席罗杰斯·莫顿写了一封信："总统对罗杰履行职责的能力十分满意，而他的工作成果当然不言自明。"④ 莫顿与艾尔斯签了一份价值1.2万美元的合同，请他为共和党全国委员会提供电视相关的咨询服务。⑤

尽管霍尔德曼乐于在其他共和党官员面前对艾尔斯称赞有加，但他不会让艾尔斯进入日益收紧的核心圈子。艾尔斯再怎么反复努力，还是没能让政府关注他在大选后递交的电视制作提案。在竞选期间的混乱日子里，艾尔斯有很大的行动余地，但这样的日子已一去不复返了。什么人可以见总统，哪些行动备忘录需要他的注意，霍尔德曼都严格把控。这种集中式决策反映了尼克松对控制的痴迷，阻止了包括电视战略在内的关键举措的进展。艾尔斯的提案没有得到回应，反倒是分派了一些零星的任务。5月，他制作的首批电视节目中的一个——介绍尼克松提名的最高法院大法官沃伦·伯格的电视片——出

---

① 德怀特·查宾写给罗杰·艾尔斯的信，1969年3月10日；德怀特·查宾给尼克松秘书罗斯·玛丽·伍兹的信，1969年3月10日。
② 理查德·尼克松总统的日志，1969年3月14日。他们在下午12:55至1:05之间会面。
③ H. R. 霍尔德曼写给罗杰·艾尔斯的信，1969年3月27日。"你3月18日的来信已收悉，"霍尔德曼在给艾尔斯的信中写道，"我已经联系了罗杰斯·莫顿，并告知他你有兴趣为任何需要为上电视节目而寻求指导的国会议员或参议员提供帮助。"
④ H. R. 霍尔德曼写给罗杰斯·莫顿的信，1969年3月26日。1969年4月3日，霍尔德曼在给艾尔斯的信中写道："前几天我从尊敬的罗杰斯·莫顿那里得到消息，他跟赫伯·克莱恩和哈里·特莱文讨论了你参与未来活动的事宜。莫顿议员要求你在4月15日之后与共和党全国委员会的哈里·特莱文联系，尝试并发展未来你和共和党全国委员会之间的关系。"
⑤ 罗杰·艾尔斯写给H. R. 霍尔德曼的信，1970年6月8日。"在过去的一年里，我司已与共和党全国委员会签订了一份1.2万美元的小型咨询合同，"艾尔斯写道，"你可否告诉我有续约的机会吗？"

了差错，他没帮上忙。① "他把事情搞砸了，"霍尔德曼在日记中写道，"'向大法官致敬'这段不合时宜，讲台上忘了放国旗，等等。也许没有他会做得更好，但 CBS 的制片人真的是非常神经的那类人。"

霍尔德曼没有揪着这些问题不放，6 月，白宫付了 1300 美元给艾尔斯，让他重新看一下总统的演讲台，并就如何改进灯光提出建议。② 第二个月，艾尔斯帮忙制作了在总统办公室的尼克松与月球上的尼·阿姆斯特朗之间那场戏剧性的通话的现场直播。③ 有时候，艾尔斯会被叫去提供一些基本的着装建议。"他觉得穿深色西装没问题，但关键是总统必须穿米白色衬衫，系一条图案简洁的领带，"霍尔德曼的助手劳伦斯·希格比在一份备忘录中写道，"他认为总统当天应该让理发师看一下他的发型，确保头发纹丝不乱。"④ 艾尔斯还提醒尼克松的顾问们用好"英雄镜头"——将机位调到与眼睛水平，并且拍在四分之三侧脸的角度，好让总统看起来立体且有深度。艾尔斯告诉希格比，"重要的是，当总统出镜的时候，摄像机的镜头要与眼睛平齐——别在总统的上方俯拍他"。

8 月，艾尔斯接到了竞选结束以来最大的一项任务：让美国国宴有史以来首次在电视上亮相，这场众星云集的晚宴将在比弗利山庄的世纪广场酒店举行，是为了表彰"阿波罗 2 号"的宇航员。艾尔斯再次突破了政治沟通的界限。"白宫方面考虑的是保持晚宴的体面，"他在接受《洛杉矶时报》采访时表示，"而另一方面，我们关心的是要

---

① H. R. Haldeman, *The Haldeman Diaries: Inside the Nixon White House* (New York: Putnam, 1994), 75.
② 尼克松的助手斯蒂芬·布尔给卡森·豪威尔的备忘录, 1969 年 6 月 30 日。
③ http://nixonfoundation.org/2012/09/roger-ailes-recalls-the-moon-landing/. "我在看从月球传回来的画面，我意识到我们会有第一个跨星球的分屏，"艾尔斯在 2012 年接受比尔·海默的采访时说，"问题是，没办法预测阿姆斯特朗会站在哪里，面朝哪个方向。"在总统办公桌的两侧放好显示器后，艾尔斯负责提示尼克松该朝哪边看。如此一来，在电视屏幕上尼克松和阿姆斯特朗看上去就像是在面对面。"那是我贡献的点子。"艾尔斯回忆说。
④ 霍尔德曼的助手拉里·希格比给霍尔德曼的备忘录, 1969 年 8 月 6 日。

让在家看电视的人也看得津津有味。"① 他把尼克松塑造成了当晚的英雄之一。摄像机镜头捕捉到了总统本人、第一家庭和宇航员一起乘坐军用直升机从空中降落到酒店停车场的画面。当他们走出机舱的那一刻，看起来就像尼克松也是从太空归来。几大电视网像报道奥斯卡颁奖典礼一样对此事进行了报道。

为宇航员举办的晚宴基本上就是一场一次性的活动，这不妨碍艾尔斯去做一些娱乐项目。在选举日之后的几个月里，艾尔斯想靠自己的力量重新打造一个《迈克·道格拉斯秀》。住在辛辛那提市中心的喜来登吉布森酒店期间，他推出了一档全新的脱口秀节目《丹尼斯·沃利秀》，31 岁的主播曾是总部位于俄亥俄州的媒体集团塔夫特广播公司的游戏节目主持人。② 1969 年 9 月 22 日首次亮相的这档节目，穆罕默德·阿里与老喜剧演员欧文·科里以及一名从越南回来的步兵军官一起出现。新闻媒体对这期节目进行了严厉的批评。问题出在道格拉斯式的古板风格，它根植于美国向往宁静安逸的普遍共识，但彼时已经不合时宜了。"昨天的首期节目平淡得令人尴尬，"《华盛顿邮报》的一位评论家写道，并补充说它"完全缺乏新意、娱乐性或灵感"。③ 节目也缺一位专门的制片人。"罗杰会说：'我得离开几天去华盛顿。或者说我得跟着尼克松到处跑。'"丹尼斯·沃利回忆道，"你可以看出这有点像一场拔河比赛。"只要有可能，艾尔斯就会将他的两个角色融合在一起。"节目初期时他就约到了朱莉和大卫·艾森豪威尔。这是个巨大的战果。"沃利说道。④

---

① Mary Wiegel, "Apollo 11 to Star on Earth," *Los Angeles Times*, Aug. 13, 1969.
② 杰克·罗克写给罗杰·艾尔斯的信，1969 年 8 月 1 日。这封信寄到了酒店。另见 Fred Ferretti, "Nixon TV Adviser on Standby Call; Roger Ailes Flew in from Ohio for Briefing at U. N.," *New York Times*, Sept. 21, 1969. 费雷蒂在谈到艾尔斯时写道："他在这里、华盛顿以及费城都有公寓，在辛辛那提有一个酒店房间，在新泽西州还有一套房子。"
③ Lawrence Laurent, "Wholey Does His Thing," *Washington Post*, Aug. 19, 1969.
④ 作者对自由电视人丹尼斯·沃利的采访。尽管沃利和艾尔斯在政治上有分歧，但两人相处融洽。"我和他的看法并不一致，"沃利说，"但我记得他这人（转下页）

事实证明，白宫更感兴趣的是艾尔斯在名人世界里的一席之地，而不是他的政治理念。"你的新节目更令人兴奋，原因有很多，"露西·温彻斯特在给艾尔斯的信中这样写道，"其中一个就是，有一个熟悉艺人领域的情报人员告诉我们哪个共和党人有出色的表演才能，这对政府来说是真的大有帮助。欢迎你来告知我意见和建议。"她在信的末尾附上了一条手写的留言。"你还有时间来华盛顿吗？我们希望如此！"①

　　事实证明，艾尔斯的确精于推广自己的形象。在《丹尼斯·沃利秀》的首期节目播出几天前，尼克松在联合国大会上发表了演讲，艾尔斯适时地向《纽约时报》详细介绍了他提供的所有建议（尽管他只是给尼克松做了两分钟的简报）。"他告诉总统注意不要碰会场讲台上的按钮，否则会启动一个液压装置，导致讲台后面的平台升降。"报上这样写道。②

　　当时，艾尔斯在全国还寂寂无名，他为尼克松所做的基本上只有政界和娱乐界人士知情。但乔·麦金尼斯将于1969年10月出版的《推销总统》一书会改变这一切。麦金尼斯给了艾尔斯一本样书，他也欣喜万分地为这本书卖力宣传。7月，艾尔斯和麦金尼斯一起参加了一档电台节目，为《哈泼杂志》上刊登的该书的15页节选做

（接上页）很有存在感，非常幽默且自信。"沃利也被艾尔斯的直率嗔过。在一次谈话中，艾尔斯质问沃利的酗酒问题。"我记得只有两个人说过我喝酒的问题。罗杰是第一个，"沃利说，"我记得他说：'你肯定爱喝酒，对吗？'我回答说：'是的，我喜欢喝酒！'"艾尔斯眼睛盯着他。"他说，这也是让我对他刮目相看的地方，'这是葬送你职业生涯的一个好办法'。我说：'你这话是什么意思？'他说：'如果你因为什么事或扰乱治安的行为而被人抓住把柄的话'——他特别提到了酒后驾车——'那就让自己的职业生涯彻底玩完了。'"即使在他的酗酒问题恶化时，他还是记得艾尔斯的忠告。直到沃利在1980年代初认为自己又把一辆车撞到路边了，他才自己走进了戒酒康复中心。"令人惊讶的是，很少有人会站出来说你有问题，"他说，"罗杰在很久以前就看到了问题所在。"

① 露西·温彻斯特写给罗杰·艾尔斯的信，1969年9月23日。
② Ferretti, "Nixon TV Adviser on Standby Call."

宣传。① 随后，在这本书上市前几周，艾尔斯来到纽约，和麦金尼斯一起参加了一个关于总统形象塑造的小组讨论。麦金尼斯对尼克松的努力提出了批评，他告诉在场观众，参加尼克松竞技场式问答节目的小组成员胆子太小，不敢在实质性问题上挑战尼克松。艾尔斯坚持认为，电视揭示了它自己的真相。"我不认为你可以在任何时间都不诚实。"他告诉观众。②

但是等艾尔斯意识到麦金尼斯的书中记录的他那些尖刻而粗鲁的言论可能会激怒白宫时，一切为时已晚。在这本书上市的 4 天前，他给尼克松的顾问约翰·埃里希曼和鲍勃·霍尔德曼写了一封信，试图为自己辩解，挽回颜面。"我写这封信给您和鲍勃·霍尔德曼，是为告知我刚刚获悉的一个情况，"他写道，"在与一位新闻界朋友的聊天中，我了解到纽约的《时代》周刊将在本周末的新书推荐栏发表一篇有关《推销总统》的书评。我相信您对此书已略有耳闻。我朋友告诉我这件事是因为书中明显提及我本人，我不得不请对方在电话上读给我听。我听后非常生气，因为首先那些并非我的原话，而且还被断章取义了。《时代》周刊决定利用我让总统处于尴尬境地，对他们的这个决定我深感遗憾。如果您对处理此事有任何意见或建议，请不吝赐教。"③

电视评论家马文·基特曼在总结《时代》周刊的书评时提出了一个设想，即艾尔斯对他和尼克松的关系造成了无法挽回的损害。"这本书充满了艾尔斯那些鲜活的词语，当其成为畅销书时，尼克松的观察家们将会看到对政府的一场重大考验，"基特曼写道，"有人说尼克松与肯尼迪家族和林登·约翰逊有一个共同点：冷酷无情。艾尔斯可能会成为尼克松政府的约翰·彼得·曾格。"④ 曾格是 18 世纪一位德

---

① Joe McGinniss, "The Selling of 'Selling of the President,'" *Los Angeles Times*, Jan. 4, 1970. 麦金尼斯的书的节选登在 1969 年 8 月的《哈泼杂志》上。
② Large, "Mr. Nixon on TV: 'Man in the Arena.'"
③ 罗杰·艾尔斯写给 H. R. 霍尔德曼和约翰·埃里希曼的信，1969 年 10 月 2 日。
④ Marvin Kitman, "The Selling of the President 1968," *New York Times*, Oct. 5, 1969.

裔美国出版商,因帮助创办揭露真相的报纸而以诽谤罪被起诉。几天后,霍尔德曼回了一封信,只有冷冰冰的两句话:"谢谢你10月2日的便条。我知悉麦金尼斯的书以及那些说法已经很长时间了,目前我们对此基本上也无能为力,唯有希望此类事情不会再次发生。"①

尽管《推销总统》把他和尼克松团队之间的关系搞得有些紧张,但该书一出立即登上了畅销书排行榜榜首,作为电视节目制片人的他随之声名鹊起。麦金尼斯认为,总统政治其实是一个隐藏在摄像机镜头后面的天地,这一观点似乎完全符合1960年代末的阴谋论的时代精神——在这样一个宇宙里,像艾尔斯这样的巫师是个至关重要的人物。麦金尼斯笔下的一群愤世嫉俗的人物是一种全新原型的主要样本:唯利是图的竞选团队工作人员。他们与白修德在1968年早些时候出版的《总统的诞生:1968》一书中塑造的那些具有公益精神的英雄截然不同。白修德优美的散文突然之间显得过时了。

艾尔斯是麦金尼斯笔下所有的人物中最生动的——一个主要的操纵者。他是一个满嘴脏话的非正统派主角——当面一套背后一套——为了完成任务,他甘心把自己逼到筋疲力尽为止。即使是那些看不起理查德·尼克松的人,也能从艾尔斯调皮的滑稽举动中看到其迷人、讨喜的特质。"事情就在于此。其他这些人都无足轻重,罗杰却是光彩熠熠,"麦金尼斯说,"他当然会成为书中的主角。所有的俏皮话和其他一切,他一直都是这样的。"②

而且,这本书对他的形象塑造带来的意料之外的成功,远远超过了他为理查德·尼克松所做的一切。对于自己在书中受到的关注,尽管艾尔斯向他在白宫的上司们表达了不满,但在其他地方他对此是欣然接受。当麦金尼斯上《今日秀》宣传这本书时,芭芭拉·沃尔特斯在镜头外痛斥他对她朋友的描述。"罗杰根本就不生气,"麦金尼斯

---

① H. R. 霍尔德曼写给罗杰·艾尔斯的信,1969年10月。
② 作者对乔·麦金尼斯的采访。

答道,"事实上,他喜欢这本书。"①

仅仅几个星期后,艾尔斯又开始拿这件事开起了玩笑。他写了封信给杰克·罗克,以麦金尼斯在书中引用的他那些尖酸刻薄的话来取乐。"这太可耻了,"他假装愤慨地写道,"我不知道他妈的他以为自己是谁。"②

这本书对艾尔斯的咨询业务是个福音。全国各地的共和党政治家都叫嚷着要艾尔斯为他们做麦金尼斯在书里写的那些他为尼克松做过的事。"打开他事业局面的不是理查德·尼克松,而是乔·麦金尼斯。"艾尔斯的哥哥说。③而即将到来的1970年中期选举会提供许多机会。在麦金尼斯的书上市的前一周,艾尔斯退出了《丹尼斯·沃利秀》。他声称塔夫特广播公司"违背"了协议,没有给他"对节目创意及员工职务的决定权"。④

最终,麦金尼斯的这本书让白宫也产生了一些动摇。电视是战略重点,而艾尔斯是掌控这种媒介的大师。到了1969年底,当尼克松越来越担心公众对其领导能力的看法时,政府终于将其注意力转向了制订一个全面的电视计划。大规模的反战运动加剧了尼克松的妄想,认定是他的对手在煽动暴动。即使是在他11月3日发表了"沉默的大多数"演讲后引发支持率大幅上升,也未能让他消除他缺乏"神秘感"的顽固念头。⑤

对电视的重新重视让艾尔斯再一次获得了在尼克松政府谋得一份官方任务的机会。在圣诞节的前几天,霍尔德曼写信给艾尔斯,要求

---

① McGinniss, "The Selling of 'Selling of the President.'"
② 罗杰·艾尔斯写给杰克·罗克的信,1969年10月23日。
③ 作者对小罗伯特·艾尔斯的采访。
④ Lawrence Laurent, "Virginia TV Gets School Film Contract," *Washington Post*, Oct. 4, 1969. "Ailes Leaves 'Wholey' in Contract Dispute," *Broadcasting*, Sept. 29, 1969.
⑤ 理查德·尼克松给H. R. 霍尔德曼的备忘录,1969年12月1日。

他就尼克松该如何利用电视提个方案。① 艾尔斯的整个假期都在埋头工作，写出了一份 7 页纸的保密提案，并在 12 月 30 日发给了霍尔德曼。② 艾尔斯希望能够保留发展自己业务的灵活性，因此他建议白宫雇用一名助理在政府内部工作，而他本人留在外面对其进行远程管理。"我提议你让我以这种身份效力，因为你了解我的工作，而我了解你的问题，无论站在个人立场还是政治立场，我都会为总统鞠躬尽瘁，而且我也意识到这样的工作容不得半点差错。"他写道。

接触到尼克松的机会很重要。艾尔斯向霍尔德曼解释说自己想直接向他汇报，"考虑到总统对电视的看法，这样做的话电视就不会再一次滑到次要位置"。他提议尼克松主持一系列的"炉边谈话"和"面对面的节目"。他希望尼克松的演讲撰稿人使用最适合电视的媒介语言。"在花了大量时间研究观众、为电视节目撰写介绍和采访提纲之后，我对单词和短语对人产生的'影响'有了相当多的了解，"他写道，"我认为在保持总统诚恳的风格的同时，有时用一些更为感性的词语会产生更好的效果。要多用些'金句'以及让人难忘的短语。"这份提案也反映了艾尔斯诚挚的一面。基于一个被他称为"70 年代的挑战"的想法，艾尔斯建议尼克松"针对这个话题发表重要讲话，并公开宣布到 1980 年美国将全面消除贫困以及空气和水的污染"。这是一个旨在拔高尼克松政治遗产的战略。"这跟肯尼迪提出的登月计划异曲同工。在其执政期间并没有实现，但当这个目标实现时，肯尼迪获得了赞誉。"艾尔斯写道，"如果做得好，我们提出的这个想法将让他成为一位理想主义者和梦想家，极大地平衡他的务实形象。"

1 月 7 日，霍尔德曼将艾尔斯的备忘录交给了尼克松。"我认为艾尔斯或许是这份工作的最佳人选，至少目前而言如此。"他写道。③

---

① H. R. 霍尔德曼写给罗杰·艾尔斯的信，1969 年 12 月 19 日。
② 罗杰·艾尔斯写给 H. R. 霍尔德曼的信，1969 年 12 月。在 1 月 7 日给罗杰·艾尔斯的信中，霍尔德曼感谢他"在 12 月 30 日发给我的材料"。
③ H. R. 霍尔德曼给理查德·尼克松的备忘录，1970 年 1 月 7 日。

尼克松在标注"同意"的方框里签下了自己名字的缩写，于是艾尔斯被正式聘用，其咨询费为每天 100 美金，相当于 2013 年的 600 美金。①

而白宫西翼那边不是每个人都认可这个决定。"如果请了他，"负责白宫电视事务的德怀特·查宾在一份备忘录中写道，"我认为有一点应该讲清楚，那就是这份工作不是永久性的。"② 艾尔斯意识到他面对的是新闻办公室里的官僚对手。艾尔斯跟查宾说他希望霍尔德曼跟传播总监赫伯·克莱恩及新闻秘书罗纳德·齐格勒开个会，"确保每个人都了解相关的安排"。③

作为尼克松的核心圈里的人，齐格勒认识查宾是从他们一起在南加州大学上学时，而且从 1962 年开始他就跟着尼克松了。在尼克松竞选州长失败后，他和霍尔德曼一起在智威汤逊广告公司工作。年仅 30 岁的他是美国历史上最年轻的总统新闻秘书，他可不想将自己的位置拱手让给艾尔斯这样的局外人。④

2 月 4 日，艾尔斯写了一封紧急备忘录给霍尔德曼，⑤ 对白宫游泳池那里正在新建的新闻简报室的设计表示担忧。⑥ 艾尔斯跟一位灯光设计师沟通了一下，后者告诉他"从目前的计划来看似乎没有考虑到电视这一块"。这样的评论肯定会让齐格勒感到难堪，而艾尔斯正好给了他一份该备忘录的副本。当天，齐格勒就火速写了一份两页的备忘录为新闻简报室的设计进行辩护。"我们并没有，而且我也认为我们不应该将这个地方视为配有非常复杂的灯光照明功能的电视演播

---

① 尼克松助手劳伦斯·希格比给约翰·布朗的备忘录，1970 年 1 月 22 日。
② 德怀特·查宾给 H. R. 霍尔德曼的备忘录，1970 年 1 月 10 日。
③ 德怀特·查宾给劳伦斯·希格比的备忘录，1970 年 1 月 27 日。
④ Jessica Garrison, "Ron Ziegler, 63: Press Secretary Remained Loyal to Nixon Throughout Watergate," *Los Angeles Times*, Feb. 11,2003.
⑤ 罗杰·艾尔斯写给 H. R. 霍尔德曼的备忘录，1970 年 2 月 4 日。
⑥ James S. Brady Briefing Room, White House Museum (historical note), http://www.whitehousemuseum.org/west-wing/press-briefing-room.htm.

室。"他这样写道。① 霍尔德曼支持齐格勒的观点,新闻简报室的设计图纸不做任何改动。几个星期后,当新闻简报室完工后,齐格勒写了一份备忘录给查宾,对艾尔斯嘲讽了一番。"我希望可以在不久的将来让总统在新闻简报室测试一下照明效果……。如果你能告诉我什么时候可以,我会和罗杰·艾尔斯安排一下。当然,我们希望届时我们的电视顾问罗杰能在现场。"②

2月下旬,艾尔斯又被齐格勒暗算了一把。霍尔德曼让艾尔斯给白宫电视助理这个职位推荐制片人。艾尔斯给出了三个人选,名列首位的是他在《迈克·道格拉斯秀》节目组的前同事罗伯特·拉波塔。③ "罗杰想让我在那里做他的眼线。"拉波塔回忆说。④ 白宫让拉波塔去面试了,但他错失了这个职位。⑤

在另一位候选人、35岁的新闻总监鲍勃·诺特也遭拒后,艾尔斯对自己被排挤发了一通火。"我非常希望能按照几个月前我那份备忘录上写的把事情安排好,因为我不能老是一连四天放下自己手上所有的工作,放弃大笔的收入,这样的损失我承担不起。"艾尔斯在给霍尔德曼的信中这样写道。⑥

他传达的这个信息可能就不对。而且尼克松的顾问也不欣赏艾尔斯这种大胆的自我推销,即使他利用一些采访缓和了麦金尼斯的书造成的损害。3月中旬,齐格勒给霍尔德曼写了一份简短的备忘录,题为"罗杰·艾尔斯在CBS早间新闻节目中的亮相"。齐格勒向霍尔德曼抱怨说,艾尔斯谈了太多关于他为尼克松做的幕后工作。"我不反

---

① 罗纳德·齐格勒写给H.R.霍尔德曼的备忘录,1970年2月4日。
② 罗纳德·齐格勒写给德怀特·查宾的备忘录,1970年4月7日。
③ 罗杰·艾尔斯写给白宫的备忘录,未标注日期。
④ 作者对罗伯特·拉波塔的采访。
⑤ 罗纳德·齐格勒写给H.R.霍尔德曼的备忘录,1970年2月26日。在作者的一次采访中,拉波塔回忆说:"齐格勒对我非常冷淡。面试时间并不长。"
⑥ 罗杰·艾尔斯写给劳伦斯·希金比的备忘录,1970年3月3日;罗杰·艾尔斯写给H.R.霍尔德曼的备忘录,1970年4月29日。

对艾尔斯时不时地讨论一下总统为上电视做准备的事。但是，我认为我们在这方面应该采取非常谨慎的方式。"他写道。①

艾尔斯为几个共和党候选人所做的政治工作也引发了一些问题。在佛罗里达州，药店巨头杰克·埃克德聘请艾尔斯帮他对战现任州长克劳德·柯克。② 埃克德的举动立即引发了人们的猜测，认为尼克松政府这是报复柯克在 1968 年的共和党全国大会上支持了纳尔逊·洛克菲勒。"艾尔斯正在从专业角度参与共和党的初选，而艾尔斯和总统之间公开的关系过于密切可能会造成问题。"齐格勒写道。③

齐格勒的担忧不无道理。1970 年春天，艾尔斯当时正参与另一场充满争议的共和党初选——俄亥俄州参议员席位空缺，这场初选将对尼克松的总统任期乃至整个国家产生影响。艾尔斯提供咨询的对象是俄亥俄州国会议员小罗伯特·塔夫脱，他的竞选对手是支持"法律与秩序"的候选人、州长詹姆斯·罗兹，此人曾被认为有可能成为尼克松 1968 年的竞选搭档。这场参议院席位之争让罗兹变得更右。

当塔夫脱和罗兹 4 月下旬在阿克伦举行辩论时，艾尔斯在开播前 30 秒走上台递了一张纸条给塔夫脱，上面就写了一个词："kill（灭了他）。"④

"罗兹吓坏了，"艾尔斯事后向《波士顿环球报》的一名记者吹嘘道，"我递纸条给塔夫脱既是开玩笑，也是为了好玩——只是想让鲍勃的回答更强硬一些。"

这招奏效了：《托莱多刀锋报》指出："一向温和的塔夫脱指责州长在个人履历上撒谎，并告诉州长他应该为自己感到羞耻。"⑤ 辩论

---

① 罗纳德·齐格勒写给 H. R. 霍尔德曼的备忘录，1970 年 3 月 14 日。
② *St. Petersburg Times*, Times Wire Services, "Eckerd's Moves Hint Nixon's Fighting Kirk," Feb. 28, 1970, http://news.google.com/newspapers? nid = 888&dat = 19700228&id=uM5aAAAAIBAJ&sjid=InwDAAAAIBAJ&pg=3405,6023354.
③ 罗纳德·齐格勒写给 H. R. 霍尔德曼的备忘录，1970 年 3 月 14 日。
④ Nyhan, "Roger Ailes: He Doctors a Politician's TV Image."
⑤ George Jenks, "Heat Level Rises as Rhodes, Taft Engage in Third Debate," *Toledo* (Ohio) *Blade*, April 28, 1970.

福克斯新闻大亨　　099

结束几天后，罗兹飞往肯特州立大学，当时该校正陷入学生骚乱之中。① 在 5 月 3 日上午的新闻发布会上，罗兹猛烈抨击了在前一晚焚烧美国预备役军官训练营（ROTC）建筑的抗议者，并宣称这些示威者"比纳粹分子和共产分子还要坏"。②

罗兹的煽动性演讲加剧了发生在肯特州立大学的冲突。国民警卫队在混乱中向一群游行者开枪。13 秒内射出了 60 多发子弹，造成 4 人死亡，9 人受伤。鲍勃·霍尔德曼后来在其《权力的终结》（*The Ends of Power*）一书中写道，肯特州立大学事件"标志着尼克松的一个转折点，是他滑向'水门事件'的开始"。③

当尼克松政府开始严阵以待的时候，艾尔斯日益被排挤到圈外——事后看来，倒是塞翁失马，焉知非福。既然无法让白宫对他提议的电视策略备忘录做出决定，艾尔斯就去了西部，在好莱坞的尼克博克酒店找了间房住下。④ 他又回到了日间电视那个滑稽搞笑的世界，推出了一档由游戏节目主持人汤姆·肯尼迪主持的全新综艺节目，此人曾凭借 NBC 的游戏类节目《你不要说！》（*You Don't Say!*）红极一时。

这似乎是艾尔斯最喜欢的电视制作工作——从零开始，全部由他负责。他聘请了凯利·加勒特来当汤姆·肯尼迪的音乐搭档，她是他

---

① Kent State University's May 4 Task Force, chronology of events that took place May 1 - 4, 1970, http://dept.kent.edu/may4/chrono.html. See also Richard Reeves, *President Nixon: Alone in the White House* (New York: Simon & Schuster, 2001), 213.
② Perlstein, *Nixonland*, 486.
③ David Butler, "The Case Against 'Operation Menu,'" *Newsweek*, April 30, 1979, citing H. R. Haldeman, *The Ends of Power* (New York: Times Books, 1978).
④ 小罗伯特·艾尔斯写给 H. R. 霍尔德曼的信，1970 年 6 月 11 日。"罗杰将一直呆在尼克博克（Knickerbocker）酒店，"他哥哥写道，"当罗杰不在酒店时，可以通过洛杉矶 KTLA 电视台的《真正的汤姆·肯尼迪秀》（*The Real Tom Kennedy Show*）联系他。"

在《迈克·道格拉斯秀》的片场认识的一位美丽的卡巴莱①歌手。尽管他和玛乔丽仍是夫妻（他们直到1977年才离婚），但他从未在片场提起过他的妻子。②"我只知道他是单身。"汤姆·肯尼迪说。③

这档新节目被正式命名为《真正的汤姆·肯尼迪秀》，首期于1970年3月31日在好莱坞的KTLA电视台的演播室录制。④艾尔斯运用了道格拉斯秀里的许多元素，加入了各种恶作剧和特技。他正在学习如何让电视在批评自由主义文化的同时利用好这种文化，后来他把这种技巧用在了福克斯新闻。在首期节目快结束的时候，肯尼迪采访了上节目来宣传其意外走红的电影《雌狐》（*Vixen*）的色情片导演拉斯·迈耶。肯尼迪和迈耶聊了聊这部颇具争议的片子，然后转向观众，听听大家作何反应，显然这个环节很关键。当一名身穿深色西装的中年男子发誓他永远都不会看迈耶的电影时，肯尼迪叫他上台，和埃迪·威廉姆斯——迈耶的一部软性色情片的身材丰满的主演——一起表演一出即兴短剧。肯尼迪给他们每人一张提示卡，让他们当场朗读"一场戏"。威廉姆斯调皮地说，跟她一起朗读的伙伴"非常性感"，并慢慢地拉起他的右臂搭在她裸露的肩膀上。此人的妻子在观众席上忧心忡忡地看着他一边结结巴巴地朗读，一边咯咯笑着，台词念得七零八落。

5月下旬，艾尔斯得知自己被共和党全国委员会炒了。⑤白宫的一份备忘录后来证实，艾尔斯是"在1970年2月被共和党全国委员会副主席吉姆·叉利森炒掉的，在此之前，罗杰·艾尔斯声称REA

---

① cabaret，餐馆或夜总会于晚间提供的歌舞表演。——译者
② Marjorie Ailes divorce filing, "Lunatics, Drunkards, Divorces: 1977 – 1978," Delaware County Courthouse, Media, Pennsylvania.
③ 作者对电视名人汤姆·肯尼迪的采访。
④ Recap of premiere episode of *The Real Tom Kennedy Show*, http://www.game-show-utopia.net/realtomkennedy/realtomkennedy.htm.
⑤ 共和党全国委员会副主席小吉姆·艾利森写给罗杰·艾尔斯的信，1970年5月25日。

制作公司将同时为民主党和共和党候选人提供服务"。① 一些竞争因素也在当中起了作用：艾利森和他的朋友、艾尔斯的前同事哈里·特莱文合开了一家政治咨询公司。《波士顿环球报》的一篇文章指出，艾尔斯积极争取共和党客户，并在那年参与了六场竞选的工作。在采访中，艾尔斯得意地说，总有一天电视会取代政党本身："政党的骨架将继续存在。但电视将加速瓦解党派的群众注册。数据已经表明了这一点。青年是独立的。"②

艾尔斯试图让白宫出面调停，挽救他与共和党全国委员会的合同，但对方不为所动。③ 他给艾利森写了一封言辞愤怒的信，还把副本发给了霍尔德曼和尼克松的得力助手默里·乔蒂纳：

> 我再次注意到你在和全国各地的某些竞选工作人员一起诋毁我。最近，我看到了我参与过当地竞选工作的两个州的电视节目回放。当然，这些都有可能是错误的报道，如果是，请忽略此信并接受我的道歉。但如果这些报道没有出错，请不要忽视此信。如果这些报道属实，我只能假设这是因为你对我的工作一无所知，所以只是声称我们公司"定价过高"，以维护你自己的生意。
>
> 生意归生意，但我不想看到你我之间互相排挤，那样的话唯一的输家就是共和党。老实说，吉姆，我已经厌倦了在这件事上为自己辩护。就本能而言，我更擅长进攻。④

刚满 30 岁的艾尔斯在面对比他年长一倍的人时一点都不露怯。这封信不仅显示了他争强好斗的一面，还显示了他深信敌人就是千方

---

① 尼克松的助手戈登·斯特拉坎给 H. R. 霍尔德曼和赫伯·克莱恩的备忘录，1970 年 11 月 13 日。
② Nyhan, "Roger Ailes: He Doctors a Politician's Image."
③ 罗杰·艾尔斯写给 H. R. 霍尔德曼的信，1970 年 6 月 8 日。
④ 罗杰·艾尔斯写给吉姆·艾利森的信，1970 年 8 月 26 日。

百计要害他。

从执政初期开始,尼克松就把白宫变成了一个实验室,用来孵化各种剥夺建制派媒体权力的想法,而这些想法将在几十年后造就福克斯新闻。民权、越战以及妇女运动的新断层线已经割裂了文化。尼克松打算利用这种分歧,让他所谓**沉默的大多数**转而对抗大城市的报纸和电视网,这些在他看来都是站在自由主义者一边的。"媒体是敌人,"尼克松对助手们说,"他们都反对我们。"[1]

1969年6月3日,霍尔德曼命令赫伯·克莱恩准备一份有关报道白宫新闻的主播存有政治偏见的报告。[2] 他写道:"总统非常关注一些电视新闻播音员和评论员的总体态度,他们在报道中故意针对政府的立场。"几小时后,克莱恩做出回应,在一份备忘录中将20多名评论员和记者进行了分类。("比尔·吉尔——善于煽情,报道的负面新闻多于正面新闻。……丹·拉瑟——对我们的认同多于选举前。……约翰·钱斯勒——有时会做负面报道。……报复心最强的是桑德·凡诺。你知道他的,他现在在西贡。")[3]

白宫内部在"平衡"这个想法上变得愈发坚定不移。"我已经跟NBC新闻总裁鲁文·弗兰克以及CBS新闻总裁迪克·萨伦特讨论过电视报道的平衡问题,"克莱恩在1969年10月17日的一份备忘录中告诉尼克松,"我已经让他们知道我们正在密切关注此事。"[4] 他在备忘录中指的是电视网存在的政治偏见。克莱恩提到,如果他们不改变的话,白宫可以利用联邦通讯委员会的权力撤销他们的广播执照。

艾尔斯自愿加入尼克松与媒体的战争,帮助政府制作一些最厚颜无耻的宣传片。1970年6月,他参与了一个由白宫执导的秘密纪录

---

[1] Jonathan Aitken, *Charles W. Colson: A Life Redeemed* (New York: Random House, 2010), 143.
[2] H. R. 霍尔德曼写给赫伯·克莱恩的备忘录,1969年6月3日。
[3] 赫伯·克莱恩写给H. R. 霍尔德曼的备忘录,1969年6月3日。
[4] 赫伯·克莱恩写给理查德·尼克松的备忘录,1969年10月17日。

片项目,该纪录片得到"告诉河内委员会"的暗中资助,用来反驳 CBS 一个批评越战的节目。① 但当这些人意识到白宫参与该项目的消息一旦走漏会让政府难堪后,便放弃了这个想法,项目也随之夭折。艾尔斯告诉尼克松的助手杰布·马格鲁德,以后拍这样的电影时还是要考虑他。"如果你以后什么时候决定再制作一些这样的片子的时候,一定要尽可能早地让我知道,我们一定争取做好它。"②

  白宫方面甚至还有比拍一部纪录片更加宏大的计划来试图影响全国新闻媒体的议程。它正在绘制其自有的电视新闻服务的蓝图,以独立新闻报道的形式制作政府宣传片。艾尔斯极力支持这个项目,它的名字叫"让共和党登上电视新闻的计划"。1970 年夏天,白宫内部在传阅一份 14 页的备忘录,里面非常详细地解释了这个计划的具体内容,霍尔德曼后来将其命名为"国会新闻服务"。"200 年来,报纸的头版主宰了公众的思想,"备忘录的开头这样写道,"在过去的 20 年里,情况发生了变化。时至今日,人们看电视的频率——比人们看报、比人们听广播、比人们阅读或收集任何形式的交流都要高。"备忘录对此解释道,"人都是有惰性的。看电视的话,你只需要坐着、看、听。思考的事已经有人替你做好了。"③

  该计划明确提出其目的是"向美国主要城市提供支持政府的录像带和真实的新闻"。为了实现这一目标,白宫将在华盛顿制作支持政府的政治新闻,然后把这些录像带用飞机火速送往当地市场,从而绕过"审查制度、优先事项以及电视网新闻台的那些挑选和传播新闻之人的偏见"。对于排名前 40 位的市场,每天将有三个航班从华盛顿飞过去。一队卡车每周将共计行驶 1195 英里,从机场收取视频并将其送往当地广播电台。为了说明该计划的有效性,备忘录概述了它如何

---

① WordCraft Productions 的詹姆斯·科德斯写给罗杰·艾尔斯的信,1970 年 6 月 16 日。
② 罗杰·艾尔斯写给尼克松助手杰布·马格鲁德的信,1970 年 7 月 3 日。
③ 尼克松的助手格雷格·彼得斯迈尔写给赫伯·克莱恩的备忘录,1970 年 8 月 13 日。

适用于包括鲍勃·多尔在内的4位共和党参议员。"参议员在早上8点到9点之间录制好讲话",这样一来,"视频到达当地市场的时间是下午4点……下午6点制作成电视新闻节目"。

艾尔斯在他那份备忘录上写下了自己的反馈,言辞间充满了热情,并给霍尔德曼寄了过去。"基本而言,这是个很棒的想法。"他在空白处写道。① 令人震惊的是,就在几个月前,他在接受《波士顿环球报》采访时还把自己塑造成一个理想主义者,并对宣传存在的潜在危险发出警告。他告诉《波士顿环球报》,他想探究一个被他称为"真相电视"的概念,"……在那里,人们能在电视上区分事实和虚构,在那里,娱乐、生活和观点都是分开的"。他指出"国内29%的民众依靠电视作为他们唯一的新闻来源。在当天的大新闻在2分半钟内播报完时是极其危险的。在印刷机发明后,人们对他们读到的一切深信不疑。电视也有同样的作用。电视上可能是谎言,也可能是无稽之谈"。②

但在私底下,当一项有利可图的任务的前景摆在面前时,他则是个雄心勃勃的宣传员,鼓励白宫想得再大胆些。艾尔斯写道:"这个计划应该扩大范围,以囊括政府其他官员,例如参与地区或地方利益活动的内阁成员。——在共和党州长到访华盛顿特区时也可以让他们参与。"他似乎毫不担心职业道德方面的问题。他写道:"这会招致一些对新闻管理的意见。"尽管一些白宫工作人员认为该计划因为过于大胆且代价过高而无法实施,但艾尔斯没有这方面的顾忌。他在给霍尔德曼的信中写道:"如果您决定推进这个计划的话,作为一家制作公司,我们希望可以参与对整个项目打包制作的竞标。"③

尼克松任期内的白宫从未推进"国会新闻服务"计划。相反,他们研究了利用技术帮助建立一个与媒体对立的机构的一些长期策略。

---

① 罗杰·艾尔斯做了标记并签名提议成立白宫新闻处的备忘录副本。
② Nyhan, "Roger Ailes: He Doctors a Politician's TV Image."
③ 罗杰·艾尔斯做了标记并签名提议成立白宫新闻处的备忘录副本。

其中最被人看好的是艾尔斯日后精通的那个：有线电视。白宫的备忘录声称，有线电视能够承载一系列不同的频道，它将是剥夺广播新闻部门权力的"最有效、最持久的方法"。一份1973年为霍尔德曼准备的文件颇有先见之明地指出，有线电视新闻将在经过"10年左右"的发展后"产生重大影响"。①

1970年11月，比尔·萨菲尔主张炒掉艾尔斯，改用比尔·卡鲁瑟斯，后者是一档点播电视节目的制片人，最近刚成立了自己的制作公司。尽管卡鲁瑟斯"跟我们相比是自由主义者"，但萨菲尔还是推荐用他。"他没有艾尔斯那么情绪化；他更克制一些，"德怀特·查宾在叙述萨菲尔的想法时这样写道，"跟艾尔斯相比，他或许是一位更称职的制片人，但他不如罗杰那样有天赋。……你必须在天赋和能力之间进行考量，而萨菲尔选择的是能力。"②

艾尔斯还有一次机会挽回他和白宫的关系。11月19日上午10点45分，他与霍尔德曼会面，讨论他接下去的打算。③艾尔斯为自己能被任命为电视顾问做了一番游说工作。他说他将在华盛顿开设一个办公室，并让该办公室的负责人全职为白宫工作。他还强调说他喜欢"国会新闻服务"的构想，并认为白宫应该继续推进和启动它。霍尔德曼让艾尔斯再写一份提案，大致讲述一下尼克松在1972年大选前应如何使用电视。

在感恩节前一天，艾尔斯发给霍尔德曼一份题为"1971年的白宫电视"的12页提案。提案的字里行间满是他如今特有的直率、戏剧性的语气，揭示了艾尔斯对于电视如何传达政治信息的理解的广度。"在我看来，"艾尔斯在报告开头这样写道，"理查德·尼克松存在无法连任的危险。进一步而言，即使获得连任，他也会有像约翰逊

---

① T. 奥唐纳写给H. R. 霍尔德曼的备忘录，1973年3月12日。
② "Memorandum for Bill Carruthers File," by Dwight Chapin, Nov. 16, 1970.
③ 未署名的白宫备忘录，1970年11月19日。

总统那样因领导力不足的污点而提前卸任之虞：不是因为他的所作所为——他取得了诸多成就——而是因为人们'认为'他做下的事，以及他们如何看待他说的话和他这个人的样子。"[1] 自《推销总统》出版以来，艾尔斯在采访中一再抨击麦金尼斯的论点，并声称电视无法虚假地塑造形象。眼下，他正在论证要这样做。"人们去追随一位领导者，"他写道，"必然是认为他比自己好，而且不会很快让人发怒或遭人恨。"艾尔斯说由于自己的背景，他很清楚自己在说些什么。"我希望您能了解，重要的是我在俄亥俄州生活了25年，对沉默的大多数多少有一些了解，所以当我表达我的关切时，我并非只是在应和东部那些自由主义者的观点。"

艾尔斯还提出了战略性的建议：诸如校车政策和战争之类有分歧的问题已经吸引了很多选民。现在是时候关注中间选民了。"沉默的大多数会自动支持总统，因为这个群体没有其他地方可去，"他写道，"我认为，尼克松的福利计划是一个能够离间民主党领导层和新闻评论员的不错的话题。唯有自由派比保守派更害怕福利计划。如果总统不发表任何重要讲话，而是悄悄到国会山去施压，同时召集一群'自由派'记者讨论该计划，那样一来，评论员将被迫为他鼓掌，并指出民主党的蓄意阻挠。"艾尔斯还表示自己可以采取一些阴谋诡计。"为了守好我们的侧翼，我希望有一个我们的人立即打入华莱士的组织，"他写道，这是承认了乔治·华莱士的候选人身份可能会抢走尼克松的选票，尤其是在南方地区，"这个我会当面详谈。"

和1968年一样，艾尔斯建议利用电视让尼克松的形象看上去更温和，并表现出冷静的自信。"美国的处境就像个少年，不断惹麻烦，一心想干坏事，但仍会哭喊着要父亲出来领他回家。尼克松先生必须承担起这个父亲的角色。"他写道。虽然他不建议在1972年时再用一次"竞技场中的男人"的概念，但通过合适的采访环境也可以达到相

---

[1] 艾尔斯给霍尔德曼的提案，1970年11月25日。

福克斯新闻大亨

似的暖化人心的效果。艾尔斯建议大卫·弗罗斯特"在戴维营的壁炉旁或者在白宫西翼边走边"采访总统，因为"他是国际公认的最具深度、最人性化的采访者"。艾尔斯提议自己担任统筹的角色：西屋电气可以出资制作，弗罗斯特会听从艾尔斯的指挥。"我跟他很熟，可以直接找他制定基本规则以及节目的制作管控。"艾尔斯解释说，尼克松可以简要说明他的打算，即在未来通过电视广播向美国人民传达他的计划，为此他在提案中附上了采访时建议使用的对白：

弗罗斯特："您的意思是类似于罗斯福的炉边谈话的电台报道。"

尼克松："嗯，是的，我认为这不失为一个好主意，但我可能会先从加州开始做一些这样的谈话，所以他们更可能是海边谈话而不是炉边谈话。"

除了弗罗斯特的采访之外，艾尔斯还建议"在1971年晚些时候、1972年大选之前"推出一部电视网制作的电影特辑，"它将向世人展现一位日理万机的充满人性的在任总统"。如果电视网不接受白宫制作的电影的话，艾尔斯建议让他的朋友、CBS记者迈克·华莱士参与进来，"我本人还会继续掌握片子的制作，只是让这位记者做一下节目的介绍并在必要时配一下旁白，剩下的让电影自己展开就行了"。

这份备忘录里罗列了一堆大大小小的想法。邀请更大牌的名人出席白宫的活动（"我对艺人经纪的业务很了解，可以在这方面提供帮助"）。让总统与帕特·尼克松之间有更多肢体接触（"如果他时不时地在公开场合搂着她或者在散步时牵着她的手，这会让他对全国女性产生很大的吸引力"）。让圣诞树的照明仪式更具宗教色彩（"我建议他们把圣诞老人和大牌明星一起撤掉"）。讲更多的笑话（"如果记者不断刨根问底，总统应该微笑着这样说：'我相信我已经回答了这个问题，如果你再问我，我就把你家的电话告诉玛莎·米切尔①"）。

艾尔斯在备忘录的最后重申了他想继续担任外部顾问的意愿。"通过与共和党全国委员会或一家'大腕级'公司签订年度公关合同，我可以带上我华盛顿办公室的全职员工一起工作，并且亲自制作重要的片子。……按日工作的话就不允许有我们双方都需要的灵活机动。"

霍尔德曼最终和那些认为艾尔斯在这份工作中打包进来太多东西的人站到了一起。他雇用了卡鲁瑟斯和一位名叫马克·古德的年轻助理。②白宫方面担心艾尔斯会对这个决定做出什么意想不到的反应。"我有一种直觉，假如我们不把罗杰·艾尔斯叫过来并很快妥当处理的话，我们就会有大麻烦了，"德怀特·查宾在圣诞节两天前给霍尔德曼的备忘录中写道，"如果我们迅速并妥善处理好罗杰这边的事，我想我们可以避免任何芥蒂。"③

霍尔德曼潦草地在查宾的备忘录上写了一句："把罗杰撤下来。"接着在1970年12月28日安排了一个会。④

还有人准备了一份列了很多话术的稿子给霍尔德曼开会时用。"罗杰，"其中一条建议这样写道，"我希望可以跟你完全坦诚相待。正如你所知道的，很久以来我们一直需要在白宫有一个全职工作人员——负责我们日常的电视工作——而我们为此所做的努力几乎没有成功过。我看不到近期我们在这方面会有任何进展。"另一条则建议霍尔德曼说一下艾尔斯的外部利益冲突问题。"你和你的团队已经发展成一家电视政治咨询公司。显然你们的生意很成功，但跟我们这里需要的完全是两码事。"还有一条建议他评论一下艾尔斯和尼克松之

---

① 尼克松任内的美国司法部长约翰·米切尔的妻子。她因对首都政治和生活发表不受约束的评论而成为公众人物。——译者
② 该公告发表在《好莱坞报道》。"President Nixon Names Carruthers Consultant," *Hollywood Reporter*, Feb. 1, 1970. 1970 年 12 月 29 日，查宾写信给卡鲁瑟斯称，"鲍勃·霍尔德曼已经和罗杰·艾尔斯沟通过了，罗杰完全了解你和马克·古德的加入"。另见 Haldeman, *The Haldeman Diaries*, 266。
③ 查宾写给霍尔德曼的备忘录，1970 年 12 月 23 日。
④ Haldeman, *The Haldeman Diaries*, 270。

间的关系。"我们无法如我们所希望的那样在你和总统之间建立关系。这不是谁的过错。我们每天都在面临这样的事。我们之间可以有不同的合作方式,而且也能让你有所收获,我认为你可以研究一下。"①

几个星期后,艾尔斯给霍尔德曼写了一封保密信,对自己在 1970 年中期选举中为竞选活动提供建议的表现大肆吹嘘了一番。② 他还附上了 8 位共和党政要以及竞选工作人员对他工作的热情洋溢的表扬信。白宫显然对此不感兴趣。"仅供参考:没有必要让霍尔德曼看这个。"一位助手在给霍尔德曼的助理劳伦斯·希格比的备忘录中这样写道。③

艾尔斯需要彻底改变自己的形象。"我接到业界的很多来电,询问我被踢出白宫的事,"他在 1971 年 2 月给劳伦斯·希格比的信中写道,"如果我能说我正在为共和党全国委员会工作,并且仍然为白宫提供服务,这会对我的工作大有帮助。"④ 艾尔斯的电视事业此时也运转不畅。《真正的汤姆·肯尼迪秀》节目已经被取消了。⑤ 3 月,艾尔斯发了一篇新闻通稿,宣布将自己的 REA 制作公司改名为罗杰·艾尔斯联合公司。《后台》杂志(*Backstage*)的一篇题为《艾尔斯的业务没出状况》的文章,帮忙平息了那些关于他业务出现问题的谣言。⑥ 艾尔斯宣布他给公司改名是为了启动"一个扩张项目",而且会关注"广播和电视制作;为公司和行业提供电视咨询服务;并且开设一个为艺人提供个人管理的部门"。

1971 年 6 月 8 日,艾尔斯在加州市政厅向洛杉矶商界和民间领

---

① Undated document, "Re: Roger Ailes' Meeting," Nixon Presidential Library Archives.
② 罗杰·艾尔斯写给 H. R. 霍尔德曼的信,1971 年 2 月 9 日。
③ 尼克松助理布鲁斯·凯尔利给劳伦斯·希格比的备忘录(未标注日期)。
④ 罗杰·艾尔斯写给写给劳伦斯·希格比的信,1971 年 2 月 12 日。
⑤ 作者对汤姆·肯尼迪的采访。
⑥ "Ailes, Business Is Not Ailing," *Backstage*, March 5, 1971.

袖发表了演讲。① 艾尔斯利用这个机会对自麦金尼斯的书出版以来一直困扰着他的批评进行了有力的反驳。艾尔斯主要是为了平息所谓的媒体操纵者暗中利用电视歪曲政治的指控。"和许多技术进步一样，政治性电视节目的影响力已经走在了人们对其意义或用途的理解的前面，"他写道，"人类对这种缺乏理解的自然反应就是恐惧，而这种单一的情绪——恐惧——压倒了当今大部分国民的生活，并带来了一种全国性的消极情绪，它像裹尸布一样包围着我们！"

不过，那次演讲的大部分内容听起来像一次推销。艾尔斯宣称："我认为当前最大的问题是各个层面的沟通。"他说这是美国企业的错，因为它们没有组织起来应对像拉尔夫·纳德那样的消费者权益倡导者散布的观念，即"所有的大公司都是贪婪的庞然大物，一心想要打压小人物"。对于坐在人群中的那些掌握着公司营销预算的生意人而言，这将是个非常诱人的信息。艾尔斯宣称，娴熟的公共关系，也就是他正在推销的那种，可以重置企业与美国人的关系。"美国得了癌症。癌症通常是致命的，但如果发现及时且治疗及时的话就未必如此，"他写道，"我们的国民生活取决于我们利用技术知识治愈我们国家弊病的能力，取决于我们能在多大程度上拒绝被这种针对我们体制的消极态度所困。"他的表述与他父亲关于为生存而斗争的话语并无不同。"我们必须展示并传达一种不屈不挠的生存意志。"艾尔斯说。除非这个国家改变它的态度，否则它可能撑不过接下来的30年。"没有这些的话，"他断言，"美国将不过是21世纪一所由学生开办的大学里的一节历史课而已。"

就在那个月，艾尔斯打算搬进第七大道上的一间新办公室，离中央公园南面几个街区。他告诉白宫摄影师奥利弗·阿特金斯，他的室

---

① Roger Ailes, "Candidate＋Money＋Media＝Votes" (transcript of speech), Town Hall of California, June 8, 1971. 1971年6月14日出版的《广播》杂志提到了这篇演讲，文章的标题是"Nixon's Specialist on TV Defends Its Political Use"。

内设计师正在做办公室里的设计，他的想法是用记录了他跟尼克松以及其他客户令人难忘的工作瞬间的 11×14 英寸照片来布置内部空间。① 艾尔斯在 1971 年 5 月中旬给阿特金斯的信中写道："我很想要一张尼克松给在月球上的美国宇航员打电话的分屏镜头的照片。"尽管艾尔斯的公司给人一种正在快速扩张的印象，不为人知的事实是很大程度上都是他一个人在做事。被赶出白宫后的艾尔斯不得不想了一个新方案。"罗杰甚至都没搞清楚政治是怎么回事就陷进了这个泥潭里，"他的哥哥后来说，"现在回想起来，他吸取了一些教训并重新站了起来，后来事情就没有变得更糟了。"②

---

① 罗杰·艾尔斯写给尼克松摄影师奥利弗·阿特金斯的信，1971 年 5 月 14 日。
② 作者对小罗伯特·艾尔斯的采访。

六、一个新舞台

　　无论是在职业上还是思想上，艾尔斯都已经迷失了方向。他身边的人观察到了他们这位朋友身上有一种明显的错位感。"他一直想搞明白自己长大后会成为什么样的人，"他的哥哥罗伯特在回忆当时的情景时说，"他什么都尝试过了。"①在艾尔斯20多岁的时候，电视和共和党政治一直是指引他的方向。在加速的成年期，艾尔斯一心想从事这样的工作，享受成人世界的权力和财务自由，尽管他抗拒成人世界的各种制度的束缚，比如婚姻和公司等级制度。现在，在他31岁生日来临之际，艾尔斯第一次开始追寻其他道路。

　　虽然罗杰·艾尔斯远非"花孩"②，但他是1960年代的产物，在那个文化动荡的时代长大。在尼克松政府与他断绝关系后，他开始了为期4年的试验，这在事后看来似乎是其职业上的一次不切实际的迂回。艾尔斯一边在政治上站稳脚跟，通过为几次国会竞选和州长竞选制定媒体策略来维持生计，一边还进入纽约戏剧舞台闯荡了一番。在1960年代之后的纽约，反主流文化本身已经被制度化，成为一个营利中心。艾尔斯将自己重新塑造成一个全能的经理人和经纪人，他不仅跟民主党人，还和美国左派的活动人士交上了朋友。

　　来自密歇根州底特律的自由民主党人、民权活动人士保罗·特恩利成了艾尔斯早期的一位助手。③"罗杰从不让政治对好人造成阻碍。"特恩利回忆说。1971年5月15日，④艾尔斯在印第安纳大学发表了一次演讲，正接受培训去做耶稣会牧师的特恩利此时在该校学习传播学的研究生课程。他被艾尔斯的演讲迷住了，以至于改变了要成为牧师的想法，而是给艾尔斯写了好几封信，希望对方能给他一份工作。在艾尔斯雇用他之后，他们很少讨论有关政治或尼克松的话题，除非用一些艾尔斯特有的表述。"他说'竞技场上的男人'是他的主意。然后，他会说：'是我让尼克松看上去不再是一副脾气火爆的样子。'"

在那段时期，政治对艾尔斯而言更多是赚钱而不是意识形态。他暗示过自己会考虑为民主党人工作。1972年冬天，他对《华盛顿邮报》说："我并不是火急火燎地非要让所有共和党人都当选。"⑤ 艾尔斯的确谨慎地给安德鲁·斯坦恩提过一些建议，此人是一位26岁的民主党候选人，正寻求在纽约州议会连任。一次，艾尔斯安排了一位理发师到他的办公室来见他们。"安迪把罗杰叫到一边，小声对他说：

---

① 作者对小罗伯特·艾尔斯的采访。
② 嬉皮士的一种，经常佩戴花象征爱。——译者
③ 作者对艾尔斯的前助理保罗·特恩利的采访。
④ 罗杰·艾尔斯写给H.R.霍尔德曼的信，1971年5月19日。尽管艾尔斯没有得到白宫的电视方面职位，但他继续培养与这届政府的关系。艾尔斯在这封信中告诉霍尔德曼，当他前往印第安纳州时，他得知《印第安纳波利斯星报》（*The Indianapolis Star*）的发行人吉恩·普利亚姆开始反对尼克松。"他甚至说他要支持斯库普·杰克逊参加1972年的竞选，"艾尔斯在信中这样写道，并建议尼克松不要参加在印第安纳波利斯举办的500英里汽车大赛。"我认为参加这个活动将是个非常糟糕的主意。印第安纳州的局势目前太不稳定了，我不觉得总统参加这个活动会让他在政治上得到什么好处。"5月21日，总统特别助理乔恩·M.亨斯曼写信给艾尔斯说，要"在你作为白宫顾问访问白宫期间"为其安排专门的办公场地。5月28日，艾尔斯写信给霍尔德曼，感谢他提供的办公场地。"我很高兴得知我们的关系将继续下去，"艾尔斯写道，"如你所知，无论是从个人还是职业角度，我都忠于总统，并将尽我所能帮助他在1972年获得连任。鲍勃，正如你所指出的那样，在某种程度上，我已经成为一个政治动物和媒体顾问，我认为这确实让我更有实力，而且在某些方面会使我成为一个双重威胁者。当年西屋公司让我为那些面临困境的节目解决麻烦，我认为在那些我们面临问题的州，我可以在政治上发挥同样的作用。……谢谢你对我的信任。"霍尔德曼在6月2日的回信中写道："我祝你能顺利当好这个新的政治麻烦解决者的角色。我相信你会干得非常出色。"尼克松总统图书馆和博物馆提供的文件并没有表明政府以任何实质性方式让艾尔斯为其工作。7月1日，艾尔斯写信给霍尔德曼的助理劳伦斯·希格比，建议尼克松参加华盛顿参议员队的棒球赛，当时该队正考虑迁往得克萨斯州。"我们最近在树立他的'体育爱好者'形象方面没做过任何工作，"艾尔斯写道，"也许这次活动值得他利用'私人时间'去球场跟参议员队见个面，或和他们的管理层谈谈他们面临的问题——不是以总统的身份，而是作为一个体育迷，尽量把参议员队留在华盛顿。"艾尔斯告诉希格比这个噱头会"让总统看起来很务实。"
⑤ "Nixon's Roger Ailes," *Washington Post*.

'我戴着假发。你不能剪我的头发。'"特恩利回忆说,"而罗杰只说了句:'我们就在边上稍微修一下。'"①

即使在为共和党工作时,艾尔斯也没有在共和党精心挑选的候选人面前卑躬屈膝。特恩利记得1972年唯一一次参与的全州范围内竞选活动,是为北卡罗来纳州37岁的温和派州众议员吉姆·霍尔舒泽竞选州长那次,霍尔舒泽在其家乡布恩拥有一家汽车旅馆。② 当他考虑是否在共和党州长初选中挑战处于领先地位的詹姆斯·加德纳时,他飞往纽约咨询艾尔斯。③ 特恩利回忆说,他们第一次见面时,"罗杰让他坐下,并毫不含糊地说:'你得花数百万美元。我相信我能让你当选。但对你不利的一点是:你没有政党的支持,你得自己找竞选资金,你不被人看好,你的名字辨识度非常差。所以这是一场艰苦的战斗。你的对手会扒出你一生中可能做过的每件事,然后在媒体上曝光。这些你都得有心理准备。'"艾尔斯的这番话一下子点燃了这位年轻共和党人的斗志。霍尔舒泽当场就在艾尔斯的办公室里抓起电话打给他的房地产经纪人,让其卖掉他的房产筹集现金。在推出了一系列极具杀伤力的攻击性广告之后,艾尔斯将霍尔舒泽推上了州长的宝座,使他成为1901年以来该州选出的首位共和党州长。

尽管取得了这样的成功,但政治工作似乎只是个副业。"我认为罗杰在那个时刻还是没有确定自己的未来。"特恩利回忆说。④

正如他在职业生涯早期的那些转折点上——在大学广播电台、在

---

① 作者对保罗·特恩利的采访。在采访中,安德鲁·斯坦恩证实他戴了一个发卡,但他说他不记得艾尔斯叫了一个理发师来。斯坦恩对艾尔斯的沟通才能赞不绝口。"他当时也给人一种自带光环的感觉。那是一次非同一般的经历……。我记得他曾经说过一句话:'有时什么都不说,而是停顿一下,这非常重要。有些人总认为他们必须说话才行,但事实并非如此。'"

② "Holshouser Releases Promised Tax Records," United Press International (printed in Lexington, North Carolina's *The Dispatch*), Aug. 12, 1974. See also http://www.wral.com/former-gov-jim-holshouser-dies/4369405/, http://www.unctv.org/content/biocon/jamesholshouser/installments.

③ 作者对保罗·特恩利的采访。

④ 同上。

《迈克·道格拉斯秀》节目现场以及在尼克松竞选期间——所做的，艾尔斯开始向更资深的人士寻求帮助。1971年2月12日，他写信给杰克·罗克，让他帮忙给凯莉·加勒特找个演出机会。"随信附上我司现在管理的一位姑娘的照片和简历。她来自西海岸，是个非常有才华的孩子，"艾尔斯写道，"我想你也许愿意在你的电视筹款节目里用她。"① 艾尔斯还请罗克帮忙让加勒特在希尔顿和爵士大乐队的领队小贺拉斯·海德特一起表演。在一张黑白照片上，加勒特在一排棕榈树中间摆好造型。她那电影明星般的灿烂笑容，低胸的领口，乌黑的长发轻轻散在裸露的肩膀上，一切看上去都是那么光彩夺目。

凯莉·加勒特本名叫艾伦·布尔顿②，比艾尔斯小4岁。③ 她的父母生了10个孩子，她自小在新墨西哥州圣达菲长大，家里连台电视机都没有。④ 她一开始在镇子附近的一些小型场所演唱。22岁时，她和一名演员私奔并结了婚，然后前往加州追逐她的演艺梦想。⑤ 就在加勒特的卡巴莱歌舞表演事业起步时，她的婚姻破裂了。她于1970年10月离了婚。⑥

罗克回信说愿意尽其所能帮助加勒特。"我会帮你联系上小贺拉斯·海德特。"他写道。⑦ 但比起和海德特一起演出，还有一个更光

---

① 罗杰·艾尔斯写给杰克·罗克的信，1971年2月12日。
② Earl Wilson, "Snakes Alive! Patrice Munsel Has Pet Boa," *Milwaukee Sentinel*, June 24, 1974, http://news.google.com/newspapers? id = EmlRAAAAIBAJ&sjid = rBEEAAAAIBAJ&pg=6410,1719404&dq=kelly-garrett&hl=en.
③ Tom Sharpe, "Kelly Garrett 1944 - 2013: Acclaimed Singer Had Roots in New Mexico," *New Mexican*, Aug. 12, 2013.
④ Jay Sharbutt, "Kelly Garrett Isn't 'Overnight' Success," Associated Press, published in *Pittsburgh Post-Gazette*, July 1, 1974, http://news.google.com/newspapers? nid = 1129&dat = 19740710&id = e2QwAAAAIBAJ&sjid = YW0DAAAAIBAJ&pg=3300,1401941.
⑤ 作者对凯莉·加勒特的妹妹乔治娅·皮尔森的采访。另见"California, Marriage Index, 1960 - 1985," index, Michael T. Mikler and Ellen M. Boulton (1966), FamilySearch。
⑥ "California, Divorce Index, 1966 - 1984," index, Ellen M. Boulton and Michael T. Mikler (1970), FamilySearch。
⑦ 杰克·罗克写给罗杰·艾尔斯的信，1971年2月24日。

明的前途在向凯莉招手：百老汇。1972年，艾尔斯为自己的第一部舞台剧的制作筹足了资金。艾尔斯选中的是《大地母亲》（*Mother Earth*），一部迷幻的、以环境为主题的摇滚歌舞剧，是由一群社会工作者、学者和反战的抗议者共同创作的，这些人在加州的科斯塔梅萨创办了"南海岸剧团公司"。① 在理查德·尼克松治下国家的中心，他们是自由的弃儿。

科斯塔梅萨位于洛杉矶以南约40英里的奥兰治县中心，对于一个在1964年夏天开张的进步剧院来说，这里并非什么友善的地方。但是当地的保守精神并没有让南海岸剧团望而却步，他们试图在距约翰·韦恩家几英里的一家倒闭的海事用品商店举行实验性演出。② 在1969年的几个月里，该公司成员创作了一部关于污染和人口过剩的摇滚歌舞剧。亚拉巴马州出生的充满抱负的流行歌手托尼·坦尼耶创作了舞台剧的音乐，拥有戏剧硕士学位的社会工作者罗恩·斯伦森撰写了剧本和歌词。③ 斯伦森同时担任艺术总监一职。他在剧本的序言中写道，这部音乐剧"有一个神秘主义元素"。许多歌曲是"为了让人类正确看待我们的宇宙"而创作的。④

这部剧于1971年1月8日晚在150名观众面前举行了首演。⑤ 舞台的布景简陋，演员们在35毫米幻灯片投影前表演，幻灯片上是剧团摄影师肯·希勒拍摄的照片。他们唱道："我和我出生的土地是一体的。"⑥ 接下来是一幕幕人口过剩、被污染破坏的地狱般的反乌托

---

① Entry for *Mother Earth* on Internet Broadway Database, http://ibdb.com/production.php?id=2966.
② South Coast Repertory (historical account on the company's website), http://www.scr.org/about/scrstory.aspx#.UYp1YYLuf3o.
③ Bob Thomas, "Both Critics and Audience Like 'Mother Earth,' Stage Musical," Associated Press, published in *Daytona Beach Morning Journal*, Aug. 25, 1971.
④ 参见《大地母亲》的剧本原稿。
⑤ "Repertory Show Will Start Jan. 8," *Los Angeles Times*, Dec. 27, 1970.
⑥ 参见《大地母亲》的剧本原稿。

邦场景。其中一幅以 1999 年新年前夕为背景，提倡不受限制地节育、堕胎和协助自杀。在接近第一幕开始时，被舞台指示描述为"所有平庸、中产阶级和狭隘之化身"的一位女性试图播下怀疑的种子。"你好，美国！谁说污染对你有害？谁说它会残害生灵？你亲眼看到了吗？"但到了剧末，她在经历了一种精神上的转变后回到舞台。"兄弟姐妹们，"她说，"我们环境中的这些毒药是愤怒的上帝所给的预兆。跪下来乞求宽恕吧，忏悔的翅膀可能会带走这些东西。"

谢幕时，演员们知道这场演出会大受欢迎。"结束之后，现场一片寂静。我们就那样站在那里，随后，观众突然沸腾了起来，"南海岸剧团公司的联合创始人兼演员吉姆·德普里斯特回忆说，"他们跑上舞台，人们彼此拥抱，他们对演出赞不绝口。"① 《大地母亲》在结束了 5 个星期的演出后，更大的场馆争先恐后地约他们前去表演。当演出在旧金山和洛杉矶大获成功后，② 为马克斯兄弟（其知名作品包括百老汇讽刺剧《抓住星星！》《活蹦乱跳》）写歌的资深作词家雷·高登想方设法让坦尼耶和斯伦森授权他把《大地母亲》带到百老汇的贝拉斯科剧院进行演出，这是位于西 44 街、拥有 1000 个座位的一个剧院。③

艾尔斯也参与了这笔交易。他通过《迈克·道格拉斯秀》的圈子认识了高登，并在其催促下去看了《大地母亲》在西海岸的演出。"罗杰回来说，我们应该让它在百老汇上演，"保罗·特恩利回忆道，"我想他喜欢的是它所具有的音乐剧《毛发》(*Hair*) 那样的品质。"④ 在好莱坞的标志性餐厅 Musso & Frank 共进午餐时，艾尔斯和高登

---

① 作者对南海岸剧团的联合创始人吉姆·德普里斯特的采访。
② Margaret Harford, "'Mother Earth' to Move to Bay Area," *Los Angeles Times*, May 23, 1971; Gregg Kilday, "'Mother Earth' Set at Hartford," *Los Angeles Times*, July 25, 1971.
③ "Screen News Here and in Hollywood," *New York Times*, Feb. 22, 1941; "The Theatre: New Revue in Manhattan," *Time*, Sept. 19, 1955; "Openings of the Week," *New York Times*, Jan. 15, 1950.
④ 作者对保罗·特恩利的采访。

跟年轻的音乐人讨论了合作事宜。① 他们向斯伦森和坦尼耶保证，如果允许他们把这部剧——以及演员们——带去百老汇，他们绝不对它指手画脚。斯伦森和坦尼耶同意把演出权卖给他们，但不久之后，高登除了接任总监一职，还成了演出的制作人，并有心要对这部剧进行调整，以迎合主流观众的品味。

这部剧计划 1972 年 10 月 19 日正式开演，在开演前几个月，坦尼耶拒绝出演高登的版本。② "这都变成波希特带③的音乐剧了。"南海岸剧团的联合创始人马丁·本森说。④ 坦尼尔后来对新闻界说："我们被骗了。"⑤ 随着坦尼耶的退出，高登需要一位新的女主角和一大笔现金投入。而这两样艾尔斯都能提供，他既认识富有的投资者，又有个正在找机会成为百老汇明星的客户。

随着《大地母亲》在百老汇的首演临近，艾尔斯意识到他需要一位经验丰富的向导来引领他了解纽约戏剧界所特有的游戏规则。早在一年前，在高登的建议下，他在克米特·布鲁姆加登在其位于中央公园西路的公寓举办的聚会上认识了这位百老汇制作人。⑥ 这位日薄西山的经纪人的上一部卖座作品已是 10 年前的事了，但布鲁姆加登的职业生涯曾让他站上美国戏剧顶峰。在 1940 年代和 1950 年代，他与朋友阿瑟·米勒和莉莲·海尔曼合作密切。除了米勒的《推销员之死》和海尔曼的《小狐狸》之外，他在评论上和商业上大获成功的戏

---

① 作者对罗恩·斯伦森的遗孀埃普莉尔·加勒特的采访。
② Louis Calta, "2 Musicals Set Their Premieres," *New York Times*, Sept. 7, 1972; 作者对埃普莉尔·加勒特的采访。
③ borscht belt，指美国纽约上州一个犹太人的夏季度假区地带，是许多犹太喜剧人和音乐人的演出生涯起步的地方。——译者
④ 作者对马丁·本森的采访。
⑤ Jan Herman, "Toni Tennille: No Hits but 'Always Sold Out,'" *Los Angeles Times*, April 10, 1988.
⑥ Scott Collins, *Crazy Like a Fox: The Inside Story of How Fox News Beat CNN* (New York: Penguin, 2004), 29.

剧作品还有很多，包括梅雷迪斯·威尔逊的《乐器推销员》、百老汇原创剧《安妮日记》、弗兰克·洛瑟的《最幸福的家伙》以及斯蒂芬·桑德海姆的音乐剧《人人都可以吹口哨》。① 然而，到了1970年代初，布卢姆加登陷入了困境。他的右腿因为动脉硬化被截肢了，账单堆积如山。当艾尔斯和高登去拜访他并征询他对《大地母亲》的建议时，布卢姆加登同意签约担任制作顾问。"考虑到他当时的处境，给别人的剧提供建议来赚取收入的机会还是很有吸引力的。"他的儿子约翰·布卢姆加登回忆说。②

布卢姆加登将艾尔斯带进了一个全新的艺术环境。布卢姆加登是第一代俄罗斯犹太人移民，他制作的剧某种程度上是他对社会正义坚信不疑的一种表达。在麦卡锡主义鼎盛时期，布卢姆加登参加了"免于恐惧的自由委员会"召开的一次会议，以动员人们支持被列入黑名单的"好莱坞十君子"。③ 尽管布卢姆加登从未被众议院非美活动调查委员会传唤过，但他的朋友都被传唤了。这段经历使他以阴谋论的眼光看待政治，并对美国右派有着强烈的怀疑。④

"你在跟尼克松的人做什么呢？"布卢姆加登的助手罗伯特·科恩在得知他与艾尔斯有来往后问道。⑤

---

① Albin Krebs, "Kermit Bloomgarden, Producer of Many Outstanding Plays, Dead," *New York Times*, Sept. 21, 1976.
② 作者对克米特·布卢姆加登之子约翰·布卢姆加登的采访。
③ California Senate, *Report of the Senate Fact-Finding Committee on Un-American Activities*, 1948: Communist Front Organizations, 1948, http://archive.org/stream/reportofsenatefa00calirich/reportofsenatefa00calirich_djvu.txt.
④ 参见，如，Elia Kazan, *A Life* (New York: Da Capo, 1997), 440, 461, 592。
⑤ 作者对罗伯特·科恩的采访。布卢姆加登不是尼克松的支持者。在1968年总统大选中，他帮助制作了一个由托尼·兰德尔在华尔道夫酒店主持的"麦卡锡花园集会"。与会的大腕级人士包括迈克·尼科尔斯、达斯汀·霍夫曼、伦纳德·伯恩斯坦、阿兰·阿金、尼尔·西蒙、芭芭拉·史翠珊和阿瑟·米勒。（从威斯康星州历史学会获得的克米特·布卢姆加登私人文件）当罗伯特·科恩为艾尔斯工作时，布卢姆加登会向科恩询问艾尔斯的政治立场。"每隔一段时间，克米特就会问：'你和罗杰谈论政治吗？'"科恩回忆道，"我说：'坦率地告诉你，我们几乎不谈。你知道的，这不是我的政治立场。'他说：'是的。'"

"别去管那个。看,我拿到了一个剧本。"布卢姆加登说。

布卢姆加登给出的第一条建议就让艾尔斯对他钦佩不已。甩掉高登,布卢姆加登说。"在克米特说出这话的时候,罗杰知道自己找到了一位知音,"在特恩利之后为艾尔斯工作的斯蒂芬·罗森菲尔德说,"第一条建议居然是踢走那个带他入行的人?那家伙只对成功感兴趣。"①

但艾尔斯不能甩掉高登。版权在他手上。艾尔斯能贡献的是钱。为了资助《大地母亲》的演出,艾尔斯去找了1968年竞选活动工作结束后投资他创办REA制作公司的费城投资银行家霍华德·布彻尔。"我记得他接下来给我打电话说:'我想做这个剧。这是一个基于生态学的剧——一系列片段都是由克米特·布卢姆加登执导。'"布彻尔回忆说,"我为这场演出筹集了大部分资金。我当时就该明白这不是什么百老汇演出。"②

剧组的演员们努力鼓起对演出的热情。高登插手越多,整台演出的制作就变得越糟。在该剧中表演的舞蹈演员弗兰克·库姆斯形容高登是个"上了年纪的、秃顶的、偶尔露面的"导演,说他把《大地母亲》变成了一出"非常悲惨"的剧。③ 该剧演员约翰·班内特·佩里(电视剧演员,《老友记》主演马修·佩里的父亲)说:"这剧需要一个不同的版本。这不是雷擅长的领域。"④ 演员们都听布卢姆加登的,后者每天蹒跚着走进贝拉斯科剧院观看排练。"他会坐在排练房的后面,看上去就像在看一大瓶醋似的。"演员里克·波德尔说。艾尔斯不怎么露面。"我认为他被雷摆了一道,"波德尔说,"他不知道该怎样强势地冲进来。罗杰不懂如何做这件事。克米特懂,但那时候他太

---

① 作者对斯蒂芬·罗森菲尔德的采访。
② 作者对霍华德·布彻尔四世的采访。
③ 作者对舞者弗兰克·库姆斯的采访。
④ 作者对演员约翰·班内特·佩里的采访。

他妈的老了,只会坐在后面拉长了脸看着我们。"①

这时,凯莉·加勒特已经接替托尼·坦尼耶担当主角并参加彩排。佩里回忆说:"她相貌出众,也是一位出色的歌手,但据我所知,她毫无百老汇演出经验。"② 演员们开始生疑。"罗杰确保了她有一些独唱的部分,"波德尔说,"人们会说:'等一等。制作人和女主角上床了?'"③ 弗兰克·库姆斯被要求帮加勒特学习编舞,在他看来,这部音乐剧是她实现自己抱负的一块跳板:"可怕的是我不得不教凯莉如何跳舞。但我不可以触碰她。这部剧存在的唯一原因就是罗杰在跟凯莉·加勒特约会,而凯莉需要百老汇的工作。"④

艾尔斯似乎很享受扮演大牌制作人。一天,艾尔斯邀请约翰·班内特·佩里到他办公室,坐在他那张大桌后面对其提供职业建议。"你对自己有什么设想?如果实现了,你会高兴吗?"艾尔斯直截了当地问。⑤ 现在回想起来,波德尔意识到"罗杰身上有很多唐纳德·特朗普的影子"。⑥ 罗伯特·科恩认为艾尔斯可以冒充密西西比河船的赌徒。⑦ 他一讲话就没完没了。"你好,我是罗杰·艾尔斯。"当他们第一次在贝拉斯科剧院见面时他这样说道。"我读过乔·麦金尼斯的书,里头有你。"科恩回答。"是啊,我把那套把戏卖给了美国人民,"艾尔斯说,指的是他为尼克松做的事,"现在我准备卖这个演出,它一定会超级棒。"

艾尔斯动用他在政界和媒体的人脉来推广这部音乐剧。艾尔斯安排演员们拍了一张戴着防毒面具而不是头盔在曼哈顿街头骑自行车的

---

① 作者对演员里克·波德尔的采访。
② 作者对约翰·班内特·佩里的采访。
③ 作者对里克·波德尔的采访。
④ 作者对弗兰克·库姆斯的采访。
⑤ 作者对约翰·班内特·佩里的采访。
⑥ 作者对里克·波德尔的采访。
⑦ 作者对罗伯特·科恩的采访。

照片，照片最后上了报。① 当乔·麦金尼斯从 1972 年共和党全国代表大会的举办地迈阿密海滩给他打电话时，艾尔斯又在其面前推销了一番。② 受《纽约时报杂志》委派去报道那次活动的麦金尼斯希望从艾尔斯这里听到尼克松说过的金句，但艾尔斯跟他讲了一大堆关于《大地母亲》的话。"这真是一场精彩的表演。其中至少有三首歌会成为经典，"艾尔斯吹嘘道，"我对百老汇一无所知，但我正在学。这比政治要令人兴奋得多。尼克松还不错——但是所有那些州的竞选活动——哇！我是说我终于对南达科他州感到厌倦了。"艾尔斯还联系了他认识的白宫里的人，并让伦纳德·加蒙特在白宫西翼宣传一下。③

首演当晚，在幕布落下后，艾尔斯跑去科恩那里，滔滔不绝地谈论起了演出的情况。④

"你觉得怎样？"

"我觉得什么怎样？"

"你认为我们会一炮而红吗？我觉得我们这是开门红啊。"

科恩对此持怀疑态度。演出的预售票房令人失望，因此他已经向演员宣布这部剧的演出可能会就此结束。

"别痴心妄想了，罗杰。开演就要做好结束的心理准备。"

第二天早上，《纽约时报》登出了对这次演出的评论。约翰·班内特·佩里接到艾尔斯办公室打来的电话，叫他"别看报纸"。⑤ 克莱夫·巴恩斯在评论中言辞激烈，称这部音乐剧"往最差里说是毫无

---

① 作者对弗兰克·库姆斯的采访。
② Joe McGinniss, "The Resale of the President," *New York Times Magazine*, Sept. 3, 1972.
③ 彼得·弗拉尼根写给斯塔克·迈耶的备忘录，1972 年 10 月 11 日。"伦纳德·加蒙特让我转告你，罗杰·艾尔斯制作了一部名为《大地母亲》的新音乐剧，"弗拉尼根写道，"如果你对此感兴趣的话，请随时告诉我。"
④ 作者对罗伯特·科恩的采访。
⑤ 作者对约翰·班内特·佩里的采访。

特色，往最好里说——以那种令人心寒的空气质量衡量标准来看——是可接受的"。①

演员们对巴恩斯的评价没有异议。"演出的第二晚，来了八个水手和一个傻瓜。"波德尔回忆道。②

艾尔斯最初希望口碑营销能盖过这些苛刻的评论。但艾尔斯很快就遭遇了这部剧令人尴尬的失败，而演员们对此表示尊重。不到一个星期，艾尔斯来到佩里的化妆间讨论起了这部剧的未来。"问题是要不要就此结束。我告诉他：'你还是把它停了吧。'"佩里回忆道，"哪怕这事做不好，他还是下定决心要把它做好。"③ 才演了十几场，《大地母亲》就停演了。④

艾尔斯意识到自己过于心高气傲了。"是我眼高手低了。"若干年之后他这样评论道。⑤ 在把这部音乐剧带到纽约之前，艾尔斯考虑过一个更小的剧场。"当时主要讨论的是我们是在外外百老汇⑥演还是直接在百老汇演，但罗杰做事从不半途而废。"他的助理保罗·特恩利回忆说。布彻尔的投资人投的钱全赔了，艾尔斯的生意也举步维艰。"他把他自己的好多钱投了进去，"特恩利说，"《大地母亲》停演后，他把我叫进去说：'很抱歉我不得不让你走人。你可以待到你找到工作再走。我会给你写一封很好的推荐信，所以你不要担心。'"⑦

失败给了艾尔斯许多宝贵的教训。布卢姆加登一开始就提出炒高登鱿鱼，对此他是同意的，但因为高登手上握着版权，他无能为力。有一点是肯定的，掌控是成功的前提。失败还教会了艾尔斯不要听怀

---

① Clive Barnes, "Stage: 'Mother Earth,' a Rock Revue," *New York Times*, Oct. 20, 1972.
② 作者对里克·波德尔的采访。
③ 作者对约翰·班内特·佩里的采访。
④ Clara Rotter (compiler), "Closing the Record Book on 1972-1973," *New York Times*, July 1, 1973.
⑤ Collins, *Crazy Like a Fox*, 30.
⑥ 比外百老汇和百老汇都要小的剧场，通常只有不到100个座位。——译者
⑦ 作者对保罗·特恩利的采访。

疑者说三道四。"千万不要追着评论家走,千万别想方设法制作任何让评论家喜欢的东西。"艾尔斯记得布卢姆加登这样告诉过他。①

《大地母亲》惨淡的票房并没有浇灭艾尔斯对戏剧的兴趣。事实上,在《大地母亲》停演后的几个月里,他推开百老汇的无尽魅力,一头扎进了纽约充满活力的外外百老汇舞台的艺术漩涡。正如他后来所说的那样,艾尔斯经常在夜晚外出,有时是独自一人,去小剧场看新戏——尽管事实并不那么浪漫。② 他请罗伯特·科恩在他那里兼职,阅读剧本并参加首演。③

1973年2月的一天,科恩接到布卢姆加登打来的电话,后者兴奋地说起他刚看完的轮演保留剧目剧团(Circle Repertory Company)在其早期位于上西区的剧场演的一出新剧。④ 这部剧是该剧团的联合创办人兰福德·威尔逊写的,⑤ 说的是一群流浪者在巴尔的摩火车站附近一家即将被拆除的摇摇欲坠的19世纪酒店里安家的故事。⑥ 它发生在阵亡将士纪念日那天,但剧中人物神志恍惚且虚弱不堪,根本没有注意到这个。招牌上写的酒店名叫"巴尔的摩酒店",也是威尔逊这部剧的名字,"酒店"一词缺了个字母,却并没有人费心去补上。

---

① Collins, *Crazy Like a Fox*, 30.
② 同上。当被问及艾尔斯是否亲自考察作品时,罗伯特·科恩说:"据我所知不是。他依赖我去做这些事。我是必须出去找这些东西的那个人。"他接着说:"事实上罗杰并没在俱乐部……罗杰订阅了地球上所有的演出行业出版物,而我就坐在那里,把文章剪下来。你可以一直这么做下去,可是,但凡报刊上登出来的剧目都是已经被人选中的。"科恩说,艾尔斯不会采纳他的意见。"罗杰在他那间大办公室里。而我就在我的那个小办公室里,我会联系纽约的每个经纪人,把他们发给我的每个剧本都看一遍,"科恩回忆说,"但问题是,我感兴趣的东西罗杰根本不屑一顾。所有这些关于嬉皮士和反战的左翼内容。我说'要么看看这个',他就说'我不想做这样的东西。我想做美国的东西'。"
③ 作者对罗伯特·科恩的采访。
④ 同上。
⑤ Circle Repertory Company Records, New York Public Library, http://archives.nypl.org/the/21737.
⑥ Lanford Wilson, *The Hot l Baltimore* (New York: Dramatists Play Service, 1973), 7.

福克斯新闻大亨　　125

在这家酒店及其悲伤的住户的财富不断缩水中,威尔逊对美国的衰落进行了讽刺性的思考。科恩在布卢姆加登打电话给他的当天晚上就去看了,对这场演出印象深刻。"我心想,天呐,这跟《送冰的人来了》(The Iceman Cometh)好像啊。这些都是处于社会边缘的人。是你根本不想瞧一眼的人。而他们告诉你的,是你自己、生活以及我们所生活的这个社会的真实状况。"①

演出结束后,科恩赶紧跑到外面,在百老汇上的一个公用电话亭打电话给布卢姆加登。②

"你当真喜欢吗?"布卢姆加登问。

"我不只是真的喜欢,更重要的是,我知道你为什么喜欢它。克米特,这就是 20 年前你会搬上舞台的那类剧。"

"你认为把它搬到百老汇得花多少钱?"

"别弄去百老汇,"科恩说,"你不可能把戏票卖给大颈的哈达萨③的。"

"嗯,你说得没错。"

"那就在外百老汇大干一场。"

"你认为我们可以从罗杰那里拿到钱吗?"

"或许有这可能。"

第二天在办公室里,艾尔斯对科恩的这个主意反应冷淡,就像对之前科恩向他建议过的十来个演出一样。④ "罗杰,你要相信我的话,"科恩说,"克米特想做这个剧。他手头没什么钱,但他识货。你想做个剧,你还有别的东西够你忙的,但你有钱。罗杰,这就是天作之合啊。听我的。如果你不喜欢这桩生意,我会立刻走人,你永远都不会再见到我,我保证。"

---

① 作者对罗伯特·科恩的采访。
② 同上。
③ Hadassah of Great Neck,哈达萨是希伯来语的人名,大颈是纽约长岛最富裕的社区,犹太人是此地的最早建设者之一,此处指代犹太人社区。——译者
④ 作者对罗伯特·科恩的采访。

艾尔斯勉强答应了,科恩给了他一张当晚的演出票。在艾尔斯看演出的时候,科恩一直在剧场外的人行道上等着。

"成交吧。"当艾尔斯看到站在街头的科恩时宣布道。艾尔斯用公用电话给布卢姆加登打了过去,告诉他自己会支持这个剧的演出。

不久,布卢姆加登和艾尔斯搞定了版权,把这部剧搬到了格林威治村拥有 299 个座位的中环广场剧院演出。① 艾尔斯承诺筹集 3 万美金作为该剧的制作费。② 他再次找到了霍华德·布彻尔,后者又向自己认识的那些有钱的宾夕法尼亚州投资人融资。"罗杰打电话给我,他说:'我又有一部剧。这次是个外百老汇的剧。'"这是一个大胆的推销,因为就在几个月前,《大地母亲》让这位银行家的投资都打了水漂。但艾尔斯是一位很有说服力的推销员:布彻尔答应给艾尔斯做担保,并为他筹措资金。"我给好几个客户和朋友打了电话。说服起来很难,"布彻尔回忆道, "对我所有的客户而言,这是很不寻常的。"③

但如果演出成功,投资者就会获得经济收益:演出的股权由艾尔斯、布卢姆加登和他们的投资者瓜分。兰福德·威尔逊和该剧导演马歇尔·梅森都被排除在外。"我们去找了克米特,想投 5000 美元,"梅森后来说,"这样我们就可以有盈利了。但克米特说:'我不能让你这么做,因为全部的投资我都已经找到了投资人。'我们说:'这怎么可能呢? 他说:'钱都是罗杰·艾尔斯出的。'"梅森签的合同实在是微不足道。"这有点哑巴吃黄连,"梅森回忆道,"罗杰·艾尔斯让我们声名鹊起,但他从我们的嘴里把钱拿走了,因为我们没投资。"④

1973 年 3 月 22 日,也就是这部剧在上西区首演的 6 个星期后,这

---

① 罗伯特·科恩写给 Malt-O-Meal 公关部的信,1973 年 3 月 26 日。
② Certificate of Limited Partnership of Hot l Baltimore Company, March 16, 1973, Kermit Bloomgarden papers, Wisconsin Historical Society.
③ 作者对霍华德·布彻尔四世的采访。
④ 作者对马歇尔·梅森的采访。

部剧正式开演了。① "舞台上用到的每一样东西都是真的,"孔查塔·费雷尔回忆道,她在剧中扮演一个叫埃普莉尔·格林的满嘴脏话的妓女,"香槟酒是真的,热食的舞台效果也挺好。这些都是兰福德的创意。"② 很快,这部剧成为街头巷尾的话题。"听听那些疯言疯语也不错!都是威尔逊用很有说服力的幽默和不露声色的精准笔触写的。"沃尔特·科尔在《纽约时报》上这样写道。③ 一众知名人士,包括纽约市长约翰·林赛和弗朗西斯·福特·科波拉,很快都去看了演出。④

艾尔斯证明他是一个想象力丰富的营销推手。在为这台演出设计海报这件事上,他表示出了强烈的兴趣。⑤ 罗伯特·科恩游说他请纽约下城的大卫·伯德操刀设计,这位平面艺术家曾为伍德斯托克音乐节绘制了原创海报。⑥ 布卢姆加登在 1000 美元的预算上犹豫了一下,但艾尔斯极力争取。伯德画了一个霓虹灯招牌的图,标题是粉红色的。⑦ 艾尔斯和布卢姆加登的名字放在梅森和威尔逊名字的下面。"他俩都向我抱怨说他们的名字不够大。"科恩说。⑧

远在植入式广告广为人知之前,艾尔斯就与包括金边臣香烟(Benson & Hedges)和可口可乐在内的公司达成了这方面的协议。该剧开演后没过几天,罗伯特·科恩就写信给在明尼阿波利斯市的 Malt-O-Meal 公司,希望再签一份合同。⑨ "我们是外百老汇新剧《巴

---

① Wilson, *The Hot l Baltimore*, 4.
② 作者对演员孔查塔·费雷尔的采访。
③ Walter Kerr, "The Crazies Are Good to Listen To," *New York Times*, March 4, 1973.
④ 作者对罗伯特·科恩的采访。
⑤ 同上。
⑥ 大卫·伯德官网上的生平,http://www.david-edward-byrd.com/biocontact-1.html。
⑦ 伯德官网上的中环广场剧院《巴尔的摩酒店》的演出海报图片,http://www.david-edward-byrd.com/theatre7-4.html。
⑧ 作者对罗伯特·科恩的采访。
⑨ 罗伯特·科恩写给 Malt-O-Meal 公关部的信,1973 年 3 月 26 日。科恩在信中提到了金边臣香烟及可口可乐植入广告的安排。

尔的摩酒店》的制作人,这部剧刚刚在纽约开演,反响热烈,"这份推销书这样写道,"剧中有两个角色会吃你们出品的烧烤风味大豆。"(在酒店住客喝香槟的时候,一人从包里拿出两大罐零食。妓女埃普莉尔原以为罐里是坚果,在尝了一把后惊呼道,"天哪,居然是大豆。"这个角色反驳道:"吃大豆对你身体好。再说了,好吃着呢。"①)推销书继续写道:"你们的罐子和标牌会摆在显眼的地方,整个星期每一晚都会在全场 299 人面前展示。"科恩还给出了诱人的提议,除了在剧中提及 Malt-O-Meal,还将"在事先确定的场合为您和您在该地区的分销商提供演出门票"。

艾尔斯在幕后扮演的角色让演员们觉得他是个神秘感十足又颇具魅力的人物。"他是多么好看的一个人啊。"玛丽·高曼回忆道,她在剧中扮演的是穿着牛仔外套的女同性恋杰基。② "我们一开始几乎见不到罗杰本人,克米特参与的工作比他多得多。"女演员斯蒂芬妮·戈登说。③ 剧目开演后没多久,艾尔斯在一个周日的下午把剧中扮妓女苏茜的戈登叫到了他位于中城的办公室里。④ 他告诉她,他想让她扮成剧中角色的样子,全身不着寸缕就披条浴巾拍张照片。这张宣传照突出的是第一幕结尾的一个关键场景,即苏茜出现在楼梯上,身上只有一条浴巾,对着大厅里的每个人大声控诉说她的客人揍了她,然后把她锁在了屋外。⑤ 当埃普莉尔开始发笑,苏茜用浴巾抽打她,自己光着身子站着,其他人则一边笑一边盯着她看。

戈登当时正在和剧组里的演员乔纳森·霍根约会,她对这个邀约感到不安。她在一个保守的家庭长大,在舞台上几乎也不怎么出风头。在去艾尔斯办公室的路上,戈登开始慌张起来。"这里暗暗的。这不是我平时的生活环境。我记得我当时想:'我在做什么?我要当

---

① Wilson, *The Hot l Baltimore*, 32, 33.
② 作者对演员玛丽·高曼的采访。
③ 作者对斯蒂芬妮·戈登的采访。
④ 同上。
⑤ Wilson, *The Hot l Baltimore*, 32, 33.

着罗杰·艾尔斯这个我甚至都不认识的人的面把身上的衣服脱下来吗?为什么我要跟这家伙在一个废弃的办公楼里独处?'"但她担心的事并没有发生。"我在另一个房间把衣服脱了,"她说,"他让我有一种安心的感觉。他人很好。"艾尔斯拍下照片后,给戈登叫了辆出租车送她回家。后来,他冲印了一张照片装框,并在上面签了名。"别认输,你是个伟大的女演员。罗杰·艾尔斯。"[1]

《巴尔的摩酒店》是最罕见的一种成功类型——无论在艺术还是商业上,都取得了成功,吸引了广泛的中产阶级观众。1973年,《巴尔的摩酒店》拿下了"外百老汇戏剧奖"的三个奖项,以及纽约戏剧评论圈的最佳美国戏剧奖。[2] 到演出收官之时,这部剧创造了近40万美金的利润,这对外百老汇演出而言是一个惊人的数字。[3] 在全国各地上演地区性演出的协议已经签好了。ABC开始把这部剧改编成情景喜剧,由詹姆斯·克伦威尔主演。《巴尔的摩酒店》的成功成就了梅森和威尔逊的事业,后者以其创作的喜剧《塔利的愚蠢》(Talley's Folly)获得了1980年的普利策奖。[4] 这部剧也是布卢姆加登和艾尔斯这对奇怪的组合所达到的巅峰。

玛丽·高曼对罗杰·艾尔斯的回忆充满深情。后来在电视上收看福克斯新闻时,她表示她"有很长一段时间都认为这不是同一个人"。[5] 斯蒂芬妮·戈登则很难把福克斯新闻粗鄙的特质,跟兰福德·威尔逊笔下的那种同情心联系在一起。[6] "这部作品是关于妓女、瘾君子、女同性恋者、迷茫之人、长期的失败者、放弃生活者的。它

---

[1] 作者对斯蒂芬妮·戈登的采访。
[2] www.villagevoice.com/obies/index/1973/, http://www.dramacritics.org/dc_pastawards.html.
[3] *Hotel Baltimore* balance sheet, Jan. 4, 1976, Kermit Bloomgarden papers, Wisconsin Historical Society.
[4] Wesley Hyatt, *Short-Lived Television Series, 1948–1978: Thirty Years of More Than 1,000 Flops* (Jefferson, NC: McFarland, 2003), 232.
[5] 作者对玛丽·高曼的采访。
[6] 作者对斯蒂芬妮·戈登的采访。

讲的是美国梦的终结。这些是罗杰·艾尔斯最不感兴趣的人。他为什么要制作这部剧呢?"现居墨西哥、曾担任美国民主党海外部地方分会副主席的马歇尔·梅森也一脸茫然。① "当他成为我们现在所认识且讨厌的罗杰·艾尔斯时,我心想,'天哪,这跟我们的制作人是同一个人吗?'"后来在 CBS 拍摄的情景喜剧《好汉两个半》(*Two and a Half Men*)中扮演厚脸皮管家的孔查塔·费雷尔一下子抓到了答案,"从根本上说,那是一部关于美国人性格的剧。美国人即使输了,也不会逃避。它讲的是作为一个民族,我们不习惯放弃。我是个自由主义者,我对此深信不疑。罗杰是个保守派,而他也相信这一点。兰福德写的一切都带有深厚的美国色彩。"②

艾尔斯为《巴尔的摩酒店》这部剧感到骄傲。据他自己说,是他发现了这部剧。他在 2003 年时告诉一位记者,他被这个剧深深吸引了,以至于他跑到后台当场付给制作人 500 美元让其考虑把版权授予他。③ 不管怎么说,在这出戏大获成功之后,他手上有钱重新雇个助理了。

他的新员工斯蒂芬·罗森菲尔德曾在 1968 年总统竞选期间为休伯特·汉弗莱的首席演讲撰稿人工作,之后在斯坦福大学获得了导演专业的艺术硕士学位。当罗森菲尔德第一天到办公室上班时,他看到公司的实际运作情况简单到不能再简单。"当时公司里只有罗杰和他的秘书。"罗森菲尔德说。但艾尔斯展示在公众面前的形象截然不同。罗森菲尔德记得差不多就在那个时候,艾尔斯接受了一次电视现场采访,采访还没结束他就起身走下场来。"他对主持人说:'很高兴和你交谈,我得走了。'他就这么离开了。看上去这家伙的日程排得很满。而他什么事都没有!我心想,天呐,这是个多么巧妙的退场啊。他考

---

① 作者对马歇尔·梅森的采访。
② 作者对孔查塔·费雷尔的采访。
③ Collins, *Crazy Like a Fox*, 30.

虑过如何控制现场的气氛。"①

和科恩一样,罗森菲尔德也想方设法把他老板的品味往现代方向引。1973年12月,艾尔斯宣布他获得了《好女孩》(*Nice Girls*)这个剧本的版权。"假定的前提是'好女孩'不谈论性方面的事,所以这个剧讲的是在性方面不带偏见的好女孩,"罗森菲尔德回忆道,"我告诉罗杰女人们确实谈论性,而且这是尽人皆知的!这不会是件让人大吃一惊的事。"② 自从玛丽·麦卡锡的畅销小说《她们》(*The Group*)打破都市女性谈性色变的形象,已经十年过去了。

在《好女孩》项目停滞不前的时候,艾尔斯将注意力转到了布卢姆加登在下城发现的一部戏上。这部离奇的作品名叫 *Ionescopade*,是根据法籍罗马尼亚荒诞派作家尤金·埃里斯科的剧作改编的轻歌舞小品,受到了《纽约时报》的好评。③ 艾尔斯找上了他在费城、华盛顿以及好莱坞期间认识的形形色色的投资人。④ 缅因州铁路公司(Maine Line)的继承人塔特纳尔·利亚·希斯曼投了2400美金;全国共和党国会委员会执行主任杰克·卡尔金斯贡献了1200美金。凯莉·加勒特给了600美金。艾尔斯自己的公司出了400美金。

艾尔斯意气风发。对 *Ionescopade* 寄予的厚望,《巴尔的摩酒店》的成功带来的志得意满,让他找到了一条重返电视的道路,铺就这条路的是最为人向往、最有利可图的美国自由主义品牌:卡美洛⑤。

---

① 作者对斯蒂芬·罗森菲尔德的采访。
② Louis Calta, "News of the Stage," *New York Times*, Dec. 9, 1973. "这是个女性节目,"艾尔斯告诉卡尔塔,"谈的是今天的性自由。"
③ Howard Thompson, "'Ionescopade' Shifts to the Cherry Lane," *New York Times*, July 28, 1973.
④ Kermit Bloomgarden papers, Wisconsin Historical Society (finance notes for *Ionescopade*).
⑤ Camelot, 亚瑟王传说中的王国,拥有坚不可摧的城堡,是亚瑟王朝处于黄金时代的标志,后来象征灿烂岁月或繁荣昌盛的地方,此处指肯尼迪担任美国总统的时期。——译者

1974年初,小罗伯特·肯尼迪还是哈佛的大二学生,当时杰克·肯尼迪预备学校的室友,也是肯尼迪家族的密友莱姆·比林斯带着一个非同寻常的建议来找他:理查德·肯尼迪的前电视制作人罗杰·艾尔斯,想把他打造成电视明星。他解释说,艾尔斯读过小罗伯特写的一篇关于推翻智利总统、马克思信徒萨尔瓦多·阿连德的文章。为了写好此文,肯尼迪还去南美走了一趟。出于对国际事务的兴趣,艾尔斯建议肯尼迪和他一起去非洲制作一部关于野生动物的电视纪录片。[1]

制作这部片子的最初想法所涉及的那种创意上和后勤上的挑战,正是艾尔斯擅长的。一位有钱的美国商人投资了内罗毕的一家人寿保险公司,结果生意失败,钱也被套在了肯尼亚。肯尼亚政府阻挠他将剩余的资产带出该国,他向艾尔斯征求意见。"罗杰说:'我们可以把钱装在罐头里拿回来。'"肯尼迪回忆道,意思是可以用这些钱去资助一部电影,然后把这部电影卖到美国。[2] 这部纪录片是艾尔斯将名人与政治糅合在一起的最新尝试。小罗伯特代表了美国最接近年轻皇室成员的一种形象,一个有号召力的人物,带着电视观众去探寻一个充满异国情调的荒野之地。

当然,比林斯对于小罗伯特跟艾尔斯的来往很谨慎。"我可以说莱姆·比林斯是极不喜欢理查德·尼克松的。"肯尼迪说。但是在纽约的一次3小时会面之后,艾尔斯让年轻的肯尼迪放下心来。[3] "我们拿尼克松开玩笑。"他回忆说。[4] 在肯尼迪签下一份1500美元的合同,担任这部纪录片的创意顾问和解说之后,艾尔斯向他保证他会度过一个精彩的暑假,追寻牛羚群的踪迹,跟带着长矛的马赛族勇士一

---

[1] 作者对小罗伯特·肯尼迪的采访。
[2] 同上。
[3] Kiki Levathes, "Robert Kennedy Jr. at 21," New York *Daily News*, printed in *The Evening Independent* (St. Petersburg, Florida), Sept. 9, 1975.
[4] 作者对小罗伯特·肯尼迪的采访。

起猎狮子。① 两人在一个巴基斯坦穆斯林摄制组的陪同下游览了东非大裂谷。② "我和罗杰一起有很多的欢声笑语,"肯尼迪说,"他对其他文化和自然保护很敏感,而且不是个空想家。"③

但在和肯尼迪一起出发去非洲之前,艾尔斯手头还有几件伤脑筋的事。4 月 25 日,*Ionescopade* 在西 55 街上的四号剧场开演,但开局就一塌糊涂。布卢姆加登犯了一个他做《巴尔的摩酒店》时一直试图避免的错误:他拿到一个大受欢迎的低成本制作,然而把它改了。④ 在演了 14 场之后,演出结束了。⑤

与此同时,艾尔斯收到了一个似乎令人激动的消息。4 月,凯莉·加勒特接到一个电话,⑥ 请她去读剧本,读的是大卫·梅里克耗资 85 万美元制作的音乐剧《麦克与梅布尔》(*Mack & Mable*) 的主角,⑦ 该剧讲述了好莱坞导演麦克·森内特和女演员梅布尔·诺曼德之间的火热恋情,导演高尔·钱平恩已经先后换过佩妮·富勒和马西娅·罗德两位女主演,当时在寻找替代人选。⑧ 凭借在《大地母亲》中的演唱荣获了一个戏剧世界奖的加勒特,正参演约翰·戈登剧院的另一部幽默音乐歌舞剧《词与乐》(*Words and Music*),钱平恩看过

---

① Levathes, "Robert Kennedy Jr. at 21." See also "A Kennedy in Africa," *Broadcasting*, April 1, 1974.《广播》杂志报道,肯尼迪同意与艾尔斯一起做一个尚未取名的野生动物系列节目,每集半小时,共 26 集,但只做了一个电视特别节目。
② 作者对《最后的边疆》(*Last Frontier*) 的编剧、制片人汤姆·沙克曼的采访。
③ 作者对小罗伯特·肯尼迪的采访。
④ Mel Gussow, "Theater — 'Ionescopade,'" *New York Times*, April 26, 1974.
⑤ Dan Dietz, *Off Broadway Musicals, 1910 –2007: Casts, Credits, Songs, Critical Reception and Performance Data of More Than 1,800 Shows* (Jefferson, NC: McFarland, 2010), Entry 773.
⑥ 作者对斯蒂芬·罗森菲尔德的采访。加勒特获得角色是在 5 月宣布的。参见 Louis Calta, "News of the Stage" ("Kelly Garrett in 'Mack & Mabel'"), *New York Times*, May 12, 1974.
⑦ Ellen Stock, "Mack & Mabel: Getting the Show off the Road," *New York*, Oct. 7, 1974.
⑧ 同上。

134 The Loudest Voice in the Room

之后相当喜欢。①

艾尔斯力劝加勒特把这个角色拿下。② 这个角色要求有大量的表演，对加勒特而言是不可多得的经历。艾尔斯让罗森菲尔德在周末的时候给加勒特辅导一下。"我觉得我们不应该做这事。高尔·钱平恩不是那种有兴趣培养新人的人。"罗森菲尔德提醒道。艾尔斯拒绝让步。

"你当真叫我告诉凯莉·加勒特不要去参加大卫·梅里克和高尔·钱平恩的音乐剧复试吗？"

为了让他老板高兴，罗森菲尔德只好把想说的话咽回肚子里。"那是我和罗杰唯一一次意见不一致。"他回忆说。当时，他并不知道艾尔斯和加勒特在谈恋爱。"我什么都不知道，公司里就我们两个人。我跟凯莉很熟。而她一直秘而不宣。罗杰觉得，如果让人觉得他是在捧自己的女朋友，那对他俩都没有好处。"

第二天，加勒特来到罗森菲尔德的单间公寓，一遍遍地排练两场戏。罗森菲尔德的帮助起到了效果：钱平恩选用加勒特在美琪大戏院与罗伯特·普雷斯顿演对手戏。这将是她的突破性时刻。然而没过几天，加勒特就被辞了。"那次伤透了我的心，"钱平恩对记者说，"那张脸，那声音。而这个角色需要很多有深度的表演。"③ 正如罗森菲尔德后来所说的那样，这次令人尴尬的公开挫折，"终结了她成为百老汇明星的可能性"。④ 一个叫伯纳黛特·彼得斯的年轻女演员取代了她。"在我看来，这是他们的损失，"艾尔斯反唇相讥，"他们处理这件事的方式令我无法尊重，真的有失风度。"⑤

随着他对自身安全的担忧与日俱增，艾尔斯的公众形象也变得越

---

① Ellen Stock, "Mack & Mabel: Getting the Show off the Road," *New York*, Oct. 7, 1974.
② 作者对斯蒂芬·罗森菲尔德的采访。
③ Ellen Stock, "Mack & Mabel: Getting the Show off the Road."
④ 作者对斯蒂芬·罗森菲尔德的采访。
⑤ Ellen Stock, "Mack & Mabel: Getting the Show Off the Road."

来越强硬、愤怒。他采取了周密的措施来保护自己。跟肯尼迪一起从非洲回来后,艾尔斯因非法持枪在纽约被捕。① 当他被捕的消息在若干年后曝光时,艾尔斯的同事声称他一直在用该武器保护肯尼迪家族的一位成员。② 对小罗伯特而言,这就像个借口。"要是我知道他正带着枪保护我,我会让他把枪扔掉。这说不通。"他回忆道。③(艾尔斯对一项轻罪供认不讳,并被有条件释放。④)

实情是,艾尔斯在与肯尼迪来往之前早就已经有了一把枪。在《大地母亲》演出结束后,艾尔斯把一个年轻的熟人叫进了他的办公室。"我要给你看样东西。"他说着亮出了他的枪。"我发现他这家伙挺吓人的。"这位熟人回忆道。⑤ 艾尔斯搬到纽约后,这座城市正处于急剧下滑的局面,居民们纷纷涌向郊区,犯罪率飙升。艾尔斯大部分时间都在时报广场周围的街区里度过,那里充斥着透过小孔观看的下流表演和妓女,这让这座城市变成了一个机能失调的全国性象征。为了应对当地的恶劣环境,艾尔斯吸取了父亲的教训:暴力永远解决不了任何问题,但暴力的威胁可能非常有用。⑥ 那段时间他哥哥来看望他时,他也给出了这样的忠告。"我从中城走过的时候,看到有一双眼睛从巷子后面盯着外面看,这双眼睛正看着我,"罗伯特回忆说,"罗杰告诉我,如果你低下头假装没看到,就等于摆出了受害者的姿态,那你就有大麻烦了。"罗伯特把手伸进口袋,好像兜里有枪似的。

---

① Richard Esposito, "Giuliani Adviser's '74 Gun Charge," *Newsday*, Oct. 23, 1989. 据埃斯波西托说,被捕那天是 1974 年 11 月 10 日。另见 Chafets, *Roger Ailes*, 31。
② Esposito, "Giuliani Adviser's '74 Gun Charge." "据我所知,艾尔斯当时在非洲与小罗伯特·肯尼迪一起拍摄纪录片,他带了把枪过去防身",朱利安尼的副竞选经理肯·卡鲁索告诉埃斯波西托,"他回美国的时候把枪跟他的拍摄器材放在了一起,去中央公园走了一圈。"埃斯波西托报道称:"卡鲁索说,艾尔斯把放器材的腰带拿出来绑在腰上,但他不知道枪还在里面。"另见 Todd Purdum, "Amid the Shouts, Dinkins Remains Calm," *New York Times*, Oct. 26, 1989。
③ 作者对小罗伯特·肯尼迪的采访。
④ 埃斯波西托报道称,在被控犯有重罪后,艾尔斯认下了一项轻罪,被有条件释放。
⑤ 作者对罗杰·艾尔斯 1970 年代的一位熟人的采访。
⑥ Grove, "The Image Shaker; Roger Ailes, the Bush Team's Wily Media Man."

"我死死盯着他的眼珠子继续往前走,就好像我是个便衣警察。而那家伙呆在巷子里一动都没动。"①

艾尔斯跟其他人保持着一定的距离,② 很多晚上都和凯莉·加勒特以及她那条名叫"吱吱"的哈巴狗在他位于中央公园南路的公寓度过。③ 乔·麦金尼斯是一位难得的密友,可能是因为麦金尼斯跟他有相似的境遇,和妻子分开了,但还没有离婚,此时正跟一位年轻漂亮的图书编辑南希·多尔蒂同居,他是在为《推销总统》一书举办的聚会上认识她的。④

那时,乔和南希在新泽西州斯托克顿乡下的一座18世纪的迷人房子里安了家。周末,艾尔斯和加勒特会经常去看望他们。"我们是他可以带上凯莉一起度周末的人,我们不会评头论足,"麦金尼斯猜测说,"我们不会说罗杰·艾尔斯在跟客户约会。"⑤ 多尔蒂和加勒特因为都有在大家庭中成长的经历而一见如故,她记得加勒特对艾尔斯一片深情。在媒体采访中,加勒特也会被他迷得神魂颠倒。"你问我在表演时会紧张吗?"她对记者说,"我以前会,但现在不怎么紧张了。主要是因为我对我的经理罗杰·艾尔斯非常有信心,他会为我做所有正确的决定——在所有的事情上都是如此。"⑥ 玛乔丽从来没在谈话中出现过,多尔蒂认为这是内心想法的流露。麦金尼斯怀疑艾尔斯对玛乔丽感到内疚。"罗杰和我不太谈论我俩都有的负罪感,但我认为这是一直把我俩维系在一起的一个纽带,"他说,"对于罗杰和凯莉,还有一件复杂的事,那就是她是他的大明星客户,而他是她的经纪人。但事情并没有真的像他们希望的那样发展。这是一种复杂的恋

---

① 作者对罗伯特·艾尔斯的采访。
② 作者对罗杰·艾尔斯1970年代的朋友们的采访。
③ Jack O'Brian, "Gal from Santa Fe," *Spartanburg* (South Carolina) *Herald*, July 26, 1974, http://news.google.com/newspapers?nid=1876&dat=19740726&id=yXosAAAAIBAJ&sjid=TcwEAAAAIBAJ&pg=4122,4508433.
④ Joe McGinniss, *Heroes* (New York: Simon & Schuster, 1976), 152 and passim.
⑤ 作者对乔·麦金尼斯和南希·多尔蒂的采访。
⑥ O'Brien, "Gal from Santa Fe."

爱方式。"①

艾尔斯忧心忡忡，这种情绪似乎让他身心俱疲。"那时候罗杰很不开心。他的身体出问题了。"麦金尼斯说。多尔蒂回忆说，艾尔斯经常患链球菌性咽喉炎。"罗杰来过之后，你基本上就会生病。"她说。②他整个人都发生了变化，长胖了，还留了胡子。"他通过吃东西来减轻痛苦。"麦金尼斯说。麦金尼斯很难理解，除了凯莉之外，还有什么会令他的朋友如此痛苦。"他谈过他那位蓝领父亲。他谈过血友病，"麦金尼斯说，"但他没有说过小时候受人欺负的可怕故事，也没有说过他有多恨他的父亲。他非常尊敬他父亲。是他父亲教了他这些核心价值观。"③

麦金尼斯回忆起自己当时和艾尔斯的一次对话，多年后他还记忆犹新。"他告诉我他很为自己内心压抑的愤怒而担心。他不知道会发生什么。"

麦金尼斯尽量让自己的朋友振作起来，跟他提起了他人生中发生过的所有顺风顺水的事。《巴尔的摩酒店》的演出依然风头强劲，肯尼迪的电视特别节目也进展顺利。"你现在应该感觉很好，"他说。"你看，事情并非如此，"艾尔斯答道，"我漫无目地地走着，我感受到所有的怒火。但我不知道它从何而来。"

麦金尼斯告诉艾尔斯他正在看心理医生，提议艾尔斯也考虑一下。"这对我有帮助。"他说。

"我不知道。"艾尔斯回答，他的声音逐渐轻了下去。

1974年8月9日，尼克松辞去总统职务。"水门事件"像一记重拳打在了艾尔斯的身上。"他真的、真的很在意'水门事件'。"斯蒂

---

① 作者对乔·麦金尼斯的采访。
② 作者对南希·多尔蒂的采访。
③ 作者对乔·麦金尼斯的采访。

芬·罗森菲尔德说。① 尼克松辞职后不久，在罗森菲尔德举办的一次聚会上，当一位客人流露出对尼克松下台的高兴时，艾尔斯为这位名誉扫地的总统进行了激烈的辩护。

"我们该做什么呢？"艾尔斯说，"像某些香蕉共和国②那样把他拖到街上去吗？"

艾尔斯需要找活干，因此承接了各种各样的项目。1974年秋天，他回到宾夕法尼亚州去操办家底丰厚的企业高管德鲁·刘易斯的州长竞选活动。③ 刘易斯砸下重金，要将现任的民主党州长米尔顿·沙普赶下台，但尼克松的颜面扫地损害了共和党在全国的运道；刘易斯以近30万票之差落败。④ 在宾夕法尼亚州失利后，艾尔斯在罗森菲尔德面前罕见地流露出对自我的怀疑。"我碰过的所有东西都变成了垃圾。"他说。⑤

艾尔斯再次迷失了方向。签下新候选人的希望似乎很渺茫。尼克松的下台已经让共和党人在全国各地焦头烂额。艾尔斯已经有4年没有执掌一档全国性电视节目了，至于让他一度兴致勃勃的舞台剧，如今看来是一种碰运气的谋生方式，尤其是在经历过这么多失败的情况下。的确，1974年的秋天是艾尔斯的一个支点，如果他的戏剧追求成功的话，他职业生涯的轨迹可能已经在这个时刻起从政治转去了另一个方向。

① 作者对斯蒂芬·罗森菲尔德的采访。
② banana republic，指代政府无能、依赖外援的贫穷国家。——译者
③ 作者对斯蒂芬·罗森菲尔德的采访。Charles M. Madigan, "Governor Candidates Will Take to the Air," United Press International (printed in *The News-Dispatch*, Jeannette, Pennsylvania), Aug. 12, 1974. See also John J. Kennedy, *Pennsylvania Elections: Statewide Contests from 1950–2004* (Lanham, Md.: University Press of America, 2006), 100–101.
④ 宾夕法尼亚州历史和博物馆委员会网站（米尔顿·沙普的传记条目），http://www.portal.state.pa.us/portal/server.pt/community/1951-present/4285/milton_j_shapp/471867。
⑤ 作者对斯蒂芬·罗森菲尔德的采访。

多年后,艾尔斯还会在福克斯新闻满怀深情地谈及他在舞台剧上的经历。"只要一有机会,他就在谈话中提起自己制作的《巴尔的摩酒店》。"福克斯的一名高管说。① 在创办福克斯新闻的午后节目《五人谈》(The Five)时,艾尔斯从舞台上找到了灵感。"他说,'我一直想做一个合奏的概念,'"他的一位好友说,"他说,'我想要个福斯塔夫②,那人就是鲍勃·贝克尔。我需要个男主角,那人就是埃里克·博林。我需要个严肃的主角,那人就是达娜·佩里诺。我需要个宫廷弄臣,那人就是格雷格[·古菲尔德],我需要来个跑龙套的。那人就是安德鲁·坦塔罗斯。'"③

尽管他很爱纽约——这里宽松、自由的文化似乎一点儿都不困扰他——但下一个机遇来自一个跟这里很不一样、有着截然不同的价值观的地区。美国右翼联系上了他,并把他拉了回去,而这决定了他此后的职业生涯。

---

① 作者对一位福克斯高管的采访。
② 莎士比亚作品《亨利四世》中的喜剧人物,爱吹牛。——译者
③ 作者对罗杰·艾尔斯一位朋友的采访。

七、思维模式的革命

1974 年 5 月，艾尔斯接到了一个叫杰克·威尔逊的人打来的电话，一头浅黄色头发的威尔逊是丹佛电视台前新闻记者，他是代表新兴的广播公司"电视新闻公司"（TVN）打来的。①当时，TVN 公司状况百出，员工之间勾心斗角、吸引不了观众和广告商等问题把它搞得四分五裂。但从本质上讲，TVN 正是福克斯新闻日后的样子：一家保守的新闻网，一个渴望打破"三巨头"的自由主义论调，提供当时所谓的"公平"和"平衡"的新闻报道的媒体。它将尼克松暗地里在电视宣传方面的努力，与 1980 年代右翼媒体的崛起连结在了一起。

创办 TVN 是罗伯特·莱茵霍尔德·保利的主意，他是一位拥有哈佛 MBA 学位、脾气暴躁的广播公司高管。②作为 ABC 电台的总裁，保利给泰德·科佩克和霍华德·科塞尔提供了事业的起点。尽管他功成名就，或许也正因为如此，他成为电视网新闻制作方式的激烈批评者。③保利是巴里·莫里斯·戈德华特和约翰·伯彻的狂热支持者。④在他的家乡——康涅狄格州的新迦南，他谴责当地一项在水中添加氟化物的计划是共产党毒害美国人的阴谋。⑤但随着时间的推移，他的愿景会站稳脚跟。1967 年，43 岁的保利被排挤出 ABC——其原因他说自己也不得而知——他就此放弃了从内部改革电视网的尝试，并着手打破现有的媒体秩序。⑥

保利制订了一项创新的商业计划，将录制好的电视新闻报道卖给广播电视机构的地方台。彼时，合众国际社电视新闻是全国唯一一个提供由非电视网制作的电视新闻的机构，通过空运把新闻片送到各家电视台供夜间新闻播报使用。⑦这种效率低下、成本高企的方式阻止了竞争对手涉足，包括尼克松放弃的国会新闻服务。保利想要另辟蹊径，通过 AT&T 的电话线路将新闻报道传输给各地方电视台。在一个有线电视还没出现的时代，保利的发行体系可谓领先了一步。

1972 年，在花了 4 年时间寻找资金之后，保利从来自科罗拉多州戈尔登的超级保守的啤酒业巨头约瑟夫·库尔斯那里得到了回音。⑧ 1960 年代时，库尔斯对美国相当悲观。受诸如拉塞尔·柯克的《保守主义思想》（The Conservative Mind）之类书籍的启发，库尔斯是少数想要逆转左翼势头的右翼百万富翁之一。出于对反主流文化所造成的破坏的害怕，他们认为新闻媒体作为这种病原体的传播者，对此负有特殊的责任。"三大电视网都用含沙射影、口音和冷嘲热讽带有偏向性地报道新闻。"库尔斯这样抱怨道。⑨ 库尔斯当然认同拉塞尔·柯克的观点，后者哀叹，"持有激进思想的人赢得了胜利。一个半世纪以来，除了偶尔有成功的后卫行动外，保守派以某种方式做出的退让必须被描述为溃败"。⑩

库尔斯代表的是新一代保守的慈善家——意识形态僵化、宗教上

---

① TVN 董事会会议纪要，1974 年 5 月 21 日。
② 罗伯特·莱茵霍尔德·保利简历，记录在罗伯特·莱茵霍尔德·保利文件中。
③ Jeff Byrd, "Robert Pauley '42 Remembers Radio Days," *Tryon Daily Bulletin*, Sept. 10, 2004.
④ 作者对一位和已故的罗伯特·保利关系亲近的人的采访。
⑤ 同上。另见 Drew Pearson, "Fluoridation Battle Dividing New Canaan; DAR Leading Foe," *Sunday Herald*, April 2, 1948, http://news.google.com/newspapers? nid=2229&dat=19580420&id=h2MmAAAAIBAJ &sjid=KQAGAAAAIBAJ&pg=2395,2064825。
⑥ Brian Stelter, "Robert Pauley, Former Head of ABC Radio, Dies at 85," *New York Times*, May 13, 2009.
⑦ "TVN Inc. to Weaken Networks' Hold on Television News," *Gallagher Report*, March 19, 1973.
⑧ 罗伯特·保利给约翰·沙德的备忘录，1973 年 4 月 9 日。"我透露了电视新闻公司的存在，该公司是我在 1968 年初创立的……。1972 年 1 月，阿道夫·库尔斯公司的约瑟夫·库尔斯打电话给我，说他已经听说了电视新闻公司及其目标。"保利在给沙德的备忘录中写道。
⑨ Testimony of Joseph Coors, U. S. Congress, Senate, Committee on Commerce, hearings on nomination of Joseph Coors, 84th Congr., 1st session, 104.
⑩ Russell Kirk, *The Conservative Mind* (Washington, D. C.: Regnery, 1953), 4.

狂热、极其富有——他们投入了数百万美元来带动右翼的复兴,将基督教、民族主义和自由市场经济交织在一起,形成了一股政治力量。他承诺向保利的企业投资 80 万美元,并承诺最多再投 240 万美元。① 库尔斯还资助了一些保守派事业,比如自由国会生存委员会(Committee for the Survival of a Free Congress)、美国独立企业联合会(National Federation of Independent Business)、众议院共和党研究委员会(House of Representatives' Republican Study Committee),以及名为传统基金会(Heritage Foundation)的新智库。② 在所有这些投资项目中,TVN 是库尔斯拯救美国的使命的核心。"我们讨论的是如何告诉人们真相,让新闻不会如此偏颇。"杰克·威尔逊后来说。③ 不同于任何政策文件,电视具有传播保守价值观的能力。他们的目标是到 1973 年 4 月,在国内建立 4 个分支机构,拥有超过 70 名的员工。④

和福克斯新闻一样,TVN 表面上没有任何政治倾向。在宣布 TVN 首次亮相的新闻稿上,TVN 表示其"并非想在理念上一争对错"。⑤ 然而在幕后,保利、库尔斯和威尔逊对 TVN 的新闻工作横加干预。在 TVN 上线的两周前,保利让威尔逊和库尔斯审看每天的播出带。⑥ 保利还征求了保守派领袖的意见,比如小威廉·F. 巴克利和帕特·布坎南。⑦ "我已经建议杰克·威尔逊与您联系,并随时告知

① 罗伯特·保利给约翰·沙德的备忘录,1973 年 4 月 19 日。
② Stephen Isaacs, "Coors Beer and Politics Move East," *Washington Post*, May 4, 1975.
③ 作者对杰克·威尔逊的采访。
④ John O. Gilbert, "The Story Behind Television News Inc.," *Backstage*, March 23, 1973.
⑤ "New Television News Service for U. S. Broadcasters Announced," Shaw Elliott Public Relations (press release), Jan. 22, 1975.
⑥ 罗伯特·保利给杰克·威尔逊的备忘录,1973 年 5 月 2 日。"这正是我对你要去华盛顿感到高兴的原因之一,我坚持让乔每天都有一条线接入,或者卡带也行。我们这里还在处理某些垂直情况,也就是电视网培训的产物。随着时间的推移,得靠我们来决定怎样改变。"
⑦ 罗伯特·保利写给小威廉·巴克利的信,1973 年 10 月 10 日。

福克斯新闻大亨　143

您接下来的新闻编排。"保利在信中写道。① 但即使这些措施也不能使保利满意。他要求威尔逊跟保守派监督组织"媒体精准"（Accuracy in Media）联系，让对方给出反馈。"我建议我们雇他们每天下午在华盛顿收看我们制作的节目。"保利在1973年5月2日的一份备忘录中写道。他强调对此事保密。"我认为没有必要到处宣扬我们正在征求'媒体精准'组织的意见这件事。"②

当TVN最终于1973年5月推出时，立即出现了一个棘手的问题。③ 就在库尔斯一心想掌控播出的内容时，他雇的记者——其中很多人曾在电视网工作过，包括年轻的查尔斯·吉布森——坚持以无党派的新闻编辑室标准来工作。TVN的新闻总监迪克·格拉夫发誓要走一条独立的路线。"我播出的新闻总会有让你因为个人信仰而感到浑身不自在的时候。但因为我对新闻的专业判断，我会那样做，我会以中立的形式进行报道。"格拉夫对库尔斯说。④ "那正是我们想要你做的。"库尔斯答道。

这是一个虚假的承诺。整个夏天，威尔逊给保利和库尔斯发了一系列备忘录，大惊小怪地批评格拉夫的新闻直觉。在其中一份里，他抱怨说，关于联邦调查局的一段负面报道给观众留下的印象是"联邦调查局和党卫军部队是一丘之貉"。⑤ 在另一份里，他对"米勒诉加州案"的报道提出了批评，在该案中，最高法院裁定淫秽内容不受第一修正案的普遍保护。他写道，TVN对这一决定的报道让他想"勃然大怒"。新闻播音员自己没有播报"淫秽"新闻，倒是"选了个说淫秽'也是可以的'的家伙，还让此人说出自己的理由作为这

---

① 罗伯特·保利写给帕特·布坎南的信，日期不详。
② 罗伯特·保利写给杰克·威尔逊的机密备忘录，1973年5月2日。
③ 迪克·珀金给杰克·威尔逊的备忘录，1973年5月11日。"如你所知，我们这周的大部分活动都与5月14日的开播有关。"珀金写道。
④ Dan Baum, *Citizen Coors: An American Dynasty* (New York: HarperCollins, 2000), 112.
⑤ 杰克·威尔逊给约瑟夫·库尔斯和罗伯特·保利的备忘录，1973年6月27日。

条新闻的结尾"。在威尔逊看来,"单单这一个问题,就有几个人该炒掉!!"①

库尔斯也日益紧张起来。"你为什么要报道丹尼尔·埃尔斯伯格?他是这个国家的叛徒。"库尔斯在董事会的一次会上对着格拉夫吼道。② 在董事会的另一次会上,他抨击格拉夫的新闻直觉是"社会主义式的"。③ 传统基金会的联合创始人、TVN 的非官方顾问保罗·韦里奇也对 TVN 缺乏热情深感失望。④ "我没有什么影响力,"他告诉《华盛顿邮报》,"事实上,这是我所有经历当中最令人沮丧的一次。"⑤ 所有这些拙劣的政治干预造成了 TVN 董事会的分歧。董事会成员、BBC 高管罗纳德·瓦尔德曼告诉保利,他不赞成威尔逊的书面报告,并警告说如果这种带有党派立场的备忘录泄露出去的话,TVN 的信誉就会受损。⑥ 保利采取了一些保障措施作为一种妥协。8 月 13 日,他向威尔逊列出了这些建议:

> 删除报告中的姓名,如"致函""寄发"和"抄送"这些地方的。
>
> 给副本的每一页编号,并对每一份送达谁进行登记。每一份都标上"机密",尽管这有时对其他人而言是禁区。
>
> 信封上注明机密。
>
> 删除"主题"。
>
> 如果我们遵守这些规则,那么在未经授权的情况下,但凡要

---

① 杰克·威尔逊给约瑟夫·库尔斯和罗伯特·保利的备忘录,1973 年 6 月 28 日。
② Stanhope Gould, "Coors Brews the News," *Columbia Journalism Review*, March/April 1975.
③ 罗伯特·保利在 1973 年 12 月 18 日 TVN 董事会会议上的笔记。
④ Jack Shafer, "Fox News 1.0," *Slate*, June 5, 2008.
⑤ Stephen Isaacs, "Coors Bucks Network 'Bias' — Sets Up Alternative TV News to Offset Liberals," *Washington Post*, May 5, 1975.
⑥ 罗伯特·保利写给 TVN 董事会成员罗纳德·瓦尔德曼的信,信中重申了瓦尔德曼的担忧,1973 年 8 月 13 日。

使用这些信息就不得不对其进行虚构才能可信,这样做的话就是伪造。我不会叫你停手。这是董事会的事。谢谢。"

保利向瓦尔德曼保证这事已尽在掌握,"以确保批评的机密性"。欺瞒是 TVN 使命的核心。"我们不能被贴上标签,"保利后来在一份备忘录中写道,"这是新闻机构身上可能发生的最危险的事。"①

1974 年 2 月,格拉夫最终被开了,接替他的东北分社社长在这个位置上满打满算也就坐了 2 个月。② 到了春天,一切尽在库尔斯掌握,杰克·威尔逊被任命为 TVN 的总裁。③ "我讨厌所有那些电视网的人。他们正在摧毁这个国家,"威尔逊在办公室里义愤填膺地说,"我们必须把国家统一起来。TVN 就是道德黏合剂。"④ 在很短的时间内,威尔逊一下子炒掉了 TVN 里大部分由电视网培养出来的记者,取而代之的很多都是跟他一样持保守观点的员工。⑤

把罗杰·艾尔斯带进电视新闻世界的并非他的电视技巧,甚至也不是他的保守思想,而是他在公关方面的经验。在经历了几个月的新闻编辑室动荡之后,TVN 试图提升自己的形象。1974 年 5 月,威尔逊跟艾尔斯签下一份合约,以每月 1500 美元聘请他担任公关顾问。

1974 年 7 月,艾尔斯向董事们提交了一份进度报告,这在一定程度上是一次向上管理的演练。⑥ 董事会会议纪要指出,艾尔斯一直在向媒体"展示 TVN 的成长",并"跟首席执行官威尔逊先生一起

---

① 罗伯特·保利写给阿道夫·库尔斯公司的埃弗雷特·巴恩哈特的信,1974 年 7 月 1 日。
② Gould, "Coors Brews the News."
③ TVN 董事会的会议记录,1974 年 5 月 21 日。
④ Baum, *Citizen Coors*, 113.
⑤ Gould, "Coors Brews the News"; "Slimmed-Down TVN Says It's Alive and Well: Spokesman Talks of Expansion Despite Personnel Reductions," *Broadcasting*, Nov. 18, 1974.
⑥ 1974 年 7 月 23 日 TVN 董事会会议记录。

熟悉这一行业"。为了解决 TVN 在布局上的不足，艾尔斯另辟蹊径，展现 TVN 的成功形象。"他说他亦希望看到 TVN 获得一些奖项和嘉奖，这将有助于建立 TVN 是广播界不可或缺的机构的地位。"

艾尔斯的虚张声势给董事会留下了深刻印象，4 个月后，他被任命为新闻总监。① 这个头衔是艾尔斯最新的身份变化。鉴于他在新闻编辑室的职责，他的履历存在一个巨大的漏洞。"他对新闻一无所知。他了解电视。"TVN 的高管里斯·肖恩菲尔德说。② 尽管如此，艾尔斯还是一腔热情地投入了这个角色，搬进了位于哥伦布环岛 10 号的 TVN 纽约分社宽敞的新办公室。"他扮起了新闻从业者的角色，"斯蒂芬·罗森菲尔德回忆道，"但他不是新闻从业者。我记得在他 TVN 的办公室里看到过一台打字机，这让我觉得很有趣。我不认为他会打字。从我有印象起，他就有个秘书。"③

但艾尔斯缺乏新闻背景反而证明了是他的一个卖点，而不是缺点。他的党派政治工作也是吸引他新雇主的一个方面。"操办 1968 年尼克松竞选活动的宣传。"在董事会的一次会上，当人们谈起艾尔斯的名字时，保利潦草地写下了这几个字。④ "他们的政治立场比他可接受的程度还要偏右，"罗森菲尔德回忆道，"他们让罗杰看起来像是个新政民主党人（New Deal Democrat）。"⑤ 艾尔斯证明了自己可以把他们的使命转化为管理信条。"罗杰·艾尔斯在充分理解董事会关于新闻报道的政策声明的同时，迅速对他的手下进行了必要的领导，"威尔逊在一份内部报告中这样写道，"我们现在正朝着我们梦寐以求的产品迈进。"⑥

在 1974 年感恩节的那个星期，艾尔斯给威尔逊发了一份雄心勃

---

① *Variety*, "TVN Gets Shot for What Ailes It: St. John Return," Nov. 20, 1974.
② 作者对 CNN 联合创始人里斯·肖恩菲尔德的采访。
③ 作者对斯蒂芬·罗森菲尔德的采访。
④ 罗伯特·保利关于 1974 年 7 月 23 日的电视新闻董事会会议议程的手写笔记。
⑤ 作者对斯蒂芬·罗森菲尔德的采访。
⑥ 杰克·威尔逊给 TVN 董事会的报告，1974 年 11 月 27 日。

勃的分析报告，要求对 TVN 的新闻编辑室进行一次彻底的改革。①
这是一份早期的路线图，指出了他后来会在福克斯新闻采用的战略，
即呼吁建立一种专制的管理结构。他提议起草一份"新闻政策声明，
概述 TVN 存在的理由、自我形象定位、目标和新闻理念"。他将
"对新闻部门和每日的新闻投放进行控制，这样一来，TVN 的最初愿
景才会落实"，他还补充道："我个人认为 TVN 新闻投放的控制权应
当完全放在纽约，而分社社长与其当地工作人员主要负责执行具体的
工作……。这将使我们有机会来协调和实现 TVN 的目标和理念。"
他还会把不同意见者单独拎出来，比如直接点了一位女员工的名。
"我认为她对管理和 TVN 持消极态度。她一直与前雇员有来往。"他
写道。但他也会对忠诚和好点子予以奖励，"从而扭转眼下解雇员工、
不安全感和拼命找工作的趋势"。

其实，艾尔斯对待新闻跟对待政治一样——这是另一个赚钱的市
场。在被任命为新闻总监后不久，他建议 TVN 提供形象咨询服务。
"罗杰·艾尔斯建议提供商业沟通咨询服务，"一份给杰克·威尔逊的
备忘录中这样写道，"我们指导企业高管如何提升他们在电视上的表
现，而罗杰的声誉和专业知识可以把这变成一个持续不断的合同收入
来源。"② 新闻机构为其记者所报道的那些重要人物提供公关建议，
这在艾尔斯看来似乎并没有什么不妥。

罗森菲尔德每天向艾尔斯汇报他的工作进度，包括娱乐咨询项目
以及为俄勒冈州共和党参议员鲍勃·帕克伍德等客户撰写日常演讲稿
的工作，于是艾尔斯将他的咨询公司和 TVN 的目标整合在了一起。
艾尔斯上任后最早制作的新闻之一是凯莉·加勒特的人物介绍。这条
新闻报称："她被称为 1974 年最佳新歌手。"③ TVN 旗下的 TVN

---

① 罗杰·艾尔斯给杰克·威尔逊的备忘录，1974 年 11 月 25 日。
② TVN 联合创始人理查德·珀金给杰克·威尔逊的备忘录，1974 年 11 月（未注明日期）。
③ Gould, "Coors Brews the News."

Enterprises 也将发行艾尔斯和小罗伯特·肯尼迪一起制作的纪录片。①

艾尔斯把《迈克·道格拉斯秀》的办公室人际关系那套搬了过来，他启发那些渴望进步的年轻制片人，但与对他构成威胁的资深员工冲突频频。TVN 负责运营的副总裁里斯·肖恩菲尔德很快成了对头。受威尔逊的委派，他负责研究卫星新闻传输的经济效益，因此在公司代表着一个权力中心。肖恩菲尔德说："罗杰和我有段时间还算友好，但后来我们冲彼此大吼大叫。他骂我混球，我骂他白痴。"肖恩菲尔德觉察到了他对手的野心。"从他走进来的那天起，他就盯上了威尔逊的工作，这就是我的感觉，"他说，"我相信他会比威尔逊做得更好。"②

对艾尔斯来说，不幸的是他在一个非常危险的时刻接受了这份工作。1975 年冬天，CBS 的前新闻制片人斯坦霍普·古尔德正在为《哥伦比亚新闻评论》（Columbia Journalism Review）的一篇关于 TVN 的封面报道做最后的润色。③ 对于古尔德的问询，艾尔斯竭力躲闪。在一次采访中，古尔德就凯莉·加勒特的那段新闻对艾尔斯刨根问底，问他为什么利用 TVN 来宣传他自己的客户。一开始艾尔斯把责任推给管理层，说管理层在他成为新闻总监之前就批准了这条报道。古尔德并没有就此罢休。"一些人肯定会想到存在利益冲突的问题，"艾尔斯回答，"我对此负全责。这也许是个愚蠢的决定——但我还是这样决定了。"古尔德请艾尔斯对自己缺乏新闻专业训练一事发表评论。"我从来没有管过新闻编辑室，但我一直跟这些人打交道，"他告诉古尔德，"你在任何工作中所做的，90%都是基于常识。"他还

---

① 1975 年 9 月 8 日的《广播》杂志上刊登了一则题为 TVN Enterprises Presents The Last Frontier 的整版广告。该广告指出，作为电视新闻公司一个部门的 TVN Enterprises 是该片的发行商。
② 作者对里斯·肖恩菲尔德的采访。
③ Gould, "Coors Brews the News."

福克斯新闻大亨　　149

表示，他的咨询公司不再承接政客方面的工作（他可能指的是政治竞选，因为 1974 年的选举周期刚刚结束），而且他已经把公司交给了下属（从技术上讲他说的没错，尽管艾尔斯和罗森菲尔德仍然每天都会通话）。在被问及 TVN 的政治观点时，艾尔斯也含糊其辞。他一度说道："有一件事是肯定的，电视网没有偏右。"就像他在福克斯时一样，艾尔斯认为这与其说是意识形态问题，不如说是如何面对媒体精英的居高临下的问题。在艾尔斯看来，电视网的道德说教只是一种故作姿态，是对他们真正目的的一种掩饰。他把自己打扮成受害者，制造了一个发起袭击的借口。

有一点艾尔斯说得一清二楚："过去两年里这里无论发生了什么事，我概不负责。"他这样告诉古尔德，同时把身子靠向转椅的椅背。

艾尔斯努力保持自己跟 TVN 之间的某种距离的做法是对的。古尔德在 1975 年 3/4 月出版的《哥伦比亚新闻评论》上发表了一篇 14 页的文章，称艾尔斯是"有史以来唯一一位在拥有自己的娱乐业咨询公司的同时管着一家全国性新闻机构的人"，这篇文章很有破坏性。文章标题为"库尔斯酿造新闻"，其中充斥着各种关于人员动荡和政治干预等令人尴尬的细节。TVN 的形象从此一蹶不振。

负面新闻只是一个问题。事实证明，保利最初的商业计划过于乐观。AT&T 过高的视频传输费率造成地方电视台不愿购买 TVN 的报道。TVN 在第一年就损失了 400 多万美元。1974 年的损失扩大到 620 万美元，1975 年损失的金额预计也会差不多。[1]

它最后的希望之一是技术。1974 年，西联汇款（Western Union）和美国国家航空航天局（NASA）发射了第一颗地球同步商用通讯卫星"西方星 1 号"（Westar I），它能向地面的接收天线发送

---

[1] TVN 财务报表，1973 年 12 月 30 日。另见罗伯特·保利在 1975 年 9 月 25 日 TVN 董事会会议上的手写笔记。

电视信号。① 杰克·威尔逊促成了一桩交易，1975年1月9日，TVN宣布自己计划成为美国首家卫星新闻服务公司。该公司认为，这颗卫星将使TVN有机会发展成为一个拥有多样化的节目的成熟电视网，成为三大电视网之外的一个选择。②

这一更宏大的使命使艾尔斯的电视技能得到了更好的利用。他开始尝试各种不同的新闻概念，从篇幅更长的纪录片，到正流行的、受当地电视台喜欢的新闻快报（Action News）形式的90秒剪报。艾尔斯说："我要弄明白他们想要什么，然后把他们想要的给他们。"③ 在上任的头几个月里，他与各制片人开了一连串的会，以寻找可能成交的生意。他在节目制作上的想法反映了他的中产阶级趣味、《迈克·道格拉斯秀》的那种感性。他和罗伊·罗杰斯和黛尔·伊万斯的经纪人阿特·拉什谈过为TVN制作一档半小时的乡村西部节目；④ 和答读者问专栏作家乔伊斯·布拉泽斯探讨了如何添加90秒的片段；⑤ 和喜剧作家保罗·凯斯一起为一些特别的想法进行过头脑风暴。⑥ 也就在这个时候，艾尔斯为TVN想出了一句新的营销口号——独立新闻服务（The Independent News Service），这也预示了他日后将用在福克斯新闻的那条狡猾的口号。⑦

当艾尔斯负责内容时，威尔逊在处理商业及政治方面的事务。1975年春天，他花了三个星期的时间跑遍全国，去见各地电视台的高管。当他来到西海岸的时候，威尔逊花了一个下午与刚刚退居圣克莱门特的理查德·尼克松会面。⑧ 两人就创建一个与几大电视网抗衡

---

① "Satellite Launched by Western Union for Communication," *New York Times*, April 14, 1974.
② 杰克·威尔逊给罗伯特·保利的信，1975年1月16日。
③ Gould, "Coors Brews the News."
④ 罗杰·艾尔斯给TVN董事会的报告，1975年6月2日。
⑤ 罗杰·艾尔斯给杰克·威尔逊的备忘录，1974年11月25日。
⑥ 罗杰·艾尔斯给TVN董事会的报告，1975年6月2日。
⑦ 同上。
⑧ 杰克·威尔逊给理查德·尼克松的信，1975年6月7日。

的机构的使命展开了热烈的讨论。这正是尼克松期待已久的。

当尼克松推翻主流媒体的梦想似乎触手可及之时,威尔逊以每天200美金的咨询费①请了42岁的布鲁斯·赫申森——尼克松的前助手、电影导演来开发更具雄心的保守新闻节目。②赫申森是一个真正的信徒,对自由媒体在政治中发挥的作用持有坚定的看法。"造成损害的不是(埃里克·)塞瓦赖德或(大卫·)布林克利③,"赫申森对威尔逊说,"而是新闻的报道方式。"④

赫申森在他位于弗吉尼亚大道、可俯瞰水门大厦的公寓里开始着手规划蓝图。他预计一个人员配备齐全的新闻编辑室的年度预算为1210万美元,并潦草地写下了几个能够实现他这个设想的人的名字:"艾尔斯、他本人……杰克、库尔斯。"他勾勒了一张组织结构图。最上面的位置标的是"哲学",由一名高级管理人员担任,负责维护信息,分配"可预测的、持续发展的新闻故事",这也就是后来电视高管们所说的"流动性"。他写道:"坐在'哲学'这个位置上的人知道的东西必须比他的下属多,否则他很快就不是坐在最上面的那个人了。"⑤ 很重要的一点是,行使"哲学"职能的那个人要像一个宏观思想家那样运筹帷幄,通过塑造新闻来帮助这项事业。和保利的观点相左,赫申森提倡TVN应当有自己的保守倾向。他认为"伪装成中立不带任何偏见,已经对CBS、NBC和ABC造成了巨大的危害"。⑥他建议TVN的制片人在每条新闻"开始编辑和叙事写作之前"填写书面文件,解释这个故事将如何推进保守议程。⑦

赫申森将他的电视提案视为影响力堪比民权运动的"一场思想模

---

① Bruce Herschensohn Private Papers, Pepperdine University.
② *Variety*, "Nixon Aide Joins TV News Agency," Feb. 19, 1975.
③ 埃里克·塞瓦赖德和大卫·布林克利都是美国知名新闻记者。——译者
④ Bruce Herschensohn Private Papers, Pepperdine University.
⑤ 同上。
⑥ 布鲁斯·赫申森给杰克·威尔逊的信,1975年3月23日。
⑦ 布鲁斯·赫申森提议的脚本,1975年2月17日。

式的革命"。"虽然我不同意民权领袖主张的'现在得到一切',但我错了,他们是对的。"他在自己的私人笔记本上这样写道。他又接着写道:"我希望TVN能实现的是另一场'思维模式的革命',能让我们的国家在经历了一段受虐、孤立主义和自私的时期后重新拥有信仰、力量和人性。我认为要做到[这一点],就要把所有的骰子都扔到桌子上,实际上,就是要求'现在得到一切'……。我们正力图在媒体中创造一些平衡。那是一项非常高尚的事业。几乎没有人会不认同媒体需要有一些平衡……。TVN的创建是负有使命的。"[1]

1975年4月30日这天,赫申森向TVN递交了他的节目规划提案供其审阅。它在许多方面预示了福克斯新闻的内部结构以及节目策略。这份多达179页的文件详细介绍了晚间新闻和其他节目的想法,指明了TVN可以在节目中用来"操纵"观众的28个办法。赫申森解释了一些术语,比如伪平衡,其目的是"展示一个特定故事的'各个方面',而实际上这种平衡是倾斜的"。停帧将拍摄对象定格在"一种讨人喜欢或不讨人喜欢的姿态"(取决于具体议程),并给人"一种'抓住事件'或'捕捉人物'的印象"。流行语是容易被人记住的词语,"尽管看似来自事实,实际上却是编辑的意见"。重复,是清单上列的最后一个概念,它通过重复断言创造出一个新闻事件。"今日制造的要闻"变成"从今天算起一周后真正最重要的新闻"。("我们可以派一名新闻记者和一个摄制组去国会大厦,和国会议员或参议员谈谈'这个故事'。如果这位国会议员或参议员愿意的话,我们可以马上制造出新闻来。他们大部分人都是愿意的。"他写道。)重复,是"最古老、最有效的宣传手段",赫申森写道。[2]

在威尔逊给大家传阅赫申森的备忘录时艾尔斯应该已经读过了。"通过一个晚间新闻套餐,我们可以创造出正在发酵的重要新闻。"赫

---

[1] Bruce Herschensohn Private Papers, Pepperdine University.
[2] 同上。

福克斯新闻大亨　153

申森写道。［福克斯会制作同样的系列事件报道，像"圣诞之战"（War on Christmas）、"奥巴马的沙皇们"（Obama's Czars）、"速度与激情"（Fast and Furious）和"班加西"（Benghazi）。］赫申森鼓励保守派找出煽动他们受众的不满情绪的靶子。他写道："其他电视台选择 CIA 和 FBI，我们可以选择 HEW 和 HUD。"他指的是美国卫生、教育和福利部与美国住房和城市发展部。（福克斯后来专找联合国和美国环保署的麻烦。）赫申森提议把尼克松政府的前官员招进电视台工作。"可能成为员工的人"包括弗兰克·莎士比亚、肯·克劳森、比尔·加文、德怀特·查宾、斯蒂芬·布尔，甚至尼克松的女儿朱莉·尼克松·艾森豪威尔。（福克斯新闻将会成为前共和党政客和官员的一个中转站。）在播送新闻的同时需要配上"性感"。"这是我们不应忽视的最重要因素之一，而那些电视网的新闻却忽视了这一点。"赫申森写道。（福克斯不会犯这样的错误。主持人鲍勃·塞勒斯记得艾尔斯有一次打了个电话给主控台。"我在跟基兰·切特里一起做周末档节目。他打来电话说：'把那该死的笔记本电脑挪开，我看不见她的腿了！'"① ）

然而，这一雄心勃勃的节目制作规划远远超过了 TVN 的实际业务规模。购买一台接收该电视网卫星信号的接收器需要 10 万美元，高过了各电台愿意支付的价格。② 尽管一切都经过了精心安排，但在启动仪式上的演示还是失败了。③ 项目步履蹒跚，赫申森很快就离开了，去为 NASA 制作一部 200 周年纪念电影，并写一本名为《天线之神》（The Gods of Antenna）的关于媒体批判的书。④

威尔逊陷入了绝境。到 1975 年 9 月，TVN 损失了 1460 万美元，

---

① 作者对福克斯新闻前主播鲍勃·塞勒斯的采访。
② Schonfeld, Me and Ted Against the World, 40.
③ 作者对里斯·肖恩菲尔德的采访。
④ 布鲁斯·赫申森写给杰克·威尔逊的信，1975 年 7 月 6 日。

约瑟夫·库尔斯的耐心也日益消退。①"大政府"让库尔斯的日子越来越不好过，他也远没有过去那么热心公益了。在他父亲1970年去世后，他们家不得不支付一笔可观的遗产税。② 9月25日董事会的一次会议上，罗伯特·保利在他的笔记本上潦草地写道，管理层最近的情绪是"绝望的感觉"。③ 几天后，董事会决定关闭TVN。④ 10月3日，威尔逊给尼克松写了一封信，通知他董事会的决定。"我们在你的办公室里度过了愉快的时光，想来你一定理解我此时此刻有多么难过。不过，尽管如此，我们TVN的每个人都会毫不犹豫地昂起头来。我们每个人都为此付出了自己最大的努力，"他写道，"在那些工作最努力、最负责的人当中，有些是你之前共事过的，像罗杰·艾尔斯、斯蒂芬·布尔和布鲁斯·赫申森。"威尔逊解释说，这一失败实际上证实自由市场发挥了作用。"库尔斯那些人对新闻自由如此深信不疑，甚至甘冒巨大风险。尽管TVN在历史上的这个时期无法生存和发展，但在自由企业制度下尝试总比武断地将新闻平衡的责任交给现有机构，或者更糟的是，交给大政府，要好一些。"他写道。⑤

艾尔斯没有等到这个结局——他在9月底就辞职了。⑥ 他声称离职的原因是外在的干扰。董事会请来了一些顾问，其中包括帮艾尔斯得到这份工作的约翰·麦卡蒂。"罗杰反对他们这些人在那里。"保利在他的笔记中写道。他担任新闻总监不到一年，但在这么短暂的时间里吸收了许多重要的观点。鲍勃·保利于2009年去世，享年85岁，在他还活着的时候看到了自己建立右翼电视网的愿景成真。"他认为

---

① 罗伯特·保利在1975年9月25日TVN董事会会议上的手写笔记。
② 作者对杰克·威尔逊的采访。
③ 罗伯特·保利在1975年9月25日TVN董事会会议上的笔记。
④ TVN新闻稿，1975年9月29日。
⑤ 杰克·威尔逊给理查德·尼克松的信，1975年10月3日。
⑥ 保利在1975年9月25日TVN董事会会议上的手写笔记。艾尔斯和约翰·麦卡蒂之后一直保持联系。麦卡蒂的儿子迈克尔后来在加州的圣莫尼卡和曼哈顿拥有两家以自己名字命名的媒体大亨们经常光顾的餐厅。迈克尔的纽约餐厅会把主桌留给艾尔斯。

福克斯新闻大亨　155

所有的新闻都应该是公平且平衡的。这是他的说法。"芭芭拉·保利在谈起她的丈夫时如此说道。①

TVN 虽然在很大程度上被人淡忘了,但它为有线新闻的诞生打开了一个重大突破口。公司倒闭后,里斯·肖恩菲尔德创办了独立电视新闻协会(Independent Television News Association),这是第一个由卫星传送电视新闻的机构。② 1976 年,在一次电视行业大会上,肖恩菲尔德认识了一位三十几岁的广告牌巨头,他不敬神明,但对帆船比赛和美女情有独钟。作为一个天生的梦想家,他当时正要把自己位于亚特兰大的户外广告公司转变成一家具有开创性的电视企业。③ 1976 年 12 月,他创建了第一个通过卫星向全国发行节目的电视频道,④ 之后不久他聘请肖恩菲尔德来创办一个 24 小时的新闻频道。⑤ 此人叫泰德·特纳,而这个频道就是 CNN。

离开 TVN 之后,艾尔斯不得不重整旗鼓。他明智地保留了自己咨询公司的所有权,于是悄然回到了戏剧的自由世界。1975 年春,他与布卢姆加登联手制作了《布莱索》(*Bledsoe*),这部剧讲述的是罗马的一位生性自私的美国小说家,在接受癌症治疗期间爱上一位修女的故事。⑥ 该剧的编剧是被列入黑名单的剧作家和编剧阿诺·德于索,在跟约瑟夫·麦卡锡闹矛盾后就搬到欧洲去了,考虑到这个情况,艾尔斯去一个不太可能的渠道——约瑟夫·库尔斯那里筹措资金。⑦

---

① 作者对芭芭拉·保利的采访。
② Reese Schonfeld, *Me and Ted Against the World: The Unauthorized Founding of CNN* (New York: HarperCollins, 2001), 46.
③ 同上。
④ Robert Goldberg and Gerald Jay Goldberg, *Citizen Turner: The Wild Rise of an American Tycoon* (New York: Harcourt Brace, 1995), 169.
⑤ Schonfeld, *Me and Ted Against the World*, 13–14.
⑥ Kermit Bloomgarden Papers, Wisconsin Historical Society.
⑦ C. Gerald Fraser, "Arnaud d'Usseau, 73, Playwright, Screenplay Writer and Instructor," *New York Times*, Feb. 1, 1990.

艾尔斯以净利润的18%作为回报，说服库尔斯投资8.1万美元。库尔斯坚决要求对他的投资保密。艾尔斯把支票寄给布卢姆加登时，把相关条件列了出来。库尔斯要求不要公开承认他是赞助人，并"感谢我们为避免剧本中不必要的粗俗言行所做的一切努力"，艾尔斯写道，"我相信你能理解"。① 库尔斯的投资来得太晚了。两年来一直饱受各种问题以及演员阵容变动困扰的《布莱索》，最终被放弃了。

虽然《布莱索》被取消了，但艾尔斯在那年秋天还有另一场首映值得期待。1975年9月4日上午，一群记者挤进了艾尔斯位于中央公园南路的办公室，观看他与小罗伯特·肯尼迪制作的电视特别节目《最后的边疆》。② 在影片发行的准备阶段，艾尔斯一想到埃塞尔·肯尼迪③要来到放映现场，就紧张得不得了。"我希望他妈妈喜欢这部电影，"罗森菲尔德记得艾尔斯这样说道，"有什么不喜欢的呢？"④ 事情进展得很顺利，艾尔斯邀请肯尼迪跟他一起再制作几个有关野生动物的节目。

尽管肯尼迪对这个项目失去了兴趣，但在进法学院后，他仍跟艾尔斯保持联系。2005年11月，福克斯新闻播出了肯尼迪关于气候变化的1小时纪录片《热浪来了》（*The Heat is On*）。肯尼迪在福克斯台一个摄制组的陪同下来到冰川国家公园，向人们展示了近年来冰原急剧消退的状况。⑤ "那些人完全被说服了。"他回忆说。⑥ 几个月后，在肯尼迪的纪录片受到右翼的广泛批评后，福克斯播放了另一部纪录

---

① 罗杰·艾尔斯写给约瑟夫·库尔斯的信，未标注日期；罗杰·艾尔斯写给克米特·布卢姆加登的信，1975年5月29日。艾尔斯也许还从TVN那里筹钱制作肯尼迪的电视特别节目。罗伯特·保利的笔记中提到了艾尔斯的野生动物纪录片。保利在1975年4月的笔记中这样写道，"肯尼迪的这个节目耗资12万美元"，这表明该公司可能已经投资了这个节目。
② Laurie Johnston, "Notes on People," *New York Times*, Sept. 3, 1975.
③ 小罗伯特·肯尼迪的母亲，美国前司法部长罗伯特·肯尼迪的妻子，被媒体称为"肯尼迪家族的女家长"。——译者
④ 作者对斯蒂芬·罗森菲尔德的采访。
⑤ Matea Gold, "Fox News Displays a Green Side," *Los Angeles Times*, Nov. 12, 2005.
⑥ 作者对小罗伯特·肯尼迪的采访。

片：《全球变暖：辩论仍在继续》（*Global Warming*：*The Debate Continues*）。①

在与艾尔斯的私人谈话中，肯尼迪努力寻找几十年前跟他同住一个帐篷的那个富有冒险精神的年轻人的踪影。"罗杰认为，为达到目的，可以不择手段。这是一个尼克松式的想法。认为每个人都在这样做，这个世界真的就是为权力汲汲营营。这也解释了他在福克斯新闻所做的那么多事了，"肯尼迪说，"他的想法很真诚。他认为自己是在保护美国人的生活方式。他发自内心地认为美国如果成为一个白人基督教国家可能会更好一些。他受自己的偏执驱使，他知道如何应和自己的偏执。他让美国人对他们的偏见、偏执和仇外心理感到心安理得。"②

即使在追逐演艺事业的梦想时，艾尔斯也从未完全放弃政治。1976 年，他参与了多个竞选活动。③ 他曾在加州为共和党温和派国会议员小阿方佐·贝尔工作。在缅因州，艾尔斯为一位名叫罗伯特·蒙克斯的财力雄厚的律师担任过顾问。蒙克斯当时正在竞选参议员，对手是广受欢迎的现任参议员、1972 年的总统候选人埃德蒙·马斯基。蒙克斯毕业于圣保罗中学、哈佛大学以及哈佛法学院，是约瑟夫·库尔斯那种保守派，对社会保障网持强硬的反对立场。当时的艾尔斯还

---

① "Climatologist to Do Fox News Interview," *Richmond* (Virginia) *Times Dispatch*, May 20, 2006.
② 作者对小罗伯特·肯尼迪的采访。*Ionescapade* 的创作者兼导演罗伯特·艾伦·阿克曼和肯尼迪一样表达了对福克斯新闻的厌恶。2003 年秋，比尔·奥莱利及其他知名共和党人对阿克曼导演的一部关于罗纳德·里根的 CBS 小型系列剧大加挞伐。该剧尚未播出，但剧本内容泄露。"右翼分子彻底疯了"，阿克曼说，他记得电视台的高管"开始收到各种死亡威胁"。迫于压力，CBS 的首席执行官莱斯·穆恩维斯决定不播出该剧，而是在其有线电视频道 Showtime 播出一个缩减版。"对此我非常反感，"阿克曼说，"我们被迫告诉大家我们就是要以这种方式播出，但实际情况并非如此。我不想干了。"他说："在那之后我拍了一部电影。"
③ 作者对斯蒂芬·罗森菲尔德的采访。在一次采访中，蒙克斯说自己不记得艾尔斯曾经批评过他的竞选立场。

不是他日后会成为的那种极端保守派，他对蒙克斯的反政府狂热甚为反感，认为这是另一种形式的精英主义。"这个人得学着有些同理心，"罗森菲尔德记得艾尔斯当时这样说道，"罗杰说：'你不能反对社会保障。如果你想以一种负责任的面目竞选公职的话，就得放弃那样的想法！'"① 艾尔斯主动给他这个客户上了一课。

当蒙克斯在缅因州的奥古斯塔举行竞选活动时，艾尔斯看到一些孩子在国会大厦前的草坪上玩耍。因为这些孩子看起来很穷，他想可以在一个广告中用上他们，于是派罗森菲尔德去找他们谈谈。"罗杰对我说：'看那些孩子会不会愿意带你回他们家，问问他们的父母是否同意跟我们一起聊聊我们的候选人。'"罗森菲尔德回忆道，"所以我去了，他们住在廉价公寓里，都是白人，家里只有一个女人，没有男人。我知道我找到了罗杰要找的东西。"第二天，艾尔斯把蒙克斯带到这名妇女的家里，拍他解释自己反福利的立场的视频。罗森菲尔德记得，蒙克斯"吓坏了"。"这位女士解释了自己的情况，她说她是残疾人，独自一人带几个孩子，她一年有6个月卧床不起，因而她没法工作。我永远都不会忘记，她说最糟糕的时候是圣诞节，因为我没有足够的钱给他们买礼物。罗杰对蒙克斯说：'来吧，开始解释你的立场，告诉她你反对来自政府的任何形式的帮助。'他做不到。我想他一生中从未遇到过这样的人。他哑口无言。这就是罗杰给候选人的一种教育。"②

生气时的艾尔斯是个不留情面的老师。据罗森菲尔德说，在一次市民会议上，蒙克斯再次表示"政府干预过多，人们理应自己照顾自己"。会后在街上，艾尔斯一把抓住蒙克斯的衣领把他推到墙边。当时在场的罗森菲尔德回忆道："他把他抵在那里说：'如果你他妈的再敢这样做的话。'"③ 蒙克斯后来不记得与艾尔斯在社会保障和福利

---

① 作者对斯蒂芬·罗森菲尔德的采访。
② 同上。
③ 同上。

问题上有过任何争执,但他称艾尔斯是个"天才"。(蒙克斯以超过 20%的差距输给了埃德蒙·马斯基。[1])

艾尔斯的声誉在这些时刻得到了磨炼,这种声誉将在其作为政治顾问的整个职业生涯中持续下去。他是个冷酷无情的竞争对手,会为了客户而放低姿态。他的广告,以用犀利的机智对竞选对手进行尖锐的剖析而闻名。"罗杰喜欢 30 秒的广告,因为他会说,'对此你会支持还是反对呢?'"罗森菲尔德说,"根本不给你避重就轻的时间。"[2]

艾尔斯要求他的客户给予他最终的控制权,以换取他获胜的决心,这也等于是把客户与顾问之间的关系颠倒了个儿。候选人是在为他工作。有一次,蒙克斯带着一位哈佛的朋友过来看艾尔斯剪好的一条广告。

"老实说,我不喜欢。"那位朋友告诉蒙克斯。艾尔斯转过脸来看着他们。

"我们俩中的一个得走人,要么他要么我。你有 10 分钟的时间来决定谁去谁留。"他说着走出了编辑房。

"他是在开玩笑吗?"蒙克斯问站在一旁的罗森菲尔德。

"不,他没开玩笑。"

蒙克斯沉默了一会儿。"对不起,"他转身对他的朋友说,"你得离开这里。"[3]

艾尔斯还将他的业务扩展到了新兴的商务传播领域。到 1970 年代末,美国企业界开始摆脱其陈腐的家长式的形象。1980 年代那种"贪婪是好事"[4] 的风气即将到来,首席执行官也开始成为名人。艾

---

[1] Christian P. Potholm, *The Splendid Game: Maine Campaigns and Elections, 1940-2002* (Lanham, Md.: Lexington, 2004), 98.
[2] 作者对斯蒂芬·罗森菲尔德的采访。
[3] 同上。
[4] greed-is-good,源于电影《华尔街》中主人公的一句经典台词,表达了主人公对于商业活动中贪婪的肯定和追求物质财富的不懈努力,后来成为人们对于追求成功和财富的价值观表达。——译者

尔斯说，这些商人需要进行一种"心理上的调整"以适应聚光灯下的生活，他想在这个新市场占有一席之地。① 他开发了一个研讨会，提供 12 个小时的辅导，收费 4000 美元，或者，客户可以支付 1 万美元，从他那里得到 25 到 30 个小时的咨询。② 很快，他在中央公园南路的工作室就成了宝丽来、菲利普莫里斯和斯佩里兰德③等公司高管的训练营。④ 1983 年 10 月，他成立了艾尔斯商务传播公司，2 年后与他之前的公司合并。⑤

艾尔斯在演艺界——和作为自由主义者——的冒险经历逐步结束了。他前往罗马制作一部关于意大利导演费德里科·费里尼的电视特别节目，这是他为包装高雅文化所做的最后尝试之一。⑥ 当他回来后，他告诉罗森菲尔德，为了让费里尼按照他的想法去做，他不得不在片场对其发号施令。"我记得我当时在想，你对费里尼呼来喝去？你大概是这个世界上唯一一个敢对费里尼颐指气使的人了。"⑦

1976 年 9 月 20 日，布卢姆加登因脑瘤在他位于中央公园西路的公寓里去世。⑧ 大约一年后，罗森菲尔德告诉艾尔斯自己要离开公司去做导演。⑨ 艾尔斯很难接受罗森菲尔德的决定。在一次宣传他们最后的合作作品《现在时》(*Present Tense*) 的采访中，艾尔斯绝口不

---

① James C. Condon, "Coaching Executives on Stage Presence," *New York Times*, Feb. 6, 1977.
② 同上。
③ Sperry Rand, 发明电脑的公司。——译者
④ James C. Condon, "Coaching Executives on Stage Presence," *New York Times*, Feb. 6, 1977.
⑤ "Articles of Incorporation, Ailes Business Communications, Inc.," Oct. 4, 1983. "Agreement and Plan of Merger of Ailes Business Communications Inc., a Pennsylvania Corporation with and into Ailes Communications, Inc., a Pennsylvania Corporation," March 22, 1985; "Certificate of Merger," July 5, 1985.
⑥ 该纪录片的名字叫 *Fellini: Wizards, Clowns and Honest Liars*。另见 John J. O'Connor, "TV Weekend," *New York Times*, Sept. 2, 1977.
⑦ 作者对斯蒂芬·罗森菲尔德的采访。
⑧ Krebs, "Kermit Bloomgarden, Producer of Many Outstanding Plays, Dead."
⑨ 作者对斯蒂芬·罗森菲尔德的采访。

提罗森菲尔德是该剧的导演及合著者。"他从头到尾没提过我的名字。"罗森菲尔德说。他只说"那个导演"。①

艾尔斯和凯莉·加勒特分手了。在《麦克与梅布尔》遭遇挫折后,加勒特在那年夏天有过短暂的成功复出,她在1950年代的热门电视节目《展示自我》(*Your Hit Parade*)中献唱,并在次年出演了《美国成名之夜》(*The Night That Made America Famous*)这部短命的音乐剧的演出,还因此获得了一项托尼奖提名。② 加勒特很难接受自己在事业上的起伏。"当她没有得到某个角色,或者一周都没有接到通告时,她的情绪就会很低落,"艾尔斯的前助理保罗·特恩利回忆道,"而她难过的时候,他也会难过。"③ 加勒特曾向她当时的一位密友透露,跟艾尔斯分手让她伤心欲绝。④ 她最终搬去洛杉矶当了声乐老师,在她位于北好莱坞的家里给人上课。1990年代初,艾尔斯曾试着帮她接了一些演出通告,但她还是没能东山再起。⑤ 2006年,她搬回了新墨西哥州。⑥ 2013年8月,她因癌症去世。

1977年,艾尔斯开始跟一位有两个孩子的单亲妈妈约会,她叫诺玛·费雷尔,是他在佛罗里达州的时候认识的。⑦ 他跟她之间既是

---

① Richard Eder, "Stage: 'Present Tense' Out of Sequence," *New York Times*, Oct. 5, 1977.
② Sharbutt, "Kelly Garrett Isn't 'Overnight' Success"; www.tonyawards.com/p/tonys_search.
③ 作者对保罗·特恩利的采访。
④ 作者对凯莉·加勒特的一位朋友的采访。
⑤ Liz Smith, "Sherrie Rollins Won't Follow Hubby to Perot," as printed in *The Blade*, Toledo, Ohio, June 12, 1992. 史密斯写道:"当白宫追求着你回来的时候……(我知道前政治军师罗杰·艾尔斯就遇到过这样的事,尽管他一直否认)而你却宁愿留在演艺界想捧红你手上的歌手,这就让所有喜欢夜生活的人都想出去看看那个歌手到底有什么能耐。那么,凯莉·加勒特有什么本事让罗杰·艾尔斯对她的才华如此推崇备至呢?嗯,我刚刚回答了我自己的问题……凯莉于6月16日至27日在Supper Club演出,纽约将有机会再次为她鼓掌。"
⑥ Tom Sharpe, "Kelly Garrett, 1944-2013: Acclaimed Singer Had Roots in New Mexico," *Santa Fe New Mexican*, Aug. 12, 2013.
⑦ 作者对罗杰·艾尔斯在这个时期的一个朋友的采访。

情侣关系，又是工作关系。他任命诺玛为《现在时》这部剧的制作人。① "罗杰把跟他一起工作的人变成了他的家人，"罗森菲尔德说，"但毫无疑问，他是那个家的一家之主。"② 1976 年，也就是在艾尔斯搬到纽约 8 年后，玛乔丽提出了离婚。③ 1977 年 4 月 22 日，离婚正式生效。她得到了宾夕法尼亚州的那栋房子并持有了 30 年。④ 她一直保留着他的姓氏，从未再嫁人。"我用我的一生保护着罗杰的隐私，"她在 2013 年 4 月 20 日临终前说，"我一直深爱着罗杰，思念着罗杰。"⑤ 1981 年，艾尔斯和费雷尔结婚了。⑥ 她非常崇拜她的丈夫，有一次她告诉记者，即使在婴儿期"他看问题的方式也非常人所及"。⑦

在罗森菲尔德离开艾尔斯的公司前不久，艾尔斯向他问起了加勒特。"在我们分开的时候，他问我是否认为他对凯莉而言是一个好经纪人。我说我认为他是的。"罗森菲尔德回忆说，"我人要走了，而他想要找到一些具体的证明。"⑧

---

① Richard Eder, "Stage: 'Present Tense' Out of Sequence."
② 作者对斯蒂芬·罗森菲尔德的采访。
③ "Lunatics, Drunkards, Divorces, 1977–1978."
④ Indenture filed on March 3, 1977, in the Deed Book in the Recorder of Deeds Office, Media, Pennsylvania, Book 2604, page 1139; deed filed on July 18, 2007, in the Recorder of Deeds Office, Media, Pennsylvania, Instrument Number 2007064022, Book/Page: RECORD-04156/2034. 玛乔丽·艾尔斯从未再婚，但她有个名叫吉姆·杰弗里斯的长期伴侣，是宾州梅迪亚市的志愿消防员和法规执行官。
⑤ 作者对玛乔丽·艾尔斯的采访。
⑥ Chafets, *Roger Ailes*, 42.
⑦ Baer, "Roger Rabid."
⑧ 作者对斯蒂芬·罗森菲尔德的采访。罗森菲尔德编剧、导演和制作过许多喜剧作品，是纽约市美国喜剧研究所的主任，http://www.comedyinstitute.com/。

八、冒险的策略

1986年1月31日，西德尼·吕美特的电影《权力》(*Power*)在曼哈顿的哥谭剧院上映，这部电影对政治顾问们的生活进行了阴暗的审视。①理查·基尔在片中扮演皮特·圣约翰，一个非常活跃的形象包装师，无论什么样的客户——从右翼石油公司支持的俄亥俄州参议员候选人到一位拉美总统——只要他们签下合同，每月付他2.5万美元，他就可以为他们提供服务。②层出不穷的问题让圣约翰心烦意乱。但丰厚的利润激发了他的勃勃野心。当一位客户满怀诚恳地要在自己的竞选平台上宣扬他时，圣约翰回答说："我的工作就是让你当选。一旦你达成目标，你听从自己的良心做事就行了。"③

为了演好这个角色，基尔一连好几个月跟着罗杰·艾尔斯。"理查德几乎和他住在一起。"基尔的朋友乔尔·麦克莱利回忆道。④麦克莱利是民主党的媒体顾问，他将在1990年的哥斯达黎加总统选举期间与艾尔斯一较高下。⑤艾尔斯的魅力在银幕上展现得淋漓尽致。圣约翰也和艾尔斯一样专横跋扈。"你付钱给我是为了让我给你一种新生活——政治，"他在其中一场戏中这样说道，"为了做到这一点，我必须掌控全局。这是我工作的唯一方式。"⑥

《权力》一片的热映正值艾尔斯成为他这一代人当中最成功的政治顾问之时。1980年至1986年，艾尔斯把13位共和党参议员和8位国会议员推上了台。在此期间，他越来越多地利用楔子问题和边缘节目的辩论来抨击他客户的对手。"他可没想拿 *Vogue* 杂志的奖，"在竞选活动中与艾尔斯合作过的共和党民调专家兰斯·塔伦斯回忆道，"他一心只想赢得选举。"⑦艾尔斯效力的候选人——参议员丹·奎尔、菲尔·格拉姆和米奇·麦康奈尔等人——将在接下来的20年里继续在立法方面发挥主导作用。[8]

1980年罗纳德·里根竞选总统时被晾在冷板凳上的艾尔斯，在那年秋天代表共和党人阿方斯·达马托重新出现在政治舞台上。达马托是长岛一个中产阶级郊区小镇的镇长，身为共和党人的他，当时正在竞选纽约州参议员。在共和党初选中，达马托因一举击败了自由派共和党参议员雅各布·贾维茨而震惊了政界，[9]但他面对的是一场艰难的竞选活动。艾尔斯在关键时刻赶来相助。贾维茨以自由党的候选人身份继续参加竞选，[10]而民主党派出了一位强大的候选人：女国会议员伊丽莎白·霍尔茨曼，一位毕业于哈佛大学的律师，8年前成为当选众议员中最年轻的女性。[11]在他们初次见面时，艾尔斯一语道破达马托面临的挑战。"天哪，没人喜欢你，"艾尔斯说，"连你自己的妈妈都不会投票给你。话说你到底有没有妈妈？"[12]

艾尔斯的这番话既是一种贬低，也是一种洞察，但这也为1980年代最成功的一场政治广告运动奠定了基础。在艾尔斯为他拍的第一个广告中，主角就是这位候选人65岁的老母亲。艾尔斯拍了达马托

---

[1] Vincent Canby, "Movie Review: Screen: 'Power,' by Sidney Lumet," *New York Times*, Jan. 31, 1986.
[2] David Denby, "Dressed for Success," *New York*, Feb. 17, 1986.
[3] Brian McNair, *Journalists in Film: Heroes and Villains* (Edinburgh: Edinburgh Press, 2010), 189.
[4] 作者对民主党政治顾问乔尔·麦克莱利的采访。
[5] Frederick Kempe, "Should Arias Return His Nobel? Since the Prize, Costa Rica's Leader Has Had Nothing but Trouble," *Washington Post*, Dec. 11, 1988.
[6] *Power*, directed by Sidney Lumet, Warner Home Video, 1986, 11:30 mark.
[7] 作者对民意调查员兰斯·塔伦斯的采访。
[8] "Governor Hires New Yorker to Create Campaign Ads," *Los Angeles Times*, Nov. 14, 1985.
[9] Chafets, *Roger Ailes*, 40.
[10] Tom Buckley, "After Javits, the G. O. P. Turns Right with D'Amato," *New York Times Magazine*, Oct. 19, 1980.
[11] See, generally, Elizabeth Holtzman and Cynthia L. Cooper, *Who Said It Would Be Easy? One Woman's Life in the Political Arena* (New York: Arcade, 1996).
[12] Chafets, *Roger Ailes*, 40.

的妈妈拎着一袋食品杂货，一边走回家，一边感叹中产阶级对通货膨胀和犯罪的担忧。在广告的最后，她呼吁观众们投票给她的儿子。①

在选举日的几个星期前，民调显示霍尔茨曼领先了15个百分点。②（贾维茨远远地滑到了第三位。）但在选举日当天，达马托以1‰的优势击败了未婚的霍尔茨曼。③艾尔斯一针见血的信息传达为他赢得了选战。当时的《华盛顿邮报》指出："艾尔斯以一种看似不经意的方式，无情地抨击了民主党人伊丽莎白·霍尔茨曼的单身状态。达马托在几则广告中展示了这位候选人跟妻子和孩子们摆出各种充满亲情的姿势的照片，广告以一个不同于常规的口号结尾：'他是一个为被遗忘的中产阶级而战的顾家男人'。"④《华盛顿邮报》称这场竞选"完全是罗杰·艾尔斯的东山再起"。⑤达马托表示，是艾尔斯让达马托的妈妈出演广告，"使我的获胜成为可能"。⑥

到了1980年代初，艾尔斯的政治思想变得更加鲜明。1982年4月，他将自己的办公室更名为艾尔斯传播公司，员工都是他的忠实信徒。这些人当中包括宾夕法尼亚州共和党参议员约翰·海因茨的前新闻秘书、29岁的拉里·麦卡锡⑦；负责企业客户的演讲教练乔恩·克劳沙⑧；以及政界从业人员凯西·阿德利⑨和肯·拉科特⑩。

---

① Chafets, *Roger Ailes*, 40.
② Buckley, "After Javits, the G. O. P. Turns Right with D'Amato."
③ U. S. Government Printing Office, "Statistics of the Presidential and Congressional Election of November 4, 1980," April 15, 1981, http://clerk.house.gov/member_info/electionInfo/1980election.pdf.
④ Nicholas Lemann, "The Storcks," *Washington Post Magazine*, Dec. 7, 1980.
⑤ Lemann, "The Storcks."
⑥ Chafets, *Roger Ailes*, 41.
⑦ McCarthy Hennings Whalen, Inc., Larry McCarthy biography, http://mhmediadc.com/larry-mccarthy.aspx, accessed Sept. 23, 2013.
⑧ Jon Kraushar & Associates, Inc., "Jon's Credentials," http://www.jonkraushar.net/jon-s-credentials.html, accessed Sept. 23, 2013.
⑨ Kathy Ardleigh biography, C-Span Video Library, available at http://www.c-spanvideo.org/kathyardleigh, accessed Oct. 30, 2013.
⑩ *Bloomberg Businessweek*, Ken LaCorte Executive Profile and Biography, http://investing.businessweek.com/research/stocks/private/person.asp?personId=（转下页）

在艾尔斯1980年代操办的竞选活动中，他是个趾高气昂的强悍之人，有着易怒、有时甚至是自大的领导风格。他的言辞充满暴力，有时还会和同事发生肢体冲突。"不惜一切代价"是他的办公室口号之一。①

这种理念也盛行于政治领域之外。在达马托选战结束之后，艾尔斯被任命为NBC深夜脱口秀《明天》的执行制作人，这档举步维艰的节目由汤姆·斯奈德和罗娜·巴雷特联合主持，在约翰尼·卡森的节目之后播出。② 由于斯奈德与巴雷特的关系很紧张，NBC需要一位强势的制作人来控制局面——而NBC公司也如愿以偿。有一次，艾尔斯一拳打在控制室的墙上，把墙砸出了一个洞。"如果人家知道你是个狠角色，你就不用跟人打架了。"他事后说道。③ 但他还是打了。在办公室内部的一场垒球比赛中，艾尔斯与《明天》节目的制作人约翰·哈迪打了起来，后者跟艾尔斯是在拍摄费里尼的纪录片时认识的。"他开始大喊大叫，好像在跟对方比谁的嗓门大，"一名目击者回忆道，"他们吵得太凶了，以至于打了起来。每个人都知道罗杰有血液病，他的两只手都肿了。后来，他用冰块把双手包了起来。这简直太疯狂了。这是他的朋友，而且这架打得毫无理由。"④

球场上的争吵使工作人员感到不安。"罗杰不会让别人告诉他该怎么做。永远、永远、永远都不会。"巴雷特回忆道。⑤ 他对待一些年轻女员工的方式更是成了一个导火索。兰迪·哈里森当时是个从佛罗里达来的刚刚失业的20多岁制作人，艾尔斯在面试她时，把谈话

（接上页）30252761&privcapId＝4245059&previousCapId＝4245059&previousTitle＝FOX％20News％20Network,％20L. L. C., accessed Oct. 30, 2013.
① Tom Mathews and Peter Goldman, *The Quest for the Presidency: The 1988 Campaign* (New York: Simon & Schuster, 1989), 331.
② "Domestic News," United Press International, Jan. 1, 1981.
③ Chafets, *Roger Ailes*, 216.
④ 作者对电视制作人谢莉·罗斯的采访。
⑤ 作者对电视名人、专栏作家、女商人罗娜·巴雷特的采访。

引到了令人不舒服的话题上。① 据哈里森说，艾尔斯看着自己在 NBC 办公室里的沙发说："我帮助很多女性在广播电视行业取得了成功并获得了职业生涯的提升。"他们当时在讨论她的薪水。艾尔斯开的价是每周 400 美元。哈里森告诉他这个数字低了。艾尔斯又开了个价："要是你同意，只要我想，什么时候都可以跟我做爱的话，我每周会多给你 100 美元。"

"我猜我们会保持联系。"哈里森边说边起身准备离开。艾尔斯绕过他的办公桌，给了她一个拥抱。"我记得自己看着他办公室里所有的窗，心想，'他是在这里跟人做爱的吗？'"她后来说："我的脚一踏上街道，眼泪夺眶而出。"

她用洛克菲勒广场的 NBC 办公室前的一部付费电话打给她的朋友克里斯·卡尔霍恩，这次她来就住在他那里。他让她给最初为这份工作联系她的约翰·哈迪打电话，把她的名字从候选人名单中划掉。她打了过去，是哈迪的秘书接的，她告诉对方自己对这个职位不再感兴趣，但没有透露更多细节。在接下来的 24 小时里，哈迪给卡尔霍恩的公寓打了好几通电话。每次卡尔霍恩都告诉哈迪她没空。据卡尔霍恩说，在一次通话中，哈迪不断向他追问她的下落。

"你知道她什么时候开始来上班吗？"

"——上班做什么工作呢？"

最终，哈里森同意和哈迪在赫尔利酒吧喝一杯，它位于第六大道和 49 街的拐角，是一家很受 NBC 员工欢迎的酒吧。

他张口问的第一个问题就让哈里森感到不安。

"你身上装窃听器了吗？"哈迪问。

"不，我没有。"她一边回答，一边抽泣起来。接着，她把艾尔斯面试自己的经过叙述了一遍。"哈迪向我保证不会再有性方面的要求，"哈里森回忆道，"他说：'你就是我们要找的人。'"哈里森告诉

---

① 作者对兰迪·哈里森和克里斯·卡尔霍恩的采访。

哈迪自己考虑一下。因为没有别的工作可选，哈里森成为《明天》节目的研究员——周薪 400 美元。"这可是 NBC。这可是纽约。而我需要这份工作。"她后来这样说道。工作中，她跟艾尔斯很少接触。"我记得有一次去他的办公室，他让我去做点关于阿尔茨海默症的调查。"哈里森说。艾尔斯并没有解释原因，但那时，他父亲已是阿尔茨海默病晚期，还有不超过 18 个月的生命。"我在想是不是每个在这个节目工作的女人都有过这样的经历。"她说。

哈里森不知道的是，从报社记者改行做电视制作人的谢莉·罗斯，也经历过这样的面试，艾尔斯不仅对她提出了一些颇为露骨的问题，还拿她的外表说了些挑逗的话。[1]"这让我很不舒服。"罗斯记得自己当时对艾尔斯这样说道。[2] 她曾在《迈阿密先驱报》与哈迪共事，是哈迪推荐她去面试《明天》节目的这份工作。在后续的电话面试中，她告诉艾尔斯自己永远不会和老板约会。据罗斯说，艾尔斯闻言反问道："难道你不知道我是单身吗？"当罗斯说她不会考虑这个工作时，艾尔斯开始忙不迭地道歉。"这肯定是中年人的疯狂。我非常抱歉，"他说，"如果你来为我工作，你知道，我们不会有任何问题的。"罗斯最终接受了这份工作，而且跟艾尔斯共事得还不错。1990 年代中期，当一位记者在采访他的过程中问及对罗斯的评价时，艾尔斯称她"疯了"，是个"好斗的女权主义者"。[3]

事实上，权势逼人不仅是他自我形象的一个重要方面，也是他自我推销的一部分。艾尔斯的朋友、民主党战略专家罗伯特·斯全尔说过："多年来，他一直致力于塑造海明威式的形象。"[4] 1981 年夏，谢莉·罗斯安排艾尔斯和汤姆·斯奈德在一所为犯罪的精神病人开设的

---

[1] Ken Auletta, "The Curious Rise of Network Television, and the Future of Network News," *New Yorker*, Aug. 8, 2005.
[2] 作者对谢莉·罗斯的采访。
[3] 作者对大卫·布洛克的采访。
[4] Donald Baer, "Roger Rabid," *Manhattan Inc.*, Sept. 1989.

最高安全级别的监狱医院里采访杀人不眨眼的邪教领袖查尔斯·曼森。① 这是曼森十多年来第一次同意接受电视网的采访。在斯奈德准备他的问题时，艾尔斯仔细检查了即将用于采访的拘留室。在房间的一个角落，他撞上了曼森本人。"我们四目相对，一开始我什么也没说。我意识到我们双方正在进行一种非常原始的对抗和相互评估，"艾尔斯在他的《你就是信息》中这样回忆道，"然后我说：'曼森先生，我负责这次采访。请你跟我来。'他又盯着我看了一眼，就一刹那。然后他垂下头，向后退去，突然表现得非常小心巴结。"② 当时在采访现场的谢莉·罗斯并没有觉得曼森有多么令人生畏。"让我告诉你吧，盯着曼森看没什么难的，"她说，"我不想打破任何人的幻想。"③

那次采访因为给曼森提供了一个公共平台而广受批评，但它确实是一个提高收视率的手段。④ 而且，效果明显。各主要市场的受众翻了两倍，但这些并不足以扭转《明天》的命运。1981年11月，NBC宣布用一档名为《大卫·莱特曼深夜秀》的新节目取而代之。⑤

来自新墨西哥州的哈里森·"杰克"·施密特是参加过最后一次阿波罗登月任务的宇航员，⑥ 从艾尔斯在1976年和1982两次为他操办参议院竞选时所采取的截然不同的方式，可以明显看出艾尔斯的蜕变。1976年那次，艾尔斯的工作是有口皆碑的，他的艺术才华给这位第一次参选的候选人留下了深刻印象。⑦ 在一个寒冷的冬日黎明，

---

① Ailes and Kraushar, *You Are the Message*, 2.
② 同上。
③ 作者对谢莉·罗斯的采访。
④ Ailes and Kraushar, *You Are the Message*, 1.
⑤ "David Letterman Gets Late-Night NBC Show," Associated Press, Nov. 9, 1981.
⑥ Eric M. Jones, "Apollo 17 Crew Information," NASA. gov, Nov. 1, 2005, http://www.hq.nasa.gov/alsj/a17/a17.crew.html.
⑦ 作者对前宇航员、美国参议员哈里森·施密特的采访。

艾尔斯赶在日出前开车带着施密特去了阿尔伯克基北部的沙漠,在一架风车旁拍摄竞选电视片的一个镜头。"我们把车停在了高速公路边,"施密特回忆道,"罗杰已经来这个地方踩过点了。"艾尔斯让他的客户一边走向摄像机,一边向该州选民介绍自己,这个镜头他反复拍了好几条。"他想拍到日出的场景。我的两只手局部麻木了6个月。"施密特说。① 他最后以57%的选票在那次竞选中胜出。②

但到了1982年秋,在艾尔斯制作了一则针对其对手、州总检察长杰夫·宾加曼的攻击性广告后,参议员施密特意识到自己的连任竞选岌岌可危。③ 这支备受争议的广告宣称宾加曼释放了联邦调查局头号通缉犯名单上的"一名被定罪的重罪犯"。事实上,是联邦调查局要求暂时释放他的,以便此人在得克萨斯州一场谋杀法官的审判中作为关键控方证人出庭作证。"这些广告并无任何虚假之处。"艾尔斯这样告诉媒体,并解释说他的广告是以《阿尔伯克基论坛报》上发表的一篇文章为依据的。但这篇文章在广告播出前就被撤下了。在艾尔斯看来,谁有异议就该谁来指出事实。"拍完广告我的工作也就结束了。也许人们会说我不讲职业道德。但为宾加曼辩解……不是我的工作。"宾加曼以54%比46%的选票赢得了选举。④

在接下来的选举周期中,艾尔斯为来自肯塔基州的一位圆脸庞的县法官、共和党人米奇·麦康奈尔工作。艾尔斯曾被麦康奈尔招募去制定一项策略,助其对付连任两届的保守派民主党参议员沃尔特·"迪"·赫德尔斯顿,后者是南方裙带政治的大师。距离选举还有2

---

① 作者对前宇航员、美国参议员哈里森·施密特的采访。
② U. S. Government Printing Office, "Statistics of the Presidential and Congressional Election of November 2, 1976," April 15, 1977, http://clerk.house.gov/member_info/electionInfo/1976election.pdf.
③ Martin Schram, "Found: The Attraction of Detraction," *Washington Post*, Oct. 30, 1982.
④ U. S. Government Printing Office, "Statistics of the Congressional Election of November 2, 1982," May 5, 1983, http://clerk.house.gov/member_info/electionInfo/1982election.pdf.

个月的时候,麦康奈尔的支持率比对手少了十多个百分点。① "我们的竞选毫无希望可言,"麦康奈尔的竞选经理珍妮特·穆林斯回忆道,"罗杰全心全意投入其中,他和米奇一样渴望胜利。"② 艾尔斯则说,他当时在家看电视,正好播放了一条广告,画面上是一群狗追着一袋狗粮跑。③ 麦康奈尔的一位工作人员曾提到赫德尔斯顿因在全国各地发表收费演讲而错过了几次重要的投票。艾尔斯在一张纸上草草写下了"狗!"这个字。在一次战略会议上,艾尔斯向大家介绍了他的设想。④ 穆林斯还记得那一刻的情形:"罗杰坐在从烟斗里喷出的一团烟雾中,说:'这是肯塔基州。我看到了猎犬。我看到一群猎犬一路嗅着气味寻找失踪的国会议员。'"⑤

迫切需要打开局面的麦康奈尔的竞选团队通过了艾尔斯的建议。艾尔斯派拉里·麦卡锡去找猎犬,并请一位训犬师。⑥ 在艾尔斯写的脚本里还有一个傻里傻气的画外音。"我的工作就是找到迪·赫德尔斯顿,让他回去工作。赫德尔斯顿错过了好几次投票,却靠演讲多赚了5万块。伙计们,出发!"⑦ 这则广告以"换米奇当参议员"作为结尾。

艾尔斯知道这可能会适得其反。"广告刚拍完的那天晚上,他给我家里打了电话,"负责麦康奈尔民调的兰斯·塔伦斯说,"罗杰说:'这说不定会让我们一败涂地。我会把片子寄给你。如果你觉得这广

---

① 作者对小V. 兰斯·塔伦斯的采访。
② 作者对乔治·H. W. 布什的前竞选战略专家珍妮特·G. 穆林斯·格里森的采访。
③ Jane Mayer, "Who Let the Attack-Ad Dogs Out?," "News Desk" (blog), NewYorker.com, Feb. 15, 2012, http://www.newyorker.com/online/blogs/newsdesk/2012/02/roger-ailes-larry-mccarthy-dogs-ad.html.
④ 作者对珍妮特·G. 穆林斯·格里森的采访。
⑤ 同上。
⑥ Mayer, "Who Let the Attack-Ad Dogs Out?"
⑦ Pete Snyder, "Forget the Super Bowl: Which Political Ad Was the All-Time MVP?," "Campaign Trail" (blog), *Ad Age*, Feb. 7, 2012, http://adage.com/article/campaign-trail/political-ad-ailes-trippi-murphy-snyder-pick/232576/.

告太过了就告诉我。'"①

当麦康奈尔的竞选团队播出这条后来被称为"猎犬"的广告时,赫德尔斯顿的竞选团队将这次攻击斥为狂欢节的噱头,没有引起任何重视。"他们把我们当头皮屑一样掸掉了。"穆林斯说。② 然而,忽视幽默背后的欺骗性是一个战略性错误——这则广告大受欢迎。"所有地方电视台和社论漫画家立刻注意到了它。它成为这场竞选的象征。"拉里·麦卡锡后来说。③ 在 130 万张选票中,麦康奈尔仅以 5000 票的优势获胜。④ "我们都知道罗杰这人杀伤力极强。当罗杰的杀伤力和他的聪明结合在一起时,就很难打败他。"穆林斯说。⑤

这次胜利再次证明,攻击不一定得公平才有效。"这项指控毫无根据,"《新闻周刊》当时报道说,"赫德尔斯顿 94% 的时间都在,但这位乏善可陈的竞选者没能摆脱这支广告喷在他身上的懒散气息。"⑥穆林斯说,这支广告"被共和党的每个竞选训练团队拿去做教材,教人如何把幽默用作致命武器"。⑦

艾尔斯借着这条猎犬广告的东风找到了更大的任务。广告播出后不久,他就跟负责罗纳德·里根竞选广告的团队——人称"星期二团队"(Tuesday Team)的成员汤姆·梅斯纳在达拉斯的 1984 年共和党全国代表大会期间共进午餐,并谈起了这件事。"我做了这条广告,当时我们落后了 40 个百分点,而这条广告播出后我们只落后 6 个百

---

① 作者对小 V. 兰斯·塔伦斯的采访。
② 作者对珍妮特·G. 穆林斯·格里森的采访。
③ Paul Taylor, "Senators Keep Guard Against Absenteeism; Nameplates Vanish After 'Committee Cameos,'" *Washington Post*, Feb. 11, 1986.
④ U. S. Government Printing Office, "Statistics of the Congressional Election of 1984."
⑤ 作者对珍妮特·G. 穆林斯·格里森的采访。
⑥ Marc Starr and Aric Press, "Gridlock on the Hill?," *Newsweek*, Election Extra edition, Nov./Dec. 1984.
⑦ 作者对珍妮特·G. 穆林斯·格里森的采访。

分点。"艾尔斯这样告诉梅斯纳。① 这是典型的艾尔斯式夸大其词,但他的虚张声势得到了回报。

10月初,里根的智囊团召艾尔斯到华盛顿参加一个紧急会议。② 几天前,里根在与对手沃尔特·蒙代尔的首场总统辩论中惨败。③ 回到华盛顿的里根明显慌乱无措。他在几个州的民调支持率急剧下降。"这是一场灾难。""星期二团队"的沃利·凯里说。④

"我刚到白宫,"艾尔斯回忆说,"里根的高级助理吉姆·贝克和迈克尔·迪弗告诉我的第一件事就是,我不会直接与里根先生交谈。"⑤ 艾尔斯和里根的形象顾问就座后,总统走了进来。"里根说:'我只想知道,我在辩论中表现如何?'"沃利·凯里回忆道,"罗杰说:'总统先生,恕我直言,你表现得很糟糕。'总统说:'我也的确这样认为。都被那些他们要求我记住的数字搞砸了。'罗杰说:'总统先生,你知道,美国人民希望你成为一位领导者,他们才不关心你是否知道那到底是10亿还是100万,而我们要保证接下来你不会有一大堆东西要临时抱佛脚。'"⑥

艾尔斯的直言不讳让里根备受鼓舞。之后,艾尔斯要求迪弗和贝克允许他直接为里根提供建议。艾尔斯说:"如果你们给我这样的权限,他会赢得选举。如果你们不给,那他可能会输。"⑦ 这番最后通牒奏效了:他受邀帮助里根进行第二场辩论的排练。在白宫的最后一场演练中,艾尔斯无视事先给他的不许提年龄问题的警告。当艾尔斯与里根一起走向电梯时,他说:"总统先生,当他们说你太老了无法

---

① 作者对广告主管汤姆·梅斯纳的采访。
② 作者对1984年罗纳德·里根总统竞选团队成员沃利·凯里的采访。
③ Howell Raines, "Chance of Revival Seen for Mondale After TV Debate," *New York Times*, Oct. 9, 1984.
④ 作者对沃利·凯里的采访。
⑤ Ailes and Kraushar, *You Are the Message*, 20.
⑥ 作者对沃利·凯里的采访。
⑦ Ailes and Kraushar, *You Are the Message*, 21.

胜任总统的工作时，你打算如何应对？"据艾尔斯说，里根"愣住了，眼睛眨个不停"。艾尔斯接着说："回答好这个问题至关重要。"①

里根就需要被人这样逼一下。在第二场辩论中，里根讲了他那标志性的金句："我不会让年龄成为这次竞选的一个问题。我也不会出于政治目的拿我对手的年轻和缺乏经验做文章。"② 艾尔斯观察了蒙代尔的反应。"甚至连他都笑了，但我能从他眼神中看出他知道自己接下来没戏了，"艾尔斯回忆道，"……我几乎可以听见他在想：'妈的，被这老家伙应付过去了！'"③

当民主党甚至共和党人批评艾尔斯的时候，他会摆出一副受害者的样子。他声称攻击政治是一个关于言论自由的话题。"这个问题关乎你是否有权讨论你对手过去的经历，"他对《纽约时报》说，"重要的是你得讲分寸。当你越界的时候，公众会心知肚明。"④

但是艾尔斯会不断试探界限，有时还会越界。1986年，他为威斯康星州共和党参议员罗伯特·卡斯滕制作了一条30秒广告，当时卡斯滕在连任竞选中与爱德华·加维咬得很紧。艾尔斯的广告暗示加维这位美国橄榄球联盟球员协会的前主席可能从工会基金中窃取了75万美元。⑤ 就在选举日的前几天，加维以诽谤罪对卡斯滕和艾尔斯提起诉讼，并要求200万美元的赔偿。⑥ 加维对媒体说："即使在一场政治竞选中，你所能说的话也是有界线的。"⑦ 但为时已晚。卡斯

---

① Ailes and Kraushar, *You Are the Message*, 23-24.
② Commission on Presidential Debates, "October 21, 1984, Debate Transcript," Oct. 21, 1984, http://www.debates.org/index.php?page=october-21-1984-debate-transcript.
③ Ailes and Kraushar, *You Are the Message*, 25.
④ Martin Tolchin, "For Some, Low Road Is the Only Way to Go," *New York Times*, Oct. 28, 1984.
⑤ Raymond Coffey, "No Pulled Punches in Wisconsin," *Chicago Tribune*, Oct. 30, 1986.
⑥ Janet Bass, "Garvey Files Libel Suit Against Kasten," United Press International, Oct. 31, 1986.
⑦ "Candidate Sues Senator over TV Ad," Associated Press, Nov. 1, 1986.

滕以 3 个百分点的优势赢得了选举。① 7 个月后，卡斯滕和加维的诉讼庭外和解了。②

艾尔斯的所作所为在共和党人的圈子里成了一个传奇。1984 年 10 月，当罗纳德·里根在他为米奇·麦康奈尔的竞选造势活动发表的演讲中忘记提这位参议员候选人的名字时，艾尔斯火冒三丈。③ "我们不得不把他拉住，他才没有找人干架。" 麦康奈尔的竞选经理珍妮特·穆林斯回忆道。④ 有时，艾尔斯甚至会开一些要杀了他客户的耸人听闻的玩笑。1986 年，在曼哈顿举行的一次阿方斯·达马托竞选连任战略会议上，当达马托责骂了艾尔斯的一位员工后，艾尔斯终止了会谈。⑤ 他转头看向候选人。

"你会飞吗？"

"为什么问这个？" 达马托回了一句。

"因为我们现在在 42 楼，如果你再多说一个字你就会从这个窗子出去。"

共和党人容忍他火山喷发式的暴怒，是因为艾尔斯会赢得胜利。"我们曾开玩笑说罗杰经常需要一场危机，" 艾尔斯传播公司的一位前员工说，"但这不是开玩笑。事实上他就是这样的。当他被逼到无路可走的时候会表现得更出色。"⑥

艾尔斯的影响力大到了他可以挑选客户的程度。随着 1988 年总

---

① U. S. Government Printing Office, "Statistics of the Congressional Election of November 4, 1986," May 29, 1987, http://clerk.house.gov/member _ info/electionInfo/1986election. pdf.
② Maralee Schwartz, "Sen. Kasten Settles Garvey Libel Suit," *Washington Post*, June 30, 1987.
③ 作者对珍妮特·G. 穆林斯·格里森的采访。
④ 同上。
⑤ Lloyd Grove, "The Image Shaker: Roger Ailes, the Bush Team's Wily Media Man," *Washington Post*, June 20, 1988.
⑥ 作者对艾尔斯传播公司一位前雇员的采访。

统选举的临近，艾尔斯受到了每位严阵以待的共和党候选人的追捧。① 艾尔斯在鲍勃·多尔和杰克·坎普身上看到了很多他喜欢的东西。但在两次私下见面后，他最终选中了一个人：副总统乔治·H. W. 布什。

和理查德·尼克松一样，老布什是个背负沉重包袱的候选人，而且还被电视媒介所困扰。"每个人都告诉我这里有个问题。"布什对他的幕僚长克雷格·富勒说。② 这个问题就是乔治·布什做不了演讲。他没有展现出白宫之主的威严。③ 他的眼睛总是东张西望，一副心不在焉的样子。他经常出现令人尴尬的语法错误。当他想强调某个观点时，他的声音会飙高好几个八度。除此之外，他的副总统身份反而使他黯然失色。马丁·范布伦是最后一位通过投票入主椭圆形办公室的在任副总统，而这一成就已经过去近150年。④

布什羡慕罗纳德·里根的表演天赋。"他不知道自己如何才能像里根那样出色，但他知道他必须做到那样，"富勒回忆道，"但乔治·布什的一个特点是他不喜欢顾问。"⑤ 布什自认是个运动员，于是富勒在这上面做起了文章。"如果你是一名职业网球选手，大多数时候你会出色地打一场球。但有时你没打好，"富勒告诉他，"这时有个网球教练会来帮你提升比赛状态，这样你打好比赛的频率就会升到90%。而你的演讲也是如此。"⑥

布什计划在1987年10月正式宣布参选，而艾尔斯利用宣布参选

---

① Mathews and Goldman, *The Quest for the Presidency*, 190.
② Miller Center, "Interview with Craig Fuller," University of Virginia, May 12, 2004, http://millercenter.org/president/bush/oralhistory/craig-fuller.
③ See, e. g., Mathews and Goldman, *The Quest for the Presidency*, 192; Richard Ben Cramer, *What It Takes: The Way to the White House* (New York: Vintage, 1993),572.
④ David Germain, "Bush First VP in 152 Years to Win White House," Associated Press, Nov. 9,1988.
⑤ 作者对乔治·H. W. 布什的前幕僚长克雷格·富勒的采访。
⑥ Miller Center, "Interview with Craig Fuller."

前的一年时间来鞭策他进入战斗状态。[1] 他在弗吉尼亚州阿灵顿的波托马克河对岸租了一套公寓,[2] 每周与布什见面多达 10 次。[3] 布什是个沉默寡言的人,但艾尔斯发现了他内心的强烈情感。毕竟,二战期间,他在太平洋战争中被击落后幸存了下来。

"你为什么不跳伞?"有一次艾尔斯这样问道。[4]

"我还没有完成我的任务。"布什毫不迟疑地说道。

艾尔斯建议让布什扮演一个角色:加里·库珀。[5] 库珀在《正午》(High Noon) 等电影中的角色所表现出的那种坚毅和果敢,将让布什在广大选民中引发共鸣。他教布什放慢语速,压低声音。他指导布什如何注视镜头,并管好自己的手臂,不大幅挥动。他让布什进行所谓的密集训练,不断对其发问,以磨练他的口头反应能力。[6] 甚至在艾尔斯责备布什的时候也赢得了他的信任。"永远不要再穿那件衬衫了!你看起来像个该死的职员!"当布什有一次穿着短袖衬衫发表演讲时,他这样咆哮道。[7] "罗杰是唯一一个厉害到可以对乔治·布什说'天哪,你在电视上看起来像个娘娘腔'的人。"曾与艾尔斯一起参与 1988 年大选工作的政治活动家罗杰·斯通回忆道。[8]

随着布什的竞选班底搭建完成,艾尔斯加入了一个被称为 G-6 的精英决策小组。[9] 该小组包括长期忠于布什的尼古拉斯·布拉迪、罗伯特·莫斯巴赫和资深民调专家鲍勃·蒂特。在这群上流社会精英分子组成的团队中,罗杰·艾尔斯和南卡罗来纳州来的擅长政治攻击

---

[1] Mathews and Goldman, *The Quest for the Presidency*, 193;作者对汤姆·梅斯纳的采访。
[2] 作者对汤姆·梅斯纳的采访。
[3] Mathews and Goldman, *The Quest for the Presidency*, 193.
[4] Cramer, *What It Takes*, 999.
[5] Mathews and Goldman, *The Quest for the Presidency*, 191.
[6] 同上,193。
[7] Cramer, *What It Takes*, 568.
[8] 作者对政治顾问小罗杰·J. 斯通的采访。
[9] Mathews and Goldman, *The Quest for the Presidency*, 182.

的碎嘴黑暗王子、竞选经理李·阿特沃特，则是异类分子。他俩一起组成了竞选团队的愤怒标志。

布什将媒体战略交由艾尔斯来负责。他将精心设计信息，监督广告制作，并操办辩论前的准备工作。1968年，艾尔斯只专注于让他的候选人受人喜爱。20年后，艾尔斯在对手身上练就了自己的创意才能。竞选广告将让艾尔斯的声誉永久受损，但会让他财源滚滚。除了像皮特·圣约翰那样每月有一笔2.5万美元的聘金外，艾尔斯仅在初选期间就赚了200多万美元。① 而且，他并没有放弃在外面操办其他竞选活动的承诺。"他还有其他业务要忙，所以他在这里并不是全职的。"布什广告团队的成员西格·罗吉奇回忆道。②

布什的竞选活动让艾尔斯更加坚信政治就是战争。这一现实在10月13日，也就是布什宣布参选的那天，得到了证实。③ 那天早上，《新闻周刊》在其封面上放了一张丑化布什的照片。照片上的布什穿着一件香蕉黄色的雨衣，在缅因州的海岸边驾驶着他的动力艇，配的标题是"乔治·布什：与'懦弱的一面'作斗争"。④

新闻界的反应给布什的宣布参选蒙上了阴影。从那一刻起，艾尔斯就锁定了他的任务，向这个世界证明乔治·赫伯特·沃克·布什不是个懦夫。⑤

3个月后，当丹·拉瑟要求为《CBS晚间新闻》录制一档对布什的采访时，他得到了他的机会。

"绝 不 接—受！"艾尔斯在布什位于华盛顿的竞选总部的一次会议上这样说道。⑥

---

① Mathews and Goldman, *The Quest for the Presidency*, 192.
② Miller Center, "Interview with Sigmund Rogich," University of Virginia, March 8–9, 2001, http://millercenter.org/president/bush/oralhistory/sigmund-rogich.
③ Cramer, *What It Takes*, 729.
④ *Newsweek*, Oct. 19, 1987.
⑤ Cramer, *What It Takes*, 730–31.
⑥ Mathews and Goldman, *The Quest for the Presidency*, 198.

CBS 提了另一个方案：现场采访。日期定在 1 月 25 日，即艾奥瓦州党团会议前两周。

就在采访的前几天，竞选团队从 CBS 的线人那里得到了一条内幕消息：① 拉瑟打算用有关"伊朗门"事件的问题给布什来个下马威，甚至打算播放一段有关这个丑闻的 5 分钟片段作为采访的开场。② 采访当天，布什正在新罕布什尔州参加竞选活动，只有一段很短的时间来准备这场对决。克雷格·富勒回忆道："我知道我们要渡过这个难关，就得靠罗杰。"③

艾尔斯与布什和富勒在布什位于国会山的办公室里会面，采访会在那里进行。他警告布什，拉瑟要搞垮他。④ "他们所要做的就是向你逼问一个个日期，并用一堆废话向你施压，说你到现在还没时间回顾那些事，而你会看起来像是不知道自己在说什么的样子，"他说，"如果有人问我上个星期四午餐吃了什么，我不会记得，但我一尽量回想就会让我显得很内疚。"⑤

布什低估了这次采访的风险。"丹·拉瑟是个不错的记者。"

"嘿，他的工作就是为了获得收视率，"艾尔斯反驳道，"他是泥菩萨过河自身难保。他才不关心你。如果他认为他能逍遥法外的话，他会开枪打死你。"

艾尔斯给了布什一个剧本。"不要接受拉瑟对你说的任何话。不要接受任何问题的前提——我甚至不关心它是不是对的。保持进攻，让他疲于应付。"

富勒提供了一个金句。"听着，如果他真的拿'伊朗门'事件对你横加指责，你为什么不对他说：'你想让人们以你离开片场的那 7

---

① 作者对克雷格·富勒的采访。
② Matthews and Goldman, *The Quest for the Presidency*, 198.
③ 作者对克雷格·富勒的采访。
④ 同上。
⑤ Mathews and Goldman, *The Quest for the Presidency*, 199.

分钟来评判你的整个职业生涯吗?'"① 这说的是 CBS 为了转播一场网球比赛而决定中断拉瑟的新闻播报,以致他在直播时大发雷霆。由于拉瑟径直离开了现场,CBS 不得不在比赛结束后播放一幅白屏。

艾尔斯喜欢富勒的建议。② 他一遍遍地重复这句话。事后他声称这是他的点子,而富勒从未公开揭穿过这一谎言。

在他为采访戴上耳机和话筒时,布什对于用富勒建议的说辞还是有些不太确定。艾尔斯重新扮演了他在《迈克·道格拉斯秀》片场的那个道具男孩的角色,从旁指导布什。他在一张提示板上用黑体的大写字母写下了"走出直播间"几个字,就站在镜头边上。③

在纽约进行远程采访的拉瑟开始发起攻击。布什出言反驳,指责 CBS 诱他跳进陷阱。"我发现这其实是换汤不换药,如果你想我直言的话,甚至 CBS 在其中有一点虚假陈述,他们说你正在描画所有候选人的政治形象。"他说。④ 这话像一记上勾拳兜头砸下。

拉瑟一提出一个问题,布什就打断他。两人表现得都不自在,而且他们还有同时抢话的尴尬习惯。拉瑟被布什的阻挠搞得越来越慌乱,他飞快地发问,好像制片人随时会拔掉插头似的。

"我并不想争论,副总统先生。"拉瑟在其间说了这么一句。

"你想争论的,丹。"布什嘲弄道。

"接着说! 接着说! 照他的屁股踢!"艾尔斯一边用口型提示,一边兴奋地挥舞他的提示板。⑤ 这正是将他一拳打倒的时候。"拿伊朗的事出来老调重弹,以此评价我的整个职业生涯,这样做不公平,"布什告诉拉瑟,"假如我拿你离开纽约片场的那 7 分钟来评价你的职

---

① Cramer, *What It Takes*, 852.
② 同上。
③ Dickinson, "How Roger Ailes Built the Fox News Fear Factory."
④ C-Span, "Dan Rather Interview of George Bush," C-Span Video Library, Jan. 25, 1988, http://www.c-spanvideo.org/program/Geo, accessed Sept. 24, 2013.
⑤ Dickinson, "How Roger Ailes Built the Fox News Fear Factory."

业生涯，你感觉怎样？你会喜欢吗？"①

他把时间和地点都搞错了——拉瑟发脾气的那次发生在迈阿密的一次广播中，造成屏幕空白的时间是 6 分钟的空白——但细节并不重要。② 采访结束了，布什心情大好。"好吧，我说出自己的想法了。"他一边摘掉耳机一边大声说道。"他让莱斯利·斯塔尔看起来像个臭逼。"他接着说道，提起了 CBS 一位女记者的名字。③ 艾尔斯拼命地提醒布什他的话筒还开着。"但这场采访对我有帮助。因为那个混蛋根本没伤着我。"（布什事后向斯塔尔道了歉。）

愤怒的共和党人把 CBS 的总机都打爆了。④ 在竞选集会上，共和党人开始亮出反拉瑟的标语牌和徽章。⑤ "李·阿特沃特说：'在一场竞选中只有几个决定性时刻，这就是其中之一。'"克雷格·富勒回忆道。⑥ 尽管他在"伊朗门"事件的问题上并没有给出任何有意义的答复，但乔治·布什回答了最重要的那个问题：他不是个窝囊废。

艾尔斯帮助布什干掉了媒体，但要获胜，布什还需要打败其他候选人。1988 年 2 月 8 日，布什在艾奥瓦州党团会议上名列第三，前景黯淡。⑦ 如果他不能在 2 月 16 日拿下花岗岩州⑧，那他的竞选之路也就走到头了。星期二上午——就在新罕布什尔州初选的前一周——

---

① C-Span, "Dan Rather Interview" (portion begins around 7:00).
② Richard Stengel, "Bushwhacked! Dan Rather Sets Sparks Flying in a Showdown with the Vice President," *Time*, Feb. 8, 1988.
③ Cramer, *What It Takes*, 853–54.
④ Stengel, "Bushwhacked!"选举后不久，在曼哈顿的媒体和政治领导人参加的"21 俱乐部"早餐会上，艾尔斯和丹·拉瑟不期而遇，并练习了一些舞台技巧。据一位与会者说，当拉瑟在自助餐会喝咖啡时，艾尔斯急忙走到他前面。"我们得让别人看到咱们在交谈。让他们都大吃一惊。"艾尔斯说。他想让别人认为自从布什跟他散伙后，他俩已经讲和。拉瑟被这个想法逗乐了，跟他一起做起样子来。
⑤ Stengel, "Bushwhacked!"
⑥ 作者对克雷格·富勒的采访。
⑦ "Republican Caucus History," *Des Moines Register*, http://caucuses.desmoinesregister.com/data/iowa-caucus/caucus-history-gop/.
⑧ 即新罕布什尔州。——译者

艾尔斯与布什竞选团队的高层一起缩在纳舒厄县郊外的克拉里昂酒店里。[1] 艾尔斯当时得了肺炎，体温39度，但他不肯因为发烧生病而丢下工作。布什需要打击在民调中不断上升的鲍勃·多尔。艾尔斯向竞选团队推荐了他朋友汤姆·梅斯纳提议的一个攻击性广告。"我说，你看，你得在税收方面做点什么，"梅斯纳回忆道，"在新罕布什尔州，成败似乎就看这个了。就连里根也败在了新罕布什尔州，因为有人捏造了一个论点，说他在1976年提出的联邦减税办法将导致新罕布什尔州的州税增加。"[2]

艾尔斯的"骑墙广告"（Straddle Ad）制作价值低得令人发笑，它会在一个一分为二的屏幕上展示多尔的两张脸，而此时画外音会说多尔在加税问题上"持观望态度"。[3] 布什拒绝发布这条广告，但艾尔斯没有理会他。[4] 他给在艾尔斯传播公司工作的妻子诺玛打了电话，让她制作这条广告。[5]

"我们有授权吗？"

"他们不播，我就吃了它。我们会需要它的。"

艾尔斯在电话里念着他写的台词。他对她说："鲍勃·多尔举棋不定，他就是不承诺不加税。而你知道这意味着什么。"第二天早上录像带就送到了。到了星期四，即初选的前五天，多尔在民调中与布什打成平手。[6] 当晚，艾尔斯把这条"骑墙广告"放给这位副总统看了。[7]

"天啊，这太可怕了。"布什说。"骑墙"一词以花哨的字体在屏幕上闪现。广告的结尾打出一条标语："税收——他没法说不。"[8]

---

[1] Cramer, *What It Takes*, 882.
[2] 作者对汤姆·梅斯纳的采访。
[3] Cramer, *What It Takes*, 889-90.
[4] 同上。
[5] 同上，886。
[6] 同上，890。
[7] 同上，888-889。
[8] 同上，889。

在接下来的两天里，竞选团队劝说布什接受这条"骑墙广告"。"我们必须，呃，一举击败他们！"阿特沃特对艾尔斯说。帮助父亲竞选的乔治·W. 布什也支持使用这条广告。星期六上午，阿特沃特和艾尔斯来到布什的套房做最后的劝说。最新的民调显示，布什落后多尔5个百分点。"媒体会说我们这是不择手段。我们查过那些事实吗？"布什问道。① 他并不想以下作的办法获胜。阿特沃特说，竞选团队中负责研究对手的大师吉姆·平克顿有数据支持这些说法。"这是你们的事，跟我没关系。"布什无可奈何地嘟囔道。②

这正是他们需要得到的默许。竞选团队为这条广告投了大笔的钱。③ 在接下来的60个小时里，新罕布什尔州选民平均每人看到这条广告18次。2月16日，星期二，布什以9个百分点之差拿下了新罕布什尔州。④ 这条"骑墙广告"造成的真正影响并不在于对多尔的税收政策的质疑；而是暴露了多尔的脾气和刻薄，这从一开始就困扰着他的参选资格。初选之夜，布什和多尔在NBC上联合亮相，节目由汤姆·布罗考主持。⑤ 布什在直播现场，多尔则在其下榻的酒店里通过连线接受采访。布罗考问多尔是否有话要对布什说。"是的，"他对着镜头冷笑，"别再在我的事上撒谎了。"

一瞬间，多尔的为人在全国电视上暴露无遗。"他回应时像尼克松那样阴沉着脸，"当时在布什竞选团队的珍妮特·穆林斯回忆道，"一直有人说多尔这个人不怎么和善，当然，这与乔治·布什的公众形象截然相反。"⑥ 五个星期后，多尔退出了竞选。⑦

---

① Cramer, *What It Takes*, 897.
② 同上。
③ 同上，898。
④ E. J. Dionne, Jr., "Bush Overcomes Dole's Bid and Dukakis Is Easy Winner in New Hampshire Primaries," *New York Times*, Feb. 17, 1988.
⑤ Cramer, *What It Takes*, 902 - 3.
⑥ 作者对珍妮特·G. 穆林斯·格里森的采访。
⑦ William M. Welch, "Dole Bows Out of Republican Race," Associated Press, March 29, 1988.

5月26日，星期四，即阵亡将士纪念日那个周末的前一天，艾尔斯来到新泽西州帕拉默斯一个不起眼的办公园区，考察一个有可能投票的选民焦点小组。① 马萨诸塞州的民主党州长迈克尔·杜卡基斯几乎肯定会是布什的对手。围桌而坐的都是白人中产阶级——里根民主党人②，对杜卡基斯并不怎么了解，但认为他身上有些品质挺吸引人的。杜卡基斯是希腊移民的儿子，从哈佛大学毕业后当了律师，并曾在军中服役。③ 他以技术官僚和温和派著称。作为州长，他帮本州扭转了局面——创下了"马萨诸塞州的奇迹"，这也是他的竞选活动的主题名。④

　　如果布什不夺回这些选民的话，他就会输掉选举。在主持人拿着基于吉姆·平克顿的机会研究理论所列的问题向大家提问时，艾尔斯就在一面单向镜子后面看着。⑤ "如果你得知以下有关杜卡基斯的事，会不会改变你对他的看法？"主持人问道。⑥ 马萨诸塞州被定罪的黑人杀人犯威利·霍顿获得了一张出狱用的"周末通行证"，这是杜卡基斯州长所批准的监狱休假计划的一部分。而在休假期间，霍顿残忍地强奸了一名白人妇女并捅伤了她的男友。此外，杜卡基斯还反对死刑和在学校祈祷。"当我说我支持杜卡基斯的时候，我对所有这些情况并不知晓。"一位妇女说。在这场焦点小组会议接近尾声时，屋里有一半的人转而支持乔治·布什。

　　艾尔斯坚持认为组织焦点小组是在浪费时间和金钱。但新泽西州

---

① Mathews and Goldman, *The Quest for the Presidency*, 299–300.
② Reagan Democrats，指社会观念保守、经济观念激进的白人，多为天主教徒。——译者
③ Christopher B. Daly, "Dukakis: Son of Greek Immigrants Runs for White House," Associated Press, Feb. 2, 1988.
④ Bob Drogin, "Dukakis Draws Heavy Crowds, Money, Press," *Los Angeles Times*, May 25, 1987.
⑤ Mathews and Goldman, *The Quest for the Presidency*, 300.
⑥ 同上，301。

的这场活动印证了他的直觉：杜卡基斯表面上令人印象深刻，实则外强中干。艾尔斯曾咨询过一位心理医生，请其评估一下杜卡基斯这个人。① 得到的反馈是此人是个自恋狂。艾尔斯认为他就是学校里那种在下课时举手提醒老师她忘记布置家庭作业的讨嫌孩子。

那个周末，在肯纳邦克波特举行的一次竞选团队闭门会议上，艾尔斯和阿特沃特盘算着轮流说服布什采取消极策略。② "我们必须毁掉这个小混蛋。"布什的一位官员记得艾尔斯这样说道。③ 民调显示布什落后杜卡基斯17个百分点之多。④ 在第一天晚上睡觉前，阿特沃特和艾尔斯把新泽西焦点小组的几盒录音带给了布什。第二天早上，他们再也不必跟他多说什么了。"好吧，你们是专家。"布什淡淡地说道。⑤

一个星期后，对对手的攻击启动了。6月9日，布什在得克萨斯州共和党大会上发表讲话，攻击杜卡基斯是一个提高税赋、讨好联合国的剑桥嬉皮士。⑥ "迈克尔·杜卡基斯在对待犯罪问题上是标准的老式60年代自由主义做派！"布什大声疾呼道，"他坚定不移地反对死刑……他支持全国独有的一项州计划——仅此一例——给一级谋杀犯提供无人监督的周末休假！"⑦

随着布什的参与，艾尔斯开始为电视打造他"搜索并摧毁"的作战计划。他没有选择麦迪逊大道上那些华而不实的广告公司，而是招募了一些不太有名气但对他忠心耿耿的人。⑧ 其中之一就是丹尼斯·弗兰肯贝里。他在密尔沃基经营着一家小公司，为森特里保险公司（Sentry Insurance）和雷宁库格啤酒（Leinenkugel Beer）制作电视广

---

① Mathews and Goldman, *The Quest for the Presidency*, 360.
② Cramer, *What It Takes*, 998-99.
③ 作者对一位熟悉此次谈话的消息人士的采访。
④ Cramer, *What It Takes*, 998.
⑤ 同上，999。
⑥ 同上，1010。
⑦ 同上，1011。
⑧ Mathews and Goldman, *The Quest for the Presidency*, 362.

告。他只做过一次政治竞选活动——威斯康星州奥什科什的地区检察官竞选。艾尔斯还从1984年的里根竞选团队中挑选了汤姆·梅斯纳和西格·罗吉奇这样的忠诚分子。①

身兼大战略家、演讲教练和电视大师等多重角色的艾尔斯,为此次竞选活动确立了创意基调。虽然40条竞选广告中只有15条是攻击对手的,但这样对种族、爱国主义和阶级的赤裸裸的呼吁已经在全国层面一展无遗。② 为了在犯人休假问题上攻击杜卡基斯,罗吉奇想出了一个让演员打扮成囚犯穿过旋转门的主意。③ 广告片的中心人物是一个黑人,他在走过旋转门的那一刻两眼恶狠狠地盯着镜头。④ 为了毁掉杜卡基斯作为环保主义者的名声,罗吉奇在一个灰蒙蒙的雨天里抓拍到了一组波士顿港的镜头,还特意拍了一个亮眼的橙色标志,上面写着几个大字:"辐射危险,禁止游泳"。⑤ 这是提醒大家留意一座退役的核潜艇基地的遗留物,跟杜卡基斯没有任何关系。⑥

艾尔斯自己提交的创意中至少有一个因为太出格而被否决。他提议的这个广告,名为"兽交",就在一个黑屏上滚动一些简单的文字。⑦ "1970年,迈克尔·杜卡基斯州长在马萨诸塞州提出立法,以废除对鸡奸和兽交的禁令。"当屏幕上出现"兽交"一词的时候,背景音乐是牧场家各种家畜的叫声。艾尔斯告诉他的团队,像"兽交"这样的广告实际上并非"对对手的攻击"。它们是在"比较对手的不

---

① 作者对汤姆·梅斯纳和西格·罗吉奇的采访。
② Paul Taylor, "Campaigns Take Aim Against Consultants; Incumbents' Tactic May Deter Later Attacks; Some See Other Motives," *Washington Post*, Feb. 15, 1990.
③ Miller Center, "Interview with Sigmund Rogich," University of Virginia, March 8-9, 2001, http://millercenter.org/president/bush/oralhistory/sigmund-rogich.
④ Museum of the Moving Image, "The Living Room Candidate: Presidential Campaign Commercials 1952 - 2012," http://www.livingroomcandidate.org/commercials/1988.
⑤ Miller Center, "Interview with Sigmund Rogich"; author interview with Sig Rogich.
⑥ Mathews and Goldman, *The Quest for the Presidency*, 363.
⑦ 同上,361。

同之处"。①

随着秋季竞选活动进入高潮,艾尔斯时常伴在布什左右。"罗杰不在的情况下,他不发表重要演讲。"布什的竞选发言人希拉·塔特回忆道。②"罗杰有一种能让候选人振作起来的不可思议的能力,"竞选团队负责人詹姆斯·贝克回忆道,"他让他们自我感觉良好。他会给他们一些信心,以及一些临时救场的神句。他总是有很多机智诙谐的神来之笔。"③ 布什喜欢艾尔斯的荤段子和讽刺性的调侃。艾尔斯称杜卡基斯为"矮子",说他是"葡萄叶",以讽刺他的希腊血统,还因为他大谈政策立场和晦涩难懂的统计数字而叫他"没心没肺的小机器人"。④ 布什也跟着这么说。有一天,当他的狗闯进他们正在召开的竞选会议时,他拿艾尔斯的兽交广告开起了玩笑。"我参选是因为你,"他说,"我们得让那些人离你远一点。"⑤

9月21日,距离第一次总统辩论还有4天,美国国家安全政治行动委员会下属一个鲜为人知的名为"支持布什的美国人"的组织,播出了一条题为"周末通行证"的攻击性短片。⑥ 该广告的核心是一张威利·霍顿的粗颗粒大头照。当霍顿那张留着胡子的黑脸在屏幕上悬停时,一位男解说员念起了旁白:"布什和杜卡基斯在犯罪问题上的不同态度。布什支持对一级谋杀罪犯判处死刑。杜卡基斯不仅反对死刑,还允许一级谋杀罪犯在周末出狱。其中就有这位威利·霍顿,他在一次抢劫中捅了一个男孩19刀,致其死亡。尽管被判无期徒刑,霍顿却获得了10次周末出狱的机会。逃走后的霍顿绑架了一对年轻情侣,捅伤了那名男子,并一再强奸其女友。监狱的周末通行证。这

---

① Mathews and Goldman, *The Quest for the Presidency*, 362.
② 作者对布什竞选团队的前发言人希拉·塔特的采访。
③ 作者对前国务卿詹姆斯·贝克三世的采访。
④ "Election '88: Waving the Bloody Shirt," *Newsweek*, Nov. 21, 1988.
⑤ Mathews and Goldman, *The Quest for the Presidency*, 361.
⑥ Museum of the Moving Image, http://www.livingroomcandidate.org/commercials/1988.

就是杜卡基斯对犯罪的看法。"在霍顿的照片下,显示出"绑架……捅伤……强奸"的字样,这明显是在煽动白人中的里根民主党人的种族恐惧。

这条广告对布什造成了意外的影响。联邦选举法禁止竞选团队与独立团体进行媒体战略上的配合。艾尔斯否认参与了该广告的创作,但还是可以找到一些蛛丝马迹。当年 8 月,艾尔斯曾向媒体吹嘘:"唯一需要考虑的问题是我们在描述威利·霍顿的时候,他手里该不该拿刀。"① 而且这条关于霍顿的广告是由艾尔斯传播公司的两名前雇员创作的,他们是前一年已经离开公司的拉里·麦卡锡,以及曾在艾尔斯传播公司工作了 6 年的导演、30 岁的杰西·雷福德。②

罗杰·斯通说,虽然他认为艾尔斯并没有参与这条霍顿广告的制作,但李·阿特沃特参与了。③ 阿特沃特在片子播出前放给斯通看了,斯通称此举为"对非法行为的承认"。当斯通告诉他"你不需要这样做。你会惹上麻烦的"之时,阿特沃特说他是"娘娘腔"。无论将霍顿的照片放上数百万电视屏幕这事艾尔斯是否直接参与了,显然他的行事风格对这条广告有启发作用。"我非常了解罗杰,"拉里·麦卡锡告诉媒体,"我在做这条广告的时候尽量想象我就是罗杰。"④

再过几个小时就要开始辩论了,布什还在对着几个简报本琢磨。"罗杰发觉,对布什而言最重要的事就是要放松,"希拉·塔特说,"罗杰对他说:'如果现在迈克·杜卡基斯一把扯下话筒,走到你面前嚷嚷'伊朗门!伊朗门!'的话,你打算怎么做?'布什拿起简报本翻看起来。罗杰猛地把本子合上了。他说:'不!那个时候你得说:'滚开,你这个小混蛋!'布什笑了起来。罗杰只是想让他放松一点。这是他的技巧之一。"⑤

---

① Stengel, "The Man Behind the Message."
② Joe Conason, "Roger & He," *New Republic*, May 28, 1990.
③ 作者对罗杰·斯通的采访。
④ Martin Schram, "The Making of Willie Horton," *New Republic*, May 28, 1990.
⑤ 作者对希拉·塔特的采访。

当晚,艾尔斯继续运用他的游击战术。① 主持人吉姆·莱勒准备叫候选人上场时,他和布什一起站在台下。当杜卡基斯朝艾尔斯这边看过来,他指着安装在杜卡基斯讲台后面的一块踏板笑了起来。"这是他想出来的扰乱杜卡基斯思绪的办法。"塔特说。②

随着选举日的临近,艾尔斯表现得像一个准备打比赛的橄榄球边卫队员,无论跟谁打交道,他都充满了攻击性。8月的一天,他走进布什竞选团队的总部,掀翻了一张会议桌。他还对负责竞选广告预算的珍妮特·穆林斯恶语相向。③ "他威胁要杀了我——威胁过两次——因为我竟敢对他的一些开支提出质疑,"穆林斯回忆道,"他以多种不同方式获得报酬,而且一分不少都付了。但如果你负责媒体预算,罗杰进城时,你得确保你不会把钱花在丽思或四季酒店。"④ 工作人员注意到李·阿特沃特似乎很怕艾尔斯。⑤ 他告诉记者,艾尔斯在两件事上行事快速:"攻击和破坏。"⑥

艾尔斯的胃口似乎是他自我感觉的晴雨表。他的体重猛增到240磅。⑦ 克雷格·富勒记得有一次入住酒店时,艾尔斯大喊道:"'该死的,我饿了!我们就不能叫客房送餐服务吗?'我们说:'当然可以。'罗杰抓起客房送餐的菜单。他有点焦躁地说:'我要第三页上所有的菜,我要第四页上的,我要第五页上的,我要现在就送过来。'"⑧ 大家都知道他对哈根达斯冰淇淋和甜甜圈到了视之如命的程度。⑨ 汤姆·梅斯纳记得有一次拍广告的时候,艾尔斯"拿着个甜甜圈坐在那

---

① 作者对希拉·塔特的采访。
② 同上。
③ Stengel, "The Man Behind the Message."
④ 作者对珍妮特·G. 穆林斯·格里森的采访。
⑤ 作者对罗杰·斯通的采访。
⑥ Stengel, "The Man Behind the Message."
⑦ 同上。
⑧ 作者对克雷格·富勒的采访。
⑨ Mathews and Goldman, *The Quest for the Presidency*, 191.

里，那上面有糖霜，而糖霜就顺着他的衣服滴了下来"。① 艾尔斯会拿起甜甜圈就砸。"当他情绪激动时，他能把手上的甜甜圈扔到房间另一头去，"西格·罗吉奇说，"而我会问他今天是一个还是两个甜甜圈日。"②

艾尔斯会因为泄密而发作。③ 据罗吉奇说，当行业杂志《广告时代》派一名记者报道艾尔斯制作的一条电视广告时，出现了"扔一个甜甜圈的时刻"。在《纽约时报》写了一篇关于汤姆·梅斯纳在布什竞选中的贡献的专栏文章后，他接到了艾尔斯打来的一通言辞相当激烈的电话。"你是怎么接到布什的活的？"梅斯纳记得艾尔斯当时这样说道。他不喜欢下属抢了自己的风头。

布什沿着艾尔斯用卑劣手段铺就的路向选举日迈进。那场辩论结束一周半后，罗吉奇制作的"旋转门"广告播出了。④ 尽管广告中从未出现过霍顿的名字，但两者之间的关联相当明显。电视新闻的制作人对图片、攻击以及失态这些极为感兴趣，这就是为什么艾尔斯的攻击广告会在媒体上被广泛讨论。珍妮特·穆林斯说："如果不带种族主义色彩的话，这条广告制作起来就很难了。"⑤

10月中旬，艾尔斯批准了一条广告，画面上的杜卡基斯戴着头盔、笑呵呵地开着一辆坦克到处转，与此同时，画外音勾选着他反对的各种武器系统。⑥ 这样的视觉效果说明了一切。正如迈克·道格拉斯曾对伍迪·弗雷泽说的那样：千万别戴一顶滑稽的帽子。

从6月初杜卡基斯获得提名到现在，不支持他的选民比例从20%上升到43%，翻了一番。与此同时，布什的不支持率稳定在

---

① 作者对汤姆·梅斯纳的采访。
② 作者对西格·罗吉奇的采访。
③ 作者对西格·罗吉奇和汤姆·梅斯纳的采访。
④ Mathews and Goldman, *The Quest for the Presidency*, 422.
⑤ 作者对珍妮特·G. 穆林斯·格里森的采访。
⑥ Mathews and Goldman, *The Quest for the Presidency*, 422.

40%左右。① 即使是布什的正面报道也对杜卡基斯的形象造成了破坏。在竞选活动中最令人难忘的题为"家庭/孩子"的电视广告中，艾尔斯拍摄了布什在肯纳邦克波特的草坪上和他那群可爱的浅黄色头发的孙辈围坐在一起的情景——在这种肯尼迪式的场景对比下，杜卡基斯显得很不美国。② 布什广告战的影响力让杜卡基斯无力回应。"我坐在那儿一声不吭，这是我做过的最愚蠢的决定之一，"多年后杜卡基斯说道，"我很早就决定，我不会对这些东西做出回应。……我搞砸了。"③

对耍手段很有一手的罗杰·斯通说，他认为艾尔斯在竞选活动期间都是拿些无足轻重的事来做文章。"楔子问题可以是关于一些大设想的，"他说，"我不喜欢的是1988年大选中的楔子问题都是些小甜点。"④

就连候选人自己也对煽动种族问题的行为有点畏缩。"布什是个在民权方面有着堪称典范的记录的人，"克雷格·富勒回忆道，"整个布什家族都恨这个。我们没人喜欢这个，我们都知道这是个问题。"⑤ 10月下旬，布什打电话给艾尔斯，抱怨他在大选巡回演说中大放厥词。⑥

"我不想再谈论他，我想回到议题上。"布什说。

"我们计划在11月9日这么做"——那是选举日的第二天早上——艾尔斯说。布什以8个百分点的优势赢得了大选。⑦ 这证明了艾尔斯的分裂政治能够赢得全国多数选票。

---

① Mathews and Goldman, *The Quest for the Presidency*, 420.
② Museum of the Moving Image, http://www.livingroomcandidate.org/commercials/1988.
③ 作者对马萨诸塞州前州长、总统候选人迈克尔·杜卡基斯的采访。
④ 作者对罗杰·斯通的采访。
⑤ 作者对克雷格·富勒的采访。
⑥ Mathews and Goldman, *The Quest for the Presidency*, 398.
⑦ 同上，422。

尽管事业上风生水起，但这几年的日子对艾尔斯而言却颇为艰难。艾尔斯与诺玛的婚姻因布什竞选活动带来的压力而变得紧张，濒临结束。① "他在这个时候对《新闻周刊》说：'我妻子让我充分相信，我最终会被摧毁。'"② 他在那时对《新闻周刊》说过这样的话。1983 年，艾尔斯的父亲死于严重的阿尔茨海默病并发症。③ 他的离世令罗杰及其手足相当痛苦。"这事对罗杰的打击很大，非常大，"他的哥哥说，"他崩溃了，他无法去想爸爸已经死了这件事，他在去墓地的路上泣不成声。"在布什赢得大选后，艾尔斯被迫为自己的名声辩护。当民主党人和记者把艾尔斯单拎出来，指责他让布什的媒体信息带有分裂和种族主义的色彩，还称他是"纽约狡猾卑鄙的大师"④"政治恐怖主义"⑤ 的实践者时，他让在艾尔斯传播公司的下属发布了一项调查，显示他职业生涯制作的所有广告中，80％实际上都是积极正面的。他悬赏 10 万美元给任何能证明是他创作了霍顿广告的人，并告诉媒体他甚至不知道他的两名前雇员制作了霍顿广告。⑥ 1989 年 4 月，他甩出一份新闻稿，上面写道：**"暗示罗杰·艾尔斯或布什的广告团队与参与这则广告的政治行动委员会之间有勾结，就是在指责我们犯有重罪。"**⑦

　　1989 年 7 月，艾尔斯在威彻斯特县的家中接待了记者唐纳德·贝尔，同他和自己的妻子诺玛以及正好来做客的母亲唐娜一起用午

---

① 作者对罗杰·艾尔斯的朋友们的采访。
② Howard Fineman and Peter McKillop, "Roger Ailes: I Have to Take the Heat," *Newsweek*, Nov. 6, 1989.
③ 作者对罗杰·艾尔斯的哥哥小罗伯特·艾尔斯的采访。
④ Fineman and McKillop, "Roger Ailes: I Have to Take the Heat."
⑤ Vlae Kershner, "Campaign Insider," *San Francisco Chronicle*, Oct. 10, 1990.
⑥ Barbara Demick, "Bush Campaign Role in Ads Probed; New Light Cast on Willie Horton Flap," *Houston Chronicle*, Feb. 4, 1992.
⑦ Conason, "Roger & He."

餐。① 艾尔斯的家人一边吃着汉堡和热狗，一边在贝尔面前说着艾尔斯的好话。他们谈到了他童年时与血友病的斗争，还有他曾经如何睡在地板上安慰一只生病狗狗的。"在那样的外表下，他的内心其实真的很柔软。"唐娜这样告诉贝尔。

"是的，"艾尔斯附和道，"曼森夫人也是这么说的。"

贝尔的这篇人物专访发表在商业杂志《曼哈顿公司》（Manhattan Inc.）上，它试图消除贝尔所说的艾尔斯身上那种"赫特人贾巴"②的形象。但是，由于艾尔斯的爆炸式风格实际上并没有表现出任何缓减的迹象，他试图挽回形象的努力变得复杂难懂。如果说有什么迹象的话，只能说他的冲动得到了更自由的释放。

1989年秋天，他为他的朋友、前联邦检察官鲁道夫·朱利安尼出战，后者在纽约市市长竞选中与受欢迎的曼哈顿黑人区长大卫·丁金斯展开了激烈的竞争。③ 艾尔斯继续煽动种族恐惧，在电视上投放了一个将丁金斯与黑人社区组织者罗伯特·"桑尼"·卡森联系起来的广告，后者在1974年被定为绑架罪。④ 在竞选的另一个阶段，艾尔斯在一家犹太报纸上刊登了一条广告，上面有张丁金斯站在杰西·杰克逊⑤旁边的照片（5年前，杰克逊曾称纽约为"犹太窝"⑥）。⑦ 丁金斯将艾尔斯的这些指控斥为"阴沟里的政治"。⑧

1989年10月23日晚，艾尔斯像他父亲当年在沃伦镇一样跟人

---

① Baer, "Roger Rabid."
② 电影《星球大战》中银河系外围地区著名的犯罪集团首脑，是个怪物，像没有腿、浑身涂满稀泥的大鼻涕虫。——译者
③ Kerwin Swint, *Dark Genius: The Influential Career of Legendary Political Operative and Fox News Founder Roger Ailes* (New York: Sterling, 2008), 39.
④ "Good Night, Gracie," *Newsday Magazine*, Dec. 17, 1989.
⑤ 美国著名的黑人运动领袖。——译者
⑥ Laurence McQuillan, United Press International, Feb. 27, 1984.
⑦ Howard Kurtz, "Giuliani Presses Dinkins's Connection to Jackson as Campaign Intensifies," *Washington Post*, Sept. 30, 1989.
⑧ Swint, *Dark Genius*, 41.

大打出手。① 一群艾滋病活动人士潜入了在曼哈顿中城喜来登酒店宴会厅举办的朱利安尼筹款活动，他向这些人发起了攻击。当安保人员护送这些抗议者离开宴会厅时，艾尔斯冲入了混战中。"我们尖叫着，我的手和头都被打了。这时，艾尔斯开始打我，"活动人士之一凯西·奥特斯滕回忆道，当时他还是个叫凯文的男人，"我认出了他。我以前在报纸上见过这个人，还听说过布什竞选活动和威利·霍顿那些事。"② 奥特斯滕说，那群人中的艾尔斯把她从酒店楼梯上拖了下来，她的头狠狠撞上了每一级台阶。"我最后不得不被送到圣文森特医院，"多年后回忆起这件事的时候她说，"我现在正处于脑部问题的早期阶段，很可能跟当年的脑震荡有关。我的手和腿的神经功能正在慢慢丧失。"

当时，雷蒙德·奥唐纳警长告诉记者，艾尔斯可能面临一项三级袭击罪的指控，这是轻罪，最多判一年监禁。③ 但最后，没有任何指控。"我试图提出指控，"奥特斯滕说，"但警察跟我说证据不足。"④ 在选举日来临前的那个星期日，在 NBC 的曼哈顿演播室举行的最后一场辩论中，艾尔斯又和一名摄影记者打了一架。⑤

无论艾尔斯如何努力，他都无法扯掉威利·霍顿那件事套在他脖子上的枷锁。朱利安尼以 4.7 万票之差落败。⑥ 艾尔斯效力的新泽西州州长候选人詹姆斯·考特也在选举日被民主党人詹姆斯·弗洛里奥轻松击败。⑦ 1989 年秋，艾尔斯在俄亥俄州哥伦布市的一个会议上发

---

① Vivienne Walt, "Ailes Faces Assault Complaint," *Newsday*, Oct. 26, 1989; Joe Klein, "Gandhi vs. Gumby: Can't Anybody Here Run This Town?," *New York*, Nov. 6, 1989.
② 作者对活动家凯西·奥特斯滕的采访，当时人们以及新闻报道称其为凯文·奥特斯滕。
③ Walt, "Ailes Faces Assault Complaint."
④ 作者对凯西·奥特斯滕的采访。
⑤ Joe Klein, "Willie Ailes," *New York*, Dec. 4, 1989.
⑥ Kenneth Jackson, Lisa Keller, and Nancy Flood, eds., *The Encyclopedia of New York City: Second Edition* (New Haven: Yale University Press, 2010), 511.
⑦ Peter Kerr, "The 1989 Elections: The Governor-Elect; Transition and Insurance Come First, Florio Says," *New York Times*, Nov. 9, 1989.

表演讲时，遭到当地民主党人的抗议。① 艾尔斯以典型的方式进行了回应：他更用力地抽回去。"他们试图让我成为问题。去他们的！"当时他对一个记者这样说道。

有一件事是肯定的：威利·霍顿对生意不利。1990年3月，李·阿特沃特突然被诊断出了脑癌，这让艾尔斯成了共和党焦土政治的主要典范。② 民主党人感受到了党派优势，于是以其人之道还治其人之身，用艾尔斯的攻击性广告策略对付起他来。1990年5月，俄亥俄州民主党向联邦选举委员会投诉，要求调查艾尔斯与制作霍顿那个广告的政治行动委员会之间的关系。③ 调查证实，艾尔斯在竞选期间确实与拉里·麦卡锡谈过话，但联邦选举委员会在是否对布什竞选团队和国家安全政治行动委员会提出正式指控的问题上，以3比3的表决结果陷入僵局。④ 艾尔斯否认有任何不当行为。"我不是候选人，"艾尔斯向记者抱怨道，"如果我想竞选公职，我会去的。"⑤

到了1990年秋，他的政治生涯面临了一场品牌危机。民主党人接二连三的发难已经给他造成了损失。艾尔斯的客户、女众议员林恩·马丁在跟现任参议员、民主党人保罗·西蒙的参议院竞选中一路溃败，10月9日，星期二，当艾尔斯到芝加哥试图挽救局面时几近奔溃。⑥ 当着一群记者的面，艾尔斯怒气冲冲地召开了新闻发布会，像尼克松在1962年竞选州长失败后发表败选演讲时一样自怨自艾。"伤害美国的是保罗·'斯里蒙'·西蒙这样的人，"艾尔斯哀叹道，"真相并不为人所知，所以现在我们得让人知道他到底是怎样一个

---

① Fineman and McKillop, "Roger Ailes: I Have to Take the Heat."
② Richard Benedetto, "Atwater Has a Benign Brain Tumor," *USA Today*, March 7, 1990.
③ Charles R. Babcock, "Willie Horton Political Ads Become Issue in Ohio Race," *Washington Post*, May 26, 1990.
④ Demick, "Bush Campaign Role in Ads Probed."
⑤ Baer, "Roger Rabid."
⑥ Ed White, "Martin Media Adviser Calls Simon 'Slimy,' 'Weenie,'" Associated Press, Oct. 9, 1990.

人。"他说:"我们的广告不会有任何不真实的东西。一切都会摆在那儿——但真相会很伤人。"他接着称西蒙为"弱鸡"。

一连串的侮辱行为适得其反。马丁以 30 个百分点落败。[1]

在从事政治工作 10 年后,艾尔斯的口碑搞砸了,他准备再次调整方向。1988 年,艾尔斯和他的生意伙伴乔恩·克劳沙一起出版了全名为《你就是信息:用做你自己来得到你想要的》一书。[2] 艾尔斯在这本薄薄的书中写了他在电视和政治领域闯荡的过程中发生的各种轶事,对自己极尽溢美之词。但这本书展示给大家的不仅仅是公关技巧。它还是一份揭示艾尔斯观点的宣言:沟通是一种精神生命力。"当你控制住氛围的时候,你就不会按照别人的节奏来行动,"[3] 他这样写道,"你可以学着控制你经过的时间和空间,只要你真的相信自己并理解你在每种情况下的愿景是什么。"[4]《你就是信息》的出版,正值全国各地的中层管理人员开始对"个人品牌"这个概念有所觉醒之时,它对读者很有吸引力。

但真正的钱在董事会里,不在书架上。艾尔斯为了他的共和党候选人而利用的文化和阶级仇恨这套东西,也可以照搬到企业中。1988 年夏天,他与烟草巨头签订了一份合同,[5] 这个合作关系至少保持了 5 年之久。[6] 他的第一个任务是为一个名为"加州反对不公平增税"(Californians Against Unfair Tax Increases)的游说团体制定媒体战

---

[1] U. S. Government Printing Office, "Statistics of the Congressional Election of November 6, 1990," April 29, 1991, http://clerk. house. gov/member _ info/electionInfo/1990election. pdf.
[2] Ailes and Kraushar, *You Are the Message*.
[3] Ailes and Kraushar, *You Are the Message*, 111.
[4] 同上,112。
[5] Californians Against Unfair Tax Increases, agreement with Ailes Communications Inc. , July 1, 1988, http://legacy. library. ucsf. edu/tid/gri44a00, Bates no. 87699641.
[6] Thomas Collamore, email conversation with Craig Fuller, June 29, 1994, http://legacy. library. ucsf. edu/tid/upq91a00/pdf, Bates. no. 2047915175A.

福克斯新闻大亨

略,该团体反对为增加 25 美分香烟税而进行公投的"第 99 号提案"。① 当时,这是有史以来最大的香烟税增税幅度。② 艾尔斯在一份备忘录中写道:"通常,如果人们感到困惑、焦虑或怀疑的话,他们就不会在公投中投反对票。"艾尔斯指出了欺骗如何成了其任务的核心。③ "我们没有义务告诉观众任何对我们不利的事。"他这样写道。④

他的广告旨在煽动这些情绪,传播有关"第 99 号提案"的错误信息。有一条广告将"第 99 号提案"的支持者——包括美国癌症协会和美国心脏协会——描绘成脱离现实、一心想敲普通民众竹杠的精英分子。⑤ "如果你上过医学院……你可能会喜欢'第 99 号提案',"广告中有一段这样写道,"但假如你没上过医学院,千万不要上当受骗。你看,根据'第 99 号提案',我们的数亿税款将最终落入医生和医疗行业的手中。而你猜怎么着?是他们赞助了'第 99 号提案'。'第 99 号提案'只是一个烟幕;它加了税,医生变得更富了。对'第 99 号提案'投反对票吧。医生已经够有钱了。"

艾尔斯利用种族恐惧,将税收与内城中的犯罪联系了起来。有一支广告拍了一个身为便衣警察的男人,他警告说提高香烟税会使黑帮的香烟走私活动更猖獗。⑥ 这则广告引发了反艾尔斯者的怒火。加州总检察长、民主党人约翰·范德坎普称这条广告是"最恶劣、最赤裸

---

① "Tobacco Group on Hotseat for Failure to Honor Advertising Contract," Business Wire, Sept. 6, 1988.
② David S. Wilson, "2 Ballot Issues Raise Question: Is Smoking Becoming Taboo?," New York Times, Oct. 25, 1988.
③ Ailes Communications Inc., "Creative Strategy to Defeat the Tobacco Tax Initiative," June 29, 1988, http://legacy.library.ucsf.edu/tid/jsy44b00/pdf, Bates no. TI02450986.
④ Ailes Communications Inc., "Creative Strategy to Defeat the Tobacco Tax Initiative," June 29, 1988, http://legacy.library.ucsf.edu/tid/jsy44b00/pdf, Bates no. TI02450989.
⑤ Ailes Communications Inc., "Medical School," script, Aug. 30, 1988, available at http://legacy.library.ucsf.edu/tid/ljz54c00/pdf, Bates no. 87700232.
⑥ David S. Wilson, "2 Ballot Issues Raise Question: Is Smoking Becoming Taboo?," New York Times, Oct. 25, 1988.

裸的恐吓战术"。当"第99号提案"的支持者发现广告中的这个人并不是什么便衣警察,而是一位平时兼职做演员的名叫杰克·胡尔的洛杉矶警局文职人员时,他们更怒火中烧了。① [当时他演过的最重要的角色是威廉·达福主演的电影《威猛奇兵》(*To Live and Die in L.A.*)中一个杀死警察的马仔。②]

1988年11月,选民以57.8%对42.2%的投票结果通过了"第99号提案",同意征收新税。③ 尽管如此,艾尔斯传播公司还是从这场活动中赚了100万美元,而且艾尔斯还很不服气。"那些狂热的禁烟分子先是想方设法给每个人泼冷水,"艾尔斯告诉媒体,"现在,他们通过立法达到目的了。"④

艾尔斯在民粹主义上的虚张声势,与纽约另一位肥头大耳的保守派拉什·林博遥相呼应。这两人联手是迟早的事。1987年,里根的联邦通讯委员会废除了所谓的"公平原则",该规则要求广播公司给相反政治观点以同等的播出时间。⑤ 这一变化刺激了右翼谈话类电台节目的发展,林博正是这种媒介最成功的实践者。每周有超过700万的粉丝收听他的广播节目。⑥ 1991年,两人在21俱乐部偶遇后,艾尔斯与他达成协议,要一起推出一档联合电视节目。⑦

但艾尔斯并没有完全离政治而去。共和党每月支付9500美元向

---

① Mark A. Stein, "Deception Seen in Anti-Cigarette Tax Ads," *Los Angeles Times*, Sept. 28, 1988.
② 同上。
③ "Final Election Vote Returns," *Los Angeles Times*, Nov. 9, 1988.
④ Andy Plattner, "Big Tobacco's Toughest Road: Invigorated Activists and Lawmakers Launch New Attacks on Smoking," *U. S. News & World Report*, April 17, 1989.
⑤ Steve Rendall, "Rough Road to Liberal Talk Success: A Short History of Radio Bias," *Extra!*, Jan./Feb. 2007.
⑥ Catherine Hinman, "Rush to Judgment: Radio Talk Show Host Rush Limbaugh Has Opinions on Just About Everything, Including a Big One of Himself," *Orlando Sentinel*, June 15, 1991.
⑦ Chafets, *Roger Ailes*, 61-62.

他咨询媒体战略。① 1990 年 8 月，在伊拉克独裁者萨达姆·侯赛因入侵科威特几天后，艾尔斯给布什的幕僚长约翰·苏努努发了一份紧急备忘录。"我最近至少接到了 6 个来自媒体的电话，试图将我引到'都火烧眉毛了还只顾着无关痛痒的事'、'在美国人被扣为人质时还打高尔夫球'这类讨论中去，"他写道，"这个问题让我感到担忧的唯一原因是我注意到电视网开始播放越来越多的总统坐在高尔夫球车里的画面……。媒体拿同一条信息狂轰乱炸会造成怎样的后果，我是有亲身体会的。"他继续写道："多钓钓鱼，少打高尔夫球。"② 11 月，当布什计划前往中东会见美军指挥官和阿拉伯领导人时，艾尔斯对总统的着装提出了建议。"去前线他应该穿卡其色休闲裤，开襟衬衫，长袖的，袖子得卷起来，"他写道，"我认为他不应该戴帽子或头盔。感恩节与士兵在一起时穿一件军队的便装夹克就可以了。"③

布什那里向艾尔斯发出了想请他负责 1992 年总统大选的媒体相关工作的意向。④ 这逼着艾尔斯尽快做出决定。他告诉同事们他已经受够了，不想再干了。感恩节前几天的某个夜里，他带着他的助手斯科特·埃利希到曼哈顿东区的戈德堡披萨店吃饭，讨论他放弃政治方面工作的决定。艾尔斯担心这一决定可能会有损他的声誉。"他考虑媒体的反应，如何自圆其说，沟通的信息是什么。"一位熟悉那次对话的人回忆道。⑤

1991 年 12 月 6 日，艾尔斯宣布他将不再涉足政治方面的工作，

---

① Baer, "Roger Rabid."
② Roger Ailes, letter to New Hampshire Governor John Sununu, Aug. 17, 1990, http://edge-cache.gawker.com/gawker/ailesfiles/ailes11.html, accessed Sept. 26, 2013.
③ Rogers Ailes, letter to New Hampshire Governor John Sununu, Nov. 16, 1990, http://edge-cache.gawker.com/gawker/ailesfiles/ailes12.html, accessed Sept. 26, 2013.
④ 作者对布什竞选团队一位成员的采访。
⑤ 作者对一位熟悉此次谈话之人的采访。

而是专注于娱乐事业。[1] 为了打消人们对他生意将受影响的怀疑,他摆出一副极为活跃的样子。他忙着推出林博的电视节目,还为派拉蒙电视台诸如《内幕》(*Inside Edition*)那样的报道小道消息的栏目提供咨询。[2] 在 1992 年的民主党大会上,他和《迈克·道格拉斯秀》节目时期的老朋友罗伯特·拉波塔不期而遇。拉波塔记得艾尔斯说:"我真的很怀念娱乐业,我爱这一行。"[3] 差不多那个时候,艾尔斯正在好莱坞参加一些会议。一位在世纪广场酒店偶遇艾尔斯的作家惊叹于艾尔斯对电视的快速判断。"我们是在酒店大堂遇见的,"他回忆道,"那里有一台电视正在播放《幸运轮盘》[4] 节目,但没有开声音。罗杰盯着看了会儿,他说:'你知道这个节目为什么能成吗?'我说:'我不看这个节目。'他接着说:'那是因为范娜·怀特这个人。你得看看这姑娘和她穿的衣服。就这么成了!'"[5]

艾尔斯甚至还涉足了几档棋盘类游戏。1992 年,他找机会与《画图猜词》(*Pictionary*)游戏的制作者推出了一款 19.95 美元的竞选主题游戏《冒险策略》(*Risky Strategy*)。[6] 那年 8 月,他带着这款由他那位在 1987 年加入公司的 30 岁助手朱迪·拉特萨想出的游戏,前往在休斯敦举行的美国共和党大会上推销。[7] 为了在棋盘上不断前进,游戏玩家得掷骰子,抽出写有政治名言的卡片(一张卡片上写道:"你的对手指责你拆掉了你床垫上的标签。你反驳说,那是在

---

[1] "Financial News," PR Newswire, Dec. 6, 1991.
[2] See, generally, the Bradley Prizes, "2013 Recipients: Roger Ailes," Bradleyprizes.org, http://bradleyprizes.org/recipients/roger-ailes, accessed Oct. 22, 2013.
[3] 作者对罗伯特·拉波塔的采访。
[4] *Wheel of Fortune*,1975 年开播的一档电视游戏节目,参赛者通过解决字谜赢取现金。——译者
[5] 作者对罗杰·艾尔斯的一位同事的采访。
[6] Thomas Hardy, "Election-Year Board Games Try to Capture the Real Thing," *Chicago Tribune*, May 18, 1992.
[7] Harry Berkowitz, "GOP Pit Bull Roaming Convention; Adman Ailes Says He's There for Fun," *Newsday*, Aug. 20, 1992.

你自己家里私下做的：**选情胶着，但在所有州领先。**"）。① 兜了一圈之后，他的政治职业生涯已经圆满结束。"我从事了 20 年政治方面的工作，都成了一种习惯了，但最后我还是决定离开，重回娱乐业。"他这样告诉媒体。②

他以一种更安静的方式与布什和其他知名的共和党人保持着联系，成为他们不可替代的代理人、形象顾问以及媒体情报来源。"他那时在媒体行业，所以他很难在政治上有公开的表现，"詹姆斯·贝克道，"这并不是说他没有在他有力为之的情况下帮助我们。我们随时可以给他打电话，跟他交流。但他不能在竞选团队里公开担任任何职务。"③

艾尔斯接受采访时，攻击比尔·克林顿是个"吹萨克斯风的"，说罗斯·佩罗是个"疯子"。1992 年 6 月 2 日晚，艾尔斯策划了布什和林博之间的一次重要峰会。④ 这位右翼电台节目主持人一直公开批评布什，而布什需要安抚他以巩固其民粹主义基本盘的支持。当晚，艾尔斯、林博和布什在肯尼迪中心观看了音乐剧《巴迪霍利传》（*The Buddy Holly Story*）的演出，之后到白宫过了一夜。布什亲自把林博的行李搬到专门给他留的房间：林肯卧室（艾尔斯分到的是走廊对面的女王房间）。艾尔斯的秘密外交获得了回报。5 天后，林博在上《今日》节目的时候跟凯蒂·库里克说了一大通他去白宫的事，称总统是一个"真正的好人"。

但得到林博的护持并不足以挽救布什每况愈下的连任竞选，因为受到了海湾战争后经济衰退和那句倒霉的口号⑤的冲击。布什还面临

---

① Golden Games, "Risky Strategy: The Game of Campaign Capers," board game, Jim Bear Enterprises, Inc., 1991.
② Berkowitz, "GOP Pit Bull Roaming Convention."
③ 作者对詹姆斯·贝克三世的采访。
④ Paul D. Colford, *The Rush Limbaugh Story: The Unauthorized Biography* (New York: St. Martin's, 1993).
⑤ 这里是指 1988 年布什竞选总统期间那句有名的话：注意听我说：不会征新税（Read my lips: No new taxes）。但因布什任期间最终还是加税了，连任竞选时，其对手以此作为他失信的把柄。——译者

着另一个挑战：一个底气很足的对手。杜卡基斯的失败刺痛了民主党人，他们吸取了宝贵的教训，讽刺的是，他们采用了艾尔斯获取成功的手段。比尔·克林顿的竞选活动在很多方面都受到了艾尔斯的启发，其著名的"作战室"由政治从业人员组成，其中最主要的是狡猾而富有攻击性的詹姆斯·卡维尔，他将布什描述为一个不知美国疾苦的冷漠的精英分子。①

艾尔斯逐渐产生了一个突破性的见解：对于传播政治信息而言，媒体行业是一个更强大的平台。在1988年的美国共和党大会期间，他与正在制作大会电视转播的NBC执行制片人乔·安戈蒂发生了争执。② 艾尔斯希望NBC完整地播放他给他们的17分钟纪录片，但安戈蒂拒绝了："我们不打算把所有时间花在一部宣传片上。"他在事后这样说道。艾尔斯在一天之内给安戈蒂打了三次电话，试图说服他播放这部片子。"他说：'要不10分钟，你可以播吗？'我说：'我不会在电话里跟人交涉。'"

艾尔斯发现他可以通过改变自身的角色来实现其政治目标。与其任这些控制播出时间的电视网的摆布，不如加入媒体来控制信息。1990年春，他成立了一家公司，名为贝尔蒙特街广播公司（用的是他童年时在沃伦镇上的住址），并做出了他最早的探索行动。③ 5月，艾尔斯花32.5万美元购买了WPSL，这是一家位于佛罗里达州圣卢西港的广播电台，离他的公寓很近。"那是一家老式电台。罗杰带来了大量的谈话节目。"格雷格·怀亚特回忆说，他后来从艾尔斯手中买下了这家电台。④ 艾尔斯给电台想了个新口号："宝藏海岸的谈

---

① Michael Kelly, "The 1992 Campaign: The Democrats: Clinton's Staff Sees Campaign as a Real War," *New York Times*, Aug. 11, 1992.
② 作者对NBC新闻前制片人乔·安戈蒂的采访。
③ Naftali Bendavid, "GOP Campaign Adviser Tries Broadcasting," *Miami Herald*, May 18, 1990.
④ 作者对电视台主持人格雷格·怀亚特的采访。

话"①，并把拉什·林博加到了谈话节目主持人名单中。艾尔斯在公开场合对任何政治议程都保持低调。"电台就是个有趣的事。这只是我想过要做的事。"他这样告诉《迈阿密先驱报》。②

  但那些与艾尔斯共事的人知道，他正在展望未来。有线电视新闻是一个蓬勃发展的新行业。CNN 以其对海湾战争的 24 小时连续报道大火了一把。曾和艾尔斯在布什竞选团队共事的西格·罗吉奇回忆起了他与艾尔斯的一些对话："他一直都想做一个保守的新闻网。这个事情我听他说了很久。他说：'这些电视网都是带有偏见的。在美国我们需要平衡，可是我们并没有，其他所有电视网都是反对共和党、反对任何保守事物的。'他常常说起这件事。"③

---

① 作者对电视台主持人格雷格·怀亚特的采访。
② Bendavid, "GOP Campaign Adviser Tries Broadcasting."
③ 作者对西格·罗吉奇的采访。

第 三 幕

九、美国访谈

  1993 年初，艾尔斯拜访了罗伯特·莱特，嗓门沙哑的他是 NBC 的董事会主席兼首席执行官。[1] 安排这次会面的是艾尔斯的朋友——NBC 的母公司通用电气的首席执行官杰克·韦尔奇。艾尔斯的一位客户有意购买一家电视台，他想看看莱特是否会把 NBC 旗下的电视台卖一家给他。随着谈话的深入，莱特思绪万千。"我们当时就他的背景谈了很多。我们花了很多时间谈论《迈克·道格拉斯秀》，"莱特回忆道，"我感觉这是罗杰职业生涯中的一段浪漫时期。他作为一个土生土长的俄亥俄州人来到了克利夫兰。我一边听，一边对自己说：'这家伙是个制作人。那些广告就是作品。那些政治上的东西就是制作出来的。'于是我对他说，'你可以买下一个电视台。但这条路很坎坷。你听上去像是喜欢制作那些电视节目的。在一个地方台，你不可能制作娱乐节目的。你为什么不到我这里来管理 CNBC 呢？"

  NBC 的消费者新闻和商业频道很不景气，其负责人艾尔·巴伯最近告诉同事他想辞职，莱特正悄悄地找人接替他。[2] CNBC 亏损得厉害。在 NBC1989 年推出 CNBC 后，该频道一直深受收视率低和发行不力的困扰，只有约 1700 万户收看，数量还不到其竞争对手、位于洛杉矶的金融新闻网（Financial News Network）的一半。[3] 开播两年后，NBC 赌了一把，花 1.543 亿美元收购了金融新闻网。但 CNBC 的收视率仍然停滞不前。白天是枯燥的、不间断的股市播报，晚上则是乏味的谈话节目，这样不清不楚的乱成一团的定位让频道深受影响。莱特意识到 CNBC 需要一位具有节目制作天赋的主管来解决收视率问题。"艾尔是个了不起的家伙，但节目制作并不是他的强项。"莱特说。[4] 在与艾尔斯的交谈中，莱特似乎对他产生了兴趣。

讽刺的是，艾尔斯在当前最认同自由主义思想的电视网当了电视主管。尽管他在 NBC 的任期只有 28 个月，但他作为管理者的才能和个性——他的大胆冲动、他的偏执和攻击性、他的保守本能、他的自大狂妄，以及他在电视节目制作方面的巨大天赋，都在这个时期达到了成熟。他的雄心壮志从来都不是为了融入团队，为了成为另一个管理者——他想主宰一切。多亏了他的电视天赋，他那具有煽动性的保守主义言论才没有毁了他为得到这份工作而做的努力。虽然艾尔斯从来没有经营过一个频道，但比起巴伯这个在通用电气跟数字打了几乎一辈子交道的人，他对电视还是略知一二的。此外，NBC 正计划推出一个全是谈话类节目的名为"美国访谈"（America's Talking）的有线电视频道，而艾尔斯作为制作谈话类节目的大师将非常适合管理该频道。莱特对艾尔斯与"电台脱口秀节目之王"拉什·林博之间的关系尤其感兴趣。"我希望他将要做的事之一就是把拉什·林博带进来。"莱特回忆道。⑤

但当艾尔斯的名字作为经营 CNBC 和"美国访谈"的有力竞争者在 NBC 传开时，众制片人都感到不可思议。⑥ 他们无法想象这样一位从他所谓的政治生涯退下来、负责拉什·林博的电视节目的执行制作人，将会受命掌管一个无党派的商业新闻频道。撇开政治关系不谈，他们担心艾尔斯在全国电视上大放厥词。这可不是偶尔的口误。他在采访中称克林顿为"嬉皮士总统"，称白宫发言人乔治·斯特凡

---

① 作者对 NBC 前主席罗伯特·莱特的采访。
② Geraldine Fabrikant, "Ex-Consultant to Bush Named to Head NBC," *New York Times*, Aug. 31, 1993.
③ Bill Carter, "The Media Business: Television; NBC Walks into a Cable Minefield," *New York Times*, April 10, 1989. See also Geraldine Fabrikant, "Surprise Pact by G. E. Unit to Buy FNN," *New York Times*, Feb. 27, 1991; PR Newswire, "Court Approves CNBC's $154.3 Million Bid for FNN Media Business," May 9, 1991.
④ 作者对罗伯特·莱特的采访。
⑤ 同上。
⑥ 作者对 CNBC 多位制片人的采访。

诺普洛斯为"反社会者",甚至在接受 NBC 采访时扮演了一个火力全开的共和党打手的角色。①

艾尔斯非常渴望得到 CNBC 的这份工作。"他一直渴望有个大舞台,而加入 CNBC 相当于得到了一个更大的舞台。"艾尔斯当时的一位同事说。② 7 月 8 日,艾尔斯给 NBC 有线电视部门的总裁汤姆·罗杰斯寄了一封密信,游说对方把这份工作给他。"我仍对 CNBC 的情况非常感兴趣,"艾尔斯写道,"我相信机会和问题既非轻而易举也不简单。但我认为它们都令人兴奋,都可以迎刃而解,以我在节目制作、营销和沟通战略等方面具有的富有创造性的经历,我相信自己是迎接这些挑战的合适人选。"③ 艾尔斯的这封信也抄送了罗伯特·莱特——如果艾尔斯要成为电视网的高管的话,他只会向高层汇报。

正如 25 年前艾尔斯向尼克松的白宫团队表示的那样,这次他也表明了不愿放弃自己的独立性的想法。他告诉罗杰斯,他需要继续担任林博的电视节目的执行制片人。他还刚刚与派拉蒙电影公司续签了一份咨询合同——除了为包括《莫里·波维奇秀》在内的项目提供建议外,还将继续为派拉蒙的联合电视节目提供咨询。最重要的是,艾尔斯坚持约定,如果他接受 CNBC 的工作,他将"需要维持艾尔斯传播公司作为一个实体的运作"。

艾尔斯在这个职位上看到了一个为他的咨询公司与 CNBC 争取新业务的机会。"显然我想避免任何利益冲突或者让人认为有利益冲突的看法,但我相信艾尔斯传播公司在研究和制作方面的实力,因此我们需要对这个问题进行讨论。"他对罗杰斯说道。艾尔斯暗示他已经有了打算在电视台做到高级管理层的想法。他想知道新任总裁是否会"参加所有的会议,并对 NBC 有线电视业务未来的发展有发言权"。

---

① Liz Trotta, "Roger Ailes Still Has Snap in His Political Jabs," *Washington Times*, May 11, 1993.
② 作者对罗杰·艾尔斯一位前同事的采访。
③ 罗杰·艾尔斯写给 NBC 前电视部门总裁汤姆·罗杰斯的信,1993 年 7 月 8 日。

尽管他对这份工作充满热情，但他在人前表现得相当冷静。在接下来的几个星期里，随着与 NBC 的谈判的深入，艾尔斯在媒体上摆出了一副大忙人的样子。7 月 25 日，他在喜剧中心频道参加了比尔·马赫新推出的一档名为《政治不正确》（*Politically Incorrect*）的系列节目的首播。① 那个星期的晚些时候，他在《今日美国》上为他的朋友乔·麦金尼斯及其所写的备受争议的泰德·肯尼迪传记《最后的兄弟》（*The Last Brother*）一书进行辩护。"重要的是记住谁是那个恶棍，"艾尔斯说，"泰德·肯尼迪的一生可没有多少值得骄傲的东西。"②

艾尔斯把自己重新打造成一位新闻主管的努力，在 7 月 21 日那天变得复杂起来，因为有消息称，温和派共和党人克里斯汀·托德·惠特曼聘请了艾尔斯的前同事拉里·麦卡锡加入其竞选团队，与新泽西州的现任民主党州长吉姆·弗洛里奥在州长竞选中一争高下。③ 麦

---

① Ken Parish Perkins, "Exploring the Mystery of Comedy," *Dallas Morning News*, July 22, 1993.

② Deirdre Donahue, "Chronicling Kennedy," *USA Today*, July 29, 1993. 7 月初，艾尔斯为麦金尼斯提供了三天关于媒体的私人培训，帮他应对媒体对该书的负面反应。麦金尼斯和艾尔斯有好几年没联系了，但他这本有关肯尼迪的书引起的争议，让他们重新走到了一起。麦金尼斯打电话给他的老朋友，就肯尼迪家族对《最后的兄弟》的激烈反应表示惋惜。麦金尼斯的私人公关已经弃他而去，理由是卡罗琳·肯尼迪也是她的客户，对方威胁说如果她坚持与他合作，就会撤回所有的业务。"我给罗杰打电话，希望得到他的理解。他总是抱怨肯尼迪家族玩阴的，说他们干了这样或那样的勾当，"麦金尼斯回忆道，"因此我说：'我的老天，我刚跟肯尼迪家族有了这么一段过节。'罗杰说：'好吧，去他们的。你知道吗，我能帮你些忙。'他说：'你可以到我的演播室来待三天，用我们的摄像机和磁带，我扮成刺头主持人问你所有棘手的问题，你来回答，我会当场指出你的答复有哪些可以改进的地方。'"麦金尼斯接受了艾尔斯的提议，并一头扎进了艾尔斯位于公园大道南段的办公室。两人一起讨论该怎么回答这些问题，午饭就用三明治解决。"没有哪一次采访能像罗杰那样有穿透力、充满敌意、富有针对性，"麦金尼斯后来回忆道，"罗杰可能抵得上迈克·华莱士和汤姆·斯奈德加在一起。如果他进入电视新闻行业的话，他可以成为电视上最毒舌的采访者。"当麦金尼斯提出要支付艾尔斯的服务费或去帕特西餐厅吃饭时，艾尔斯拒绝了。"我说：'罗杰，你真让人难以置信。'他说：'我们不能让肯尼迪家族那样对你。'我不清楚西蒙与舒斯特公司是否给他钱了。我们两人从来没提到过这个问题。他说：'我现在做得很好，我会去拿支票的。'"作者对乔·麦金尼斯的采访。

③ Daniel LeDuc, "Whitman Hires Ad Man Who Raised Ire with Willie Horton," *Philadelphia Inquirer*, July 21, 1993. See also Daniel LeDuc, "Controversial（转下页）

卡锡在竞选活动中的表现引起了民主党人以及黑人领袖们的强烈不满，最终导致他离职。

在几天后的一次采访中，惠特曼为聘用麦卡锡一事进行辩护，说她认为是艾尔斯制作了霍顿那条广告。① 5年来一直努力消除威利·霍顿这个污点的艾尔斯，对此怒不可遏。他试图联系惠特曼，但发现她正在爱达荷州度假。② 随后，他找到了她弟弟韦伯斯特·托德，后者在帮她管理竞选团队。"艾尔斯就像一支手持焰火筒一样爆发了，"随后被指派接待艾尔斯的惠特曼的新闻秘书卡尔·戈登说，"他在电话里冲我大喊大叫。他几乎丧失了理智，尖叫着：'我的孩子们看到了这个！'"③ 他说的是他妻子诺玛在前一次婚姻中的孩子。"他一直要求我道歉。他还要求在报纸上公开道歉。"

7月27日下午，艾尔斯抛出一份新闻稿，骂惠特曼是"滑头的克里斯汀"。④ "克里斯汀·惠特曼把麦卡锡招进团队时，她对他曾制作'威利·霍顿'广告的事一清二楚，"该声明援引艾尔斯的话说，"如果克里斯汀·惠特曼不把事情说清楚，没有足够的勇气承认自己做错了事，而是试图在记者团面前巧言令色掩饰自己的错误判断，不说出实情，那她最终会跟比尔·克林顿一样——成为一个笑话。"

惠特曼在7月28日发表的道歉声明在接下来的几天里成了新闻。她在声明中写道："无意贬低艾尔斯先生或其声誉。"⑤

在摆平了新泽西州的这堆麻烦事后，艾尔斯和NBC之间的协议

（接上页）Ad Man Quits Whitman Camp," *Philadelphia Inquirer*, July 22, 1993.
① Dan Balz, "Dispute over 'Horton' Ad Adds More Heat to Race for New Jersey Governor," *Washington Post*, Aug. 1, 1993.
② 作者对克里斯汀·托德·惠特曼州长的前新闻秘书卡尔·戈登的采访。
③ 同上。
④ Ailes Communications, "Ailes Labels Whitman 'Slick Christie'" (press release), July 27, 1993.
⑤ Chris Conway, "GOP Ad Man Gets Apology," *Philadelphia Inquirer*, July 29, 1993; Jerry Gray, "A Republican Attacks Whitman, Too," *New York Times*, Aug. 1, 1993.

也差不多谈妥了。他飞往南塔克特去见杰克·韦尔奇。① 艾尔斯的一位同事说:"罗杰与杰克的关系非同一般。"② 反过来,韦尔奇对艾尔斯也是全力支持。"我对他完全支持。我成了罗杰最大的支持者。他富有创造力。他激情四射。他一上手就行动起来。他身边的人都兴致高昂——他这人有趣极了。"他说。③

在谈判的最后几天里,艾尔斯淡化了自己对 NBC 这份工作的兴趣。"已经进行了一些沟通,但还没有明确具体内容,"8 月 16 日出版的《今日美国》引述他的话称,"我现在的一个首要任务就是担任《拉什·林博秀》的执行制片人。"④ 该文章认为艾尔斯需要更多的钱。文章写道:"林博是独立电台领域里最炙手可热的人物之一,艾尔斯可能很难离开这个可以赚得盆满钵满的行业。"

一周后,艾尔斯与 NBC 签订了一份为期三年的合同,这份合同几乎满足了他所有的要求。⑤ 他被冠以总裁头衔,基本工资为 55 万美元,并保证第二年加薪 2.5 万美元,最后一年的工资"不低于 60 万美元"。如果收视率上升的话,他每年可以获得高达 170 万美元的奖金。值得注意的是,NBC 允许艾尔斯继续担任林博节目的执行制片人,以及艾尔斯传播公司的董事会成员,但合同规定,他不得为艾尔斯传播公司的客户提供任何"正式"的建议或咨询。非常重要的一点是,合同规定,他的直接上司是罗伯特·莱特而非汤姆·罗杰斯,这一点将对未来产生影响。

实际上,艾尔斯已经把罗杰斯逼到了墙角。作为 NBC 有线电视的负责人,罗杰斯刚刚失去了对其部门最大资产的控制权。"汤姆的

---

① Brock, "Roger Ailes Is Mad as Hell."
② 作者对罗杰·艾尔斯的一位同事的采访。
③ 作者对通用电气前首席执行官杰克·韦尔奇的采访。
④ Peter Johnson and Brian Donlon, "GOP Strategist Ailes Wooed to Run CNBC," *USA Today*, Aug. 16, 1993.
⑤ 罗伯特·莱特写给罗杰·艾尔斯的信,1993 年 8 月 23 日。

角色被挤掉了，他不得不找事情来做。"韦尔奇后来说。① 在踏上工作岗位之前，艾尔斯已然把一个强劲的对手赶走了。他还确保自己一直拥有强大的盟友。"罗杰既有敌人也有朋友，"韦尔奇回忆道，"创办了有线电视部门的人中有些认为他是鸠占鹊巢。对此我心里很清楚——我站在罗杰一边。"②

艾尔斯的走马上任令 CNBC 的员工感到紧张。莱特记得，当他宣布这一消息时，高管的脸上"毫无血色"。③ 莱特向他们保证艾尔斯已经放弃了政治那摊事，但当艾尔斯在他位于 CNBC 演播中心那间宽大的办公室里摆出乔治·布什的照片时，他没让大家产生信心。④ "我们很多人都对此抱有怀疑，"CNBC《早间财经》(*This Morning's Business*) 的联合主持人道格·拉姆齐说，"我永远不能接受让一个政治打手来管理一个基本中立的商业新闻电视网。"⑤

事实证明，艾尔斯摆出的局外人形象有利于他开展新工作。当艾尔斯为努力走出困境的新闻编辑部注入竞争的激情时，他的下属就不再纠结于他的政治立场了。"听着，只有一个办法，那就是把事情做对。"他对他的一众有线电视制作人说道。⑥ 那个时代还是电视广播当道，而有线电视像一潭死水一样毫无影响力，CNBC 尤其如此。为了规避工会的规定，该频道自 1989 年开播以来一直在位于哈得孙河对岸的新泽西州李堡的演播室录制播出，那里距离在闪闪发光的洛克菲勒广场的 NBC 总部约有 10 英里。⑦

---

① 作者对杰克·韦尔奇的采访。
② 同上。
③ Hass, "Embracing the Enemy."
④ 作者对 CNBC 一位前员工的采访。
⑤ 作者对 CNBC 前主持人道格·拉姆齐的采访。
⑥ 作者对 CNBC 一位前制片人的采访。
⑦ Linda Moss, "NBC's Cable Gambit Sends Out a Signal," *Crain's New York Business*, April 10, 1989.

福克斯新闻大亨　213

艾尔斯让员工们相信他们是赢家。"我们要推倒任何横亘在我们面前的墙,把这里变成一个一流的频道。"他说。① 他招了新的化妆师来改善主播们的出镜形象。② 他加强了前台的安保工作。"以前随便什么人都可以进来。他请人来施工后把人挡在了外面。"一位前资深制片人解释说。③ "他星期六会在台里,坐在控制室里跟他们讨论灯光、如何变换场景及摄影工作。"莱特回忆道。④ 上任后不久,艾尔斯就召集频道的主播们到办公室参加一次周末沟通研讨会,他给每个人一本他写的《你就是信息》,还把之前收取高昂费用才教给政治候选人和商业巨头的那套技巧传授给了广播电视工作人员。⑤ "如果你对我正在跟你说的话无法理解,那么该我换个方式吧。"他这样告诉他们。他的更衣室幽默让人无法抗拒。"有人说他的幽默挺恶毒的,但我觉得他是我听到过的最聪明的人之一,"CNBC一位前高管说,"因此有那么几个星期我认为他是个英雄。"⑥

艾尔斯显然很喜欢他这个大权在握的新闻高管的新角色。作家理查德·本·克拉默在观察1988年的竞选活动时看出,作为竞选团队中的一名工作人员,艾尔斯"看起来像是穿了别人的衣服——是他多年前借来的(现在人家不想再要回去了)"。⑦ 自那以后,艾尔斯瘦了下来,剃掉了灰白的山羊胡子,在自己的衣柜里塞满了西装、口袋方巾和领带,其中包括老布什送给他的总统领带夹。⑧ 艾尔斯成了位于洛克菲勒广场30号楼里的NBC行政餐厅的常客,他会在此与杰

---

① 作者对CNBC一位前制片人的采访。
② 作者对CNBC一位前员工的采访。
③ 作者对CNBC一位前资深制片人的采访。
④ 作者对罗伯特·莱特的采访。
⑤ 作者对CNBC一位前主播的采访。
⑥ 作者对CNBC一位前高管的采访。
⑦ Richard Ben Cramer, *What It Takes: The Way to the White House* (New York: Open Road Integrated Media ebook, 2011), 565.
⑧ David Lieberman, "Taking to New Stump: CNBC's Ailes Dares to Raise Cable Stakes," *USA Today*, April 28, 1994.

克·韦尔奇和NBC体育部总裁迪克·埃伯索尔聊一些八卦以及有关选举活动的故事。[1] 他出席了由包括亨利·基辛格以及化妆品大亨乔吉特·莫斯巴赫尔等共和党富豪举办的那些派对。[2] 他在四季酒店有一张固定的餐桌,并在此与媒体名人如芭芭拉·沃尔特斯和八卦专栏作家丽兹·史密斯一起用餐。

将自己定位为CNBC社交圈中心的艾尔斯,发起了被CNBC一位主持人称为"魅力攻势"的活动。[3] 为了庆祝他的朋友、CNBC主播玛丽·马塔林与克林顿的顾问詹姆斯·卡维尔结为连理,艾尔斯在21俱乐部和他们共同举办了一场私人晚宴。[4] 出席活动的NBC大人物包括莱特和他的妻子苏珊娜、汤姆·布罗考、蒂姆·拉塞尔。为了纪念CNBC成立五周年,艾尔斯在曼哈顿的喜来登酒店宴会厅举办了一场晚宴和舞会。"我妻子称它为'毕业舞会'。"一位CNBC主播说。[5] "我永远都不会忘记罗杰给罗伯特·莱特敬酒时说的那套极尽奉承的祝词,"一位CNBC高管说,"他是玩那种游戏的行家。"[6] 艾尔斯给人一种正在杰克·韦尔奇培养的你追我赶的通用电气文化中茁壮成长的印象,尽管事实并非完全如此。例如,在通用电气的预算会议上,高管们看着这位沟通大师低着头,紧张地念着财务报告上的内容。[7] "他挺尴尬的,而且浑身不自在。"一位与会者说。"我看得出他对广告和联盟关系这些没什么兴趣,"莱特说,"他的关注点在节目制作上。"[8]

---

[1] 作者对杰克·韦尔奇的采访。"他和埃伯索尔会一起进来,"韦尔奇回忆道,"他们喜欢点芝士汉堡和薯条吃。罗杰这人就是这样。跟他一起出去最好玩了。他为人风趣,反应很快。"
[2] Hass, "Embracing the Enemy."
[3] 作者对CNBC一位前主播的采访。
[4] 作者对参加派对的简·华莱士的采访。
[5] 作者对CNBC一位前主持人的采访。
[6] 作者对CNBC一位前高管的采访。
[7] 同上。
[8] 作者对罗伯特·莱特的采访。

不过，在外界看来，他的媒体形象仍在继续提升。上任 8 个月后，一位记者预测艾尔斯"会成为竞争"莱特那份 NBC 一把手工作的人选。①

最初，艾尔斯在 CNBC 做的还是一些谨小慎微的节目决策，关注的更多是风格元素而非战略重组，将新闻改造成娱乐。他鼓励手下的员工把商业新闻当成一项具有观赏性的体育运动。"市场正在成为一个包罗万象的故事，"一位制片人解释说，"金融界和媒体的腾飞将推动 CNBC 的发展。"② 艾尔斯认为 CNBC"看上去和听上去都太毕恭毕敬了"，所以他增加了"推得更近的镜头，更多的情感，更大胆的音效，用画外音宣布休息一下而不仅仅是放一段音乐而已"。③ 为了提升 CNBC 的形象，艾尔斯推出了全新的营销口号——"在商业领域第一，在谈话类节目中第一"（First in Business，First in Talk）。他把一种参加竞选的心态带入了收视率的竞争中，并且抓住机会挤对他在有线电视领域的对手。1994 年春天，股市在一周内暴跌了 7 个百分点，艾尔斯在《华尔街日报》上刊登了一个整版广告，上面写道："道琼斯指数在巨大的交易量中暴跌。但 CNN 首先看的是今天的天气，告诉你衬衫是否会被淋湿。而 CNBC 要告诉你的是你还有没有衬衫。"④

为了推进 CNBC 提升吸引力及活力的水平，艾尔斯把从 CNN 那里新招来的玛丽亚·巴蒂罗莫像橄榄球比赛的现场记者那样安排在纽约证券交易所大厅里。那些雄性激素分泌旺盛的交易员被她那双化着烟熏妆的双眸、一头乌黑的秀发以及布鲁克林口音迷住了。她很快就

---

① David Lieberman, "Taking to New Stump/CNBC's Ailes Dares to Raise Cable Stakes," *USA Today,* April 28, 1994.
② 作者对 CNBC 一位前制片人的采访。
③ Lieberman, "Taking to New Stump."
④ Rebecca Johnson, "The Correction, or Whatever It Is, Will Be Televised," *New Yorker,* April 18, 1994.

有了个"金钱宝贝"（Money Honey）的绰号。艾尔斯还批准了对早间商业新闻节目的重新设计。"我们谈到了橄榄球大联盟（NFL）周日节目营造的感觉，以及如何让所有的一切都为赛事做铺垫。"一位资深制片人说。[1] 他们构思了一个节目，模仿华尔街的交易台，在开盘钟响起前人们先交换股票市场的情报以及头条新闻。它将被称为"对讲盒"（Squawk Box）。

他重点关注的是组建一支忠诚的团队。艾尔斯把他在艾尔斯传播公司的助理朱迪·拉特萨，以及他在西屋公司时期的导师切特·科利尔招了进来，以协助他推出新的谈话节目频道。在艾尔斯离开《迈克·道格拉斯秀》后的25年时间里，他一直与自己的前老板保持着密切联系。"切特在很多方面都像他的父亲一样，""美国访谈"的制作人格伦·米汉说，"切特可能是唯一一个可以说'罗杰，别再废话了'的人。"[2]

他还去打听了CNBC现有员工的情况。在演播室附近的一家餐厅里，艾尔斯一边慢吞吞地喝着苏格兰威士忌，一边问深夜性话题节目《真正私密》（Real Personal）的主持人鲍勃·伯科维茨："你那个团队的员工里有没有谁，任何你能想到的人，是你会希望跟你一起跳进战壕的？"[3] 艾尔斯在内部找到的追随者都是雄心勃勃的青年男女，按公司的论资排辈来看，他们的资历尚不足以对他的地位构成威胁。政治并不是他考虑的问题。他一手栽培的保罗·里滕伯格是个39岁的广告销售主管，曾投票给比尔·克林顿。[4] 艾尔斯提拔的另一位民主党人大卫·扎斯拉夫是个情绪容易激动的33岁律师，他担任联盟关系主管一职，负责与有线电视公司签约播放它们频道的节目。[5] 35

---

[1] 作者对CNBC一位前资深制片人的采访。
[2] 作者对CNBC前制片人格伦·米汉的采访。
[3] 作者对CNBC一位前雇员的采访。
[4] Richard Linnett, "Media Mavens: Paul Rittenberg," *Advertising Age*, Sept. 29, 2003.
[5] Biography of David Zaslav at Businessweek.com, http://investing.businessweek.com/research/stocks/people/person.asp?personId=6129 78&ticker=DISCA。

岁的公共关系主管布莱恩·刘易斯也赢得了艾尔斯的信任。① 他在很多方面看起来像年轻版的艾尔斯，积极进取且精明强干，这位布鲁克林警察的儿子上的是皇后区的圣约翰大学，然后去霍华德·J. 鲁宾斯坦协会和曼哈顿的另一家公关公司工作过。1993年秋天，在艾尔斯决定让刘易斯接下这份工作之前，他让其参加了一次入会仪式。② 在他的办公室里，艾尔斯告诉刘易斯《纽约观察家报》的一名记者正在写一篇文章，称艾尔斯向正在竞选威彻斯特县地区检察官的珍妮·皮尔罗提供了建议。③ "把这篇文章掐掉。"艾尔斯指着电话说。

"就在这里跟他说吗？"

于是，在艾尔斯的注视下，刘易斯对那位记者横加指责，最终对方同意不再写这篇报道。

"干得好。"艾尔斯说。

刘易斯凭本事留了下来。在他上班第一天，艾尔斯给了他一些建议。"听着，作为我的公关人员，你必须学会一件事：把门打开，这样万一炸弹爆炸的话，你也不会死。"新老板把公关说得跟打仗似的，刘易斯被他迷住了。④

还有一位是CNBC的制片人伊丽莎白·蒂尔森。32岁的伊丽莎白金发碧眼，离异，管的是该频道的日间节目。"她全身心地投入到CNBC的工作中。"一位同事说。⑤ 一个周末，艾尔斯去了办公室，发现她正在埋头工作。⑥

"人都上哪儿去了？"他问道，"来吧，我们一起吃个午饭。"

---

① Biography of Brian Lewis at http://view.fdu.edu/?id=1963.
② 作者对一位熟悉此事的人士的采访。
③ Jacques Steinberg, "Rancor in District Attorney's Race; Cherkasky-Pirro Campaign Pits Newcomer Against Veteran," *New York Times*, Oct. 19, 1993. In 2006, Ailes hired Pirro at Fox News, http://www.foxnews.com/on-air/personalities/jeanine-pirro/bio/#s=m-q.
④ 作者对CNBC一位前员工的采访。
⑤ 作者对CNBC一位前制片人的采访。
⑥ 作者对CNBC一位前员工的采访。

蒂尔森很快就经常出现在艾尔斯的左右。"罗杰要求忠诚，而伊丽莎白就是一个想要表现忠诚的人。"一位同事说。① 她的老板、CNBC 商业新闻副总裁彼得·斯图尔特凡特最近告诉她，她在频道里已经升到她力所能及的最高职位了，但艾尔斯认为他可以带她走得更远。② 12 月，他任命她为"美国访谈"的节目副总裁。③ 其他制片人经常看到她与艾尔斯和切特·科利尔在李堡演播室附近共进午餐。"你可以看到他们走向街对面的披萨店。每个人都是兴高采烈的样子。"一位前制片人说。④ 没和艾尔斯一起吃饭的时候，她就在午餐期间跟她的同事们大谈特谈他这个人。"我以前经常和她一起吃午饭，她对罗杰总是充满倾慕之情。"一位关系近的同事回忆道。⑤

在他的团队就位后，艾尔斯坚持在不受任何干涉的情况下亲自管理 CNBC 的事务。他与汤姆·罗杰斯之间的激烈竞争没有任何降温的迹象。没过几个月，艾尔斯就开始与罗杰斯一手提拔上来的负责 CNBC 日间和黄金时段的节目主管彼得·斯图尔特凡特及安迪·弗莱利发生冲突。在巴伯的领导下，弗莱利可以不受干扰地运作他的节目。但艾尔斯公开表示他打算干预弗莱利的决定。"作为一个有着节目制作和写作背景的人，我不可能看着屏幕却对那些让我抓狂的东西视而不见，"艾尔斯在上任一个月后告诉《洛杉矶时报》，"因此，不管怎样，我都会参与所有的节目制作。"⑥

尽管他管的 CNBC 可以说是一个更引人注目的平台，但艾尔斯把大部分时间都花在了为 1994 年夏季推出的全谈话类节目有线电视频

---

① 作者对 CNBC 一位前制片人的采访。
② See *Broadcasting & Cable*, Oct. 24, 1994, 63.
③ "Tilson's Talking," *Broadcasting & Cable*, Dec. 13, 1993.
④ 作者对 CNBC 一位前制片人的采访。
⑤ 同上。
⑥ Jane Hall, "CNBC Chief No Stranger to the Tube," *Los Angeles Times*, Oct. 18, 1993.

道"美国访谈"所做的准备工作上了。在艾尔斯的概念里,这个被办公室里的人称为 A‑T (all-talk) 的即将开通的新频道,基本上就是将谈话类广播节目转成电视节目。艾尔斯避免了日间电视节目盛行的那种小报式的庸俗内容(像是扔椅子、混乱的亲子纠纷),而是将他每天十几个小时的谈话节目调理成适合中西部地区的严肃刻板的口味——《迈克·道格拉斯秀》在观众中的长尾效应。"我估计有 18 个节目是为怪人准备的,"艾尔斯告诉一位记者,"假如有一家电视网是为正常人提供节目的话,那就平衡了。"① "他想的是《一日女王》(Queen for a Day)那样的,"罗伯特·莱特说,"他在寻找有愉快结局且激动人心的时刻的节目。应该是振奋人心的那种。"②

在制片人被叫去面谈以分派任务时,艾尔斯几乎没有给他们提供什么具体信息。1994 年 5 月,他的团队一搭建完毕,艾尔斯就把他的新员工叫到会议室开会,用一种颇为夸张的方式公布了团队阵容。"第一天我们坐在李堡的一间会议室里,电影《碟中谍》的原声音乐响了起来。我们拿到了一个装着我们具体任务的信封。"CNBC 前执行制片人雷纳塔·乔伊回忆道。③

整套节目安排以晨间的聊天节目开始,由《家庭派对》(House Party) 的前主持人史蒂夫·杜奇和纽黑文地方台前主播凯·基姆共同主持。④ 接下去是一档名为《我疯了吗?》(Am I Nuts?) 的节目,接听观众来电,评判人际纠纷。还有一档来电节目叫《被窃听了!》(Bugged!),它为观众提供了一个可以讨论任何困扰他们的问题的充满喜剧色彩的论坛。《有心人》(Have a Heart) 节目展现了好心人随意为之的一些善举。《猪肉》(Pork) 节目揭露政府的浪费行为,它的舞台布景中有一个超大的猪作为吉祥物。艾尔斯策划了一档两小时

---

① Frazier Moore, "Trying to Cure What Ailes You," Associated Press, Aug. 6, 1995.
② 作者对罗伯特·莱特的采访。
③ 作者对 A-T 前执行制片人雷纳塔·乔伊的采访。
④ Joe Flint, *Daily Variety,* May 5, 1994.

的晚间政治节目《深度 A-T》（*A-T in Depth*），由当时《旧金山纪事报》的专栏作家克里斯·马修斯和 CBS 前记者特里·安祖尔共同主持。1994 年 6 月下旬，艾尔斯又和克里斯·马修斯签了一份年薪 12.5 万美元的合同，由他单独主持一档名为《直奔主题》（*Straight Forward*）的名人访谈节目，类似于普通版的《查理·罗斯访谈录》。① "他对'美国访谈'的节目布局相当有信心，""美国访谈"的一位执行制片人丹尼斯·沙利文说，"他知道你得有一档晚新闻节目，这或多或少是对克里斯·马修斯的投资。其他节目——《我疯了吗？》《有什么新鲜事？》《祝你好运》《活着与健康》——代表了他认为每个人都关心的问题：'我是疯子吗？''有什么新闻？''我感觉如何？'以及'我能为同胞做些什么？今天谁需要我的帮助？'。《猪肉》并不在这个主题下，这档节目是对他的愤怒的一个回应。"②

"美国访谈"的大部分员工在电视方面都没有什么经验。艾尔斯按照自己的模式塑造了这些新手电视制片人。"当你和罗杰一起工作时，你就会引用罗杰的话，"一位助理制片人说，"这些话你张口就来：'不要冲昏了头，不要自以为是。'"③ 他的热情激发出了他的那些指令。"他非常善于和一群人打交道，这使他成为一个很受欢迎的老板，"丹尼斯·沙利文说，"在那里工作的年轻人并不觉得罗杰是个右翼邪恶分子。而是把他当父亲看。"④

在大型的员工会议上，气氛热烈，艾尔斯像教练那样为他的团队鼓劲。"这些员工就像在一个鼓舞人心的集会上，"一位制片人回忆道，"他会说，这样可行，这样不行。这是一场洗脑大会。每个人都瞪大眼睛，欢呼喝彩。"⑤ 艾尔斯给了员工一种感觉，即他会为他们赴汤蹈火，而在一起事件中，他的确这么做了。1994 年 5 月 10 日下

---

① NBC 与贝尔蒙特街广播公司的合同，1994 年 6 月 20 日。
② 作者对 A-T 前执行制片人雷纳塔·乔伊的采访。
③ 作者对 A-T 一位前助理制片人的采访。
④ 作者对丹尼斯·沙利文的采访。
⑤ 作者对 A-T 一位前制片人的采访。

午4点30分左右，A-T备用电源的电池发生了爆炸，导致演播室起火。① 消防部门赶到现场疏散了李堡大楼的人。"罗杰冲回大楼，拿出了所有广告的胶片盘，"一位制片人说，"他是最后一个离开大楼的人，而且他确保所有人都出来了。"②

但是，艾尔斯充满激励的言辞有时也会言不由衷。在"美国访谈"推出阶段的一次早会会议上，他告诉员工们自己办公室的大门永远敞开着，他相信处事要透明。③ 会议结束后，一个叫亚伦·斯皮尔伯格的刚从大学毕业的制片助理一路晃到了艾尔斯的办公室，敲了敲门。"这下他可惹了大麻烦了，"一位资深制片人回忆道，"上头命令下来了：告诉亚伦·斯皮尔伯格别再回来了。这就好比说：'你是什么，一个白痴吗？'"

员工们显然知道艾尔斯的政治立场，但他早年在"美国访谈"的时候刻意没有推动明显的意识形态议程。他只是提醒"美国访谈"的工作人员要吸引东海岸以外的观众。一位前制片人说："他把那些观众称为NASCAR。"④ "我们会收集各地的报纸，"制片人格伦·米汉说，"让我们记住那些飞越州⑤，我们说过很多了。"⑥ 比起政治来，"美国访谈"更应该挖掘1990年代初的时代精神，当时"信息高速公路"的概念风头正劲。电视网与互联网服务公司先驱Prodigy公司签署了一项协议，在电视上实时展示观众的电子邮件和聊天室评论。⑦

---

① "Fire Knocks Out CNBC," *Boston Globe*, May 11, 1994.
② 作者对CNBC一位前员工的采访。
③ 同上。
④ 作者对CNBC一位前制片人的采访。
⑤ flyover states，最初带有贬义，指中上阶层的白人男性精英人士往返于东西海岸之间时，透过飞机窗口才会远远瞥一眼却没有兴趣去那里体验一下的中部州。现在该短语已偏中性，指和沿海繁荣地区在经济发展及文化上有差异的地区。——译者
⑥ 作者对格伦·米汉的采访。
⑦ "美国访谈"是美国第一个互动直播电视网，与Prodigy公司独家合作；Prodigy公司同时开始了电视的互动聊天。Business Wire, June 15, 1994。

从这方面看,"美国访谈"走在了时代前列。社交媒体的概念在当时仍处于萌芽状态,而有线电视新闻频道允许观众在直播中互相交流的想法相当新颖。

频道开播前的那几个星期被疯狂的筹备活动占据了,演播室搭建完毕,节目也拼凑出来了。在短短 10 个月内制作出长达十几个小时的一整套节目,可谓是一份十分亮眼的成绩。但是,当"美国访谈"在 1994 年的独立日那天正式推出时,员工们感觉艾尔斯的试验失败了,他们的喜悦之情淡了下来。许多人觉得这个电视网像是一种低档次的公共频道。在随后的几个月里,艾尔斯的节目概念大多不是泡汤了,就是被改头换面了。"他们在节目制作方面一直举步维艰,"初级制片人托尼·莫雷利说,"有很多尴尬的沉默。跟电影《反斗智多星》(*Wayne's World*)里的场景很像。"①

"美国访谈"一路跌跌撞撞之际,却是艾尔斯在 CNBC 风生水起之时。在他上任的第一年,CNBC 的营收攀升了 50%,利润增加了 2 倍。② 1990 年代的繁荣让他获益匪浅。但从一开始,艾尔斯就拒绝按照新闻标准来要求自己。根据菲利普·莫里斯公司负责企业事务的副总裁托马斯·卡拉莫尔写的一封内部邮件,即使在艾尔斯入职 NBC,负责商业新闻电视网之后,他还从菲利普·莫里斯公司领取每月 5000 美元的咨询费,以便"随时随地提供服务"。③ 1994 年,一众烟草公司向艾尔斯求助,希望他能推出一个公关活动,宣传他们在遏制青少年吸烟方面所做的努力。根据一份内部备忘录,他们这样做是为了"保护烟草公司继续争夺成年吸烟者生意的能力"。④ 在题为"活

---

① 作者对 A-T 前制片人托尼·莫雷利的采访。
② Hass, "Embracing the Enemy."
③ 菲利普·莫里斯公司前高管托马斯·卡拉莫尔给克雷格·富勒的一封电子邮件,http://legacy.library.ucsf.edu/tid/upq91a00/pdf。
④ 菲利普·莫里斯公司的内部文件,http://legacy.library.ucsf.edu/tid/wnc97g00/pdf。

动推出首日"一节中,备忘录上这样写道:"叫艾尔斯尽量引导林博去控诉那些反对者。"

艾尔斯也表现得好像他从未离开过竞选作战室一样。艾尔斯找上了《时代》杂志的作家库尔特·安德森,后者当时正在弄一篇关于拉什·林博和霍华德·斯特恩的封面报道。① 艾尔斯确信这篇报道将会恶意中伤林博,于是打电话给安德森让他把稿子撤了。

"如果 CNBC 的摄制组跟踪你的孩子放学回家,你会喜欢吗?"艾尔斯说。

"假如杰克·韦尔奇知道通用电气的资源被用来跟踪小孩子,我不知道他会怎么想。"安德森回击道。

"你这是在威胁我吗?"艾尔斯吼道。他从没派摄制组跟踪过。

这并不是艾尔斯试图利用 CNBC 的新闻报道来打压敌人的唯一事例。有一天,彼得·斯图尔特凡特接到艾尔斯的一个电话,他因为报纸上登的一篇"讨厌"的文章暴跳如雷。② 一位高管记得,艾尔斯告诉斯图尔特凡特他必须对那位记者进行"报复"。斯图尔特凡特和艾尔斯谈了 10 分钟,直到他冷静下来放弃了这一想法,但这段插曲还是令人心头一颤。回到家,斯图尔特凡特的妻子恳求他辞职,然后去哥伦比亚大学新闻学院工作,但已经在 CNBC 新闻编辑部雇了 150 多人的斯图尔特凡特还是想继续做下去。

与此同时,NBC 的高管们对艾尔斯堂而皇之的党派立场的担心日益加剧。1994 年 3 月 10 日星期四,上午,艾尔斯在电话连线参与唐·伊姆斯的广播节目时对政治进行了一番调侃并引发了一场争议。③ 他告诉伊姆斯,比尔和希拉里·克林顿的"白水"腐败丑闻涉及"土地欺诈、非法捐款、滥用权力……以自杀——可能是谋杀——

---

① Collins, *Crazy Like a Fox*, 19, 引用的消息来自库尔特·安德森。Andersen's story, "Big Mouths," appeared in the Nov. 1, 1993, issue of *Time*。
② 作者对 CNBC 一位前高管的采访。
③ Lois Romano, "The Reliable Source" (column), *Washington Post*, March 11, 1994。

掩盖罪行"。他还提到了在右翼中广为流传的指控,说白宫副法律顾问文森特·福斯特1993年7月的自杀实际上是暴力致死。他还称福斯特的老板(即白宫法律顾问伯纳德·努斯鲍姆)为"那个渺小的努斯鲍姆,那个不值一提的失败者"。在谈到总统即将前往纽约的行程时,艾尔斯哈哈大笑道:"他今天要来纽约……他来这里是因为他听说[奥运花样滑冰选手]南希·克里根要上《周六夜现场》节目。她是唯一一个他还没勾引过的人。"艾尔斯接着还对第一夫人进行了攻击,指出她带到白宫的三位律师——韦伯斯特·哈贝尔、努斯鲍姆和福斯特——一个在接受司法部调查,"一个被迫辞职……还有一个死了。我才不会站得离她太近"。[1] 艾尔斯还在节目结束时对自己的员工大肆嘲讽了一番。他开玩笑说,CNBC《平等时间》(*Equal Time*)节目的主持人玛丽·马塔林和简·华莱士就像"那些你在7点左右去酒吧不太会注意到的女孩,但在酒吧打烊时[她们]就会摇身一变,魅力无穷"。

伊姆斯的这次采访恰好发生在NBC新闻台的一个微妙时刻。与所有电视台一样,NBC正在与白宫协商,以获准对克林顿夫妇进行专访,讨论"白水事件",而大家担心艾尔斯刚刚毁了他们的机会。[2]

艾尔斯跟莱特和NBC新闻台总裁安迪·拉克沟通了一下,以此控制事态,但与此同时,他在媒体上对此事保持沉默,而是派布莱恩·刘易斯出面处理。刘易斯发起了小规模的反击,他告诉《华盛顿邮报》,艾尔斯的那番评论是"做喜剧广播节目的时候说的,应该放在这样的情境下看待",他补充道:"你们知道言论自由吗?2亿5000

---

[1] David Johnston, "Clinton Associate Quits Justice Post as Pressure Rises," *New York Times*, March 15, 1994. 伯纳德·努斯鲍姆于1994年3月初被迫辞职。当时正在接受调查的韦伯斯特·哈贝尔一周后也辞职了。
[2] Peter Johnson, "Ailes' Whitewater Jokes Don't Amuse White House," *USA Today*, March 15, 1994.

万美国人都有这个权利。"① （私底下高管们很清楚这是怎么回事。"艾尔斯才不是在开玩笑，"一位同事说，"这的的确确就是他对克林顿夫妇的看法。"②）

简·华莱士并没有出现在任何为艾尔斯辩护的新闻报道中。"他没有权利说那样的话，"她后来说道，"他是我们的老板。这完全是性别歧视。这让人厌恶，令人愤慨。我认为说这样的话是极其可怕的。"③ 但她也没有因为这件事和艾尔斯闹僵。"我没有大声说出自己的想法，我还在这个人手底下工作。"然而几个星期后，华莱士辞职去 FX 主持她自己的节目，FX 是鲁伯特·默多克的新闻集团旗下新创建的有线电视网。④

艾尔斯在这个争议进一步恶化前成功将其遏制住了。在那个周末过后，NBC 发表了一份声明，呼应了刘易斯之前提出的几点。⑤ 据 NBC 的一位女发言人说，艾尔斯的言论"是在一个喜剧广播节目的背景下说的"。但伊姆斯事件表明，艾尔斯正成为 NBC 内部一个引发分歧的人物。他跟韦尔奇以及 NBC 负责人际关系的执行副总裁爱德华·斯坎伦之间是至关重要的盟友，但他与莱特和汤姆·罗杰斯的工作关系正在逐步恶化。艾尔斯对罗杰斯就像对一个低一级别的对手，还在公开场合讽刺他。"汤姆有点难以释怀，因为他曾经管理过 CNBC，"艾尔斯对一家行业杂志说，"我觉得他喜欢看到自己的名字出现在报纸上……每隔一段时间，我们就会给汤姆的办公室发一份虚假的新闻稿，好让他随时保持警觉。"⑥ 罗杰斯对艾尔斯的奚落非常生

---

① Mary Alma Welch, "Cable Exec's 'Joke' Bombs at White House; Remarks by Ailes 'Inappropriate,'" *Washington Post*, March 12, 1994.
② 作者对 CNBC 一位前高管的采访。
③ 作者对 CNBC 前主持简·华莱士的采访。
④ Joe Flint, "FX Talker Taps Wallace," *Daily Variety*, April 6, 1994.
⑤ Peter Johnson, "Ailes' Whitewater Jokes Don't Amuse White House."
⑥ Collins, *Crazy Like a Fox*, 18, 引用了艾尔斯在 1994 年 5 月接受 *Multichannel News* 采访时说的话。

气,并把这件事告诉了莱特。① 莱特让艾尔斯道歉,但被他拒绝了。

艾尔斯与罗杰斯之间的冲突造成了 NBC 有线电视部门内部的分裂。"罗杰斯相当自我。"罗伯特·莱特说。② 因为给人一种他老虎屁股摸不得的印象,艾尔斯逼得高管选边站,而且还明确表示,心怀二意的忠诚是要付出代价的。

"你忠于谁?"艾尔斯曾这样问一位为他和罗杰斯工作过的 NBC 高管。③

"瞧,我向你们俩汇报。"那人说。

从那一刻起,艾尔斯把这位高管视为一个威胁。在另外一次谈话中,艾尔斯告诉此人不要插手他团队的事,否则"我就他妈的把你的心挖出来!"。④

一天,这位高管注意到 CNBC 的联盟销售主管大卫·扎斯拉夫独自呆在洛克菲勒广场 30 号楼的办公室里,几乎可以明显看出他在浑身发抖。于是他问出了什么事。⑤

"我没法去李堡。"扎斯拉夫压低嗓门回答道。

艾尔斯已然深信扎斯拉夫正和汤姆·罗杰斯密谋毁了他。"艾尔斯不信任大卫,这是毫无疑问的。""美国访谈"的一位工作人员说。⑥ 艾尔斯叫斯科特·埃利希为他监视扎斯拉夫,在加入 NBC 之前,埃利希是艾尔斯传播公司的一名年轻助理。⑦

1994 年秋天,罗杰斯和艾尔斯在几项人事决定上发生了冲突。罗杰斯主动去找了彼得·斯图尔特凡特,说起让后者在 CNBC 国际部

---

① 作者对 CNBC 一位前高管的采访。
② 作者对罗伯特·莱特的采访。
③ 作者对 CNBC 一位前资深高管的采访。
④ 作者对 CNBC 一位前高管的采访。
⑤ 同上。
⑥ 作者对"美国访谈"一位前员工的采访。
⑦ 作者对一位熟悉此事之人的采访。

福克斯新闻大亨 227

任职的事，这一内部调动将让他和艾尔斯相隔半个地球。① 他们俩的关系早已因意识形态和个性而破裂。"斯图尔特凡特，我不想听到你的政治立场。"艾尔斯在好几个场合这样对他吼过。② 他俩的关系也因为斯图尔特凡特的前副手伊丽莎白·蒂尔森而复杂起来。她已经跟他划清了界限。③ 当他们在办公室迎面遇上时，她几乎当他不存在。他后来确信是她在艾尔斯面前说了他的坏话。斯图尔特凡特最后被调到了国际部。④ 虽然艾尔斯看似对斯图尔特凡特的离开非常高兴，但他因为罗杰斯在不符合他目的的情况下做了这个决定而大为光火。⑤

艾尔斯与负责 CNBC 黄金时段节目的安迪·弗莱利的关系也越来越不睦。艾尔斯在给员工开会时公开地，有时甚至是恶毒地批评他。⑥

与此同时，艾尔斯尝试了各种手段吸引观众收看节目。早在福克斯台在新闻节目中穿插政治故事情节之前，艾尔斯就已经玩弄这种叙事力量来吸引观众。1994 年底，他同意了他朋友、喜剧作家马文·希梅尔法的一个想法，即每天整点时段播放一集名为《有线错爱》(Cable Crossings) 的肥皂剧，时长 30 秒。⑦"美国访谈"的这个系列剧以 1990 年代中期流行的雀巢速溶咖啡（Taster's Choice）广告中一对情侣的罗曼史为蓝本，描写了发生在一个虚构出来的名为"星网"(Startnet) 的有线电视网的故事。⑧ 艾尔斯在剧中客串了十几个角色，包括一个趾高气昂的电视网高管。

几个月过去之后，"美国访谈"演播室里的氛围变得越来越令人

---

① 作者对 CNBC 一位前高管的采访。
② 同上。
③ 作者对一位熟悉此事之人的采访。
④ J. Max Robins, "NBC Cable Ups Sturtevant, Reilly," *Daily Variety*, Oct. 4, 1994.
⑤ 作者对 CNBC 一位前高管的采访。
⑥ David Brock, "Roger Ailes Is Mad as Hell," *New York*, Nov. 17, 1997.
⑦ 作者对 A-T 一位前制片人的采访。另见 Alan Bash, "Vignettes Give Cable Networks Identity," *USA Today*, March 14, 1994。
⑧ "The Fastest Soaps, Bar None," *Washington Post*, Feb. 5, 1995.

生疑。"美国访谈"的前制片人格伦·米汉说:"罗杰对待自己的生活就像对待一场竞选活动。"① 虽然"美国访谈"的节目制作更倾向于民粹主义而非保守主义,但艾尔斯担心办公室里的自由派会暗中算计他。他的担忧确实不无道理。在洛克菲勒广场30号楼中流传着一个关于艾尔斯主管的电视网的笑话,它是这么说的:"美国人在说,但没人在听。"②《猪肉》的联合执行制片人丹尼斯·沙利文记得,艾尔斯有次把他叫去开会,讨论时任《深度A-T》制片人的乔珊·洛佩兹的政治倾向。"因为她的左派倾向,他把她描述成可疑的危险人物。"沙利文说。③ 当洛佩兹准备制作一个关于移民的特别节目时,切特·科利尔打电话给她,询问她的政治信仰。沙利文也引起了艾尔斯的怀疑,因为有一天他穿着一双牛仔靴来到办公室。"罗杰认为你看起来像个上了年纪的嬉皮士。"一位制片这样告诉他。"我就再也没穿过牛仔靴了。"沙利文回忆道。

工作人员在办公室里经常见不到艾尔斯的人影。他一头为拉什·林博忙活,一头管着CNBC,还要参加洛克菲勒广场30号楼的会议,忙得左支右绌。"这有点像《霹雳娇娃》,"丹尼斯·沙利文说,"罗杰通过他的车载电话管理这个地方。"

当艾尔斯不在的时候,CNBC基本上是科利尔和蒂尔森在管。"美国访谈"的员工开始在办公室里八卦艾尔斯和蒂尔森之间的亲近。这两人有很多共同点。她在康涅狄格州沃特敦的一个信奉天主教的普通家庭长大,家里连她在内共有5个孩子。④ 全家坚守传统的价值观,父母对孩子的教育也非常严格。蒂尔森的一个兄弟长大后成了一名牧师。艾尔斯从小和血友病斗争,还受着父母婚姻不幸的困扰,跟他相比,蒂尔森的童年也是被悲剧打断了。在她5岁时,父亲去世

---

① 作者对格伦·米汉的采访。
② 作者对NBC一位前资深高管的采访。
③ 作者对丹尼斯·沙利文的采访。
④ 伊丽莎白·艾尔斯在圣玛丽山学院2012级毕业典礼上的演讲,YouTube, http://www.youtube.com/watch?v=LoTlCx7Kzx0。

了。母亲给蒂尔森灌输了自强不息的道德观，鼓励她要在学校里表现出色。和艾尔斯一样，蒂尔森从小对舞台充满了热爱。她的母亲希望她有朝一日能在百老汇演出。但蒂尔森的梦想是成为一名电视网明星。她在自己的高中年鉴中写道，她希望有一天能取代芭芭拉·沃尔特斯的位置。她和艾尔斯一样上了州立大学——她在南康涅狄格州立学院获得了新闻学学士学位。缺乏人脉，她就靠努力工作来弥补。"我记得我在电视网开播前的一个星期六来到台里，而他俩都在，都穿着休闲服。我记得他俩之间的距离以及肢体语言都有一些说不清道不明的东西。我马上就明白这是怎么回事了。"一位制片人回忆道。[1]而其他人则惊叹于艾尔斯的那只名叫杰布的约克夏狗，跟蒂尔森就像老朋友似的。"它会在办公室里跑来跑去，在她身上跳来跳去。我想：'那狗真的跟她很熟。'"一位制片人回忆道，"贝丝总是在清理办公室里的狗便便。"[2] 格伦·米汉也注意到这只狗对蒂尔森的喜爱。"我在伊丽莎白的办公室里，那狗一进来就直接朝她走过去，"他说，"我一直听到传言，但我从小养狗，所以我心里明白。"[3]

撇开跟罗杰斯以及洛克菲勒广场 30 号楼里的其他人之间的明争暗斗不谈，自三年前退出政治活动组织工作以来，艾尔斯一直寻求形象上的改变，如今正在实现中。1994 年秋天，记者南希·哈斯开始为《纽约时报杂志》撰写关于艾尔斯的人物报道。[4] 起初，艾尔斯拒绝了她的采访要求。[5] 但布莱恩·刘易斯说服了艾尔斯配合采访。艾尔斯向哈斯坦言，他已经永远放弃了政治。"人们认为我从事政治方面的工作是因为我想让保守派来掌管这个世界，"他对她说，"实际

---

[1] 作者对 CNBC 一位前制片人的采访。
[2] 同上。
[3] 作者对格伦·米汉的采访。
[4] Nancy Hass, "Embracing the Enemy: Roger Ailes," *New York Times Magazine*, Jan. 8, 1995.
[5] 作者对一位熟悉此事之人的采访。

上,我那是为了钱。"此外,艾尔斯还解释说电视比政治更广阔,他的这番言论在日后得到了证实。"这就是世界上最强大的力量,"他在自己的办公室里,扫了一眼正播放CNBC和"美国访谈"节目的电视屏幕道,"跟这相比,政治不值一提。"

  这篇文章为艾尔斯提供了一个重要的机会,在全国观众面前展示自己作为一个媒体大亨、一个完全成熟的首席执行官以及未来接替莱特掌管NBC之人的形象。艾尔斯在媒体和政界的那些有权有势盟友对哈斯说的那些话,读起来跟印在书皮上的推荐语一样。"我不想和他一起去投票站,"迪克·埃伯索尔这样告诉她,"但我最想和他一起待在控制室里。"福克斯广播公司前首席执行官巴里·迪勒说:"罗杰·艾尔斯这人,最重要的一点在于他有一种超乎寻常的本事,知道什么可行。"杰克·韦尔奇的话后来在NBC一众高管中是最突出的。哈斯在布莱恩·刘易斯位于李堡的办公室里电话采访了韦尔奇。[①] 韦尔奇告诉她,艾尔斯在CNBC的表现"彻底令人惊奇",并补充说,聘用艾尔斯"很可能会成为罗伯特·莱特职业生涯中的最明智之举"。哈斯的文章中写到了NBC内部对艾尔斯被定为莱特继任者的猜测。在一次采访中,她问了莱特这个问题。"如果你在5年前问我,罗杰·艾尔斯能否管理一个电视网,我可能会说不,"他对她说,"那时候,大多数人认为我们需要企业型人才来维持特许经营权。如今,显然我们需要的是敢于冒险的人。"

  这篇题为"拥抱敌人"的专题报道,在1995年的第二个星期大登了出来。"这篇报道在内部被认为是罗杰对自身的定位,即他不仅会接替莱特成为NBC的首席执行官,而且会让这更快地成为现实。""美国访谈"的一位员工这样说道。[②] 报道也暗示了艾尔斯与罗杰斯和扎斯拉夫之间的紧张关系。"每个人在罗杰看来,要么是支持他的,

---

[①] 作者对一位熟悉此事之人的采访。
[②] 作者对"美国访谈"一位前员工的采访。

要么是反对他的。"一位不具名的 NBC 高管告诉哈斯。① 事实证明，这篇文章的发表成为艾尔斯在 NBC 职业生涯中的转折点。"你可以画出罗杰在 NBC 的人气值弧线，"这位"美国访谈"的员工说（人气值是电视高管们用来衡量受欢迎程度的指标），"他的人气值在这篇文章发表前正好在顶点。"

---

① Hass, "Embracing the Enemy."

十、"一个极其危险的男人"

艾尔斯的这番操作是为了坐上莱特的位子,但他选择的时机不恰当。当艾尔斯对着《纽约时报杂志》夸夸其谈时,莱特正推着 NBC 朝一个最终会让艾尔斯止步于 NBC 高层之外的方向发展。1995 年 1 月,就在该报道登出来 5 天后,罗伯特·莱特和杰克·韦尔奇乘坐 NBC 的公务机飞往亚特兰大郊外的德卡尔布-皮奇特里机场。[①]他们从那里出发,驱车前往位于亚特兰大郊区的富人区巴克海德,在丽思卡尔顿酒店与 CNN 的创始人泰德·特纳秘密会面。自 1980 年代初以来,特纳与 NBC 就合并事宜进行了断断续续的谈判。这一轮是两年来高管们就这桩交易举行的第二次会谈。最近的这次开始于几个星期前,当时是特纳主动向 NBC 伸出了橄榄枝。自从 CNN 报道海湾战争以来,CNN 已经迅速扩张成一个全球性的大品牌。该电视网的营收在 1995 年将达到 3.5 亿美元,几乎是 1990 年的 2 倍。[②]与 CNN 的交易将使 NBC 成为电视行业中最重要的有线电视新闻竞争者。

当这几个男人一起讨论的时候,特纳在房间里踱着步。他们为特纳公司的估值争论不休。特纳继续来回走动,莱特则试图打破僵局。他已经习惯了特纳的这种狂躁行为,因为他们两人从 1970 年代起就关系很好。但对特纳几乎不了解的韦尔奇却深感不安。意识到韦尔奇的敌意后,特纳担心起来,正如他事后回想起这件事时说的那样:"如果我们达成了这笔交易,那么我就不过是通用电气的又一个雇员而已。"

90 分钟后,特纳突然结束了会议。"你们知道吗?这事我不干了。"他对他们说。

与特纳的谈判破裂,更加激发了 NBC 对发展成一个真正的有线

福克斯新闻大亨　233

电视新闻频道的兴趣。这次谈判引发的连锁反应导致了有线电视新闻行业的彻底转型。随着 CNN 离开谈判桌，NBC 下定决心创办一个自己的有线新闻频道。而艾尔斯在 NBC 内部的竞争对手们也摩拳擦掌起来，以确保负责这个频道的是安迪·拉克和 NBC 新闻台，而不是罗杰·艾尔斯。

《纽约时报杂志》的那篇文章以一种危险的方式提升了艾尔斯的形象——就跟《推销总统》一书出版后发生的情况一样。文章发表后不久，那些反对艾尔斯的人便行动了起来。一天下午，一个曾多次在会上被艾尔斯训斥的罗杰斯的忠实支持者走进了罗伯特·莱特位于 52 层的办公室，给他讲了艾尔斯是如何辱骂和威胁下属的，他倒的这摊苦水让莱特大吃一惊。③ 莱特立刻把 NBC 的人力资源负责人埃德·斯坎伦叫到了他的办公室。"天哪，埃德，你得听听他说的这些话。"莱特对他说道。之后不久，莱特和斯坎伦去李堡的办公室考察情况。④ 其他人也站了出来。CNBC 的黄金时段负责人安迪·弗莱利向莱特的妻子苏珊娜透露，艾尔斯已经无法无天了。⑤ 苏珊娜·莱特在电视网内部是个超强的存在。高管们称她为主席夫人，因为大家都知道她习惯把自己的社交生活和在 NBC 的职业生活交织在一起。⑥

因为担心艾尔斯会对她丈夫的职位出手，苏珊娜鼓励弗莱利对她丈夫说一说艾尔斯的管理问题。1995 年 3 月 13 日，星期一，弗莱利给莱特和斯坎伦发了一份机密备忘录，对艾尔斯提出了一连串的爆炸

---

① 以下叙述依据的是 Ted Turner and Bill Burke, *Call Me Ted* (New York: Hachette Digital, 2008), 309 – 10。See also Skip Wollenberg, "Turner Broadcasting Breaks Off Talks with NBC," Associated Press, Jan. 16, 1995。
② Charles Haddad, "Ready for a Rivalry," *Atlanta Journal and Constitution*, Dec. 24, 1995。
③ 作者对 CNBC 一位前高管的采访。
④ 安迪·弗莱利写给罗伯特·莱特和爱德华·斯坎伦的信，1995 年 3 月 13 日。
⑤ 同上。
⑥ 作者对 CNBC 一位前员工的采访。

234　　The Loudest Voice in the Room

性指控。① 这封信从头到尾用的都是大写字母，充满了戏剧性，出现了好几处语法错误，看起来准备得相当仓促，这是因为弗莱利不太会用电脑。"鉴于这封信里内容的敏感性，我没让我的助手帮我打字。"弗莱利这样写道。

弗莱利的指控中有些细节令人不寒而栗，他称艾尔斯不止一次在会上斥责他，恐吓他对媒体撒谎，使得弗莱利非常担心艾尔斯可能会动粗。

鉴于他们关系不睦，再加上弗莱利对罗杰斯忠心耿耿，他有明确的动机找艾尔斯的麻烦。但这封带有挑衅意味的信也反映了艾尔斯日益反常的行为。"他一再强迫或试图强迫我和我的同事们撒谎、掩盖事实，利用CNBC的新闻工作和节目制作力量来宣扬他自己或攻击他的对手。"弗莱利这样写道。弗莱利声称艾尔斯有一次早上7点慌里慌张地给他家里打电话，让他在把他《直奔主题》节目放到CNBC这件事上撒个谎，此前有一家报纸质疑这档节目是"艾尔斯的另一个自负之举"。

在企业文化的边界内，艾尔斯的反应就像一只笼中困兽。"我和我的几位最有才华的同事每天在跟这个人打交道的时候，都感觉到情绪上甚至肉体上的恐惧，"弗莱利写道，"从当着我的面吐口水、大声尖叫，到出言威胁要'打爆［我的］脑袋'，再到玩心理游戏，质疑我的家庭关系、我的婚姻和极其私人的完全不合适的话题。"

作为CBS新闻的传奇总裁弗雷德·弗莱利的儿子，弗莱利称艾尔斯是"一个活生生的诚信危机"，并恳求他的老板将他调往洛杉矶任职。莱特和斯坎伦并没有采取任何大动作来处理这些指控。"当你深入那些细节时，事情总是丑陋不堪。"莱特后来说道。② 6个月后，弗莱利辞职了。他去了一家名为King World Productions的电视联合

---

① 安迪·弗莱利写给罗伯特·莱特和爱德华·斯坎伦的信，1995年3月13日。
② 作者对罗伯特·莱特的采访。

福克斯新闻大亨

制作公司担任节目部执行副总裁，该公司发行《内幕》以及包括《幸运轮盘》、《危险!》（Jeopardy!）和《好莱坞广场》（Hollywood Squares）在内的游戏节目。①

当艾尔斯在公司内部争夺控制权时，他又在第二条战线上对CNBC的竞争对手出手了。1995年6月，也就是在断然拒绝了莱特和韦尔奇的几个月后，泰德·特纳宣布CNN正计划推出一个由资深商业主播卢·多布斯主管的金融新闻网。② 艾尔斯曾试图将多布斯招入CNBC，如今他觉得多布斯为了在特纳那里得到一个更好的结果而把他耍了。③ 他盘算起了投放广告攻击CNN的事。④ 其中一条广告拍的是一些坐在轮椅上的老年观众，在养老院收看多布斯在CNN的电视节目《美市盘赔率》（Moneyline），艾尔斯希望用这种方式来嘲笑CNN受众的老龄化。艾尔斯还在媒体上玩了一手。"到了这个时候，艾尔斯最想要的就是击败多布斯的机会。"跟艾尔斯走得近的某位消息人士对一名记者说。⑤ 艾尔斯告诉记者，假如特纳踏入他的地盘的话，他将把"美国访谈"变成一个24小时的新闻频道，与CNN分庭抗礼。⑥

艾尔斯试图利用这场酝酿中的与CNN的竞争为自己争取利益。他续约的谈判期到6月30日结束，而CNBC的成功给了他筹码。⑦ 尽管莱特对艾尔斯越来越持保留态度，但杰克·韦尔奇仍然极力支持

---

① King World, "CNBC's Andy Friendly Joins King World as Executive VP of Programming and Production" (press release), Oct. 2, 1995.
② Bill Carter, "CNN Officials to Propose a Business News Cable Service," New York Times, June 9, 1995.
③ J. Max Robins, "The ABC's of Michael Jackson," Variety, June 26 – July 9, 1995.
④ Joe Flint, "Brand Name Good for Biz," Variety, Dec. 11 – Dec. 17, 1995.
⑤ Robins, "The ABC's of Michael Jackson."
⑥ Carter, "CNN Officials to Propose a Business News Cable Service."
⑦ Peter Johnson and Alan Bash, "Roger Ailes Ponders His Future with CNBC," USA Today, June 21, 1995.

艾尔斯留在公司。艾尔斯又一次使出了手段——继续利用媒体。离合同到期还有9天时,《今日美国》报道说,艾尔斯"离开的可能性是五五开"。[1] 这些谈判花招得到了回报。1995年6月30日,艾尔斯签下了一份为期4年的合同,继续留在NBC。[2] 这比他现有的合同条件还要优厚。艾尔斯的基本工资跃升至72.5万美元,而且保证在1997年1月增加到80万美元,在1998年7月增加到90万美元。合同规定,艾尔斯将获得不少于25万美元的年终奖。和以前一样,艾尔斯向莱特汇报工作,同时还被允许保留他的外面的商业利益。他仍然是艾尔斯传播公司的董事会成员和负责人、林博那档节目的执行制作人,还保留了为两个外部的谈话节目提供咨询的权利。

这份合同没有解决艾尔斯、罗杰斯和扎斯拉夫之间错综复杂的汇报机制,愤怒仍在郁积,很快就会战火重燃。艾尔斯希望完全掌控CNBC,但罗杰斯和大卫·扎斯拉夫仍在其位。这种竞争加剧了艾尔斯的担忧,认为他的竞争对手正在策划一场针对他的新攻势。"这就是这场美满的婚姻破裂的地方。"罗伯特·莱特说。[3]

1995年5月,NBC宣布与微软成立合资公司,创建一个全新的互动频道。[4] 汤姆·罗杰斯开始与比尔·盖茨进行谈判。[5] 艾尔斯起初并不知道这个计划。[6] 洛克菲勒广场30号楼里的高管正在筹划这个将要取代"美国访谈"的频道,并给它取了个非正式的代号,叫"俄亥俄计划"。当艾尔斯听到风声时,他认为这个代号是对他的成长经历的讽刺。他为了挽救"美国访谈"而四处游说,在得知扎斯拉夫

---

[1] Johnson and Bash, "Roger Ailes Ponders His Future with CNBC."
[2] 罗伯特·莱特写给罗杰·艾尔斯的信,1995年6月30日。
[3] 作者对罗伯特·莱特的采访。
[4] Evan Ramstad, "Business News," Associated Press, May 16, 1995. See also Bradley Johnson, "Microsoft-NBC: A 'Virtual Corporation'; Details May Be Fuzzy but Packaging Is Loud as Companies Converge," *Advertising Age*, May 22, 1995.
[5] 作者对罗伯特·莱特的采访。
[6] Swint, *Dark Genius*, 124-26. See also Collins, *Crazy Like a Fox*, 15, 18.

支持这个新频道后，他变得特别愤怒。"现实情况是，比尔·盖茨希望这个频道直接由 NBC 新闻的总裁而不是其他任何人来领导，"莱特回忆道，"这对罗杰是一个沉重的打击。他恨死了这个决定。"①

也正是在这个时候，艾尔斯似乎进入了罗伯特·莱特后来所说的"崩溃模式"②。他与诺玛的 14 年婚姻已经走到了尽头。诺玛于 1994 年 9 月提出离婚。③ 1995 年 9 月 5 日，州最高法院的一名法官最终做出了裁决。跟他 18 年前的第一次婚姻不同，他的第二次婚姻的破裂产生了重大的经济后果。如今他可是一个相当富有的男人。

当艾尔斯得知扎斯拉夫质疑他对 CNBC 的销售预期后，他与扎斯拉夫之间的冲突加深了。"这个泡沫在那年秋天破灭了。"莱特说。④ 在那年 9 月的一次公司晚宴上，艾尔斯向他的同事宣战。他对跟他一起用餐的忠诚支持者说："让我们杀了这个婊子养的。"⑤ 之后，在与扎斯拉夫的一次会面中，据说艾尔斯称他是"一个该死的小犹太白痴"⑥。

9 月 30 日，星期六，汤姆·罗杰斯给 NBC 的人力资源主管爱德华·斯坎伦打了电话，告知他扎斯拉夫对艾尔斯提出了令人震惊的指控。⑦ 罗杰斯说，罗杰在"一场激烈的争论"中羞辱了扎斯拉夫，当时有一名证人在场。在关于此事的手写笔记中，斯坎伦写道："我告诉汤姆，如果事情果真如此的话，那意味着对罗杰·艾尔斯的一个严重指控，连 NBC 也无法驳回。"

杰克·韦尔奇很欣赏斯坎伦处事的谨慎，以及捂住棘手的员工问题不泄露给媒体的能力。指控一名知名高管以反犹言论侮辱一位犹太

---

① 作者对罗伯特·莱特的采访。
② Collins, *Crazy Like a Fox*, 22.
③ Divorce case 309767 - 1994, Supreme Court of the State of New York, Justice Phyllis Gangel-Jacob.
④ 作者对罗伯特·莱特的采访。
⑤ Brock, "Roger Ailes Is Mad as Hell."
⑥ 爱德华·斯坎伦在该指控发生后的手写笔记。
⑦ 同上。

员工，正是需要极其敏感地处理的那种事，尤其是在一家充斥着八卦记者的媒体公司里。当天晚上，斯坎伦向莱特大致介绍了一下情况。[①] 第二天，莱特与罗杰斯商议，而扎斯拉夫作为当事人给斯坎伦打了电话，提供了他这边的第一手资料。扎斯拉夫说他并非要诋毁艾尔斯，并要求在保住他目前职位的同时，向洛克菲勒广场30号楼里的其他高管汇报。"我只是想做好我的工作。"扎斯拉夫说。在他们挂断电话之前，斯坎伦告诉扎斯拉夫，如果艾尔斯的言论属实，那就严重违反了NBC的行为准则，必须对此事进行调查。

碰巧，斯坎伦和莱特原定于星期一和星期二参加管理发展学院的会议，该学院位于纽约克罗顿维尔，是通用电气著名的领导力培训中心。他们在会议间隙商议后决定向普洛斯律师事务所[②]的合伙人霍华德·甘兹咨询，此人受NBC聘用处理雇佣纠纷。莱特说："霍华德·甘兹是一位强硬且公正的调查员。"[③] 10月3日星期二，晚上，斯坎伦要求甘兹开展调查——要暗中进行。根据甘兹的笔记，NBC给了甘兹"自由行事权——没有任何附加条件；不受任何限制"[④]。

艾尔斯反倒是采取行动对扎斯拉夫进行诋毁。在甘兹的调查进行了一个星期后，艾尔斯把CNBC新任首席财务官吉姆·格雷纳写给他的一封事关扎斯拉夫的措辞严厉的信，转发给了斯坎伦。[⑤] 格雷纳信中的表述对艾尔斯有利，称挑起事端的是扎斯拉夫而非艾尔斯。他说扎斯拉夫是一个"控制狂"，以"恐吓"手段进行管理，而且缺乏"良好的商业判断能力"。至于消息来源，格雷纳在给艾尔斯的信中没有指名道姓，但称他们是"信誉良好的员工"，"似乎并没有什么私人

[①] 爱德华·斯坎伦在该指控发生后的手写笔记。下面的大部分内容根据斯坎伦的笔记撰写。
[②] Proskauer，美国顶级律师事务所之一。——译者
[③] 作者对罗伯特·莱特的采访。
[④] 普洛斯的合伙人霍华德·甘兹的机打笔记。在后面段落中详述的关于甘兹调查的大部分内容都是基于这些笔记。
[⑤] 吉姆·格雷纳写给罗杰·艾尔斯的信，1995年10月10日，即当日转发给爱德华·斯坎伦的信。

福克斯新闻大亨

恩怨"，而且"说话有理有据，也很讲道理"。

斯坎伦似乎认为这封信明摆着就是艾尔斯想加害扎斯拉夫。他复制了一份这封信，发给了甘兹。"罗杰真的是想方设法在大卫·扎斯拉夫身上'做大文章'。"斯坎伦在随信附的给甘兹的字条上这样写道。①

不出两周，甘兹就向 NBC 详细汇报了他初步调查的结果。针对反犹言论诽谤一事，他指出："我已经向 NBC 报告，有大量可信的证据证实这一指控——因此我相信指控属实。"他发现，这种事"据说早有先例，他过去对其他一些人也进行过辱骂、攻击和恐吓性言论/威胁以及人身攻击"。此外，甘兹调查了其他一些指控，即关于艾尔斯"恐吓和威胁可能接受采访或掌握与调查相关的信息的个人"。甘兹认为，艾尔斯对扎斯拉夫的言论可以作为"终止合同的理由"。这话很有说服力。罗伯特·莱特后来说他相信甘兹的说法。"我的结论是他可能说了那话。"莱特回忆道，指的是艾尔斯对扎斯拉夫的言论。②

NBC 叫甘兹暂停调查，并与艾尔斯的律师见了面，看他们能否在事态进一步扩大之前解决此事。他们关心的是自保。"到目前为止已经捂住了，没漏一丝风声。如果恢复调查，势必会牵扯到更多的人——就会有泄密的风险。"甘兹指出。

10 月 16 日星期一，斯坎伦找艾尔斯谈话。在"他的行为受到警告"，并被告知这是"不可接受的、不符合通用电气/NBC 的行为准则"后，艾尔斯告诉斯坎伦，他希望在 24 小时内对此事做个了断。

10 月 13 日星期五，这天对扎斯拉夫而言是个难熬的日子。③ 大约在中午时分，NBC 的一位调查员告诉扎斯拉夫他与艾尔斯的盟友斯科特·埃利希有过一次谈话。埃利希建议他不要去跟扎斯拉夫交谈。在给甘兹的一封信中，扎斯拉夫详述了此事，并提到自己手下的

---

① 爱德华·斯坎伦写给霍华德·甘兹的信，1995 年 10 月 10 日。
② 作者对罗伯特·莱特的采访。
③ 大卫·扎斯拉夫写给霍华德·甘兹的信，1995 年 10 月 17 日。

员工向他报告，说艾尔斯现在怀疑他为了与有线电视运营商达成交易而挪用了公款。他在信中写道："他公开表示，他认为我可能利用 CNBC/'美国访谈'的市场营销资金对有线电视运营商进行贿赂，这样的言论让我感到特别不安。"他还说，艾尔斯的阵营正在散布谣言，说扎斯拉夫将在本周末前灰溜溜地走人。扎斯拉夫在这封信的末尾表达了自己内心的不祥之感。"我认为艾尔斯是一个非常、非常危险的人。他威胁要对我进行人身伤害，我对此非常、非常当真，而且［这些威胁］已经并将继续引发我和我家人的极大担忧，"他这样写道，"无论是在公司还是在家里，我都感觉身处危险之中。我打算去征询爱德华·斯坎伦的建议，我是否还应该继续去李堡。"

10月17日，也就是扎斯拉夫记录下他与艾尔斯最近一次争执的那天，霍华德·甘兹按约定跟艾尔斯的律师米尔顿·莫伦见了面，此人是一名退休法官，擅长包括工作场所歧视在内的案件。[①] 甘兹计划向莫伦详细地介绍一下他的调查结果。"你应该知道，我是完全实事求是地处理此事的——而且是作为完全中立的外部独立律师/调查员，"他这样写道，"我所说的都是我亲眼所见——就这样。"甘兹指出"给过艾尔斯机会与我见面，但他拒绝了"。甘兹想知道"你认为还有哪些可能的谈判途径？"。

NBC正在考虑两个方案。一是让艾尔斯辞职。艾尔斯将和NBC协商在媒体上公布他离职的理由以及具体公布这个消息的时间，前提是艾尔斯在24至48小时内签署辞职信。他们将就财务解决方案进行谈判，但NBC不准备支付他合同约定的所有薪酬或提供无理由解雇的最低限度的赔偿金。如果他想继续在NBC留任——"不确定是否有这种可能性，只是随便这么一说"，甘兹写道——艾尔斯必须向扎斯拉夫道歉，同意停止他的恐吓性辱骂的举止，并允许扎斯拉夫在工

---

① 霍华德·甘兹在与米尔顿·莫伦法官阁下会面前机打的笔记。

作上向其他人汇报。

事后问及这次会面的情况时，莫伦批评了甘兹的调查方式。[1]"他的结论是艾尔斯说了反犹的话。我问他：'那你有什么证据呢？'他的回答令我震惊。我问他是否跟艾尔斯开过听证会。他根本就没有。"莫伦指出，艾尔斯在其职业生涯中与一些犹太人合作过。"事实上，他的第一位商业合作伙伴就是一位犹太人。"莫伦说。

NBC 为艾尔斯起草了"留任"和"退出"的备选方案。[2] 在留任方案中，NBC 规定了艾尔斯向扎斯拉夫道歉的条款："（a）必须正式道歉并收回反犹言论，承诺今后不再有任何此类表示。（b）必须收回被扎斯拉夫合理地理解为与扎斯拉夫和 NBC 公司高管的沟通有关的恐吓或威胁的任何及所有声明；并且必须承诺今后不再发表任何此类声明。"由于业务上的现实情况，扎斯拉夫将继续与艾尔斯合作，但 NBC 要求艾尔斯允许扎斯拉夫向他和汤姆·罗杰斯汇报工作。

退出方案将包括保密条款、不诋毁条款，以及不竞争条款，例如不在"CNN/Turner、CBS、ABC、福克斯、任何商业新闻服务"中任职。此外，艾尔斯要同意不"招揽 NBC/CNBC/'美国访谈'的员工到任何有竞争关系的公司任职"。这份协议中的其他要点包括"在

---

[1] 作者对米尔顿·莫伦的采访。在作者一次采访中，霍华德·甘兹证实 NBC 请他来处理艾尔斯和扎斯拉夫之间的纠纷。在采访后追加的电子邮件中，甘兹说："然而，我确实查看了我关于罗杰·艾尔斯所涉事件的剩余文件，我跟你谈话时所作的回忆没有需要再进行补充的。"当我向汤姆·罗杰斯询问这些事件时，他否认了这些事的发生以及他自己的参与。"我否认自己去找过斯坎伦。"他说。在我与汤姆·罗杰斯交谈的第二天，大卫·扎斯拉夫给我回了电话，此前他曾拒绝为这本书与我交谈。"汤姆·罗杰斯给我打了电话，告诉我你要写的内容。"扎斯拉夫说。当我开始详细介绍我的报道时，扎斯拉夫打断了我。"我这么做绝非对你无礼。我对这些背景并不关心，"他说，"这是你的书。你要怎么写那是你的事。我想说的是，罗杰和我有过激烈的争吵，我们都跟对方吵过。但关于反犹言论：如果你写了的话，那是不对的。"扎斯拉夫继续说道："罗杰和我有过很多争论。也许有人力资源部门的调查，那是因为我们都叫对方去死。加布，我祝你写书顺利。"他挂断了电话。那次谈话结束后，我给他的发言人打了电话，想再跟他聊一次。扎斯拉夫从未对此做出回应。而爱德华·斯坎伦和理查德·科顿对此不予置评。

[2] NBC 内部备忘录，1995 年 10 月 19 日。

242　The Loudest Voice in the Room

感恩节的那个周末前宣布离职,并于 1995 年 12 月 31 日正式生效……。在截至 1995 年 12 月 31 日的这段时间,罗杰·艾尔斯不会做出任何被理性的员工视为冒犯、恐吓或侮辱的行为"。艾尔斯将得到一份"与 NBC 的咨询协议,有效期从 1996 年 1 月 1 日开始至 1997 年 12 月 31 日结束,咨询费按月付款"。

10 月 20 日,艾尔斯让人把一封信亲手交给了莱特,并传真给了斯坎伦和韦尔奇。为了保住自己的工作,艾尔斯在扮演受害者的同时也发起了攻击。"我们有机会快速且有效地解决这个问题。"他开头这样写道。他在信中接着说:

>这些指控是虚假且卑鄙的。
>我没有得到公平的听证。
>这很不美国。
>所有的律师服务只会激起一个事与愿违的结果。[1]

与此同时,扎斯拉夫在办公室里一直尽量避开艾尔斯。但艾尔斯得到报告说,扎斯拉夫将向媒体泄露此事。"我注意到大卫·扎斯拉夫最近与《财富》杂志记者贾斯汀·马丁有过几次没被记录在案的谈话,"布莱恩·刘易斯在 10 月 18 日的一份备忘录中写道,"我还没有向大卫提出这个问题,但如你所知,我们有一项政策,就是所有的媒体电话必须先经过媒体关系部门,以确保公司这边发出去的信息都是有统一口径的……。请指示。"[2] 10 月 25 日星期三,下午,艾尔斯出现在扎斯拉夫的办公室门口,然后走了进去。[3] 他主动与扎斯拉夫友好地握了握手。"我喜欢你,而且我一直都喜欢你。"艾尔斯告诉他。

"谢谢你。"扎斯拉夫回答。

---

[1] 罗杰·艾尔斯写给罗伯特·莱特的信,1995 年 10 月 20 日。
[2] 布莱恩·刘易斯给罗杰·艾尔斯的备忘录,1995 年 10 月 18 日。
[3] 大卫·扎斯拉夫写给爱德华·斯坎伦的信,1995 年 10 月 25 日。

艾尔斯似乎准备好了话术来传达一个信息。"这整件事并没有私人恩怨，"他说，"到目前为止，我们只是在损害彼此的职业生涯。"艾尔斯说，如果扎斯拉夫主动去找他的话，这场宿怨就结束了。"我们可以和平相处。"他说。

"谢谢你这么说。"扎斯拉夫答道。

"这已经变成一场真正的战争了。我不喜欢打仗，但我在这方面很擅长。战争这事吧，肯定会造成伤亡，"艾尔斯说着笑了起来，"在我的职业生涯中，我经历过大约 12 次翻车。但也不知道为什么，最后我都安然无恙。"

当时肯定还不清楚艾尔斯究竟是想向他道歉还是威胁他。

"我是一个非常有精神力量的人，"艾尔斯继续说道，"不该由我来拉紧套在你或其他人脖子上的绞索。那是我们的造物主做的事。你现在可以安心睡觉了……。你不需要担心我会对你做什么。"

"谢谢你。"扎斯拉夫说。

艾尔斯走出了办公室。扎斯拉夫迅速把谈话内容打了出来，并将记录稿发给了斯坎伦。

NBC 的高管们正处在一个十字路口。"现在的情况是公说公有理，婆说婆有理，"莱特说，"如果他们能走到一起，我会很满意……但事实不是。"① 艾尔斯没有选择退出方案，而高管们则继续担心这次事件会泄露给媒体。在 10 月 30 日上午召开的员工会议上，艾尔斯一上来就说："我感觉自己就像巴顿将军一样。恐怕他们会发现我喜欢打仗。"②

11 月 10 日，艾尔斯与 NBC 达成了协议，并且保住了他的工作。"艾尔斯同意，为了 NBC、CNBC 和'美国访谈'的最高利益，与扎斯拉夫以有建设性的、和谐的方式共事。"协议写道。其中还补充道：

---

① 作者对罗伯特·莱特的采访。
② NBC 内部备忘录，1995 年 10 月 30 日。

"在他受雇于 NBC/CNBC 期间，艾尔斯同意，他不会做出一个理智的员工会认为是恐吓或欺侮的行为。如果经斯坎伦认定，艾尔斯做出了上述行为的话，那么这种行为将……使 NBC 有权终止 6 月 30 日签署的协议以及该协议下艾尔斯与公司的雇佣关系。"① 艾尔斯和扎斯拉夫又单独签了一份协议，以此终结这场造成"双方之间出现某些争议和分歧"的纠纷。

"没有道歉。没有承认任何错误行为。"米尔顿·莫伦说。②

11 月 21 日，NBC 宣布扎斯拉夫被提拔为负责有线电视发行和国内业务发展的执行副总裁。③ 艾尔斯的一名亲信记得，不久之后，扎斯拉夫开始开着一辆灰色的保时捷 911 来上班，他把这辆车停在残疾人停车位上，以免车子被刮坏。"罗杰那些日子走起路来一瘸一拐的。这当然让他很生气。"该消息人士说。④

那份协议并没有让紧张局势缓和下来。1995 年 11 月底，艾尔斯和扎斯拉夫前往加州的阿纳海姆参加一个重要的行业会议——西部有线电视展。⑤ "那真的非常、非常别扭，"一位工作人员后来说，"罗杰不跟大卫说话，大卫也不跟罗杰说话。但他们又是代表 NBC 出席这样的活动。"⑥

虽然艾尔斯留了下来，但他在 NBC 显然已经没有什么前途了。尽管艾尔斯想说服莱特改变想法，但莱特和韦尔奇已经排除了任命艾尔斯经营新创办的 NBC-微软有线电视新闻网的可能性。"他说他会为盖茨打理这个项目，"莱特记得艾尔斯这样告诉他，"我说：'必须是 NBC 新闻的人来管。'"⑦ 莱特试图说服艾尔斯继续负责 CNBC 的

---

① 罗杰·艾尔斯和大卫·扎斯拉夫的雇佣协议，1995 年 11 月 10 日。
② 作者对米尔顿·莫伦的采访。
③ "Communications Personals," *Communications Daily*, Nov. 21, 1995.
④ 作者对艾尔斯在 CNBC 的一位前同事的采访。
⑤ Collins, *Crazy Like a Fox*, 18.
⑥ 同上。
⑦ 作者对罗伯特·莱特的采访。

工作，但未能成功。艾尔斯无法接受对方的提议。他从莱特的继任者瞬间被降为了负责 CNBC 节目的一名有线电视新闻制片人。

不过，艾尔斯在公开场合没有表现出任何退缩的迹象。"我喜欢竞争，"在扎斯拉夫事件发生后不久，他对《新闻日报》的记者说，"这就是我早上起床的原因。"①

1995 年 12 月 14 日，艾尔斯在他位于李堡的办公室里来回地踱着步，看着自己的职业生涯在电视荧幕上崩塌。② "美国访谈"，他的宝贝，正从他手上被夺走，而这一切正在众目睽睽之下发生。荧幕上，罗伯特·莱特在杰克·韦尔奇和安迪·拉克的陪同下，走上洛克菲勒广场 30 号楼 8H 演播厅的讲台（这里也是《周六夜现场》的标志性场景），开始了一场新闻发布会。③ 比尔·盖茨和汤姆·布罗考则通过视频连线参加了活动。莱特证实了几个星期以来媒体行业在议论的事：NBC 和微软即将推出一个全新的、名为 MSNBC 的有线电视新闻频道，NBC 新闻的总裁安迪·拉克将掌管该频道的节目制作。微软将为这家双方各持股 50％的合资公司投资 2.2 亿美元，并每年向 NBC 支付 2000 万美元的执照费，以获准在网上播放其新闻节目。④ MSNBC 将接管"美国访谈"在有线电视上的号段——艾尔斯的频道将停播。

这次新闻发布会，是对 9 月 22 日宣布的时代华纳与特纳广播公司合并的回应。这笔 75 亿美元的巨额交易促使 CNN 的竞争对手瞄准了特纳公司的有线电视新闻的垄断地位，以免它们被甩在后面。⑤ 12

---

① Elizabeth Sanger, "Financial News Is Hot," *Newsday*, Dec. 3, 1995.
② Collins, *Crazy Like a Fox*, 5–10, 17.
③ CNBC/Dow Jones Business Video, "NBC Holds News Conference to Announce New 24-Hour News Channel" (transcript), Dec. 14, 1995.
④ Collins, *Crazy Like a Fox*, 9.
⑤ Mark Landler, "Turner to Merge into Time Warner; a $7.5 Billion Deal," *New York Times*, Sept. 23, 1995.

月初，ABC那位听风就是雨的新闻主管罗恩·阿利奇宣布，ABC正计划推出一个24小时的有线新闻频道。① 差不多在同一时间，新闻集团董事长兼首席执行官鲁伯特·默多克在波士顿对着一群商业领袖做演讲时，也宣布他打算推出一个24小时的新闻频道。② 对默多克而言，与特纳的较量属于私人恩怨。就在几个月前，即1995年8月，默多克曾与特纳私下谈判，希望收购CNN，但没能如愿。③ 在默多克宣布他将开办一个"真正客观"的频道的第二天，特纳在西部有线电视展的开幕式上宣布他期待"把鲁伯特像虫子一样压扁"。④ 战线已经划下。尽管特纳在公众面前夸夸其谈，但他对默多克这边的进展深感不安。"从CNN最早的时候开始，我就担心有人会用一个右翼电视网来对付我们，"他后来在自传《叫我特德》中写道，"如今它来了。"⑤

　　NBC决心击败ABC和默多克的新闻集团，挺进市场，但还有一个棘手的问题亟须解决。在精心策划的与微软的合作关系推出的背后，围绕艾尔斯的内部冲突从未远离人们的视线。有位记者向多位高管询问，艾尔斯对"美国访谈"被MSNBC取代有何反应。微软高管彼得·纽珀特回答说："罗杰参与这些讨论已经有一段时间了。"但没人相信他说的话。纽珀特声称艾尔斯将"积极参与此事的进展"。⑥

　　"去他们的。"艾尔斯在办公室里一边踱步一边说，他的助手朱迪·拉特萨和布莱恩·刘易斯就在旁边看着。"去他们的。"⑦

---

① United Press International, "ABC to Launch 24-Hour Cable News Channel," Dec. 5, 1995.
② Associated Press, "Murdoch Planning All-News TV Network," Nov. 29, 1995.
③ Ken Auletta, "The Pirate," *New Yorker*, Nov. 13, 1995.
④ "Battle of the Cable Stars: Turner Unfazed by Murdoch All-News Network Challenge," *Los Angeles Times*, Times Wire Services, Nov. 30, 1995.
⑤ Turner and Burke, *Call Me Ted*, 336.
⑥ CNBC/Dow Jones, "NBC Holds News Conference to Announce New 24-Hour News Channel."
⑦ Collins, *Crazy Like a Fox*, 17.

自从与扎斯拉夫休战以来,艾尔斯依旧无法适应企业环境的限制。他坚持向他的共和党老友们提供政治建议。"我记得丹·奎尔经常打电话过来。""美国访谈"的一位制片人说。[1] 12 月,《名利场》杂志发表了一篇关于保守派杂志出版商史蒂夫·福布斯的长篇报道,此人将发起 1996 年的总统竞选,并已向艾尔斯寻求非正式的媒体建议,艾尔斯的政治关系就此突然进入公众视野。[2] 当《华盛顿邮报》向艾尔斯询问此事时,他忍不住大发雷霆。"我跟他是朋友,"他说,"这就好比在一个鸡尾酒会上遇到一位医生。如果他问我:'如果我的胳膊下面疼,我该怎么办?'我就告诉他答案……。我在私人时间里做什么,那是我的事,就这样。"[3]

艾尔斯还有别的麻烦要处理。1995 年 12 月 1 日,艾尔斯的离婚案进入了公共记录。10 天后,他的朋友丽兹·史密斯在《新闻日报》上她的专栏里放出消息说艾尔斯正式成为单身汉。"纽约的主妇永远都在寻觅'另外的男人'以坐满她们的餐桌。那些还没死去的贵妇永远都在说,好男人打着灯笼都找不到,真的不够用啊。这两种女人听说罗杰·艾尔斯恢复了自由身都会非常开心,他跟他结婚十几年的妻子离了,"史密斯写道,"罗杰说他正在找'不难伺候'的好女人。(他正在支付高额赡养费。)"[4]

在圣诞节假期,艾尔斯飞去了他在佛罗里达州的公寓规划战略。在当地逗留期间,他开车到杰克·韦尔奇位于棕榈滩的家里,跟他讨论了自己在 NBC 的未来。尽管他俩是朋友,但韦尔奇还是支持莱特将 MSNBC 交给拉克的决定,而且他很清楚这一决定可能会导致艾尔斯的离开。"我们俩都意识到,有些人并不希望他继续留在那里,"韦

---

[1] 作者对"美国访谈"一位前制片人的采访。
[2] Marie Brenner, "Steve Forbes's Quixotic Presidential Quest," *Vanity Fair*, Jan. 1996.
[3] Howard Kurtz, "CNBC's Roger Ailes, Talking a Fine Line," *Washington Post*, Dec. 11, 1995.
[4] Liz Smith, "Roger's a Free Man," *Newsday*, Dec. 11, 1995.

尔奇回忆道,"我们谈了很多。在某种程度上,这对我们两个人而言都是一件悲伤的事。"① 这是一个让韦尔奇事后感到后悔的决定。"失去罗杰对企业来说是个悲剧。"他说。

艾尔斯休假回来后,他的律师和 NBC 起草了一份离职协议。1996 年 1 月 9 日,艾尔斯和斯坎伦签署了一大堆文件。② NBC 同意支付给艾尔斯 100 万美元的离职费,还有他的 25 万美元奖金和 10 万美元的股票期权收益。他们在条款中同意互不诋毁,并在 1 月 26 日之前发布离职公告,此外,"原则上……让 NBC 说点艾尔斯的好话,并祝其继续成功……让艾尔斯说一些关于 CNBC、NBC、鲍勃·莱特和杰克·韦尔奇的好话,并祝他们继续成功"。该协议禁止艾尔斯在获得 NBC 的报酬时接受 CNN、道琼斯或彭博社的工作,但没有提到鲁伯特·默多克的新闻集团——这一细节将产生历史性的影响。

一个星期后,李堡的一间演播室坐了几十名 CNBC 和"美国访谈"的工作人员及制片人,参加一场临时召集的会议。③ 人们纷纷猜测艾尔斯即将离职。当莱特来到李堡,向大家介绍艾尔斯的继任者——NBC 纽约市分公司 WNBC 的总经理比尔·博尔斯特时,猜测得到了证实。在艾尔斯的支持者看来,他是一位鼓舞人心的将军,当他走上台时,他们起立鼓掌欢迎。"听着,"他告诉他们,"我跟他们说你们表现得很好。……我再也不能罩着你们了。"④

博尔斯特表现得像一个走进敌人领地的家伙。"当罗杰离开这里时,我感觉自己有点像射杀小鹿斑比的妈妈的那个人。"他这样告诉观众。⑤

屋里的许多制片人都很紧张,这完全可以理解。"美国访谈"和 CNBC 的那些属于艾尔斯阵营的人意识到,随着他们的头领和保护者

---

① 作者对通用电气前董事长杰克·韦尔奇的采访。
② NBC 与罗杰·艾尔斯达成的离职协议。
③ Scott Williams, "Roger Ailes Out at CNBC," Associated Press, Jan. 18, 1996.
④ Collins, *Crazy Like a Fox*, 21.
⑤ 同上,22。

福克斯新闻大亨 249

离场，汤姆·罗杰斯和扎斯拉夫很快就会采取行动清洗队伍。"对我而言，这是一个尴尬的日子，"莱特在会上对大家说，"显然，'美国访谈'到微软-NBC的过渡是我们面临的一个困境。这不是什么秘密。"① 他对之前几个月的动荡遮遮掩掩。"即使在一个人们相处融洽的企业中，有时你也难免会有一些问题，而做决定的只是其中一方，你只能适应这种情况。"他说。莱特没有说的是，扎斯拉夫的反犹言论指控也是导致艾尔斯离职的一个因素。"那是原因之一，"莱特后来说，"现实情况是罗杰走了，大卫留了下来。"②

艾尔斯在NBC的运作会在这家公司以及在分歧两边各自站队的几乎每个人的职业生涯留下印迹。汤姆·罗杰斯于1999年离开NBC，成为杂志出版商普罗传媒（Primedia）的首席执行官，后来成为TiVo公司的首席执行官。③ 大卫·扎斯拉夫在罗杰斯之后成为NBC有线电视的总裁，并一直在NBC任职，直到2006年被任命为探索传播公司的首席执行官，该公司是包括探索频道、动物星球、TLC以及后来奥普拉·温弗里的频道OWN在内的有线电视频道的母公司。④ 2011年他挣了5200万美元，这使他成为美国电视业收入高居第二的主管。⑤

在离开前的几个星期里，艾尔斯想保住伊丽莎白·蒂尔森的工

---

① Collins, *Crazy Like a Fox*, 22.
② 作者对罗伯特·莱特的采访。
③ Richard Katz, "NBC's Rogers Takes Post as Primedia's CEO," *Variety.com*, Sept. 28, 1999, http://variety.com/1999/biz/news/nbc-s-rogers-takes-post-as-primedia-ceo-1117756095/. See also Michael Singer, "Tom Rogers Named New CEO of TiVo," *CNET News*, June 27, 2005, http://news.cnet.com/Tom-Rogers-named-new-CEO-of-TiVo/2100-1040_3-5764357.html.
④ Paula Bernstein, "Zaslav Is Wired to Replace Rogers as NBC Cable Chief," *Hollywood Reporter*, Oct. 5, 1999. See also Ana Campoy, "Discovery Communications Names David Zaslav CEO," *Marketwatch*, Nov. 16, 2006, http://www.marketwatch.com/story/discovery-communications-names-david-zaslav-ceo.
⑤ Christina Rexrode and Bernard Condon, "Typical CEO Made $9.6 Million Last Year, AP Study Finds," Associated Press, May 25, 2012.

作，但没有成功。① 蒂尔森离开了公司。至于艾尔斯在 NBC 之后的下一步行动，他故作神秘。当他辞职的消息传出后，媒体上各种猜测甚嚣尘上。《纽约每日新闻》报道说，艾尔斯正在与共和党总统候选人鲍勃·多尔以及菲尔·格拉姆讨论 1996 年的初选事宜，艾尔斯很快澄清了这种说法。②"这绝不可能。"他对该报说。但事实是，即使在他为离职进行谈判时，艾尔斯已在为他的下一个重要身份做准备了。那年初秋，在得知鲁伯特·默多克准备跟 CNN 叫板后，艾尔斯给他打了电话。③ 默多克的秘书告诉他，默多克正在出差回来的路上，当天下午就会跟艾尔斯会面。在他们见面后，默多克做出决定，艾尔斯就是完成这项工作的人选。

---

① 作者对 CNBC 几位前高管的采访。
② Richard Huff and Douglas Feiden, "Ailes Quits CNBC, Ch. 4 GM Steps In," New York *Daily News*, Jan. 19, 1996.
③ Collins, *Crazy Like a Fox*, 22 - 23. See also Auletta, "Vox Fox."

十一、澳大利亚人和美国中西部人

离开 NBC 不到两个星期，罗杰·艾尔斯就与鲁伯特·默多克一起出席了在默多克的曼哈顿中城总部举办的新闻发布会，在满眼的记者和摄像机面前正式宣布，新闻集团将成为第三个进入有线电视新闻领域的公司。[①] 作为有线电视的先锋，泰德·特纳创办的 CNN 在 1991 年海湾战争后的几年里举步维艰，未能找到长期的解决方案来应对其在节目规划上出现的战略性问题。正在审理的 O. J. 辛普森谋杀案虽然保证了收视率，但这种八卦让 CNN 的新闻纯粹主义者感到担忧，这些人因为重大国际头条新闻——美国黑鹰直升机在索马里坠落、卢旺达的种族灭绝和巴尔干地区的种族冲突——未能吸引观众的注意而感到沮丧。[②] 为打破特纳那套无明星主播的理念，CNN 总裁汤姆·约翰逊在 1990 年代中期多次尝试为这家电视网注入广播新闻的魅力，并向汤姆·布罗考、丹·拉瑟和彼得·詹宁斯发出了邀请。[③]但他们每个人都婉拒了。

默多克肯定发现了一个羸弱的猎物。但狩猎是有风险的，涉及巨额资本支出，还会为赢得有线网络提供商的频段而争得头破血流。十年来，新闻集团花了大量的时间探索这种可能性，但所获甚微。但默多克一向是个乐观主义者。"人们对新闻的需求——特别是那些向人们解释他们如何受到影响的新闻——扩大得非常快，"他在介绍艾尔斯的新闻发布会上对记者说，"我们正在非常快速地采取行动，使我们的新闻频道成为一个全球平台。"[④] 默多克宣布，该频道将于 1996 年底推出，并通过有线电视和卫星播出，罗杰·艾尔斯这样一位富有"创业精神"的人将出任其董事长兼首席执行官。[⑤] "我们预计福克斯新闻的运行成本，从电视杂志节目到全方位的 24 小时新闻服务，每年将不到1亿美元。"默多克夸口道。

轮到艾尔斯发言时,他表达了对自己新老板的钦佩。"当所有人都说你做不到的时候,你第二天起来发现鲁伯特·默多克已经做到了。"他呼应默多克说的话,为这个新闻网勾画了一个崇高的愿景,尽管他自觉地对如何实现这一目标避而不谈。他说,他的首要任务是"看一下资源、资金和人才,然后试着找出如何将这些整合在一个充满活力的新闻机构中"。新闻频道将吸引福克斯电视台的"年轻群体"。"我们不会以任何方式推出被动的新闻服务。"他强调道。[6]

默多克承认,他眼下的挑战是在国内拥挤的有线号段上为该频道找到空间。尽管如此,他表示自己有信心,并暗示如果有线电视系统不为其提供空间的话,他将把他的体育节目从他们那里拿走作为报复。"我认为人们不想失去〔美国橄榄球大联盟比赛转播〕。"他毫不掩饰地威胁说。[7]

这个频道不仅是一项商业投资;虽然新闻发布会上没有提到政治,但福克斯日后会发展成什么样子,已在现场埋下了伏笔。艾尔斯说,这个频道"希望把我们发现缺失客观性的地方恢复起来"。[8] 他

---

[1] Scott Williams, "Murdoch Names Ailes to Launch 24-Hour TV News Channel," Associated Press, Jan. 30, 1996. See also Bill Carter, "Murdoch Joins a Cable-TV Rush into the Crowded All-News Field," *New York Times,* Jan. 31, 1996; and *Washington Post,* "Ailes to Run Murdoch's New Network," Jan. 31, 1996.《纽约时报》称该频道尚未命名,《华盛顿邮报》则说它将被称为福克斯全新闻网或福克斯新闻。

[2] 作者对CNN的几位高管、主播和制片人的采访。

[3] Howard Kurtz, "The Little Network with Big Names," *Washington Post,* July 12, 1996. See also John Carmody, "The TV Column," *Washington Post,* Aug. 18, 1997.

[4] Williams, "Murdoch Names Ailes to Launch 24-Hour TV News Channel."

[5] Jane Hall, "Murdoch Will Launch 24-Hour News Channel," *Los Angeles Times,* Jan. 31, 1996.

[6] Paavo Thabit, "Roger Ailes to Head Fox's New Venture," United Press International, Jan. 30, 1996.

[7] Richard Huff and Tom Lowry, "It's Roger and Rupert: Murdoch Taps Ailes to Head News Venture," New York *Daily News,* Jan. 31, 1996.

[8] Gary Levin, "Murdoch Makes News; Confirms Ailes Hire to New News Web," *Daily Variety,* Jan. 31, 1996.

一语双关，暗示了未来几年会与自由主义者对立。"我几年前就离开了政治。"他说。① 艾尔斯说道："我们期望做优秀的、平衡的新闻。"这些话让人回想起 TVN 暗藏的目的。

默多克之前总是能兑现自己的豪言壮语。② 当罗杰·艾尔斯来到新闻集团时，马上就要过 65 岁生日的鲁伯特·默多克已经成为本世纪最有权势的媒体大亨。默多克从 21 岁时继承的一家发行量不大的澳大利亚八卦午报开始起家，建立了一个收入达 90 亿美元的出版和娱乐公司，在六大洲控制着报纸、书籍、电影以及电视节目的发行。他曾在不同时期拥有过 20 多家媒体和 100 多份报纸，从悉尼的《每日镜报》到英国的《世界新闻报》《太阳报》和《泰晤士报》，再到美国的《纽约邮报》《波士顿先驱报》和《芝加哥太阳报》。他拥有并经营着十几家美国电视台，还拥有世界上一些利润最为丰厚的体育项目的独家电视转播权。哈珀柯林斯出版社和宗教书籍的大型出版商宗德文（Zondervan）都归他所有。他在好莱坞的资产包括 20 世纪福克斯电影公司和福克斯广播公司。默多克很早就投资了卫星电视，已经积攒了包括英国天空广播集团 40% 的股份、德国 VOX 公司 50% 的股份以及香港星空卫视的全部所有权，后者是他在中国广阔的媒体领域的前哨阵地。默多克在新闻集团创建的不仅是一家公司，更是一个王国——一个自成一体的虚拟国家。

在他势力所及的地方，默多克似乎比那些占据他报纸版面的政客更有影响力，他以自己手上的媒体作为武器，抬高盟友，惩罚敌人。

---

① Thabit, "Roger Ailes to Head Fox's New Venture."
② 关于默多克的生涯，参见 William Shawcross, *Murdoch: The Making of a Media Empire* (New York: Simon & Schuster, 1992); Thomas Kiernan, *Citizen Murdoch* (New York: Dodd, Mead, 1986); Michael Wolff, *Inside the Secret World of Rupert Murdoch: The Man Who Owns the News* (New York: Random House, 2008); Andrew Neil, *Full Disclosure: The Most Candid and Revealing Portrait of Rupert Murdoch Ever* (London: Macmillan, 1996); Ken Auletta, "The Pirate," *New Yorker*, Nov. 13, 1995。

在英国，他为玛格丽特·撒切尔提供了至关重要的支持；① 在澳大利亚，他将三年前在他帮助下赢得大选的总理高夫·惠特拉姆赶下台。② 在纽约，他利用《纽约邮报》帮助市长埃德·科赫成功当选。③

然而，在纽约之外，默多克在美国的势力正面临着限制。令他沮丧的是，三家具有全国影响力的美国报纸——《纽约时报》《华盛顿邮报》和《华尔街日报》——都不在他的势力范围。拥有这些报纸的几家名门望族都对出售不感兴趣。尽管默多克野心勃勃，但他的美国报纸永远不会选出一位总统。"如果你是一个极端保守派，跟满世界的左派记者不对付，尤其是在这个国家，"当时新闻集团的一位高管说，"难道你不想拥有另一种影响力，另一种发言权吗？"④

在美国，电视造就了总统。由于其根深蒂固的汽车文化和四处散落的郊外社区，美国缺少像英国那种集中的报纸读者群。正如约瑟夫·库尔斯和其他保守派所发现的那样，电视是能触及普通大众的媒

---

① William Shawcross, *Murdoch: The Making of a Media Empire* (New York: Simon & Schuster, 1992), 113, 128-29.

② Jenny Hocking, "How Murdoch Wrote the Final Act in Gough Saga," *Melbourne* (Australia) *Sunday Age*, Aug. 26, 2012. See also Philip Dorling, "Getting Gough: Murdoch Files—'He Was a Partisan Political Player Working with Fraser,'" *Melbourne* (Australia) *Age*, Nov. 19, 2011.

③ Jennifer Preston, "Murdoch's Denials of Political Favors Hard to Swallow in New York," "City Room" (blog), *New York Times*, April 27, 2012, http://cityroom.blog.nytimes.com/2012/04/27/Murdochs-denials-of-political-favors-hard-to-swallow-in-New-York/. 2010年10月4日，在接受纪录片制片人尼尔·巴斯基采访时，科赫回忆起默多克的影响力："我是如何发现的呢，这事其实很有意思。我当时在家。我通常在早上6:30出门，坐上我的……政治交通工具，我们称之为'野兽车'，那是一种大型露营车，我甚至不知道它是什么……它在我家门前抛锚了。于是，这车的驾驶员给我打电话说：'不要下来，等车子准备就绪了我再给你打电话。'所以我没在6:30离开家，7:00的时候还在屋子里。电话响了，电话那头的声音说：'请问你是科赫议员吗？'而我，带着些怀疑，说：'你是谁啊？'他说：'鲁伯特。'我心想，'我不认识什么鲁伯特。鲁伯特不是一个犹太人的名字，这人是谁呢？'因此，我说：'哪位鲁伯特？'我记得他说道：'鲁伯特·默多克。''哦，天啊，鲁伯特！你找我有什么事吗？''议员先生，《纽约邮报》将在今天头版社论中支持你，我希望这对你有帮助。'我说：'鲁伯特，你刚刚让我当选了。'我们大概就说了这些。"

④ Shawcross, *Murdoch*, 208.

介。1985年春天,默多克做了桩买卖,以大约14亿美元的价格从Metromedia公司手中买下了现有最大的独立广播电台群。① 这项投资使默多克在美国最大的几个市场中拥有了7家电视台的控制权,他计划将这些电视台串联起来,组成美国的第四个广播网。但是,为了使这项交易获得监管机构的批准,他必须放弃自己的澳大利亚公民身份,加入美国籍。② 事实上,对默多克来说,这次电视交易的一个更大的苦果可能是被迫出售他喜爱的《纽约邮报》,因为有关法规禁止同一业主在某一市场同时控制报纸和电视台,他于1988年出售了该报。(当这些规定在几年后被取消时,他又把它买了回来。)

默多克在进入美国的广播业后便着手将福克斯广播公司打造成一个巨无霸。业内那些高管对他在早期的努力不屑一顾。NBC娱乐公司总裁布兰登·塔蒂科夫曾轻蔑地说默多克经营的是"衣架电视网",因为他拥有大量的二线电视台。③ 然而,不出5年,在《奉子成婚》和《辛普森一家》等出人意料的娱乐节目的推动下,该电视网实现了赢利。但他们缺新闻报道,而新闻报道正是默多克获得政治影响力的关键杠杆。在推出福克斯广播网的前一年,默多克游说泰德·特纳将CNN卖给他,但特纳回绝了他的提议。④ 1992年,默多克开始招兵买马,以建立电视新闻部门。⑤ 他们在多条战线上作战。一些人提供新闻传送服务,与TVN不同,他们是提供给福克斯的地方分支机构。一些人拟定节目方案。其中一个想法是按照《会见新闻界》的风格制作一个星期日的公共事务节目。另一个想法是做一档类似于《60分钟》的黄金时段新闻杂志节目。还有人探讨了建立一个有线电视新

---

① Reginald Stuart, "Murdoch, ABC Deals Approved," *New York Times*, Nov. 15, 1985.
② Shawcross, *Murdoch*, 212.
③ Bill Carter, "By One Key Monetary Measure, Fox Could Push Past Both CBS and ABC This Fall," *New York Times*, March 31, 1997.
④ Turner and Burke, *Call Me Ted*, 244–45.
⑤ Deborah Hastings, "Van Gordon Sauter Named President of Fox News," Associated Press, July 13, 1992.

闻频道跟 CNN 对抗的可行性。为了确保节目的发行，默多克于 1994 年收购了金融家罗纳德·佩雷尔曼控制的媒体公司——新世界传播公司（New World Communications）20%的股份。① 这项交易使新闻集团成为美国最大的地方电视台运营商。到 1995 年的时候，默多克缺的是一个能够高瞻远瞩的合作伙伴，此人能厘清他这些收购之间的逻辑关系和先后次序。而艾尔斯过去 30 年里一直在为这样一个角色准备着。

虽然在阶级和文化上相去甚远，但艾尔斯和默多克却是英雄所见略同。他们对新闻界那些自命为精英的人相当厌恶。"水门事件"尤其让他们心痛，甚至早在他俩认识之前，默多克在谈及此事时的口吻跟艾尔斯如出一辙。"美国新闻界可能会对成功地把尼克松钉在十字架上感到沾沾自喜，"默多克对一位朋友说，"但到头来好笑的可能是他们自己。当共产党接管西方时，看他们还能不能笑得出来。"②

随着年龄的增长，和艾尔斯一样，默多克也出现了反权威的倾向。他摈弃了他父亲的那套保守政治，采取了自觉的左派姿态——他是个富有的自由主义者（limousine liberal），在这个词被造出来之前就是。当他被送进牛津大学时，"红色鲁伯特"自豪地在他房间的壁炉架上放了一尊列宁的半身像。③ 虽然在课堂上的表现乏善可陈，但默多克是一个有权有势的学生。他在 19 岁时陪同他父亲，也就是基思爵士，一位受人称赞的战地记者和报社主管，去白宫见哈里·杜鲁门。④ 也是在那次出国旅行中，他见到了《纽约时报》的出版商阿瑟·海斯·苏兹伯格，地点就在后者位于康涅狄格州的希兰代尔庄

---

① Edmund L. Andrews, "Fox TV Deal Seems to Face Few Official Barriers," *New York Times*, May 24, 1994.
② Thomas Kiernan, *Citizen Murdoch* (New York: Dodd, Mead, 1986), 145.
③ Shawcross, *Murdoch*, 38. On page 22 of *Citizen Murdoch*, 基尔南将半身像放在窗台上。
④ Michael Wolff, *Inside the Secret World of Rupert Murdoch: The Man Who Owns the News* (New York: Random House, 2008), 21.

园。之后,约翰·F. 肯尼迪私下见了他一次。① 印出来的报刊是默多克走向权力的通道。在一个越来越受控于电视的世界里,艾尔斯就是那个理想的合作伙伴。

成年后的艾尔斯和默多克都全身心地投入工作,这一习惯对他们的家庭产生了影响。两人都结过三次婚。他们没有什么业余爱好,对运动也没什么兴趣。但一旦他们真的下场玩,就会拼得很凶。艾尔斯多次从飞机上一跃跳下,在办公室玩游戏时,即使浑身瘀伤也会坚持下去;默多克呢,虽然技术一般,② 和他的高管们在他位于澳大利亚乡间、占地 4 万英亩的卡文庄园网球场上对战时,却是"拼尽全力"。③ 在滑雪场上,他"笨手笨脚",但他总是"执着于找到难度最大的下坡路线",1983 年至 1994 年在默多克的《星期日泰晤士报》任编辑的英国记者安德鲁·尼尔回忆说。④

对胜利的渴望,驱使他们在商业上采取更挑衅,有时是无情的手段。很多人都受不了艾尔斯操办的那些竞选活动。默多克想买什么东西从来不征求别人的同意,而且还会轻易地违背诺言。有些时候,这些冒险行为会带来几乎让他们的职业生涯毁于一旦的灾难。经历了1990 年代初的债务危机后,默多克与破产擦肩而过,那情形与艾尔斯职业生涯中的翻车一样可怕。⑤ 不过,这两人总能设法摆脱困境。

把他们紧紧联系在一起的纽带是政治——默多克这个澳大利亚人一直对政治充满热情。"默多克喜欢成为政治游戏的一部分,他情不自禁。"默多克在悉尼的几家报纸的前总经理约翰·梅纳杜在其回忆

---

① Kiernan, *Citizen Murdoch*, 75.
② John Menadue, *Things You Learn Along the Way* (Melbourne: David Lovell, 1999), 105, available at http://www.johnmenadue.com/book/Menadue.pdf.
③ Michael Wolff, "The Secrets of His Succession," *Vanity Fair*, Dec. 2008. See also Menadue, *Things You Learn Along the Way*, 105.
④ Andrew Neil, "Murdoch and Me," *Vanity Fair*, Dec. 1996.
⑤ Shawcross, *Murdoch*, 350 - 70.

录《一路走来的事》中写道。① 当默多克和艾尔斯相遇时，默多克的意识形态比起艾尔斯的政治立场还要反建制。比如，默多克对艾尔斯的英雄——乔治·H. W. 布什就相当反感。② 1988 年时，默多克更喜欢的共和党人是电视布道家帕特·罗伯逊。"随你怎么说，"默多克当时对安德鲁·尼尔说，"但他在所有问题上都是正确的。"③ 4 年后，默多克把票投给了亿万富翁、第三党总统候选人罗斯·佩罗。不过，在更深的层面上，默多克和艾尔斯有一个共同的理念：赢。这就是为什么默多克可以动不动就去支持澳大利亚人高夫·惠特拉姆这样的自由主义者和玛格丽特·撒切尔这样的工会克星；而艾尔斯可以把一个乔治·布什这样的乡村俱乐部共和党人变成一个美国腹地的民粹主义者。

最重要的是，艾尔斯和默多克之间的关系是由彼此带来的好处所维系的。默多克为艾尔斯提供了一个从 NBC 的纷扰中崛起的机会。艾尔斯则可以帮助默多克从职业生涯中期的萎靡中恢复过来。继 1985 年买下 20 世纪福克斯电影厂后，默多克在比弗利山庄购入了一座托斯卡纳风格的豪宅，而他的妻子安娜很快就适应了洛杉矶的生活方式。④ 但默多克在西海岸过得苦不堪言。除了赚到的钱，鲁伯特对好莱坞的一切都嗤之以鼻。当他的一位报纸编辑打电话告诉他有个好选题时，默多克显得很郁闷。"在洛杉矶，就算一个好选题从拐角冲过来撞上他们，他们也认不出来。"他说。⑤ 10 年后，也就是在新闻集团濒临破产的 4 年后，默多克表现得像个刚开始工作的人一样。与

---

① Menadue, *Things You Learn Along the Way*, 97.
② Neil, "Murdoch and Me."
③ 同上。
④ Ruth Ryon, "Hot Property: Rupert Murdoch Buying Stein House," *Los Angeles Times*, June 15, 1986. See also Wolff, *Inside the Secret World of Rupert Murdoch*, 297.
⑤ Andrew Neil, *Full Disclosure: The Most Candid and Revealing Portrait of Rupert Murdoch Ever* (London: Macmillan, 1996), 162.

福克斯新闻大亨

艾尔斯这样的战友并肩合作是一件令人激动的事,也给了他一个借口在这个被他称为"世界之都"的纽约待上更多时间。

默多克和艾尔斯一起开始了一项神圣的使命,要彻底砸掉那自以为是的新闻标准。默多克在雇了艾尔斯后不久说:"在这个现有从业者都非常强大的行业,我们将成为造反者。"① 他还提到了"电视新闻和观众之间的脱节日益严重",而且"提供新闻的人和受众之间的价值观差距也越来越大"。

外界对于艾尔斯和默多克这个宏伟计划的回应,跟他们公布时的激情澎湃截然不同。且不提政治问题——除了这两位负责人之外,几乎没有一个人认为这个频道具有商业意义。评论家们猛烈抨击它的节目(却一分钟都没看过)。登在《纽约时报》头版的评论措辞最为严厉,它对该频道的"长期生存"抱有"普遍怀疑"。资深电视记者比尔·卡特在报道中引用了多位不具名的"内部人士"的话,后者对这个还未取名的24小时新闻频道嗤之以鼻。福克斯新闻一位前高管告诉他:"根本就没这回事。"而卡特自己的言辞是最犀利的:"有些人认为,这个想法等于是拿个玩具给艾尔斯先生玩,不过,鉴于一些内部人士所描述的福克斯新闻的现状,与其说是个玩具,不如说是个想象中的朋友。"② 这是来自权威人士的一个毁灭性评价。在电视行业,卡特不仅仅是个新闻记者。他是个信息经纪人,其文章堪比尼尔森收视率调查,能决定职业生涯的成败。

艾尔斯的前老板罗伯特·莱特读了《纽约时报》的这篇文章后大大地松了一口气。③ 第二天,他在 NBC 的内部视频会议上告诉自己的员工,鉴于默多克之前在福克斯的业绩记录,他认为艾尔斯的新

---

① Federal News Service, National Press Club (transcript), Feb. 26, 1996.
② Bill Carter, "Murdoch Joins a Cable-TV Rush into the Crowded All-News Field," *New York Times*, Jan. 31, 1996.
③ Collins, *Crazy Like a Fox*, 69.

工作不会产生多大作用。"据我所知,他们10年来连一个节目都没播出过,"莱特告诉他的团队,"他们的地方台都跟新闻不沾边。他们在国内或国际上根本没有任何架构,事实上……。因此,这对他们而言真是可望不可即。"这话不假。默多克有时只是嘴上说说,根本不会付诸行动。他那档星期日上午的公共事务节目在哪里呢?晚上11点的新闻播报哪里去了?这两档节目都已经广而告之了,但连个影子都没有。1986年首次亮相的《时事》(A Current Affair)就是个八卦节目,而他创建一档严肃的新闻杂志节目的尝试已经以失败告终。

1995年3月,默多克把曾负责《48小时》和《60分钟》这两档节目的CBS新闻主管乔·佩伦宁招了进来,试图打造福克斯在报道重大新闻方面的能力。[1] 默多克告诉佩伦宁,他想要的是他所谓的"真正的新闻"。佩伦宁招来了一批广播新闻制作人和记者,并让艾米莉·鲁尼(CBS传奇新闻人安迪·鲁尼的女儿)负责为福克斯旗下的地方台报道全国的政治竞选活动。[2] 1995年秋天,佩伦宁聘请了《今日》节目的制片人马蒂·瑞安来做每周一次的公共事务节目《星期日福克斯新闻》的执行制片。[3] 默多克本人也亲自参与了。在他心目中,早间或黄金时段新闻节目主持人的理想人选是ABC新闻的白宫通讯记者布里特·休姆,他是一位保守派人士。默多克和休姆聊过,但休姆想等自己的合同到期后再离开ABC这个舒适圈。当佩伦宁建议启用《60分钟》的记者埃德·布拉德利时,默多克回答说:"我听说他这人有点懒。"全国公共广播电台(NPR)的分析师马拉·利亚松也被拒之门外。(利亚松会在1997年加入福克斯新闻。)最终,佩

---

[1] "Joseph F. Peyronnin Named President of Fox News," Associated Press, March 28, 1995.
[2] 作者对福克斯新闻的多位前工作人员的采访。另见"Fox News Picks Emily Rooney," *Pittsburgh Post-Gazette*, Sept. 6, 1995。
[3] "Fox Hires Producer for Sunday Morning News Show," *Chicago Tribune*, Nov. 23, 1995.

伦宁请到了曾为乔治·H. W. 布什撰写演讲稿的托尼·斯诺，这位和蔼可亲的保守派人士经常在拉什·林博的广播节目中做替补主持。①

佩伦宁的遭遇并不比早期的福克斯电视新闻高管们好多少。尤其是，佩伦宁和他的团队还要跟掌管新闻集团旗下广播电台的福克斯电视台总裁米切尔·斯特恩较量，好让新闻网的晚间新闻报道播出。"米切尔·斯特恩是我们小组的敌人，"鲁尼回忆道，"他让我们备受打击。他是个大恶霸。"② 斯特恩的业绩是由地方电视台的赢利能力来决定的，他不愿意在电视台赚得盆满钵满的时候进行节目改版。③ 1990年代中期，福克斯公司制定了一项成功的战略，将自己定位为面向年轻观众的电视网，由此吸引了广告商的青睐。高管们担心新闻节目会让他们的观众年龄偏大。

1995年秋天，默多克放弃了他零敲碎打的做法。几位高管被指派秘密开展工作，制订一个24小时电视网的商业计划。12月，他们向默多克提交了一份17页的机密备忘录。④ 这份计划书的内容非常详尽，包括黄金时段主持人（每年50万美元）和演播室的装饰（每周75美元的鲜花）这些细目，并提供了三种选择方案。一个方案是为福克斯地方台提供基本的新闻服务，预计每年将花费6000万美元。另一个方案是"全时段（类似于CNN/头条新闻）"的头条新闻服务，这需要每年投资1.47亿美元。还有一个是全方位的有线电视新闻网，估计总共需要1.82亿美元，这明显高于默多克在1月份的新闻发布会上宣布的数字。根据他们的财务分析，福克斯新闻频道想要成功的话，就必须与众不同。他们一针见血地指出，CNN的创始格言"新闻即明星"，以及它对头条新闻枯燥乏味的播报已经过时了。一方面，CNN"以突发新闻为导向，经过处理的事件报道，依赖重

---

① Scott Williams, "Fox News to Launch Sunday Show," Associated Press, April 3, 1996.
② 作者对艾米莉·鲁尼的采访。
③ 作者对CNBC一位前高管的采访。
④ 作者对福克斯新闻一位前高管的采访。

大新闻……反应被动、迟钝、可预测",另一方面,"福克斯新闻频道"(FNC)必须讲究"个性和节目编排、制作信息、预约电视、新闻加人际互动",既要做到"方便有趣",还要有"态度"。换言之,福克斯新闻应该被设想为"带视频的新闻谈话广播节目"。根据他们的分析,有线电视新闻频道需要长期的财政支持。他们预估 10 年内的损失可达 7.85 亿美元。为降低风险,他们建议探索与 CBS 新闻建立合资企业的可能性,后者正在有线电视新闻领域与 NBC 和 ABC 一争高下。备忘录承认这种合作关系明显具有商业上的挑战性,称:"对合资企业的长期日常控制,CBS 为早期持续亏损提供资金支持的能力和意愿……CBS 人才的可用性和人力成本……以及工会问题。"新闻集团和 CBS 的高管之间进行过一些讨论后,并未达成合作关系,于是,默多克独自推进福克斯新闻频道这个项目。

  计划制订出来后,默多克四处找人将其付诸实施。"我一直在想办法创建一个新闻频道,"默多克对艾尔斯说,"我已经找过好几个人了。"①

  最棘手的问题之一是确保发行。当时,由于电缆是模拟信号的,因此空间有限。即将出现的数字信号可以使 500 个小众频道以及点播娱乐频道并存。但在此之前,运营商的影响力很大,而且它们都倾向于支持 ABC、NBC 以及 CBS。1990 年代初,立法规定有线电视运营商"转播"电视网节目的话,就必须向后者提供补偿。一些运营商支付现金,另一些则在其有线电视系统上为三大电视网留有空间,供它们创建自己的有线电视频道。② 通过这种方式,NBC 与有线电视运营商达成协议,为"美国访谈"腾了地方,ABC 则通过谈判为 ESPN2③ 争取到了空间。在这样的竞争下,艾尔斯面临着一个抢凳子

---

① Auletta, "Vox Fox."
② Bill Carter, "Networks' New Cable Channels Get a Big Jump on the Competition," *New York Times*, March 14, 1994.
③ 它是 ESPN(全球最大的体育娱乐电视网)的分流频道,1993 年开始运营,曾是除 ESPN 外第二大 24 小时体育频道。——译者

游戏式谈判的噩梦,在这样的谈判中,他的新贵电视网在新闻方面记录最弱,可能会被晾到一边。1970 年代,广播电台因为费用太高而不愿从 TVN 那里购买新闻,TVN 的发展由此受阻。在"美国访谈"期间,有限的节目发行量制约了艾尔斯吸引观众的能力(该谈话频道关闭时可收看该频道的只有约 2000 万户,而当时 CNN 有 6700 万户)。① "发行是重中之重。"艾尔斯说。默多克表示同意。"如果你看看他对工会或 BBC 发起的一系列大规模斗争,"默多克家族的一名密友说,"就会发现,斗争的重点往往集中在对发行的控制上。"

在新闻集团内部流传着各种谣言,说佩伦宁没几天就要走人了。雇佣艾尔斯,还让他当了佩伦宁的老板,默多克这么做已然违反了与佩伦宁签订的合同。但佩伦宁还是答应了与艾尔斯共进午餐,看看两人能否建立起工作关系。艾尔斯带着佩伦宁来到了新闻集团总部以北几个街区的曼哈顿海洋俱乐部。② 佩伦宁向他讲述了自己为把新闻播出去所做的各种斗争,并提醒他在新闻集团内部,像米切尔·斯特恩这样的高管因为竞争关系,会一心阻挠他。佩伦宁解释说,艾尔斯务必要迅速采取行动,而且要积极主动。艾尔斯试图劝说他留下来。"我需要你,"艾尔斯告诉他,"我对新闻一窍不通。"

但随着谈话的深入,佩伦宁开始确定艾尔斯并不是他能与之共事的人。"为什么你是一个自由主义者?"艾尔斯有一次抢白道。还有一次,他攻击 CBS,即佩伦宁之前的公司,称其为"共产主义广播系统"。艾尔斯告诉佩伦宁他将创建"一个与众不同的新闻频道"。

当晚回到家后,佩伦宁告诉妻子他要辞职了。③ "这家伙认为我是个自由主义者。这人太可怕了,反正不管怎样我都能拿到钱,所以我还是一走了之吧。"他告诉她。佩伦宁让华盛顿律师鲍勃·巴内特

---

① Bill Carter, "NBC Selling Microsoft a Stake in Cable Channel," *New York Times*, Dec. 14, 1995.
② 作者对一位熟悉此事人士的采访。
③ 同上。

代表他与新闻集团进行谈判，并达成了离职协议。艾尔斯很快就搬进了佩伦宁位于二楼角落的办公室，此后他一直在这处办公。

创建频道所涉及的后勤和技术问题，比艾尔斯在"美国访谈"时遭遇的那些更为复杂和困难。之前在 NBC，他得益于那里的人才储备和现有演播室的基础设施。这一次他只能靠自己。"我们没有新闻采集业务，"艾尔斯在 2004 年的时候回忆道，"我们没有演播室，没有设备，没有员工，没有明星，没有人才，也没有任何人的信任。"[1] 他们还没有时间。MSNBC 定于 1996 年 7 月正式推出，也就是在他加入新闻集团后不到 6 个月。ABC 的有线电视新闻频道也在继续推进。艾尔斯告诉默多克，他们必须与竞争对手一起推出新频道，否则就有可能被他们甩在后面。[2] 尽管 MSNBC 将一马当先，新闻集团不会是最后那个——艾尔斯仍有机会抢在 ABC 之前。

但在整个频道推出之前，艾尔斯需要证明他能做出一个单独的节目。鉴于默多克过去在电视新闻道路上命运多舛，艾尔斯得证明自己能在前任们跌倒的地方站起来。他立即启动了佩伦宁推出《星期日福克斯新闻》的计划，这是为福克斯的地方台做的每周公共事务节目，但此前在推进过程中陷入停滞。此举不仅仅是一个公关问题——以此证明那些批评者、特别是比尔·卡特是错的——而是一个商业上生死攸关的问题。距离全国有线电视协会年会（NCTA'1996）的召开还有不到 3 个月的时间。届时，频道高管们照旧会在大会上向有线电视运营商推销他们的新节目。NBC 和 ABC 手上有新闻品牌和著名主播这些金字招牌来证明自己的实力。艾尔斯需要拿出一些东西来展示自己。

在着手做《星期日福克斯新闻》时，艾尔斯选择了自己最了解的领域：政治和日间电视。在搭节目框架时，他尝试了各种形式和名

---

[1] Collins, *Crazy Like a Fox*, 70.
[2] Chafets, *Roger Ailes*, 70.

人，以此将新闻和政治融合成一个具有娱乐性的整体。他考虑过的节目主持人人选有民主党人、纽约州前州长马里奥·库莫，前共和党国会议员杰克·坎普以及《标准周刊》的创始人威廉·克里斯托尔。最后，艾尔斯定了佩伦宁选中的托尼·斯诺，1992 年的时候艾尔斯与他有过交集，当时艾尔斯和佩吉·努南被带进白宫改写斯诺起草的国情咨文的初稿。① 4 月 3 日，艾尔斯宣布《星期日福克斯新闻》将于 4 月 28 日上午在福克斯的地方台首次亮相。② 值得注意的是，这一天也是有线电视大会开幕的日子。"我们希望吸引到那些习惯了在星期日早间收看新闻的观众，"艾尔斯说，"但与此同时，我们希望吸引到目前还没有这个收视习惯的更多元化和更年轻的观众。"

这个消息的宣布并没有导致项目在公司顺利推进。4 月 4 日，《每日综艺》报道说，福克斯的地方电视台被这个"突如其来的消息"打了个"措手不及"。③ "许多地方台都不太能接受最后一刻才将节目公之于众。"一位消息人士告诉这家行业杂志。在《1996 年电信法》于当年 2 月生效前，媒体公司不能拥有十几家电视台。《每日综艺》报道说，福克斯拥有的电视台——旗下近 200 家地方电视台中的 12 家——将播放该新闻节目，这样一来，它将覆盖全国大约四分之一的地方。④ 实际上，《星期日福克斯新闻》的播出将是对艾尔斯的公司权力的第一次考验。

艾尔斯在节目推出前的那几个星期里一直处于一种战时状态，他深信自己的对手们会对他以及这个节目下黑手。他之所以宣布节目开播，部分原因就是要把新闻集团的电视高管米切尔·斯特恩逼上梁山，后者曾百般阻挠佩伦宁在新闻节目上所做的诸般努力。"公司

---

① Jessica Lee, "Two Experts Brought in to Polish Up the Speech," *USA Today*, Jan. 29, 1992. See also Burt Solomon, "Speechwriters' Soaring Rhetoric Flops with a Prosaic President," *National Journal*, May 30, 1992.
② "Sunday News Program Scheduled by Fox," *New York Times*, April 4, 1996.
③ Joe Flint, "Fox Unveils 'News Sunday,'" *Daily Variety*, April 4, 1996.
④ Flint, "Fox Unveils 'News Sunday.'"

其他部门是如何看待他的，艾尔斯心知肚明。他称新闻集团为一艘海盗船，每个人都想方设法捅别人一刀。"福克斯的一位前高管说。①

据斯特恩回忆，《星期日福克斯新闻》所引发的冲突更多与艾尔斯的个人风格而非潜在的商业分歧有关。"罗杰并不是一个极容易相处的人。他知道自己到处树敌，"斯特恩说，"如果他认为他得打赢《星期日福克斯新闻》这场大战，也许这会让他变得很疯狂。"②

尽管托尼·斯诺倾向于右翼——除了在老布什第一个任期内的白宫工作过，他还在保守的《华盛顿时报》做过编辑——但《星期日福克斯新闻》在其首次亮相的那个早上看起来跟传统的电视网新闻节目差不多。③ 斯诺在离白宫几步之遥的新古典主义豪宅"迪凯特之屋"进行现场直播，与参议员和国会议员一起探讨外交事务及国内政治。由于担心其他电视网会对各位政客施压，不让他们上《星期日福克斯新闻》节目，艾尔斯没有提前公布嘉宾名单。④ 只有四分之一的福克斯地方电视台同意播放该节目。⑤ 收看节目的人很少，但约翰·卡莫迪看了，他是《华盛顿邮报》报道电视行业的极具影响力的记者。在他那篇措辞犀利的文章中，他给这个首次亮相的节目打了个"C+（好吧，也许是 B-）"。他称开场画面"毫无令人兴奋之处"，并指出记者杰德·杜瓦尔被拍到在"挠痒痒"。⑥

尽管节目的开播并不顺利，但《星期日福克斯新闻》实现了默多克那被扼杀的进军电视新闻业务的雄心壮志，并且在艾尔斯与他在 NBC 的主要对手对决的关键时刻，为他赢得了一场实实在在的胜利。

---

① 作者对福克斯新闻一位前资深高管的采访。
② 作者对福克斯电视台前总裁米切尔·斯特恩的采访。
③ Howard Kurtz, "Fox News's Snow to Become White House Press Secretary," *Washington Post*, April 26, 2006.
④ John Carmody, "The TV Column," *Washington Post*, April 30, 1996.
⑤ 同上。
⑥ 同上。

在有线电视行业大会召开的两个星期前,NBC 提拔大卫·扎斯拉夫为有线电视发行总裁,让他负责把 MSNBC 的节目卖给有线电视运营商。① 艾尔斯和扎斯拉夫之间的恩怨,从办公室的勾心斗角逐渐扩散成新闻集团和 NBC 之间的一场企业冲突。

在洛杉矶,当 2.6 万名有线电视行业的高管在庞大的会议大厅中走来走去时,艾尔斯和扎斯拉夫则在暗中观察着对方。② 两个人穿梭于各个会议,进行宣传并与记者交谈。扎斯拉夫信心满满,认为大多数播放"美国访谈"的有线电视运营商都会接受 MSNBC。他向《西雅图时报》吹嘘说,那天早上他与拥有 1400 万用户的全国最大的有线电视运营商 TCI(Tele-Communications, Inc.)的高层进行了一次富有成效的会谈。③ "我们已经开始对话了。"扎斯拉夫说。他这话对艾尔斯无异于当头一棒。默多克已经在对 TCI 的共同所有人、驻科罗拉多州丹佛的媒体投资者约翰·马龙大献殷勤。除了 TCI 的股份,马龙还持有近百家公司的股份——从特纳广播公司和美国法庭电视台,到黑人娱乐电视台以及麦克尼尔/莱勒(MacNeil/Lehrer)制作公司。④

作为已经进入市场者,NBC 似乎在嘲讽艾尔斯。汤姆·罗杰斯对媒体说:"我们是唯一有可信度的有线电视。"⑤ 安迪·拉克宣布,《今日》的主播布莱恩特·甘贝尔和凯蒂·库里克将成为 MSNBC 的常驻主持人。⑥ 他还派出 NBC 新闻的明星主持人到现场跟有线电视

---

① John Dempsey, "NBC Ups Zaslav to Distribution Prexy," *Daily Variety*, April 12, 1996.
② "Cyperspace; L. A. Hooks Up with 26,000 Cable Types," *Los Angeles Times*, April 29, 1996.
③ Chuck Taylor, "NBC-Microsoft Channel May Not Be Available Here," *Seattle Times*, April 30, 1996.
④ Ken Auletta, "John Malone: Flying Solo," *New Yorker*, Feb. 7, 1994.
⑤ Scott Hettrick, "MSNBC Awaits Word from TW," *Hollywood Reporter*, April 30, 1996.
⑥ "Bryant Gumbel to Join NBC Colleagues as a Host for Prime-Time Talk Program on MSNBC Cable," PR Newswire, April 29, 1996.

运营商套近乎。汤姆·布罗考在 NBC 的伯班克演播室主持《晚间新闻》(Nightly News)，因此他可以亲临会场。"我们来这里说服有线电视从业者，这（MSNBC）是他们该选的。"布罗考对一位记者说。[1] 在 MSNBC 的展位上，电脑显示器上展示着 MSNBC 的网站。微软给这次营销活动带来了技术魔法。

和 MSNBC 不一样的是，艾尔斯几乎没有什么可以拿出来展示给同行的。他对福克斯新闻的各项计划讳莫如深，跟有线电视运营商打交道时脾气也很臭。时代华纳有线电视公司的纽约市集团前总裁理查德·奥雷利奥回忆说："我走到了他们的展位，但他们不跟人交流说他们之后会有什么样的节目。"[2] 面对时代华纳有线电视公司负责节目制作的执行副总裁弗雷德·德雷斯勒，艾尔斯的态度甚至更为恶劣。当德雷斯勒问艾尔斯对于福克斯新闻有什么计划时，他回答说："我不会告诉你。它是一个新闻频道，你只需知道这个。"[3]

事实上，艾尔斯到洛杉矶并非为了推销节目。显然，他是要表明一种态度，那就是福克斯新闻不会在谈判中对人低三下四。"跟有线电视运营商打交道都是仪式性的，"艾尔斯回忆道，"他们对你没兴趣，也不要你的服务，不要你的电话。"[4] 他后来回忆说，进入有线电视号段要用强的才行，就像"闯入诺克斯堡"[5] 那样。要撬开这扇门，现金无疑是个有力的工具。在洛杉矶会议中心流传着这样一个说法：新闻集团将向多家有线电视公司支付数百万美元来加载福克斯新闻。传统上，应该是有线电视运营商付费给频道所有者。例如在 1996 年的时候，有线电视运营商以每个用户大约 25 美分的价钱向

---

[1] Taylor, "NBC-Microsoft Channel May Not Be Available Here."
[2] 作者对理查德·奥雷利奥的采访。
[3] Kim Masters and Bryan Burrough, "Cable Guys," *Vanity Fair*, Jan. 1997.
[4] David Lieberman, "Ailes Tackles Toughest Assignment," *USA Today*, Sept. 23, 1996.
[5] 诺克斯堡是美联储金库所在地，也是美国装甲力量最重要的军事训练基地。——译者

CNN 支付了费用。[1] 默多克把这个等式颠倒了过来：他准备向有线电视运营商付费，而且费用惊人，每个用户他付 10 美元。[2] 对于一个大型有线电视系统来说，同意加载福克斯新闻将获利高达 1 亿美元。毕业于哈佛大学 MBA 的切斯·凯里曾是福克斯电视台的董事长，他制订了这个扭转有线电视经济状况的冒险计划。"我们得拿些东西出来吸引有线电视运营商的注意。"凯里说。[3] 正如艾尔斯的一位前同事所说："我们有鲁伯特的支票簿和魄力。"[4]

这套策略奏效了。默多克先发制人的打击吓坏了整个行业。大会开完不到一个月，ABC 的母公司沃尔特·迪士尼公司就终止了 ABC 有线新闻频道的运营。[5] "当我们看到数字后就越来越明显地意识到这条道继续走下去是没有希望的。"ABC 新闻的总裁罗恩·阿利奇对比尔·卡特说。他毫不犹豫地在《纽约时报》的报道中指责了默多克。"我们无法相信每个订户 10 美元的报价，"他说，"这跟他在抬高足球赛转播权和电视台价值方面的做法如出一辙。"

艾尔斯有些幸灾乐祸。"现在我们将会收到从 ABC 和 NBC 投过来的简历。"他对《今日美国》吹嘘道。[6] 已经有几十名 CNBC 和"美国访谈"的高管、制片人及主播加入了福克斯新闻，在艾尔斯手下工作。[7] 他那位经验丰富的助理朱迪·拉特萨也过去了。还有他在《迈克·道格拉斯秀》的导师切特·科利尔。艾尔斯传播公司的工作

---

[1] Richard Mahler, "Media Overload?," *Los Angeles Times*, March 3, 1996.
[2] Masters and Burrough, "Cable Guys."
[3] 同上。
[4] 作者对福克斯新闻一位前高管的采访。
[5] Bill Carter, "ABC's All-News Cable Channel Is Shelved," *New York Times*, May 24, 1996.
[6] David Lieberman, "Cap Cities/ABC Cuts Cord on Cable News," *USA Today*, May 24, 1996.
[7] 作者对福克斯新闻一位前高管的采访。另见布莱恩·刘易斯的硕士论文，菲尔莱狄更斯大学，1995 年 12 月 11 日，参见 https://coolcat.fdu.edu/vwebv/holdingsInfo?bibId=442618。

人员，包括跟随他去 CNBC 的凯西·阿德利和斯科特·埃利希，此时也跟着他加入了新闻集团。CNBC 的记者布莱恩·刘易斯成了他的发言人。受艾尔斯的启发，12 月，他在菲尔莱狄更斯大学完成了一篇传播学硕士论文（题为《新闻媒体：现代选举人团》）。CNBC 的首席财务官杰克·阿伯内西离职后，到新的有线电视频道担任首席财务官。CNBC 的广告人保罗·里滕伯格成为福克斯的广告销售主管。在向艾尔斯提出加盟新电视网的请求后，史蒂夫·杜奇得到了一份天气预报员和"街头采访"的工作。总共有 82 名"美国访谈"和 CNBC 的前员工跳槽到了新闻集团。① 那年春天，NBC 的首席执行官罗伯特·莱特打电话给艾尔斯，抱怨员工的叛逃。两人的这次谈话非常简短。

"你一直在挖我这边的人。"莱特说。

"这不叫挖人；这叫越狱！"艾尔斯吼道。②

扎斯拉夫则在媒体上不断挑衅艾尔斯。"从我们的角度来说，我们祝鲁伯特好运，"他在 5 月 7 日出版的《好莱坞报道》上的一篇报道中说，"我们并不认为他的有线电视是一个竞争对手……。我们即将推出一个真正的新闻和信息服务。我们已经与排名前 100 的多系统运营商达成了发行协议。"③ 几个星期后，艾尔斯进行了反击。5 月 31 日星期五，艾尔斯的律师贾斯汀·马努斯给爱德华·斯坎伦发了一封信并威胁将采取法律行动。信中，艾尔斯指责扎斯拉夫使出下三滥的伎俩，企图阻碍艾尔斯向有线电视行业推销福克斯新闻。"我们注意到 NBC 的大卫·扎斯拉夫 直在向有线电视运营商展示精心编辑过的、暴露'美国访谈'在启动阶段发生的问题的视频，并告诉他

---

① Auletta, "Vox Fox."
② John Motavalli, "Fox vs. CNBC? Now That Would Be a Grudge Match," *New York Times*, March 6, 2003.
③ Stephen Battaglio, "Peacock Unruffled by Fox News $10 Cable Bid," *Hollywood Reporter*, May 7, 1996.

们这些问题都是罗杰·艾尔斯一手造成的。"① 几天后，NBC 的法律顾问里克·科顿回信反击，否认存在任何不当行为。②

在艾尔斯和 NBC 互发律师函的同时，这场战争正转向一块战略要地，新闻集团和 NBC 都想拿下全国最重要的有线电视发行商——时代华纳有线电视。时代华纳的系统不仅覆盖了国内 1150 万有线电视观众，更重要的是，通过它可以进入世界媒体之都曼哈顿，那里的麦迪逊大道上聚集着掌握数十亿美元营销资金流的广告商。③ 时代华纳有线电视公司垄断了纽约市的 100 万有线电视用户。由于时代华纳在 1995 年与 CNN 的母公司特纳广播公司合并，在其市场上引入 CNN 的竞争对手有违该公司的利益，这让谈判变得更为复杂。

6 月初，默多克和切斯·凯里在默多克的私人餐厅与时代华纳的首席执行官杰拉尔德·莱文、总裁理查德·帕森斯共进午餐。默多克和凯里解释说，由于曼哈顿对福克斯新闻的推出至关重要，新闻集团将以优厚的价格求得准入。默多克向时代华纳报价 1.25 亿美元——即每个订户超过 10 美元——用于加载福克斯新闻。④ 莱文和帕森斯对此不置可否。饭后，默多克又给莱文写了一封 2 页纸的密函。⑤ 默多克将艾尔斯的频道描绘得相当高端大气。这样的推销手段明显夸大了艾尔斯实际计划推出的品味中庸的产品。默多克向莱文承诺，福克斯将是一个"高质量"的新闻频道，"旨在为观众提供比当前任何新闻节目都要多的信息"。值得注意的是，默多克甚至向莱文承诺，福克斯新闻将配备的"新闻节目多过谈话类节目"，而这与艾尔斯和切特·科利尔对该频道的设想完全背道而驰。

---

① 贾斯汀·马努斯律师写给 NBC 负责员工关系的执行副总裁爱德华·斯坎伦的信，1996 年 5 月 31 日。
② NBC 法律顾问理查德·科顿写给贾斯汀·马努斯的信，1996 年 6 月 4 日。
③ "Time Warner Closes Merger with Cablevision Industries," PR Newswire, Jan. 4, 1996.
④ Masters and Burrough, "Cable Guys."
⑤ 鲁伯特·默多克写给杰拉尔德·莱文的信，1996 年 6 月 4 日。

在默多克为了福克斯新闻的播出而向莱文推销时,他正在获得一位不太可能的盟友。正在审查时代华纳与特纳公司之间这笔交易的联邦贸易委员会监管人员,助了默多克一臂之力。联邦贸易委员会主席罗伯特·皮托夫斯基是乔治敦大学的一名反托拉斯学者,也是媒体整合的强烈反对者,他正计划要求时代华纳加载一个具有竞争性的有线电视新闻网,以换取该机构对交易的批准。[1] 此举从根本上保证了福克斯新闻或 MSNBC 将在至关重要的纽约市场找到与 CNN 并存的长期空间。鉴于 NBC、新闻集团和时代华纳之间的议程互相冲突,三方的谈判总是矛盾重重。但没有人能预料到,这场竞争会变得跟艾尔斯那些极富争议的政治竞选活动一样肮脏不堪。

与此同时,默多克取得了一场重大胜利,引起了 NBC 高层的恐慌。6 月 24 日上午,新闻集团发布了一份新闻稿,宣布与约翰·马龙达成发行协议。[2] 这两人既是盟友又是对头。据说传媒大亨默多克挺害怕马龙这个人。不过,他们在政治上步调一致。"在这个国家,曼哈顿中心城区的人所认为的我们社会的价值,和来自皮奥里亚的人的观点天差地别。"自诩为自由主义者的马龙对《纽约客》这样说过。[3] 在同意发行福克斯新闻时,马龙从默多克那里得到了可观的价格:马龙答应当艾尔斯的电视网在 10 月份推出时将其投放到 1000 万个家庭,新闻集团据说同意为此支付 2 亿美元。(艾尔斯否认付了 2 亿美元给 TCI,TCI 的发言人则声称所谓的奖励"远没到"这个数。[4]) 作为交易的一部分,马龙得到了购买福克斯新闻 20% 股份的选择权。

---

[1] Mark Landler, "An Accord That Could Help Murdoch," *New York Times*, July 18, 1996.
[2] Bill Carter, "TCI Reaches Deal with Fox to Carry All-News Channel," *New York Times*, June 25, 1996.
[3] Ken Auletta, "John Malone: Flying Solo," *New Yorker*, Feb. 7, 1994.
[4] Carter, "TCI Reaches Deal with Fox."

做出这些让步，就是为了打入市场：无论时代华纳有线电视公司的谈判结果如何，跟马龙的这笔交易确保了艾尔斯的电视网在秋天首次亮相时将获得足够的观众，并可以从此立足。同样至关重要的一点是，马龙还保证他将向 TCI 的所有用户提供福克斯新闻，但他没有对 MSNBC 做出过同样的承诺。①

默多克在发行上的奇招，不仅让艾尔斯巧借东风，而且让他自己有信心在电视领域加倍发力。在与马龙签订协议几个星期后，默多克和罗纳德·佩雷尔曼谈妥了一项更大的交易，以 25 亿美元收购对方的传媒公司——新世界传播公司——剩余的 80% 股份。② 这笔交易使新闻集团旗下的电视台从 12 家增加到 22 家，而且就所有权而言，确保了艾尔斯能够接触最大的一系列广播电视台。但就在默多克与佩雷尔曼敲定这笔交易时，NBC 在 7 月 15 日抢先一步让 MSNBC 亮相了，收获的评价尽管褒贬不一，却相当广泛。而新闻集团的频道仍是一片混乱。但艾尔斯一向把长期的困难以及运营上的挑战视为机遇。在做"美国访谈"时，他会以它们为素材，用"大卫与歌利亚"式的叙述把自己创建频道的经历讲成一个鼓舞人心的故事。对艾尔斯来说，这场竞赛带有极大的个人色彩。从他在新闻集团二楼拐角处的那间宽敞的办公室里，艾尔斯可以清楚地看到第六大道上洛克菲勒广场的 NBC 办公室，大卫·扎斯拉夫、汤姆·罗杰斯和安迪·拉克等人就在那里用本应属于他的频道来对付他。眼前的这些时刻提醒他，与 NBC 的这一仗还远没到结束的时候。

---

① "Rumors Dog News Station Debut," *Bergen Record*, July 16, 1996. See also Elizabeth Sanger, "Cable News Sweepstakes; Time Warner, Fox in Negotiations as MSNBC Debuts," *Newsday*, July 16, 1996; and Hiawatha Bray, "Network Official Reveals Higher Level of Competition," *Boston Globe*, July 16, 1996.

② Jeffrey Daniels, "Murdoch Has the Whole New World in His Hands," *Hollywood Reporter*, July 18, 1996.

十二、10 月的惊喜

多年之后，人们才明白，MSNBC 在 1996 年 7 月 15 日的首次亮相，标志着有线电视新闻永远地改变了。新闻不再只出现在当天的头条中。它开始前所未有地更深地嵌入到人们共同的文化和政治理念中，这在让观众喜闻乐见并感到安全的同时，也进一步扩大了他们与那些不同于他们的人之间的鸿沟。从创办之初，MSNBC 就非常有意识地把受众锁定在沿海地区。MSNBC 的具体概念是通过镜头，重现西雅图市中心一家咖啡馆的氛围，而西雅图正是 NBC 新合作伙伴的所在地。"人们会喝着咖啡出现在电视上。"安迪·拉克对 NBC 的主播布莱恩·威廉姆斯说，当时他在跟后者共进晚餐，想说服其加入该频道。[①]裸露在外的人造红砖墙以及工业风格的照明，将位于新泽西州李堡的"美国访谈"演播室变成了一个阁楼式的空间，二三十岁的彬彬有礼的年轻人像《老友记》或《宋飞传》里的人物一样，在这里聊着当天的新闻。观众从如此轻松随意的调侃中得到的信息是，在 MSNBC 镜头下，美国大城市里的生活轻松而有趣，成功人士有大把的闲暇时间聊天，并且一杯接一杯地喝着超大杯拿铁。但是，MSNBC 的这个温文尔雅、兴高采烈的群体不可避免地让很多美国人感到陌生。

上午 9 点，当电视倒计时钟的指针走到零，MSNBC 开始了第一次直播。[②]在头条新闻之后，主播乔迪·阿普尔盖特（他也是周末《今日》节目的主播）看向天花板上吊着的一块光滑的电视屏，与出现在上面的 NBC 新闻的其他记者交谈起来。[③]站在白宫北草坪上的汤姆·布罗考，在为 *InterNight* 这档平日晚间 8 点播出的采访节目做宣传，该节目由布罗考和 NBC 的其他资深人员一起主持。他说，当晚观众将收看到与比尔·克林顿总统的"一次非常重要的约会",总统将回答那些已经提交到 MSNBC 新建网站上的问题。凯蒂·库里克和马特·劳尔坐在洛克菲勒广场 30 号楼里,聊着 MSNBC 将如何报道 5 天后开幕的 1996 年亚特兰大奥运会。"我想让你知道马特和我都非常嫉妒,我们会在我们的下一份合同中要求加入卡布奇诺咖啡机。"库里克对阿普尔盖特说。简·保利是晚上 7 点播出的历史节目《穿越时空》(Time & Again) 的主播,她推荐了一部关于"阿波罗 2 号"登月任务的纪录片。晚上 9 点档新闻播报的主持人布莱恩·威廉姆斯,坐在一张巨幅玻璃世界地图前,这图跟 NASA 控制中心用的一模一样。"这里一直有一个梦想……那就是在黄金时段有整整一个小时的时间来介绍新闻。"他对阿普尔盖特说道。最后一个出现在电视荧幕上的是索莱达·奥布莱恩,她从旧金山那边现场直播,介绍了她在晚上 10 点的一档科技节目《现场》(The Site)。"嗨,乔迪,"奥布莱恩说,"请转告凯蒂和马特,如果他们想借用我的卡布奇诺咖啡机,我很乐意,只要他们肯来旧金山。"

就在 MSNBC 开播的当天,艾尔斯亲自划定战线,并打响了第一枪。[4] 他对《洛杉矶时报》说:"他们把 98% 的宣传都放在了那 5 位明星身上。"广播新闻的魅力是自由主义偏见的另一种叫法。"MSNBC,"他上个月对《今日美国》说过,"认为要给主播们多一些露面的时间。我们则认为要给观众了解事实的时间。"[5] 他指出,NBC 正在将以曼哈顿为中心的知识应用于有线电视新闻,但明星效

---

① Collins, *Crazy Like a Fox*, 130 – 31.
② "Television; Electronic Eye Candy Dominates Hip Debut," *Boston Herald*, July 16, 1996; MSNBC's On-Air Launch, 1996 07 – 15 (video), YouTube, http://www.youtube.com/watch?v=WSS2s-4PrNQ.
③ "'Today' Taps Applegate," *Daily Variety*, April 3, 1996.
④ Jane Hall, "Upstarts Hope to Make News of Their Own," *Los Angeles Times*, July 15, 1996.
⑤ David Lieberman, "Malone, Murdoch Forge All-New Cable Deals," *USA Today*, June 25, 1996.

应并不一定能转化为有线电视新闻的世界。

当 NBC 拿布罗考、甘贝尔和库里克这几人的照片在《电视指南》上登了半版的广告时，艾尔斯正在对他的新观众的轮廓和心态进行研究。① 那年冬天，艾尔斯让斯科特·埃利希就观众对新闻媒体的态度做一次民调。② 埃利希请来了民主党民意调查员约翰·戈尔曼，此人曾为乔治·麦戈文和吉米·卡特的总统竞选活动做过民调。戈尔曼的结果证实了艾尔斯的直觉：全国有一半以上的人对新闻媒体并不信任。"这是明摆着的，根本不用过脑子，"艾尔斯的哥哥罗伯特说，"当罗杰创办福克斯时，他注意到 60% 的美国人的需求并没有在现有媒体那里得到满足。"③

MSNBC 在其开播时向受众兜售的观点，虽没有明显的政治色彩，却是精英主义的。两天后，当 MSNBC 宣布已达成协议跟唐·伊姆斯的广播节目同步直播时，这种调性变得更强了，唐·伊姆斯是东北走廊④沿线闲聊阶层的最爱。⑤

7 月 18 日星期四，艾尔斯站在加州帕萨迪纳的丽思卡尔顿亨廷顿酒店的一个宴会厅里，像一位政治候选人在集会上面对一群选民一样，回答着底下记者提出的问题。⑥ 现场记者收到了打印出来的戈尔曼民调结果——基本上是对竞争对手的研究。⑦ 只有 14% 的美国

---

① Gary Levin and John Dempsey, "MSNBC Clears 1st Hurdle at Bow," *Variety*, July 15, 1996 – July 21, 1996.
② 作者对福克斯新闻一位前高管的采访。
③ 作者对小罗伯特·艾尔斯的采访。
④ 该走廊为东北—西南走向，始于波士顿，向南连接普罗维登斯、纽黑文、纽约、费城、威尔明顿、巴尔的摩，终于华盛顿，连接了美国多个特大城市及大型城市，为美国最繁忙的铁路线。——译者
⑤ David Hinckley, "Imus Gets to Don a High Profile on MSNBC," New York *Daily News*, July 18, 1996.
⑥ Jonathan Storm, "TV Critics Get a Posh Peak at New Season. They're Plunked in Classic Cars. Serenaded by Sheryl Crow. It's All Part of the Selling of Shows," *Philadelphia Inquirer*, July 15, 1996.
⑦ John Carmody, "The TV Column," *Washington Post*, July 19, 1996.

人对媒体有好感,相比之下,对最高法院和军队有好感的美国人分别为 31% 和 47%。此外,67% 的美国人认为电视新闻是带有偏见的。

艾尔斯在描述自己的频道时主要在说它不是什么,在保持 MSNBC 的热度的同时避免被框死。"我们不会以为自己的业务是每 5 分钟就得卖出一台电脑,"他说,"我们也不会告诉人们关掉电视机,从电脑上获取更多信息,这不是我们的工作。"[1] 当初他与默多克在第一次新闻发布会上承诺过要为该频道提供"一个世界性的平台",如今这样的炒作已经一去不复返。[2] 在帕萨迪纳,艾尔斯采取了降低期望值的沟通手法。"我们并没有宣称我们将是革命性的,"他说,言语中是在抨击 MSNBC,"我信奉的是少说话,多办事。"[3]

但是,他又巧妙地开始引入后来成为福克斯标志的那个理念。"如果你不能把一个重大问题的正反面都给我,我不会雇你,因为在我看来你可能早就倒向其中一方了,"他说,"我在新闻编辑室对我的员工说,不要仅仅因为某个人的想法跟你的不一样就对此产生恐惧。"[4]

假如有记者希望听到更多具体信息的话,那他们会感到失望。名字定了:福克斯新闻频道。开播日期也有了:10 月 7 日。还有一个时间表:工作日的直播节目从早上 6 点到晚上 11 点,周末有 6 小时的原创内容。除此之外,艾尔斯对他这个 10 月份的惊喜就不肯透露任何细节了。"这是一个竞争非常激烈的环境,我们想对此保密。"他说。[5] 不同于 MSNBC 在开播前 3 个月就宣布其节目主持人阵容,艾

---

[1] Chuck Taylor, "Fall TV — Fox Will Jump into the 'Very Competitive' All-News Arena," *Seattle Times*, July 19, 1996.
[2] Williams, "Murdoch Names Ailes to Launch 24-Hour TV News Channel."
[3] Richard Huff, "Aiming to Outfox CNN, MSNBC," New York *Daily News*, July 19, 1996.
[4] Stephen Battaglio, "Fox News Net Will Debut Oct. 7," *Hollywood Reporter*, July 19, 1996.
[5] 同上。

尔斯没有透露任何上镜人选。①"关于拉什·林博,没有任何新情况。"艾尔斯在谈到关于他可能跟自己的朋友达成协议,让其主持福克斯新闻节目的传闻时这样说道。②

从一开始,政治就不仅仅是一个报道主题。它充斥在福克斯新闻的方方面面。"罗杰是个政治动物,"福克斯新闻一位前资深制片人说,"这体现在他管理这个地方的方式上。"③ 决策由高层做出。保密性至关重要。办公室的一切都以输赢为准则。距离频道的首播还有不到12个星期的时间,而在行动总部,情况变得越来越混乱。

位于第六大道1211号新闻集团总部的演播室的建设,耗时比预期长,而且预算也超了。福克斯公司租下了大楼大厅北端的场地,这里之前开过一家山姆·古迪唱片店。这个迎街的演播室是为吸引游客而设计的,就像《今日》节目在洛克菲勒广场所做的。但他请来的这支由30位建筑师和工程师组成的团队很快发现这地方没法这么弄。大楼下面隆隆作响的地铁干扰了敏感的卫星信号,而且发出的声音在演播室里很难消掉。他们也没有足够的空间。迎街的这个空间只能容纳两个演播室。④ 已成为资深导演的巴赫曼·萨米安⑤不得不设计了一个旋转立柱,可以在5分钟内旋转90度,以快速更换演播室的背景。"我们得做8个以上的节目,而且得像打乒乓球一样在演播室之间来回跑。"一位工作人员回忆道。⑥

艾尔斯在那年夏天调查了可能成为他员工的人的忠诚度,确定他们的意识形态,找出持不同政见者。他跟他的朋友小罗伯特的弟弟道

---

① Peter Johnson, "NBC Spells Out Format for Cable News Channel," *USA Today*, April 18, 1996.
② Greg Braxton, "Fox News Announces Oct. 7 Launch of Cable Channel," *Los Angeles Times*, July 19, 1996.
③ 作者对福克斯新闻一位前制片人的采访。
④ 本段内容基于作者对福克斯新闻几位高管的采访。
⑤ See résumé at http://www.bahmansamiian.com/resume.pdf.
⑥ 作者对福克斯新闻一位前员工的采访。

格拉斯·肯尼迪的面谈很不顺利。这不仅仅是因为他的姓。这位 29 岁的名门子弟、《纽约邮报》前记者在为他们的敌人工作。MSNBC 最近聘了他,但他还在考虑自己的选择。①

"我知道你的背景,艾尔斯。"肯尼迪说。

"我也知道你的背景。"艾尔斯回道,"我尊重你父亲的立场,即便他的政治主张不同于我的。"②

肯尼迪问艾尔斯是否会在新闻中加入他的保守观点。"这不是我的使命,我甚至无意看你的报道,"艾尔斯说,"但我希望你看着我的眼睛,告诉我你会尽力公平对待你报道的任何事。"肯尼迪迎着他的目光说自己会的。他被录用了。拒绝回答比公开表明自由主义想法更糟。在另一次面试中,艾尔斯和切特·科利尔对鲍勃·赖希布鲁姆的背景提出了质疑,他们正在考虑让他担任晚间 7 点新闻节目的执行制片人。③ "我在看你的履历。"艾尔斯说。履历上说赖希布鲁姆曾是《早安美国》的执行制片人。④ "我看到上面说你在一家电视网工作过。你是犹太人,所以我猜你是自由主义者。"

赖希布鲁姆皱起了眉。"这三件事中有两件肯定是真的,"他答道,"我不会告诉你是哪些。"

艾尔斯听了他的反驳咯咯地笑了,但没有录用他。

艾尔斯将不同政见者拒之门外,围绕在他身边的都是忠诚的副手,这些人要么保守,要么不在乎这个。该频道最重要的两位顾问是切特·科利尔和约翰·穆迪,前者是艾尔斯在《迈克·道格拉斯秀》时的老上司,后者是《时代》杂志的右倾记者。他们两个人几乎在各

---

① Doug Nye, "Larry, Curly and Moe: 'Moidering the Competition for a Long Time,'" *Philadelphia Inquirer*, Aug. 9, 1996.
② Lawrie Mifflin, "Media: Broadcasting; At the New Fox News Channel, the Buzzword Is Fairness, Separating News from Bias," *New York Times*, Oct. 7, 1996. 艾尔斯向米夫林讲述了他与肯尼迪之间的对话。
③ 作者对一位熟悉此事人士的采访。
④ See résumé at http://www.linkedin.com/pub/bob-reichblum/0/788/880.

方面都截然不同。科利尔是马萨诸塞州的自由主义者，他对时事和政治都没什么兴趣。①"切特心目中的节目就是两把椅子和一棵植物。"艾尔斯在 CNBC 的继任者比尔·博尔斯特喜欢这样开玩笑。② 时年 69 岁的科利尔设想的福克斯新闻是一个由谈话节目、电视名人和动物组成的大杂烩，是个人最爱的节目。除了与艾尔斯合作外，科利尔还担任威斯敏斯特犬展俱乐部的主席，并帮助将该犬展变成了一场全国性的电视节目，可以让麦迪逊广场花园的门票售罄。行业杂志《狗新闻》称他对犬展的贡献"无与伦比"。③

整个春天和夏天，科利尔亲自查看了数百盘主持人人选的录像带，并提交给艾尔斯。④ 为了评估潜在主播的吸引力，科利尔关掉了声音，只看屏幕。他对一位高管说："我不会因为这些人的头脑而雇佣他们。"⑤ 虽然新闻成本受到严格控制，但科利尔确保预算中有一笔 100 万美元是给化妆组的。⑥"我不明白为什么化妆这么重要，"一位持怀疑态度的制片人说，"但切特会说，'你得把这事做好。'他只知道化妆组的那些女人就像心理学家——她们手上有真功夫。"⑦ 跟艾尔斯和尼克松的广告人员一样，科利尔也是马歇尔·麦克卢汉的忠实弟子。"观众不想被人耳提面命；他们想要觉得自己已了解了情况。"科利尔经常对制片人这样说。⑧"他讨厌与新闻有关的任何事。"福克斯新闻的一名高管回忆道。⑨

科利尔经常训斥艾米莉·鲁尼和她那个前电视网制片人组成的团

---

① 作者对福克斯新闻一位前员工的采访。另见 Richard Goldstein, "Chester Collier, 80, Dies; Led Westminster Show," *New York Times*, Aug. 29, 2007.
② 作者对 CNBC 一位前高管的采访。
③ Chester F. Collier (paid obituary), *New York Times*, Aug. 19, 2007.
④ 作者对福克斯新闻一位前高管的采访。
⑤ 同上。另见 Brock, "Roger Ailes Is Mad as Hell".
⑥ 作者对福克斯新闻一位前制片人的采访。
⑦ 同上。
⑧ 同上。
⑨ 作者对福克斯新闻一位前高管的采访。

队,还摆出一副居高临下的姿态称他们是"新手"。① 作为艾尔斯身边的常客,科利尔和其他人一样塑造了电视网新兴的谈话节目文化。"切特告诉我每一节必须有一个爆点。"福克斯的一位制片人说,呼应了创办《迈克·道格拉斯秀》的伍迪·弗雷泽的那句格言。"节目的每部分都需要制作。"②

与之相反,约翰·穆迪是个智力型保守派记者,喜欢跟人叫板。③ 他花了十年时间让自己的报道登上《时代》杂志的刊头位置,在东欧、拉丁美洲以及罗马做过驻外记者。④ 虔诚的天主教徒穆迪利用业余时间写过一部关于冷战的惊悚小说,⑤ 但坐上纽约分社社长这个职位已经是他个人职业生涯的顶峰,他渴望得到一个更重要的职位。在婴儿潮一代的价值观占主导的《时代》杂志当权派俱乐部里,他受到了排挤。据两位前同事说,穆迪是一位"一流的记者"和"真正的专家",他是《时代》杂志里不一样的声音,会对当权派所做的基本假设表达自己的不满。⑥ 1992 年,当编辑们讨论副总统丹·奎尔批评 CBS 情景喜剧《墨菲·布朗》的那次演讲时,穆迪开口了。"外面很多人的思考方式跟我们的不一样,"据《时代》杂志前助理总编珍妮丝·辛普森所说,他这样说道,"我希望我们能考虑到这一点。"⑦

艾尔斯也持这种态度。在 1996 年春天的一次工作面试中,艾尔斯告诉穆迪:"当这个电视网在我们手上时,我们必须携手解决这里的一个问题,那就是大多数记者都是自由主义者……我们必须改变这

---

① 作者对艾米莉·鲁尼的采访。另见 Swint, *Dark Genius*, 164。
② 作者对福克斯新闻一位前制片人的采访。
③ Suzan Revah, *American Journalism Review*, May 1996.
④ See John Moody résumé at http://www.linkedin.com/pub/john-moody/10/ba2/729.
⑤ John Moody, *Moscow Magician* (New York: St. Martin's, 1991).
⑥ 作者对两位曾与穆迪共事的《时代》杂志前员工的采访。
⑦ 作者对《时代》杂志前助理总编珍妮丝·辛普森的采访。

点。"① 那年晚些时候，他们在与一位记者交谈时，提到了复活节期间全国的新闻杂志上经常发表的一些关于基督教的不光彩的故事。穆迪称《时代》和《新闻周刊》的某些封面是"亵渎神明"的。艾尔斯表示认同。"都是一些诋毁耶稣的故事，"艾尔斯说，"他们称他是他那个时代的邪教人物，是某种疯狂的傻瓜，就好像他们出去努力寻找证据来诋毁他一样。"② 他们说话时，穆迪发现自己在"罗杰讲完上半句时会接下半句"。③

作为一个电视行业的新手，穆迪的新闻素养可以在平衡科利尔的脱口秀本能的同时，不让对方觉得太碍手碍脚。艾尔斯任命穆迪为社论部的新闻副总裁。穆迪坦承自己对这个新角色一无所知。"当穆迪第一次踏进这里的时候，他开玩笑说他对广播一窍不通。"一位前资深制片人说。④ 当穆迪拿着他写好的播音稿给艾米莉·鲁尼看的时候，她简直不敢相信自己的眼睛。"那简直就是一篇 8000 字的报纸文章。"她回忆道。⑤ 穆迪并不认同科利尔的"新闻即娱乐"的信条。就像那些对候选人抱有相反看法的竞选顾问一样，他们在福克斯新闻内部催生出势不两立的阵营。一位前高管说："科利尔对穆迪恨之入骨。"⑥ 而穆迪则对科利尔的那些谈话节目概念"深恶痛绝"，一位创始制片人回忆道。⑦

在某种程度上，这种敌意对艾尔斯是有用的——它维护了他的权威。艾尔斯回忆说，尼克松在他的副手之间挑拨离间。这样一来，他们互相攻击，而不是合谋对付他。艾尔斯多次在会上谈到尼克松政

---

① Collins, *Crazy Like a Fox*, 73.
② Mifflin, "At the New Fox News Channel, the Buzzword Is Fairness, Separating News from Bias."
③ Sella, "The Red-State Network."
④ 作者对福克斯新闻一位前制片人的采访。
⑤ 作者对艾米莉·鲁尼的采访。
⑥ 作者对福克斯新闻一位前高管的采访。
⑦ 作者对福克斯新闻一位创始制片人的采访。

府。"核心圈有 5 个人。我们互相讨厌。尼克松特意让我们讨厌彼此。"他对他的高管们说。① 虽然艾尔斯大吹特吹自己对尼克松的重要性——他从未进入过核心圈——但他是一个狡猾的学生。一位与艾尔斯关系很近的人说:"他确保了他的高管得为显示对他的忠心而战。这是最残酷的地方。你只能不断地反复强调你的效忠。"② 这些相互冲突的观点在一开始时也有助于抑制艾尔斯的右翼冲动。一位高管表示:"福克斯的成功很大程度上可以追溯到切特和约翰早年的互相抵制。"③

正如当初宣布的那样,默多克为福克斯新闻的开播投资了 1 亿美元。④ 聘请的 20 位新闻主播已经到位,⑤ 包括《时事》的前记者路易斯·阿奎雷⑥、乔恩·斯科特⑦和谢泼德·史密斯⑧。还招募了美联社驻白宫记者温德尔·高尔,请他从华盛顿发回报道。⑨ 驻欧洲、香港、耶路撒冷和莫斯科的摄像组将报道国外新闻。⑩ 此外,该电视网还与路透社达成了一项协议,后者可以调用新闻集团在欧洲的天空电视台的原始录像以及默多克在全球拥有的各家报纸的人力资源。⑪

但是,尚处于起步阶段的福克斯新闻是一个焦点不明的大杂烩。艾尔斯的主播们无论是在意识形态上还是风格上,都没有什么关联

---

① 作者对福克斯新闻多位高管的采访。
② 作者对一位与艾尔斯关系亲近之人的采访。
③ 作者对福克斯一位前资深高管的采访。
④ Stephen Battaglio, "Long, Busy Day Planned for Fox News Channel," *Hollywood Reporter*, Sept. 5, 1996.
⑤ John Carmody, "The TV Column," *Washington Post*, Sept. 5, 1996.
⑥ See biographical note at http://www.wsvn.com/newsteam/?id=DBM430.
⑦ See biographical note at http://www.foxnews.com/on-air/personalities/jon-scott/bio/.
⑧ "Entertainment Briefs," BPI Entertainment News Wire, Aug. 24, 1999.
⑨ Carmody, "The TV Column," Sept. 5, 1996.
⑩ Jon Lafayette, "'Fairness' Will Set Fox News Apart," *Electronic Media*, Sept. 9, 1996.
⑪ 同上。另见 *Warren's Cable Regulation Monitor*, Oct. 7, 1996。

性。CNBC前主持人尼尔·卡夫托将在下午5点主持《卡夫托商业报道》这档金融新闻综述节目。① 从电视网新闻记者转型为八卦主播的比尔·奥莱利，将在6点主持一档名叫《奥莱利报告》的访谈节目。接下来两小时归传统的新闻主播。NBC周末档节目《今日》的前联合主播迈克·施奈德将在晚上7点主持福克斯的《施奈德报告》。达拉斯县前检察官和得克萨斯州法官凯瑟琳·克里尔已转型为电视记者，并将在8点档播出的《克里尔报告》中采访新闻人物，以此作为福克斯对CNN的《拉里·金现场秀》和MSNBC的 *InterNight* 的回应。平日的晚间节目中，来自亚特兰大的保守派电台脱口秀主持人肖恩·汉尼提将在9点主持一档火药味很浓的辩论节目，暂定名为《汉尼提和LTBD》——LTBD指的是一位"待定的自由主义者"。② 艾尔斯还没有决定谁是合适的搭档人选，但他正与三名候选人沟通，其中包括《纽约观察家报》时任执行编辑、政治作家乔·科纳森。他还在考虑每周都请不同的自由主义者来上节目。平日晚上的节目单还包括每小时两个至少5分钟的新闻时段。③ 从晚上10点开始，重播除迈克·施奈德的新闻栏目之外的黄金时段节目，并在其中穿插新闻直播。④ 周末的报道将包括少量的原创节目、上周精选节目的重播以及每半小时一次的《福克斯新闻》（*Fox News Now*）实时更新。⑤

毫无疑问，这个由一帮无人问津的、过了气的以及被人遗忘了的名人组成的阵容有点鱼龙混杂。汉尼提从没在电视界做过任何全职工作。奥莱利干着干着就不知所踪的次数多到人们都记不清了。"他在这个行业已经做了有25年了，但他从来都不是个明星。"艾尔斯后来

---

① Carmody, "The TV Column," Sept. 5, 1996. 本段中关于黄金时段阵容的许多细节都出自卡莫迪的文章。
② 同上。
③ Gary Levin, "Fox News Channel Sets Slate," *Daily Variety*, Sept. 11, 1996.
④ 同上。
⑤ Battaglio, "Long, Busy Day Planned for Fox News Channel."

回忆道。① 卡夫托是这群人中最引人注目的一位，尽管他采访起来经验老到，并曾主持过 CNBC 的热门节目《市场扫描》（Market Wrap），但他很难成为台柱。名气最大的可能要数施奈德了，他在演播室里开玩笑说公司打着他的名号来说服有线电视运营商加载这个频道。②

也许这就是艾尔斯想要的。在 1996 年 9 月的一次新闻发布会上，艾尔斯批评对手的那些电视网的著名记者关心"喷发胶"多过查找事实。③ 他声称自己原本可以找名人的，但认为这是浪费钱。"没有丝毫证据表明，明星效应在有线电视像在广播新闻那样有吸引力，"他在几个星期后跟一位记者这样说道，"如果我们没有那笔付给每个用户 10 美元的支出的话，我们会花很多钱来请一些人才。"④ 成名的人才不好管理，而且他们会居功自傲。对此，艾尔斯曾经说过："大多数电视人都是白痴。"⑤ 比起才华，艾尔斯更看重真诚。他深知观众在节目的头 7 秒就会迅速判断自己喜欢的程度。⑥ 此外，除了更接地气之外，初出茅庐的新人比起复出的名人忠诚度可能更高。从最初跟迈克·道格拉斯和尼克松共事的日子起，艾尔斯就善于开发自己的才能，按照自己的形象培养和塑造他们。"假如说我有什么能力的话，"他后来说，"或许就在于发现人才，并搭建一个能让他们一起工作的架构。"⑦

对于新闻编辑室的普通员工，无论男女，艾尔斯都更倾向于招募缺乏新闻经验的人。"我们没一个是干新闻的，"一位创始制片人说，

---

① Marvin Kitman, *The Man Who Would Not Shut Up: The Rise of Bill O'Reilly* (New York: St. Martin's, 2007), 163.
② 作者对迈克·施奈德的采访。
③ Lafayette, "'Fairness' Will Set Fox News Apart."
④ Michael Burgi, "Not Banking on Anchors," *Mediaweek*, Sept. 16, 1996.
⑤ Kitman, *The Man Who Would Not Shut Up*, 6.
⑥ Ailes and Kraushar, *You Are the Message*, 3.
⑦ Collins, *Crazy Like a Fox*, 140.

"我们都是搞娱乐的，很多人都靠服用阿普唑仑①来努力适应。"② 经验稍多一些的，包括几位年轻的制片人，比如《时事》栏目的沙利·伯格③、来自长岛第 12 新闻频道的珍妮特·阿尔斯豪斯④以及最近刚从美国公共广播公司（PBS）旗下的 WLIW 跳槽到 NewsTalk 电视台（较早开播的一个有线电视频道）的比尔·希恩⑤。艾尔斯尤其偏爱起用年轻人，通常不考虑其意识形态。"我根本不喜欢右翼。"乔丹·库兹韦尔回忆道。⑥ 1996 年夏天，福克斯新闻将他招至麾下，该电视网的网站上线。"我们需要 500 万美元。"库兹韦尔在艾尔斯办公室召开的一次会议上对他说。相对于福克斯的竞争对手而言，这是一笔小数目。"我不太了解网络这个东西，但这听上去还行。你就放手去做吧。"艾尔斯答道。库兹韦尔对给到他的东西兴奋不已，全心全意地投入了网站的建设中。"这不是精兵强将组成的团队，实际上，他们看上去更像是一帮要去车库表演的孩子，"一位开播时就在的福克斯新闻制片人回忆道。⑦ 凯瑟琳·克里尔对此表示认同。"都是这些孩子在管事，"她说，"这真是可笑至极。"⑧

与此同时，艾尔斯开始排挤那些在他之前加入福克斯的高管和制片人。他在福克斯新闻搞的那套拉帮结派跟他在 CNBC 时如出一辙。在引得乔·佩伦宁于 1996 年 2 月辞职之后，艾尔斯把矛头对准了他残余的几个核心追随者。"我们成了新闻频道的敌人，"艾米莉·鲁尼

---

① 一种镇静安眠药，主要用于治疗焦虑、恐慌。——译者
② 作者对福克斯新闻一位前制片人的采访。
③ Tom Junod, "Because They Hate Him and Want Him to Fail," *Esquire*, March 1, 2009.
④ Martin C. Evans, "Exec Switching Channel," *Newsday* (New York), Aug. 17, 1996.
⑤ "Fox News Channel Names Bill Shine Senior Vice President of Programming," Business Wire, Jan. 13, 2005.
⑥ 作者对福克斯新闻前工作人员乔丹·库兹韦尔的采访。
⑦ 作者对福克斯新闻一位前制片人的采访。
⑧ 作者对福克斯新闻前主播凯瑟琳·克里尔的采访。

说,"首先,我们赚得多。我当时至少赚25万美元。"① 在二楼的行政楼层里,新旧政权之间出现了明显的分歧。"很明显,你要么是罗杰的人,要么是其他人。"一位制片人回忆说。② "乔要求大家畅所欲言,"时任福克斯新闻的制片会计的杰·林格斯坦回忆道,"罗杰则是带着想法而来,因此其他任何人的想法他既不欢迎也不需要,除非他征求意见。"③

在 CNBC,艾尔斯的残忍已经成了一种麻烦。但在海盗式办公室文化的新闻集团,这被证明是一笔资产。早在外界对新闻集团的电话窃听行径有所耳闻之前,默多克就鼓励他的高管们冲破界限、开辟自己的地盘、守住自己的江山,别去管那些通常会引起谨慎的声誉问题。"在大部分公司里,有很多低层的人愿意冒险行事,"新闻集团一位前高管解释说,"越往上走,越多人会说:'不行,我们不能这样做。'新闻集团则截然相反。最高层会说:'你这是在干吗?走出去开始做点什么吧。'"④

只要他们能为公司创造利润或发布独家新闻报道,默多克对火爆个性是容忍甚至欣赏的。在新闻集团的一次研讨会上,默多克的公司主席、澳大利亚人理查德·塞尔比将该公司的管理风格描述为"一种穿插着偶发的专制的极端放权模式。大多数公司的董事会开会为了做决定。而我们的董事会开会为了批准你的决定"。(当时默多克就坐在观众席上。)⑤

即使以新闻集团的标准来衡量,艾尔斯那出了名的脾气和变化无常的情绪也使他脱颖而出。他会说一些其他高管根本说不出口的话。但事实证明,默多克的公司就是一个最终让艾尔斯成就自我的地方。

---

① 作者对艾米莉·鲁尼的采访。
② 作者对福克斯一位前制片人的采访。
③ 作者对福克斯新闻前会计杰·林格斯坦的采访。
④ 作者对新闻集团一位前高管的采访。
⑤ Neil, "Murdoch and Me."

默多克培养出的企业达尔文主义实际上与政治竞选的残酷环境并无不同。竞选团队里没有人力资源部门来监督办公室行为，也没有中层管理人员来安抚。到了选举日那天，最重要的是看结果。"如果你行，你就能生存下来。如果你孬，你就被淘汰，"艾尔斯在加入新闻集团后不久向一位记者解释说，"这听着有点原始，但生活就是这样。在一个资本主义社会，你的成不成功就看你能否付得起账单。"①

在9月4日——也就是电视网开播5个星期前——的新闻发布会上，艾尔斯提出了福克斯那句著名的口号"公平和平衡"。② 艾尔斯坚持认为，所有的新闻故事都将"放在其发生的情境里来讲述"，每个在他的电视网露面的人都将获得一个"公平的机会"。他宣称，"抢先发布新闻很重要，但比这更重要的是公平"。这是在他为一个假想的地方新闻频道提出的口号——"我们未必总能做到第一。但我们将永远坚持公平"——的基础上发挥出来的。③ 他发誓，福克斯将"消除观点和新闻之间的界限"。屏幕上的图示将明确标出"评论"和"观点"。他的这番话好比一套高超的柔术，暗示只有跟他竞争的电视网才会进行具有党派倾向的操作。在那年秋天的一次采访中，艾尔斯提了个问题，为什么记者们这么快就给共和党人贴上了"右翼"标签，却从不称泰德·肯尼迪为"来自马萨诸塞州的左翼参议员"。④ 艾尔斯所做的分析与TVN的布鲁斯·赫申森提出的媒体偏见理论遥相呼应。艾尔斯辩称，这些电视网有"一百种方法对新闻添油加醋"。

---

① David Lieberman, "Ailes Tackles Toughest Assignment: Cable Channel Battles Budget, Clock, Rivals," *USA Today*, Sept. 23, 1996.
② Frazier Moore, "Fox News Channel: More Round-the-Clock News a Month Away," Associated Press, Sept. 4, 1996. See also Robin Dougherty, "Fox News Chairman: Cable Service Shooting for 'Balanced' Coverage," *Miami Herald*, Sept. 5, 1996; Gary Levin, "Fox News Channel Sets Slate," *Variety*, Sept. 9 - Sept. 15, 1996; and Lafayette, "'Fairness' Will Set Fox News Apart."
③ Auletta, "Vox Fox."
④ Verne Gay, "The All-News Wars Heat Up," *Newsday*, Oct. 7, 1996.

电视记者使用"热词,或暗语"。他们会播出"斩头去尾的采访片段",并将有利于他们观点的引述提到"整篇报道的前面",或给他们喜欢的采访对象"更多的时间"。他们还可以用"一方或另一方带有导向的陈述"来构建他们的引语。"记者总体上都是聪明的、饱读诗书的人,他们带着偏见看待每一个故事。"艾尔斯说。① 这是一个不知廉耻的开局路数。罗杰·艾尔斯这个极具党派色彩的斗士,宣布自己就是裁判。

艾尔斯很高兴看到这种说法在他的对话者中产生的愤怒和混乱。"我注意到公平和平衡这两个词让新闻界人士感到恐惧,"他对记者们说,"大约 56% 到 82% 的美国人认为,新闻是带有偏见的、消极的、无聊的。因此我们选取了 60% 这个数字——对我而言,这像是一个合适的营销方向。"②

他说的所有关于福克斯新闻的硬新闻团队的话都巧妙地掩盖了这样一个现实,那就是与其竞争对手相比,他的电视网收集新闻的能力微不足道。福克斯的 3 个海外分社③无法与 CNN 的 20 个分社④相提并论。预计 500 名员工的规模也只有艾尔斯竞争对手的一半。⑤ 尽管艾尔斯对福克斯新闻的定位是一家严肃的新闻电视网,但他打造的频道实质上就是一个重启的"美国访谈"。两把椅子和一盆植物,这比在遥远的外国首都配备几十个海外分社要便宜得多。即使是奥莱利也在意识到艾尔斯所雇的员工中无一人懂得如何做新闻时感到失望。⑥

---

① Jon Lafayette, "Fox's Upstart All-News Cable Channel to Take High Ground, Says Chairman," *Crain's New York Business*, Sept. 16, 1996.
② Dougherty, "Fox News Chairman: Cable Service Shooting for 'Balanced' Coverage."
③ Mifflin, "At the New Fox News Channel, the Buzzword Is Fairness, Separating News from Bias."
④ "Galaxy Latin America Announces Agreement with Turner Broadcasting," PR Newswire, July 9, 1996.
⑤ Lafayette, "'Fairness' Will Set Fox News Apart."
⑥ Kitman, *The Man Who Would Not Shut Up*, 169–70.

而发行仍然是一个棘手的问题。与时代华纳有线电视公司进行的进入纽约市场的谈判至今未达成协议。最后，福克斯在开播前拥有1700万用户，而当时MSNBC的用户为2500万，CNN则达到了6000万。①

由于默多克将数亿资金花在了开辟发行渠道而不是给海外分社配备人员上，艾尔斯凭着自己一腔外行的热情召集他的记者。9月3日，也就是离电视网开播差不多一个月的那个星期二上午，对员工的思想灌输正儿八经地开展起来了。② 在新闻集团总部以北6个街区，第六大道上纽约希尔顿酒店的一间会议室里，福克斯新闻新招聘的数百名员工济济一堂。他们被告知这次会议是全公司的迎新会，但这里的紧张气氛让他们感觉自己是在参加一个政治集会。就在他们四处转悠的时候，高分贝的音乐响了起来。艾尔斯还是没有现身。在原定开始的时间过去45分钟后，灯光终于调暗了下来，舞台上两个巨大的显示屏上播放着风格类似于总统提名大会上播放的那种短视频。其中一条视频展示了默多克迄今为止在电视广播领域所取得的令人印象深刻的成就，并以"福克斯可以"（Fox Can）的标语结束。另一条视频播放的是经过剪辑的福克斯主播们的面孔，配的音乐是电影《西区故事》中的那首《有事降临》（Something's Coming）。

艾尔斯走上了舞台。他之前没有现身只是为了提升人们的期待。"在场的各位正处于历史的起点，"艾尔斯说，"福克斯新闻将会播出几十年。"人群里一阵欢呼。"他声称我们将打败CNN，" 一位前制片人回忆道，"我记得自己当时在想：'这家伙不是说着玩的，他让人刮目相看。'"③ 艾尔斯疯过头了，在给大家介绍一位女律师时还插科打诨了一下。"你们知道律师和妓女的区别吗？"艾尔斯问道，"就算

---

① Peter Johnson, "Fox Treads into 24-Hour Cable News," *USA Today*, Oct. 7, 1996.
② Collins, *Crazy Like a Fox*, 79. 作者对在场人士的采访。
③ 作者对福克斯新闻一位前高管的采访。

你死了律师也会继续操你。"[1] 一些人哄然大笑，另一些人则皱起了眉头。福克斯新闻与他们工作过的任何其他地方都不同。

在迎新会上，员工们都收到了一本被该频道奉为神作的《你就是信息》。"他确保我们都读了他的书，而且他还会引用书中的话，"杰·林格斯坦回忆道，"你学会了如何成为一个更好的人。"[2] 他满脑子都是艾尔斯的教诲。负能量的人会让正能量的人生病……如果你认为自己是个受害者，你就成了受害者。但如果你能自己站起来，你就会没事……假如你犯了错，而且你告诉我你已经尽了全力，我知道你其实并没有尽力而为。假如这些员工之前还没有意识到自己的地位的话，这会儿全明白过来了。他们就是一场新运动的创始成员。"差不多有种投身一项事业的感觉，一项政治事业，"迈克·施奈德回忆说，"有一种我们即将走出去，缓慢但坚定不移地实现我们的目标的热血沸腾。"[3]

"公平和平衡"这句在迎新会上正式提出来的戒律，被拿来作为一种精神目标。"我不指望你们在生活中不存在任何偏见；如果你们连自己的想法都没有的话，那你们在餐桌上就太他妈的无聊了，"艾尔斯对其员工这样说道，"但当你走进这间新闻编辑室时，你就要认识到自己的立场或者偏见，并公平对待那些持有不同立场的人。"[4] 为强调这一论点，艾尔斯让约翰·穆迪在地下室的新闻编辑室为新员工举办了研讨会。在最早的一次会上，穆迪给大家传阅了他收集的几摞《纽约时报》的文章，上面用笔划出了体现自由主义偏见的地方。穆迪指着其中一篇关于津巴布韦某书展上设有一个同性恋展位的文章抱怨道："这怎么会是新闻呢？为什么会有人关心这个？"[5] 年轻的制

---

[1] Collins, *Crazy Like a Fox*, 80.
[2] 作者对杰·林格斯坦的采访。
[3] 作者对迈克·施耐德的采访。
[4] Mifflin, "At the New Fox News Channel, the Buzzword Is Fairness, Separating News from Bias."
[5] "Gay Zimbabweans Win Fight for Book-Fair Booth," *New York Times*, Aug. 2, 1996.

片人亚当·桑克恰巧是同性恋，他记得自己当时感觉被冒犯了。这个早期迹象表明了艾尔斯掌管的频道并不是一个可以容得下他这样的同性恋的地方。"我当时更多是不知所措，"他说，"以后会有更多的恐同行为向我袭来的。"①（桑克后来转行了，离开福克斯去当了一名脱口秀演员。）

给工作人员的备忘录告诫说，要做到"公平和平衡"可谓路漫漫其修远兮，正因如此，其他组织未曾尝试过。"也许'公平'和'平衡'这两个词比我们意识到的要可怕得多。"艾尔斯说。② 备忘录还提到，通过"报道竞争对手没有报道的事"，福克斯新闻将成为"从竞争对手的片面报道中寻求解脱的观众的天堂"。③

福克斯的另一个著名口号——"我报道，你判断"——是为该频道最初的营销活动制定的。一如"公平和平衡"这句口号，它在多个层面上传递出一个信息，对于那些因为福克斯而分裂的人而言，这个信息蕴含着巨大的、截然不同的含义。

虽然这句口号通常被认为是艾尔斯提出的，但其实它出自共和党的几位资深广告顾问之手，他们来自 MVBMS（Messner Vetere

---

① 作者对福克斯新闻前制片人亚当·桑克的采访。桑克记得他在福克斯工作的那些年里经历过的跟反对同性恋有关的几起事件。1998年秋天，当怀俄明大学同性恋学生马修·谢泼德被折磨杀害一事引发全国骚动时，穆迪告诉福克斯的制片人，他们不应该参与媒体的叙述。"他对该报道感到愤怒，"桑克回忆道，"他说：'这起新闻事件的报道铺天盖地，简直疯了。要不是这个星期没什么重大新闻，没人会关注。'"穆迪似乎对这一令人发指的罪行造成的影响漠不关心。这让桑克深感不安。几个月后，阿肯色州发生了一起两名同性恋男子被捆绑性虐待和谋杀一名13岁男孩的恶性案件，当布雷特·拜尔在报道这起骇人听闻的案件时提及了马修·谢泼德，这让桑克非常愤怒。"除了那些极右翼的博客，没人会把这起案件与马修·谢泼德的相提并论，"桑克说，"我自第一天起就考虑要走，但这件事的发生让我清楚地知道我必须离开。"2002年，他因为播出了一个关于洛杉矶同性恋大游行的片段而受到上面的指责。"我很快听到消息说上面的那些人感到很不满意。"他回忆说。他的老板把他拉到编辑室，告诉他艾尔斯和穆迪认为这篇报道"不公平、不平衡"，并认为他"应该知道这样的报道不应该被播出"。几个星期后，桑克离开了福克斯新闻。
② Gay, "The All-News Wars Heat Up."
③ Sella, "Red State Network."

Berger McNamee Schmetterer）这家精品广告公司。① 艾尔斯已聘请汤姆·梅斯纳及其合伙人就一些会造成意见分歧的话题为福克斯公司创作了一系列电视宣传片，从色情作品到以色列，无所不包。打出这些广告是为了说明福克斯在处理有争议的话题时与其他媒体的不同之处，而且其他的电视网"根本不值得信任"。在一次头脑风暴会议上，梅斯纳的同事宣读了一份示范的脚本。他的同事鲍勃·施梅特雷尔看到"我报道"和"你判断"这两个词，顿时眼前一亮。"你为什么不拿它作为一个标语呢？"施梅特雷尔说。梅斯纳和他的合伙人们立刻意识到这就是他们一直在寻找的东西。"我们没有做任何市场调查。"梅斯纳回忆道。无论其真实价值如何，这句一针见血的话，是麦迪逊大道有史以来最具黏性的口号之一。也就是说，艾尔斯向《纽约时报》宣称，电视是"世界上最强大的力量"。② 然而，正如梅斯纳所说，他的电视网的标语成立的前提是"由你来决定我们讲的是假话还是真话"。艾尔斯所兜售的东西，其核心不是新闻，而是赋予受众权力。正如切特·科利尔所言，福克斯公司所提倡的概念是让他们的受众在"感到获取信息"的同时可以得出自己的结论。"在我们公司所负责的所有广告语中，这可能是寿命最长的一条。"梅斯纳说。

就在电视网朝着10月开播冲刺之际，一些员工察觉到了艾尔斯所创造的文化具有威胁性的一面。某些同事，尽管新闻工作经验欠缺，却对他人颐指气使，不容置喙。罗杰的这些朋友，也就是所谓的F.O.R.，都是长期忠于艾尔斯的人，包括科利尔、科利尔的助手，苏珊娜·斯科特、朱迪·拉特萨，以及艾尔斯传播公司那些政治顾问中的骨干。③

---

① 作者对广告主管汤姆·梅斯纳的采访。
② Hass, "Embracing the Enemy."
③ 作者对福克斯新闻一位前高管的采访。

艾尔斯的那些前政治顾问的涌入，让电视网的员工们惴惴不安。"我感觉很不舒服，我觉得这是一个奇怪的群体。"一位在电视网开播后不久就离职的资深制片人回忆说。① 许多人认为艾尔斯在电视网里建了一个政治运作体系。人们把约翰·穆迪召开编辑会的那块玻璃墙隔出来的地方称为"作战室"，这不仅仅是个事实。② 他们就是这么叫的，不带任何讽刺意味。更令人不安的是，他们发现在地下室里有一扇锁着的门，门后面是一个联网的计算机终端的指挥中心。③ 想进入这里的话必须有一张特殊的安全门禁卡，只有少数几位高管经艾尔斯许可有这个卡。这个被称为"大脑室"的地方看起来给人一种不祥之感。在被告知这里是福克斯新闻的"研究部门"后，至少有两名工作人员真心担心艾尔斯已经雇了前中央情报局和摩萨德特工为他执行秘密的政治任务。"这些人在对罗杰想了解的人进行调查。这就像'黑色行动'。"福克斯新闻一位前高管说。④ "这很像尼克松的做派，"一位资深制片人解释说，"在新闻频道从来没出现过这样的事。"⑤ "艾尔斯之友"斯科特·埃利希坐在玻璃隔开的办公室里监督这一行动，而这个事实，加深了员工们对艾尔斯正在策划肮脏勾当的怀疑。一位接近艾尔斯的人士说，"大脑室"为他提供了有关他敌人及对手的公共信息，比如政治派别和房地产记录等。⑥

据曾在福克斯工作的广播顾问乔治·凯斯说，"'大脑室'的存在是为了源源不断地为屏幕提供信息"。⑦ 艾尔斯要求他的制片人在制作其节目时能重视并利用"大脑室"所做的调研。他的理论是，信息框、文字标语、趣闻以及统计数据都可以拿来填满屏幕，且不会分散

---

① 作者对福克斯新闻一位前制片人的采访。
② 作者对福克斯新闻一位前高管的采访。
③ 作者对乔丹·库兹韦尔和福克斯新闻的一些制片人的采访。
④ 作者对福克斯新闻一位前高管的采访。
⑤ 作者对福克斯新闻一位前资深制片人的采访。
⑥ 作者对罗杰·艾尔斯一位同事的采访。
⑦ 作者对乔治·凯斯的采访。

观众的注意力。① 在给员工的备忘录中,他说这把新闻故事提升了"一个信息层次"。② 福克斯的创意团队开发了抓人眼球的图形,可以像视频游戏那样让屏幕鲜活起来。事实上,这些闪闪发亮和嗖嗖作响的图标将让观众着迷。

整个设置——过度保密、安全标签——都是为了影响福克斯新闻制片人对信息的看法。"权力最好掌握在那些从来不需要使用它的人手上,而罗杰深谙此道,"凯斯回忆道,"它就在大楼里面,但人们不可触及,这一事实突然间让它自带一种神秘光环。"③ 从本质上讲,艾尔斯构思了一个复杂的剧院场景作为他节目的另一个活的部分,意在制造一个惊险神秘的黑社会。

斯科特·埃利希向一位朋友坦言,他在忽悠那些不清楚他角色的资深同事时莫名有种快感。④ 正如他想象的那样,当他们怀疑他正在翻查詹姆斯·卡维尔的垃圾时,事实上,他通常是在订披萨。随着时间的推移,"大脑室"的神秘感逐渐消退,员工们开始看到它的真面目——凭借充足的预算,来自不同背景的专业研究人员在互联网上挖掘信息,并对电视网的新闻报道进行事实核查。福克斯的主持人如今也经常引用"大脑室"的"天才们"为他们弄到的信息。⑤

艾尔斯还明确表示,如果员工在未经授权的情况下对新闻媒体发表讲话,那将是一个严重的错误。艾尔斯的公关主管布莱恩·刘易斯全面负责新闻战略的部署。但并非每个人都能对此轻松适应。刚开始的时候,刘易斯那位刚从大学毕业的公关助理阿雷纳·布里甘蒂告诉迈克·施奈德,所有媒体采访都必须经过刘易斯的办公室审核,施奈

---

① 作者对福克斯新闻一位前高管的采访。
② Sella, "The Red-State Network."
③ 作者对广播顾问乔治·凯斯的采访。
④ 作者对一位熟悉此事之人的采访。
⑤ See, e.g., John Gibson, *The Big Story with John Gibson*, Fox News Channel, April 8, 2004; Bill O'Reilly, *The O'Reilly Factor*, Fox News Channel, Oct. 25, 2010.

德听后去找约翰·穆迪发牢骚。① 让施奈德惊讶的是，与他同为记者的穆迪居然重申了这一政策。施奈德转身朝艾尔斯的办公室走去，想跟这位老板谈谈这个问题。穆迪提醒他："千万别那么干。"施奈德走了进去，发现艾尔斯正在跟杰克·阿伯内西和几位高管开会。

他告诉艾尔斯他不喜欢在媒体前被人钳制言论。"你为什么要和他们说话呢？"艾尔斯说，"他们是敌人。"

"他们不是敌人。他们和我们一样。"施奈德回道。艾尔斯说的下一句话让他火冒三丈。

"很高兴我没在越南跟你待在同一个战壕。"艾尔斯说。

"去你妈的，艾尔斯！枉我对你一直忠心耿耿。"他一边说着一边走出了办公室。事后施奈德道歉了。

尽管艾尔斯从未当过兵，但他很清楚自己的新工作将让他处于文化战争的前线。因为自认是革命思想的传播者（"我认为自己是一名自由斗士。"他曾这样宣称②），艾尔斯对自己的人身安全的担忧也日益加重。据福克斯早年的一位名叫丹·库珀的高管所说，艾尔斯在福克斯新闻开通的前一天把他叫到一个会上，明确提出他希望在自己的行政办公套房里安装防炸弹的玻璃窗。③ 当他问艾尔斯这么做的原因时，艾尔斯告诉他在电视网开通后，"同性恋活动家每天都会在那里举行抗议……。而且谁知道他们会干出什么坏事。"设计摄影棚的建筑师鲁迪·纳扎特告诉库珀没有"防炸弹玻璃"这种东西，并建议使用聚碳酸酯玻璃，这种玻璃当中最坚固的一种可以挡住点357口径的子弹。④

---

① 作者对迈克·施奈德的采访。
② Grove, "The Image Shaker; Roger Ailes, the Bush Team's Wily Media Man."
③ Dan Cooper, *Naked Launch: Creating Fox News* (New York: 4 LLC ebook, 2008). 另见 www.dancooper.tv/NakedLaunch.htm。
④ 作者对一位熟悉福克斯新闻演播室设计的人士的采访。艾尔斯否认了这件事。参见 Jim VandeHei and Mike Allen, "Roger Ailes Unplugged," *Politico*, June 6, 2013, http://www.politico.com/story/2013/06/behind-the-curtain-ailes-unplugged-92386.html。

艾尔斯为他的办公室挑选了最坚固等级的玻璃。原有的窗户作为挡风玻璃保留不动，后面装了一层用钢材支撑的防弹玻璃。

电视网马上就要开播了，他们还在找"尚待确定的自由主义者"作为主持人肖恩·汉尼提的搭档。艾尔斯最终找到了艾伦·科尔梅斯，一位自由派的谈话类节目主持人，曾经说过脱口秀。"我们最后不得已找来了艾伦。"福克斯一位前制片人说。① 从视觉上看，科尔梅斯那瘦骨嶙峋的脸颊和炯炯有神的眼睛，对制片人是个挑战。他们给了他一副有色镜片的眼镜，让他在片场戴着。"我们觉得他那样看起来更好些。"一位制片人回忆说。②

比尔·奥莱利那里也带来了麻烦。奥莱利在他的第一次会上大发脾气，会后三位工作人员就辞职走人了。"听着，罗杰，这里就像海军陆战队的新兵营，"奥莱利对艾尔斯说，"我不能让蠢人因为这些废话而受到伤害，行了吧？"③ 没过多久，奥莱利再次爆发，而这次针对的是他的执行制片人艾米·索恩。

这下艾尔斯不乐意了。"现在你的制片人讨厌你了。"他告诉奥莱利。

还有几天电视网就要开播了，艾尔斯认为需要稍微吓唬一下手下的这些人，于是他开始以一种咄咄逼人的口吻发布了一系列针对电视网视觉效果的指示。④ "今天早上我5点50分到了控制室。"9月30日星期一，他在给他的高级员工的备忘录中这样写道。他用单倍行距写满了整整4页纸，就他所看到的他身边的"一片混乱"严厉斥责他的员工。"我们的宣传片以及图形中出现了太多的橙色。我不希望我们看起来跟万圣节电视网似的。"他写道。尽管花了"100万美元"，但"A演播室主播身后的布景看起来像一个政府廉租房项目似的"。

---

① 作者对福克斯一位前制片人的采访。
② 同上。
③ Kitman, *The Man Who Would Not Shut Up*, 170.
④ Collins, *Crazy Like a Fox*, 81-82.

艾尔斯还批评了主播们的形象问题。"每个人在镜头前看上去都油腻腻的，一副很热的样子。"他抱怨道。他要求员工们工作更卖力些，在开播后的第一个月里，每天至少工作 12 个小时。"如果你想干别的工作，可以去街对面的鞋店，"他写道，"我想他们那里是 8 小时轮班的。"

第二天早上，情况依然很糟糕。因为技术故障，开播当天的节目安排出现了脱节，这让艾尔斯相当沮丧。当天晚上，该频道将在新闻集团总部外搭一个高高的帐篷，邀请市里的政界和媒体精英来参加一个盛大的频道开播仪式。① 但艾尔斯并没准备让员工来为他们自己干上一杯。晚会结束后的第二天凌晨 4 点，明知他手下的人会宿醉，需要睡觉，他还是召集了 15 名高管开会。他们在天亮前鱼贯进入公司总部，看着艾尔斯坐在会议桌的那头平静地看报纸。当他看完后，他指出了他的团队所犯的一连串错误。"我们要么让鲁伯特垮台，要么创造历史。"他对他们说。② 所有人坐在那里，安静地听着。

这次下马威本可以让艾尔斯的团队挺到 10 月 7 日。但这中间还是遭遇了一次重大挫折。整个夏天，时代华纳的高管们都让默多克以为，他们将让福克斯新闻跟 MSNBC 一起在纽约发行。这项安排要求时代华纳从一开始就在数百万家庭中播放福克斯新闻，包括纽约的 110 万个家庭。作为回报，新闻集团将向时代华纳支付 1.25 亿美元。据福克斯一位高管称，该合同"不出半小时"就签了。（时代华纳的一位发言人后来否认首席执行官杰拉尔德·莱文做出过承诺。③）但现在，时代华纳的高管们已经决定搁置与新闻集团的谈判，并推迟决定是否在关键的纽约市场播放福克斯新闻。更糟糕的是，他们已经同意转播 MSNBC。是大卫·扎斯拉夫谈下了这笔生意。④ 时代华纳的

---

① Clifford J. Levy, "Lobbying at Murdoch Gala Ignited New York Cable Clash," *New York Times*, Oct. 13, 1996.
② Collins, *Crazy Like a Fox*, 82. 作者对乔治·凯斯的采访。
③ Masters and Burrough, "Cable Guys."
④ 同上。

首席谈判代表弗雷德·德雷斯勒建议他的老板莱文应该向默多克透露这个消息。

9月17日下午,大雨倾盆,莱文走出洛克菲勒广场的时代华纳总部,匆匆穿过第六大道,前往新闻集团。① 在被迎进默多克的办公室后,莱文告诉对方他的有线电视部门已决定不在纽约市发行福克斯新闻。尽管他对今后可能达成交易保持开放态度,但这个消息是毁灭性的。没有纽约的话,福克斯新闻不可能作为一个企业长期生存下去。莱文对默多克在听到这个消息之后的平静反应感到惊讶。默多克甚至还感谢莱文在如此糟糕的天气里出门走一趟。

但随即默多克情绪大变。从当天晚上到第二天,他怒气冲冲地打了好几个电话,包括打给艾尔斯,怒斥莱文的决定。② "默多克认为他被骗了。"艾尔斯回忆说。③ 8月的时候,与时代华纳的谈判已经进展到了一定程度,当时新闻集团将一份书面合同草案送交时代华纳进行最后的审核。默多克坚持认为,莱文曾向他保证他们的买卖已经"谈妥了"。④ "假如他们想开战,那我们就打吧。"艾尔斯对默多克说。⑤

---

① Masters and Burrough, "Cable Guys." 另见 Plaintiffs' Proposed Findings of Fact and Conclusions of Law, Oct. 25, 1996, *Time Warner Cable v. City of New York*, 96 - cv - 7736, U. S. District Court, Southern District of New York (Manhattan)。
② Masters and Burrough, "Cable Guys."
③ 同上。
④ 同上。See also deposition of former New York City deputy mayor Fran Reiter, *Time Warner Cable v. City of New York*。
⑤ Masters and Burrough, "Cable Guys."

十三、趣味相投的朋友

新闻集团在第二天早上发起了攻击，鲁伯特·默多克和切斯·凯里分别给他们在时代华纳对接的人打了电话。①杰拉尔德·莱文拿起电话，听到一个澳大利亚人的声音，从音色上根本听不出是自己在前一天晚上听到的那个。时代华纳公司做出那个不在其纽约系统上播放福克斯新闻的决定是让人无法接受的，默多克这样告诉他。如果有必要，新闻集团将"放大招"。"你们这是不道德的，"凯里冲着时代华纳的有线电视节目主管弗雷德·德雷斯勒怒斥道，"你们不讲职业操守。你们怎么能做出这样的事来？"②

"他骂了我一大堆我不想见报的脏话。"德雷斯勒回忆道。③

"到底发生了什么？"莱文当天晚些时候问德雷斯勒，"一切都好好的。然后鲁伯特打了电话过来，他对我暴跳如雷。"④德雷斯勒试图跟凯里讲道理，但没讲通。"切斯，你先冷静下来，我们还是可以做成这笔生意的。"他说道，并提醒凯里只要时代华纳的有线电视系统实现数字化和扩容，就可以容纳福克斯新闻了。⑤一连串的辱骂让这两人傻了眼，但这也符合人们的认知，即默多克在面对不妥协时素来是冷酷无情的。

时代华纳的拒绝是一种严重的挑衅。距离福克斯新闻的开播只有几个星期了，如果没有时代华纳有线电视的播出时段，艾尔斯的刚起步的电视网将只能覆盖1700万个家庭——才达到收支平衡所需数量的大约三分之二。⑥

第一次出现严重动荡的迹象是在8月30日，那天，时代华纳的律师建议德雷斯勒推迟与福克斯的交易。⑦在华盛顿，联邦贸易委员会的监管机构针对时代华纳与特纳广播公司合并案的为期11个月的审查已经接近尾声。所有的迹象都表明这次合并将获得批准，但时代华纳的律师们决定玩一个没把握的华盛顿游戏。他们指示德雷斯勒推迟宣布与福克斯新闻的交易，[8] 直到联邦贸易委员会宣布时代华纳有线电视公司需要在 3 到 5 年内为其一半的订户提供一个 CNN 的竞争对手的节目。[9] 此举旨在让人认为时代华纳是在回应严格的新规定（尽管该公司已经决定搭载 CNN 的两个竞争对手：MSNBC 和福克斯）。实际上，时代华纳想让监管机构看起来很强硬，并把打破 CNN 在有线电视新闻界垄断地位的功劳记在它们名下。

9 月 12 日，联邦贸易委员会如期批准了这项合并。[10] 但德雷斯勒并没有继续推进福克斯新闻的合同，而是突然调转了方向。公司内部有些人从一开始就反对和福克斯的交易，而延期给反福克斯派带来了动力。其中一位反对者便是时代华纳纽约市有线电视集团的总裁理查德·奥雷利奥。[11] 他对艾尔斯在"美国访谈"的节目《直奔主题》印象并不好。"那档节目太可怕了，"奥雷利奥说，"制作得很烂。那个主持人很糟糕。当我们得做出这个决定时，这是考虑因素之一。"在莱文的办公室开会时，奥雷利奥提出了反对搭载即将开播的福克斯新闻的理由。

德雷斯勒也有类似的担忧。在他与福克斯公司的谈判中，艾尔斯

---

① Shawcross, *Murdoch*, 412.
② 代表福克斯新闻的外部律师克利福德·托乌的口头辩论。*Fox News v. Time Warner*, 96－cv－4963, U. S. District Court, Eastern District of New York (Brooklyn)。
③ Masters and Burrough, "Cable Guys."
④ 同上。
⑤ 同上。
⑥ Elizabeth Sanger, "Uphill Fight for Fox," *Newsday* (New York), Nov. 7, 1996.
⑦ Masters and Burrough, "Cable Guys."
⑧ 同上。
⑨ Martin Crutsinger, "FTC Approves Time Warner's Acquisition of Turner," Associated Press, Sept. 12, 1996.
⑩ 同上。
⑪ 作者对时代华纳纽约市有线电视集团的前总裁理查德·奥雷利奥的采访。

拒绝"讨论任何"有关节目计划的事,即使德雷斯勒已经向其解释这将影响他们是否搭载其电视网的决定。① 交易的财务条款也有问题。② 默多克的现金报价很诱人,但合同规定时代华纳在第一年就开始按每个用户 20 美分向新闻集团支付费用,而且这一费用将根据消费者价格指数进行调整。他对这些所谓的后段付款(backend payments)在未来的未知成本感到担忧。更迫在眉睫的问题是,德雷斯勒担心会出现潜在的"公关灾难"。③ 他意识到,时代华纳只有在拒绝 MSNBC 或取消现有频道的情况下才能让福克斯新闻进来。1996 年 8 月,约翰·马龙的 TCI 公司为了给福克斯腾出空间,宣布将有 30 万个家庭订户的 Lifetime 女性频道下架,随即,该公司收到了大量愤怒的来信和来电。④ 观众们甚至在俄勒冈州的尤金和得克萨斯州的休斯敦举行了抗议活动。

拒绝 MSNBC 的话情况会更糟糕。那年夏天,在德雷斯勒与时代华纳的谈判中,大卫·扎斯拉夫说如果时代华纳不让 MSNBC 取代"美国访谈"的话,他就去起诉。⑤ 他还威胁要把 NBC 的那些高收视率的广播电视节目从时代华纳有线电视上撤下来。"那样的话我们之间的战争就关乎你们的用户是否能收看《宋飞传》和橄榄球比赛了,"扎斯拉夫警告说,"我们就会有一堆的大麻烦。"德雷斯勒遂游说莱文暂时推迟和福克斯签订合同。

就在默多克给莱文打电话的那天,默多克跟艾尔斯以及他的律师兼多年心腹阿瑟·西斯金德一起对他手上的选项权衡利弊。时代华纳

---

① 时代华纳有线电视节目前执行副总裁弗雷德·德雷斯勒的宣誓书,*Time Warner Cable v. City of New York*, 96 - cv - 7785, U. S. District Court, Southern District of New York (Manhattan)。
② 鲁伯特·默多克写给杰拉尔德·莱文的信,1996 年 6 月 4 日。
③ Masters and Burrough, "Cable Guys."
④ John Dempsey, "Spurned Cable Webs Revile TCI," *Variety*, Aug. 19 - Aug. 25, 1996. See also Bill Carter, "Plan to Cut TV Channel Angers Women's Groups," *New York Times*, Sept. 14, 1996.
⑤ Masters and Burrough, "Cable Guys."

福克斯新闻大亨　　303

拒绝播出福克斯新闻,并非因为"频道容量"或"公共关系"等寻常的商业问题。从这个案子的一个理论以及公关策略的角度出发,他们的观点是泰德·特纳要置他们于死地。1980年代中期,特纳成功地粉碎了NBC早期力图推出有线电视新闻频道的努力。[1] 如今,在将CNN卖给时代华纳之后,特纳又试图采取同样的手段来对付福克斯。这是一个引人入胜的故事——泰德·特纳是邪恶的垄断者;而新闻集团是寻求正义者。

自从默多克宣布他有意竞逐有线电视新闻领域以来,这一年里,默多克和特纳之间的竞争已经变成了极富娱乐性的相互谩骂。两人都对对方极尽羞辱之能事,且势均力敌。在媒体上,特纳称默多克为"劣货制造者"。默多克则公开指责特纳"向外国独裁者献媚",把"菲德尔·卡斯特罗"变成了CNN的分社社长。[2] 当特纳同意与时代华纳合并时,65岁的默多克听闻后嗤之以鼻,说57岁的特纳"在垂暮之年向当权派出卖自己"。[3]

要想获胜,新闻集团需要一场多方面的造势活动。默多克听取了西斯金德给出的可能采取的策略,其中包括以他们已达成口头协议为由起诉时代华纳违约。[4] 但西斯金德提醒他,全面开战的成本很高。"我们都不想断掉太多的后路。"他告诉默多克。多年来,新闻集团与时代华纳之间建立了宝贵而密切的关系,两家公司都播出对方制作的内容。例如,福克斯广播公司从华纳兄弟电视公司购买了《罗西·奥唐纳秀》《单身生活》和《派对女孩》等广受欢迎的节目。时代华纳的HBO播出了默多克的20世纪福克斯电影公司的电影。

还有另一个选择——实际上就是越过时代华纳,进入政治世界。

---

[1] Masters and Burrough, "Cable Guys."
[2] Louise McElvogue, "After Rupert," *Guardian* (London), April 22, 1996. See also Paul Farhi, "Mogul Wrestling; In the War Between Murdoch and Turner, Similarity Breeds Contempt," *Washington Post,* Nov. 18, 1996.
[3] Dennis Wharton, "Murdoch Turns Tables on Turner," *Daily Variety,* Feb. 27, 1996.
[4] Masters and Burrough, "Cable Guys."

默多克有一个决定性的政治优势。当时，他的共和党盟友在纽约风头正劲。参议员阿尔·达马托是该州最有权势的政治家。1994 年，做了一届州长的共和党参议员乔治·帕塔基击败了连任三届州长的民主党人马里奥·库莫，① 就是在这一年，默多克向纽约州共和党捐了 10 万美元。② 而市长鲁迪·朱利安尼是 27 年来第一个拿下市政厅的共和党人。朱利安尼对时代华纳尤其具有巨大的影响力。纽约市政府管着时代华纳公司赖以经营其有线电视系统的许可证。巧的是，该市的特许经营和特许权审查委员会定于 10 月 7 日，即福克斯新闻频道开播的当天，就时代华纳的合并举行公开听证会。如果该委员会不批准的话，市政府可以选择不对时代华纳在该市经营有线电视系统的独家合同进行续约。而纽约的有线电视特许经营权是世界上获利最丰的，带来的年收入估计可达 5 亿美元。③

默多克对《纽约邮报》的投资，虽然多年来没有什么收益，但在这场仗中为他带来了回报。该报在头版社论中为朱利安尼〔"风云人物"（MAN OF THE HOUR）〕和帕塔基〔"改变的时刻"（TIME FOR A CHANGE）〕的候选资格背书。④ 从朱利安尼的第一个任期开始，《纽约邮报》就为这位市长雄心勃勃打击犯罪的政策欢呼喝彩。默多克甚至雇了这位市长当时的妻子唐娜·汉诺威，在他的王牌纽约广播电台 WNYW 的早间节目《纽约你好》（*Good Day New York*）中做专题片记者。⑤ 也正是在这一年，作为朱利安尼阻止电视制作迁往哈得孙河对岸新泽西州的计划的 部分，新闻集团在与市政府谈判后，获得了 2000 多万美元的税收减免，以补贴福克斯新闻在曼哈顿

---

① Kiley Armstrong, "Cuomo's Defeat Could Mean Trouble for NYC Mayor," Associated Press, Nov. 9, 1994.
② Candace Sutton (editor), Back Page, *Sydney* (Australia) *Sun Herald*, Dec. 11, 1994. See also Louise Branson, "TV's Big Guns Fall Silent," *Scotsman*, Jan. 4, 1997.
③ Masters and Burrough, "Cable Guys."
④ *New York Post* (cover), Oct. 29, 1993, and Oct. 28, 1994.
⑤ Elisabeth Bumiller, "Clash of Careers for First Lady; Donna Hanover's 2 Roles Are Not Always Separate," *New York Times*, Dec. 1, 1995.

建造工作室的费用。这些补贴标志着朱利安尼对福克斯新闻取得成功的一份承诺。①

但在这些政治斗争中,艾尔斯这个人才是默多克最有力的武器。达马托和朱利安尼一直是艾尔斯传播公司的客户。尽管艾尔斯在1991年正式宣布放弃政治,但他仍然与这两人交往,尤其是朱利安尼。② 1992年总统选举的当晚,朱利安尼在艾尔斯传播公司总部的一次七人聚会上一起观看了选举结果,这七人过从甚密,包括艾尔斯和拉什·林博。③ 一位与会者回忆说,听艾尔斯和朱利安尼相互调侃,"就像在福克斯体育频道的录制现场和那些人一起看星期日早上的橄榄球赛"。一个月后,艾尔斯出席了在纽约喜来登酒店为朱利安尼举办的筹款活动,在那里他告诉一位记者,如果朱利安尼输给现任市长大卫·丁金斯的话,"这座城市就会成为下一个底特律"。④ 当朱利安尼上任后,艾尔斯继续为他献计献策。⑤

于是,在默多克警告莱文他将"放大招"的两天后,默多克吩咐艾尔斯采取行动。

9月20日星期五,这天,艾尔斯打电话给朱利安尼寻求帮助。朱利安尼立即邀请艾尔斯前往格雷西大厦,一起商讨时代华纳做出的不播福克斯新闻台的决定。在他们一起吃披萨的时候,这位市长承诺自己会坚定不移地给予支持。他责成42岁的副市长弗兰·雷特带领市政厅快速应对。⑥ 作为电视联盟组织的一名前执行官,雷特对媒体

---

① Peter Grant, "20 M for Rupe's Biz but Foes Rip City, State on News Corp. Deal," New York *Daily News*, June 20, 1996.
② Ailes Communications, "Roger Ailes for Governor? Not!" (press release), Dec. 21, 1992.
③ 作者对1992年总统选举当晚在艾尔斯传播公司总部的某人的采访。
④ Maurice Carroll, "Giuliani's New Style on Display at Dinner," *New York Newsday*, Dec. 3, 1992.
⑤ 作者对一位熟悉此事之人的采访。
⑥ Brock, "Roger Ailes Is Mad as Hell."

这一块熟门熟路。她还密切参与过默多克推出福克斯新闻的计划。在前一年的春天,她曾与阿瑟·西斯金德就新闻集团的减税方案进行过协商。①

"时代华纳通知我们说他们不会给我们一个有线电视频道,这威胁到了我们的处境,"艾尔斯在当天晚些时候打电话告诉雷特,"政府方面可以做些什么帮助我们扭转局面吗?"② 艾尔斯解释说,泰德·特纳出手搅黄这笔交易肯定是想毁了默多克和福克斯新闻。雷特向他保证她会对此事展开调查。

雷特给艾尔斯的同事阿瑟·西斯金德打了一个电话。他告诉她,如果时代华纳不松口,新闻集团可能无法在纽约雇用更多员工。作为减税方案的一部分,新闻集团已经承诺过保留2200个工作岗位,并且开辟1475个新职位。③ 实际上,西斯金德是在拿潜在工作岗位不保来要挟:任何阻碍新闻集团发展的因素都会令朱利安尼政府尴尬万分。市长早已将创造就业机会,特别是在媒体这样的知名行业,作为其经济计划的一部分。

然而,雷特私底下认为卷入这件事是个非常糟糕的主意。她告诉朱利安尼:"除了你插过手这个事实,没有人会记得这件事。"④ 尽管时代华纳有线电视公司是按市政府的合同运作的,但第一修正案给了该公司高管很大的自由度,可以按照他们认为合适的方式安排频道内容。雷特的老板认为福克斯的成功对这座城市有好处,她虽然认同这个观点,但她同时认为插手此事"从法律上讲注定会徒劳无功"。她还认为频道容量紧张是个合情合理的问题。在时代华纳的纽约系统中,有几十个有线电视频道正在争夺同一条线路。

此外,民众的看法也是一个让他们作壁上观的好理由。在接下来

---

① 纽约市前副市长弗兰·雷特的宣誓书,*Time Warner Cable v. City of New York*。
② 作者对弗兰·雷特的采访。以下关于雷特参与谈判的叙述大部分来自这次采访。
③ "新闻美国"(News America)项目融资提案,1996年提交给纽约市工业发展局。
④ 作者对弗兰·雷特的采访。

的一年里，朱利安尼将面临连任。1993 年，他以不到 5 万票的优势获胜。① 至于朱利安尼的竞选对手将用来攻击他的话，曾担任朱利安尼竞选副经理的雷特可以信手拈来：这位共和党市长代表一位保守派媒体大亨对此事进行了干预，这位大亨投资 1 亿美元推出了一个保守的新闻频道，运营者正是该市长的前媒体顾问。顺便说一句，这位在 1994 年向纽约州共和党捐了 10 万美元的大亨，恰巧雇了市长夫人当电视主持人。

朱利安尼对她的忠告置之不理。"我被骂了，"雷特回忆说，"他非常生气。他认为时代华纳的所作所为是错误的，而且还有损于纽约这座城市。"她的担忧是有先见之明的。整个事态很快就演变成一场充斥着自我膨胀、满腹牢骚的巴洛克式八卦小报的奇闻，而涉事各方都在用一些见不得人的手段尽可能达到自己的目的，这成了朱利安尼时代最具代表性的乱局之一。在朱利安尼的铁腕支持下，创办福克斯新闻的斗争成为默多克厚颜无耻地操纵政治关系以帮助扩大其媒体帝国的典型例子。艾尔斯则是这场战斗的核心，他精心设计了默多克传达的信息，并像任何政治候选人面对竞选对手时一样，对时代华纳展开了激烈的斗争。

这番长达数月的宣传造势令参与其中的每个人名誉受损。"鲁迪就那样走进了一片乌烟瘴气之中，"雷特说，"这是我在政府工作期间最糟糕的一段。"②

9 月 26 日星期四，也就是艾尔斯给朱利安尼打电话的几天后，新闻集团高管阿瑟·西斯金德和比尔·斯夸德伦来到曼哈顿下城的市政厅，向市政府的企业法律顾问、雷特以及她的高级助手们陈述他们

---

① Beth J. Harpaz, "Giuliani Defeats Dinkins in Tight Race," Associated Press, Nov. 3, 1993.
② 同上。

的理由。① 他们认为，时代华纳为了保护 CNN 而违反了反托拉斯法。雷特会给时代华纳的首席执行官杰拉尔德·莱文打电话吗？雷特耳根子软，但她指示西斯金德先给她写一封信详细说明一下情况。与此同时，在上城一个时代华纳庆祝合并的午餐会上，泰德·特纳将鲁伯特·默多克比作阿道夫·希特勒。他在招待会上对记者说："与默多克交谈就跟面对这位已故元首一样。"②

鉴于这场公开的争论乱糟糟的，以至于雷特还没收到西斯金德的来信就决定采取行动。她给时代华纳公司总裁迪克·帕森斯留言，表示她"非常担忧"。雷特希望帕森斯这位朱利安尼的长期盟友能在私下交流的时候对其产生一些影响。

到周五下午，雷特和她的助手们设计出了一个新的解决方案，基本上就是通过一对一地交换频道，为福克斯新闻腾出一个位置。③ 作为时代华纳与市政府签订的特许经营协议的一部分，朱利安尼政府手上控制着 5 个公共频道。根据法律规定，这些被命名为 Crosswalks 的频道必须安排非商业性的公共、教育或政府节目。这是一个可以救急的办法，也许时代华纳公司可以将一个播放教育内容的有线电视频道——例如探索频道或历史频道——转移到 Crosswalks 的其中一个频道上。雷特想竭力避免西斯金德现下口口声声威胁要打的旷日持久的官司。

一个可能达成的协议的大致轮廓已经有了，雷特需要时代华纳的加入。迪克·帕森斯还没给她回电话，这让她担心起来。周末的时候，雷特和她的助手们决定给帕森斯和莱文的家里打电话，但没找到

---

① Clifford J. Levy, "An Old Friend Called Giuliani, and New York's Cable Clash Was On," *New York Times*, Nov. 4, 1996.
② David Lieberman, "Time Warner-Murdoch Feud Heats Up," *USA Today*, Sept. 27, 1996. See also Arthur Spiegelman, "Murdoch Pledges to Get Even with Turner," Reuters, published in *Toronto Financial Post*, Sept. 28, 1996; and Brett Thomas, "Turner Slams Murdoch," *Sydney Sun Herald*, Sept. 29, 1996.
③ 弗兰·雷特的宣誓书，*Time Warner Cable v. City of New York*。

他们的号码。① 星期日那天，她终于打通了时代华纳副总裁德里克·约翰逊的电话。约翰逊听着雷特向他解释，她对时代华纳拒绝搭载福克斯新闻是如何的"深切关注"。她说市政府希望时代华纳能在10月7日，也就是市政府的特许权审查委员会就时代华纳的合并举行听证会的那天之前，同意搭载福克斯新闻。在暗示了她的频道交换计划后，雷特坚持要在下周与莱文或帕森斯开会讨论一下。她说，这事重要到就算莱文和帕森斯去了外地，她也会坐着飞机追过去见他们。

星期一上午，约翰逊给帕森斯和莱文发了一份备忘录，提出了自己对雷特的提议的评估。② "虽然这个提议很有吸引力……但可能会引来节目编排人员以及政治家们的激烈反应。"他这样写道。其他想要打进纽约市场的有线电视频道都在排队等着，仅仅因为市长办公室的想法就让福克斯新闻插到队伍最前面，这有失公平。在读了约翰逊的备忘录后，莱文和帕森斯决定推掉会面的请求，并派与雷特级别相当的理查德·奥雷利奥出面负责协商。此人甚至还有一些政治经验，在他的职业生涯刚起步的时候，他给纽约州的共和党参议员雅各布·贾维茨当助手，并在约翰·林赛市长的手下当过副市长。

奥雷利奥给雷特留了言，但回电话的居然是她的幕僚长大卫·克拉斯菲尔德，这让这位时代华纳的高管有一种受辱之感。③ 奥雷利奥说他想跟雷特谈谈。他们后来在当天晚些时候通了电话，雷特在解释频道交换的问题时，奥雷利奥迫不及待地打断了她。④

---

① 弗兰·雷特的宣誓书，*Time Warner Cable v. City of New York*。另见 Levy, "An Old Friend Called Giuliani"; and David L. Lewis, Angela G. King, and Dean Chang, "TV Titans in Power Play," New York *Daily News*, Oct. 20, 1996。
② Opinion of U. S. District Court Judge Denise Cote, Nov. 6, 1996, *Time Warner Cable v. City of New York*, http://www.nyls.edu/documents/media_center/the_media_center_library_u_s_cases/timewnyc.pdf.
③ 弗兰·雷特的宣誓书，*Time Warner Cable v. City of New York*。
④ 作者对弗兰·雷特的采访。另见 Lewis, King, and Chang, "TV Titans in Power Play"。

"这他妈的没门。"他断然拒绝。这个提议是非法的。

"那我们就没有必要见面了。"雷特说。

他说:"我们还是开个会吧。"他建议雷特到时候带上纽约市政府的律师们。

参与谈判的奥雷利奥与朱利安尼和默多克有过一些过节。① 他们之间摩擦的根源在于奥雷利奥与朱利安的前任大卫·丁金斯关系密切。作为一个在纽约的赤膊政治(bare-knuckle politics)中摸爬滚打的老手,奥雷利奥已经准备好稳住时代华纳。他认为纽约市政府的就业岗位之说是一个用来掩盖政治利益交易的"虚假问题"。"《纽约邮报》助他当上了市长,"奥雷利奥回忆说,"在我的记忆里,纽约的任何一次市长竞选中从没有一家报纸啦啦队比1993年《纽约邮报》对朱利安尼的支持更汹涌。"

10月1日,星期二,奥雷利奥来到雷特位于市政厅的办公室,陪同他的还有两位律师:时代华纳纽约市有线电视集团的总法律顾问罗伯特·雅各布斯,以及保罗·韦斯律所的诉讼律师艾伦·阿尔法。② 6名市政厅这边的代表坐在桌子的一侧,人数比对面的时代华纳代表多了一倍。这次犹如灾难一般的会议开了不到一个小时。其间,时代华纳的律师指责朱利安尼的谈判代表拿提议作掩护,以免让频道交换看起来像是市政府同意延长时代华纳特许经营权的交换条件。在奥雷利奥和他的同事走出去之前,市政府这方聘请的外部律师诺曼·西内尔直截了当地发出警告。"市长办公室对这当中涉及的风险相当清楚,"他说,"我们愿意承担这些风险。问题是,时代华纳是否愿意承担这些风险?"

奥雷利奥回到办公室后向帕森斯简述了双方交锋的情况。奥雷利

---

① 作者对理查德·奥雷利奥的采访。
② Plaintiffs' Proposed Findings of Fact and Conclusions of Law, Oct. 25, 1996, *Time Warner Cable v. City of New York*. See also Masters and Burrough, "Cable Guys."

奥打赌这种剑拔弩张的局面很快就会平息下来。"我不知道,"帕森斯说,他对朱利安尼和艾尔斯相当了解,"我不确定事情会就这样结束。"

帕森斯说得没错。那天晚些时候,他给弗兰·雷特打了电话。[1] 自上星期她给他留言后,这两人还是第一次交谈。雷特对奥雷利奥的粗暴行为大为不满。"迪克,说到底我们有一个非常、非常严重的问题。你的人今天断然拒绝了我们的提议。他们高谈阔论了一番第一修正案。我不想就那个话题展开讨论。我要让你了解一下我这边的一个新方案。"

雷特解释说,纽约市计划拿出其 Crosswalks 频道中的一个来播放福克斯新闻。时代华纳公司会在早上收到市政府一封要求其"弃权"的信,这样整个流程就可以继续走下去了。雷特建议莱文给默多克打个电话,道个歉。时代华纳在纽约市的特许经营权 1998 年要续期,用雷特的话来说,时代华纳不会希望因为福克斯新闻的问题而影响到特许经营权。市长控制着特许经营权审查委员会的 6 个席位中的 4 个。

虽然挂电话前没有做出任何坚决的承诺,但帕森斯和缓的口吻让雷特备受鼓舞。然而,双方关系的回暖转瞬即逝。在新闻集团,默多克和艾尔斯正策划着宣传造势活动的一个新阶段。"当别人欺骗背叛你的时候,你就要奋起反击,"艾尔斯对一位记者这样说道,"我们会坚持战斗,直到我们咽下最后一口气。这将是一场血战,我们会一直坚持到我们拿到纽约市的许可。"[2]

当天晚上,雷特来到新闻集团总部外搭起的一个巨大的白色帐篷

---

[1] 弗兰·雷特的宣誓书。另见 Plaintiffs' Proposed Findings of Fact, *Time Warner Cable v. City of New York*。

[2] Elizabeth Lesly, "The Dumbest Show in Television," *Businessweek*, Oct. 20, 1996.

下，和到场的数百名宾客一起为福克斯新闻的开播举杯祝贺。① 市长本人也出席了当天的庆祝活动，并与艾尔斯和默多克合影，照片登在了《纽约邮报》上。默多克发表了简短的讲话，介绍了"公平和平衡"这一信条。朱利安尼对宾客们说，福克斯新闻"对纽约的市民具有不可估量的价值"。州长帕塔基则补充说艾尔斯"教过我如何竞选，现在他将教我如何看新闻"。一位助理把雷特带到默多克那儿，两人交谈了一会儿。片刻后，她碰见了艾尔斯，艾尔斯为纽约市给予的帮助对她表示了感谢。雷特并不是唯一一个遭遇全面施压的政治家。整场宴会就是一个展示政治力量的公共舞台。

晚会结束后还不到 24 个小时，艾尔斯的三位共和党头面人物就直接找上了时代华纳的领导层。朱利安尼给他曾经的盟友帕森斯打了电话，帕塔基和阿尔·达马托则打给了莱文和奥雷利奥。② "你们为什么不播它？"达马托尖锐地问奥雷利奥。"市长、参议员和州长第二天都代表鲁伯特向我们施压，这很不寻常，"奥雷利奥回忆说，"我发现这种对政治力量赤裸裸的展示是极其不合适的。"10 月 3 日星期四，朱利安尼的办公室从时代华纳公司那里收到了一个令人失望的答复。③ "你要求我们放弃自己的权利，好让［福克斯新闻］在一个专用市政频道上播放，无论你的意图多么单纯，你们所提的要求都违反了时代华纳有线电视公司与本市签订的特许经营权、《联邦有线电视法》和其他法律，包括第一修正案赋予我们的权利，"时代华纳的总法律顾问这样写道，"因此，上述要求我们不能也不会予以考虑。"

---

① Michele Greppi and Gregory Zuckerman, "24-Hour Channel's Toast of the Town," *New York Post*, Oct. 2, 1996. See also Clifford J. Levy, "Lobby at Murdoch Gala Ignited Cable Clash," *New York Times*, Oct. 13, 1996; Masters and Burrough, "Cable Guys."
② 作者对理查德·奥雷利奥的采访。另见 Clifford J. Levy, "Murdoch Gets Pataki Support in Cable Fight," *New York Times*, Oct. 9, 1996。
③ 时代华纳前总法律顾问彼得·哈耶写给弗兰·雷特的信，1996 年 10 月 3 日，*Time Warner Cable v. City of New York*。

时代华纳的拒不服从并没有吓倒朱利安尼。市政府的外部律师诺曼·西内尔马上打电话给时代华纳在保罗·韦斯律所的诉讼律师艾伦·阿尔法，威胁要在特许经营权审查中提出反垄断问题。① 雷特的幕僚长大卫·克拉斯菲尔德向帕森斯发出了最后通牒。"市政府向时代华纳提出要求，是为了唤起其良好的企业公民意识，"克拉斯菲尔德写道，信中的话进一步揭示市政府已经豁出去了，"纽约市成功地提振经济有赖于企业在这方面的合作，这样我们市才能在所有的收入和技能水平上创造新的就业机会。"②

10月4日星期五，直到这天结束时也没有听到帕森斯那边的任何回应。时代华纳的沉默确定了一点，即星期一早上纽约人无法收看从6点开始直播的福克斯新闻台，如此一来，这场危机只能上法庭摊牌了。

当时代华纳公司开始反击，艾尔斯发现自己手忙脚乱起来。播出权争夺战愈演愈烈的时候，他手头的工作要求他投入的时间也达到了峰值。庆祝开播的晚会结束后，艾尔斯没过几个小时就回到了工作岗位，和他的高级员工在凌晨4点开会。而总统竞选的政治工作早已让他对睡眠不足习以为常了。这也强化了新闻界的一个常识：记者喜欢报道冲突。假如艾尔斯能够引发争议，政治顾问称之为"免费媒体"，那么新闻报道就会随之而来。

在频道正式开播的前一夜，艾尔斯打开了新闻界的大门。"正是那些说我们是一群卑鄙混蛋的人，在那里说我们没法播出我们的节目。"他对《洛杉矶时报》说。③ 他在CNN和MSNBC的竞争对手们

---

① Opinion of U. S. District Court Judge Denise Cote, Nov. 6, 1996, *Time Warner Cable v. City of New York*.
② 副市长弗兰·雷特的前幕僚长大卫·克拉斯菲尔德写给时代华纳前总裁理查德·帕森斯的信，1996年10月4日，*Time Warner Cable v. City of New York*.
③ Jane Hall, "How Fox News Plans to Challenge Cable's Giant," *Los Angeles Times*, Oct. 3, 1996.

上钩了。CNN 的总裁汤姆·约翰逊斥责了艾尔斯的恶毒攻击。"我觉得一个新闻机构对另一个新闻机构开炮是一件毫无价值的事。"他说。① 安迪·拉克告诉《达拉斯晨报》，竞争"并不意味着我们必须在这个过程中摧毁或践踏对方。所以，祝你好运，让我们继续努力吧"。②

艾尔斯上了新闻，这可是好事啊。他需要所有他能得到的公关宣传。想看到福克斯新闻在曼哈顿的首播的唯一办法，其实就是从它位于 48 街上的临街演播室前经过。

10 月 7 日早晨，时间就快到 6 点时，艾尔斯冲进新闻编辑室发表了一通类似赛前鼓劲的动员讲话。"你们都准备好了吗？"他对着一群员工大声说，"那边笑得太大声了！"他对另一群人吼道："大家紧张起来！"③ 员工们并没有理会他这番要求。他们很可能觉得他这是在做样子给在一旁飞快记笔记的美联社记者看。

控制室里，制片人们挤在显示器前看着早间节目的主持人——来自迈阿密的古巴裔美国人路易斯·阿吉雷和金发美女艾莉森·科斯塔雷在一张玻璃台面的桌前做着最后的准备工作，他们身后是柔和的粉色和蓝色的背景墙。④ 节目的主要内容都已经传到提词器上了：对前一天晚上在康涅狄格州哈特福德的布什内尔剧院举行的总统辩论的回顾，还有记者加里·松本从罗马发回的有关教皇约翰·保罗二世因阑尾炎住院的现场报道。对于一个以分贝高低来定义的电视台而言，这样首次亮相出奇地低调。当时钟走到 6 点，阿吉雷对着镜头说："早上好。欢迎收看福克斯新闻。"

为了开播这天，艾尔斯整理了一份由知名人士组成的嘉宾名单，

---

① Verne Gay, "The All-News Wars Heat Up," *Newsday* (New York), Oct. 7, 1996.
② Ed Bark, "Fox Joins the Hunt in TV News," *Dallas Morning News*, Oct. 6, 1996.
③ Frazier Moore, "Fox News Channel Signs On—to Take On CNN and MSNBC," Associated Press, Oct. 7, 1996.
④ Moore, "Fox News Channel Signs On—To Take On CNN and MSNBC." See also Collins, *Crazy Like a Fox*, 82-83.

这当中最知名的可以拿来与 MSNBC 黄金时段首秀请到的比尔·克林顿相提并论：共和党总统候选人鲍勃·多尔，来到演播室现场，这是他在总统辩论后首次接受采访。其他被选中的都是一些坚定的右翼人士，包括以色列总理本杰明·内塔尼亚胡、犹他州共和党参议员奥林·哈奇、乔治·帕塔基州长和艾尔斯的朋友亨利·基辛格。在预定自由派人士时，艾尔斯的制片人倾向于请那些可以在对话中注入文化战争冲突的嘉宾，比如伊斯兰民族领袖路易斯·法拉坎、被监禁的白水案证人苏珊·麦克道格、自由派加州参议员亨利·瓦克斯曼、克林顿的"毒品沙皇"巴里·麦卡弗里。①

在他位于二楼的那间办公室里，艾尔斯写好了关于频道的使命的宣言。"福克斯新闻致力于为观众提供更多真实的信息，并以平衡且公平的方式播报。福克斯认为，观众应该基于不带任何偏见的报道对重要问题做出自己的判断。我们的口号是'我报道，你判断'。我们以向美国人民提供他们可以用来更有效地引领自己生活的信息为己任。无论真相在哪里，我们都以告诉人们真相为己任。"② 正如一位福克斯新闻高管所说，艾尔斯不同于其他频道的高管，他精心撰写的信息"定义了新闻的市场机会"。③ 后来成为福克斯新闻评论员的美国共和党竞选顾问埃德·罗林斯认为，政治赋予了艾尔斯其竞争对手所缺乏的洞察力。他说："他知道上百万的保守派会是一个潜在的受众群体，他建福克斯就是为了和他们建立起联系。"④ 而且艾尔斯提出的口号采用了一种颇有心机的同义反复，让这些人以为自己具有敏锐的洞察力而自我感觉良好。

---

① Matt Roush, "Fox News Channel: Not Craft Enough," *USA Today*, Oct. 8, 1996. See also Erik Mink, "Fox News Channel's off to a Dizzying Start," New York *Daily News*, Oct. 8, 1996; Tom Shales, review, *Washington Post*, Oct. 12, 1996; Collins, *Crazy Like a Fox*, 138.
② Roger Ailes, "Roy H. Park Lecture," University of North Carolina, April 12, 2012, http://jomc. unc. edu/roger-ailes-park-lecture-april-12-2012-transcript.
③ 作者对福克斯新闻一位前高管的采访。
④ 作者对埃德·罗林斯的采访。

福克斯新闻在 10 月 7 日上午的开播，是罗杰·艾尔斯电视生涯中最为重要的时刻。但由于与时代华纳的争端，当天大部分时间他都没在场。上午 10 点刚过不久，艾尔斯坐在福克斯新闻演播室以南 3 英里的市政厅里，与阿瑟·西斯金德一起准备在特许经营和特许权审查委员会的市政官员面前发表对时代华纳的严厉控诉。时代华纳明确表示，他们不会屈服于朱利安尼的施压活动。亿万富翁、金融信息大亨迈克尔·布隆伯格的代表也到场作证。他们解释说，时代华纳此前同意在 CNN 上每天多次播放彭博资讯电视台制作的 6 分钟节目，但由于合并，彭博的节目被人从有线电视系统中拿掉了。[1]

"早上好，"艾尔斯开始了他事先准备好的发言，"1 小时 15 分钟前，本雅明·内塔尼亚胡总理从以色列连线到我们频道的演播现场，他的开场白是'祝贺纽约的这个全新频道。我们需要更多的新闻。新闻越多，信息就越精准'。我们为此对他表示感谢。"（明显没有提到内塔尼亚胡的讲话在卫星故障造成音频无信号后被切断了。[2]）时代华纳公司的阻挠出于两个原因："首先，直接竞争；其次，时代华纳副主席泰德·特纳对鲁伯特·默多克的众所周知的个人敌意。"[3]

根据艾尔斯的说法，福克斯新闻是唯一能够打破 CNN 垄断的频道。MSNBC"并不是一个真正的竞争对手"，因而时代华纳播它节目的决定并不能让这家有线电视公司免受批评。"它做的不是硬新闻。"艾尔斯说。艾尔斯以一种可能会让他那些来自中心地带的观众感到不悦的、充满爱国主义情怀的呼吁，结束了他的观点陈述。"纽约市是美国的心脏，现如今，时代华纳正试图在我们的心脏上盖个戳，"艾尔斯说，"纽约市现在有一位统治有线电视系统的沙皇，他大权在握，

---

[1] Testimony of former New York City corporation counsel Paul Crotty, *Time Warner Cable v. City of New York*.
[2] Matt Roush, "Fox News Channel: Not Crafty Enough," *USA Today*, Oct. 8, 1996.
[3] Testimony of Roger Ailes, Joint Public Hearing of the New York City Franchise and Review Committee (transcript), Oct. 7, 1996.

告诉纽约人他们能看到什么，不能看到什么。不幸的是，这位纽约有线电视沙皇住在亚特兰大。他的名字叫泰德·特纳。谢谢各位。"委员会成员没有提任何问题。

这个故事，就像罗杰·艾尔斯的许多五花八门的故事一样，是用一串挑选过的事实组织而成。艾尔斯引用了《洛杉矶时报》上的一篇文章作为证据，该报道称"据与泰德·特纳关系密切的人透露，他在时代华纳的决定中起到了举足轻重的作用"。① 但事实是，尽管特纳名气很大、腰缠万贯，在时代华纳基本上不受欢迎，根本不可能推动一项战略的实现。杰拉尔德·莱文才是备受时代华纳的董事会拥护的人，这些支持者确定了他作为首席执行官的无上地位，并确保特纳在合并后只有象征性的副主席及最大股东的身份。这两个人经常发生争执。几年后，特纳实际上被这个以他名字命名的公司解雇了。

在听说了艾尔斯在特许权委员会面前的表现后，帕森斯缓和双方关系做了最后一次努力。他给自己的好友、副市长兰迪·马斯特罗打了个电话，告诉他自己不是以时代华纳总裁的身份，而是"以朋友身份"来找他。当天上午，帕森斯对纽约市第二次的豁免请求做出了尖锐的回应，态度坚决。帕森斯说："如果这些问题不能友善解决的话，时代华纳将不得不就这些开战。"②

私下里，帕森斯希望和平解决。奥雷利奥剑拔弩张的姿态让他感到不安，因此他在多个场合建议奥雷利奥想办法与默多克达成协议。③ "我们得顾及我们的特许经营权。"帕森斯对他和莱文说。而奥雷利奥却对帕森斯的离心离德感到担心。他回忆说："我每次都要和帕森斯讨论这个问题，他有一次甚至告诉我：'我想我和朱利安尼的

---

① Sallie Hofmeister, "He May Be Working for Someone Else, But He's Still Ted Turner," *Los Angeles Times*, Sept. 24, 1996.
② Michael O. Allen and David L. Lewis, "Rudy: Is Ted Fit for Cable?," *New York Daily News*, Oct. 20, 1996.
③ 作者对理查德·奥雷利奥的采访。

友谊到此结束了。'"他说的没错。在与马斯特罗谈过后不久,① 帕森斯公开与市长断绝了关系,并就自己辞去该市经济发展公司主席职务一事发表了公开信。②

于是,交锋开始了,尽管帕森斯、雷特乃至似乎争执双方的每个人都想避免走到这一步。10 月 9 日,在特许权听证会召开两天后,新闻集团在纽约东区对时代华纳提起了 18 亿美元的联邦反托拉斯诉讼。③ 纽约州总检察长丹尼斯·瓦科——阿瑟·西斯金德曾在频道开播晚会上对他进行了一番游说——启动调查,并要求将时代华纳的内部文件呈交法庭。④ 时代华纳则聘请了来自科瓦斯·斯怀恩·摩尔国际律师事务所的外部律师,继续推进对纽约市的诉讼工作。

就在这时,准备在即将到来的市长选举中挑战朱利安尼的曼哈顿区区长露丝·梅辛格向该市利益冲突委员会投诉,理由是朱利安尼的妻子为福克斯的地方台 WNYW 工作。⑤

委员会将驳回该投诉。⑥ 朱利安尼得理不饶人。"不同意我的观点,没事,就说你有不同的理念,"他在参加完皇后区的哥伦布纪念日游行后对记者说,"但不要因为人们卷入了商业竞争就用不值一提的事来诋毁我。"⑦ 朱利安尼继续他反对时代华纳的宣传。10 月 9 日,纽约市政府宣布,不管有没有豁免权,它将单方面在 Crosswalks 频

---

① 理查德·帕森斯写给大卫·克拉斯菲尔德的信,1996 年 10 月 7 日,*Time Warner Cable v. City of New York*。
② David Firestone, "Time Warner Wins Order Keeping Fox off City Cable TV," *New York Times*, Oct. 12, 1996.
③ Complaint, *Fox News v. Time Warner*, 96 - cv - 4963, U. S. District Court, Eastern District of New York (Brooklyn).
④ Jay Mathews, "Murdoch's News Channel Denied N. Y. Cable Outlet," *Washington Post*, Oct. 15, 1996.
⑤ 露丝·梅辛格写给纽约市利益冲突委员会前主席谢尔顿·奥里安斯的信,1996 年 10 月 8 日。
⑥ Clifford J. Levy, "City Ethics Panel Rules for Giuliani in Time Warner Cable Case," *New York Times*, Oct. 22, 1996.
⑦ Levy, "Lobbying at Murdoch Gala Ignited New York Cable Clash."

道播放拉掉广告后的福克斯新闻和彭博电视。① 在收到一位媒体高管提供的关于朱利安尼即将把他的威胁付诸行动的消息后，时代华纳的领导层聚集在位于环球广场的克拉维斯律所总部的会议室里，盯着几台调到 Crosswalks 频道的电视看。② 时代华纳有在他们的系统中屏蔽 Crosswalks 的信号的技术能力，但认为让朱利安尼玩得过火一点反而对他们有利。"我们决定申请一项禁令，那才是我们更想得到的。"奥雷利奥回忆道。③ 晚上 10 点 48 分，彭博电视出现在屏幕上。房间里的人心里都明白，朱利安尼在福克斯新闻之前播放彭博的节目，就是为了尽量不给人留下话柄，说他在对朋友默多克和艾尔斯投桃报李。几分钟后，克拉维斯律所的一名律师离开大楼，飞奔到市区。他来到位于弗利广场的联邦法院，将一份时代华纳公司的起诉书投进了信箱。④

10 月 11 日，星期五，丹尼斯·科特法官位于 11 楼的法庭里挤满了观摩预审的记者。虽然此案将时代华纳与纽约市正式对立起来，但这场诉讼的根在于党派政治。在众多支持时代华纳的法庭之友⑤简报中，有一份由 3 位著名的民主党人签署：露丝·梅辛格、纽约市公设辩护人马克·格林和布朗克斯区主席费尔南多·费雷尔。⑥ 当科特法官发布临时限制令，禁止该市在她听取证据之前播放福克斯新闻和其他商业节目时，艾尔斯迎来了几轮打击中的第一轮。⑦

---

① Clifford J. Levy, "In Cable TV Fight, Mayor Plans to Put Fox Channel on a City Station," *New York Times*, Oct. 10, 1996.
② Masters and Burrough, "Cable Guys."另见理查德·奥雷利奥的宣誓书，*Time Warner Cable v. City of New York*。
③ 作者对理查德·奥雷利奥的采访。
④ Masters and Burrough, "Cable Guys."
⑤ 英美法系国家一项历史悠久的诉讼制度，是指在法庭诉讼程序中，由没有直接涉及法律利益的团体或个人主动向法庭提出书面报告，说明其对该案件相关法律争议的意见，反映案件事实真相，协助法院更公正地做出裁决。——译者
⑥ Amicus brief of Ruth Messinger, Mark Green, and Fernando Ferrer, *Time Warner Cable v. City of New York*.
⑦ Firestone, "Time Warner Wins Order Keeping Fox off City Cable TV."

在接下来的两个星期里,律师们对时代华纳与该市这场争端中的关键人物进行了询问。宣誓后的证词让冲突火上浇油。雷特告诉律师是艾尔斯本人给朱利安尼打了电话,据说市长对这一披露很是不满。①《纽约》杂志猜测雷特可能会因为这份证词而丢掉饭碗。② 她的证词也在时代华纳内部引起了动荡。在一份宣誓书中,雷特透露帕森斯曾告诉她,奥雷利奥的任期很快就要结束了。帕森斯被迫出面止损。"你知道咱俩才是自己人,"帕森斯告诉奥雷利奥,"我那么说只是想安抚她。"③

与此同时,在10月18日星期五上午的3个小时取证中,泰德·特纳称默多克是"一个相当狡猾的人",一个"危险的角色",是"新闻界的耻辱"。"我只是对他收买纽约市政府感到震惊,"他说,"我能够理解他在英国,也许在澳大利亚或中国做出这样的事。但在这里,这样的事发生在纽约,真的出乎我的意料。"④

10月21日,星期一,《纽约邮报》打出"泰德·特纳疯了吗?你说了算"的标题,并登了一幅特纳在精神病人穿的约束衣里挣扎的插图。⑤ 这种不成熟的嘲讽甚至蔓延到了职业体育领域。⑥ 那个星期,当特纳的亚特兰大勇士队在美国职业棒球大联盟世界大赛中对阵洋基队时,新闻集团安排了一架飞机飞到了洋基体育场上空,打出一句

---

① 弗兰·雷特的宣誓书,*Time Warner Cable v. City of New York*。
② Beth Landman Keil and Deborah Mitchell, "Intelligencer" (column), *New York*, Nov. 11, 1996, http://books.google.com/books?id=NuECAAAAMBAJ&pg=PA15&dq=%22reiter%22+ailes+%22time+warner%22&hl=en&sa=X&ei=4-FbUtywH9PqkQf17IGgAg&ved=0CE0Q6AEwAQ#v=onepage&q=%22reiter%22%20ailes%20%22time%20warner%22&f=false.
③ 作者对理查德·奥雷利奥的采访。
④ Testimony of Ted Turner, *Time Warner Cable v. City of New York*.
⑤ *New York Post*, Oct. 21, 1996.
⑥ I. J. Rosenberg, "World Series; Braves vs. Yankees; Braves Notebook; Cox Plays Pendleton Hunch," *Atlanta Journal and Constitution*, Oct. 22, 1996. See also Ellis Henican, "Ink-Stained; Tainted Coverage in Clash of Network Titans," *New York Newsday*, Oct. 23, 1996; Turner and Burke, *Call Me Ted*, 337.

话:"嘿,泰德。勇敢一点。不要审查福克斯新闻频道。"在转播比赛的过程中,福克斯的摄像机拍下了这架飞机的画面以及一些让特纳难堪的片段,比如他打瞌睡的样子,或者洋基队打出全垒打后的场景。

几天后,特纳拿他与默多克之间的宿怨开起了玩笑。"我动过杀他的念头,"他在圣瑞吉酒店举行的一场晚会上俏皮地对客人说,"既然现在他的报纸都说我疯了,我觉得我可以杀了他,然后以精神错乱为由脱罪!"①

为期三天的初步禁令听证会于10月28日开始,一个星期后科特法官宣布了她的裁决。② 106页的意见书支持了禁止该市播放福克斯新闻的禁令。③ 她断然否定了纽约市是在采取行动鼓励创造就业岗位和确保多样化节目的说法。"根据第一修正案,时代华纳有权不受政府对其节目播出决定的干扰,"法官写道,"纽约市的行为违反了作为我们民主根基的第一修正案的长期原则。"

这是一份言辞犀利的谴责。该裁决意味着在可预见的未来,曼哈顿仍然无法收看福克斯新闻。自1970年代的TVN以来,保守派的电视梦想因为受到发行的限制而落空。这种情况似乎再次出现了。但艾尔斯将奋起反抗。"我曾经说过,你若拿点45口径的炮弹对准罗杰,他就会把巴祖卡火箭筒对准你的两眼之间,"凯瑟琳·克里尔说,"我说这话是对他的一种赞美。"④

政界的变化也对福克斯和艾尔斯不利。在科特做出裁决的前一天,比尔·克林顿以超出近10%的票数成功击败了鲍勃·多尔。福

---

① Masters and Burrough, "Cable Guys." See also Turner and Burke, *Call Me Ted*, 338.
② Harry Berkowitz, "Media Blitz/Time Warner, Fox Battle for New York Returns to Court. Big Cable Clash Has Big Egos," *Newsday* (New York), Oct. 28, 1996.
③ Opinion of U. S. District Court Judge Denise Cote, Nov. 6, 1996, *Time Warner Cable v. City of New York*, http://www.nyls.edu/user_files/1/3/4/30/84/85/114/136/timewnyc.pdf.
④ 作者对凯瑟琳·克里尔的采访。

克斯的地方台大多拒绝中断自己的节目来播出有线电视频道的选举报道。① 高管们庆幸自己还好拒绝了。报道过程中不断出现各种技术问题。迈克·施奈德和克里尔在镜头外吵个不停,事态一度紧张到施奈德甚至把电话扔到了录制现场之外。②

选举后的第二天,艾尔斯对佩伦宁剩下的手下进行了清洗。只有最忠诚的那些人才会被留下。"切特·科利尔把我们一个个地叫了过去。"艾米莉·鲁尼多年后回忆道。③ 对大规模裁员,艾尔斯表示自己没有保留意见。几天后,当鲁尼的名字出现时,艾尔斯只是说了一句:"她会再找工作的。"

新闻集团发誓要通过联邦反垄断诉讼继续对时代华纳采取行动。艾尔斯正忙于构思新的故事。而接下来,比尔·克林顿会给他和福克斯新闻送来了一份他们梦寐以求的大礼——一件蓝色洋装。

---

① 作者对福克斯新闻一位前高管的采访。
② 同上。
③ 作者对艾米莉·鲁尼的采访。

第 四 幕

十四、反克林顿的新闻网

1996年夏天的一个下午，约翰·穆迪正坐在他在福克斯新闻的办公室里，电话响了。打电话的人自称大卫·舒斯特，说他想在这个新开的电视频道谋一份工作。29岁的舒斯特是ABC在阿肯色州小石城的下属电视台KATV的一名电视记者。在搬到南方从事电视摄像工作之前，他曾在CNN的华盛顿分社做过几年的制片人，报道过第一次海湾战争以及1992年的总统选举。[①] 穆迪以前从未听说过此人，而且舒斯特的语速太快，很难听清楚他到底在说什么。

舒斯特察觉到早在频道开播前就收到了一大堆简历的穆迪此时正在考虑怎么打发掉他，然后挂断电话。但接下来，舒斯特开始兴奋地谈论起了有关"白水事件"的一系列丑闻。舒斯特告诉穆迪，他从1994年1月起就在实地报道这一事件，对其中的细节了如指掌。1970年代，克林顿夫妇与他们的投资伙伴吉姆和苏珊·麦克杜格尔在奥扎克山脉购买了一块220英亩的土地，准备将其分割成若干地块开发避暑别墅项目，但最后以失败告终，这则房地产传奇故事的来龙去脉都列在了KATV的新闻编辑室一份调查的时间表上。舒斯特几乎记住了整条时间线，而且在麦克杜格尔夫妇最近因其储蓄和贷款的机构——麦迪逊担保公司的倒闭而引发的银行欺诈案受审期间，他差不多一直蹲守在美国阿肯色州东区地方法院。[②]

许多敌视克林顿总统的右派人士宣扬说，他与麦克杜格尔夫妇的关系只是冰山一角。1994年，克林顿的司法部长珍妮特·雷诺任命罗伯特·菲斯克为调查"白水事件"的特别检察官，同年，杰里·法尔维尔协助发行了纪录片《克林顿编年史：对比尔·克林顿涉嫌犯罪活动的调查》（*The Clinton Chronicles: An Investigation into the*

Alleged Criminal Activities of Bill Clinton），它以大量带有颗粒的、充满攻击性的、广告式的黑白画面指控总统，除了性骚扰和金融不法行为之外，还参与了可卡因贩运和谋杀。③ 该片发行了 30 万份拷贝。

最初，大众对这一丑闻的兴趣不大；细节过于技术性，而且攻击得太过离谱。但是，当舒斯特连着好几个晚上泡在小石城市中心的国会酒店酒吧，跟消息灵通人士打得火热，对"白水事件"一众人物了如指掌之后，他深信克林顿丑闻绝不是一个右翼狂热分子空想出来的。在他们的电话交谈中，舒斯特提醒穆迪，接替菲斯克的特别检察官肯尼思·斯塔尔在今年年初传唤了希拉里·克林顿，以判定她在律师事务所的法律文件是否对调查人员隐瞒了刑事犯罪行为。④

"这事为什么重要呢？"穆迪说。⑤

"因为，"舒斯特答道，"第一夫人有五成的可能性会被起诉。"⑥

这下穆迪的兴趣来了。福克斯新闻对"白水事件"和其他各种争议——"州警门"、"档案门"、"旅行门"、宝拉·琼斯、文斯·福斯特⑦——的报道，需要舒斯特这样能力出众、消息灵通的记者，他们

---

① 作者对福克斯新闻前记者大卫·舒斯特的采访。
② R. H. Melton and Michael Haddigan, "Three Guilty in Arkansas Fraud Trial," *Washington Post*, May 29, 1996.
③ Philip Weiss, "The Clinton Haters: Clinton Crazy," *New York Times*, Feb. 23, 1997. See also *Clinton Chronicles* on YouTube (video), http://www.youtube.com/watch?v=eLnZwwYlYP0.
④ Alison Mitchell, "Hillary Clinton Is Subpoenaed to Testify Before a Grand Jury," *New York Times*, Jan. 23, 1996.
⑤ 作者对大卫·舒斯特的采访。
⑥ 希拉里·克林顿从未被起诉。
⑦ 州警门，是指有传言称克林顿在任阿肯色州州长时曾利用该州州警为其猎艳。档案门，是指 1990 年代初，克林顿夫妇错误地获取、滥用里根和布什的工作人员及其他人的 FBI 档案，侵犯了他们所认为的政敌的隐私权。旅行门，是指克林顿上任之初解雇了白宫旅行办公室主任比利·戴尔及另外 6 名职员，面对外界的质疑，白宫指控戴尔盗窃公款，令 FBI 调查。两年的诉讼，戴尔被判无罪，文件显示克林顿夫妇是想把白宫的旅行业务包给其友人。宝拉·琼斯，起诉克林顿在其任州长期间对她进行性骚扰。文斯·福斯特，白宫法律顾问、克林顿的好友，1993 年 7 月 23 日早晨被人发现陈尸公园，死于枪击，舆论认为克林顿嫌疑最大。——译者

能将调查变成通俗易懂的新闻报道。

在他们一个半小时的谈话快结束时，穆迪对他说："寄一盘录像带给我吧。"

舒斯特很激动。他给福克斯和 MSNBC 都投了简历，但都石沉大海，直到穆迪接了他这个冷不丁打来的电话。一心想重返华盛顿的舒斯特把他拍过的最好的片子都整理了出来。他在这些片子中表现得雷厉风行——其中一段里，他用力地敲着小石城一家会计师事务所的门，该事务所正在接受斯塔尔检察官调查。

录像带寄出两周后，舒斯特接到了穆迪打来的电话，听上去这事有点要成的意思。"再给我讲讲为什么你认为希拉里·克林顿有可能被起诉吧。"穆迪说。于是，舒斯特又完完整整地说了一遍。"这很有可能会是一条爆炸性新闻。"舒斯特记得自己当时说了这么一句。[①] 穆迪后来向舒斯特透露，第二个电话其实是为罗杰·艾尔斯打的。"把这人招进来吧！"艾尔斯说。

在接下来的 3 年里，作为福克斯新闻对"白水事件"的报道中最引人注目的解说员之一，大卫·舒斯特不断出现在镜头前。当报道从一笔赔钱的土地交易转变成恋童癖故事时，在其中起作用的力量不仅强大还形形色色，而艾尔斯新创立的频道是将这些力量编织成一个连贯故事的最重要渠道。1960 年代文化战争的未竟之事，互联网上低级趣味的八卦被当作合法新闻接受，还有被调动起来的基督教基本盘的崛起，成为了一部不可思议的美国悲喜剧的素材。

福克斯新闻和保守派不失时机地强调了这一情节中的一个重要主题，那就是媒体界的精英正在为他们这位好年景里的总统打掩护。"我记得罗杰曾经把 CNN 称为'克林顿新闻网'，"福克斯新闻前制片人亚当·桑克说，"我记得自己当时在想：'这不像是一个新闻网负责人该说的话。所以是不是可以得出这样的结论，我们是反克林顿的新

[①] 作者对大卫·舒斯特的采访。

福克斯新闻大亨

闻网呢?'"① 但这个想法有很大的虚构成分。事实上，很多调查克林顿最积极的人——从《新闻周刊》的迈克尔·伊斯科夫开始——正是被艾尔斯贴上"热爱克林顿的自由主义堡垒"标签的新闻编辑室和电视网的成员。毕竟，《纽约时报》发表了针对"白水事件"的最早一批重大调查结果之一。②

不管是什么，这一丑闻就是媒体的宝藏，跟别的媒体相比，有线电视新闻从中受益更多——但没有哪家有线电视频道的获利多过福克斯新闻。由于像"德拉吉报道"③这样的小道消息传播网站将政治丑闻变成了连续剧般的娱乐节目，广播新闻差不多保持平稳，在某些情况下甚至有所下跌。与此同时，CNN 和 MSNBC 的收视率分别增长了 40% 和 53%。福克斯新闻的收视率在其开播的那一年微乎其微，黄金时段的却激增了 400%。"莱温斯基的事为福克斯新闻所做的是福克斯新闻无法为自己办到的。"华盛顿分社一位前制片人说。性，再加上幸灾乐祸，催生出巨大的收视率，而其制作成本却大大低于报道一场外国危机的成本。"莫妮卡［·莱温斯基］让一个新闻频道的梦想成真，"约翰·穆迪说，"从两层意义上来看它都很便宜。"④ 在这段时期，比尔·奥莱利和肖恩·汉尼提等福克斯的黄金时段明星获得了重生，作为文化堡垒，抵御着越来越多令人不齿的影响：比尔·克林顿的性欲、媒体、环保主义者、同性恋活动家……不胜枚举。正如福克斯新闻一位前资深高管所说，"当比尔开始对总统摇起他的手指并提高嗓门时，现代福克斯新闻诞生了"。

在离开阿肯色州去福克斯新闻之前，舒斯特已经听过足够多关于

---

① 作者对福克斯新闻前制片人亚当·桑克的采访。
② Jeff Gerth and Stephen Engelberg, "U.S. Investigating Clinton's Links to Arkansas S. & L.," *New York Times*, Nov. 2, 1993.
③ *Drudge Report*，马特·德拉吉创办的一家美国新闻网站，与主流媒体不同，它挖掘了很多内幕消息，如率先报道了克林顿与莱温斯基的性关系。——译者
④ Kinney Littlefield, "Reliable Sources," *Orange County Register*, May 9, 1999.

艾尔斯的故事，对他的政治立场也有所了解。但他认为保守的意识形态在福克斯只是一个次要因素。虽然舒斯特的个人观点有点民主党色彩，但他从未想过要通过他的新闻报道来促进任何一方的利益。事实是，艾尔斯创办的新频道充满着生机勃勃的能量，这让舒斯特得以茁壮成长。他认为自己能两全其美地穿梭在华盛顿和小石城之间。"那是我人生中最美好的一段时光。"他回忆说。①

舒斯特最喜欢这份工作的一点，是跟福克斯新闻驻华盛顿首席记者兼华盛顿分社总编辑布里特·休姆共事。② 当舒斯特在 ABC 的小石城地方台工作时，休姆是 ABC 新闻一名获过艾美奖的记者。在舒斯特入职几个月后，艾尔斯把休姆招了进来，休姆在意识形态上跟艾尔斯有着相同的使命。"我们相信我们有资格接纳那些心存不满的观众，"休姆这样告诉一位记者，"那些人一直在找寻新闻，但每当收看其他新闻媒体的节目时他们的情感就不断受到打击。"休姆显然是个保守派，但他"本质上是一名记者"，舒斯特说。他记得休姆认为"白宫里有很多人正试图保护克林顿"。舒斯特很感激自己的新老板想给他资源，供他去挖掘真相。

起初，无论舒斯特报道了多少新闻，他在首都基本上还是寂寂无名，因为华盛顿的政治和媒体阶层居住的许多郊区都看不到这个频道；就连福克斯在华盛顿的地方台也没有转播福克斯新闻在选举之夜的节目。③ 再加上艾尔斯的政治包袱，福克斯几乎给不了克林顿政府什么。1996 年夏天，穆迪前往华盛顿与总统的一位高级顾问乔治·斯蒂芬诺普洛斯会面。④ 当穆迪问起克林顿是否愿意在福克斯新闻 10 月开播的那天上他们的节目时，斯蒂芬诺普洛斯大笑起来。"他为什么不愿意呢？"穆迪问道，并指出 MSNBC 最近开播时克林顿就那么

---

① 作者对大卫·舒斯特的采访。
② 同上。
③ Alicia Mundy, "Washington: Is Anybody Out There?" *Mediaweek*, Feb. 3, 1997.
④ Collins, *Crazy Like a Fox*, 79.

做了。"好吧，首先，"斯蒂芬诺普洛斯说，"MSNBC的老板可不是鲁伯特·默多克，主事的也不是罗杰·艾尔斯。"布里特·休姆的妻子金曾是ABC的制片人，她于1996年8月加入福克斯的华盛顿分社担任新闻主任和分社副社长后，不得不为了让福克斯新闻进入白宫媒体名单而使出浑身解数。1997年2月底，当国防部长威廉·科恩出访欧洲时，MSNBC和CNN都获得了同机前往的机会，福克斯却没有。① 几个月后，福克斯抱怨其没被允许在美国国务卿马德琳·奥尔布赖特的中东之行中同机前往。"我们正努力做到一碗水端平。但福克斯是这个街区里新来的孩子。"一位国务院官员这样告诉《华盛顿邮报》。②

到了1997年春天，节目的播出问题仍然悬而未决，令人沮丧。③ 新闻集团在纽约东区对时代华纳提起的联邦诉讼也走进了一条死胡同。联邦上诉法院维持了科特法官最初发出的禁令。但在7月中旬，胜券在握的时代华纳突然改弦更张。在爱达荷州太阳谷的艾伦公司④年度媒体峰会上，默多克、帕森斯和莱文在午餐时敲定了一笔交易。⑤

大多数观察家把这项协议看成是华纳公司怯战了，但默多克令这笔交易变得不可抗拒，他同意向时代华纳支付高达2亿美元的费用，以获得800万有线电视用户，其中包括纽约市的110万用户。艾尔斯洋洋得意。"我让这事看起来太他妈简单了，"他告诉一位记者，"我

---

① David Bauder, "Fox News Channel Fuming Over Exclusion from Cohen Trip," Associated Press, Feb. 27, 1997.
② John Carmody, "The TV Column," *Washington Post*, Sept. 8, 1997.
③ *Fox News v. Time Warner*, 96-cv-4963, U. S. District Court, Eastern District of New York (Brooklyn), judicial order, May 16, 1997. See also *Time Warner v. Bloomberg L. P.*, 96-9515, 96-9517, U. S. Court of Appeals for the Second Circuit, judicial order, July 3, 1997.
④ Allen & Company，美国一家私营商业银行，重点关注媒体和新媒体、通信与技术。——译者
⑤ Lawrie Mifflin, "In the Murdoch-Levin Dispute, Money Talked," *New York Times*, July 28, 1997.

真怕他们以为我可以每 6 个月推出一个全新的电视网。"①

可惜好景不长。那年夏天，艾尔斯得知 34 岁的调查记者大卫·布洛克正在为《纽约》杂志撰写一篇据艾尔斯猜测可能对他不利的人物报道。曾经宣称"我以杀死自由主义者为生"的布洛克，1997 年 7 月在《时尚先生》（*Esquire*）杂志上发表了一篇阅读量很高的文章——《一名右翼杀手的自白》，详细介绍了他与保守派事业轰动一时的决裂。② 作为一个运动的内部人士，布洛克很清楚艾尔斯对福克斯新闻的意图，这种洞察能力是旁人无法企及的。为了让布洛克放弃写这篇文章，艾尔斯告诉他，自己"很困惑"。③ 艾尔斯说："你本可以来上我们的节目，而不应该把时间浪费在这篇文章上。"

布洛克没有同意。艾尔斯的回应一如往常那样气势汹汹，"世界上有三个人恨我。你不可能找到他们，而其他每个人都太害怕了。尽管放马过来吧，从今往后我都不会放过你"，他说。④ 这篇题为《罗杰·艾尔斯彻底疯了》的 6 页人物报道，1997 年 11 月 17 日出现在了各大报亭。这是迄今为止对艾尔斯最有杀伤力的文章，它把艾尔斯描述成一个披着新闻工作者外衣的政治活动操作者。

一个月后，艾尔斯对自己的公众形象进行了正面的宣传。他的朋友、八卦专栏作家丽兹·史密斯发布消息称，艾尔斯将于 1998 年情人节那天迎娶伊丽莎白·蒂尔森，婚礼就在市政厅举行。主婚人是他一位忠实的朋友：鲁迪·朱利安尼。⑤

1998 年 1 月 18 日是星期日，上午，约翰·穆迪在新泽西郊区的

---

① Jon Lafayette, "New Pro: With New York Hurdle Crossed, Fox Hits Stride," *Electronic Media*, Sept. 15, 1997.
② David Brock, "Confessions of a Right-Wing Hit Man," *Esquire*, July 1997.
③ 作者对大卫·布洛克的采访。
④ Brock, "Roger Ailes Is Mad as Hell."
⑤ Liz Smith, "Valentine's Day Wedding," Los Angeles Times Syndicate, published in *Toledo Blade*, Dec. 23, 1997.

家中正准备出去做弥撒，这时金·休姆从华盛顿打来了电话，告诉他一个令人震惊的消息。① 刚过午夜——准确地说，是美国东部时间凌晨12点32分——马特·德拉吉在他的网站上发了篇文章，标题充满了暧昧的挑逗意味："《新闻周刊》删除了关于白宫实习生/重磅报道：23岁的白宫前实习生与总统有性关系＊＊全球独家＊＊＊转载须注明来自德拉吉报道＊＊"。② 在该页面的顶部，德拉吉贴了一个闪个不停的警笛标志——这种漫画风格将成为他的标志。"星期六晚上6点，《新闻周刊》在最后一刻毙掉了一条注定会撼动华盛顿官方根基的新闻：一名白宫实习生与美国总统发生了性关系！""德拉吉报道"并未透露这名实习生的名字，但指出，有关通奸的消息"在媒体界引起了盲目的混乱"。③

金想知道：福克斯该播什么呢？④《星期日福克斯新闻》的制片人碰巧安排了对宝拉·琼斯的律师韦斯利·霍姆斯的现场采访，宝拉·琼斯是阿肯色州政府前雇员，她以性骚扰为由对比尔·克林顿提起了诉讼。他们可以问他有关那名实习生的指控吗？穆迪告诉她先避开这条新闻。他正赶往福克斯新闻的总部，要在作战室召开一个特别会议，对报道进行统筹管理。在开车前往演播室的路上，他用车载电话联系了艾尔斯。

艾尔斯认识德拉吉这个人。12月的时候，他与这位互联网企业家见过面，商量过请他上福克斯新闻主持一档八卦节目的可能性。⑤

---

① 作者对福克斯新闻频道一位资深高管的采访。
② Matt Drudge, "Newsweek Kills Story on White House Intern," *Drudge Report*, Jan. 17, 1998, http://www.drudgereportarchives.com/data/2002/01/17/20020117_175502_ml.htm.
③ 同上。
④ 作者对福克斯新闻频道一位资深高管的采访。
⑤ Stephen Battaglio, "Net Columnist Drudge Uploads Fox News Deal," BPI Entertainment News Wire, March 2, 1998.

这位 31 岁的戴着浅顶软呢帽的八卦猎手视沃尔特·温切尔[1]为自己的偶像，不太可能成为一件全国大新闻的主角。[2] 他的网站是各种不相干的标题的大杂烩——极端的天气事件和电影业的言论——有一种 1950 年代流言小报的感觉，其读者群包括华盛顿政治圈和媒体的精英。德拉吉一直热衷政治。他喜欢在全国性政治新闻上击败媒体，比如他曾报道说鲍勃·多尔将选择杰克·坎普作为其竞选伙伴。[3] 但有时他也会犯灾难性的错误。1997 年 8 月 11 日，他发布了一则谣言，说新任命的比尔·克林顿的顾问、《纽约客》前记者西德尼·布卢门撒尔有"一段被掩盖得很好的伴侣间施虐经历"。[4] 尽管德拉吉没过几个小时就撤下了这条新闻，并在第二天发表了一份撤回声明，但布卢门撒尔还是告了他，并要求赔偿 3000 万美元。[5] "我才不管什么领导会怎么想呢。我一个领导都没有。"德拉吉这样告诉《今日美国》。[6]

虽然"白水事件"有可能演变成另一个"水门事件"，但艾尔斯敦促大家谨慎行事。"无论我们最后得出什么结论，你最好多找几个消息来源。"他对穆迪说。[7] 鉴于德拉吉不算稳定的历史记录，艾尔斯做出避而不谈这条实习生新闻的决定是完全可以理解的。根据艾尔斯的指令，穆迪指示金·休姆通知《星期日福克斯新闻》的制片人马蒂·瑞安，在福克斯能够独立确认消息之前，托尼·斯诺和会谈嘉宾应避免在镜头前讨论德拉吉的报道。[8] 斯诺的搭档主持玛拉·利亚森问了一个最贴近这条一夜之间冒出的爆炸性消息的问题。"你有总统

---

[1] 著名的纽约八卦专栏作家，美国记者、广播员。1932 年开始主持每周一次的广播节目，直到 50 年代初。他的语汇丰富，在美国有很大的影响。——译者
[2] See Matt Drudge, *Drudge Manifesto* (New York: New American Library, 2000).
[3] Todd S. Purdum, "It Was Something He Said," *New York Times*, Aug. 17, 1997.
[4] *Blumenthal v. Drudge*, 992 F. Supp. 44 (D. C. Cir. 1998), complaint.
[5] 同上。
[6] Bruce Haring, "Matt Drudge's Maverick Journalism Jars Internet," *USA Today*, Aug. 14, 1997.
[7] 作者对一位熟悉此事之人的采访。
[8] 作者对福克斯新闻频道一位资深高管的采访。

实施性骚扰的其他事件的证据吗?"她问宝拉·琼斯的律师韦斯利·霍姆斯。"抱歉我没有。这次采访我可能会让人感觉很无趣。"他回答。①

1月19日星期一,是马丁·路德·金纪念日,大卫·舒斯特这天来上班时,发现福克斯的分社里一派热火朝天,对此他并不感到有什么可惊讶的。② 他在星期六报道了比尔·克林顿在琼斯案中那段历史性的6小时取证的新闻。但由于在家无法上网,对于这条新闻接下来会发酵成什么样,舒斯特并无准备。来自新罕布什尔州的政治记者卡尔·卡梅伦是在福克斯新闻开播时加入的,他向舒斯特示意,并指了指新闻编辑室里的一台电脑显示器。"你看到这个东西了吗?"他说。屏幕上出现了德拉吉最新的"全球独家新闻"。

这条消息披露了该实习生的姓名——莫妮卡·莱温斯基,以及简历上的一些细节。德拉吉还报道说莱温斯基在琼斯案中被传唤过。③

"天呐。"舒斯特心想。

下午6点,德拉吉继续报道称,莱温斯基已经在琼斯案中签署了一份宣誓书,否认其与总统有"性关系"。④ 据德拉吉说,NBC新闻已经获得了一份复印件,并"向消息人士读了其中的部分内容,以听取对方的评论"。这个消息让福克斯这边的人炸了锅,但艾尔斯继续命令他的记者们按兵不动。

他让福克斯新闻台不动手的决定,可能既是出于政治动机,也是出于新闻编辑的动机,这是他掩盖其频道被认为有保守倾向的策略的一部分。假如福克斯的主播在实习生绯闻板上钉钉之前就报道的话,

---

① Tony Snow and Mara Liasson, *Fox News Sunday*, Fox News Channel, Jan. 18, 1998.
② 涉及大卫·舒斯特的大部分细节都来自作者对舒斯特的采访。
③ Matt Drudge, "Former White House Intern Called; New Background Details Emerge," *Drudge Report*, Jan. 18, 1998, http://www.drudgereportarchives.com/data/2002/01/17/20020117_175502_ml.htm.
④ Matt Drudge, "Former White House Intern Denied Sex with President in Sworn Affidavit," *Drudge Report*, Jan. 19, 1998, http://www.drudgereportarchives.com/data/2002/01/17/20020117_175502_ml.htm.

那么该频道的自由派对手肯定会以此发动攻击。"他们不想全部搞成右翼那一套。"福克斯的一位制片人回忆说。① 但事实上,福克斯的人扮演了在幕后推动丑闻进一步发酵的角色。1996年夏天,《星期日福克斯新闻》的主持人托尼·斯诺将他的朋友琳达·特里普介绍给卢西恩·戈德伯格认识,特里普是一位心怀不满的前白宫秘书,想写本书爆克林顿的料,② 戈德伯格则是《纽约邮报》一位头发蓬松、烟不离手的保守派顾问,偶尔做一下文学经纪人,此人之后会建议特里普录下自己与莱温斯基的谈话。"你应该和卢西恩·戈德伯格谈谈。"斯诺告诉特里普。③ "我们都是鼠帮④中人。"戈德伯格事后说。⑤

在跟福克斯新闻华盛顿分社员工的电话会议上,穆迪告诉大家不必担心独家新闻这事。"他透露的意思是——鉴于艾尔斯的名声以及他的共和主义——作为一个新闻频道,除非已经被我们捏得死死的,否则不要冲在第一个报道。我们必须有十足的把握才行。"一位当时的与会者回忆道。⑥ 大卫·舒斯特从布里特·休姆那里获得了额外的指示。"我们明白你对这件事了如指掌,但先放一下,没关系的。"舒斯特记得休姆当时这样劝他。这一建议同样给到了福克斯的黄金时段新闻评论员们。汉尼提的制片人比尔·希恩对另一位工作人员说:"我们不需要做第一个。"

与之相反,艾尔斯指示他的团队为突发新闻做好准备。星期二下午,舒斯特写了一份备忘录,概述了琼斯诉讼案和"白水事件"调查的最新进展,"有了背景信息,我们就能做好准备"。写完备忘录后不久,舒斯特就听到卡梅伦叫其到他的电脑前。"今晚的'德拉吉报

---

① 作者对福克斯一位资深制片人的采访。
② Josh Getlin and Marc Lacey, "'Tell-All' Book Called Goal of Linda Tripp," *Los Angeles Times*, Jan. 25, 1998.
③ Jeffrey Toobin, *A Vast Conspiracy: The Real Story of the Sex Scandal That Nearly Brought Down a President* (New York: Touchstone, 1999), 100.
④ rat pack,指追踪骚扰名人的新闻或摄影记者。——译者
⑤ 作者对文学经纪人卢西恩·戈德伯格的采访。
⑥ 作者对一位参加电话会议者的采访。

道'：争议围绕白宫前实习生的录音带展开，斯塔尔开始行动！……"这些字就这么打在电脑屏幕上。① 舒斯特立即给他在斯塔尔办公室的联系人打电话，但没有人接听。他回家后继续拨打电话给他的消息人士。快到半夜的时候，舒斯特确认了消息。

几个小时后，福克斯的一位制片人打电话告诉他，《华盛顿邮报》的记者苏·施密特和彼得·贝克在该报的网站上发表了一篇报道。这位制片人向他大声朗读了文章标题。"克林顿被控逼助手撒谎；斯塔尔调查总统是否告诉某女士向琼斯的律师否认所谓的婚外情。"② （德拉吉将这篇文章链接到了他那个洋洋得意的标题："《华盛顿邮报》大爆实习生新闻！"③ ）

对于像舒斯特这样争强好胜的记者，这篇文章是个刺激。"他妈的，他们抢到了独家新闻。"他心想。ABC新闻和《洛杉矶时报》紧接着分别发了报道。他几乎没时间去思考。主流媒体一开始报道这一丑闻，艾尔斯就把此前要求的"慢下来"改为"全速前进"。

1月26日星期一上午，克林顿将一枚决定未来几个月政治斗争的宝贵楔子交到了艾尔斯的手上。"我没有跟那个女人，莱温斯基小姐，发生过性关系，"他突然现身在罗斯福厅举行的一个推广学校课后项目的活动并且说，"我从未让任何人撒谎，一次都没有，从没有过。这些指控是不实的。我需要回去为美国人民工作。谢谢

---

① Matt Drudge, "Tonight on the Drudge Report: Controversy Swirls Around Tapes of Former White House Intern, as Starr Moves In," *Drudge Report*, Jan. 20, 1998, http://www.drudgereportarchives.com/data/2002/01/17/20020117_175502_ml.htm.
② Susan Schmidt, Peter Baker, and Toni Locy, "Clinton Accused of Urging Aide to Lie; Starr Probes Whether President Told Woman to Deny Alleged Affair to Jones's Lawyers," *Washington Post*, Jan. 21, 1998.
③ Matt Drudge, "Wash Post Screams Intern Story," *Drudge Report*, Jan. 20, 1998, http://www.drudgereport archives.com/data/2002/01/17/20020117_175502_ml.htm.

你们。"① 在他的总统职位看似岌岌可危的一天,克林顿摇着脑袋、晃着手指矢口否认,这等于是在向他的敌人表明,他永远都不会退缩。

艾尔斯在他那间二楼办公室的壁挂电视屏幕上看到了这一刻,对他而言,总统的这番讲话是一个天赐良机——也是一个纠正过去错误的机会。② 在克林顿的第一次就职典礼后不久,艾尔斯接到了乔治·H. W. 布什打来的电话,语气苦闷,说他看到了一张克林顿在椭圆形办公室穿着短袖衬衫的照片。如果说克林顿的衣着选择有什么冒犯的话,那么让实习生给他口交就是一种亵渎。"罗杰看到了克林顿对总统制度的嗤之以鼻。"艾尔斯的一位朋友回忆说。③

艾尔斯所吸引到的观众可能也深有同感。他们对克林顿的道德相对主义和他律师式的"我没有吸(指口交)"的遁词深为不满。"罗杰曾经说过,艾奥瓦州的人们并不关心国外发生的事。他说人们关注的是美国的价值观。"福克斯一位前制片人说。④ 还有什么能比这个国家与性的矛盾关系更有美国特色呢?"罗杰觉得这很有趣,我也这么认为,"卢西恩·戈德伯格说,"福克斯想要的是总统在一个里根不穿外套就不会踏进一步的房间里跟人做爱。"她接着说:"罗杰明白你必须把事情简化,简化,简化。"⑤

克林顿厚颜无耻的否认给了他对手胆量来揭发他撒谎。这让人不禁想起候选人加里·哈特在1988年民主党总统候选人提名的竞选期间,跟那些对他婚姻不忠的传闻刨根问底的记者针锋相对。⑥ 克林顿

---

① President William J. Clinton, "Child Care," C-Span, Jan. 26, 1998 (relevant portion begins at 24:30), http://www.c-spanvideo.org/program/ChildCare4.
② 作者对当时在场的一位福克斯员工的采访。
③ 作者对艾尔斯的一位朋友的采访。
④ 作者对福克斯一位前制片人的采访。
⑤ 作者对卢西恩·戈德伯格的采访。
⑥ E. J. Dionne Jr., "Gary Hart: The Elusive Front-Runner," *New York Times*, May 3, 1987. See also Robin Toner, "Hart Drops Race for White House in a Defiant Mood," *New York Times*, May 9, 1987; E. J. Dionne Jr., "Courting Danger: The Fall of Gary Hart," *New York Times*, May 9, 1987.

的那些嘲弄之言具有同样的效果。它们使美国公众的注意力都集中到了一个基本问题上：他到底干没干？

在克林顿坦白一切之前，福克斯新闻会无休止地报道下去。短短几个小时之内，艾尔斯就走出了利用这一丑闻牟利的几项重大节目举措中的第一步。那天早上，当布里特·休姆从华盛顿打来电话时，艾尔斯告诉他说自己希望他能推出一档全新的节目。而且是在当天晚上。休姆惊得目瞪口呆。频道正好在计划在3月推出一档由他掌舵的节目，而且也讨论过要将节目开播时间提前，但他没想到那会意味着不到24小时就要直播了。艾尔斯设想休姆在傍晚6点档的节目——他称之为《特别报道》（Special Report）——是福克斯新闻自己的《夜线》，在ABC新闻的《夜线》节目里，泰德·科佩尔不断为美国公众播报伊朗人质危机的最新进展。[1] 科佩尔是如何报道52名美国人被绑架事件的，休姆就会如法炮制地报道总统充满创意地使用他的阴茎这事。

就算没有任何新东西可报，休姆也会给《特别报道》注入突发新闻的即时性。5位制片人和记者全职报道斯塔尔的调查。"我们有一套完整的公式，"作为该报道团队一员的舒斯特回忆道，"每一条新闻都要以一个'今天'的画面作为开头。"因此，如果大陪审团没有开庭的话，休姆就拿斯塔尔当天早上在弗吉尼亚州的家中倒垃圾的视频来揭开新闻的序幕。为了掌握"白水事件"大陪审团的情况，制片人发展出了一套监视系统。一位消息人士给了他们一个电话号码，这个号码可以让打电话的人，通常是律师，接通一个宣布大陪审团是否开庭的录音信息。这是一条极具价值的捷径。其他新闻机构不得不在法庭上盯着，以了解新的证人何时出庭作证。"我认为只有我们有那个号码。"舒斯特说。

---

[1] Sarah Goldstein, "The Wire Q & A: Ted Koppel Remembers the Iran Hostage Crisis," "The Q" (blog), *GQ*, Nov. 3, 2009, http://www.gq.com/blogs/the-q/2009/11/the-wire-qa-ted-koppel-remembers-the-iranhostage-crisis.html.

很短时间内,《特别报道》就确立了自己在莱温斯基事件报道中极具竞争力的地位。该节目爆了不少非常厉害的料,包括莱温斯基决定成为检方证人,克林顿同意在大陪审团面前作证,以及克林顿的密友弗农·乔丹在大陪审团面前就他与莱温斯基有争议的谈话作证。该节目的无情报道激怒了克林顿的白宫。总统的私人律师大卫·肯德尔和顾问布鲁斯·林赛向福克斯新闻的白宫记者吉姆·安格及温德尔·高尔抱怨了该节目痴迷于丑闻的报道。"我们非常努力地想做到公平。"休姆说。① 他把他们的抱怨当成一种荣誉的象征。"克林顿政府——他们恨我们!"他后来这样告诉《纽约时报》。②

在傍晚 6 点推出休姆的新闻节目,就要求艾尔斯变通一下。③ 他把比尔·奥莱利的节目改到了 8 点,把凯瑟琳·克里尔的节目挪到了 10 点。迈克·施奈德的晚间 7 点档节目也在不断变化当中。在与艾尔斯发生冲突后,施奈德几个月前离开了该频道。于是,艾尔斯找到乔恩·斯科特和其他人来顶替。把奥莱利移到黄金时段是一着出乎意料的妙棋。

在他晚上 6 点档节目开场时,奥莱利讲述了这个他一开始无法执行的任务。"怎么会这样呢? 电视新闻怎么会变得如此可预测——而且在某些情况下——如此无聊呢?"他问,"嗯,有很多这样那样的理论,但事实是,地方台和电视网的新闻基本上就是把大多数普通观众已经知道的东西拿来炒冷饭。"④ 这是突破性的见解。艾尔斯试图吸引的那些观众并不希望电视告诉他们世界上发生了什么。他们希望电视能告诉他们如何思考世界上发生的事——新闻本身是次要的。"现如今,没有几家广播电视台愿意去冒险,而且它们大多非常讲究政治

---

① John Higgins and Donna Petrozzello, "Fox Chases the News," *Broadcasting & Cable*, May 18, 1998.
② Marshall Sella, "The Red-State Network: How Fox News Conquered Bush Country—and Toppled CNN," *New York Times Magazine*, June 24, 2001.
③ "Around the Dial," *Boston Herald*, Jan. 28, 1998.
④ Bill O'Reilly, *The O'Reilly Report*, Fox News Channel, Oct. 7, 1996.

正确,"奥莱利继续说道,"那么,我们就努力做到与众不同,令人振奋,而且还要有点大胆,但与此同时,也要做到负责任和公平。"①

起初,他失败了。在刚开始的几个月里,他只吸引到了少量观众,以及电视评论家的嘲讽。48 岁的奥莱利早已过了自己的黄金期。他的职业生涯从宾夕法尼亚州的斯克兰顿开始,然后在地方台的职业阶梯上攀升:达拉斯,丹佛,波特兰。② 1982 年,他进入大电视台,在 CBS 新闻部找到了一份工作,在那里报道了马岛战争。③ 1986 年,他跳到 ABC 新闻。他向该电视网的人宣称自己有能力坐在主播台后面。曾在 ABC 与奥莱利共事的艾米莉·鲁尼回忆说:"他说他应该得到彼得·詹宁斯的工作。"④ 毫无疑问他是有天赋的。他身高 6 英尺 4 英寸,拥有一双锐利的冰蓝色眼眸,他能掌控屏幕。在采访中,他证明了自己非常有质问的实力。⑤

但奥莱利会惹麻烦。他心胸狭窄,待人轻慢,还养成了自我毁灭的习惯。他单单 5 年里就和 4 家不同的电视台闹得不欢而散。⑥ "他总是与管理层发生矛盾。"艾尔斯说。⑦ 1989 年,他彻底离开了电视网,成为联卖(syndicated)电视系统的八卦类节目《内幕》的主播。⑧ 在那里工作期间,他感觉到全国性媒体对话的一种转变。随着脱口秀电台媒介的爆炸式增长,像霍华德·斯特恩和拉什·林博这样的大嘴巴正在建立起大量的受众群体。奥莱利本人也是一个臭名昭著的大嘴巴,他想在这个领域分一杯羹。"我不确定这个业务会朝哪里

---

① Bill O'Reilly, *The O'Reilly Report*, Fox News Channel, Oct. 7, 1996.
② "Bill O'Reilly's Bio," FoxNews.com, April 29, 2004, http://www.foxnews.com/story/0,2933,155,00.html.
③ Kitman, *The Man Who Would Not Shut Up*, 100, 102, 124.
④ 作者对记者、制片人和电视节目主持人艾米莉·鲁尼的采访。
⑤ Nicholas Lemann, "Fear Factor: Bill O'Reilly's Baroque Period," *New Yorker*, March 27, 2006.
⑥ Kitman, *The Man Who Would Not Shut Up*, 102 - 22 passim.
⑦ 同上,163。
⑧ 同上,135 - 136。

发展，"他告诉一位朋友，"但我的直觉告诉我，它将朝着拉什的那个方向发展，天呐，我就要成为那样的。"① 奥莱利把《内幕》变成了一个节目制作的实验室。他摆脱了新闻学院那套用正反方的相对交锋达到理想的客观性的做法，培养出他日后在福克斯新闻轻松驾驭的那种爱尔兰街头警察的横行霸道。

他在福克斯晚上6点档节目的失败原来就是一个时机问题。8点钟，当许多人用完晚餐在电视机前安安心心坐下来时，奥莱利终于和他的受众接上了头。像所有熟练的演员一样，他巧妙地调整了自己的表达方式，带动起观众的全部情绪。鉴于他可以按照自己的想法报道莫妮卡·莱温斯基的丑闻，奥莱利给他的观众提供了可以鄙视总统的各种不同的理由。一天晚上，他告诉尼克松的白宫法律顾问约翰·迪恩，与实习生发生性关系就是"滥用权力"。② 丹·奎尔则告诉奥莱利的观众，如果有关性的问题似乎不能拿出来讨论的话，说谎就不该是个禁忌。这位副总统说："假如美国总统犯了伪证罪，这是个很严重的问题。"③ 对于那些担心谴责克林顿会让人听上去像保守派怪人的人来说，奥莱利根本不讨论什么党派偏见。"你们从事发第一天起就想让他下台，"他冲着杰里·法尔维尔④大叫道，"根本不在乎他一直是个好总统。对那个问题你如何回答？"⑤ 奥莱利通过安排自己的采访，听到了来自右派和左派的观点，并得出了自己无可置疑的结论：比尔·克林顿正在用谎言让自己摆脱困境。而奥莱利在那里就是替人们确保克林顿没法耍什么花招的。

奥莱利成了艾尔斯最耀眼的明星，从很多层面上来看，这都是不

---

① Neil Swidey, "The Meanest Man on Television," *Boston Globe*, Dec. 1, 2002.
② Bill O'Reilly, "Two Year Anniversary Special," *The O'Reilly Report*, Fox News Channel, Dec. 29, 1998.
③ 同上。
④ 美国基督教福音派新基要主义的代表人物，从基督教新教角度解释所有的事。——译者
⑤ Bill O'Reilly, "Two Year Anniversary Special," *The O'Reilly Report*, Fox News Channel, Dec. 29, 1998

难理解的。奥莱利曾经说过，他们的会面就是"完美的协同作用"。[1]与艾尔斯一样，奥莱利在让别人相信自己的个人故事方面颇有天赋。虽然奥莱利的父亲在曼哈顿做会计，但他把自己说成是一个来自长岛列维敦的潦倒小子，当地的教会和纽约大都会队在那里争夺着人们的关注。"那里的生活都是些非常基本的东西，"奥莱利告诉他的传记作者，"就是金枪鱼。热狗和豆子。星期六晚餐的牛排。意大利面。二手体育器材，偶尔看场电影。"[2]

阶级对立构成了奥莱利精心塑造的公众形象的基础。在预科学校，他受到来自长岛富裕的北岸地区的盎格鲁-撒克逊白人新教徒（WASP）的嘲笑。[3] 马里斯特学院，当时还是纽约波基普西的一所只收男生的文理学院，位于曼哈顿以北80英里的哈得孙河上，奥莱利在学校与爱尔兰和意大利人混在一起，想方设法挤进在城里另一边高档区域的瓦萨学院举办的派对。[4] "在那里，我能感觉到那些富家女和她们在常春藤联盟大学的约会对象上下打量着我。"他回忆道。[5]

奥莱利还有一个和艾尔斯一样的重要特征：他很清楚电视新闻只不过是一场表演。"比尔·奥莱利是世界上最能胡侃的人之一，"艾尔斯的哥哥罗伯特说，"随便什么话题，他张口就来，他会通过跟他的嘉宾唱反调——哪怕他根本不信那个观点——来达到最好的效果。"[6]

奥莱利晚间8点档节目的意外成功，向艾尔斯表明观众对每晚的闹剧有了反应。于是艾尔斯在他的主持阵容中增加了更多的配角。克林顿的前顾问迪克·莫里斯——因被曝光召了一个每小时收费200美元的华盛顿妓女而颜面尽失——成了节目的常客，抖一些让克林顿尴

---

[1] Kitman, *The Man Who Would Not Shut Up*, 166.
[2] 同上，16。
[3] Evan Thomas, "Life of O'Reilly," *Newsweek*, Feb. 11, 2001.
[4] Kitman, *The Man Who Would Not Shut Up*, 33 - 42 passim.
[5] Thomas, "Life of O'Reilly."
[6] 作者对罗伯特·艾尔斯的采访。

尬的八卦。① "你想要我说什么?"在做一期关于莱温斯基的节目前,他在演员休息室里问一位制片人。② "你这话是什么意思?"制片人问,"嗯,我站哪一边呢?"莫里斯说。事实证明,扮演克林顿叛徒最有价值。1998年3月,莫里斯告诉福克斯的观众,几年前比尔曾让他用民意调查来测验一下离婚会对他的政治前途造成什么影响。莫里斯引用克林顿的话说:"希拉里和我之间有一些问题,我想我们可能会不得不分手,你认为那样的话会在政治上对我造成伤害吗?"③ 4月,艾尔斯聘请莫里斯担任政治分析员。④

几个星期后,艾尔斯把那位在很大程度上催化了这一丑闻的神秘人物招了进来:马特·德拉吉。⑤ 但是,德拉吉向电视业的转型并非一帆风顺。在福克斯新闻内部,他对制片人而言是个怪人,对外界来说也是如此。"这个节目就是我这个人,一顶帽子,以及这个街区最热的故事,"他对一位记者说,"哪里臭不可闻,我就去哪里。"⑥ 卢西恩·戈德伯格是他演播室里的常客,一位记者将演播室的布景描述为"雷蒙德·钱德勒的侦探办公室",里面全是堆得摇摇欲坠的褪了色的报纸和1950年代风格的家具。⑦ 为了让画面真实得无懈可击,艾尔斯甚至让戈德伯格在直播中抽烟。⑧

1998年夏天,为了满足观众对克林顿的头条新闻的痴迷,艾尔

---

① Richard L. Berke, "Call-Girl Story Costs President a Key Strategist," *New York Times*, Aug. 30, 1996.
② 作者对福克斯一位前制片人的采访。
③ *Hannity & Colmes*, Fox News Channel, March 11, 1999.
④ David Bauder, "Dick Morris Joins Fox, Kinsley Back on CNN," Associated Press, April 14, 1998.
⑤ Tim Goodman, "Fox News Hires Drudge—You Decide," *San Francisco Examiner*, July 23, 1998.
⑥ Jennifer Weiner, "Foremost Internet Gossip Moves to TV," *Chicago Tribune*, June 20, 1998.
⑦ 同上。
⑧ David Bauder, "Matt Drudge: Out from Behind the Laptop and onto TV," Associated Press, June 25, 1998.

斯在节目中增加了更多的政治新闻。这一时期标志着一年后要退休的切特·科利尔手上的权力悄无声息地转移到了约翰·穆迪手上。7月，艾尔斯请来了《麦克劳克林集团》(McLaughlin Group)节目的常客莫特·康德拉克和弗雷德·巴恩斯主持《华盛顿政治圈的小子》(The Beltway Boys)，一档每周一次的政治圆桌讨论节目。① 没过几天，他取消了科利尔最初的节目安排。从上午9点到下午4点之间的硬新闻，将取代科利尔那些20分钟一档的谈话节目。新的节目安排于7月27日亮相。②

这个时机真是太好了。8月17日晚，克林顿在白宫的地图室向全国发表讲话，几个小时前他刚就"白水事件"在大陪审团面前作证，并被全程录像。他那段4分半钟的讲话最终回答了美国人民一个问题：他干了那事。③

当克林顿的总统任期走向低谷的时候，艾尔斯和福克斯新闻正以火箭般的速度飙升至收视新高。④ 当晚，在《汉尼提和科尔梅斯》(Hannity & Colmes)的拍摄现场，气氛相当热烈。马特·德拉吉用手机打电话到演播室来纪念这一重要时刻。"全都爆出来了。可喜可贺，"德拉吉说，听上去就像一位明星球员在球门区和队友共同庆祝，"我认为这是我们新闻网有史以来最棒的一个晚上。"⑤

福克斯对莱温斯基的全面报道，展示了艾尔斯在将政治和娱乐融为一种可销售产品方面拥有的非凡能力。他的机智和戏剧天赋以大大小小各种方式嵌入到福克斯的节目当中。该频道有时会把这个丑闻当

---

① Weiner, "Foremost Internet Gossip Moves to TV."
② "TV Ticker," *New York Post*, July 27, 1998.
③ Ted Koppel, "Bill Clinton Admits Affair," *Nightline*, ABC, Aug. 17, 1998, http://abcnews.go.com/Archives/video/bill-clinton-lewinksy-affair-1998-9533796.
④ Josef Adalian and Richard Katz, "Presidents Day: Clinton Speech, TBS Pic Spike Cable Ratings," *Daily Variety*, Aug. 19, 1998.
⑤ Matt Drudge, *Hannity & Colmes*, Fox News Channel, Aug. 17, 1998.

作喜剧来报道。那些让人投票的滑稽问题就是为了达到这个目的。"你认为以下哪一条能更好地描述莫妮卡·莱温斯基:一个被人利用的普通女孩,还是一个想去冒险和找刺激的小荡妇?"①"今年的感恩节克林顿总统更该感恩什么?仍然有个妻子,还是仍然有份工作?"②

而在其他时候,这一丑闻被当作纯粹的肥皂剧来报道。1998年4月,在法官驳回宝拉·琼斯的性骚扰诉讼后,福克斯播放了克林顿在塞内加尔达喀尔一家酒店的独家视频,当时他正在那里出差。"你看,总统在他的套房里走来走去,抽着雪茄,走来走去,最后在一个非洲鼓上敲打起来,"记者吉姆·安格报道说,"而且他还弹了一会儿吉他。所以我认为你会清楚地知道他当时的心情。"③ 而在记者丽塔·科斯比的报道中,福克斯向这个恶棍展示了他应得的惩罚:"消息人士告诉福克斯新闻网,这对夫妇最近突然中断他们在犹他州的滑雪假期并提前一天返回,其原因是他们发生了争执,最后希拉里冲出房间,嚷嚷着说要拿她的行李。"④

福克斯的一些观众长时间开着这个频道,以至于电视机左下角的静态福克斯新闻台标烧坏了显示屏的像素。在引入旋转式的台标之前,就算人们晚上关掉电视机,台标的轮廓仍然像纹身一样留在暗色的屏幕上。⑤

大卫·舒斯特再也不那么快乐了。他的闷闷不乐从某种程度上讲让人感到意外,因为他受到了管理层的赏识。⑥ 在克林顿承认那桩婚外情前不久,穆迪打电话给舒斯特,告诉他艾尔斯想亲自去纽约见

---

① *Fox News Sunday*, Fox News Channel, Feb. 1, 1998.
② *Special Report with Brit Hume*, Fox News Channel, Nov. 26, 1998.
③ *Hannity & Colmes*, Fox News Channel, April 1, 1998.
④ Rita Cosby, *Special Report with Brit Hume*, Fox News Channel, March 10, 1998.
⑤ Joe Muto, *An Atheist in the FOXhole: A Liberal's Eight-Year Odyssey Inside the Heart of the Right-Wing Media* (New York: Dutton, 2013), 26.
⑥ 作者对大卫·舒斯特的采访。

他,"好好表扬你一下"。但是,舒斯特对奥莱利、汉尼提和其他在节目上发言的人越来越感到失望,他们对他的报道断章取义,以达到破坏克林顿名誉的目的。8月,舒斯特告诉制片人,他得知斯塔尔正在调查"第二个实习生"的可能性。他没有在直播中报道此事,并告诫说斯塔尔还未找到任何直接证据。但《华盛顿政治圈的小子》的两位主持人之一莫特·康德拉克却在镜头前大肆宣扬了这一指控。① 在舒斯特去布里特·休姆面前对康德拉克抱怨了一番之后,穆迪让舒斯特说明他报道中的哪一部分是可以播报的。"起初,在新闻和评论之间是存在这条马其诺防线的,"华盛顿分社的史蒂夫·赫什说,"随着他们变得更为成功,并且更加认定他们所寻求的利基市场之后,这条界限就更模糊了。你有一些老牌的新闻人,无论他们是否在政治上达成共识,他们都不愿意那么做。"②

在弹劾风波中,舒斯特和福克斯的其他记者了解到,艾尔斯告诉布里特·休姆去部署抨击克林顿的任务。"我们听说罗杰会给布里特打电话,列出五六条他想让我们做的报道,"舒斯特说,"内容要么是克林顿夫妇在推某人去得到一个提名,要么是他们在为投票而收买某人。这些都是罗杰提出来的。"他接着道:"但布里特会说:'我不会让我的白宫记者在发布会上问这个问题。'"在分社的一次私人谈话中,舒斯特告诉金·休姆,新闻频道的发展方向让他感觉不舒服。他回忆道:"金对我说:'听着,布里特是支持你的立场的。你不知道的是,他在拼命去挡罗杰想让你做的那些事,好让你和其他记者不受这方面影响。'"③

凯瑟琳·克里尔也越来越高兴不起来。作为晚上10点档的《克里尔报告》(Crier Report)和新闻杂志《福克斯档案》(Fox Files)的主持人,她的感受与艾尔斯大相径庭。"我对解决冲突非常感兴

---

① Mort Kondracke, *Special Report with Brit Hume*, Fox News Channel, Sept. 4, 1998.
② 作者对福克斯前制片人和媒体顾问史蒂夫·赫什的采访。
③ 作者对大卫·舒斯特的采访。

趣，"她在频道开播时曾对一位记者说过，"这个世界真的并不是非黑即白、非错即对、非自由派即保守派。"① 艾尔斯对此并不认同，至少对于电视的目的不是这样看的。"你要更有主见，"他在一次会上对克里尔说，"嘉宾在那里是作为你的陪衬。"他对她的衣着也有异议。"他很喜欢她的腿。"一位高管说。在一次会上，艾尔斯大叫道："告诉凯瑟琳，我花了一笔钱买了张玻璃桌，不是为了让她穿长裤套装的。"②

克里尔觉得新闻编辑的方向令人堪忧。"我在那里的三年里，随着时间的推移，我开始越来越多地感觉到一种高压手段。"她说。而且，艾尔斯"更关注的是哪些新闻被报道或不被报道"。在经历了几个月对莱温斯基的疯狂报道后，她感到厌倦了。"每个人当然都在反反复复报道这条新闻，报得都要吐了。但我还要在街上拦住陌生人说，这条新闻还有什么你不知道的吗？都到这种程度了，我不能再这样下去了。的确有一种变化正日益显现出来，是我开始时还没有的。"她说。③

默多克对福克斯报道的影响也让她深感不安。1997年夏天，当默多克试图将其媒体帝国扩展到中国时，克里尔被告知她对英国将香港移交给北京的报道要稍微软一些。"我会从我的制作人员和执行制片人那里获取评论。"她说。几个月后，克里尔决定离开福克斯新闻，跳到法庭电视台。"他们给了我一份很不错的合同，希望我能留下。我觉得不自在。我离开时没有闹得不愉快，"她说，"我离开的时候感到很困惑。我甚至无法想象今天这样的状况。"

《汉尼提和科尔梅斯》是另一个管理上的挑战。尽管该节目宣称是跨党派的，但它实际上是肖恩·汉尼提所持右翼政治立场的载体。作为一个来自长岛的爱尔兰天主教徒，汉尼提在长大成人的过程中，

---

① Ed Bark, "Fox Joins the Hunt in TV News," *Dallas Morning News*, Oct. 6, 1996.
② 作者对福克斯一位前制片人的采访。
③ 作者对凯瑟琳·克里尔的采访。

经历了里根保守主义和右翼电台谈话节目这两场将国家送上新轨道的革命。[1] 他的梦想是要成为下一个鲍勃·格兰特,这位尖酸刻薄的纽约市电台评论员为针对黑人、西班牙裔和同性恋的煽动性观点提供了一个舆论出口。汉尼提说,像格兰特这样的电台名人"很早就教会了我,激烈的争论会产生影响"。[2]

二十几岁时,汉尼提漂泊不定。他曾三次尝试上大学,但都辍学了。[3] 1980年代末,他住在南加州,替人刷房子。[4] 闲暇时,他就给加州大学圣巴巴拉分校的KCSB电视台打电话,抨击自由主义者,为他心目中的英雄奥利弗·诺斯上校在"伊朗门事件"中的行为辩护。[5] 他言辞激烈的评论给电台管理层留下了深刻印象。虽然汉尼提不是该校学生,但他很快就得到机会,在那里做一档一个小时的晨间热线节目,他以里根在1986年独立日的讲话标题作为这个节目的名字——《追求幸福》(The Pursuit of Happiness)。[6]

1989年4月,汉尼提邀请恶毒的反同性恋活动家吉恩·安东尼奥上他的节目,宣传其早已声名狼藉的《艾滋病的掩盖?关于艾滋病的真实而令人震惊的事实》一书。[7] 安东尼奥是一个没有受过科学训练的路德教派牧师,兜售着关于艾滋病这种流行病的偏执狂小说。[8] 他写道,病毒可以通过打喷嚏和蚊子叮咬进行传播,疾控中心和美国

---

[1] Sean Hannity, *Let Freedom Ring: Winning the War of Liberty over Liberalism* (New York: HarperCollins, 2002), 47.
[2] 同上。
[3] Sean Hannity, *Hannity*, Fox News Channel, Oct. 4, 2013.
[4] Christopher H. Sterling, ed., *Biographical Encyclopedia of American Radio* (New York: Routledge, 2011), 164.
[5] 同上。
[6] Marta Ulveaus, "Revisiting Sean Hannity: Audio/Podcast from KCSB's '50 Years of People Powered Radio,'" KCSB. org, Dec. 22, 2011, http://www.kcsb.org/blog/2011/12/22/revisiting-sean-hannity-audiopodcast/(mp3 audio of the retrospective radio broadcast).
[7] 同上。
[8] Jean Latz Griffin, "McHenry Coroner's AIDS Warning Ripped," *Chicago Tribune*, March 13, 1987.

医学协会在合谋掩盖"真相"。①

在一个小时的采访的开场白中,汉尼提说:"我烦透了媒体和同性恋群体在今天阻止我们获得关于艾滋病的真实、准确的信息。"接着,他称《艾滋病的掩盖?》是一本"杰作","满是事实",并补充说:"如果你想知道关于这种致命疾病的真相,他会毫不畏惧地说出同性恋不想让你听到的话。"他给了听众安东尼奥的通信地址,他们可以向那里订购此书的"签名版",并写信了解"如果同性恋者想改变的话,可以去哪些地方寻求帮助"。②

汉尼提在节目中对同性恋生活的描述与安东尼奥的极端言辞一样恶毒。他形容旧金山的男同性恋"令人作呕",称同性恋性行为"违反自然","好比在下水道里玩耍",说同性恋养父母"真的令人恶心"。汉尼提说,他绝不允许同性恋在学校教他儿子。"我不在乎你是否称我为恐同者。我照单全收。"他说。奇怪的是,鉴于汉尼提公开不赞成同性恋,他倒是对安东尼奥关于灌肠、黄金浴和兽交这些赤裸裸的描述充满了好奇。

两人正聊着这些话的时候,暴怒的电话潮水般涌进演播室。一位名叫乔迪·梅的女同性恋电台员工,向汉尼提讲了她的男宝宝的事。

"是人工授精的吗?"汉尼提问,"顺便说一句,你不是和一个女人结婚了吗?"

"是的,没错。"

"是啊,试管婴儿。"安东尼奥插话道。

"对啊,那不是很美吗?"汉尼提补充道。

"说那样的话也很让人恶心。"梅说。

"我为你的孩子感到难过,"汉尼提突然咆哮道,"你还想发表什

---

① See Gene Antonio, *The AIDS Cover-Up?: The Real and Alarming Facts About AIDS* (San Francisco: Ignatius, 1986),71,113.
② 肖恩·汉尼提采访吉旦·安东尼奥的完整存档音频可以在这里找到:http://www.kcsb.org/blog/2011/12/22/revisitingsean-hannity-audiopodcast/。

么意见吗?"

同性恋权利团体呼吁抵制这个电台,并向管理层施压,要求将汉尼提的节目撤掉。6月,电台取消了他的节目,理由是他"多次发表基于性取向的歧视性言论",这"违反了加州大学的非歧视性政策"。汉尼提把自己扮成了过度推崇政治正确的人的祭品。[1] 他发起了一场自由言论运动,并争取美国公民自由联盟在圣巴巴拉和洛杉矶的分会的支持,之后,加州大学同意在1990年夏天恢复他的节目。汉尼提坚决要求大学将一小时的节目和任用一个学期的标准翻倍,变成两小时的节目和任用两个学期。当大学表示不同意时,汉尼提一走了之。按他的说法,他是自由派迫害的靶子。

在向全国各地的电台投了求职信后,汉尼提在南方找到了工作,最终在亚特兰大谈话节目电台WGST得到了一份活。[2] 他在该电台网站上的个人简历宣称,他"因侮辱女同性恋而扬名"。[3] 在加入福克斯几年后某次接受纽约的《新闻日报》采访时,汉尼提用带着守旧者的怨恨的有力说辞来掩饰自己在圣巴巴拉的那段时光。"你为一个大学的电台免费工作,而那里的人却啐了你一脸,然后炒了你的鱿鱼,"他说,"于是你收拾收拾行李,横穿整个国家来到一家小电台。如果你努力工作,而且你还有才华的话,你终究会得到机会。在美国,这样的故事比比皆是。这就是为什么我喜欢美国的资本主义制度。"[4]

虽然是作为汉尼提的配角被选中上这个节目,但艾伦·科尔梅斯并不想成为汉尼提的出气筒。为了安抚科尔梅斯,制片人尽量让他自我感觉好过当道具。每天早上,制片人会先给汉尼提打个电话,了解他当晚要报道的内容。然后,制片人会打电话给科尔梅斯,征求他的

---

[1] Steve Rendall, "An Aggressive Conservative vs. a 'Liberal to Be Determined,'" *Extra!*, Nov. 1, 2003.
[2] Sterling, *Biographical Encyclopedia of American Radio*, 164.
[3] Rendall, "An Aggressive Conservative vs. a 'Liberal to Be Determined.'"
[4] Peter Goodman, "Radio Waves: Out of Nowhere to No. 5 on the Charts," *Newsday*, July 12, 1999.

意见。① 科尔梅斯不知道的是,这第二个电话很大程度上就是做做样子。"为了让艾伦觉得他是平起平坐的,我们必须小心翼翼,"一位制片人回忆说,"肖恩基本上就是这档节目的执行制片人。"②

虽然像汉尼提这样的保守派在福克斯发展得很好,但普通员工开始对艾尔斯在节目安排方面的指示感到担忧。该频道有意识的反智主义也让一些人内心纠结。其他人则对频道公然的政治立场感到不舒服。"会有高层领导想要看我写的稿子,"制片人雷切尔·卡兹曼说,"他们需要确保我没有太过自由主义。我还被告知要换新闻。"③ 受聘负责推出福克斯新闻网站的乔丹·库兹韦尔也感受到了要他随大流的压力。"约翰·穆迪会给我的编辑打电话,要求我改掉某个标题,或者因为一篇文章会有损于共和党人而要我调整其立意。这些电话就这么打过来,直截了当。"库兹韦尔说。④

年轻的工作人员在走道里窃窃私语,想知道这个频道为什么要用"公平和平衡"这个口号来掩盖艾尔斯的保守主义目的。一位前制片人记得有过这样一段对话:"直接站出来说我们在做的事,这犯了什么罪吗?每个人都很清楚我们在做什么……。我们为什么要遮遮掩掩不让人知道呢?制片人在背后一直谈论的'公平和平衡'到底是什么?我搞不懂他们为什么就不打开天窗说亮话。这都那么明显了。"⑤

这个答案涉及政治、历史和心理学。保守派想要创建与主流媒体分庭抗礼的媒体,在很大程度上取决于是否能够让观众相信他们获得的是新闻而不是宣传。"公平和平衡"是一种商业上的需要。"如果你

---

① 作者对福克斯一位前制片人的采访。
② 同上。
③ 作者对福克斯前制片人雷切尔·卡兹曼的采访。
④ 作者对福克斯前制片人乔丹·库兹韦尔的采访。
⑤ 作者对福克斯一位前制片人的采访。

开诚布公地说你想做右翼新闻,那你必死无疑。你是不可能侥幸成功的。"艾尔斯告诉《哈特福德新闻报》。① "那样的尝试已经失败过4次了,"他对《纽约时报》说,但没有给出具体例子,"这是个完全不同的任务。"②

造成 TVN 失败的原因有很多。但可以肯定的是,其作为库尔斯的宣传工具的名声肯定对其消亡起到了推波助澜的作用。20 年后,保罗·韦里奇的全国授权电视台(National Empowerment Television)被视为极右而受到排斥,因为该频道完全展示了韦里奇的教条式保守主义——这让大多数观众感到厌恶。③

让福克斯新闻的员工不随便乱说并不是艾尔斯主要关心的问题。这事由布莱恩·刘易斯和公关部来处理。④ 刘易斯的绝不泄密政策把员工们吓得噤若寒蝉,上至高薪的主播,下到低级别的小员工,都闭紧了嘴巴,至少有记者找来时都是如此。刘易斯一边在办公室里播放说唱音乐——《黑帮国度》(*Gangsta Nation*)是他最喜欢的一首歌——一边捣鼓出有关不忠员工的负面故事。当他把事情搞定时,他喜欢说:"我把一个飞毛腿塞进他屁股里了!"更大的挑战牵涉到艾尔斯最终无法控制的一件东西——新闻本身。

到 1999 年冬天的时候,福克斯新闻的黄金时段节目的收视率超过了 MSNBC,位居第二,⑤ 尽管 MSNBC 的用户比福克斯新闻多了 900 万。⑥ 但在 2 月里,莱温斯基的传奇故事落幕了。参议院投票决

---

① James Endrst, "Fox News Pursues Balance, Boldness; Nervy Network Elbows Way into Crowded Cable Lineup," *Hartford Courant*, Aug. 5, 1998.
② Marshall Sella, "The Red-State Network," *New York Times*, June 24, 2001.
③ Alex Chadwick, *Morning Edition*, NPR, Feb. 7, 1995.
④ 作者对熟悉此事的消息人士的采访。
⑤ Paula Bernstein, "Fox, MSNBC, CNN Score for Iowa Coverage," *Daily Variety*, Jan. 27, 2000.
⑥ Felicity Barringer, "Networks to Cover Primaries in Force," *New York Times*, March 7, 2000.

定克林顿无罪。① 艾尔斯需要一个新的新闻故事。

摆在面前的选项对他都不怎么有吸引力。这个时期的新闻更有利于他那些党派立场较少的竞争对手，而且艾尔斯对报道北约在科索沃的空袭行动也不感兴趣，他认为这不但无聊，而且还费钱。② 他的观众也这么认为。在3月底冲突开始那几天里，MSNBC的日间收视率翻了一番，在收视率大战中超过福克斯，夺回了第二名的位置。③ 一天下午，艾尔斯闯进约翰·穆迪的办公室，对福克斯的战争报道大发牢骚。"你必须把这乱七八糟的东西停掉，我们在上面花了多少钱？"他说，"谁他妈的关心那个？这也算新闻吗？我们到底在那里干吗？"曾是《时代》杂志驻外记者的穆迪直直地盯着他："说完了吗？"④

晚间节目也是个问题。自从迈克·施奈德离开后，晚上7点档的新闻节目的主播一直换个不停，1999年1月，艾尔斯从CBS挖来了宝拉·扎恩，让这位备受尊敬的主播来主持这档节目。⑤ 但扎恩的严肃和优雅与收看黄金时段的党派观念强的观众格格不入。奥莱利在8点档的节目中火力全开，为9点播出的《汉尼提和科尔梅斯》攒足人气。所以艾尔斯尝试了一个不同的策略。他把扎恩调到了晚上10点，让35岁的谢泼德·史密斯这位语速飞快的现场记者接替她主持7点档的节目。⑥

其目标就是做成八卦小报的样子。史密斯在科伦拜因校园枪击案的报道中表现得极有冲劲，这让艾尔斯相信他可以胜任主持工作。"把谢泼德放在一个现场直播的画面前，他的表现真的很不可思议。"

---

① Alison Mitchell, "The President's Acquittal: The Overview; Clinton Acquitted Decisively: No Majority for Either Charge," *New York Times*, Feb. 13, 1999.
② 作者对福克斯一位前制片人的采访。
③ Gary Levin, "War Is a Ratings Boost, to Second, for MSNBC," *USA Today*, April 6, 1999.
④ 作者对福克斯一位制片人的采访。
⑤ John Dempsey, "Fox Steals Zahn for News," *Daily Variety*, Jan. 22, 1999.
⑥ Jon Lafayette, "Shepard Smith's No Talking Head; 'Fox Report' Anchor Brings His Own Set of Rules to the Chair," *Electronic Media*, Oct. 25, 1999.

福克斯一位前制片人说。① 来自密西西比的史密斯为人热情，他在福克斯新闻开播之初加入，是年轻工作人员的小团体的一分子。他与同为福克斯记者的里克·莱文塔尔在汉普顿海边合租了一栋房子，并开始与长相迷人的现场制片人朱莉娅·罗尔约会。② 但史密斯有他不堪的一面。众所周知，他经常会对同事毫无征兆地大发脾气。走道里经常会听到"他走出去了"（He Shepped Out）这句话。③

无论史密斯造成了怎样的鸡飞狗跳，他一直有一种捕捉新闻的直觉，这种难以言喻的品质深得艾尔斯的器重。为了制作他这档节目，艾尔斯请来了一位名叫杰里·伯克的前八卦新闻制片人，此人曾在洛杉矶的名人新闻联卖节目《额外》（Extra）做过一段时间。④ 但频道上下并非全都认同伯克的新闻敏感度。在他早期制作的一期节目中，伯克告诉史密斯以篮球明星丹尼斯·罗德曼和卡门·伊莱克特拉之间的戏剧性事件作为现场报道的引子。⑤ 控制室里的电话铃响了。伯克接了电话。是布里特·休姆打过来的，他刚刚在华盛顿做好了《特别报道》节目。

"你为什么给我打电话？"伯克说。

"你正在一手摧毁这个电视网。"休姆怒气冲冲地说。他告诉伯克，福克斯新闻不会报道罗德曼的这条新闻。伯克重重地摔了电话。第二天早上，艾尔斯走进伯克在新闻编辑室的办公室，说他支持休姆的观点。"杰里，你必须忠于品牌，"艾尔斯告诉他，"假如你是为这个品牌好，我愿意牺牲10％的收视率来冒个险。好好想一想吧，我们不是《额外》。"

虽然艾尔斯拒绝在公开场合承认，但福克斯新闻的品牌早已确

---

① 作者对福克斯一位前制片人的采访。
② 作者对朱莉娅·罗尔的父亲吉恩·罗尔的采访。
③ 作者对福克斯一位前制片人的采访。
④ 作者对福克斯多位现任和前任员工的采访。
⑤ 作者对福克斯一位制片人的采访。

定：该频道的新闻编排是为了吸引保守派。这就是为什么对休姆而言，在节目中谈论口交和精液污渍并不是八卦新闻。那是一个对整个国家极其重要的严肃问题。艾尔斯的天赋之一就是对品味的界限掌握得很清楚，而且能够把事情做到最靠近界限的边缘。马特·德拉吉则不然。1999年11月，当约翰·穆迪拒绝让他在节目中展示《国家询问报》上那张一个21周大的胎儿正在接受脊柱裂手术的照片时，德拉吉一下子冲出了他节目的录制现场。① 德拉吉想用这张照片对节目中的一个反堕胎的环节进行说明。穆迪否决了，称这样做会被人断章取义。② 这个混乱的插曲传到了媒体那里。"我想我可以继续谈论莱温斯基的脏衣服了，"德拉吉在向《华盛顿邮报》吐露真相时抱怨道，"我不得不怀疑他们提出的'我报道，你判断'的口号是否只是麦迪逊大道的什么广告语。""马特有权发表他的意见。不用那张照片是编辑部做出的一个决定。"布莱恩·刘易斯这样说道。③

经过几天的恶言相向，双方都让步了。德拉吉同意取消合同，尽管还有一年多才到期。④ "在互联网的世界里，每个人都是自己的作家、编辑和出版商，但电视网无法以互联网的标准来运行。"艾尔斯这样告诉一位记者。⑤ 德拉吉的离职标志着艾尔斯的这班莱温斯基列车已经驶到了终点。

---

① "All TV," *Newark Star-Ledger*, Nov. 17, 1999.
② "This Morning," *The Hotline*, Nov. 17, 1999.
③ Howard Kurtz, "The Going Gets Tough, and Matt Drudge Gets Going," *Washington Post*, Nov. 15, 1999; Gail Shister, "War of Words Continues Between Matt Drudge and Fox News Channel," *Philadelphia Inquirer*, Nov. 18, 1999.
④ Paula Bernstein, "Fox News, Drudge Reach Accord as 'Net Wag Exits," *Daily Variety*, Nov. 19, 1999.
⑤ Shister, "War of Words Continues Between Matt Drudge and Fox News Channel."

十五、开票

2000年11月7日星期二，下午，当美国人如朝圣般每4年一次前往投票站时，乔治·W. 布什的表弟、福克斯新闻的"决策部"[1]负责人约翰·普雷斯科特·埃利斯匆匆地走进了二楼的一间会议室，向罗杰·艾尔斯、主播们以及制片人们介绍竞选的情况。[2]埃利斯是他表哥的总统竞选活动的知情人，也是他正在报道的新闻的一部分，他带领的分析团队负责福克斯新闻如何确定谁是最后的赢家和输家。[3]布里特·休姆一小时后将开始主持该频道在选举之夜的直播节目。[4]

埃利斯为围坐在会议桌旁的保守派人士——艾尔斯、约翰·穆迪、布里特·休姆、弗雷德·巴恩斯、《标准周刊》编辑和福克斯新闻的嘉宾比尔·克里斯托以及福克斯新闻的分析员迈克尔·巴龙——描绘了一幅令人沮丧的画面。[5]出口民调[6]显示，希拉里·克林顿在纽约州参议员选举中险胜。民主党总统候选人阿尔·戈尔势头迅猛，以2比1的优势赢得了所谓的"延迟决定者"[7]。[8]他在密歇根州和宾夕法尼亚州这两个关键的"战场州"的选情也出现好转。对乔治·W. 布什—迪克·切尼来说，更不吉利的消息是戈尔在佛罗里达州领先了。几个星期来，人们一致认为阳光州[9]将成为选举之夜的焦点。[10]埃利斯能给的最好的消息是，戈尔很可能无法提前宣布获胜。根据选票的计算，在太平洋时间晚上8点加州的投票结束之前，戈尔不可能领先。[11]

简短的沟通会结束后，埃利斯溜出大楼外抽了支烟。[12]47岁的埃利斯留着一头波浪形的棕色头发，有着狡黠的幽默感，身上散发着优越感和自信。这并不是他第一次充当某种双面间谍的角色了。1978年，当他的叔叔波比·布什在争取美国共和党总统候选人提名时，埃利斯加入了 NBC 新闻，成为选举部门的一名制片人。⑬ 1993 年，埃利斯在《波士顿环球报》开设了一个政治专栏。⑭ 埃利斯代表着布什家族，这最终让他作为《波士顿环球报》专家的角色变得复杂了起来。他在 1999 年 5 月的一篇专栏中写道："回顾过去的 6 年半时间，威廉·克林顿撒过的所有谎对人们的记忆力是种考验。"⑮ 7 月 3 日，埃利斯自请回避撰写有关公众对总统竞选所持观点的报道。"忠诚比坦诚更重要，"他写道，"我忠于我的表哥、得克萨斯州州长乔治·布什。我对他的忠诚远在我对直系亲属以外的任何人的忠诚之上……。你无法知道我告诉你的有关乔治·W. 布什竞选总统的事是不是真相……。你也无法知道我所说的关于阿尔·戈尔竞选总统的情况是否属实。"⑯ 三个星期后，他彻底弃笔，不再写他的专栏了。⑰

---

① 决策部是由一个或多个美国新闻机构组成的专家团队，负责分析收到的有关选举结果的数据，并预测选举日的赢家。——译者
② John Ellis, "A Hard Day's Night," *Inside*, Dec. 26, 2000.
③ Bill Carter, "Counting the Vote: The Fox Executive; Calling the Presidential Race, and Cousin George W.," *New York Times*, Nov. 14, 2000.
④ Ed Bark, "Fox Prepares for First Foray into Covering Election Night; Network's News Channel Will Conduct Bulk of Reporting," *Dallas Morning News*, June 30, 2000.
⑤ Ellis, "A Hard Day's Night."
⑥ Exit polls, 在投票点向投过票的选民询问他们投给了谁或有何建议，也叫投票后民调或票站调查。——译者
⑦ late deciders, 即先前民调时未拿定主意的人，他们是足以影响选举结果的重要因素。——译者
⑧ Ellis, "A Hard Day's Night."
⑨ 即佛罗里达州。——译者
⑩ Marjorie Menzel, "Candidates Target Florida," *Florida Today*, Aug. 7, 2000.
⑪ Ellis, "A Hard Day's Night."
⑫ 同上。
⑬ John Ellis, LinkedIn profile, www.linkedin.com/pub/john-ellis/5/ba2/5a7, accessed July 29, 2013.
⑭ John Ellis, "Thank You for Reading," *Boston Globe*, July 29, 1999.
⑮ John Ellis, "Dangerous Lies," *Boston Globe*, May 27, 1999.
⑯ John Ellis, "Why I Won't Write Any More About the 2000 Campaign," *Boston Globe*, July 3, 1999.
⑰ Ellis, "Thank You for Reading."

艾尔斯全力支持把埃利斯招进福克斯工作。在1990年代初，埃利斯在艾尔斯传播公司工作。当时艾尔斯离开政治领域，正处于转型时期，是埃利斯帮他获得了跟派拉蒙电视台的那份利润丰厚的咨询合同。1998年，埃利斯负责福克斯的选举部门，这是他第一次担任此类职务。"我们福克斯新闻不会因为别人的家庭关系而歧视他们。"艾尔斯后来说道。①

当埃利斯在福克斯演播室外抽烟的时候，他给身在奥斯汀的布什打了个电话。那天下午早些时候，他对听上去很紧张的布什说："我不会担心早期的数字。1988年的时候，你爸爸的早期数据也很差，但他最终以7个点的优势获得了胜利。"②

如今，戈尔的明显优势正在不断扩大，布什想知道他的表弟对此怎么看。

"我不知道。"埃利斯说。③

布什告诉埃利斯当晚要保持联系。

埃利斯结束了通话，掐灭了他的香烟。他还有一个会要开。艾尔斯还在楼上的办公室里等着他单独向其介绍情况，④ 然后他要去位于二楼的福克斯运动套房，和聚集在接待区的默多克以及新闻集团的高管们一起观看投票统计的情况。⑤ 艾尔斯想了解一下最新的情报。

"你的直觉怎么说？"艾尔斯问道。⑥

埃利斯比划了一个刀子抹过喉咙的动作。

在2000年大选之夜过后的混乱，以及福克斯在重新计票过程中

---

① Roger Ailes, House of Representatives, Hearing Before the Committee on Energy and Commerce, 107th Congress, statement of Roger Ailes (Feb. 14, 2001).
② Ellis, "A Hard Day's Night."
③ 同上。
④ 同上。
⑤ 作者对福克斯的多位前高管和制片人的采访。
⑥ Jane Mayer, "George W.'s Cousin," *New Yorker*, Nov. 20, 2000.

发挥的核心作用当中，都有约翰·埃利斯的身影，他也因此被自由主义者们单独拎出来，作为有人在背后力推布什入主白宫的阴谋的证据。真相其实更为复杂。但艾尔斯全然不顾一位候选人的表弟在选举之夜的表现，还是让他负责开票，这样的决定反映出他对新闻标准的漠视。

选埃利斯来领导福克斯新闻在选举之夜的报道是有争议的，但他和布什家族的关系并不是引起争议的唯一因素。尽管埃利斯对全国政治确实有非常老到的见解，但他的数学水平不行，而这对于理解直播中作为票选结果指导依据的复杂计算机模型是必不可少的。① "从埃利斯自己说的话来看，他不知道该怎么读屏幕上的内容，"长期负责 CBS 电视台选举业务并被认为开创了现代票站调查的沃伦·米托夫斯基这样说道，"我这辈子都无法想象埃利斯在宣布票选结果的时候在做什么。"②

埃利斯的决策小组由三个人组成。他们包括：常年担任民主党民调专家、曾为乔治·麦戈文和吉米·卡特工作的约翰·戈尔曼；波士顿咨询集团的合伙人、NBC 新闻前分析师阿农·米什金；以及曾在戈尔曼的民调公司 Opinion Dynamics 工作过的、伯克利毕业的统计学家辛西娅·托科夫。③ 福克斯新闻从选民新闻社（Voter News Service）收到了选举之夜的信息，选民新闻社是 1993 年由美联社和五大电视网——ABC、NBC、CBS、CNN 以及福克斯——建立的一个联合体，旨在通过分担进行出口民调和统计参议院、国会和总统选举的票数的负担来削减成本。④ 这样一个综合系统将成为导致 2000 年

---

① 作者对艾尔斯传播公司前员工的采访。
② David W. Moore, *How to Steal an Election* (New York: Nation Books, 2006), 58.
③ Patricia Sullivan, "Fox News Pollster John Gorman; Did Research for Carter, McGovern," *Washington Post*, Feb. 18, 2008; Arnon Mishkin, LinkedIn. com profile, http://www.linkedin.com/pub/arnon-mishkin/1/359/515；作者对统计学家辛西娅·托科夫的采访。
④ Alicia C. Shepard, "How They Blew It," *American Journalism Review*, Jan. / Feb. 2001. See also Moore, *How to Steal an Election*, 31; Murray Dubin,（转下页）

灾难性的选举结果的因素之一。尽管这些电视网都使用同样的原始数据,但每家都有自己的决策团队(CBS 和 CNN 除外,这两家共享一个联合团队)。① 选举之夜,当数百万观众成为各电视网争夺的对象时,抢先报道——或至少不是最后一个——的压力在竞争激烈的新闻编辑室里激发了不正当的动机,促使各电视网过早地宣布结果。

辛西娅·托科夫曾受过沃伦·米托夫斯基的指导,后者后来被艾尔斯称为"统计高手",她在总统初选时加入到决策团队,立刻就意识到福克斯新闻有些不对劲的地方。② 在托科夫看来,福克斯似乎是一个"凭感觉做事"的地方。她观察到埃利斯和她的同事们吃力地学习着选民新闻社的那些计算机模型。"屏幕上一半的数字他们都理解不了……。我没想到他们会做不了这个,"她事后回忆说,"他们对我说的充耳不闻。我想或许是因为我是个女的,我不清楚。"③ 最后,她万不得已请来了选民新闻社的编辑主任默里·埃德尔曼给他们辅导这套计算机系统。④ 埃德尔曼同样惴惴不安。"我的天啊,你说得没错!"他在辅导结束后这样告诉她。⑤ 埃德尔曼后来回忆说,埃利斯是"如此傲慢,就好像他什么都懂一样。当我和他交谈时,我不禁感叹,'哇哦!'——他知道得这么少,却又这么自信"。⑥

接着是政治方面的问题。虽然托科夫曾为选民新闻社工作,并为戈尔曼做过民调,但她对实际的竞选活动从未有过太多关注。她是温和派民主党人,曾投票给比尔·克林顿,但对她而言,候选人只是屏

(接上页)"The Group Behind the Numbers: Voter News Service Does Exit Polls and Provides the Data to News Operations," *Philadelphia Inquirer*, Nov. 9, 2000.
① Moore, *How to Steal an Election*, 32.
② Ellis, "A Hard Day's Night";作者对辛西娅·托科夫的采访。另见 Adam Clymer, "Warren J. Mitofsky, 71, Innovator Who Devised Exit Poll, Dies," *New York Times*, Sept. 4, 2006。
③ 作者对辛西娅·托科夫的采访。
④ Moore, *How to Steal an Election*, 52.
⑤ 同上, 53。
⑥ 同上。

幕上"标有民主党或共和党"的名字而已。"我喜欢捣鼓数字，"她说，"我跟任何形式的媒体或政治世界都不沾边。人们对我说，'选举怎样了'，我只会告诉他们，'问我妈妈吧，她在家看 CNN。我连候选人是谁都不知道'。"① 因此，当她来到福克斯新闻，发现埃利斯、戈尔曼和米什金跟两党的政治活动家在电话里闲聊时，真是令她震惊。"我从一开始工作到现在接受的观念都是我们在选举之夜不跟任何竞选团队交谈。"托科夫说。② 但这最初让她惊讶不已的事，与她在新罕布什尔州初选期间的离奇经历相比，根本不算什么。那一次，埃利斯从他办公桌走开后，托科夫听到他的电话响了，于是她弯下身子接了电话。③

"我们现在涨上来了！"有个声音说。

"你是哪位？"她问。

"乔治·布什，"那个声音答道，"我的表弟在吗？"

托科夫感到不可思议。选民新闻社的电话号码理应是严格保密的。如果埃利斯向竞选团队透露出口民调的数据，他就违反了选民新闻社合同上的铁律。④

埃利斯抽完烟后跟艾尔斯碰了头，随后回到了自己的办公桌，此时托科夫正伏案研究屏幕上最新的出口民调数字。⑤ 这些新的数据流进一步证实了埃利斯刚刚给到艾尔斯的预测。⑥ 北卡罗来纳州和西弗吉尼亚州被定为"胜负未分"，布什"在俄亥俄州表现平平"，自 1964 年以来，拿下该州的人选最终都当上了总统。⑦ 最糟糕的消息来自最要紧的州。佛罗里达州晚上 7 点结束投票后不久，走势曲线就朝

---

① 作者对辛西娅·托科夫的采访。
② 同上。
③ Moore, *How to Steal an Election*, 53；作者对辛西娅·托科夫的采访。
④ 作者对辛西娅·托科夫的采访。
⑤ 同上。
⑥ Ellis, "A Hard Day's Night."
⑦ Jane Prendergast, "Ohio's Ultra-Bellwethers: What Do They Foretell," *Cincinnati Enquirer*, July 22, 2012.

着戈尔的方向去了。7点50分，选民新闻社的电脑显示戈尔有99.5%的机会拿下佛罗里达州。① 屏幕上"状态"一栏显示的是："开票"。

埃利斯在NBC新闻的前同事并没有等选民新闻社正式确定。7点49分，② 汤姆·布罗考在直播时宣布："我们现在预测副总统阿尔·戈尔获得了一次重要的胜利。"③ 31秒后，丹·拉瑟宣布戈尔在佛罗里达州获胜。④ CNN重复了拉瑟的话。⑤ 约翰·穆迪需要埃利斯那里给个答复。穆迪负责对所有的开票做最后的确定。⑥ 随后，他要把信息给到在控制室里的《星期日福克斯新闻》的制片人马蒂·瑞安，并由瑞安通过耳麦将结果告知布里特·休姆。埃利斯就佛罗里达州的开票情况征求他团队的意见。⑦ "有反对意见吗？"大家都同意是戈尔胜了。7点52分，休姆这么宣布了。⑧

布什团队的人对宣布的佛罗里达州开票结果愤愤不平。在共和党占主导的潘汉德尔地区，投票还没有结束。⑨ 市民还在投票，他们怎么就能说戈尔胜出了呢？布什的高级战略专家卡尔·罗夫让助手们打电话给新闻高管们抱怨此事。⑩ 在福克斯宣布开票结果后不久，埃利斯的电话铃响了。"杰布，我很抱歉，"埃利斯对打来电话的小布什的

---

① Shepard, "How They Blew It."
② Bill Sammon, *At Any Cost: How Al Gore Tried to Steal the Election* (Washington, D. C.: Regnery, 2001), 36.
③ Tom Brokaw, *NBC Nightly News*, NBC, Nov. 7, 2000.
④ Linda Mason, Kathleen Frankovic, and Kathleen Hall Jamieson, "CBS News Coverage of Election Night 2000: Investigation, Analysis, Recommendations," report prepared for CBS News, Jan. 2001, 12.
⑤ Shepard, "How They Blew It."
⑥ Ellis, "A Hard Day's Night"; 作者对福克斯一位资深高管的采访。
⑦ Ellis, "A Hard Day's Night."
⑧ Mason et al., "CBS News Coverage of Election Night 2000," 12.
⑨ Florida Division of Elections, "Reports by the Division of Elections," http://election.dos.state.fl.us/reports/.
⑩ Evan Thomas, "What a Long, Strange Trip," *Newsweek*, Nov. 20, 2000; Jake Tapper, *Down & Dirty: The Plot to Steal the Presidency* (Boston: Little, Brown, 2001), 28.

弟弟、佛罗里达州州长说,"我看到的满屏都是戈尔。"保守派选区潘汉德尔县的结果还没有统计出来,杰布向埃利斯打听那里的选票情况。"我很抱歉。那改变不了什么。"他说。[1]

楼上,福克斯运动套房里的气氛相当阴郁。在佛罗里达州的投票结果宣布10分钟后,几大电视网把密歇根州放在了戈尔那边,这对布什又是一次打击。[2] 艾尔斯坐在一张毛绒绒的扶手椅上,耳朵贴着电话,听约翰·穆迪汇报最新情况。"你可以看到罗杰在仔细地听着每个字,"当时在场的一个人回忆道,"那样子很老派。他甚至不相信屏幕上正在播放的内容。"[3] 他的高管——比尔·希恩、创意总监理查德·奥布莱恩以及新闻采集和运营总监沙利·伯格——都站在一旁,一脸阴沉地看着屏幕。晚上9点,休姆将宾夕法尼亚州也记到了戈尔名下。[4]

埃利斯现在几乎可以肯定他的表哥会输。[5] 但小布什并不准备缴械投降。"我认为在所有选票都统计出来之前,美国人应该先等一下,"他在奥斯汀对记者这样说道,"我不相信那些预测。在像佛罗里达这样的州,我会等他们公布所有的投票结果。"[6]

坐在福克斯新闻的决策部前,埃利斯扫了一眼屏幕,看到佛罗里达州的数字有点失常。"你们可不可以看一下佛罗里达?我认为我们有可能要撤回刚宣布的开票结果。"他说。[7] 选民新闻社的显示屏上闪过一条信息。[8] "我们正在取消投票……。选票有点奇怪。"信息这样写道。[9] 出现异常情况的是朴瓦尔县,那里位于大西洋沿岸、佐治

---

[1] Ellis, "A Hard Day's Night."
[2] Mason et al., "CBS News Coverage of Election Night 2000," 12.
[3] 作者对当时在场的某人的采访。
[4] 同上。
[5] Ellis, "A Hard Day's Night."
[6] Tapper, *Down & Dirty*, 28.
[7] Ellis, "A Hard Day's Night."
[8] 作者对辛西娅·托科夫的采访。
[9] Moore, *How to Steal an Election*, 36.

福克斯新闻大亨

亚州边界以南约 20 英里处，是共和党的一个大本营。事情水落石出，原来是选民新闻社的一名员工在系统中输入数据时误操作，戈尔的票数实际上应该是低得多的 4301 票，而非 43023 票。① 埃利斯和他的团队与穆迪一起商讨下一步该怎么办。选民新闻社的屏幕上显示出字母 REV，即"推翻"的缩写。② 他们同意此时该撤回之前宣布的结果了。穆迪把消息传达给瑞安。休姆宣布两位竞选人重新开始争夺佛罗里达州，所有的电视网都是如此。10 点 23 分，休姆宣布布什拿下了戈尔的家乡田纳西州。③

在楼上的运动套房里，艾尔斯周围的氛围瞬间改善了很多。"之前这里的气氛一直都很阴郁。然后，一切都变得喜庆起来，"当时在房间里的一位高管回忆说，"你感觉在这里你可以改变历史。"④

埃利斯后来回忆说，他在凌晨 1 点 55 分开始肯定他的表哥会拿下佛罗里达州及总统职位。⑤ 埃利斯在《内幕》(*Inside*) 杂志上以第一人称叙述了他在选举之夜的经历，说自己仔细研究了选民新闻社的数据，该数据显示，戈尔未能在剩余选票中赢得足够的票数来超越布什领先几千票的优势。⑥ 埃利斯打电话给布什，把这个天大的好消息告诉了他。

"你怎么看？"布什问道。⑦

"我认为你赢了。"

挂断电话后，埃利斯转身问他的团队："有什么理由不宣布布什拿下了佛罗里达州吗？这事关全局，所以你如果不确定，就实话实说。"⑧ 分

---

① Tapper, *Down & Dirty*, 30.
② Ellis, "A Hard Day's Night."
③ Mason et al., "CBS News Coverage of Election Night 2000," 12.
④ 作者对福克斯一位前高管的采访。
⑤ Ellis, "A Hard Day's Night."
⑥ 同上。
⑦ 同上。
⑧ 同上。

析员们仍想再等等。① 埃利斯告诉穆迪，他对布什和切尼的获胜充满信心。"约翰，根据这些数字……他是不可能输掉佛罗里达的。"②

时间一分一秒地过去了。午夜时分离开福克斯后在附近一家酒店住下的艾尔斯，接到了穆迪这边的最新消息。③

凌晨 2 点 07 分，选民新闻社的屏幕显示在统计了佛罗里达州 96％的票数后，布什以 29000 票的优势在该州领先。④ 埃利斯迫不及待地要宣布结果。坐在埃利斯身边的辛西娅·托科夫并没有看到埃利斯像他在《内幕》杂志上那篇文章里所写的那样在研究屏幕上的统计数据。⑤ 他也没有和她讨论戈尔的"所需票数/获得票数"的比例，这些预测应是埃利斯在宣布结果时的依据。⑥ 凌晨 2 点 10 分左右，托科夫注意到埃利斯正跟他在奥斯汀的表亲们商议。⑦ 在他挂断电话时，他的眼睛亮了起来。"杰比说我们拿下了！杰比说我们拿下了。"他说。⑧

埃利斯准备宣布结果了。其他电视网还没有动静。⑨ 他又在房间里转了一圈。这一次，没有人表示反对。⑩ 福克斯将宣布谁是新当选的总统。托科夫事后因为自己当时没有反对埃利斯的决定而懊恼。⑪

---

① Ellis, "A Hard Day's Night."
② Collins, *Crazy Like a Fox*, 147.
③ 作者对福克斯一位前资深高管的采访。
④ Moore, *How to Steal an Election*, 41.
⑤ Moore, *How to Steal an Election*, 58；作者对辛西娅·托科夫的采访。
⑥ 在一封电子邮件中，埃利斯对托科夫的说法提出异议，声称他确实检查了"所需票数/获得票数"的比例。"如果不是不停地、疯狂地查看选民新闻社的显示屏，你就没法在选举之夜做决策部的工作。整个晚上，你几乎只干了这件事……。所需票数/获得票数是最后宣布选举结果的必要条件。你不是宣布谁赢了；你要确定哪位候选人赢不了。当票数相当接近时，是基于所需票数/获得票数的结果做出判断。（任何一次）选举之夜决策部的每个人都根据'所需票数/获得票数'做自己的工作。"
⑦ 作者对辛西娅·托科夫的采访。
⑧ Moore, *How to Steal an Election*, 59.
⑨ Mason et al., "CBS News Coverage of Election Night 2000," 12.
⑩ Moore, *How to Steal an Election*, 59.
⑪ 作者对辛西娅·托科夫的采访。

"当时，假如你要选一位获胜者的话，你会选择布什。但你不能这样做。票数太接近了，"她后来说道，"我没有阻拦他。我当时应该说：'嘿，从统计学的角度来说，这不是个正确的决定。'"[1] 她感到自己无力干预这件事。甚至在那天晚上，她还因她的谨慎受到了责备。"如果你听我的，你就绝不会宣布这个结果。"她对穆迪说。"那就让我来给你讲讲电视直播的概念吧。"穆迪回答道。[2]

在跟埃利斯商议后，穆迪给已经睡下的艾尔斯打了电话。

"我们准备宣布布什当选。"穆迪说。"罗杰就答了句，呃，好吧。"一位熟悉这次谈话的人后来回忆道。[3]

穆迪把话转告给了马蒂·瑞安。美国东部时间 2000 年 11 月 8 日凌晨 2 点 16 分，布里特·休姆看着摄像机说道："福克斯新闻现在预测乔治·W. 布什赢得了佛罗里达州，因此，这样看来，他就是美国总统选举的赢家。"[4] 电视屏幕上满是忽闪忽闪的文字设计图："布什赢得了总统职位"。

福克斯这一宣布让政治世界陷入了停摆。位于奥斯汀市中心的布什竞选团队的总部也是一片混乱。[5] "只有福克斯宣布了。"卡尔·罗夫提醒道。[6]

"会有人跟风吗?"另一位工作人员大胆地问了一句。[7]

其他电视网都还在等待。NBC 新闻的选举部门主任谢尔顿·加维瑟正在电话里跟选民新闻社的默里·埃德尔曼讨论这些数字。[8] 加

---

[1] 作者对辛西娅·托科夫的采访。
[2] 作者对一位熟悉此事的人的采访。
[3] 同上。
[4] Brit Hume, *Special Report with Brit Hume*, Fox News Channel, Nov. 7, 2000；福克斯报道的片段可在 YouTube 上找到：http://www.youtube.com/watch?v=vJIGQyF2Yjo，2013 年 8 月 13 日访问。
[5] Thomas, "What a Long, Strange Trip."
[6] Tapper, *Down & Dirty*, 32.
[7] Thomas, "What a Long, Strange Trip."
[8] Tapper, *Down & Dirty*, 72.

维瑟面临着结束这种不确定性的压力。午夜时分,杰克·韦尔奇走进新闻室,扯着嗓子叫道:"好吧,我得付多少钱给你们这些混蛋来宣布布什赢了啊!"① 埃德尔曼告诉加维瑟,佛罗里达州尚未成定局。但加维瑟打断了他:"我们必须抓紧时间,福克斯刚刚宣布了。"② 没一会儿,汤姆·布罗考也宣布了。③

布罗考说完22秒后,丹·拉瑟也在CBS宣布了。④ "就这样尘埃落定了。呷上一口。品味一番。用手捧起来。印成相片。用红笔划出来。放进书里压平。装进相册。挂在墙上。乔治·布什是下一任美国总统。"⑤ 2点18分,CNN宣布了,2点20分,ABC紧随其后。⑥ 只有美联社按兵不动。⑦

布什和他的表弟一起庆祝着胜利的消息。⑧ "戈尔打来电话,承认他败了。他很好,也相当体面。他这一晚过得也真是太不容易了。"

"恭喜你了,"埃利斯对着电话说,"你准备什么时候发表讲话?"

在这幅欢欣雀跃的画面之下,是混乱不堪的选举现实。不稳定的选民新闻社系统就像一根接口松了的花园水管,四处播洒着坏信息。到了凌晨2点48分,在沿海的沃鲁西亚县,也就是代托纳海滩所在地,投票给戈尔的选民人数增加了近25000人。⑨ 20分钟后,佛罗里达州州务卿的网站上显示,根据99.8%的计票结果,布什以569票的微弱优势领先。⑩

---

① 作者对当晚在场的一位人士的采访。
② 同上。
③ Mason et al., "CBS News Coverage of Election Night 2000," 12.
④ 同上。
⑤ Dan Rather, *CBS News Election Night*, CBS, Nov. 8, 2000.
⑥ Mason et al., "CBS News Coverage of Election Night 2000," 12.
⑦ Moore, *How to Steal an Election*, 83.
⑧ Ellis, "A Hard Day's Night."
⑨ Moore, *How to Steal an Election*, 43.
⑩ 同上。

当美联社的政治记者罗恩·福尼尔联系上正在纳什维尔的戈尔的发言人克里斯·莱恩,告诉他这场选举实际上还胜负未定,双方均有获胜的机会时,戈尔已经跟着他的车队出发,准备去发表败选讲话了。① 竞选助手急忙赶在戈尔上台前阻止了他。②

差不多一个小时后,福克斯新闻的埃利斯才得出了美联社得出的结论。凌晨 3 点 27 分,一条紧急信息突然出现在选民新闻社的屏幕上。③ "佛罗里达州——州务卿网站上显示布什的优势缩小。我们正在逐个比较每个县的数据,尽量确定哪里的数据有出入。"④ 选民新闻社的提醒,表明该新闻社不能保证其结果的准确性。埃利斯给穆迪打了电话,告诉他数字正在变。⑤

"你说了他们不可能赢的。"穆迪道。

"我错了。"埃利斯说。

埃利斯赶紧给布什打了个电话,转达了这个令人失望的消息。"你该不会是在跟我开玩笑吧。"布什说。⑥

几分钟后,布什回了电话。"戈尔不宣布败选了。"⑦

凌晨 3 点 57 分,各大电视网开始第二次逆转他们宣布的佛罗里达州选票结果。⑧ CBS/CNN 率先行动,ABC 是在 4 点,NBC/MSNBC 则在 4 点 02 分跟进。第一个宣布布什当选总统的福克斯新闻,成了最后一个推翻之前说法的。⑨ 布里特·休姆在凌晨 4 点 05 分宣布了。⑩ 尽管托科夫对埃利斯当晚的所作所为,以及由此在推动

---

① Thomas, "What a Long, Strange Trip."
② 同上。
③ Ellis, "A Hard Day's Night."
④ Moore, *How to Steal an Election*, 44.
⑤ Collins, *Crazy Like a Fox*, 148.
⑥ Tapper, *Down & Dirty*, 37.
⑦ Ellis, "A Hard Day's Night."
⑧ Mason et al., "CBS News Coverage of Election Night 2000," 12.
⑨ 同上。
⑩ 同上。

整个事态向有利于布什的方向倾斜所起的作用深表忧虑，但她还是决定保持沉默。"我害怕说出自己的想法，"她事后说，"事实上我有点胆怯。这是一家很大的电视网……。我天真地以为最后他们会统计选票，然后就得出谁是赢家。"①

在接下来的 33 天里，从有争议的电视网宣布的选票结果到最高法院决定停止全州的重新计票，福克斯新闻基本上坚持了自己在选举之夜写好的故事线，那就是：乔治·布什是总统；阿尔·戈尔和民主党人则是一帮气急败坏的输家，企图从他手中抢走选举结果。② 数百万美国人在选举之夜看到了电视上的各家新闻主播宣布布什是胜者。媒体打造的现实创造出了真正的现实。留给民主党人只有一个混乱至极的争论。另外，蝶式选票③到底他妈的是个什么东西？

对福克斯来说，这样的过渡也不容易。"大选后的第二天，我们醒来时有一种感觉，'哦，该死，我们现在该怎么办？'"一位资深制片人回忆说，"在布什之前，人们已经对克林顿抱有一种攻击性的心态。这次攻击持续了这么久，久到有点像让一个马拉松运动员改变步幅。"④ 无论是新闻节目还是黄金时段的评论，福克斯的报道一律支

---

① 作者对辛西娅·托科夫的采访。
② See, e.g., Sean Hannity, *Hannity & Colmes,* Fox News Channel, Dec. 4, 2000（"现在外面有人想方设法要让布什的总统职位失去合法性，现在这事肯定是不可避免的。"）; Brit Hume, Mort Kondracke, Fred Barnes, Mara Liasson, *Special Report with Brit Hume,* Fox News Channel, Dec. 4, 2000; Sean Hannity, *Hannity & Colmes,* Fox News Channel, Nov. 26, 2000（"一切尘埃落定，此时此刻，小布什就是当选总统。"安东尼·韦纳："你有没有说过阿尔·戈尔想要偷走选举结果？"肖恩·汉尼提："他就是这么干的。"）。
③ butterfly ballot，这种选票的设计为：在选票的中线处由上到下列有一行孔印，候选人的名字交叉分列在孔印的两边，选民在投票时，要在与自己选择的候选人相对应的孔印处打孔，但只能选举一人。本届选举中，有多位选民提交诉状，起诉选票设计不当，导致相当一批选民（尤其是老年人和黑人选民）把本该投给戈尔的票错投给了布坎南，他们要求法庭宣布"蝶式选票"非法，并重新举行选举。——译者
④ 作者对福克斯一位资深制片人的采访。

持布什的竞选路线。在宣布佛罗里达州的选举结果过于接近后仅几个小时,休姆就对戈尔的动机提出了质疑。"假如选举结果对民主党不利的话,想让他们接受并不容易。"他对收看《特别报道》的观众这样说道。① 在当晚的《奥莱利实情》(O'Reilly Factor)中,所有关于荒唐的投票方式的想法都被抛到了九霄云外。"在棕榈滩县因为一张难以判定的选票出了点小乱子。现在我已经看到了这张选票。并非很难看懂,"奥莱利言之凿凿地对他的听众说,"到处都有小箭头。算了吧。那里不会有什么事。全国各地都有人报告投票违规。这种事经常发生。"②

民主党人口是心非的主题倒是经常出现。"我认为现在的情况是,民主党的律师已经涌入佛罗里达州了……他们害怕小布什成为总统并实行侵权方面的司法改革,那样的话他们就没法继续大发横财了。"主播约翰·吉布森在一个节目中这样说道,并一再强调坊间盛传的民主党人得到了财大气粗、想随心所欲起诉大公司的出庭律师资助的说法。③ 11月26日,福克斯是唯一一个把佛罗里达州州务卿凯瑟琳·哈里斯的证明当作事实依据的电视新闻机构。④ 屏幕上的标题是"佛罗里达州的决定",所有字母都大写。共和党人对此深表感激。"亏得有福克斯在,要不然我都不知道自己听到这个消息后该做些什么。"参议院多数党领袖特伦特·洛特告诉《华盛顿邮报》。⑤ 收视率也飙升了。2000年11月,福克斯的日均收视户数攀升至100万,超过了MSNBC。⑥ 垄断了有线新闻领域20年之久的CNN,如今也在被追上的目标范围内了。福克斯内部一些对支持布什的说法不那么坚定的

---

① Brit Hume, *Special Report with Brit Hume*, Fox News Channel, Nov. 8, 2000.
② Bill O'Reilly, *The O'Reilly Factor*, Fox News Channel, Nov. 8, 2000.
③ John Gibson, *The O'Reilly Factor*, Fox News Channel, Dec. 9, 2000.
④ Collins, *Crazy Like a Fox*, 156–57; Paula Zahn, *Special Report with Brit Hume*, Fox News Channel, Nov. 26, 2000.
⑤ Howard Kurtz, "Doing Something Right, Fox News Sees Ratings Soar, Critics Sore," *Washington Post*, Feb. 5, 2001.
⑥ Collins, *Crazy Like a Fox*, 158.

人，很快也得到了惨痛的教训。

大卫·舒斯特就是一个牺牲者。[①] 11月8日，天刚蒙蒙亮，就在休姆重新推翻福克斯此前宣布的选票结果后不久，舒斯特坐上了去塔拉哈西的飞机。舒斯特一心想在报道重新计票这么富有戏剧性的事件上大展拳脚，就像当初他深挖"白水事件"时一样。但从他降落在阳光之州的那一刻起，穆迪和休姆就给他下了死命令。"从一开始我就看明白了他们想要做的是什么。"他说。穆迪批评了舒斯特对布什竞选团队的首席谈判代表吉姆·贝克召开的新闻发布会的报道。"我们觉得你对贝克不礼貌。"穆迪会这样对他说。"舒斯特，你对贝克说话时要稍微客气一点。"还有一次他这样脱口而出。舒斯特告诉穆迪，他向贝克提的问题跟他问戈尔的谈判代表沃伦·克里斯托弗的完全一样。

穆迪对布什阵营的袒护证实了舒斯特最初的猜测。当他在初选期间报道亚利桑那州参议员约翰·麦凯恩竞选共和党总统候选人提名时，他被派去报道麦凯恩如何"不稳定"并且是怎样"一个披着保守派外衣的温和派"。舒斯特看到对布什的报道则没有那么严苛。让他关切的一个问题是，福克斯负责报道布什的记者卡尔·卡梅伦的妻子，当时在布什的竞选团队工作。舒斯特在与穆迪的一次会面中抱怨了此事。"难道这不是一个职业操守的问题吗？"舒斯特问。

"别多管闲事了。"穆迪说。

舒斯特去找了负责福克斯政治新闻的大卫·罗兹，试图游说这位平步青云的年轻的新闻高管。"他就说：'听着，我知道你的想法。我知道这不公平。还是做好你自己的事情吧。'"舒斯特回忆道。

在大选前的两个周末，舒斯特加入了卡梅伦对布什的报道。布什之前在鲍勃·琼斯大学做过演讲，这所位于南卡罗来纳州的基督教学校到1971年才开始招收黑人学生，而且直到2000年3月才开始废除

[①] 以下几页的大部分信息来自作者对主播兼记者大卫·舒斯特的采访。

福克斯新闻大亨　373

禁止跨种族约会的规定，在舒斯特对着镜头谈论了这件事后，穆迪打电话埋怨了他。"你已经报道过两次了，今天就别再提起这事了。"穆迪说。

就在选举日前几天，舒斯特看到了福克斯是如何将布什的一个爆炸性危机化险为夷的。11月2日星期四，缅因州波特兰市的福克斯附属电视台 WPXT-TV 的一名年轻记者收到一条线索，称布什 1976 年曾因酒后驾车在肯纳邦克波特的布什家族大院附近被捕，但没有被上报。① 卡尔·卡梅伦在当晚的《特别报道》中率先对此事进行了报道。② 后来，艾尔斯拿这件事作为福克斯秉持客观性的证据来吹嘘。"我知道这会伤害到他，"艾尔斯对《纽约客》说，"他们说我们应该压住别报。我们还是报道了。我们身在新闻行业，我们做的是新闻。"③ 但事实是，无论福克斯是否报道，这条消息都会很快被捅出来。福克斯抢先了一步，并借此机会成功地将布什在兄弟会的一段令人尴尬的过往，转变成肮脏政治的一个案例（把消息透露给记者的是一名民主党人④）。托尼·斯诺在直播时对观众说："问题是这个故事是如何曝光的，以及它的泄露是否出于什么政治目的。"⑤ 第二天，布什出现在福克斯新闻上，并就这个问题接受了唯一一次采访。"我不知道我对手的竞选团队是否与此事有关，但我知道那个在最后一刻承认做这件事的是缅因州的某个民主党人，缅因州的一个党派人士。"他说。⑥

这些报道反映了舒斯特在加入福克斯的三年间观察到的一个更广

---

① Alicia C. Shepard, "A Late-Breaking Campaign Skeleton," *American Journalism Review*, Dec. 2000.
② Brit Hume, *Special Report with Brit Hume*, Fox News Channel, Nov. 2, 2000.
③ Ken Auletta, "Vox Fox: How Roger Ailes and Fox News Are Changing Cable News," *New Yorker*, May 26, 2003.
④ Shepard, "A Late-Breaking Campaign Skeleton."
⑤ Tony Snow, *Special Report with Brit Hume*, Fox News Network, Nov. 3, 2000.
⑥ Alan Colmes, *Hannity & Colmes*, Carl Cameron interview with George W. Bush, Fox News Channel, Nov. 4, 2000.

泛的趋势。① 当他盯着克林顿报道时，艾尔斯亲自向他表示祝贺。而当他挖布什的新闻时，他的老板们质疑的不仅仅是他的客观性，还有他的忠诚。他试着跟自己的同事、驻白宫记者吉姆·安格吐苦水，但没有用。"吉姆对我说：'听着，我在开始报道一个争议性问题时总是先站在共和党这边。如果你这么做就不会有什么事了。'"

随着佛罗里达州的重新计票工作陷入僵局，舒斯特的幻灭感更加强烈了。② 在一次电话会议上，他大胆向卡梅伦和休姆提出对棕榈滩县的蝶式选票争议进行报道。"卡尔辩称蝶式选票不可能是新闻，"舒斯特回忆道，"布里特对戈尔的人正在想方设法窃取选举结果这件事变得深信不疑，我想他的思维被调教得跟罗杰一样了。"

舒斯特与来自福克斯新闻亚特兰大分社的30岁记者布莱特·拜尔也闹了矛盾。③ 拜尔和一个摄制组前往潘汉德尔采访那里的共和党选民，因为当各大电视网宣布戈尔拿下了该州时，这些选民所在的位于美国中部时区的投票站还没关门，这让他们感觉自己的权利被剥夺了。④ 布里特·休姆在福克斯的节目上引用了自由主义经济学家约翰·洛特的说法，称因为这个原因，估计布什错失了多达"1万张佛罗里达州的选票"。⑤ 但拜尔说他并没有找到任何感觉自己的权利被剥夺的共和党选民。穆迪明确地告诉拜尔，福克斯是不会播这种戳穿他们说法的新闻的。舒斯特回忆道："我当时跟布莱特争论说：'这就是个谣言，尽是胡说八道的东西。你至少应该发一份内部备忘录，好让这些评论员别再这么说了。'他说：'我不想那么做。'"拜尔在布

---

① 作者对大卫·舒斯特的采访。
② 同上。
③ 同上。
④ "Bret Baier," Foxnews. com, http://www. foxnews. com/on-air/personalities/bret-baier/bio/; David Folkenflik, "Bret Baier: The Next Generation of Fox News Anchor," NPR. org, April 6, 2011, http://www. npr. org/2011/04/07/135176903/bret-baier-the-next-generation-of-fox-news-anchor.
⑤ Brit Hume, *Special Report with Brit Hume*, Fox News Channel, Nov. 15, 2000.

什的第一个任期内受到提拔,在华盛顿报道五角大楼的新闻。

舒斯特的时间不多了。他事后意识到,在最高法院做出5比4的裁决让布什获得总统职位后不久,他就坑了自己。在华盛顿的一场新闻发布会上,当大家等待布什出现时,舒斯特跟CBS新闻的记者比尔·普朗特聊了一会儿,后者告诉他布什不接受现场提问。"这是疯了吧。"舒斯特对他说。"果然,布什出来了。他讲了大概有一分半钟的时间,"舒斯特回忆道,"我说,总统先生,你为什么这么急着离开呢?他瞪了我一眼。"布什一走下台就转头问他的新闻秘书阿里·弗莱塞:"那个混蛋是谁?"①

随后,舒斯特被叫去跟布里特·休姆开会。"罗杰认为你对他不忠。"休姆说。"那次会面之后,一切对我而言都不一样了。"舒斯特回忆说。他在2002年2月离开了福克斯电视台。②

布什在最高法院的胜利并没有终结艾尔斯在选举之夜的问题。11月9日,约翰·埃利斯邀请《纽约客》撰稿人简·梅尔到他位于韦斯特切斯特县的家中接受了一次话题广泛的采访,其间,他还拿自己在选举之夜频繁跟表亲们交谈的事吹嘘了一番。③ "杰比会不停地给我打电话,每天像要打8000次。"埃利斯说。④ 在回忆起福克斯宣布小布什竞选获胜后的情景时,他说:"当时就我们三个人来回打电话——我是手上握着数据的那个,他们当中一位是州长,另一位则是当选总统。那真的是太酷了。"⑤

埃利斯似乎已经承认,自己向一个竞选团队透露了选民新闻社机密的出口民调数据。戈尔的竞选经理事后跟一位记者说,如果埃利斯

---

① 作者对大卫·舒斯特的采访。
② "First Bites," *Bulldog Reporter Business Media*, July 26, 2002.
③ Mayer, "George W.'s Cousin."
④ 同上。
⑤ 同上。

做的那些事发生在戈尔表弟身上的话,"他们会起诉他!"① 国会安排在 2 月份针对各家电视网在宣布竞选结果的混乱局面举行听证会,议员们想要传唤决策部的员工。② 艾尔斯以及各家电视网以第一修正案为由提出了抗议。电视网提出以开展自我调查来替代。艾尔斯责成福克斯的总法律顾问黛安·布兰迪对福克斯的决策团队进行询问。

辛西娅·托科夫对埃利斯在选举当晚的行为以及他事后脱离事实的描述越来越气愤。③ 他在《内幕》杂志上发表的文章,不仅洗白了发生过的事,跟在福克斯新闻内部实际发生的事毫无关系,而且还在文章中把她描述成一个"热情的民主党人",此举似乎旨在把她打造成一个道具,以说明福克斯对两党都是支持的,从而维护其"公平和平衡"的口号。

在与布兰迪的一次电话会议中,她在她的律师陪伴下,详细地介绍了她在选举之夜观察到的一切。"我把我知道的事实对他们全盘托出。"她说。托科夫的律师记得,当托科夫复述埃利斯宣布"杰比说我们拿下了!"的时候,布兰迪的反应是"耐人寻味地停顿了一下"。托科夫没有再为福克斯工作过。

随着对福克斯选举之夜的所作所为的攻击持续不断,艾尔斯展露了他在危机管理方面的天赋。2001 年情人节当天,艾尔斯在华盛顿与电视网的新闻总裁们一起在众议院能源和商业委员会面前作证。④ 在听证会之前,艾尔斯因为自己将被迫在摄像机前宣誓而暴怒不已。⑤ 电视网的总裁们举着右手的视觉效果会让他们看上去像罪犯一样。当轮到艾尔斯发言时,他表现得盛气凌人。他把批评者最猛烈的

---

① Tapper, *Down & Dirty*, 69n.
② Katharine Q. Seelye, "Congress Plans Study of Voting Processes and TV Coverage," *New York Times*, Feb. 9, 2001.
③ 作者对辛西娅·托科夫的采访。
④ House of Representatives, 107th Congress, Hearing Before the Committee on Energy and Commerce, Feb. 14, 2001.
⑤ 作者对美联社前首席执行官卢·巴卡迪的采访。

攻击化为自己的优势，也只有艾尔斯才能做到那样。埃利斯在新闻编辑室工作并不构成利益冲突。那是聪明的新闻工作方式。"显然，通过他的家庭关系，埃利斯先生有非常好的消息来源，"艾尔斯准备好的声明这样写道，"我不认为这是埃利斯先生的错或缺点。恰恰相反，我认为这是一位优秀记者在选举之夜与他的高级别消息人士之间的沟通。"① 埃利斯大约在这一时期辞了职。（他于 2013 年重新加入福克斯，担任福克斯商业新闻的节目副总裁。）

没过多久，艾尔斯和他的那帮人将目睹 2000 年大选的结果有多么重要。"那个小小的瞬间实际上不仅决定了新闻频道的方向，也决定了这个国家的方向，"福克斯的一位资深制片人说，"天知道如果是阿尔·戈尔当选的话，之后发生的会是什么。"②

---

① House of Representatives, Hearing Before the Committee on Energy and Commerce, prepared statement of Roger Ailes.
② 作者对福克斯一位资深制片人的采访。

十六、"圣战"

2001年9月11日上午，艾尔斯来到公司，准备要大干一场。按照他的日程安排，几个小时后，他将与 CNN 的资深主播和法律分析员格雷塔·范·苏斯特伦会面，后者将从华盛顿飞来跟艾尔斯谈一谈工作的事情。①然而，这次会面的意义远远大于一次工作面试。它代表了艾尔斯与 CNN 之间为争夺收视率霸权以及对美国新闻议程的控制权而展开的激烈斗争中的一次反击战。6 天前，CNN 挖走了宝拉·扎恩，请她去主持一档改版后的晨间节目。②她的离开恰好是在艾尔斯的一个紧要关头。艾尔斯在她离开前告诉她，他将此视为"圣战"的一部分，而他不打算输掉。③在佛罗里达州重新计票的戏剧性事件发生后，福克斯新闻的收视率已经与 CNN 不相上下。比尔·奥莱利正在成为一个受全国瞩目的现象级人物。福克斯甚至开始营利，这比最初的预测提前了好几年。6 月份的一期《纽约时报杂志》上刊登了一篇有关艾尔斯的文章，这是他过去 6 年来第二次上该杂志。

与此同时，CNN 的收视率在下滑。2001 年 3 月，为了扭转这一趋势，时代华纳的首席执行官杰里·莱文让杰米·凯尔纳来负责特纳广播公司的运营，这位自以为是的娱乐节目高管曾是福克斯公司首席执行官巴里·迪勒的得意门生。④凯尔纳的任务很明确，就是通过提升 CNN 的人气来阻止福克斯的发展。"给我们 6 个月到 1 年的时间。我们将超过福克斯。"凯尔纳这样告诉媒体。⑤艾尔斯把凯尔纳这番吹嘘作为自己继续前行的动力。"罗杰把那句话印在一条 20 英尺长的横幅上，挂在新闻编辑室里，"一位资深制片人回忆说，"我们与 CNN 咬得很紧，而且每天我都会在那条横幅下经过。"⑥艾尔斯这股争强好胜的劲头将福克斯的员工团结在了一起。"谁不想成为一个家庭的一部分，哪怕是一个不健全的家庭？我喜欢和我一起工作的同事。回忆往事，我最怀念的是那种旺盛的斗志。"福克斯前制片人安妮·哈特迈尔说。⑦

曾被《纽约时报》称为"电视业最伟大的偷猎者之一"的凯尔纳，⑧为了让扎恩跳槽到CNN，开出了200万美元的年薪⑨——这是扎恩在福克斯新闻收入的3倍。与凯瑟琳·克里尔以及福克斯新闻的其他记者一样，扎恩发现自己对艾尔斯的党派议程越来越反感。"她认为如果她沾上了'福克斯人'这样一个污点的话，她的职业生涯就毁了。"一位高管说。⑩ 8月28日星期二，扎恩的经纪人、自诩为"胡说八道高手"的理查德·莱布纳传真了一封信给艾尔斯，告知他CNN开出的条件。⑪艾尔斯怒火中烧。他之前就已经跟同事们抱怨过，说凯尔纳和他亲手提携的新闻高管——《时代》杂志前执行总编沃尔特·艾萨克森——都只会跟别人学样，他们剽窃了福克斯的好些点子，比如快速切入图像，明亮的糖果色布景设计。如今，他们又来挖他的员工。

收到扎恩的信后，艾尔斯召集他的高层管理人员召开了一次紧急

---

① 作者对范·苏斯特伦的配偶、律师兼政治顾问约翰·柯尔的采访。
② Lisa de Moraes, "CNN Nabs Paula Zahn from Miffed Fox News," *Washington Post*, Sept. 6, 2001.
③ Auletta, "Vox Fox."
④ Allyson Lieberman, "The New King of Cable: WB Whiz Jamie Kellner Is Taking On His Biggest Challenge Yet: Turner's Empire," *New York Post*, March 11, 2001.
⑤ Jim Rutenberg, "Hatfield vs. McCoy in TV Land," *New York Times*, Jan. 13, 2002.
⑥ Jim Rutenberg, "Hatfield vs. McCoy in TV Land," *New York Times*, Jan. 13, 2002;作者对福克斯新闻一位资深制片人的采访。
⑦ 作者对福克斯新闻前制片人安妮·哈特迈尔的采访。
⑧ Jim Rutenberg, "Mix, Patch, Promote and Lift; A Showman Speeds the Makeover of Ted Turner's Empire," *New York Times*, July 15, 2001.
⑨ de Moraes, "CNN Nabs Paula Zahn from Miffed Fox News."
⑩ Collins, *Crazy Like a Fox*, 178.
⑪ 福克斯与扎恩谈判的情况见 Collins, *Crazy Like a Fox*, 177-82。

会议，痛骂了扎恩的不忠和 CNN 卑鄙的挖墙脚行为。"我们为什么不解雇她呢？"布莱恩·刘易斯一边思忖，一边说。

艾尔斯停下来好好考虑了一番。扎恩的合同将于 2002 年 2 月到期。福克斯的总法律顾问黛安·布兰迪表示，鉴于扎恩在合同期内与竞争对手谈判，可以以此为由解雇她。那个星期晚些时候，刘易斯又给艾尔斯写了一份备忘录，进一步说明他那个建议的好处。先发制人地解雇扎恩"看上去真诚可信"，并且"向整个团队和行业发出一个信号"，他在备忘录中这样写道，同时指出，"一个寡不敌众的军队必须出奇制胜"。

劳动节的那个周末，艾尔斯给刘易斯打了几次电话，共同商议他有哪些选择。"我不能看上去像一个恃强欺弱的恶霸。"他不止一次这样说道。星期二这天，艾尔斯给了扎恩一次自己选择结果的机会。他们在他办公室面谈时，他说："我只想看着你的眼睛，问问你这是在干吗。"

"你得跟我的经纪人谈。"扎恩冷冷地答道。

就是这么一句答非所问的话，决定了她的命运。"他很明确地告诉我，他不打算让我好过。"扎恩事后回忆道。[1]

第二天早上，艾尔斯一下子坐到了刘易斯办公桌对面的椅子上。"我希望在这事上你是对的，"艾尔斯说，"你知道，日本人轰炸了珍珠港，最终他们还是输了。艾萨克森控制着很多媒体。这些媒体都喜欢他。"[2]

2 点 30 分，刘易斯发布了一份新闻稿，宣布扎恩被革职。差不多同时，福克斯公司以"蓄意干扰"为由对扎恩的经纪人提起诉讼。（该诉讼后来被纽约最高法院驳回，该裁决第二年由上诉庭确认。[3]）

---

[1] Auletta, "Vox Fox."
[2] Collins, *Crazy Like a Fox*, 180–81.
[3] Bill Carter, "Judge Dismisses Fox News Suit over Anchor's Defection to CNN," *New York Times*, March 26, 2002; Bill Carter, "Fox Loses Round in Its Suit over Anchor's Move to CNN," *New York Times*, May 1, 2003.

艾尔斯在媒体上竭力抹黑扎恩的名声。"我不会付钱给那些不忠的人。而且我也不担心她去了 CNN。"他对《时代》杂志的比尔·卡特说。①艾尔斯说自己是莱布纳发动的"珍珠港袭击事件的受害者",他骂莱布纳是"骗子"。② 在采访中,艾尔斯对一位电视名人的成功做出了他最恶毒的描述。"今年,我就算把一只死浣熊放到节目上,也会获得比去年还要好的收视率。那都是因为电视网的发展,"他说,而这就是他对一个直到当天早上还在为他工作的女人所说的话,"我们所有节目的收视率都在节节攀升。"③

把格雷塔·范·苏斯特伦挖过来就是秋后算账的一种方式。"整个事的关键就是把格雷塔招进来。"福克斯的一位高管说。④ 和扎恩一样,她也是个家喻户晓的人物,对两党的受众都有吸引力,能平衡福克斯黄金时段男性评论家强硬的右翼党派立场。范·苏斯特伦在 O. J. 辛普森受审期间已经成为 CNN 的明星。她对这个案子的不断剖析,使她在 CNN 的节目创下了仅次于拉里·金节目的第二高收视率。艾尔斯听说她感觉自己不受凯尔纳的管理层的赏识,正在考虑自己有没有其他选择。

然而,当然,9 月 11 日的会没开成。艾尔斯不得不等了 3 个半月才正式雇到她。上午 9 点过后不久,范·苏斯特伦和她的丈夫约翰·柯尔,一位著名的华盛顿律师兼她的经纪人,正坐在罗纳德·里根国家机场的停机坪上,等待他们坐的美国航空班机起飞,这时范·苏斯特伦的黑莓手机开始闪个不停,显示不断收到邮件。⑤

---

① Bill Carter, "Fox News Fires a Star Host over CNN Bid," *New York Times*, Sept. 6, 2001.
② 同上。
③ 同上。
④ 作者对福克斯一位资深高管的采访。
⑤ 作者对约翰·柯尔的采访。

"哦，我的天啊，打开 CNN 吧。"福克斯亚特兰大分社社长莎朗·费恩气喘吁吁地对着免提电话说。① 当时是早上，刚过 8 点 49 分，费恩正在通过电话参加约翰·穆迪的编辑会议。会上有个同事提出做一个关于四面楚歌的民主党国会议员加里·康迪特的节目，她正听着，办公桌旁边的电视播放的一个画面引起了她的注意。"在放一架飞机撞上双子塔的实况画面。"

穆迪坐在位于地下室的新闻编辑室那个用玻璃围起来的"作战室"里，看着他面前的电视机屏幕，上面放的似乎是好莱坞灾难史诗片中某个场景。② 世贸中心的北楼着火了，浓烟滚滚。围桌而坐的制片人个个目瞪口呆地看着眼前的这一切。有人在想，为什么飞行员不冲到东河里去呢？还有人则思忖着，那是一架客机吗？③

从 CNN 开始直播这条新闻到福克斯在播出中提到此事，中间隔了 4 分钟时间。时长 3 小时的《福克斯和朋友们》节目，直到接近尾声时还没有关于这场正在发生的灾难的现场视频。"欢迎继续收看福克斯新闻，我们现在要向各位发布一条非常悲惨的消息。一架令人难以置信的飞机在曼哈顿南面撞上了世贸中心大楼。"金发碧眼的主持人 E. D. 多纳希神情肃穆地宣布道。④ 多纳希的搭档史蒂夫·杜奇和布莱恩·基尔米德绞尽脑汁想搞清楚这场灾难到底是怎么回事。来自长岛的基尔米德此前是体育解说员，没有什么报道硬新闻的经验。他推测这架飞机是 737 窄体飞机，说"至少有 3 层楼被炸掉了"。住在距离双子塔 5 个街区的福克斯制片人欧文·莫根通过电话连线描述了现场的情况。他的声音时高时低，在手机上听着相当急促。

2 分钟后，福克斯播出了它的第一段视频。"这就是现场画面。"

---

① 对这次会议的描述是基于作者对一位在场人士的采访，以及 Scott Collins's book, *Crazy Like a Fox*, p. 161。
② 作者对福克斯多位资深高管和制片人的采访。
③ 同上。
④ 关于福克斯对 9·11 这天的报道的描述，可在这里找到：http://www.youtube.com/playlist?list=PL3E8B2399764ABE7D。

多纳希说。

曾在 NBC 新闻工作的乔恩·斯科特是一位经验丰富的主播,他替下了《福克斯和朋友们》3 位主持人。① 斯科特电话采访了国家运输安全委员会前资深调查员弗农·格罗斯。当一个黑乎乎的物体划过画面,紧接着飞快地闪过一个橙色火球时,斯科特想到了恐怖主义的幽灵。"又有一个!我们刚刚看到了,"他嗫嚅道,仿佛不相信眼前看到的这一幕,"我们刚刚看到另一架飞机就这么飞过去了——就在刚才,另一架飞机飞进了双子塔的第二栋大楼。各位,这就说明——这绝对是有预谋的。"

"我正要开口说这个。"格罗斯回答。

就在第二次爆炸后 30 秒,斯科特对福克斯的观众说出了那个大反派的名字。"鉴于当前世界各地发生的种种事情,"他说,"我想到的重大嫌疑人是:奥萨马·本·拉登。"

艾尔斯在他办公室的电视上看到了这可怕的一幕。"这么一来,第二栋大楼也会倒塌。"他看着第一座塔楼冒着浓烟坍塌下来对一位高管说。② 艾尔斯下到地下室的作战室。他坐在会议桌的尽头,身边围着的是他那几位高级副手:节目制作部的比尔·希恩,新闻部的穆迪,以及图形设计部的理查德·奥布莱恩。"这个国家处于战争状态,但我希望我的人都能平安,"他告诉他们,"我不希望这栋楼以及这个新闻编辑室遭到破坏。今天每小时我们都要来这间作战室开会。"③ 艾尔斯的自信鼓舞了周围的人。"罗杰让大家重整旗鼓。"当时屋内的一个人回忆道。④

虽然 CNN 抢先发了这条新闻,但福克斯在 9·11 事件开始时的报道证明了艾尔斯处理这桩十年来最轰动的新闻时有多么游刃有余。

---

① "On Air Personalities," Foxnews.com, http://www.foxnews.com/on-air/personalities/jon-scott/bio/#s=r-z, accessed Sept. 3, 2013.
② 作者对一位熟悉此事的人的采访。
③ 作者对一位当时在场的人士的采访。
④ 同上。

他亲自负责了节目的安排。大楼倒塌后不到 20 分钟，艾尔斯就推出了一个被称为"匍匐前进"（the crawl）的创新之举，并且很快就被福克斯的对手竞相模仿。①"美国的恐怖之日……两架飞机撞向纽约世贸中心……世贸中心大楼倒塌……曼哈顿被封锁……所有火车和公共汽车服务停止。"这样的一行文字就像股票行情一样在屏幕下方滚动着。②

"从二楼下达了很多指导意见，"一位资深制片人回忆说，他指的是艾尔斯的行政办公室，"我们想知道，什么是恐怖行为？我们是在打仗吗？穆迪传话过来说：'是的，我们是在战时。这是一场宗教战争，一场穆斯林发动的战争，他们想恢复哈里发制。'"③

福克斯新闻的节目安排旨在放大这起事件的强烈情绪。血红色和白色的文字图形明晃晃地宣告："恐怖主义袭击美国。"演播室里的福克斯主播很少出现在电视屏幕上。他们的声音配着当天那些让人难以置信的画面，不间断地反复循环播放着，仿佛大楼倒下后又立了起来，只为再次倒下。电视机前的观众最早是在福克斯的节目上看到了人一个个从大楼里纵身跃下的可怕画面。

主播们传递的不仅仅是耸人听闻的新闻，还有爱国主义精神。"各位，需要重复的是，没错，这是一场巨大的悲剧。但我们仍然是地球上最强大的国家，"乔恩·斯科特说，"我们要反复说的是，美国依然屹立不倒。我们团结一心，我们无比强大，我们会查出是谁干的。"他后来说道。而在另一时刻他信誓旦旦道："美国将是一个伟大而团结的国家。"在福克斯的节目中，布什时代的决定性原则迅速浮出水面：非友即敌的桀骜；以不爱国为由打击政治对手；以及一种不

---

① Kat Stoeffel, "Ticker Taped: The 9/11 News Crawl," "Our City Since"（blog）, *New York Observer*, Sept. 11, 2011, http://observer.com/2011/09/ticker-taped-the-911-news-crawl/.
② 关于这段文字的视频资料，参见 http://www.youtube.com/watch？v＝pNk6jOXRfwo。
③ 作者对福克斯一位资深高管的采访。

容置疑的基督教弥赛亚主义的暗流。

他们还传递了政治。虽然当政的是布什政府，指责却落到了民主党头上。E. D. 多纳希批评克林顿政府允许基地组织发展壮大。"在沃伦·克里斯托弗和马德琳·奥尔布赖特任内他们就已经有这个问题了，"她告诉电视机前的观众，"你们知道吗？你们来找我们的麻烦，我们就撤回来……你们来我们的国家攻击我们，在我们的地盘上，这就把情况改了。"①

当天下午，当屏幕上播放着巴勒斯坦儿童在街头跳舞的画面时，主播约翰·吉布森与俄克拉何马州共和党参议员詹姆斯·英霍夫进行了交谈。"会发生什么事呢？我的意思是，我们是否就坐在这里说：'好吧，我们得对此进行调查，搞清楚谁干的，然后我们会派联邦调查局的特工到世界各地把嫌疑人抓起来，花上两年时间审判？'……还是说我们会动用我们的军事力量呢？"

"不，我们立即采取行动，"英霍夫说，"我想你会看到，我们的总统非常果敢，在我们说话的当口，他正在返回华盛顿的路上。"

晚上，比利·葛培理牧师的儿子富兰克林·葛培理帮助福克斯的观众做好了未来有长期战斗的心理准备。"我们要坚强起来，"他在镜头前说，"这恐怕是一个漫长而艰难的过程的开端……我亲眼见过这些恐怖分子，这些伊斯兰激进分子。他们对美国怀恨在心。他们恨我们，因为他们认为我们是以色列的保护者。他们恨我们，因为他们认为我们是一个基督教国家。他们看到我们对主耶稣基督的信仰，他们这些好战分子就想竭尽所能地毁灭这个国家。"

"听到像富兰克林·葛培理这样一位牧师以这种方式讲话，真是太不可思议了。"布里特·休姆对观众说。

9月11日3次出场的纽特·金里奇所说的话，在福克斯的所有

---

① E. D. Donahey, "Terrorism Hits America," Fox News Channel, Sept. 12, 2001；视频在此可见 https://www.youtube.com/watch?v=-1It_PsSENc。

声音中显得格外生动。"这是21世纪的'珍珠港事件'。这是一场21世纪的战争……它值得美国做出全面而彻底的反应，确保永远不会再发生。"他在第二座塔楼倒下1小时后这样说道。他很快又表态："政府必须面向全世界，明确表示我们将对做下这件事的人一追到底，人们可以决定要么与恐怖分子为伍，要么站在美国人这边，不会有任何中间地带。在这个秋后算账的过程中，不存在任何中立的立场。"

9月13日晚，比尔·奥莱利与美国阿拉伯人反歧视委员会的前发言人萨姆·侯赛尼交换了意见，并道出了正在逐步成形的福克斯的立场。"以下是我们将要做的事，我会让你对此做出回应，"奥莱利说，"我们要干掉这个叫奥萨马·本·拉登的家伙。现在，无论我们是用空中力量还是让三角洲部队打过去，他都是死路一条。他必死无疑。在这之前，他就该被干掉了。他已经被通缉8年了。现在，他们要打过去，他们要去把他揪出来。如果阿富汗的塔利班政府不合作的话，我们将用空中力量让该政府自食恶果，有这样的可能。听好了吗？我们将炸掉他们，因为……"[1]

侯赛尼告诉奥莱利，无辜的阿富汗人将在旷日持久的空袭中丧生。

"这改变不了什么。"奥莱利哼了一声。

"比尔——"

"他们——这是一种战争行为。"

"不，不是的。这的确是有区别的，"侯赛尼说，"我不想让更多的平民死亡。已经有平民在纽约死去了，现在你说在阿富汗有平民死亡也是可以的。"

"侯赛尼先生，这就是战争。"

"是的，没错。在战争中，你不会杀害平民。你不会杀害妇女儿

---

[1] Bill O'Reilly, *The O'Reilly Factor*, Fox News Channel, Sept. 13, 2001; video is available at http://www.youtube.com/watch?v=GUQSY 4C6CwE.

童。而那些话是你说的，比尔。"

"哦，别说了，"奥莱利道，"你刚刚做了世界上最荒谬的声明。你那么说是不是意味着我们不该对纳粹或日本人进行轰炸。那些事我们都不该做，因为你不希望有人因为向我们宣战而受到惩罚。拜托。"

"谁向我们宣战了？"

"恐怖主义国家宣战了，侯赛尼先生！"

"那去抓他们。抓住那些恐怖分子。"侯赛尼说。

"关掉他的话筒。"奥莱利一边对着屏幕晃动他的手指，一边回应道，此时电视屏幕下方三分之一的位置被星条旗图案和说明文字覆盖，写的是："美国团结。"

9·11事件之后，每一个人，从政治家到新闻主播，都给自己裹上了美国国旗。"有一种第二次世界大战时的心态，就好像我们正在跟一个邪恶帝国作战，"[①] 一位资深制片人在袭击发生后不久这样说道，"我记得自己跑到时报广场，从一个小贩那里买了一把国旗胸针。"[②] 主播们开始在上节目时佩戴这种胸针。艾尔斯的创意总监理查德·奥布莱恩还拿出了一个设计方案，即在屏幕上放一面飘扬的美国国旗图案。

在最初的那些日子里，所有电视网都对自己报道的内容做出必要的调整，反映这个国家遭受的创伤以及带着怒火的爱国主义，但福克斯的言辞更激烈、声音更响亮。主播们称本·拉登为"卑鄙龌龊的小人"和"人性泯灭的恶魔"，说他经营着一个由"恐怖主义暴徒"组成的"仇恨之网"。"我们说的是，恐怖分子和恐怖主义是邪恶的，美国不会做这样的事，而这些人会，"艾尔斯在12月对《纽约时报》说，"我们了解这个敌人。他们已经明确表示：他们想杀了我们……。

---

① 作者对福克斯一位资深制片人的采访。
② 同上。

我们不会坐在那里磨磨唧唧地想着这些人是不是童年时被人误解过。"①

艾尔斯辩解说他相信福克斯的做法不仅是正确之举，而且是电视业的创举，比任何善恶分明的好莱坞大片还要有分量。艾尔斯曾有一个梦想，就是要制作一部故事片。而他现在有了一个。最初是《蝙蝠侠》，哥谭市的中心爆发了骚乱。接着是《正午》，一位牛仔总统发誓要"逼出"那些坏蛋，② 不管他们"是死是活"都要揪出来。③ "我不认为民主和恐怖主义是相对的，我不认为这两种立场在道德上是对等的。"艾尔斯说。他继续说道："如果那样让我成了个坏人，活该倒霉。我这边的收视率还在不断提升。"事实确实如此——福克斯的观点与大部分美国人非常契合。2002 年 1 月，福克斯在有线电视新闻的竞争中超越了 CNN，其后再也没被追上过。④

艾尔斯在经历 9·11 事件那段痛苦的日子时刚当上父亲不久。2000 年元旦，伊丽莎白生下了一个儿子，扎克瑞·约瑟夫·杰克逊·艾尔斯。"他告诉我，有了孩子这事彻底改变了他的生活。"福克斯前主播鲍勃·塞勒斯后来回忆说。⑤ 艾尔斯采取了一些措施来保护自己和家人。当时，《那个雷根女人》（*That Regan Woman*）的主持人朱迪斯·雷根正与纽约警察局局长伯纳德·克里克有婚外情。⑥ 9

---

① Jim Rutenberg, "Fox Portrays a War of Good and Evil, and Many Applaud," *New York Times*, Dec. 3, 2001.
② George W. Bush, "Remarks by the President Upon Arrival," press conference, South Lawn of the White House, Sept. 16, 2001, http://georgewbush-whitehouse.archives.gov/news/releases/2001/09/20010916-2.html.
③ Brian Knowlton, "'We're Going to Smoke Them Out': President Airs His Anger," *New York Times*, Sept. 19, 2001.
④ Matt Kempner, "Fox News Bests CNN in Viewers; Broad-Based Monthly Win Is First Ever," *Atlanta Journal-Constitution*, Jan. 30, 2002.
⑤ 作者对福克斯新闻前主播鲍勃·塞勒斯的采访。
⑥ Alex Koppelman, "Did Fox News Chief Ailes Try to Protect RudyGiuliani?," Salon.com, Nov. 16, 2007, http://www.salon.com/2007/11/16/ailes/.

月11日那晚，克里克甚至还去雷根的公寓待了会儿。① 为了咨询9·11事件发生后那几天有什么安全方面的建议，艾尔斯打电话给雷根的制片人乔尔·考夫曼，为他和默多克安排一次与克里克的私人会面。之后，纽约警察局流出的一份内部备忘录显示，艾尔斯让警方提供保护，并要求"威胁部门②进行反监视"。该备忘录还对他周密的安保流程做了详尽说明。"艾尔斯先生雇用一名退休的纽约警探护送他出行。他乘坐私人汽车抵达，并在美洲大道1211号［福克斯新闻总部］前下车……。他将由他的安保人员护送进入大楼，并由大楼的安保人员迎入。"③

办公室里弥漫着活动受限之感。"9·11之后，情况真的非常糟糕。"一位高级员工说。④ 在二楼，通往艾尔斯行政办公室的走廊将安装一扇用密码开启的玻璃门。这是在电梯间那扇把访客挡在外面的带锁的门的基础上，再加一道门。⑤

对于这场冲突，他的一些个人观点让人震惊。在袭击事件发生大约一年后，比尔·克林顿来新闻集团和默多克及其高层管理人员共进午餐。⑥ 促成这次会面的是默多克的通讯主管加里·金斯伯格，他在克林顿的白宫当过律师，也是默多克和有权势的民主党人之间的重要桥梁。谈话内容转到了世贸中心归零地及其重建计划。在场的高管各抒己见。当轮到艾尔斯时，讨论停止了。"罗杰说了这样一件荒谬至

---

① 作者对一位对此事有直接了解的人士的采访。
② Threats Desk，通常指组织内负责监测和分析组织安全、运营或利益的潜在威胁和风险的专门单位或团队。它在识别、评估和应对各种类型的威胁方面发挥着至关重要的作用，包括物理安全威胁、网络威胁、地缘政治风险和其他潜在危害。——译者
③ Leonard Levitt, "The NYPD: Indulging Mort and Roger," NYPDConfidential.com, April 9, 2012, http://nypdconfidential.com/columns/2012/120409.html, accessed Oct. 8, 2013.
④ 作者对福克斯一位资深员工的采访。
⑤ 同上。
⑥ Jo Becker, "Murdoch, Ruler of a Vast Empire, Reaches Out for Even More," *New York Times*, June 25, 2007.

极的事，"当时在现场的一个人回忆道，"他说到了重建这两座大楼，然后他说，'我们应该把最后10层全都塞满穆斯林，这样一来，他们就不会再干出这样的事了。'"①

艾尔斯对突发事件的感觉，以及福克斯在其中扮演的角色，使他与新闻集团的强大势力发生了冲突。2001年10月18日晚，艾尔斯作为嘉宾出席了在华尔道夫酒店举行的阿尔·史密斯年度晚宴，迪克·切尼在晚宴上发表了主题演讲。快结束时，艾尔斯从市长朱利安尼的办公室得到一条内幕消息：最近收到带有炭疽病毒的信件的媒体机构是《纽约邮报》。② 当天早些时候，《纽约邮报》收发室的一位员工出现了接触炭疽后的症状，但没有人知道那封信在哪里。艾尔斯急忙赶回办公室。在《纽约邮报》位于10楼的新闻编辑室里，默多克的长子、留着尖刺发型的拉克兰——这家小报的发行人，正在处理如何应对此事。身穿危险品防护服的疾控中心工作人员对办公室进行仔细检查。拉克兰希望此事能保密。新闻集团有数以千计的员工，他们都有可能面临危险。公司有人力资源协议需要遵守，但如果有更多员工生病，公司的法律风险肯定会招来非议。拉克兰和新闻集团人力资源主管伊恩·摩尔缩在一起，制订早上向员工示警的策略。

突然，有人告诉拉克兰，艾尔斯冲进福克斯新闻编辑室大喊："我们受到攻击了！我们受到攻击了！"对拉克兰而言，那一时刻绝对不应该发出那样错误的信息，他决定出面处理一下。他乘电梯来到地下室，发现身着燕尾服打着白色领结的艾尔斯正在给通宵加班的制片人下达指示。拉克兰告诉艾尔斯他要先稳住。但艾尔斯对他的建议并不买账。"你可以看出他怒气腾腾。他在自己手下面前被人下了面子。"一位高管说。目睹了这场冲突的制片人对他们看到的一切感到震惊——艾尔斯跟董事长的孩子公开叫板，而且那人还是整个公司的

---

① 作者对一位当时在场人士的采访。
② 以下段落中的信息来自作者对熟悉该事件人士的采访。

副首席运营官。

艾尔斯心里很清楚这件事的严重性。与默多克家的孩子发生过不愉快的新闻集团高管，下场都挺惨的。在伦敦，出生于新西兰的天空电视台首席执行官萨姆·奇肖姆被迫离职，部分原因是他口无遮拦、目中无人，与在他手下工作的鲁伯特的女儿利兹发生了纠纷（他曾称她为"储备干部"）。[1] "从某种程度上说，罗杰心里非常害怕。此前没有人在跟默多克的孩子发生冲突后还能继续留在公司工作的。他不想成为另一个萨姆·奇肖姆。"一位跟艾尔斯走得近的高管解释说。[2]

艾尔斯需要做些事情来扭转局势，使之对自己有利。几个月前，当他决定开掉福克斯新闻的高管兼默多克的长期盟友伊恩·雷时，他差一点点就越权了。默多克对艾尔斯说："别他妈的再炒我朋友的鱿鱼了。"[3] 与拉克兰杠上后没过几天，艾尔斯应约去见鲁伯特。其间，艾尔斯先发制人，以辞职相威胁。艾尔斯告诉默多克，说其孩子在联手跟他对着干。"鲁伯特并不是最难操纵的人。"一位跟他们家关系很亲近的人说。[4] 这一招还真有效——默多克给了他一份新合同。艾尔斯已经保住了自己在公司的地位，处理和拉克兰之间的问题就不那么着急了。

---

[1] Mathew Horsman, "Sky: The Inside Story: Bowing Out to the Inevitable," *The Guardian*, Nov. 10, 1997.
[2] 作者对一位跟艾尔斯亲近的高管的采访。
[3] 同上。
[4] 作者对一位跟默多克家族亲近的人的采访。

十七、无法估量的困境

节目制作只是艾尔斯试图塑造事件的一个手段。在9·11袭击发生后不久，他给卡尔·罗夫发了一份为乔治·布什提供建议的机密备忘录。艾尔斯写道："美国人唯一不会原谅你的，是你的影响力不够。"[1]他在信中表示，这个国家面对的是一个冷酷无情的对手，这样的冲突史无前例。"我是以一个美国人的身份写下了这封信。"他对福克斯的一位同事这样说道。[2]他知道，美国人渴望复仇。他说，这就是为什么尽管约翰·韦恩已经离世20年了，美国人仍然爱他。[3]这个国家是有一些基本规则的。

罗夫确保布什收到了艾尔斯的信。[4]信函副本分发给了白宫高级工作人员，包括国家安全顾问康多莉扎·赖斯、副国家安全顾问斯蒂芬·哈德利、传媒总监丹·巴特利特以及新闻秘书阿里·弗莱舍。福克斯新闻是一个重要的盟友。在充满争议的重新计票之后，白宫认识到福克斯在推动辩论以及凝聚忠实选民方面的力量。就个人层面而言，罗夫据说在艾尔斯面前有些畏手畏脚，因为艾尔斯在他之前就已经在国家舞台上崭露头角。布什的助手们注意到了这两人之间的互动，他们回忆说，"罗杰这人的影响力更大。"[5]当艾尔斯抱怨福克斯没有足够多的机会接触到白宫官员时，罗夫让白宫传媒总监丹·巴特利特对该问题做出调整。"艾尔斯会给卡尔打电话说'我们没有足够的嘉宾来上白天的节目'，"布什的一位官员说，"艾尔斯要表达的是：'你最好他妈的做点什么来解决这事儿。'所以卡尔接着会打电话给新闻办公室，说：'为什么［司法部长约翰·］阿什克罗夫特不去上一下电视呢？'"[6]

为了帮助布什树立起一个战时总统的形象，艾尔斯继续为罗夫出谋划策。"他给的建议侧重于如何利用总统的角色并凝聚士气,"布什的一位高级官员说,"罗杰以里根为参照。当他看到有类似之处可以用到总统身份的,都会一一指出。他会说:'总统应该多到外面走一下。'都是些宏观层面而非具体策略上的建议。"⑦

艾尔斯还明确表示过,如果他感到特别不高兴的话就会跳过罗夫。就在艾尔斯发送军事策略备忘录的前后,他发现政府新闻办公室的一个重要空缺——白宫与几大电视网的联络人——正准备让一个叫亚当·莱文的MSNBC前制片人来填补。⑧ 莱文曾为克里斯·马修斯的《硬球》(*Hardball*)节目组工作,还曾是一名登记在册的民主党人,又为纽约参议员丹尼尔·帕特里克·莫伊尼汉的办公室工作过。艾尔斯直接在迪克·切尼面前对这一任命发起了牢骚。"罗杰担心这会有利于NBC。他想确保布里特·休姆和托尼·斯诺得到采访机会。"另一位布什政府官员说。⑨ 切尼的助手玛丽·马塔林是艾尔斯的朋友,她叫莱文去纽约一趟,澄清此事。莱文去艾尔斯的办公室见了他,并对自己的忠诚做出保证。"艾尔斯先生,"他说,"我在

---

① Chafets, *Roger Ailes*, 97.
② 作者对福克斯一位高级员工的采访。当鲍勃·伍德沃德在其2002年出版的《战争中的布什》(*Bush at War*)一书中披露艾尔斯写给布什的备忘录时,艾尔斯很不服气。他声称一个新闻机构的负责人向总统提供军事建议并无不妥。艾尔斯抱怨CNN负责人里克·卡普兰在1990年代与比尔·克林顿关系密切,指出卡普兰甚至在林肯卧室过夜,借此为自己辩护。"我不是说[伍德沃德]故意歪曲事实,"艾尔斯在2002年11月19日对《纽约时报》说,"但他就像汤姆·克兰西。他俩都编造了很多故事,不过克兰西的调查工作做得更好些。"当作者联系卡尔·罗夫的办公室时,罗夫拒绝发表评论。
③ Hoover Institution, "Fox and More with Roger Ailes," interview, *Uncommon Knowledge with Peter Robinson*, Feb. 5, 2010; video available at http://www.hoover.org/multimedia/uncommon-knowledge/26681; transcript available at http://media.hoover.org/sites/default/files/documents/UK-Ailes-transcript.pdf.
④ 作者对布什政府一位高级官员的采访。
⑤ 同上。
⑥ 同上。
⑦ 同上。
⑧ 本段中的信息来自作者对布什政府一位高级官员的采访。
⑨ 同上。

MSNBC 工作过，也曾是一名民主党人，我可以告诉你，我恨这两个组织的理由比你想象的还要多。"

艾尔斯的制片人显然很清楚福克斯的角色。"必须有人为白宫说话。"其中一位这样说道。① 尽管大部分媒体都轻易地放大了布什政府发动伊拉克战争的理由，但福克斯新闻是其主要的啦啦队员，它煽起了因世贸大厦倒塌而产生的激愤，并将其推向新的目的。9·11 事件发生三天后，比尔·奥莱利请到了外交政策分析家劳里·米罗伊来上节目，为对萨达姆·侯赛因动手提出理论依据。② 一年前，被恐怖主义研究者彼得·伯根称为"新教派最喜爱的阴谋论者"③ 的米罗伊出版了有争议的《复仇的研究：萨达姆·侯赛因对美国的未竟之战》一书，她在书中提出伊拉克应对 1993 年的世贸中心爆炸案负责。④ 奥莱利想知道她是否有"任何证据"证明萨达姆·侯赛因与 9·11 事件脱不了干系。

"没有，"她说，"但我认为有些事间接表明了这一点。"⑤

采访到后面的时候，奥莱利猜测道："你听上去像是在说：'嘿，萨达姆·侯赛因应该和奥萨马·本·拉登一起被列入挫骨扬灰的名单。'他或许应该是二号目标。"

"我甚至可以说他是头号目标，"她说，"这些攻击的指令和专业知识都来自伊拉克。我完全同意最好能干掉本·拉登，但这并不能解决问题。它不会像清除萨达姆·侯赛因政权那样有意义。"

考虑到总统的支持率——根据盖洛普的数据，2001 年 11 月达到了 87%——紧跟布什政府的观点才是明智之举。⑥ 在伊拉克那位大胡

---

① 作者对福克斯一位资深制片人的采访。
② Bill O'Reilly, *Special Report: America United*, Fox News Channel, Sept. 14, 2001.
③ Peter Bergen, "Armchair Provocateur," *Washington Monthly*, Dec. 2003.
④ Bill O'Reilly, *Special Report: America United*, Fox News Channel, Sept. 14, 2001; 另见 Laurie Mylroie, *Study of Revenge: Saddam Hussein's Unfinished War Against America* (Washington, D. C. : AEI Press, 2000)。
⑤ O'Reilly, *Special Report: America United*, Sept. 14, 2001.
⑥ Gallup, "Presidential Approval Ratings—George W. Bush," Nov. 2-4, 8-11, and 26-27, http://www.gallup.com/poll/116500/presidential-approval-ratings-george-bush.aspx.

子独裁者身上，艾尔斯找到了一个完美的敌人和一个现成的对冲突的说法。"每个故事都需要一个开头、一个中段、一个结尾。"福克斯的一位资深制片人说。①

各大电视网都会在秋季推出新的系列节目。而布什政府的战争计划也是如此。"从市场营销的角度讲，你不会在8月推出新产品。"布什的幕僚长安德鲁·卡德2002年9月7日对《纽约时报》这样说道。② 在艾尔斯的亲自指挥下，福克斯帮忙实现了公众对这个计划的认同和支持。艾尔斯召集他的高级领导层每天开两次——第一次是上午8点，第二次是下午2点半——战略会议。③ 上午在他的办公室，主要讨论新闻；下午在二楼的会议室，处理运营和财务方面的问题。艾尔斯开起会来非常强硬。他专制的管理风格吓得他那个核心圈子里的人根本不敢发言。高管们围坐在桌旁，希望自己的名字不被叫到。"在那个房间里可不是什么轻松的事。他环视一圈，然后用手指着人。如果你说话了，你就他妈的死定了，"一位高管回忆道，"你就该憋着，直到脸涨得通红，而你心里想的是，如果你动了，霸王龙会不会看到你？"④

会议是高度保密的，这很符合艾尔斯的政治竞选活动从业经历。在福克斯新闻初创时，艾尔斯创建了一个由高级管理人员组成的秘密小组——他称之为"G-8"——以便管理权集中。⑤（在老布什1988年的总统竞选中，艾尔斯与李·阿特沃特等人曾是"G-6"成员。⑥）与老布什那时候一样，艾尔斯没有参加这些会议；他期望自己不在的

---

① 作者对福克斯一位资深制片人的采访。
② "Quotation of the Day," *New York Times*, Sept. 7, 2002.
③ 作者对福克斯多位资深员工的采访。
④ 作者对福克斯一位高管的采访。
⑤ 作者对福克斯多位高管的采访。
⑥ David Q. Bates Jr. interview with James S. Young and George C. Edwards III, Miller Center at the University of Virginia, http://millercenter.org/president/bush/oralhistory/david-bates.

时候他的团队也能很好地相处。"福克斯从来没有走向公司化。"艾尔斯的一位高管说。① 艾尔斯决心要给他的内部运作蒙上一层神秘的面纱。他很少通过电子邮件与他那个小圈子里的顾问们交流，而一旦这样做的时候，他通常会用他外祖父名字的变体"詹姆斯·阿利"这个假名所开的账号。"罗杰非常善于为自己的一切行为提供合理的推诿理由。"一位资深制片人说。② 这位制片人还说，当他用"罗杰·艾尔斯"的官方账号发邮件时，"一般都是宣布公司层面的事"。除此之外，"他更喜欢在办公室里面对面地谈事"。

在新闻编辑室，制片人会听到高管们悄声说着"二楼说"或"二楼想要"之类的话。③ "你不能说罗杰的名字，"一位高管解释道，"这让我想起了《教父2》中阿尔·帕西诺和约翰尼·奥拉聊天的一场戏，他们两人在谈论海曼·罗斯，但未提过他的名字。他只是'迈阿密那个男人'。罗杰也是如此。他是'福克斯新闻那个人'。"④

艾尔斯是铁了心要严防泄密事件，特别是那些关于他的政治议程的泄密事件。从艾尔斯传播公司时期起就一直担任艾尔斯助手的朱迪·拉特萨，每场会议都会参加，而且还会在黄色法律笔记本上详细记录。⑤ 她琢磨出了一套帮助艾尔斯畅所欲言的方法。"当罗杰说一些有争议的事情时，她就会翻个白眼，"一位参加过会议的人说，"但她接着会把那句话写下来。然后又把在座其他人的话记下来。因此，假如消息泄露的话，罗杰就会知道当时都有谁在场。"⑥ 拉特萨的神秘感使她颇有些影响力。福克斯似乎就是她的命，据说她是艾尔斯收入最高的员工之一。一位制片人跟大家开过玩笑，说自己想跟着她回

---

① 作者对福克斯一位高管的采访。
② 同上。
③ 同上。
④ 作者对福克斯一位前高管的采访。
⑤ 作者对福克斯多位高管的采访。
⑥ 作者对一位熟悉此事之人的采访。

家看看她是如何生活的。①

比尔·希恩在切特·科利尔退休后被提拔为黄金时段的负责人,并成为艾尔斯的主要传声筒。在低级别的福克斯制片人看来,希恩的样子令人生畏。他的脸颊上有一道来历不明的大疤。在当了汉尼提的制片人之后,希恩因为愿意当艾尔斯的喉舌而被提到了切特·科利尔的位子上。当艾尔斯有什么消息要在节目播出中发布时,他经常会去找希恩。科利尔这人生硬粗暴,希恩则是神秘隐晦。② 他很少在电子邮件中写任何东西。他会给同事写:"给我打电话。"③ 或者,他会突然闯进制片人的办公室传达艾尔斯的指示,尽管他很少提艾尔斯的名字;"我们不会那样做。"他会故作神秘地解释道。因为希恩没法像科利尔那样有时去质疑一下艾尔斯,这让布莱恩·刘易斯维护福克斯作为一个"公平和平衡"的电视新闻网的公关任务变得复杂了。作为报复,当福克斯不得不跟节目的一些尴尬情况撇清关系时,刘易斯会在媒体声明中附上希恩的名字。④ 刘易斯给希恩起了个绰号:"蟾蜍",并在办公室里这么叫他。⑤

同事们并不认为希恩是个喜欢搞政治的人。在他们看来,他对艾尔斯和福克斯的忠诚是相当务实的。与福克斯的黄金时段明星奥莱利和汉尼提一样,希恩也来自长岛。⑥ 他是"蓝领阶层的子弟,并非哈佛或哥伦比亚那种大学出来的人",一位同事说。⑦ 作为警察的儿子,出身普通的他已然成为一个薪酬丰厚的电视业高管,他给他的妻子达拉买了辆路虎,还造了一栋豪华的度假屋。⑧

---

① 作者对福克斯一位前资深制片人的采访。
② 关于希恩的信息来自作者对福克斯新闻现任和前任员工的采访。
③ 作者对福克斯一位资深制片人的采访。
④ 作者对福克斯一位高级员工的采访。
⑤ 同上。
⑥ John M. Higgins, "Shine Makes Fox News Glow," *Broadcasting & Cable*, Dec. 5, 2004.
⑦ 作者对福克斯一位前资深制片人的采访。
⑧ 同上。

另一个喉舌是约翰·穆迪,艾尔斯通过他来下达自己的议程。穆迪每天都会给员工写一份当天的编辑议程,发在新闻编辑室的电脑系统里,为报道重大新闻提供指导。"我们每天都看,"华盛顿分社一位前高级职员说,"这是必读的。"① 除了一条条新闻外,备忘录中还掺杂着对党派的嘲讽,毫不掩饰地表明福克斯该如何报道新闻。"在阿什克罗夫特被确认出任布什的司法部长时,他反堕胎权的立场成为当时的一个问题,"在福克斯新闻网工作了6年的制片人亚当·桑克回忆说,"穆迪那天的备忘录说的大概意思是,'在我们报道阿什克罗夫特的任职听证会和关于他在堕胎问题上的信条的话题时,我希望你们都能记住真正的问题所在:这关乎杀害婴儿'。"② 2003年10月,一个叫查尔斯·雷纳的福克斯新闻制片人向媒体公开了穆迪的备忘录。③ 媒体评论家抨击说,这些备忘录证明艾尔斯的"公平和平衡"口号不过是个幌子。

　　但穆迪的这些公函或许是可有可无的。"大家都知道谁是真正管事的,也知道观众都是些什么人。如果你任由他们把你往坑里带,什么事都会非常顺利,"福克斯前主播鲍勃·塞勒斯回忆道,"当我面试这份工作时,心里已经有了一个面试时该怎么说话的剧本,那就是:'我年轻时是自由派,随着年龄的增长我成了保守派,而且9·11之后,你怎么可能不变成保守派呢?'"④ 艾尔斯建立了一种工作人员需要证明自己忠诚的竞选文化。"小心我们内部的敌人。"他在一次全公司的动员会上对福克斯的员工说。⑤ 亚当·桑克还记得一句:"你可以做一些小事来赢得公司领导的青睐"。在9·11事件一周年的纪念日当天,他碰巧戴了一条红白蓝三色的领带去上班。"每位主管都

---

① 作者对福克斯一位前员工的采访。
② 作者对福克斯新闻前制片人亚当·桑克的采访。
③ Tim Grieve, "Fox News: The Inside Story," Salon.com, Oct. 31, 2003, http://www.salon.com/2003/10/31/fox_20/.
④ 作者对鲍勃·塞勒斯的采访。
⑤ 作者对福克斯前制片人查尔斯·雷纳的采访。

拦住我说：'我真喜欢那条领带啊。'"他说。①

艾尔斯给人一种他无处不在的感觉。"听着，关于你，凡是我想知道的我都知道，"他告诉一位制片人，"我和你的上级谈过。我跟你的下属谈过。我还跟那些和你平级的人聊过。"② 高管们从不清楚艾尔斯的日程安排。有时他会出现在早上的编辑会上，有时不会。如果他不在的话，他有可能通过免提电话听着，但他不会宣之于口。突然间，他的声音会从噼里啪啦的电话里传出来。艾尔斯还会在每个部门安插自己的眼线。一位高管称这为"秘书的入侵"。③ 当科利尔的前助理苏珊娜·斯科特发指示给制片人时，员工们知道她是在替谁代言。"在你可以穿什么这个问题上，她是有规定的，"一位女制片人回忆说，"不能穿牛仔裤。如果出外景，不可以染发。摄像师不可以穿短裤，除非温度超过 90 华氏度。我们所有人都清楚这个。"④ 布里吉特·博伊尔也是被提拔到福克斯人力资源部的秘书。"她没有人力资源方面的资质，只负责筛选适合福克斯的人，"一位资深制片人说，"罗杰时常派给她一些奇怪的任务。有一次，他问她要一份上过布朗大学的员工名单。他说因为他认识的保守派人士中，没有一位上过布朗大学。"⑤ 还有一次，他让她去查一下哪个员工打过曲棍球。

艾尔斯最有力的控制工具就是**媒体关系**。布莱恩·刘易斯的部门不仅对哪些嘉宾能上福克斯的节目有否决权，而且还让福克斯的员工感觉这个频道就像一个实施监控的国家。⑥ 刘易斯和他的助手会训斥那些未经授权就对媒体发表言论的员工。他们还会用无法追踪到 IP 地址的笔记本电脑把不听话的福克斯主持人和高管的尴尬事泄露出去（"没有指纹"是刘易斯最喜欢的说法）。福克斯员工担心他们的谈话

---

① 作者对亚当·桑克的采访。
② 作者对一位熟悉此次谈话之人的采访。
③ 作者对福克斯一位高管的采访。
④ 作者对福克斯一位前制片人的采访。
⑤ 作者对福克斯一位前资深制片人的采访。
⑥ 对福克斯媒体关系部门的描述是基于作者对福克斯新闻现任和前任员工的采访。

会被录音。有一位前制片人跟朋友开玩笑说自己正考虑写一本关于福克斯的书，结果他接到了福克斯一位高层的电话，就此事责问他。这位制片人结结巴巴地说他只是开个玩笑。刘易斯给人一种乐于散播诽谤的印象，这令大家心生畏惧。"听着，我知道你能杀了我，"一位员工曾在求他高抬贵手时对他说，"我不想明天醒来看到新闻里说我是同性恋，而且还操绵羊。"

为了确保每个人对艾尔斯的终极愿望了解得非常清楚，艾尔斯本人亲自主持了"公平和平衡"的研讨会。"他会召集一群资深制片人，让你收看频道播出的节目，同时他会指出其中一些东西，比如一个略带自由主义色彩的横幅。"一位资深制片人回忆说，"他会说：'新闻就像一艘船。如果你把手从方向盘上挪开了，它就会使劲往左拉。'"①

艾尔斯对他的新闻编辑室坚称"公平和平衡"与党派议程毫无关系。"我是共和党人吗？当然是，"他在一次员工会议上说，"但这是否意味着我的新闻电视网偏袒共和党这一方呢？当然不是。"②

不过，除了政治，福克斯的北极星就是艾尔斯本人。2002年，福克斯新闻在曼哈顿中城的一家酒吧举办了圣诞派对，艾尔斯当晚明显缺席了，但到了晚上的某个时刻，员工们被要求在地下室的大显示器上观看福克斯新闻的幻灯片演示。MSNBC和CNN的标志在屏幕上出现，引来人群中的一片嘘声。放到第三张幻灯片时，艾尔斯的照片跳了出来。场下的人疯狂地呼喊起来："罗杰……罗杰……罗杰……罗杰！"③

当政府为开战向人们展开宣传时，艾尔斯任命谢泼德·史密斯的

---

① 作者对福克斯一位资深制片人的采访。
② 作者对查尔斯·雷纳的采访。
③ Dickinson, "How Roger Ailes Built the Fox News Fear Factory"；作者对查尔斯·雷纳的采访。

夜间新闻节目制片人杰里·伯克为新的日间节目负责人,对节目进行包装制作。① 面对这一代人的最重大新闻,伯克表现出了八卦小报编辑的那种极度兴奋。9·11事件后不久,约翰·穆迪给他的职位是监督上午9点到下午4点的新闻版块的工作。

"你会把这事办成还是搞砸呢?"穆迪说。

"我想先放手一试。"伯克告诉他。

福克斯的喧闹鼓噪掩盖了一个事实:在报道国际恐怖主义这样复杂的新闻时,该频道比起它的对手们处于明显的劣势。当时,福克斯新闻只有1200名员工和6个国外分社。相比之下,CNN有4000名员工以及31个国际分社。② 当阿富汗战争开始时,福克斯在当地没有人,而CNN有一名驻该国记者。③ 虽然MSNBC还在努力发展对自己的定位,但它可以背靠NBC新闻强大的新闻采集资产。

因此,伯克搞起了即兴创作。在他晋升后不久,他与采编部的两位工作人员——大卫·罗兹和埃里克·斯皮纳托——联手制定了一项侧翼进攻战术,旨在从资金雄厚的对手手中把观众吸引过来。④ 他们称其为"滚雷行动"(Operation Rolling Thunder)。CNN这个对手可能地位极其稳固,但福克斯新闻将以一种让观众无法抗拒的方式进行报道。恐怖主义将成为连续剧式的消遣。"福克斯以不同的方式报道新闻,"一位曾在其他电视网工作过的工作人员说,"真正的新闻工作是你说'让我们一起去看看发生了什么',但这里不是这样。在福克斯,这话变成了'这是我们正在做的事,所以就去做吧'。"⑤

每天早上,伯克搭乘通勤列车到宾夕法尼亚站下,决心给竞争对手来点颜色看看。他告诉大伙儿,制作新闻就像用探照灯扫视整个地平线,寻找合适的故事。他每天最先读的是《德拉吉报告》,而不是

---

① 本段信息来自作者对福克斯一位高管的采访。
② Auletta, "Vox Fox."
③ Collins, *Crazy Like a Fox*, 189–90.
④ 作者对熟悉此事的几位消息人士的采访。
⑤ 作者对福克斯一位前制片人的采访。

《纽约时报》。不管是什么，只要看起来能在右派中产生热度，都是可以拿来播的素材。冲突是好事，但太多了也不好。当对一位穆斯林嘉宾的采访最后演变成一场大吵之后，伯克在新闻编辑室里大喊道："我需要一个更好的穆斯林！"① 他善于说服那些火冒三丈的采访对象再回来上节目。一位著名的穆斯林嘉宾在一次特别煎熬的采访结束后威胁说要抵制福克斯，他出言相劝。"我为什么要来让别人说我是个儿童杀手呢？"这位嘉宾问伯克。

"你这是在帮大家，把你自己的想法说出来。"伯克答道，并告诉他，不管怎么说，这只是个电视，"你别太较真了。"②

福克斯新闻把战争的准备工作当作赛前节目来宣传。主播们扮起了播音员的角色，为主队美国摇旗呐喊。乔治·布什是明星四分卫，肩负着满怀期待的球迷的希望。在直播中，部队官兵就是"英雄"和"勇士"。艾尔斯把那些试图阻止美国进入战场的对手的名字列了个清单。头号敌人是萨达姆·侯赛因，他的支持者有：联合国③、法国④、德国⑤和半岛电视台⑥。"如果他们来找我们麻烦，那就真刀真枪试试看吧。"杰拉尔多·里维拉从阿富汗发回报道时说。⑦ 2001 年 11 月，艾尔斯把里维拉从 CNBC 挖了过来，成为福克斯的随军记者。⑧ 里维

---

① 作者对一位当时在新闻编辑室的人的采访。
② 作者对福克斯一位资深制片人的采访。
③ See, e.g., John Gibson, "Is United Nations Irrelevant in Today's World?," *The Big Story with John Gibson*, Fox News Channel, Feb. 19, 2003.
④ See, e.g., Neil Cavuto, "Stock Market Surges as U.N. Continues to Debate Potential Iraq War," *Your World with Neil Cavuto*, Fox News Channel, March 13, 2003.
⑤ See, e.g., John Gibson, "Three NATO Members Veto Plan to Defend Turkey in Case of Iraq War," *The Big Story with John Gibson*, Fox News Channel, Feb. 10, 2003.
⑥ See, e.g., Bill O'Reilly, *The O'Reilly Factor*, analysis with Mansoor Ijaz, Nov. 12, 2002.
⑦ Michael Starr, "Geraldo's Got a Gun... And Bin Laden in His Sights," *New York Post*, Dec. 4, 2001.
⑧ Paula Bernstein, "Rivera Vaults to Fox News," *Daily Variety*, Nov. 2, 2001.

拉在报道时可能相当缺乏事实依据,到了令人尴尬的地步。2001 年 12 月 5 日,他报道说他去了遭友军炸弹误炸的现场,这次袭击造成 3 名美国军人和几名阿富汗士兵的死亡。"今天,我们到了这个我心目中神圣的地方……。它就这么——整个地方,全被炸毁了,真的——到处都是军服的碎片,破衣烂衫。我念了主祷文,真的是如鲠在喉。"①

一个星期后,《巴尔的摩太阳报》的记者大卫·福尔肯弗利克透露,里维拉实际上距离他报道的事件发生地有数百英里之远。②里维拉大为恼火。他把自己的这一错误归咎于"战争导致的晕头转向",③并对福尔肯弗利克的男子气概表示怀疑,他问对方:"你中过枪吗?"④

艾尔斯一直关注着事态的发展,以保证不断有新闻可报。2003 年 2 月,当丹·拉瑟在 CBS 新闻的节目中与侯赛因坐在一起时,艾尔斯觉得其中有诈。⑤"[伊拉克人]事先没看过他的采访提纲吗?"他对自己的高管抱怨道,"房间里没有人带着武器?……我觉得与萨达姆·侯赛因共处一室不是什么大问题,只要这些基本规则能公开。"同样,在他看来,《时代》杂志对法国总统雅克·希拉克——艾尔斯传播公司曾经的客户——的采访是个"彻头彻尾的骗局",并且"反美"的。"在《时代》杂志的采访中,根本没看到这样的问话,"艾尔斯生气地说,"'希拉克先生,你是否与伊拉克有生意往来?希拉克先生,你是否与伊拉克有一份 1200 亿美元的石油合同?希拉克先生,你不会就是那个过去建了核反应堆的人吧?……对于街上 700 万会炸

---

① Sridhar Pappu, "Being Geraldo," *Atlantic*, June 2005.
② David Folkenflik, "War News from Rivera Seems off the Mark," *Baltimore Sun*, Dec. 12, 2001.
③ Mark Jurkowitz, "Rivera's Defense of His Shoddy Reporting Is Unconvincing," *Boston Globe*, Dec. 4, 2002; Folkenflik, "War News from Rivera Seems off the Mark."
④ Folkenflik, "War News from Rivera Seems off the Mark."
⑤ Auletta, "Vox Fox."

掉埃菲尔铁塔的穆斯林，你怎么看？这让你担忧吗？'还有一些别的好记者会在采访中问的问题。"[1]

质疑布什政策的人会收到警告。"一旦战争开打，那些积极反对我们军队的美国人，甚至我们的盟友，都将被我视为国家的敌人。"比尔·奥莱利告诉他的观众。[2] "这是对你，芭芭拉·史翠珊，还有其他跟你一样看待世界的人的警告。"你甚至能在经过福克斯的曼哈顿总部时看到这样的话。2003年3月，当反战示威者在第五大道上举行集会时，艾尔斯让曾在"美国访谈"时期跟他一起工作的喜剧作家马文·希梅尔法在屏幕下方用滚动字幕来奚落他们。字幕上写道："抗议者们请注意：迈克尔·摩尔粉丝俱乐部星期四在第六大道和50街路口的一个电话亭会合。"[3]

在美国以轰炸开始震慑行动的5天前，福克斯新闻的创意总监理查德·奥布莱恩请了一位作曲家为该电视网写一首战争主题曲，并将其命名为"解放伊拉克之歌"。[4] 奥布莱恩解释说："其他电视网会采用约翰·威廉姆斯那种雄壮宏伟的音乐，但我们的音乐显然更气势逼人。"[5] 在听完音乐的小样后，奥布莱恩告诉作曲家要提高强度，多加些"嗵嗵的鼓点，因为这会更有紧迫感。我想让它听起来像，我不会是战鼓，但……"。[6]

福克斯还制作了情绪高亢的广告片，作为战争节目的引子。在一条广告中，当"反恐战争"这几个字闪现时，一架划过屏幕的战斗机

---

[1] Auletta, "Vox Fox."
[2] Bill O'Reilly, The O'Reilly Factor, Fox News Channel, Feb. 26, 2003.
[3] John M. Higgins, "Fox News Mocks Media Protesters," Broadcasting & Cable, March 31, 2003.
[4] James Deaville, "Selling War: Television News Music and the Shaping of American Public Opinion," Echo: A Music-Centered Journal 8, no. 1 (Fall 2006), http://www.echo.ucla.edu/Volume8-Issue1/roundtable/deaville.html.
[5] Peter Dobrin, "Media's War Music Carries a Message," Philadelphia Inquirer, March 30, 2003.
[6] Deaville, "Selling War."

变成了一只美国鹰。① 一条 30 秒的福克斯宣传片的台词读起来像竞选广告:"福克斯新闻频道。国家处于战时状态。请继续关注我们,由您信任的团队——福克斯新闻,以公平和平衡的报道,为您带来突发新闻和实时更新。进入现场。从空中。我们的报道来自前线。亲临这场冲突。我们的战争报道,首屈一指。福克斯新闻频道。战争带来的政治冲击。放眼世界,忠于祖国。打开福克斯新闻,第一时间掌握最新资讯。真正的新闻。公平和平衡。"②

在其他方面,艾尔斯压制报道以制造悬念。主播鲍勃·塞勒斯回忆说,入侵前,在屏幕上嗖嗖出现"福克斯新闻警报"字样的频率降低了,这样战争开始时就会更有冲击力。③ 对于观众来说,福克斯提供了一种完全身临其境的体验,让他们感觉自己正与英勇的美国解放者一起并肩作战。3 月 20 日,在入侵伊拉克后不久,屏幕上出现的一条横幅清楚地表明了这一点:"福克斯团队与美国军队一起进入伊拉克。"④

艾尔斯对布什的鹰派、新保守主义议程的拥护,对共和党产生了强大的政治影响。而福克斯对战争的支持成功地将右派的反战声音边缘化。乔治·H. W. 布什的前国家安全顾问布伦特·斯考克罗夫特和帕特·布坎南等共和党的战争批评家,发现自己被福克斯闹哄哄的助威声淹没了。"保守派无处可去,"布什的一位官员后来说,"你再也没有了孤立主义一派。一旦你对战争有了右翼的政治意愿,你就有了一个不断变化的政治环境。"⑤ 作为一个公共关系问题,这种不断变

---

① Deborah Lynn Jaramillo, *Ugly War, Pretty Package: How CNN and Fox News Made the Invasion of Iraq High Concept* (Bloomington: Indiana University Press, 2009), 156.
② 同上,181-182。
③ 作者对鲍勃·塞勒斯的采访。
④ Jaramillo, *Ugly War, Pretty Package*, 113.
⑤ 作者对布什政府一位前官员的采访。

化的政治环境使白宫得以不受约束地向更多选民宣传对伊拉克的入侵。"我们需要说服中间派接受和支持这场战争。"这位官员说。他们做到了。政府声称伊拉克拥有大规模杀伤性武器,并以此作为发动战争的主要理由,《纽约时报》的朱迪思·米勒是这番说辞最积极的宣传者之一。[1] 布什政府官员在周日的脱口秀节目中广受欢迎。

艾尔斯的电视网在这次战事宣传中发挥了不可估量的作用。福克斯在收视率上的优势,也对媒体在报道9·11事件及其余波时摒弃新闻怀疑论产生了重要的影响。福克斯有线电视新闻的竞争对手在报道9·11事件时,已经被福克斯在重新计票事件后激增的收视率吓坏了。CNN和MSNBC均受到了来自母公司的压力,要求它们赶上福克斯。[2] 一个显而易见的策略就是变得再保守一点。2001年夏天,CNN的负责人沃尔特·艾萨克森向共和党人示好。[3] 他前往华盛顿,与参议院多数党领袖特伦特·洛特和众议院议长丹尼斯·哈斯特进行了私下会面。他还向拉什·林博示好,表示愿意为其开一档节目。[4] 2001年10月,艾萨克森给CNN的制片人发了一份备忘录,责备他们不够爱国。"我们必须谈论塔利班是如何拿平民当人肉盾牌的,又是如何窝藏杀害近5000名无辜民众的恐怖分子的,"他这样写道,"我们必须加倍努力,确保我们不只是简单地从有利于他们的位置或角度进行报道。"[5]

---

[1] 参见,如,米勒在战争爆发前为《纽约时报》写的以下几篇文章:"U.S. Says Hussein Intensifies Quest for A-Bomb Parts" (with Michael R. Gordon, Sept. 8, 2002); "White House Lists Iraq Steps to Build Banned Weapons" (with Michael R. Gordon, Sept. 13, 2002); "Lab Suggests Qaeda Planned to Build Arms, Officials Say" (Sept. 14, 2002); "Defectors Bolster U.S. Case Against Iraq, Officials Say" (Jan. 24, 2003)。
[2] 作者对CNN和MSNBC多位高管的采访。
[3] John Bresnahan and Mark Preston, "CNN Chief Courts GOP," *Roll Call*, Aug. 6, 2001.
[4] Maureen Dowd, "CNN: Foxy or Outfoxed?," *New York Times*, Aug. 15, 2001.
[5] Howard Kurtz, "CNN Chief Orders 'Balance' in War News; Reporters Are Told to Remind Viewers Why U.S. Is Bombing," *Washington Post*, Oct. 31, 2001.

在 MSNBC，艾尔斯的影响甚至更为明显。微软和通用电气的有线电视新闻合作关系深陷困境。正如艾尔斯所预料的那样，MSNBC 利用 NBC 新闻的知名主播来宣传其频道的策略适得其反。NBC 的那些广播明星已经习惯了面对数百万观众，对有线电视新闻相对较小的受众群很是不屑。MSNBC 派资深制片人菲尔·格里芬去给像凯蒂·库里克、汤姆·布罗考这样对电视网忠心耿耿的主播做思想工作，说服他们增加露面次数。"那是一种折磨。"格里芬回忆道。① 要跟这些自我感觉良好的大腕打交道，格里芬是个非常好的人选。在加入 MSNBC 之前，他曾是 NBC《晚间新闻》和《今日》节目的制片人，与他们中的许多人都合作过。②

但是，格里芬的外交手腕再多也无法掩盖 MSNBC 摇摇欲坠的事实。③ 随着收视率的下降，MSNCB 被指责的声音弄得四分五裂。布什当选总统后，杰克·韦尔奇和通用电气的高层开始对格里芬的老板、MSNBC 的总裁埃里克·索伦森施压，要求他追赶艾尔斯。"杰克会说，我知道为什么福克斯的收视率更高，他们的节目更有趣！"一位前高管回忆道。在与韦尔奇和通用电气的高层开管理评估会时，索伦森被连番拷问，包括一些在他看来带有政治干预性质的问题。"为什么福克斯打败了我们？也许我们也应该成为一个保守的频道？要不你努力一下，让他们的观众减半？"

多年来，老一代新闻传教士的价值观在 MSNBC 具有相当大的影响力。蒂姆·拉塞尔特看福克斯的节目时忧心忡忡。作为 MBC 新闻内部一个奥林匹克级人物，拉塞尔特见多识广、信息灵通，在重要职

---

① 作者对电视高管菲尔·格里芬的采访。
② Felix Gillette, "Phil Griffin Gets New Title: President of MSNBC," *New York Observer*, July 16, 2008.
③ 有关 MSNBC 奋力与福克斯新闻竞争的叙述和引文来自作者对 MSNBC 高管的采访，以及作者在下文中对此事的首次报道："Chasing Fox: The Loud, Cartoonish Blood Sport That's Engorged MSNBC, Exhausted CNN—and Is Making Our Body Politic Delirious," *New York*, Oct. 11, 2010。

位的人事任命上具有一定的影响力，对华盛顿的官员了然于心。"我们就只做新闻吧，"他在一次会上对索伦森说，"我知道福克斯的收视率有多少。但是你必须明白，如果你把新闻做得非常好，你的收视率也会上去。"

收视率不会说上去就上去。在9·11事件发生的4天前，杰弗里·伊梅尔特接替韦尔奇担任通用电气的首席执行官，并进一步对索伦森和NBC新闻的高管施压，要求他们好好利用民族主义狂热来推高收视率，因此，拉塞尔特的坚持最终证明只是徒劳。"MSNBC是台球边上的一个圆点，"伊梅尔特告诉NBC新闻的总裁尼尔·夏皮罗，"但这很难堪。我不喜欢当老三。"9·11之后，NBC的首席执行官鲍勃·莱特直接给夏皮罗下了道命令：MSNBC应该像福克斯那样向右走。"我们必须比他们还要保守。"莱特说。夏皮罗遵从了。MSNBC把自己打造成一个全新的品牌："美国新闻频道"，并在屏幕上用喷绘的手法呈现各种美国国旗图案。

但MSNBC的信息并不统一。2002年4月，菲尔·格里芬请自己儿时的偶像、已经退休的菲尔·多纳休出山，担任晚上8点黄金时段脱口秀的主播，让这位充满激情的自由主义者来对战比尔·奥莱利。多纳休曾是一位声名显赫的主播，享有非常高的知名度，他的节目首次亮相就创下了MSNBC节目有史以来的最高收视率，当晚就吸引了100多万观众。但不到一个月的时间，观众就流失了一半。多纳休在MSNBC的起伏揭示了艾尔斯在塑造媒体文化方面的影响力。随着多纳休节目的收视率在战争即将爆发前陷入停滞，MSNBC的高管们越来越担心他的反战观点。在红肉[①]爱国主义盛行之际，多纳休安排了迈克尔·摩尔、罗西·奥唐纳、苏珊·萨兰登以及蒂姆·罗宾斯等持反战观点的嘉宾上他的节目。

---

① red-meat，通常被视为政客激励其支持者基本盘并为其竞选或议程争取支持的一种方式。它经常与右翼民粹主义运动联系在一起。——译者

当克里斯·马修斯宣布他希望多纳休停播时，多纳休的问题更严重了。马修斯自认为是 MSNBC 的头号明星——他要的薪水高达 500 万美元——他对电视台为多纳休的节目投入大量的资源感到不满。就在战争即将开打之前，索伦森和格里芬撤掉了多纳休的节目，为电视台一周 7 天每天 24 小时地不间断报道让路。对格里芬而言，解雇他儿时的偶像是他职业生涯的一个低谷。"那个把我领进电视界的人或许非常恨我，我希望他不要那样，因为我爱他。"他回忆说。

当他的对手徒劳地挣扎时，艾尔斯会洋洋得意地在媒体上捅他们一刀，但他通常不会亲自出手。在 MSNBC 宣布取消多纳休的节目当天，布莱恩·刘易斯告诉他福克斯已经准备好一份新闻稿来嘲笑他们所做的这个决定。"我们会公开表示多纳休节目的收视率比马修斯的高。"他说。①

刘易斯的下属经常给记者提供一些有关福克斯的竞争对手的囧事和八卦。在《泰晤士报》引用安迪·拉克的话称他是"美国的新闻领袖"之后，福克斯的一名公关人员向记者发了一封电子邮件，其中包括这句话以及一张将拉克的脸 P 在拿破仑身上的照片。② MSNBC 的主播阿什利·班菲尔德裹着头巾、戴着克拉克·肯特式的眼镜，从阿富汗和巴基斯坦发回了 9·11 事件的后续报道，反响很不错，刘易斯的副手罗伯特·齐默曼想在《华盛顿邮报》上让她难堪。③ "就拿她当出气筒吧。"布莱恩·刘易斯对他说。④ 齐默曼打电话给《华盛顿邮报》的记者保罗·法希，告诉他尽管班菲尔德看上去一副无所畏惧的驻外记者形象，但因为害怕踏出她住的酒店而遭到驻外记者的嘲笑。

---

① Auletta, "Vox Fox."
② Collins, *Crazy Like a Fox*, 130.
③ See, e.g., "Good Morning Lowcountry," *Post and Courier* (Charleston, South Carolina), April 24, 2002.
④ 作者对福克斯一位员工的采访。

艾尔斯对新闻业和公共关系采取的这套"搜索然后歼灭"的办法，使他的那些有线电视新闻对手不再稳如泰山。他们抱怨他不按常理出牌。新闻业的运作所遵循的信条理应不同于政治。艾尔斯对此却不认同。他手下有一些人，比如《明日》的前制片人约翰·哈迪，帮他制定了政治策略。"他是那种反对研究的人。"一位高管说。[①] 艾尔斯部署福克斯的节目是为了服务于他自己的目标。他开展了一场持续不断的针对CNN的行动。2001年秋末的一天早上，艾尔斯给《福克斯和朋友们》的主持人史蒂夫·杜奇打了个电话，叙述了一段话，让他在节目上播报。[②] "史蒂夫，你只要说[CNN的新闻主播]埃隆[·布朗]是你的牙医。然后你的搭档会说：'他不是牙医。他是CNN的人！'……无论发生什么，哪怕他们折磨你，你还是说他是你的牙医！"杜奇乖乖照艾尔斯的指示做了。"你知道谁对我们的衍生产品嫉妒得要命吗？"节目中，杜奇在宣传标有福克斯品牌标志的杯子和T恤衫的环节说，"我的牙医可嫉妒了。你在电视上见过他——埃隆·布朗。你知道，就是CNN的那个人——他做晚上那档节目？他只是在那里上夜班。但在白天，他是我们的牙医。我们有他的照片吗？"[③] 杜奇的制片人在屏幕上打出布朗的照片，以及一串字母大写的标题。"**口腔外科博士埃隆·布朗……大槽牙男……傲慢的布朗。**"[④]

MSNBC和CNN都太过拘谨，不会以其人之道还治其人之身，这很让人沮丧。"你醒来就意识到，"沃尔特·艾萨克森告诉记者，"罗杰他总在攻击别人。"[⑤] 鲍勃·莱特跟艾萨克森深有同感。在当时举办的一次CNBC员工大会上，CNBC的主播罗恩·伊萨纳发了一通对艾尔斯的牢骚后，莱特举起了双手。"我们要继续让罗杰和布莱

① 作者对福克斯一位高管的采访。
② Auletta, "Vox Fox."
③ 同上。
④ 同上。
⑤ 同上。

恩·刘易斯一而再地对我们指手画脚吗？"伊萨纳说。①

"跟罗杰·艾尔斯斗，那可是个全职的活，我已经有一份工作了。"莱特说。

到 4 月初，随着美国军队进入巴格达郊区，战争的结束似乎触手可及。② 4 月 9 日上午，穆迪正在主持他 8 点半的编辑会议时，③（在巴格达的国际媒体的大本营）巴勒斯坦酒店屋顶上的一台摄像机显示，一支由美国坦克和悍马车组成的车队包围了天堂广场上一座 39 英尺高的萨达姆·侯赛因雕像。一小群人，大多为伊拉克人，正绕着雕像的石膏基座转圈。有些人拿鞋子抽打雕像，想方设法吸引附近的摄影师们的注意。④

随着地面场景的展开，杰里·伯克马上明白这个画面潜在的象征意义，它在用这种再现昔日狂喜的东德人推倒柏林墙的画面来点缀叙事。他立即提醒他的制片人充分利用天堂广场上那电影场景般的画面。CNN 以及各大广播网也在直播这个镜头。福克斯需要快马加鞭。⑤

"滚雷行动！"他对新闻编辑室里的制片人大喊道。"谁都不许掉链子！就他妈的那个镜头，不要动！"尽管那座城市的各地还在发生交火，但福克斯在当天的大部分时间里都不会把镜头从天堂广场切走。

---

① 作者对一位当时在房间里的人的采访。
② "Baghdad Under Heavy Bombing as US Troops Push In," *Agence France-Presse*, April 5, 2003.
③ 作者对福克斯一位资深高管的采访。
④ 有关 4 月 9 日拆除萨达姆·侯赛因雕像事件的详细情况，见 Peter Maass, "The Toppling: How the Media Inflated a Minor Moment in a Long War," *New Yorker*, Jan. 10, 2011. 本节中的 7 条引文均来自该报道，以及 Jaramillo, *Ugly War, Pretty Package*, 197–200.
⑤ 与升旗事件中福克斯新闻编辑室的活动有关的信息来自作者对福克斯新闻多位现任和前任制片人的采访。

"还有别的什么画面吗?"他说。

"我们正在找。"罗德兹冷静地回道。

幸运的是,默多克在英国的电视网天空新闻台的记者大卫·查特当时就在天堂广场,他也意识到了这一时刻具有的电视价值。他看到了海军陆战队的车队,其中包括一辆 M88 大力神,它有履带,本质上是一辆巨大的坦克拖车。M88 的车顶上安装着一座很高的重型吊车,足以够到雕像的顶部。"把旗子挥起来!"查特对其中一名海军陆战队队员说。①

这是军方和媒体之间的一次合作,双方都意识到了画面的力量。M88 已经驶到雕像的圆形基座上。广场上基本没什么人。但福克斯和其他电视网所拍的画面都把镜头推到了雕像周围的人群身上。

这时,伯克一连接到了好几位兴奋无比的高层打来的电话。华盛顿分社来电说布雷特·拜尔和布里特·休姆想出镜。随着天堂广场上的行动不断展开,福克斯的这些名人主播忙着建立预期,并赋予这些电视画面革命性的意义。"我浑身都起鸡皮疙瘩了,从没有哪次比这次厉害。"主播大卫·阿特曼说。② 布里特·休姆附和道:"这刷新了我所有的见识……。这样的画面不言自明,其中蕴含的力量无与伦比。"③

镜头对准了一名海军陆战队队员,他爬上 M88 的吊车,将一条铁链缠在萨达姆雕像的头上。这时有人抛给他一面美国国旗。

福克斯新闻编辑室的人全都目不转睛。"还有什么比他妈的让我们的国旗出现在天堂广场更好的画面吗,"一位制片人后来说,"这就是 9·11 的结局。双子塔倒了,但我们的国旗在这座雕像上升起。这就像是在说,去你妈的,萨达姆。"④ 直播期间的反应同样令人振奋。

---

① Maass, "The Toppling."
② Frank Rich, *The Greatest Story Ever Sold: The Decline and Fall of Truth From 9/11 to Katrina* (New York: Penguin, 2006),83.
③ Maass, "The Toppling."
④ 作者对福克斯一位制片人的采访。

"太棒了！美国国旗！"福克斯新闻的一位记者感叹道。"太好了！萨达姆·侯赛因现在被压在了星条旗下了。从现在起，你看到的全都会是这个画面！"①

五角大楼的反响远没有这般热情。美国国旗像一个诡异的头罩盖着雕像的头，这样的形象有可能会把原本是胜利的画面变成美帝国主义的象征。这支部队的上级詹姆斯·马蒂斯少将接到了五角大楼火急火燎发来的命令，要求将国旗取下。这些话还没来得及传到吊车的操作员那里，恰巧有人递给他一面伊拉克国旗。

现在该海军陆战队让吊车派上用场了。铁链一拉紧，雕像摇晃了一下，然后扣了下来。它拦腰断开，猛地往前一冲，离开了底座。挤来挤去的伊拉克人围在雕像四周。"用'欢欢喜喜'这个词来形容你现在看到的这一切，似乎太过温和了。"福克斯的一位主播夸张地说。② 在华盛顿举行的一场新闻发布会上，国防部长唐纳德·拉姆斯菲尔德欣然采用了媒体那套造作的说辞。"获得自由的伊拉克人在街头庆祝，他们骑上了美国的坦克，将位于巴格达市中心的萨达姆·侯赛因雕像推倒，这样的画面令人叹为观止，"他对记者说道，"看着他们，人们不禁会联想到柏林墙的倒塌以及铁幕的崩解。"③

对于福克斯新闻和白宫来说，雕像的倒塌本该是这个故事最后一幕的一个关键点。那一整天，福克斯每隔 4 分半钟就播放一次倒塌的片段，次数几乎是 CNN 的 2 倍。④ 美国已经挑明了，对入侵伊拉克持怀疑态度的人都是懦夫。"现在伊拉克战争基本结束了，那些反战人士要求在重建伊拉克的未来方面发挥作用。让人差点以为是'黄鼠狼轴心国'打赢了这场战争。"几天后福克斯一位主播这样说道。⑤

---

① Jaramillo, *Ugly War, Pretty Package*, 199.
② David Asman, Fox News Channel, April 9, 2003; video available at http://www.youtube.com/watch?v=4uyttSrkW6Q.
③ Maass, "The Toppling."
④ Rich, *The Greatest Story Ever Sold*, 84.
⑤ John Gibson, *The Big Story with John Gibson*, Fox News Channel, April 16, 2003.

尽管有13名美国士兵在天堂广场那一幕过去一个星期后在伊拉克被杀，但福克斯对战争的报道骤减了70%。① "他们得到了他们要的结局，"一位制片人说，"对于美国以及有线电视新闻的观众来说，这个故事始于9·11，终于天堂广场。"②

只是战争这才刚刚开始。天堂广场事件之后，福克斯在节目安排上的选择变得更为复杂。对战斗和胜利的讲述已经结束——但新故事该讲些什么，还远未明了。当福克斯的名人主播和乔治·布什宣布任务完成时，搞砸了的占领和残酷的教派叛乱这些令人不安的预兆是不可能忽视掉的。

政府越来越需要为此前已经宣布赢得的东西做一番辩解。而福克斯是他们的首选平台。2003年9月，在没有发现大规模杀伤性武器之后，布什的传媒总监丹·巴特利特安排布什上布里特·休姆在福克斯的节目，做一下危机管理。③ 这是自大规模杀伤性武器问题有可能成为一种负担以来，布什第一次接受长时间的采访。"我认为他把它们藏起来了，"布什对休姆说，"他长期以来都非常擅长欺骗文明世界，因此军队需要一段时间才能真正摸清情况。但我坚信他拥有大规模杀伤性武器。"④

2003年秋天，福克斯的记者要挖的是表现出"生活恢复正常的迹象"的积极乐观的新闻。⑤ 10月1日播出的一段新闻高调展示了一所翻新的学校里，"孩子们兴奋地看着新来的老师"。⑥ 10月9日有一名西班牙外交官被杀，而福克斯那天播了一条有关戏剧制作的新闻，

---

① Sean Aday, John Cluverius, and Steven Livingston, "As Goes the Statue, So Goes the War: The Emergence of the Victory Frame in Television Coverage of the Iraq War," *Journal of Broadcasting & Electronic Media* 49, no. 3 (Sept. 2005):326.
② 作者对福克斯一位前制片人的采访。
③ 作者对布什政府一位前官员的采访。
④ Rich, *The Greatest Story Ever Sold*, 288.
⑤ Brit Hume, *Special Report with Brit Hume*, Fox News Channel, Oct. 9, 2003.
⑥ 同上, Oct. 1, 2003.

以此证明"在伊拉克重获自由的同时,生活中的一些艺术乐趣也重新涌现"。①

休姆和另外一些人告诉观众,战争进展顺利,是媒体在一味地抹黑。"对于很大一部分伊拉克人来说,生活正在恢复正常,并且已经有了很大的起色……为什么会有人赶到那里只为了报道一些坏消息呢?"休姆在节目的某个环节抱怨道。②

约翰·穆迪告诉制片人不要过度关注正在上升的美军死亡人数。"不要盲目地哀悼美国人的伤亡情况,并大声追问我们为什么在那里?"穆迪在一份新闻编辑室的备忘录中这样写道,"美国人之所以在伊拉克,是为了帮助这个被残害了30年的国家保护伊拉克自由行动所取得的成果,并使其走上民主之路。伊拉克的一些人不希望这种情况发生。这就是为什么美国大兵在那里流血牺牲。而这才是我们应该提醒我们的观众的。"③ 穆迪的论点是,打仗总是会死人的。"这也是他讨厌飓风和暴雪的原因,"一位同事解释说,"他还会说:'你为什么会对冬天下雪这样的事感到惊讶呢?'"④

阿布格莱布监狱虐囚丑闻曝光后不久,穆迪打电话到新闻编辑室,告诉制片人不要循环播放遭受虐待的伊拉克囚犯的照片。他说:"你知道吗?这类东西我看得已经够多了。"在一份备忘录中,他提醒福克斯的制片人也应该关注美国囚犯的可怖照片。"来自阿布格莱布监狱的照片让人看了心里发毛,"他说,"这些画面无疑引起了民愤。今天,我们这里还有一张照片——在阿拉伯电视台播出过——是一名美国人质,他的双眼被人用围巾蒙住了,很明显这非他所愿。有谁为他感到愤慨了吗?重要的是,我们要正确看待阿布格莱布那里的情

---

① *Special Report with Brit Hume*, Fox News Channel, Oct. 9, 2003.
② 同上。
③ Media Matters staff, "33 Internal FOX Editorial Memos Reviewed by *MMFA* Reveal FOX News Channel's Inner Workings," Media Matters for America, July 14, 2004, http://cloudfront.mediamatters.org/static/pdf/foxmemo_040604.pdf.
④ 作者对福克斯一位资深制片人的采访。

况。这个新闻故事开始有了自己的发展势头。"①

　　2004 年,福克斯甚至还考虑过聘请五角大楼 33 岁的联军临时权力机构发言人丹·塞纳来负责福克斯的战争报道。② 他在绿区③召开的媒体通气会听上去积极乐观,却成了一厢情愿的典范。④ 塞纳拒绝了福克斯的邀请,但与福克斯签约做了有偿出镜的节目嘉宾。⑤

　　当情况变得越来越明显,伊拉克战争并不像福克斯所宣扬的那样是一场胜利时,艾尔斯开始将他的观众的注意力转移到其他方向。与此同时,公司高层也出现了动荡。2003 年秋天,艾尔斯和布莱恩·刘易斯就刘易斯与电视网续约合同中的争议进行谈判。从表面上看,分歧在钱的问题上。艾尔斯告诉人们刘易斯的要价太高。⑥

　　"我只消辞掉他,让齐默曼接替他的位置!"他生气地说道,罗伯特·齐默曼是刘易斯的副手。现实中,两人之间的摩擦其实是导师和门生之间的较量。10 年来,刘易斯一直在艾尔斯的阴影下工作。46 岁的他越来越坚持自己的主张,但艾尔斯对他的独立倾向感到恼火,他称刘易斯为"牛仔"和"泄密者"。沮丧之余,刘易斯已在寻求别的工作机会。11 月的一天,当刘易斯在艾尔斯的办公室跟他谈判时,两人的冲突达到了前所未有的激烈程度。

　　"你要求大家忠诚,但你自己从没有表现出忠诚。"刘易斯对他说。

　　艾尔斯神情怪怪的。他抓起桌上的一个水瓶,朝刘易斯的方向扔

---

① Media Matters staff, "33 Internal FOX Editorial Memos Reviewed by *MMFA* Reveal FOX News Channel's Inner Workings," http://cloudfront.mediamatters.org/static/pdf/foxmemo_050504.pdf.
② 作者对布什政府一位前官员的采访。
③ Green Zone,是巴格达一个相对安全且满布绿色植被的区域,是政治、外交和商业活动的核心地带。——译者
④ Jim Dwyer, "Bush Voice in Iraq Eyes U.S. Senate Run," *New York Times*, March 16, 2010.
⑤ 作者对布什政府一位前官员的采访。
⑥ 关于刘易斯谈判的叙述来自作者对熟悉此事的消息人士的采访。

福克斯新闻大亨　　417

了过去。瓶子砰的一声砸在墙上。"我故意没砸中你的。"他说。

会后,刘易斯告诉同事们自己在福克斯的日子可能结束了。当朱迪·拉特萨走进他的办公室时,他泪流满面。6个星期后,即2004年2月,艾尔斯的态度缓和下来,与刘易斯签了一份新协议。艾尔斯需要刘易斯在他身边。

十八、"你打算用这些权力做什么呢？"

在福克斯，"公平和平衡"的含义之一，就是一个直言不讳的民主党人可以在黄金时段对民主党总统候选人的大肆打击中发挥关键作用。2004年8月4日，星期三，比尔·希恩请来了帕特里克·哈尔平，一位来自长岛的政治家兼自由派电视评论员，让他替正在休假的艾伦·科尔梅斯上节目。①时年51岁的哈尔平那几年一直在做类似的兼职工作。1990年代初，哈尔平和希恩在长岛公共广播电台WLIW相识，希恩是那里的制片人，哈尔平则主持一档模仿《交锋》（*Crossfire*）的节目。尽管他们在政治立场上有分歧，但还是一拍即合。"他非常接地气。反正我不会称比尔·希恩为思想家。"哈尔平说。

哈尔平只见过艾尔斯一次。"你知道我帮助过两位总统胜选吗？"艾尔斯在希恩带着哈尔平参观办公室的时候说。虽不是福克斯的常客，但哈尔平熟悉这一套东西。"这是娱乐行业，这一点绝不会错。"他说。这就是为什么即便他知道《汉尼提和科尔梅斯》这档节目是做过手脚的，是为了让自由派颜面尽失，但他还是对希恩邀请他上节目跟保守派辩论表示欢迎。这应该很有趣。不过，对于汉尼提的制片人在操纵观众方面使的那些小手腕，哈尔平还是会感到不安，比如他们让自由派的搭档主持人在节目中念出"公平和平衡"这句口号。这些年来，哈尔平多次尝试避开读这句口号，但都没办到。他说："你永远都不可能改变剧本。""他们很清楚自己的观众是谁：白人男子。"他说，"他们给这些观众一个能引起共鸣的信息。"希恩也跟他说过类似的话。"我记得有一次问他：'比尔，所有这些金发碧眼的辣妹是怎么回事？'他只是笑了笑说：'你知道，我得告诉你，这收视率高得都冲破屋顶了。'"

8月4日这期的《汉尼提和科尔梅斯》将从此改变哈尔平对福克斯的看法。② 离播出还有约一小时的时间，哈尔平与汉尼提的制片人一起过一遍节目内容。最后一个环节引起了他的注意。"稍后，我们将为您独家播出一则可能对克里参议员造成某种打击的全新竞选广告。我们抢在别人之前拿到了，并将在这个节目中让大家先睹为快。"他这部分的台词这样写道。哈尔平向一位制片人询问此事，但得到了一个模棱两可的回复，说是保守派的一则新广告，还提到了一个当时不太熟悉的术语：雨燕艇③。福克斯是通过汉尼提与右翼的关系拿到这则广告的。"明天将要发布的一则新的电视广告肯定会让克里的竞选团队抓狂的，"汉尼提在节目中说，"这则广告由雨燕艇老兵寻求真相组织④资助，拍摄对象都是反对克里参议员参选的越战退伍军人。现在，《汉尼提和科尔梅斯》抢先一步独家获得了这则广告的拷贝。让我们一起来看看吧。"

广告片以一张有颗粒感的黑白照片开场，照片中的克里身穿越战制服，站在一群年轻军人中间。这时，从某次政治演说中截取的副总统候选人约翰·爱德华兹的声音，配合开头的画面娓娓道来："如果你对约翰·克里的为人有任何疑问，只要跟那些30年前和他一起服役的人一起待3分钟就可以了。"屏幕上，克里的照片被粗体字取代，写着："以下是那些人对约翰·克里的看法。"这些中年男子很快便一个接一个地说起了自己的感言。"我曾与约翰·克里一起服役。……我曾与约翰·克里一起服役。……约翰·克里对于在越南发生的事并

---

① 本节的大部分细节来自作者对福克斯前替补主持人、民主党政治家帕特里克·哈尔平的采访。
② Sean Hannity, "Veterans Run Ad Against Kerry," *Hannity & Colmes*, Fox News Channel, Aug. 4, 2004.
③ Swift Boat，一种在墨西哥湾为海上石油平台服务的通勤船，因为行动敏捷而被称为"雨燕艇"，后因符合军方需求，成为美国海军的快速巡逻艇之一。——译者
④ Swift Boat Veterans for Truth，以下简称雨燕艇组织。——译者

不诚实。……他对自己的经历撒了谎。……我知道约翰·克里对于他的第一枚紫心勋章的事撒了谎，因为他那次受伤是我治疗的。……约翰·克里靠撒谎得到了那枚铜星勋章。我知道。我当时在场。我目睹了一切。"①

"这条广告很有冲击力。"汉尼提在广告结束时说。他还告诉观众，除了第二天晚上会完整地播放这则广告外，他将在让克里竞选团队来回应之前和雨燕艇老兵做个现场访谈。"我们会把两边都安排好。"他保证道。

哈尔平的第一感觉是这招着实"荒谬"。抹黑克里的军旅生涯带有一种绝望之感。在镜头外，汉尼提很肯定地告诉哈尔平他是错的："这将改变整个竞选活动。"

汉尼提是对的。第二天，一波耗资 50 万美元的广告活动直奔俄亥俄州、威斯康星州和西弗吉尼亚州这几个关键的摇摆州而去。② 这次广告投放的总价不算很高。但福克斯新闻不断创造条件让这则广告火爆。整整一个星期，主持人和评论员对来自各方的指控进行了激烈的辩论。8 月 5 日，布里特·休姆在其新闻节目中播出了关于该广告的两个片段。③ 当天晚上，比尔·奥莱利为了证明自己是诚实的，对指控克里的人进行了指责。他对迪克·莫里斯抱怨道："我认为这太糟糕了。"④

"我认为这不仅可怕，而且愚蠢且危险。"莫里斯回答。

支持也好，反对也罢，这都不重要。光是讨论这一争议就很有看

---

① Swift Boat Veterans for Truth, "Any Questions?," 2004 political advertisement, available at http://archive.org/details/swb_anyquestions.
② "It's Not All Fair Game," editorial, *Los Angeles Times*, Aug. 6, 2004.
③ Brit Hume, "Political Headlines" and "All-Star Panel," *Special Report with Brit Hume*, Fox News Channel, Aug. 5, 2004.
④ Bill O'Reilly, "Unresolved Problem," *The O'Reilly Factor*, Fox News Channel, Aug. 5, 2004.

头了。艾尔斯差不多在那个时期说过这么一句话:"有线电视新闻开始改变新闻议程了。"① 在福克斯公司的推波助澜下,雨燕艇组织的这场争议显示出从克林顿时代开始的一个明显变化。围绕克林顿和莫妮卡·莱温斯基的丑闻,其核心还是一个真实故事。但雨燕艇组织一开始只是一则竞选广告,引发了一场关于潜在事实可能是什么的有线电视辩论——争议是主要的。而对艾尔斯,这是个完美典范;赶尽杀绝的竞选政治与引人入胜的电视节目完美结合,不可分割。

这则广告是福克斯一个大范围展开的宣传活动的顶点。自从克里锁定提名后,福克斯就把他刻画成一个脱离现实的、娶了外国富婆当老婆的法国人。② "二楼发出了一些微妙的命令,比如他是法国人。"一位资深制片人回忆说。③ 福克斯的主播们还帮着把克里变成一个卡通人物。"他可能是个来自波士顿的贵族,上的是常春藤大学,在法国还有一些表亲,但是不该因为这个,当约翰·克里上个星期说他因为说唱音乐表达了一些重要的东西而密切关注这种音乐形式就嘲笑他,这样做不公平。"布里特·休姆在4月份的一期节目中嘲讽道。④ 这是约翰·穆迪在其新闻编辑室的备忘录中强调的信息。"克里正在西弗吉尼亚州,开始感受到自己在投票上出尔反尔的记录带来的压力。"这位新闻高管在3月写道。⑤ 雨燕艇组织的广告为福克斯的观众提供了一个重温越战那代人的宿怨的机会。"绶带还是奖章?约翰·克里从越南回来后扔掉了哪一个?"穆迪在4月写道,"这或许是

---

① Auletta, "Vox Fox."
② 比如,参见 *On the Record with Greta Van Susteren*, Fox News Channel, Nov. 1, 2004(劳拉·英格拉姆:"很多人都会听进去,并且意识到他们如果支持克里,就是在向法国人看齐。"); *The Big Story with John Gibson*, Fox News Channel, Oct. 22, 2004(约翰·吉布森:"克里在白宫跟希拉克说法语吗?")。
③ 作者对福克斯一位资深制片人的采访。
④ Brit Hume, "All-Star Panel," *Special Report with Brit Hume*, Fox News Channel, April 6, 2004.
⑤ Media Matters staff, "33 Internal FOX Editorial Memos Reviewed by MMFA Reveal FOX News Channel's Inner Workings."

他今天面临的一个问题。比起对他在服役期间所作所为的质疑,他给人的那种对军队不尊重的印象会更有损于他的候选人形象。"①

在福克斯所有的主持人中,汉尼提不断推进这条新闻的发展。在他与哈尔平让那则广告首次亮相的那一周,汉尼提第一次在电视上采访了约翰·奥尼尔,这位得克萨斯州律师是雨燕艇组织的创始人,当时他正在宣传他写的一本反对克里的书《难堪大任》(*Unfit for Command*)。② "我读了这本书,"汉尼提告诉奥尼尔,"坦率地说,书里那些他的越战同袍说的情况,他们和他一起经历过的事,对克里参议员而言是毁灭性的。他们几乎驳斥了他讲述的关于他在那里经历的每件事。"③

"这是他一贯谎话连篇和夸大其词的作风,这对那些跟他一起出生入死的人而言是极大的羞辱。"奥尼尔回答说。

《难堪大任》一书登上了《纽约时报》的畅销书榜首,CNN 和 MSNBC 也不得不报道了这条新闻。④ "啊呀,我知道我们这帮人接受了大约 1000 次不同的电视和广播采访。上了几乎每家电视网的节目。"奥尼尔后来说。回想当年,他为这些结果兴奋不已。"我做过的最棒的事就是捐了一个肾给我妻子,其次就是这个雨燕艇〔广告〕。"⑤

许多民主党人认为,这明显是一场人为制造的争论,对他们的候选人毫无威胁。但克里的支持者并不了解有线电视的这种新动态。他

---

① Media Matters staff, "33 Internal FOX Editorial Memos Reviewed by *MMFA* Reveal FOX News Channel's Inner Workings."
② Sean Hannity, "Interview with John O'Neill," *Hannity & Colmes*, Fox News Channel, Aug. 10, 2004.
③ 同上。
④ "Hardcover Nonfiction," *New York Times*, Sept. 19, 2004, http://www.nytimes.com/2004/09/19/books/bestseller/0919besthardnonfiction.html; see also Robert Novak, "Did John Kerry Misrepresent Vietnam Record?," *Crossfire*, CNN, Aug. 12, 2004; Chris Matthews, interview with John O'Neill, *Hardball*, MSNBC, Aug. 12, 2004.
⑤ 作者对该书作者、律师约翰·奥尼尔的采访。

福克斯新闻大亨　　**423**

们没有理会与艾尔斯关系密切、了解其出牌套路的自由派人士的警告。事实证明，这是一个严重的误判。

福克斯新闻的嘉宾苏珊·埃斯特里奇就是其中之一。[①] 当她看着雨燕艇组织的新闻像雪球一样越滚越大时，她想起了她 1988 年负责杜卡基斯竞选活动的经历。所有这些动态都在重复上演。1988 年，威利·霍顿那条广告是一个与乔治·H. W. 布什的竞选团队有暗中来往的外部团体制作的。[②] 而雨燕艇组织的这条攻击性广告，也是由与小布什竞选团队有着财务和人际关联的有权势的共和党人资助的。[③] 然而，在 2004 年，造成克里败选的这些始作俑者有一个关键优势：福克斯新闻。威利·霍顿那条广告的幕后团体不得不购买电视时段来播放，并期望广播媒体和报纸能对此进行报道。有了福克斯新闻，保守派就有了一个 24 小时播出的电视网，让他们能够将攻击性话语直接注入政治血液中。政治广告和新闻之间的相互影响是以前就有的一种竞选招数。艾尔斯在 1980 年代担任政治顾问时就说过，电视网只关心图片、冲突和错误。如果一条广告引发了冲突，记者就一定会把它作为"新闻"来报道。福克斯新闻就是一个永无休止的冲突制造机。

这在 2004 年的竞选中已经发生过一次了。埃斯特里奇在 5 月份接到汉尼提的制片人打来的电话，想约她参加节目中关于共和党全国委员会制作的一条互联网广告的环节。那条广告讽刺克里好比一只蝉，试图在大选前蜕去他的自由主义外壳。[④] "我们希望你谈谈你对

[①] 本节大部分内容基于作者对杜卡基斯的前竞选经理、现任福克斯新闻的分析师苏珊·埃斯特里奇的采访。
[②] "The Race for the White House Notebook: Maker of Horton Ad Sets Sights on Clinton," *Boston Globe*, March 31, 1992；作者对罗杰·斯通的采访。
[③] See, e. g. , Evan Thomas, "All in the Family," *Newsweek*, Nov. 15, 2004.
[④] Asawin Suebsaeng, "A Political History of the Cicadas," Political Mojo" (blog), MotherJones. com, May 10, 2003, http://www.motherjones.com/mojo/2013/05/political-history-cicadas-ronald-reagan.

这条广告的价值的看法。"制片人对她说。① 埃斯特里奇没好气地怼了回去:"这广告在电视上放过多少次了?"制片人结结巴巴不知该说什么。在挂掉电话前,埃斯特里奇警告说她要打电话向艾尔斯投诉。当她这天下午联系上艾尔斯时,他"突然大笑起来",她回忆道,"他说:'我认为是我最先想出了这个技术。'"。

埃斯特里奇试图在福克斯的节目中为克里辩护。刚巧,她被安排替科尔梅斯做 8 月 5 日的节目,也就是哈尔平那期的第二天晚上。② 汉尼提将要采访范·奥戴尔,广告片中出现的一位雨燕艇老兵。当埃斯特里奇给克里和爱德华兹的竞选总部打了电话,希望知道上节目可用的谈话要点时,她的担心果然应验了:竞选团队什么都没准备。③ 民主党人非但没有与埃斯特里奇结交取得她的支持,利用好她与福克斯新闻的关系,反而对她避而远之——以此作为对她与艾尔斯合作的惩罚。在波士顿举行的民主党全国代表大会上,她也受到了排挤。她说:"无论我走到哪里,都会受到批评。"她说。甚至在杜卡基斯举办派对时,她也没在嘉宾名单上。"就算这是办事人员的一个失误,也是非常伤人心的。"她回忆道。④

格雷塔·范·苏斯特伦的丈夫约翰·柯尔律师,是另一个与艾尔斯有来往的民主党人,他想为克里避开这场灾难尽一分力。⑤ 就在汉尼提在节目中大肆宣传奥尼尔的书的前几天,柯尔接到了他的朋友、莱斯大学历史学者道格拉斯·布林克利打来的电话,此人最近正在写一本追捧克里的传记《天职苦旅》(*Tour of Duty*)。⑥ 布林克利在电

---

① 作者对苏珊·埃斯特里奇的采访。
② Sean Hannity, *Hannity & Colmes*, Fox News Channel, Aug. 5, 2004.
③ Evan Thomas, *Election 2004: How Bush Won and What You Can Expect in the Future* (New York: PublicAffairs, 2004), 121;作者对苏珊·埃斯特里奇的采访。
④ 作者对苏珊·埃斯特里奇的采访。
⑤ Mark Leibovich, "'C-List' Debate Spinners Stand Alone," *Washington Post*, Oct. 10, 2004.
⑥ 本节信息来自作者对约翰·柯尔的采访。

话中掩饰不住激动的情绪，他告诉柯尔自己已经拿到了奥尼尔的书，对书中的歪曲和谎话连篇感到震惊。"妈的，你得给克里打电话。"布林克利对他说。柯尔立马安排了与克里的会面，并恳请他对奥尼尔和雨燕艇组织的诽谤行为提起诉讼。"他当时对做这件事兴致勃勃。"柯尔回忆说。但跟埃斯特里奇的遭遇一样，克里的顾问们也没有理会柯尔的话。克里的竞选经理鲍勃·斯鲁姆和其他一些人警告这位候选人，发起反击只会让更多人注意到那些虚假指控，让丑闻传得更快。① 之后近三个星期，克里都没有亲自对雨燕艇老兵做过任何回应。

24小时不间断播出的有线电视新闻报道提供了免费的宣传。等到克里为自己辩护时，一项民意调查发现，全国近一半的人已经听说或者看过雨燕艇组织的这条广告。② 离竞选还有最后几天，当福克斯把克里描绘成恐怖分子的宠儿时，克里的阵营炸开了锅。在本·拉登的录像带于10月底公布后，福克斯的主播尼尔·卡夫托在镜头前说，他觉得自己在本·拉登的巢穴里看到了克里的"纽扣"。③ 克里的资深顾问、曾担任过杜卡基斯的竞选经理的约翰·萨索威胁要把福克斯的制片人凯瑟琳·洛珀赶下竞选团队的专机。④

"就是那个人吗？是她吗？"萨索一边说一边看着洛珀，"我要她明天就离开这架飞机。我不开玩笑。"

11月2日晚，艾尔斯和默多克在福克斯新闻的楼里一起观看了票选结果。⑤ 穆迪向艾尔斯汇报了决策部的最新信息。

---

① Thomas, *Election 2004*, 125.
② Jim Rutenberg and Kate Zernike, "Going Negative: When It Works," *New York Times*, Aug. 22, 2004.
③ Dan Collins, "Kerry Camp Fumes at Fox Anchor," CBSNews.com, Feb. 11, 2009, http://www.cbsnews.com/2100-250_162-652595.html.
④ Patrick Healy, "Angry over On-Air Remark, Adviser Threatens a Ban," *Boston Globe*, Oct. 31, 2004; 作者对事发时在场的一位消息人士的采访。
⑤ Michael Wolff, *The Man Who Owns the News: Inside the Secret World of Rupert Murdoch* (New York: Random House, 2008), 38.

凌晨 0 点 40 分,福克斯宣布布什拿下了俄亥俄州。① 在这个双方争夺激烈的州获胜,让布什离 270 张选举人票只有一票之差,连任几乎板上钉钉。但为了避免重蹈 2000 年的覆辙,福克斯拒绝冒险行事。时间一点一点地流逝,根据西部各州的预测结果,布什明显领先,但福克斯和其他电视网拒绝就此宣布布什赢得大选,这让布什的助手们大为不满。② 罗夫给福克斯的分析员迈克尔·巴龙打了个电话。③

"我刚从罗夫那里得到了一些新墨西哥州的消息。"凌晨 2 点刚过,巴龙告诉穆迪和决策小组的成员。

"还不到时候。"穆迪提醒说。

丹·巴特利特从布什的竞选总部给艾尔斯狂打电话,但都没接通。④ 艾尔斯在他给罗夫的备忘录遭泄露后备受指责,他不想被人看到他和布什的人搞在一起,这是可以理解的。"你知道我没打算接你的电话,巴特利特。"艾尔斯在几个星期后告诉他。⑤ 最后,是克里让福克斯的决定变简单了。星期三上午,他承认自己竞选失败。

布什获胜后,"雨燕艇"一词被收入美国的政治词典。⑥ 克里作为候选人的缺点——他那种名士般的矜持和深思熟虑的神态——无疑是他失败的原因。但根据肖恩·汉尼提的说法,福克斯新闻至少应该得到些赞誉。"肖恩说,他觉得自己在把克里拉下马这件事上发挥了重要的作用。"哈尔平事后回忆自己在选举结束不久与汉尼提的一次

---

① Jacques Steinberg and David Carr, "Once Bitten, Twice Tempted, but No Call in Wee Hours," *New York Times*, Nov. 4, 2004.
② Jacques Steinberg and David Carr, "Once Bitten, Twice Tempted, but No Call in Wee Hours," *New York Times*, Nov. 4, 2004. 作者对布什竞选团队一位高级官员的采访。
③ Steinberg and Carr, "Once Bitten, Twice Tempted, but No Call in Wee Hours."
④ 作者对布什政府一位高级官员的采访。
⑤ 作者对布什竞选团队一位官员的采访。
⑥ Bill Ward, "Word Up," *Minneapolis Star Tribune*, Nov. 7, 2012.

谈话时这样说道。① 哈尔平说自己在宣传雨燕艇老兵的过程中扮演的是一个次要角色，但他还是心有不安。"不幸的是，我成了其中一件道具。"他说。

几个月后，哈尔平在给科尔梅斯代班的时候决定一吐为快。② 在讨论布什干预特丽·夏沃生死权案③的那期节目开始前，汉尼提叫他对嘉宾里克·桑托勒姆和"爱家协会"（Focus on the Family）创始人詹姆斯·多布森手下留情。"对这些人客气一点，他们的收视率很高。"汉尼提说。④ 哈尔平并没有理会这一指令。他不停地向两人抛出刁钻的问题。"肖恩气坏了。他说：'你为什么那么干？'"哈尔平回忆道，"我再也没被邀请去做嘉宾主持。比尔·希恩暗示说肖恩不想用我。"⑤

对民主党人来说，连续输掉总统选举的重创证实了一个政治现实：9·11之后的美国是一个共和党的国家。当然，走到这个地步，福克斯新闻功不可没。但这场胜利让福克斯新闻以及艾尔斯本人走到了一个他们从未达到过的境地：众矢之的。

福克斯新闻现在是一个每年收入超过2亿美元的巨无霸，它的成功改变了有线电视界的重心，也给更广泛的文化带来了变化。⑥ 当MSNBC试图通过增加保守派的评论撬走艾尔斯的观众时，美国喜剧中心频道则借着福克斯新闻的可笑故事开始蓬勃发展。2004年7月，

---

① 作者对帕特里克·哈尔平的采访。
② James Dobson and Rick Santorum, *Hannity & Colmes*, Fox News Channel, March 18, 2005.
③ 佛罗里达州女子特丽·夏沃1990年2月25日在家中突然昏倒，心脏停跳，导致严重的脑损害。昏迷8年后，她的丈夫2005年请求法庭准许移除其生命支持系统，由此导致了一系列关于生物伦理学、安乐死、监护人制度、联邦制以及民权的严重争论。特丽·夏沃在被拔掉进食管13天后死亡。——译者
④ 作者对帕特里克·哈尔平的采访。
⑤ 同上。
⑥ Jacques Steinberg, "Fox News, Media Elite," *New York Times*, Nov. 8, 2004.

改革派纪录片导演罗伯特·格林沃德推出了电影《以计制胜：鲁伯特·默多克对新闻业之战》（Outfoxed: Rupert Murdoch's War on Journalism）。① 该片制片人是像 MoveOn.org 这样的自由团体，他们积极为这部揭示内幕的影片宣传，使其出人意料地火了起来。②

罗杰·艾尔斯的观众身上那股热情是此前电视新闻界从未有过的，这是福克斯将政治和娱乐相结合的结果。福克斯拥有的不是观众，而是粉丝。这些人在黄金时段收看电视的平均时间比 CNN 的观众长 30%。③ 在新闻界，这是一个前无古人的成就。当艾尔斯后来决定推出一个网站，专门用来汇总保守派的头条新闻时，该网站被冠上了一个恰如其分的名字"福克斯族"（Fox Nation）。④ 收看福克斯的都属于一个部落。

福克斯酣畅淋漓地肢解了克里的竞选活动，让自由派不得不承认福克斯已经改变了政治。"在福克斯新闻出现之前，很多新闻根本不会引起关注，"罗伯特·施鲁姆后来说，"就拿雨燕艇那件事来说吧：如果你有过去亨特利-布林克利的节目时段，它就不会出现在电视上。"⑤ 保守派的激情已经爆发，进入主流，经过重新包装成为黄金时段的娱乐。罗伯特·保利和约瑟夫·库尔斯的梦想实现了。

民主党人普遍认为，需要采取一些措施来对抗艾尔斯的影响。毫不意外的是，他们在策略上争得面红耳赤。围绕福克斯新闻的这场论战，实际上代表着民主党内部更大的冲突。一方是以比尔·克林顿及其盟友为首的温和派，他们主张与福克斯接触。他们认为，这是一个

---

① Robert Greenwald, *Outfoxed: Rupert Murdoch's War on Journalism*, Carolina Productions and MoveOn.org, film, July 13, 2004.
② Pamela McClintock, "'Outfoxed' Jumps over DVD Rivals on Amazon," *Daily Variety*, July 21, 2004.
③ Stephen Battaglio, "New CNN Team Seeks a Long Run," *Daily News*, Sept. 16, 2003.
④ Howard Kurtz, "Fox News Launches Conservative Web Site Fox Nation," *Washington Post*, March 30, 2009.
⑤ 作者对民主党政治顾问罗伯特·施鲁姆的采访。

基本的选举数学问题。鉴于艾尔斯的观众群体——当时已经超过了 CNN 和 MSNBC 观众数的总和——忽视他实属愚蠢之举。① 当艾尔斯在 1998 年将迪克·莫里斯招进福克斯时，克林顿对自己的这位前顾问说，他很高兴其将与反对派打成一片。范·苏斯特伦的丈夫约翰·柯尔认同克林顿的论点。"对福克斯避而远之的想法是愚蠢的，"他说，"最坏的情况是什么？你被比尔·奥莱利或肖恩·汉尼提骂了？但你的支持者会因为你被骂而喜欢你，所以这没什么不好。"②

但克林顿的实用主义在该党日益壮大的基层群众中激起了强烈的反对。那些通过新兴的社交网络以及像 Daily Kos、MoveOn.org 这样的进步网站进行线上联系的所谓网根③运动成员，拥护一种自由的民粹主义，将福克斯视为敌人。④ 他们的首选策略是对抗，而不是接触。左派的反福克斯运动始于 2000 年重新计票后。在 2002 年接受《纽约观察家报》采访时，阿尔·戈尔宣称福克斯新闻是"共和党必不可少的一部分"。⑤ 无可否认，这是一个站在党派立场的分析。但戈尔的说法在左派中引起了共鸣。在 2004 年充满争议的民主党初选中，他的好斗立场在佛蒙特州前州长霍华德·迪安那里发扬光大。⑥ 迪安在艾奥瓦州党团会议中的落败终结了他的草根竞选活动，但基本盘的热情有增无减。

迪安最终升任民主党全国委员会主席，将他的对抗风格推向了主

---

① Michele Greppi, "Ratings Increase for Fox, Headline," *TelevisionWeek*, July 11, 2005.
② 作者对约翰·柯尔的采访。
③ Netroots，由"互联网"（internet）和"草根"（grass roots）结合造出的新词，是指通过博客或其他网络媒体组织起来的政治行动主义者，他们强调技术革新，以网络对传统的政治参与发起革命性冲击。——译者
④ Jonathan Chait, "The Left's New Machine," *New Republic*, May 21, 2007.
⑤ Josh Benson, "Gore's TV War: He Lobs Salvo at Fox News," *New York Observer*, Dec. 2, 2002.
⑥ Howard Kurtz, "Reporters Shift Gears on the Dean Bus; Iowa Vote and Outburst Rewrite the Campaign Saga," *Washington Post*, Jan. 23, 2004.

流。① 在布什第二次就职典礼后不久举行的一次民主党筹款活动中,克林顿阵营内亲福克斯的民主党人试图就此事进行干预。② 迪安是当晚的贵宾。约翰·柯尔也出席了,并决定在鸡尾酒会上跟迪安当面沟通一下。"让我跟你谈谈吧,"他一边说一边把他拉到一间空着的卧室,"民主党人干吗要抵制福克斯呢?"

"他们不是一个真正的新闻机构!"迪安厉声道。

"很好,那就向该死的右派缴械投降吧,"柯尔愤怒地说,"让他们继续这样下去,想说什么就说什么。收看他们节目的民主党人比看CNN的还要多!"

两个人开始在一个10分钟的自由讨论环节冲对方大喊大叫。

柯尔的外交推理有其道理,同时也存了些私心,毕竟他的妻子是福克斯黄金时段的节目主播。但这是一场失败的争论。势头已经转到对迪安有利的方向。民主党人越来越将媒体视为国家意识形态斗争的中心阵地。

2003年夏天的一个早晨,大卫·布洛克来到国会山参加一小群自由派参议员举办的一次私人会议。③ 曼哈顿的媒体企业家、民主党筹款人利奥·辛德瑞在南达科他州参议员汤姆·达施尔的办公室里安排了一次聚会,讨论一个共同的目标:打倒福克斯新闻和保守派电台。如果说有谁知道右翼媒体机器的内部是如何运作的,那人就是前保守派黑幕揭发记者大卫·布洛克。1990年代,布洛克为右翼杂志《美国观察家》撰稿,④ 并被誉为克林顿丑闻的鲍勃·伍德沃德。⑤

---

① Nancy Benac, "Dean and the Democrats: The Outsider Is In," Associated Press, Feb. 11, 2005.
② 作者对约翰·柯尔的采访。
③ 这段叙述基于作者对会议情况有直接了解的消息人士的采访。
④ See, e.g., David Brock, "His Cheatin' Heart," *American Spectator*, Jan. 1994.
⑤ David Brock, *Blinded by the Right: The Conscience of an Ex-Conservative* (New York: Crown, 2002), 191.

2002 年，他出版了一本言辞尖刻的回忆录《被右翼蒙蔽》(Blinded by the Right)，详细介绍了他作为一个庞大的右翼阴谋集团成员的岁月。

布洛克告诉达施尔和他的同事们，他们需要建立一个他们自己的媒体库。布洛克曾帮助制订过一个建立自由派谈话电台网的计划，并提议成立一个监督组织，以揭露右翼媒体的偏见。这是保守派首创的一个策略。多年来，右派建立了一系列活动团体，诋毁报纸和广播新闻是自由派的喉舌。这个手法就是所谓的"利用裁判"。① 布洛克想给左派做一套同样的东西。他将自己的团体命名为"媒体事务"（Media Matters）。

与开创性的保守派组织"媒体精准"和"媒体研究中心"一样，"媒体事务"的工作基地将是一个作战室。其目标将是福克斯新闻和脱口秀电台，而不是用新闻稿围攻《纽约时报》和 CBS 新闻。在福克斯的电视上露面的专家或拉什·林博一发表什么煽动性言论，布洛克的工作人员就会立即将其贴在"媒体事务"的网站上。美国前进保险公司的老板、亿万富翁彼得·刘易斯投资了 100 万美元。其他自由派，包括对冲基金经理乔治·索罗斯，将再投 100 万美元。②

"媒体事务"于 2004 年 5 月启动。③ 几个月前，民主电台（Democracy Radio）开播，首档节目是《埃德·舒尔茨秀》。④ 这两个

---

① Eric Alterman, "Think Again: 'Working the Refs,'" Center for American Progress, May 26, 2005, http://www. americanprogress. org/issues/media/news/2005/05/26/1476/think-again-working-the-refs/.
② Michael Shear, "Soros Donates $1 Million to Media Matters," New York Times, Oct. 20, 2010.
③ "Ex-Conservative Insider Brock Launches Progressive Research and Information Center; Group to Correct Conservative Misinformation," PR Newswire, May 3, 2004.
④ "Progressive Talk Radio Show Hits National Airwaves; Conservative Talk Meets Its Match with the Debut of The Ed Schultz Show," PR Newswire, Jan. 7, 2004.

项目都是自由派对艾尔斯发起反攻的第一炮。但是,为了有效地与艾尔斯抗衡,左派需要将娱乐和政治融为一体。自 1980 年代起,保守派创造了一种平行的媒体文化,从而结束了左派对喜剧的垄断。右派名人有大批的追随者。取得这样的成就是非常了不起的,因为在艾尔斯成长的那个纷争不断的 1960 年代,名气就是时髦的新左派政治的同义词。但随着脱口秀电台、福克斯新闻和保守派图书出版商的兴起,共和党人能够建立一个自成一体的思想体系,让嘲弄自由派变得有趣起来。喜剧激发了人们的投票热情。自由派终于意识到他们需要有他们自己的,能够像拉什·林博、安·库尔特和比尔·奥莱利那样以相同分贝进行表演的名人。阿尔·弗兰肯为这个角色已经排练了近十年。

  作为《周六夜现场》的编剧和表演者,弗兰肯是喜剧精英之一,他勤于学习文化,还是一个政治迷。① 他发现左翼从未在争论中采取这样一种方式,可以模仿保守派令人愤慨的言行,同时对其进行富有深意的批判。1996 年,他出版了畅销书《拉什·林博是个大傻瓜》。② 在之后的作品中,弗兰肯把目光投向了整个保守派的媒体业综合体本身。③ 他组建了一支由 14 名哈佛大学学生组成的团队来研究他的新书《谎言与说谎的骗子:公平和平衡地看待右派》(Lies and the Lying Liars Who Tell Them: A Fair and Balanced Look at the Right)。该书于 2003 年 9 月出版,其中有几章专门把保守派大佬批得体无完肤,标题像是"安·库尔特:疯子"。该书对福克斯新闻尤其蔑视。弗兰肯特别盯上了一位福克斯的专家评论员。书中第十三章的标题是"比尔·奥莱利:撒谎成性、劣迹斑斑的恶棍"。出人意料的是,弗兰肯从一位即兴喜剧演员向揭发丑闻的论战家的转型,即将引发一串连锁反应,有可能毁掉艾尔斯最重要的明星。

---

① Al Franken, "Meet Al," AlFranken.com, http://www.alfranken.com/meet-al/.
② "Best Sellers," *New York Times*, March 3, 1996.
③ Al Franken, *Lies and the Lying Liars Who Tell Them* (New York: Penguin, 2003).

到 2003 年春天，比尔·奥莱利已是一个蓬勃发展的全国性产业了。① 在镜头前，他渴望成为一名文化义警。每天晚上，他都会出镜，保护小人物免受腐败精英的掠夺。他的目标通常是民主党人，②或者好莱坞名人。③ 但是，奥莱利也会出言挞伐那些不那么受欢迎的目标。他抨击红十字会和联合救济会对 9·11 受害者的赔偿管理不善。④ "我们已经改变了这个国家，"他骄傲地宣称，"坏人们现在知道了。他们会为所做的坏事付出代价。"⑤ 奥莱利的野心似乎是个无底洞，而且他还不断找到新的方式来通过他的品牌赚钱。通过各种各样的项目，奥莱利每年收入约为 1000 万美元。⑥ 艾尔斯对自己的高管们发牢骚，说奥莱利借他的电视网恬不知耻地推销自己的货。从某种意义上说，他们之间是竞争关系。"他看到奥莱利会说：'假如他能写本烂书成为畅销书的话，我也想写本我自己的书。'"一位高管回忆道。⑦ 但艾尔斯对此也无能为力。奥莱利每晚都会吸引到观众。他是艾尔斯黄金时段阵容的关键人物。

随着奥莱利的名声渐盛，他的脾气也火爆了起来。影响力如日中天的他，日益发现自己被琐碎的宿怨所吞噬。一天晚上，他称《纽约时报》的专栏作家弗兰克·里奇是"黄鼠狼"。⑧ 在另一期节目中，他要求自己的听众抵制百事可乐，因为该公司请了说唱歌手卢达克里

---

① Matt Zoller Seitz, "O'Reilly Formula: It's All About Good vs. Evil," *Newark Star-Ledger*, May 11, 2003.
② Bill O'Reilly, "Back of the Book," *The O'Reilly Factor*, Fox News Channel, March 24, 2003.
③ Bill O'Reilly, "Talking Points," *The O'Reilly Factor*, Fox News Channel, April 9, 2003.
④ Bill O'Reilly, "Talking Points," *The O'Reilly Factor*, Fox News Channel, Jan. 5, 2005.
⑤ Kitman, *The Man Who Would Not Shut Up*, 208.
⑥ 同上，185。
⑦ 作者对福克斯一位高管的采访。
⑧ Bill O'Reilly, "Interview with *Progressive Magazine*'s Matthew Rothschild," *The O'Reilly Factor*, Fox News Channel, May 19, 2003.

斯来帮忙推销其产品。① 他的世界观变得越来越偏阴谋论，连他的浮夸也达到了新高度。"他的疑心病很重，在这一点上他和艾尔斯很像。"奥莱利的一位前工作人员说。② 奥莱利曾对一名记者宣称，媒体"在试图毁了我"。③ 他认为自己是与历史大扫除斗争的一部分。"自开国元勋时代以来，这种情况一直在发生，"他解释道，"这与权力有关。与嫉妒有关。与意识形态有关。与金钱有关。我的影响力越大，我就不得不和更多的律师打交道，不得不处理更多的破事。"④

奥莱利日益成为艾尔斯在管理上的一个严峻挑战。无论在镜头里还是镜头外，他的愤怒都变得不像是在逢场作戏，更像是一种愤世嫉俗。有些时候，他似乎会突然失控。2003 年 2 月，在一档关于伊拉克战争的抗议运动的节目中，他对着一位名叫杰里米·格里克的年轻反战人士大发雷霆道："闭嘴，闭嘴！"格里克的父亲是在世贸中心工作的港务局人员，在 9·11 事件中遇难。奥莱利还指责格里克让其家人蒙羞。"伙计，我真希望你妈妈没在看这个节目。"他对格里克说，然后很快就让人掐掉格里克的话筒并插播广告。⑤ 两人的争执延续到了镜头之外。"从我的片场滚开，不然我把你的脑袋拧下来。"一位制片人记得当时奥莱利这样说道。⑥

工作人员也遭到了同样的粗暴对待。有次录完节目后，他冲向他员工所在的办公隔间，对着一名年轻的女制片人大发雷霆，指责她搞砸了节目中的一个环节。⑦ 看着身高比她高出 1 英尺的奥莱利大喊大叫，还一拳砸向一个架子，大家都惊呆了。"他离她非常近。"一位目

---

① Bill O'Reilly, "Top Story," *The O'Reilly Factor*, Fox News Channel, Aug. 27, 2002.
② 作者对奥莱利一位前制片人的采访。
③ Kitman, *The Man Who Would Not Shut Up*, 217.
④ 同上。
⑤ Bill O'Reilly, "Personal Stories," *The O'Reilly Factor*, Fox News Channel, Feb. 4, 2003.
⑥ 作者对奥莱利一位前制片人的采访。
⑦ 作者对几位熟悉此事之人的采访。

击者说。"她害怕他会打她。"另一位同事回忆道。奥莱利扬长而去。有人叫来了福克斯的一位高管,护送这位泪流满面的女士到大楼外平复心绪。事后福克斯给了她带薪休假。"比尔从来没为此道歉。"一位了解此事的人说。

奥莱利也对福克斯的主持人冷嘲热讽。"我是大腕。"他对福克斯的高管宣称。① 他与肖恩·汉尼提几乎不相往来。② 奥莱利正试图建立起自己的电台脱口秀事业,与汉尼提这个脱口秀明星一争高下。奥莱利不屑地对同事说,汉尼提是右翼的托儿。汉尼提则反过来嘲笑奥莱利的八卦本性。当汉尼提在电视屏幕上看到奥莱利采访一位色情明星时,他抱怨道:"这种垃圾你也能信?"由于他们的办公室都位于新闻集团大楼的第17层,而且汉尼提的节目紧接奥莱利的,两人的关系非常紧张。

福克斯的高管几乎管不了奥莱利。"他的节目是唯一一个不是由罗杰搞起来的。"一位高管说。③ 这导致他在与弗兰肯交手时一败涂地。当弗兰肯为他的《谎言与说谎的骗子》一书做最后的润色时,奥莱利正要写完自己的那本《谁为你着想?》(Who's Looking Out for You?)。④ 2003年5月30日,奥莱利应邀与弗兰肯和专栏作家莫莉·艾文斯一起出席在洛杉矶举办的美国书展,同台宣传他们的作品。布莱恩·刘易斯的副手罗伯特·齐默曼负责奥莱利的公关工作,他建议奥莱利不要去。"你只会给弗兰肯提供更多的弹药。"齐默曼告诉他。⑤ 奥莱利没有理会。

这场由C-Span电视台的BookTV频道直播的活动,对奥莱利而言是一场可以预见的惨败。弗兰肯对奥莱利来了一通羞辱性的吐槽,

---

① Kitman, *The Man Who Would Not Shut Up*, 232.
② 作者对帕特里克·哈尔平以及福克斯多位高管的采访。
③ 作者对福克斯一位前高管的采访。
④ Bill O'Reilly, *Who's Looking Out for You?* (New York: Crown, 2003).
⑤ Kitman, *The Man Who Would Not Shut Up*, 226.

而且语言滑稽,当轮到奥莱利回应时,他只能吃力地为自己辩护。①

主持人在一旁被动地看着这两人互相攻击。"这就是他的工作,"奥莱利说,"他是个恶毒的人——而且还是大写的那种,他被意识形态蒙蔽了。这就是我要说的全部。"②

这条新闻在媒体上炸开锅之后,奥莱利要求予以报复。他告诉福克斯他要起诉弗兰肯。③ 福克斯高层认为这个想法不妥,但奥莱利的收视率摆在那里,他们没法对他的要求视而不见。2003 年 8 月 7 日,在弗兰肯的书即将发售的一个月前,福克斯在纽约南区对弗兰肯及其出版商企鹅集团提起了诉讼。④ 福克斯对弗兰肯的诉状称,他的书封面上印有"公平和平衡"字样,侵犯了该电视网的商标。然而,这一论点并非最受关注的地方。这份诉状与奥莱利在镜头前说的话一样充满火药味。它称弗兰肯是"寄生虫""刻薄且无常",更糟的是,还"越来越无趣"。企鹅集团的外聘律师、著名的第一修正案律师弗洛伊德·艾布拉姆斯回忆说:"这是我看过的最粗暴的书面陈述之一。"⑤

听证会定于 2003 年 8 月 25 日举行。陈卓光法官因为这案子太可笑而驳回了福克斯律师的请求。"福克斯真的声称'公平和平衡'这话只能他们用?"他说。⑥ 休庭 5 分钟后,他宣布了他的决定。"这是

---

① "BEA 2003: Al Franken, Molly Ivins, and Bill O'Reilly Panel Discussion," BookTV. org, C-Span2, http://www.booktv.org/Watch/3856/BEA＋2003＋Al＋Franken＋Molly＋Ivins＋Bill＋OReilly＋Panel＋Discussion. aspx, accessed Sept. 19, 2013.
② Bill O'Reilly, "Profiting from Malice," Foxnews.com, June 3, 2003, http://www.foxnews.com/story/2003/06/03/profiting-from-malice/.
③ Kitman, *The Man Who Would Not Shut Up*, 232;作者对福克斯一位资深高管的采访。
④ *Fox News Network, LLC v. Penguin Group (USA), Inc.*, 2003 W. L. 23281520 (2003), complaint, http://news.findlaw.com/hdocs/docs/ip/foxpenguin80703cmp.pdf, accessed Sept. 19, 2013.
⑤ Kitman, *The Man Who Would Not Shut Up*, 233.
⑥ 同上,234。

个简单的案子。"他说。福克斯的诉讼被裁定为"在事实和法律上都完全没有道理"。陈法官的结论也极具讽刺意味:"一家本应争取保护第一修正案的媒体公司却声称'公平和平衡'这句话是其专用的,由此破坏这部法律。"①

企鹅集团提前将《谎言与说谎的骗子》在书店里上架,该书在《纽约时报》的畅销书排行榜上停留了数周。② 福克斯挥着白旗投降了。"是时候让阿尔·弗兰肯回到他习以为常的默默无闻的状态去了。"福克斯的一位女发言人对媒体说。③ 只不过,弗兰肯的名气比以往任何时候都大了。他在新的自由派脱口秀电台 Air America 推出了一档名为《奥·弗兰肯实情》(The O' Fanken Factor)的节目。④ 之后,他利用自己的人气成功竞选,当上了美国参议员。

艾尔斯在公开场合还是力挺奥莱利的。"当有人当着你的面说你是骗子时,你知道,迟早有一天,你要么说'闭嘴',要么扁他,要么走开,"他对一位记者说,"我认为比尔很克制。要是我的话我才不管呢。换作过去,我早就扁他了。"⑤ 但在私下里,福克斯的高管为了如何约束奥莱利而绞尽脑汁。当艾尔斯把他招进来时就很清楚会有这样的隐患,因为这种自毁前程的事,在奥莱利的职业生涯早期就已经发生过六七次了。⑥

然后出事了。2004 年 9 月 29 日星期三,上午,有人亲手把一封信送到了艾尔斯的办公室。虽然这封信只有短短的 6 段,简明扼要,

---

① Kitman, *The Man Who Would Not Shut Up*, 235.
② Emily Eakin, "Among Best-Selling Authors the Daggers Are Out," *New York Times*, Oct. 5, 2003.
③ "Fair or Not, Fox Drops Suit Against Franken," *Philadelphia Inquirer*, Aug. 26, 2003.
④ Seth Sutel, "Franken, Garofalo to Take on Limbaugh on New Liberal Radio Network," *Associated Press*, March 10, 2004.
⑤ Kitman, *The Man Who Would Not Shut Up*, 225.
⑥ 作者对福克斯新闻多位前任及现任高管的采访。

但字里行间有一点几乎毫无疑问，那就是艾尔斯捧的是个烫手山芋。[1] 这封信是用本尼迪克特·P. 莫雷利律师事务所的信笺所写，这是曼哈顿一家专门代理知名人士的人身伤害和劳务纠纷官司的精品律师事务所。莫雷利在信中表示自己代表"福克斯公司一名年轻女雇员"。[2] 他未透露这位客户的姓名，但称其长期承受着来自"福克斯公司一名最著名主播"的"持续不断的性骚扰"。莫雷利表示和解是最有利的解决方案。如若不然，他将起诉，他警告说，"这将对福克斯以及涉事个人的声誉都造成极大的损害"。

对莫雷利这样一位有名的庭审律师必须非常重视。他自称在20年里只输过两场官司，而且他也是纽约八卦新闻里的常客。[3] 福克斯的法务主管黛安·布兰迪出手进行调查。布兰迪去莫雷利位于曼哈顿东区的办公室见了他，回来后汇报了情况。莫雷利的客户是福克斯新闻一位33岁的助理制片人，名叫安德里亚·麦克里斯。被控对她进行"持续不断的性骚扰"的正是她的老板：比尔·奥莱利。[4] 为艾尔斯处理过很多劳务纠纷的布兰迪，在福克斯工作期间大概也见惯不怪了。"黛安常说：'离开这个地方，他们待人不善。'"福克斯的一位员工回忆说。[5] 而她自己也可能觉得在福克斯不合群。她曾对一位电视业经纪人说"这不是我的政治观点"。[6] 在福克斯，性就是一个活生生的事实。"整个福克斯的文化，就像《纽约邮报》的新闻编辑室一样，有一种完全跟性有关的本质。"曾在福克斯工作的一位女制片

---

[1] 这封信的细节可在以下这篇文章中找到：Richard T. Pienciak, "How Covers Came Off the O'Reilly Fone Sex Scandal: Behind-the-Scenes Look at Her Harassment Rap," New York *Daily News*, Oct. 24, 2004。
[2] See *Fox News Network, LLC v. Mackris*, complaint (N. Y. Sup. Ct. , 2004); also available at http://www.thesmokinggun.com/file/oreilly-female-aide-60m-extort-bid?page=0, accessed Oct. 30, 2013.
[3] Robert Kolker, "Benedict Morelli Feels Your Pain," *New York*, March 13, 2000.
[4] Kitman, *The Man Who Would Not Shut Up*, 249.
[5] 作者对福克斯一位前制片人的采访。
[6] 作者对一位媒体经纪人的采访。

人这样说道。① 但是麦克里斯这样的官司还是头一回遇到。

那次会面,莫雷利给布兰迪看了一份含五项指控的诉讼草案。② 这份文件明确指出,奥莱利得为每项指控支付 1 亿美元才能达成和解——但莫雷利又解释说,麦克里斯愿意接受"十分之一的费用,但不能再少了"。③ 打完折的和解金额高达 6000 万美元。

麦克里斯并没有说奥莱利碰过她。但诉状披露的详情或许比这更有杀伤力。诉状讲述了一个离奇的故事,它从不合适的办公室玩笑开始,发展到两年后,即 2004 年共和党全国代表大会期间的一个深夜,奥莱利在打给麦克里斯的电话里一边自慰,一边说着自己的性幻想。诉状以翔实的细节将奥莱利描绘成一个具有浪漫小说家的想象力、有过度性瘾且厌女的人。在一次不堪入耳的交流中,奥莱利向麦克里斯描绘了自己带她去加勒比海性爱之旅的情景。"你洗着澡,然后我进去了,和你一起洗,你背对着我,我拿着小丝巾什么的,在你背上擦肥皂。……抹遍你浑身上下,让你放松下来……。接着,我揉搓你丰满的乳房,让你的乳头变得非常硬,从后面亲吻你的脖子……然后我会用另一只手拿着炸豆丸子〔原文如此〕什么的放在你的阴部,但你必须做得非常轻,就有那么一点挑逗的意思……"

这不只是麦克里斯的回忆——她录了音。④ 这段音频,如果泄露出去,肯定会让他颜面尽失——并有可能让他的整个职业生涯毁于一旦。莫雷利在一次会面中对布兰迪说:"〔这场官司〕打下去,其结果是奥莱利无法承受的。"

其实麻烦在几年前奥莱利把麦克里斯从 NBC 挖来后不久就开始了。麦克里斯在工作上的勤恳努力很快就给他留下了深刻的印象。

---

① 作者对福克斯一位前制片人的采访。
② Pienciak, "How Covers Came Off the O'Reilly Fone Sex Scandal."
③ *Mackris v. O'Reilly*, verified complaint (N. Y. Sup. Ct., 2004); also available at http://www.thesmokinggun.com/file/oreilly-falafel-suitturns-five?page=0. 以下段落中的许多细节都直接摘自这份诉状。
④ 作者对福克斯一位前制片人的采访。

"她在找名人上节目这方面的能力非常强。"一位同事回忆道。① 但两人之间的工作界限,据说在她开始向他倾诉自己与交往已久的男友分手的事之后就打破了。作为回应,奥莱利给她加了薪——还给了她一些恋爱方面的建议。2002 年 5 月的一个晚上他们吃饭时,他说她该做一下"美甲和足部护理","去酒吧里钓一些 23 岁的男人"。根据诉状,从那时起事情变得奇怪起来。麦克里斯说,正是在这次晚餐中奥莱利提到了电话性爱的话题。麦克里斯还描述了在另一次晚餐中,奥莱利向她和一位大学时的女性朋友讲述了他的性爱征服史,并提议她们和他一起玩 3P,还说自己可以给她们"上几课"。

在这一连串的事之后,到了 2004 年 1 月,离奇的最后一幕发生了。麦克里斯感觉自己在福克斯的工资太低,便跳槽到宝拉·扎恩在 CNN 的节目,但很快发现自己对这份工作也不满意,于是问奥莱利她能不能回去。② 4 月中旬,她和奥莱利一起在离福克斯演播室几个街区的一家名叫米洛斯的高档希腊餐厅吃饭。她告诉他,她会回到福克斯,但前提是他别再说荤话。他同意了。"那当然了,"她记得奥莱利当时这样说道,"因为到时候你在我下面工作,我管着你,所以那不可能发生。"当天晚上,奥莱利其实还有别的心思。他发了一大通关于他的死对头阿尔·弗兰肯的牢骚。"如果你跟福克斯新闻对着干的话,那么不仅我,连罗杰·艾尔斯也不会放过你。"他很肯定地对麦克里斯说。"我就是一个在外面把问题搞出动静的人,但艾尔斯在幕后把控,制定战略,让事情发生,然后有一天,砰地一下!那家伙罪有应得,但事先没有一点预料。看看阿尔·弗兰肯,总有轮到他的那一天,他所知道的生活将永远地改变了,"奥莱利说,"那一天会来的,相信我⋯⋯。艾尔斯认识的人都非常有权有势,是一路通到最上

---

① 作者对福克斯一位前制片人的采访。
② Heather Gilmore, "How 'Buddies' Andrea and Bill Entered Their Tailspin Zone," *New York Post*, Oct. 24, 2004.

层的那种。"

"什么的最上层?"麦克里斯问。

"这个国家的最上层。你就看看他的书封面上都有谁吧,"奥莱利回答,指的是布什和切尼,"他们都在关注着他,而且会这样关注很多年。他是完蛋了,他会有为自己跟福克斯新闻对着干后悔的那一天。"

麦克里斯在 7 月重新成为奥莱利的手下。几个星期后,奥莱利在采访了两位色情明星后往她位于上西区的公寓打了个电话,据称他一边手淫一边对她说荤话。9 月 1 日晚上 11 点过后不久,奥莱利拨打了麦克里斯的手机。几分钟后,麦克里斯回了电话,并打开了录音机。她后来说,她告诉奥莱利她对他说的没兴趣,但他一意孤行。他解释说自己正在看一部"色情电影",并"一反常态地胡言乱语"说要和她做爱。麦克里斯称,奥莱利在电话里让他自己得到了满足。

就在布兰迪和莫雷利进行谈判时,艾尔斯得知了这些指控中的污糟细节。他手上没什么好牌。如果麦克里斯提起诉讼的话,媒体就会大肆报道。这条新闻发展开来就是一部现成的小报肥皂剧:比尔·克林顿最严厉的批判者之一,和一个比自己小 22 岁的女员工闹出纠缠不清的性丑闻。更糟糕的是,奥莱利的妻子一年前刚生下他们的第二个孩子,而他已被安排要为他的新书《奥莱利的儿童调查》(The O'Reilly Factor for Kids)做宣传。有一段,他是这样写的:"伙计们,如果你占一个女孩的便宜,你就会受到惩罚。这就是所谓的'因果报应'。"[1] 艾尔斯怒不可遏。默多克也气不打一处来,并明确表示,负责和解的应该是奥莱利而不是新闻集团。[2] 艾尔斯对他的这位明星非常生气,但他需要保护福克斯最大的品牌。莫雷利很强硬,一

---

[1] Kitman, *The Man Who Would Not Shut Up*, 251.
[2] 作者对默多克一位顾问的采访。

口回绝了据说福克斯开出的近 200 万美元的和解费。[1] 莫雷利拒绝把 6000 万美元这个价降下来,这下把艾尔斯逼到角落里去了。[2]

他跟布莱恩·刘易斯一起商议了可能采取的攻击线路。有一些尚未解答的问题可能会击溃麦克里斯的一面之词。如果她被奥莱利骚扰了,她为什么还要回去为奥莱利工作?为什么她没有向福克斯的人力资源部门或管理层的任何人投诉?为什么她和奥莱利一起去消费不菲的餐厅吃饭,并且深夜还在酒店房间里跟他独处?还有,安德里亚·麦克里斯这人到底是什么来头?[3]

刘易斯利用他在新闻编辑室内部的线人掌握了一些情况。他很高兴地了解到麦克里斯在某些方面不受欢迎。一位同事透露,麦克里斯在经济上很拮据。"她和她男朋友还在一起的时候,他赚了很多钱,她过得有滋有味。"一位朋友说。[4] 而且福克斯公司还找到了一些证据,让麦克里斯关于在奥莱利手下工作感到痛苦的话无法自圆其说。就在提起诉讼的三个星期前,她在给 CNN 的一位朋友发的电子邮件中说了一大通关于福克斯的话。"我来回答一下你的问题,这里一切都是美妙的、充满惊喜的、有意思的,而且周围都是非常好的、有趣的人。这里就是我的归宿,我再也不会离开了。"她这样写道。

刘易斯掌握的情况越多,就越觉得奥莱利有机会在这场要毁了他的幸灾乐祸的海啸中幸存下来。当然,假如这些录音带公开的话,对他将是一种羞辱。但归根结底,现在这个情况就是公说公有理婆说婆有理。有关麦克里斯的原始材料已经足以让福克斯加以利用,把她塑造成一个勒索名人的机会主义者。奥莱利一度问刘易斯,如果以 1 到

---

[1] Lloyd Grove and Adam Nichols, "Say O'Reilly Accuser Scoffed at 2M Offer," New York *Daily News*, Oct. 20, 2004.
[2] Kitman, *The Man Who Would Not Shut Up*, 257.
[3] 作者对熟悉此事的消息人士的采访。
[4] 作者对福克斯一位前制片人的采访。

10来给这件事的糟糕程度打分的话会是多少,刘易斯回答说:"从个人层面上来看,我认为是9。从职业上来看呢,是4。"

10月12日星期二,晚上,奥莱利的私人律师罗纳德·格林加入了会谈。① 他陪同布兰迪来到莫雷利的办公室,试图达成协议。都谈了6次了,莫雷利的态度依然坚决。"如果你们今晚还是不准备拿出6000万来解决这个案子的话,我们明天就把这件事公之于众。"他对格林和布兰迪说。②

格林回去找奥莱利。"这的的确确、毫无疑问就是敲诈。"格林说。③ 奥莱利同意他的说法。他想应战。第二天早上9点01分,他们抢先出击了。格林在拿骚县最高法院对麦克里斯和莫雷利提起诉讼。④ 几个小时后,莫雷利提交了麦克里斯这方的诉讼。这场互不相让的诉讼从陈述上看就是针锋相对的。麦克里斯在讲一个关于性的故事。奥莱利也毫不示弱,打出了政治这张牌。这跟艾尔斯在针对时代华纳的公关活动中采用的伎俩如出一辙。奥莱利的诉讼声称,他是自由派"勒索'血汗钱'"阴谋的受害者,这些人想在2004年总统竞选前的最后几个星期毁掉福克斯新闻。舆论造势已然开始了。

从一开始,艾尔斯和布莱恩·刘易斯就试图控制消息。⑤ 艾尔斯确保奥莱利收到了指令:如果他管不住自己那张大嘴巴的话,他最终可能会失去他的节目。除了给过几个简短的评论外,奥莱利对报纸上的头条都三缄其口。⑥ 但是,奥莱利是有人替他大声吆喝的。福克斯的公关部以及他的律师罗纳德·格林源源不断地向小报记者提供指控他的人的龌龊的八卦消息。为了收集污点,奥莱利还请来了著名私家

---

① Pienciak, "How Covers Came Off the O'Reilly Fone Sex Scandal."
② 同上。
③ 同上。
④ 同上。
⑤ 作者对一位熟悉此事的消息人士的采访。
⑥ See Kitman, *The Man Who Would Not Shut Up*, 256.

侦探博·迪特尔，追踪到了一些消息人士，爆出具有破坏性的轶事。① "这可能是给大家的一个警示，"10 月 15 日晚，迪特尔在 MSNBC 的节目上说，"当你提起这些无聊的诉讼时……我们会对你展开调查，我们会揭出一些老底。"②

在奥莱利保卫战中，福克斯还有一个至关重要的盟友：默多克的《纽约邮报》。10 月 15 日，该报在头版头条刊登文章，题为"独家：指控奥莱利之人在酒吧大发雷霆"。③ 这是对麦克里斯的一系列人身攻击的开篇之作，它引用了一位名叫贝瑟妮·弗兰克尔的糕点师的话，称麦克里斯在半岛酒店的酒吧对其出言不逊，因为弗兰克尔要求借用她那张台子的一把椅子。"她对我们进行了言语攻击、辱骂和骚扰……就跟得了失心疯一样。"弗兰克尔这样告诉小报。几天后，奥莱利的一名私人侦探说服了麦克里斯经常光顾的上西区一家酒吧餐馆的老板马修·帕拉托雷，让他和奥莱利的律师谈谈。④ 10 月 19 日，《纽约邮报》刊登了一篇报道，题为"酒后狂言"，其中援引帕拉托雷的话，称麦克里斯最近与阿尔·弗兰肯共进晚餐，而且在重返福克斯的几个月前扬言要写一本书"干倒[奥莱利]"。⑤ 奥莱利的律师还告诉《纽约邮报》，麦克里斯曾经醉醺醺地当着帕拉托雷面开始脱衣服。"如果你认为我会和比尔·奥莱利上床，那我就更要和你上床。"格林援引她的话说。⑥

---

① "O'Reilly's Lawyer Explains the Extortion Suit Against Andrea Mackris," *The Abrams Report*, MSNBC, Oct. 21, 2004, http://www.nbcnews.com/id/6298207/ns/msnbc-the_abrams_report/t/oreillys-lawyer-explains-extortion-suit-against-andrea-mackris/#.UjzOEWQ60y8.
② *The Abrams Report*, MSNBC, Oct. 15, 2004.
③ Todd Venezia, "'Flipping Out'—'Lunatic' O'Reilly Gal Went Nuts in Bar: Chef," *New York Post*, Oct. 15, 2004.
④ 与帕拉托雷会面的细节来自作者对一位熟悉此事的消息人士的采访。
⑤ Dareh Gregorian, "'Boozy' Boast: Gal Said She'd Ruin O'Reilly: Bar Owner," *New York Post*, Oct. 19, 2004.
⑥ Dareh Gregorian, "'Boozy' Boast: Gal Said She'd Ruin O'Reilly: Bar Owner," *New York Post*, Oct. 19, 2004.

麦克里斯的阵营则与《纽约邮报》的老对手《每日新闻报》合作。10 月 17 日,该报发表题为"**关于敲诈,奥莱利的诉讼可能不合适:法律专家说,指控者可能比这位电视明星更机智**"的文章,称麦克里斯占了上风。① 10 月 20 日,麦克里斯和莫雷利坐下来接受了《每日新闻报》的采访,这是她的首个纸媒长篇采访。②

　　作为回应,福克斯新闻想方设法在《每日新闻报》的这篇报道中加入他们这一方的观点。格林对麦克里斯紧咬不放。他告诉该报,麦克里斯的名声已"资不抵债",而且她 1991 年在白宫实习时就给自己起了个绰号叫"安德里亚床垫"。"这充分说明了当时的情况。"他说。③

　　布莱恩·刘易斯告诉大家他对这波宣传的进展很兴奋,但奥莱利有点犹豫不决了。④ 在提起诉讼的几天后,莫雷利同意让奥莱利的律师听一听麦克里斯的录音片段。到了 10 月 22 日星期五,即这桩丑闻发生 10 天后,双方恢复了和解谈判。"有消息说比尔想和解。"一位听过录音的人说。⑤ 接下来的星期四,整件事就结束了。《每日新闻报》大肆宣扬了此事,报道的标题为"叫他 OWE-REILLY!"。⑥ 据这份八卦小报称,奥莱利向麦克里斯支付高达 1000 万美元的费用了结了整件事。"这场残酷的煎熬现在正式结束了,我永远都不会再提起它。"奥莱利当晚对收看自己节目的观众说。⑦ 刘易斯感到很遗憾。他告诉高管们,如果他可以继续开展公关活动的话,福克斯公司是可

---

① Paul H. B. Shin, "For Extortion, O'Reilly's Suit Might Not Fit," New York *Daily News*, Oct. 17, 2004.
② Adam Nichols, "Her Dad Mad as Hell, Out to Whup O'Reilly," New York *Daily News*, Oct. 21, 2004.
③ Pienciak, "How Covers Came Off the O'Reilly Fone Sex Scandal."
④ 作者对一位熟悉此事的消息人士的采访。
⑤ 作者对一位参与谈判的消息人士的采访。
⑥ Derek Rose, George Rush, and Nancy Dillon, "Call Him Owe-Reilly! Multi-million Dollar Deal to End Sex-Harass Case," New York *Daily News*, Oct. 29, 2004.
⑦ Bill O'Reilly, "Talking Points Memo," *The O'Reilly Factor*, Fox News Channel, Oct. 28, 2004.

以取得胜利的。①

　　福克斯这轮公关攻势的成功通过了最重要的衡量标准的检验：收视率。和比尔·克林顿一样，粉丝的支持让奥莱利在性丑闻中幸存下来。在丑闻热度最高的时候，《奥莱利实情》的收视率跃升了 30%。② 10 月 25 日星期一，当天的这档节目吸引了 370 万观众。③ 在整件事尘埃落定后，艾尔斯回忆说他一直相信奥莱利会渡过这个难关。"在事情发展到一半，差不多一个星期后的时候，我问执行制片人：'比尔怎么样了？'然后他说工作人员就说了句：'肯定很顺利，因为他又恢复了那副鸟样。'"④

　　2005 年冬天，新闻集团内部即将展开一场更为平静但极其重要的斗争。尽管鲁伯特·默多克是个保守主义者，但他并没有拿意识形态作为选拔人才的标准，年轻一代的高管——其中许多是民主党人——已经坐上了公司最高层的有影响力的职位，而艾尔斯就被这些想要福克斯赚钱但又对该电视网的保守信息感到不满的高管包围着。触发这一转变的是默多克的联合首席运营官切斯·凯里的离职，跳槽到新闻集团控股的卫星电视服务机构 DirecTV 出任首席执行官。凯里是艾尔斯有力的盟友，在董事会一直护着他。他在福克斯新闻开播期间一直支持艾尔斯，并给予艾尔斯极大的自由来料理自己手底下的事——只要艾尔斯能达到他要求的数字。凯里的离职伴随着公司内部一个颇有竞争力的权力中心的崛起：彼得·切宁。

　　在凯里离职后接替其担任总裁兼首席运营官的切宁，此前已经是好莱坞名人，背负着由此带来的所有的文化和政治包袱——以及自

---

① 作者对一位熟悉此事的消息人士的采访。
② Sarah Rodman, "From the Hub to Hollywood: Sex Scandal Spins Up O'Reilly Ratings," *Boston Herald*, Oct. 30, 2004.
③ 同上。
④ Kitman, *The Man Who Would Not Shut Up*, 258.

负。① 切宁以福克斯在世纪城的演播室为基地，把自己的大部分时间都花在了新闻集团的娱乐资产上。切宁还把自己塑造成一个经营者——在电影界，玩家都在参与政治游戏——但他的政治立场大大偏离了新闻集团的标准。②

华尔街看重切宁的光鲜形象，特别是在默多克 2000 年查出前列腺癌之后，但新闻集团的管理层并不肯轻易听命于他。切宁将对其忠诚的人提拔到关键岗位。在切宁巩固权力的过程中，集团的法定继承人成了最显而易见的牺牲品。③ 切宁接手时，32 岁的拉克兰·默多克的职位是副首席运营官。④ 鲁伯特曾希望拉克兰能在这位经验丰富的娱乐业高管手下历练一下。拉克兰甚至在洛杉矶买了一套房子，并在福克斯的演播室找了一间办公室。但拉克兰感觉自己在加州像个局外人。切宁不认为自己是辅佐国王继承人的摄政者，并在做管理决策时将拉克兰排除在外。切宁和拉克兰之间日益紧张的关系形成了一种两极化态势。在这台董事会大戏中，艾尔斯一开始只是个小角色，但他最后的表现让很多人在事情过去很久之后依然记忆犹新。

拉克兰决定放弃加州的事而专注于他在纽约的业务。作为副首席运营官，他负责《纽约邮报》、哈珀柯林斯出版社以及福克斯电视台集团。但他无法完全摆脱切宁的影响。因为在有线电视运营商的转播权问题上产生了内部争论，最终导致两人关系破裂。拉克兰希望有线电视系统向新闻集团支付现金；切宁则希望通过谈判获得频道位置，以推出福克斯真人秀频道。他们在一次和高管一起开的电话会议上争执不下，让两人关系雪上加霜。鲁伯特力挺切宁。感到被背叛和失落的拉克兰开始把更多的精力花在《纽约邮报》上，那是默多克的宠

---

① 作者对新闻集团多位现任及前任高管的采访。
② Wolff, *The Man Who Owns the News*, 45.
③ 关于拉克兰·默多克离开新闻集团的细节来自作者对新闻集团多位现任及前任高管的采访。
④ Steve Fishman, "The Boy Who Wouldn't Be King," *New York*, Sept. 19, 2005.

物，切宁没兴趣照看。

但在避开切宁的过程中，拉克兰还要面对另一股强大的势力：艾尔斯。艾尔斯希望拉克兰采纳他为福克斯广播站设计的节目创意。他力劝拉克兰让杰拉尔多·里维做一档联合播出的节目。他还催拉克兰开发一部名为《犯罪热线》(Crime Line) 的单元剧。拉克兰拒绝了。他告诉艾尔斯他会考虑做些试点，但没有给出任何承诺。事实是，他不需要杰拉尔多。2005 年初，他招来了澳大利亚八卦电视节目先驱彼得·布伦南重新推出《时事》。① 拉克兰告诉他的员工，《犯罪热线》可能会花费数百万美元。拒绝这个剧是"百分百正确的决定"，他对新闻集团的高管们说。②

于是，艾尔斯悄悄摆了拉克兰一道。他暗中联系了拉克兰的副手、福克斯电视集团的首席执行官杰克·阿伯内西，从他俩在 CNBC 工作时起，阿伯内西就一直是艾尔斯的支持者。在 2004 年被拉克兰提拔上来之前，他曾作为福克斯新闻的首席财务官与艾尔斯一起工作。艾尔斯甚至跳过了拉克兰行事。当《犯罪热线》在拉克兰那里受阻后，艾尔斯在 2005 年夏天直接向鲁伯特推了这个节目。"就做这个吧，"鲁伯特告诉他，"别听拉克兰的。"③

7 月下旬，正在悉尼出差的拉克兰收到了艾尔斯智胜他一筹的消息。从表面上看，《犯罪热线》的风波是个小问题。但在拉克兰飞回纽约后，艾尔斯的种种干涉所象征的东西就更多了。拉克兰的怨气不断发酵。满足他父亲的王朝野心的压力让他付出了代价。在他母亲安娜与鲁伯特离婚时，他站在了她一边。而且拉克兰对于鲁伯特将公司从澳大利亚迁往纽约这个从未让他有家的感觉的城市深感不满。他喜欢悠闲的澳大利亚文化和那里起伏的乡村。他那位澳大利亚泳装模特

---

① Jim Finkle, "Can Peter Brennan Rekindle His 'Affair'?," *Broadcasting & Cable*, Jan. 9, 2005.
② Fishman, "The Boy Who Wouldn't Be King."
③ 同上。

妻子萨拉也渴望回到家乡，他们是那里的名人，几乎像皇室成员般受欢迎。鲁伯特无法理解这些感受。"鲁伯特曾经对我说：'什么样的蠢人才会放弃这里而搬去那儿住呢？'"新闻集团前高管米切尔·斯特恩回忆道。①

2005年7月26日星期二，拉克兰飞到洛杉矶跟他父亲见面，共进午餐。②"我得做我自己的事，"拉克兰告诉他父亲，"我得做我自己。"③ 三天后，新闻集团宣布拉克兰辞职。④

拉克兰的离开造成了新闻集团内部的权力真空——而艾尔斯及时把它补上了。能将自己与拉克兰的敌对关系转变为战略联盟，这说明艾尔斯在官僚内斗方面的天赋。拉克兰也明白切宁才是他真正的对手，因此他可以利用艾尔斯去对付切宁。当鲁伯特准备分割拉克兰的业务时，拉克兰说服鲁伯特让艾尔斯掌管广播站。12月，鲁伯特给了艾尔斯一份新合同，将该部门纳入他原有的福克斯新闻的管理范畴。鲁伯特还把艾尔斯加进了主席办公室，这是一个由6位高管组成的公司管理层精英小组，他还将拉克兰在8楼的空置办公室给了他。

无论是在公司内部，还是从更广泛的文化看，艾尔斯正处于一个巅峰时期。福克斯新闻已经征服了其有线电视竞争对手，彻底改变了新闻，并帮助确保了布什总统的连任。它比原定计划提前几年实现了赢利。鲁伯特盯着艾尔斯推出一个有线电视商业频道与CNBC竞争，并且其旗下广播部的《福克斯新闻谈话》将在天狼星卫星广播（Sirius）上播出，这份协议将带来可观的利润。此外，艾尔斯还把自己放在对抗切宁的主导位置上。切宁警惕地盯着艾尔斯。"彼得曾想过，罗杰接下来要做什么呢？"一位高管回忆说。⑤ 这种担心是有理

---

① 作者对电视高管米切尔·斯特恩的采访。
② Fishman, "The Boy Who Wouldn't Be King."
③ 同上。
④ Sallie Hofmeister, "Murdoch's Heir Apparent Abruptly Resigns His Post," *Los Angeles Times*, July 30, 2005.
⑤ 作者对米切尔·斯特恩的采访。

由的：艾尔斯开始把手伸向切宁的西海岸有线电视领域。2003 年冬天，新闻集团的有线电视频道 FX 流出一部关于五角大楼文件案的纪录片的消息。① 艾尔斯很不高兴。他打电话给 FX 的总裁彼得·利古里。②

"你们正在拍一部关于五角大楼文件案的电影吗？"艾尔斯说。

"是的。"利古里说。

"为什么要拍这部片子呢？这对美国不利啊。"艾尔斯说，然后搬出了约瑟夫·库尔斯在 TVN 报道丹尼尔·埃尔斯伯格③时发的那通抱怨。FX 电影已经计划播出了，所以在这件事上利古里也无能为力。作为折中的办法，他告诉自己的团队将营销预算削减一半。

大约就在这段时期，福克斯的一位高管去艾尔斯位于 8 楼的新办公室看他，"这是我见过的最大的办公室，"这位高管心想，"就像在《2001 年太空漫游》里一样。"这位高管走了进去，惊讶地发现艾尔斯正背对他查看电子邮件。这让这位高管感到不舒服。"罗杰说过他会在人们意想不到的地方出现，打他们一个措手不及。"福克斯一位制片人后来说。④

艾尔斯从转椅上转过身来。"你知道我坐的是谁的椅子吗？这是拉克兰·默多克的。"他突然顿了一下，"你知道那面墙的另一边坐的是谁吗？鲁伯特·默多克。"

"现在你打算用这些权力做什么呢？"这位高管大胆地问道。

艾尔斯盯着他的眼睛。"我们走着瞧。"他说。

---

① David Bianculli, "A Revealing Docudrama: 'Pentagon Papers' Shows How Cable Outclasses Nets," New York *Daily News*, March 6, 2003.
② 作者对多位熟悉此次谈话的消息人士的采访。
③ 1971 年，埃尔斯伯格向《纽约时报》等媒体披露了数千份后来被称为"五角大楼文件"的机密文件。——译者
④ 这次谈话的细节由一位直接了解这次交谈的人士转告作者。

第 五 幕

十九、找寻新人手

2006年4月26日晚，除了乔治·布什总统本人之外，华盛顿政府的知名人士都聚集在乔治敦一家时尚意大利餐厅"米兰咖啡馆"，举行《星期日福克斯新闻》的10周年庆。[1]这个聚会还有一个更重要的目的——借机向一位改变了美国权力平衡的人致敬。活动邀请函的最上面，署的是罗杰·艾尔斯的名字。似乎没有人拒绝他的邀请。7点过后不久，服务员穿梭在人群中，递上鸡尾酒和雪茄，而与会者纷纷伸长了脖子，想一睹切尼、罗夫以及布什政府团队的新成员、福克斯主持人托尼·斯诺的风采。[2]就在当天早上，布什介绍斯诺将成为他的新任新闻秘书。"祝贺你升职——这也可能是一次降职。"鲁伯特·默多克当着客人的面这样说道。[3]艾尔斯解释说这一任命不过是肯定了福克斯的影响力。"10年前，我们可没办法请到白宫新闻秘书来参加这样的聚会。"他说。[4]那些敏锐的观察家把这个派对视为总统野心的晴雨表。准备参加2008年总统竞选的约翰·凯恩和希拉里·克林顿也会对艾尔斯敬重三分。

这次派对象征着福克斯新闻一个新的高点。但是，该电视网成功的基石似乎不太牢靠。当布什政府的命运发生转变，福克斯的命运也将随之变化。伊拉克战争造成2300多名士兵丧生，却依然看不到战争结束的迹象。[5]奥萨马·本·拉登仍然在逃，尽管布什发誓要"把他逼出来"。前一年8月的卡特里娜飓风，让政府的短板一览无遗，同时暴露出政府代表不了所有美国人。面对这些事实，艾尔斯没有办法找出一条吸引观众的故事线。早上8点的编辑会议上，大家的讨论都有点歇斯底里了。"瞧瞧这些人。"福克斯高管肯·拉科特一边看着墙上电视屏幕里闪现的那些衣衫褴褛的幸存者站在屋顶的画面（其中大部分是非裔美国人），一边说，"怎么，难不成他们认为政府应该来救他们？"⑥ 高管们都有些坐立不安。"每个人都想比罗杰还要罗杰。"一位资深制片人回忆说。

在卡特里娜飓风过后的一年里，福克斯的总收视率跌了大约15%。⑦ 自9·11事件以来，当初推动福克斯崛起的那两股对立的势力第一次开始发生转变。来自左派的愤怒凝聚成一股几乎与右派一样强大的媒体力量，MSNBC已经觉察到了这一点，并尝试了一种新策略。2005年9月，ESPN《体育中心》（*SportsCenter*）的前明星主播基思·奥尔伯曼已经转型成MSNBC的一位能言善道的主播，并意外地成了一位自由派偶像。在一次节目中，他激动地抨击了布什政府对卡特里娜飓风的不当反应。这段评论迅速走红。2006年8月30日，奥尔伯曼在他的《倒计时》节目中首次推出了一个名为"特别评论"的环节。第一个靶子就是唐纳德·拉姆斯菲尔德。"在所有其他人看来意义上有细微差别的地方看到绝对真理的人，要么是先知，要么就是个骗子，"奥尔伯曼的开场白这样说道，"唐纳德·H. 拉姆斯菲尔德可不是什么先知。"⑧ 那一年，《倒计时》的收视率跃升到67%。⑨ 甚至连艾尔斯的老板也察觉到了形势的变化，并考虑向中间地带转移。那年夏天，默多克在新闻集团总部为希拉里·克林顿办了一场筹

---

① "The Reliable Source" (column), *Washington Post,* April 28, 2006.
② Jennifer Loven, "Fox Host Tony Snow Named White House Spokesman," Associated Press, April 26, 2006.
③ George Rush and Joanna Rush Molloy, "As Rosie Joins, Star May Take a Dim 'View,'" New York *Daily News,* April 28, 2006.
④ "The Reliable Source" (column), *Washington Post,* April 28, 2006.
⑤ Desmond Butler, "Thousands Converge on Manhattan for Anti-War Demonstration," Associated Press, April 30, 2006.
⑥ 作者对福克斯一位高管的采访。
⑦ John Dempsey and Michael Learmonth, "Cable Basks in Originals' Success," *Variety,* Dec. 25 – Dec. 31, 2006.
⑧ *Countdown,* MSNBC (transcript), Dec. 18, 2006.
⑨ MacKenzie Carpenter, "Anger Becomes Him," *Pittsburgh Post-Gazette,* Dec. 12, 2006.

款活动。①

艾尔斯告诉高管们这个时刻可能会到来。就算在福克斯公司战胜了其竞争对手的情况下,艾尔斯仍努力保持一种劣势心态。他把成本压得很低。福克斯的休息室是出了名的脏乱差。配备的节目工作人员也是最精简的。一名高管甚至亲自更换复印机的墨盒。艾尔斯告诉一位记者,把自己放在一个不被看好的位置上行事可以"激励人们努力走出去,把事情干好"。他说,他想防止"那些自以为成功了、成了明星、赚了太多钱、过得舒服自在并开始认为自己赢了的人自满"。②他说,早年间"从后面追赶"更容易些。

艾尔斯为扩大其在新闻集团内部的权力而进行的斗争产生了挥之不去的影响。2006年10月,就在该频道即将迎来成立10周年庆的时候,布莱恩·刘易斯获悉《华尔街日报》一位富有进取心的调查记者朱莉娅·安格温正在准备一篇关于艾尔斯的长篇头版文章。③ 从刘易斯了解到的情况看,这篇报道可能会具有破坏性。安格温已经发现艾尔斯在接手拉克兰·默多克掌管的电视台之后,面临着管理不善和收视率平平的困扰。

福克斯的公关部门与安格温是有过节的。④ 前一年的5月,安格温正在写另一篇关于福克斯广告销售部门的报道,刘易斯的副手伊雷娜·布里甘蒂冲着当时怀着头胎的安格温大吼大叫,说她是"荷尔蒙作祟"。安格温气愤地告诉刘易斯她不会再和布里甘蒂打交道。

9月中旬,就在安格温的头版报道见报的前几天,艾尔斯同意接

---

① Helen Kennedy, "Hil and Rupert Dine on Sly," New York *Daily News*, July 18, 2006.
② Roger Ailes, "A Conversation with Roger Ailes," transcript of live interview conducted by Ken Auletta, S. I. Newhouse School of Public Communications, New York, March 31, 2005.
③ Julia Angwin, "After Riding High with Fox News, Murdoch Aide Has Harder Slog," *Wall Street Journal*, Oct. 3, 2006.
④ 作者对一位熟悉情况的人士的采访。

受采访。他否认自己削弱了拉克兰的势力。"如果情况是那样的话，我对此一无所知，"他对安格温说，"我认为情况并非如此，因为拉克兰和我相处得很好。"而关于他强势的问题，他一概置之不理。"大家对我的评论有很多——但没有说过我缺乏团队合作精神，"他声明，"如果获胜的唯一方法就是损害别人……那你就他妈的没什么了不起的。"10月3日星期二，安格温的文章见报了，标题是"在与福克斯新闻一起高歌猛进后，默多克的助手任重道远"。

当天晚些时候，艾尔斯和默多克一起接受了《金融时报》的采访。① 默多克称安格温的报道是"出于政治目的的一次有预谋的行动"，"不值一提"且"大错特错"。艾尔斯愤愤不平。"我不知道他们在说什么。《华尔街日报》完全搞错了，"他告诉采访他的记者，"他们显然带着目的，鲁伯特和我正想办法弄清楚到底他和我谁才是他们要针对的。"

艾尔斯对付安格温的行动还没有结束。有一次，史蒂夫·杜奇在《福克斯和朋友们》节目中嘲笑安格温的同时还在镜头前展示了一张新闻集团前台的安保摄像头拍到的她的照片，画面失真，质感也很粗糙。② 在华尔道夫酒店举行的一次活动上，艾尔斯走近安格温。"那次你逮到机会了，"他在人群中从她身边走过时气势汹汹地说，"现在我会用我的余生来报复你。"③

即使默多克在公开场合为艾尔斯辩护，但他的注意力也已经越过福克斯，转向他梦寐以求很久的战利品：《华尔街日报》。尽管艾尔斯在这方面有所贡献——福克斯的利润将让默多克有底气对《华尔街日报》报价50亿美元——但默多克意识到，为了企业和谐，艾尔斯在新闻集团的角色不应超出新闻频道的范围。彼得·切宁向同事们表示

---

① Joshua Chaffin and Aline van Duyn, "Interview with Rupert Murdoch and Roger Ailes," *Financial Times*, Oct. 6, 2006.
② 作者对一位熟悉情况的人士的采访。
③ 作者对一位参加此次活动的人士的采访。

过自己担心艾尔斯可能会被授予对包括娱乐频道 FX 在内的新闻集团有线电视资产的控制权,这些频道都是由人在洛杉矶的切宁负责运营的。① 默多克告诉一位资深高管,切宁大可不必担心。"'我们不会把有线电视交给罗杰的。'"他说。② "鲁伯特心里很清楚,"一位默多克身边的人说,"他知道罗杰这人非常有趣,但这种有趣是有限的。"③ 高管们开始将艾尔斯归为主播一类的人才——作为表演者,福克斯新闻的办公室就是他的舞台。艾尔斯跟他的许多主播一样,也会发脾气、要人哄。同事们经常说,福克斯新闻最有意思的节目就是艾尔斯每天的编辑会,他会在会上对他的政敌和有线电视新闻的竞争对手发表长篇大论。"他需要知道他是受重视的。"新闻集团一位前高管解释说。

共和党的困顿在 2006 年中期选举中更加恶化,这对艾尔斯在公司的地位有所影响。在选举日的当天上午,民主党准备夺回众议院和参议院,布什称之为"重击"。当天下午,艾尔斯召集他的新闻团队在二楼的会议室举行了报道前的简报会。他告诉大家,无论最后的票数如何,他们都要摆出胜利者的姿态。"2004 年我在看 CNN 时,看到镜头前的一些人一副垂头丧气的样子,"他说,"我们不希望今晚在福克斯出现这样的情况。"④

第二天,尼尔森的报告称,福克斯新闻以高出区区 10 万的收看人数击败了 CNN。⑤

差不多这 10 年来,艾尔斯一直在推动新闻的发展;现在他却被新闻绑住了手脚,拿不出什么显而易见的办法来扭转收视率的走势,

---

① 作者对新闻集团多位高管的采访。
② 作者对福克斯电视台公司前首席执行官米切尔·斯特恩的采访。
③ 作者对新闻集团一位前高管的采访。
④ 作者对在场的一位福克斯员工的采访。
⑤ David Bauder, "ABC Wins the Election-Night Ratings Race," Associated Press, Nov. 9, 2006.

而福克斯也出现了恐慌的苗头。一位制片人说："我们曾担心这种下滑可能会变成自由落体。"一位制片人说。① 艾尔斯扭转局面的计划搁浅了。他主动去说服他的老朋友拉什·林博加入福克斯，被林博一口回绝了。"拉什觉得整件事有些可笑，"一位在那几次谈话期间跟林博交流过的朋友回忆道，"他说：'罗杰真的想让我回去。'而拉什却觉得：'我为什么要这样做呢？'"② 艾尔斯意识到了这些问题的存在。"因为卡特里娜飓风，我们正处于一个非常有挑战性的新闻周期，"他跟当时的一位记者解释道，"在有线电视这个行业里，很多事都身不由己。"③ 艾尔斯想要玩一个他能赢的游戏。圣诞之战是福克斯一个典型的收视策略。"罗杰说：'让我想想，90%的人喜欢圣诞节，所以 CBS、CNN 和 MSNBC，你们可以拿走那 10%，而我们会说'圣诞快乐'并且我们会赚到所有的钱。'"艾尔斯的哥哥罗伯特回忆道，"罗杰从小就知道你可以在电视上推销什么。他在寻找观众。观众越多，公司赚得越多，他就越成功。"④

与此同时，艾尔斯与他的新闻主管约翰·穆迪的关系出现了裂痕。他俩之间的这种紧张关系从福克斯成立之初就存在了。穆迪告诉高管们，他的角色是"做个反派"和"新闻的良心"。⑤ "罗杰不是做新闻出身，"一位制片人说，"有一段时期他会尊重你。但这过后，他就会被你惹毛，恨不得杀了你。"⑥ 据福克斯的一位嘉宾回忆，穆迪"会想办法建立一些标准，但罗杰会把他的那一套推翻"。⑦ 艾尔斯越来越依赖像比尔·希恩和凯文·马吉这样的节目高管。

虽然穆迪和艾尔斯一样都是保守主义者，但他的朋友和同事都感

---

① 作者对福克斯新闻一位前高管的采访。
② 作者对拉什·林博的一位朋友的采访。
③ Chaffin and van Duyn, "Interview with Rupert Murdoch and Roger Ailes."
④ 作者对小罗伯特·艾尔斯的采访。
⑤ 作者对福克斯新闻一位前主管的采访。
⑥ 作者对福克斯一位前制片人的采访。
⑦ 作者对约翰·穆迪的一位朋友的采访。

觉艾尔斯的火爆脾气及其缺乏的新闻严谨性让穆迪越来越不舒服。"他从第一天起就对那里发生的事感到震惊。"一位跟穆迪关系近的人回忆道。① 2002年离开福克斯的亚当·桑克说:"约翰在我眼里就是一个备受折磨的灵魂。"②

有段时间,穆迪试图淡化艾尔斯对新闻业的粗暴看法。他对一位同事说:"他当面侮辱我,但我不想让你觉得这是一种不尊重的表现。"他这样告诉一位同事。但到了2006年初,穆迪在跟朋友吃午餐时吐槽了自己的老板。而他的朋友刚巧认识鲍勃·莱特,于是决定给后者打个电话。③

"你应该找约翰·穆迪来管理MSNBC。这样你不仅把罗杰的二把手挖走了,还可以让他来管理你们的电视网,可谓一举两得。"

"这真是个好主意。"莱特说。

通用电气派了一架直升机将穆迪送到公司位于康涅狄格州费尔菲尔德的总部。然而,双方接触的过程非常短暂。为留住穆迪,艾尔斯承诺给他加薪。而MSNBC找了菲尔·格里芬坐那个位子。④ 穆迪暂时收起了自己的挫折感,继续留意离开的机会。

穆迪并不是唯一一个想走人的资深记者。华盛顿分社社长金·休姆也受够了。⑤ 那年年初,她因福克斯对造成十几人遇难的西弗吉尼亚州萨戈矿难的报道而受到抨击。事故发生时,金正在落基山脉滑雪,CNN率先播报了这条消息,随后,福克斯和另外几家媒体报道了一条有关矿工获救的谣言,引发了接二连三的批评。⑥ 金回去上班后把自己的沮丧一股脑儿地发泄在员工身上。"你们再也不要让我这

---

① 作者对一位跟约翰·穆迪关系近的人士的采访。
② 作者对福克斯新闻前制片人亚当·桑克的采访。
③ 作者对一位熟悉情况的人士的采访。
④ Bill Carter, "New MSNBC Managers," *New York Times*, June 13, 2006.
⑤ 作者对福克斯新闻华盛顿分社的一位前工作人员的采访。
⑥ Eric Deggans, "Circumstances Left Many in Media with Inaccurate Reports," *St. Petersburg Times*, Jan. 5, 2006. See also John MacDonald, "Media, You Failed Me," *Arizona Republic*, Jan. 8, 2006.

样丢脸了。"她对他们说。9月，金辞职了。

当每天的头条新闻不再推高收视率时，艾尔斯寻找其他方式来重拾他的优势。2006年秋天，他请来了一位老法师：伍迪·弗雷泽。①他们两人在洛杉矶参加为当年去世的迈克·道格拉斯举行的追悼会上重新联系上了。② 第二年春天，艾尔斯聘了CNN的资深电视高管乔尔·查特伍德来为福克斯提升节目制作的概念。③ "罗杰管他叫头盔头，因为乔尔的发型非常独特。"一位同事说。④ 除了他的头发，查特伍德在业内出名是因为他掀起了一场八卦电视的革命。1990年代初，作为福克斯在迈阿密的一家地方台的负责人，他通过血腥、耸人听闻的犯罪故事和浮夸的画面来提高收视率。在CNN的时候，查特伍德和他那位曾在"美国访谈"为艾尔斯工作的副手乔珊·洛佩兹发掘了一位极富魅力的费城脱口秀电台节目主持人，并让他加入了《头条新闻》节目。⑤ 此人名叫格伦·贝克。

艾尔斯让查特伍德和一个高管小组——包括比尔·希恩、伍迪·弗雷泽和苏珊娜·斯科特——在夏天提交一个能够阻止收视率下滑的方案。⑥ "罗杰喜欢制作出来的东西简单、明了，"一位制片人说，"比方说图形中放文字的话，他喜欢字体大些。他一天到晚跟人说起一个有关活虫的故事"——就是屏幕下角的台标。"在频道刚开播的时候，艾尔斯把台标做得比CNN的大，之后当CNN将其台标放大一点时，罗杰又把他们的台标做得更大。直到CNN放弃继续放大台

---

① 作者对迈克·道格拉斯的一位前制片人的采访。
② "Mike Douglas Tribute Scheduled Saturday," *Los Angeles Times*, Oct. 19, 2006.
③ Fox News, "Joel Cheatwood Named Vice President of Development for Fox News" (press release), Business Wire, April 5, 2007.
④ 作者对乔尔·查特伍德的一位前同事的采访。
⑤ Colby Hall, "Warning Shots? Glenn Beck to Poach Fox News Bigwig, Suggesting Big Plans," Mediaite.com, March 21, 2011, http://www.mediaite.com/tv/warning-shots-glenn-beck-to-poach-fox-news-bigwig-foreshadowing-big-plans-2/.
⑥ 作者对福克斯新闻一位前高管的采访。

标他才停手。"①

似乎只有奥莱利的节目还不错,但这让艾尔斯有些不安。他对高管们说:"我们电视网的形象不应该由一个人来代表。"② 有人抛出了重新调整节目和主持人的想法。一个明显的弱点是《汉尼提和科尔梅斯》。该节目的收视率基本上高于其竞争对手晚间9点档的节目,但远没有达到公司的预期。③ 一些观察人士认为这种由代表左右两派观点的专家共同主持的形式已经不合时宜了,但在福克斯,大家普遍认为科尔梅斯才是症结所在。④ 节目开播10年后,在自由派眼里他就是个替罪羊;保守派则根本不想听他说话。这就好比一场职业摔跤比赛,结果都是照剧本来的,而且结局每次都一样。汉尼提本人也是最坚决反对科尔梅斯的人之一。"这么多年来不得不和艾伦一起做节目,肖恩自己也感到非常痛苦。"一位资深制片人说。⑤ 汉尼提还抱怨说科尔梅斯在请嘉宾上他们节目这方面也不太积极。随着伊拉克战事日益紧张,汉尼提一再联系白宫软磨硬泡。"如果你不让鲍威尔来上我的电视节目,我就在电波里把你骂个狗血淋头。"他对一位新闻助理说。⑥

"我们不上辩论类节目。"这位助手说。汉尼提把自己那些威胁的话又说了一遍。

"听着,"这位助手答道,"这届政府有一项政策,那就是我们不会和恐怖分子以及窝藏他们的人谈判。"

2007年,汉尼提和科尔梅斯的关系继续恶化。"他多次挤对艾

---

① 作者对福克斯新闻一位高管的采访。
② 作者对一位熟悉此事的人士的采访。
③ Paul J. Gough, "Larry King Hot Thanks to Hilton," *Hollywood Reporter*, June 29, 2007.
④ Brian Stelter, "Hannity to Go It Alone, Without Colmes," *New York Times*, Nov. 25, 2008.
⑤ 作者对福克斯新闻一位前高管的采访。
⑥ 作者对一位熟悉情况的人士的采访。

伦，对其态度粗鲁，"福克斯一位前资深制片人说，"在对艾伦的观感上他似乎不再那么三缄其口了。节目开始前当他们在片场坐下时，肖恩会说：'不知道你走了以后，这一切会是什么样子？'"①

艾尔斯管理风格上的悖论之一是，虽然他大刀阔斧冲破障碍，但在做一些人事决策时，他可能会非常谨小慎微，这让他的高管们感到沮丧。当他们建议甩掉科尔梅斯时，他动摇了。"罗杰希望节目呈现出对比的效果，"有位资深高管说，"他们是一个团队。这两个人就是福克斯的特点。黄金时段的节目主持人阵容中，唯一的变化就是那些女主播，从凯瑟琳换到宝拉再换到格雷塔。"② 作为权宜之计，艾尔斯在 2007 年 1 月给汉尼提开了一档周日晚上单独主持的节目。③ 但艾尔斯仍然心存疑虑。虽然他跟汉尼提一样持强硬的右翼政治立场，但他私下里抱怨说汉尼提太过僵硬。"我想让你们给他的脑袋上来一巴掌，"艾尔斯对比尔·希恩说，"这里是有娱乐价值的，而他不明白这一点。当他出现在镜头前时，就像他期望艾伦在直播时顿悟，然后说：'你知道，肖恩，你说得没错。50 年来我一直像个白痴。我怎么就没看出来呢？'"④

科尔梅斯受不了来自汉尼提的压力。2008 年秋天，福克斯宣布科尔梅斯离开节目。⑤

和往常一样，福克斯的救命稻草就在眼前，它以总统大选的形式出现，而这一定会为新的叙事提供支撑。8 年来，民主党和共和党将首次为大选挑选候选人。两党争夺提名的过程，让艾尔斯有机会重新

---

① 作者对福克斯新闻一位前高管的采访。
② 同上。
③ Brian Stelter, "It's 'Hannity's America' Starting This Sunday," TVNewswer.com, Jan. 4, 2007.
④ 作者对一位熟悉情况的人士的采访。
⑤ Brian Stelter, "One Half of 'Hannity & Colmes' Is Leaving," "Media Decoder" (blog), New York Times, Nov. 24, 2008, http://mediadecoder.blogs.nytimes.com/2008/11/24/one-half-of-hannity-colmes-is-leaving/.

点燃他那些疲惫的观众的热情,观众可以团结在共和党提名人的身后,欣赏着民主党那边引人入胜的角斗士死亡之战。

共和党的初选显然是头等大事。2007年初,艾尔斯派他的几位高管锁定了最受瞩目的那几场共和党辩论会的电视转播权。南卡罗来纳州共和党前主席卡顿·道森还记得,2007年5月15日在哥伦比亚举行的那场初选辩论会谈判中,福克斯是如何击败CNN的。尽管沃尔夫·布利泽亲自出马,代表CNN来游说道森,但福克斯官方的争取行动更为迅速,而且手上还有CNN没有的"胡萝卜"。"福克斯专门有个南卡罗来纳州观众群。一群非常支持共和党的观众。"道森说。福克斯也有"大棒"。"我绝对不想跟罗杰·艾尔斯对着干。"他补充道。①

在艾尔斯争取共和党初选电视转播权的过程中,那些跟他作对的人将会面对他的怒火。2007年2月14日,罗纳德·里根总统图书馆基金会宣布将与MSNBC和"政客网"(Politico)合作,② 举办一场由MSNBC的克里斯·马修斯主持的辩论会。③ 艾尔斯向福克斯高层抱怨说,NBC和"政客网"与图书馆达成了内部交易。该基金会董事会主席小弗雷德里克·瑞安也是"政客网"的总裁兼首席执行官。④ 瑞安已经回避了这次的遴选,但艾尔斯没有就此罢休。"罗杰喜欢赢,不是赢得大多数比赛,而是要每场都赢,每天都赢。"瑞安说。⑤ 福克斯的主持人开始指责"政客网""极左"。⑥

---

① 作者对南卡罗来纳州共和党前主席卡顿·道森的采访。
② Ronald Reagan Presidential Library Foundation, "Reagan Presidential Library Foundation to Host GOP Presidential Candidates' Debate" (press release), Feb. 14, 2007, http://www.gwu.edu/~action/2008/primdeb08/reagan021407pr.html.
③ Liz Sidoti, "Ten Republicans Meet Thursday in First GOP Presidential Debate," Associated Press, May 3, 2007.
④ Mike Allen, "Mitt's Moment," *Politico*, May 4, 2007, http://www.politico.com/news/stories/0507/3841.html.
⑤ 作者对"政客网"总裁小弗雷德里克·瑞安的采访。
⑥ Fox News, *The Five* (transcript of May 3, 2012, broadcast), Finance Wire, May 3, 2012.

在民主党动员起来将福克斯排挤在他们的初选之外后，共和党的辩论会变得更为紧迫。民主党的这次抵制也是艾尔斯一手造成的。3月8日，艾尔斯在华盛顿接受由广播和电视新闻界主管组成的一个小组颁发的"第一修正案领导奖"。① 在演讲中，他把巴拉克·奥巴马的名字和奥萨马·本·拉登的名字混在一起，想搞出幽默效果。"而且，巴拉克·奥巴马确实在到处跑，"艾尔斯说，"布什总统给〔巴基斯坦总统〕穆沙拉夫打电话问'我们为什么抓不到这个人？'，我不知道这事是不是真的？"艾尔斯的放肆，让福克斯在说起奥巴马的候选人资格时更加肆无忌惮。几个月前，史蒂夫·杜奇在《福克斯和朋友们》中宣布，奥巴马在印尼上的小学是一所由"沙特人"资助的宗教学校。② 这下把奥巴马的顾问们惹毛了，称这种说法"完全荒谬可笑"。奥巴马的通讯主管罗伯·吉布斯打电话找穆迪投诉此事。③ 穆迪说《福克斯和朋友们》不归他管。"这是一档娱乐节目。"穆迪解释道。

3月9日，也就是艾尔斯开玩笑地将奥巴马与奥萨马混为一谈的第二天，内华达州民主党取消了其在福克斯新闻的辩论会。④ 这是像MoveOn.org这样的进步团体一直在呼吁采取的行动。福克斯火速反击。穆迪负责新闻的副手大卫·罗兹代表福克斯发表了一份声明。罗兹说："新闻机构在参与内华达州民主党党团会议前务必要三思，该党团会议似乎被激进人士及州外利益集团而非内华达民主党控制了。"

艾尔斯想办法左右逢源。差不多在这个时候，他遇到了国会黑人党团会议（CBC）成员、马里兰州国会议员埃利亚·卡明斯，并建议福克斯可以跟该组织在底特律共同主持一场电视辩论。⑤ 推销这个是

---

① Erik Schelzig, "Fred Thompson for President?," Associated Press, March 10, 2007.
② CNN, *Reliable Sources* (transcript), Jan. 21, 2007; John Gibson, *The Big Story*, Fox News Channel (transcript), Jan. 19, 2007.
③ 作者对巴拉克·奥巴马总统的一位顾问的采访。
④ Ryan Grim, "Nevada Dems Nix Fox Debate," *Politico*, March 9, 2007.
⑤ Chafets, *Roger Ailes*, 27.

有难度的，因为许多党团会议成员认为福克斯对非裔美国人有敌意。艾尔斯私下去见了密歇根州前议员卡罗琳·基尔帕特里克。当她质疑艾尔斯是否关注民权问题的时候，他拿出了一张自己与马尔科姆·艾克斯在《迈克·道格拉斯秀》片场的合影。基尔帕特里克有些动摇了。3月29日，福克斯宣布国会黑人党团会议将在福克斯新闻主持两场辩论，其中第一场将于9月在底特律举行。① 但这一策略还是失败了。一个星期后，民主党全国委员会宣布，福克斯新闻将被排除在主办民主党全国委员会6场正式的初选辩论之外。② 第二天，约翰·爱德华兹退出了底特律的那场辩论，接下来的星期一，希拉里和奥巴马宣布他们在抵制福克斯的问题上与爱德华兹保持一致。"CNN似乎是一个更合适的场地。"奥巴马的发言人比尔·伯顿告诉媒体。③

从娱乐角度看，2008年共和党初选的问题在于候选人都不怎么出挑。在二楼周围，艾尔斯也几乎没有对他的政党的2008年总统候选人表现出什么热情，这些候选人包括阿肯色州前州长迈克·哈克比、约翰·麦凯恩、马萨诸塞州前州长米特·罗姆尼和堪萨斯州参议员山姆·布朗巴克。艾尔斯称他们为"7个小矮人"。④ 但他对一位老朋友却是另眼相看：鲁迪·朱利安尼。4月，朱利安尼成为驻白宫记者晚宴上新闻集团那桌的座上宾。⑤ 更重要的是，福克斯给这位纽约市长提供了一个宝贵的全国性平台，以提升他的候选资格。一项研究发现，在2007年上半年，福克斯给朱利安尼的采访时间比其他任何

---

① Fox News, "Fox News and the Congressional Black Caucus Institute Present Two Presidential Debates for the 2008 Campaign," Business Wire (press release), March 29, 2007.
② Kate Phillips, "D. N. C. Shuns Fox in Debate Schedule," The Caucus (blog), New York Times, April 5, 2007, http://thecaucus.blog.nytimes.com/2007/04/05/dnc-shuns-fox-in-debate-schedule.
③ Kate Phillips, "Two Democrats Avoid Debate on Fox News," New York Times, April 10, 2007.
④ 作者对一位熟悉此事的人士的采访。
⑤ Russ Buettner, "In Fox News, Led by an Ally, Giuliani Finds a Friendly Stage," New York Times, Aug. 2, 2007.

一位候选人都要多得多。①

这就是为什么在 11 月 13 日星期二下午,也就是在佛罗里达州圣彼得堡那场关键性的共和党辩论会的两个星期前爆出的一条新闻,威胁到了朱利安尼的竞选活动。以张扬粗暴著称的哈珀柯林斯出版人朱迪斯·雷根向新闻集团提起了 1 亿美元的诽谤诉讼。② 这是去年 12 月雷根突然被解雇的小报闹剧的最新进展,而这很快就会把艾尔斯和朱利安尼卷入一场争斗之中。

这起事件的核心还是电视。朱迪斯·雷根靠出版图书起家。作为《国家问询报》的前记者,她对八卦消息有第六感,并利用这一点出版了一系列淫秽畅销书——包括霍华德·斯特恩的《私处》、珍娜·詹姆森的《如何像色情明星一样做爱》。但她的梦想是比她的这些名人作者更大腕、更有名。2006 年,雷根得到默多克的许可,向 O. J. 辛普森支付了 88 万美元的版权费,以出版《假如我做了》(If I Did It),写的是辛普森假想的"忏悔"。③ 这本书是雷根把自己重新打造成为黄金时段电视名人的计划的核心所在。(2002 年,当艾尔斯撤掉了她在福克斯新闻每周一次的节目时,④ 雷根告诉媒体那是她自己的决定。⑤)为宣传辛普森的书,雷根将在福克斯电视台黄金时段的一个特别节目采访辛普森。雷根甚至为此搬去了洛杉矶,想成为一个"多平台"的媒体明星——一位来自《欲望都市》时代的奥普拉。⑥

2006 年 11 月 14 日,当辛普森的书和电视特别节目的细节首次

---

① Alex Koppelman and Erin Renzas, "Rudy Giuliani's Ties to Fox News," *Salon*, Nov. 15, 2007, citing a study by *Hotline*.
② Russ Buettner, "Ex-Publisher's Suit Plays a Giuliani-Kerik Angle," *New York Times*, Nov. 14, 2007.
③ Vanessa Grigoriadis, "Even Bitches Have Feelings," *New York*, Feb. 5, 2007.
④ 作者对一位熟悉此事的人士的采访。
⑤ Jonathan Bing, "The Write Stuff," *Daily Variety*, Dec. 18, 2002.
⑥ Edward Wyatt, "O. J. Simpson Writes a Book He'll Discuss on Fox TV," *New York Times*, Nov. 15, 2006.

被媒体披露时，整件事对雷根及新闻集团产生了巨大的冲击。① 评论家们对雷根可能存在的逐利思想进行了道德批判，铺天盖地的头条新闻演变成了一场全面的公司危机。经受了几天尖刻批评后，新闻集团出手阻止事态扩散。② 尽管默多克和哈珀柯林斯公司的首席执行官简·弗里德曼都对这个项目鼎力支持，但雷根首当其冲成了这一丑闻的罪魁祸首。此时，雷根在新闻集团内部已经没有什么盟友了。公司里多的是自以为是的人，而她在其中相当突出。那些关于她在办公室大发雷霆以及折磨下属的手段的故事，传得沸沸扬扬。③ "朱迪斯会叫那些因为她的努力才有份工作的人'婊子'。"一位前雇员说。情况越来越控制不住，以至于新闻集团在2003年对她的行为开展了一次人事调查。简·弗里德曼与雷根两人之间关系紧张有好几年了，她的耐心也快被磨完了。

　　2006年12月，弗里德曼把雷根炒了。④ 雷根在洛杉矶接到这个消息时，她用的公司电脑突然被关掉了。12月15日，一份只有两句话的新闻稿公布。很快就有人向记者透露，雷根是在对哈珀柯林斯一个叫马克·杰克逊的犹太律师说了句反犹的脏话后被解雇的。⑤ 在一次通话中，他们激烈地争吵起来，据称雷根对杰克逊说有个"犹太阴谋集团"要对付她。"在所有人之中，犹太人知道怎么拉帮结派、寻找共同的敌人和撒弥天大谎。"据说雷根当时说了这样的话。但她的

---

① Josef Adalian, "O. J. to Tell How He'd Murder on Fox Spec," *Variety.com*, Nov. 14, 2006, http://variety.com/2006/scene/news/o-j-to-tell-how-he-d-murder-on-fox-spec-1117953915/.
② Bill Carter and Edward Wyatt, "Under Pressure, News Corp. Pulls Simpson Project," *New York Times*, Nov. 21, 2006.
③ Grigoriadis, "Even Bitches Have Feelings."
④ Steven Zeitchik, "Regan Ousted from HarperCollins," *Variety.com*, Dec. 15, 2006, http://variety.com/2006/biz/news/regan-ousted-from-harpercollins-1117955887/. See also Steven Zeitchik, "Regan's Fate Is Unwritten," *Daily Variety*, Dec. 18, 2006.
⑤ Julie Bosman and Richard Siklos, "Fired Editor's Remarks Said to Have Provoked Murdoch," *New York Times*, Dec. 18, 2006. See also Josh Getlin, "Regan Was Fired After Slur, News Corp. Says," *Los Angeles Times*, Dec. 19, 2006.

律师伯特·菲尔兹极力否认这一说法，并将她被解雇归因她与弗里德曼长期存在的宿怨。尽管雷根有时很粗鲁，但她坚决反对被打上反犹标签。手上有筹码的她反击了。

  与艾尔斯一样，雷根非常善于讲故事。她在 2007 年 11 月的诉讼案中毫无意外地显示了这方面的能力。这份提交给纽约州最高法院的申诉书，读起来就像她有可能出版的一本庸俗刺激的商场侦探小说的宣传稿。① "此事缘于世界上最大的媒体集团之一策划了一场蓄意抹黑的行动，其唯一目的就是要破坏一个女人的信誉和名声，"申诉书的开头这样写道，"长期以来，新闻集团一直以保护鲁迪·朱利安尼登上总统宝座的野心作为其政治议程的中心，这场抹黑行动对于推进该议程是必要的。"雷根的叙述充满了性、权力和金钱的味道。媒体抓住了一个诱人的小插曲，即雷根与朱利安尼那位颜面尽失的前警察局长伯纳德·克里克之间的婚外情，后者在前一周因多项联邦腐败指控而被起诉。② 她的诉讼称，一位"新闻集团的高管告诉雷根，他认为她手上掌握着有关克里克的信息，如果这些信息走露的话，就会损及朱利安尼的总统竞选。这名高管告诉雷根在调查人员询问她时要谎报和隐瞒有关克里克的信息"。雷根后来指称，这位不具名的高管正是罗杰·艾尔斯。③

---

① Patricia Hurtado, "Publisher Regan Says News Corp. Fired Her to Protect Giuliani," *Bloomberg News*, Nov. 14, 2007. See also *Judith Regan v. HarperCollins Publishers LLC*, 603758/2007, New York State Supreme Court (Manhattan).
② Jim Fitzgerald, "Bernard Kerik Pleads Not Guilty to Corruption Charges," Associated Press, Nov. 9, 2007.
③ Russ Buettner, "Fox News Chief Is Said to Urge Lying in Inquiry," *New York Times*, Feb. 25, 2011. 2011 年 2 月，《纽约时报》爆料说，雷根在法庭文件中声称，艾尔斯就是那个叫她向调查人员撒谎以维护鲁迪·朱利安尼的总统选举前景的那位不具名的新闻集团高管。一些博客揣测，既然艾尔斯的名字被公开了，他就有可能以妨碍司法罪被起诉。"罗杰真的相当害怕，"福克斯一位高管说，"我之所以知道是因为他对那条新闻只字未提。"新闻集团为他辩护，告诉《纽约时报》说公司有一封雷根表示艾尔斯无意影响她在调查中的表现的信。这一丑闻最终在没有任何起诉书的情况下宣告结束，艾尔斯又恢复了他那呼风唤雨的做派。他在一次演讲中称《纽约时报》就是"一帮撒谎的人渣"。

第二个星期，雷根的手段到底有多厉害很快就清楚了。福克斯新闻的节目嘉宾、同时也是雷根朋友的苏珊·埃斯特里奇在马里布的一个朋友家过感恩节，吃晚餐时她得到一条小道消息，说雷根和安德里亚·麦克里斯一样手上握着张王牌。① 雷根声称自己偷偷把艾尔斯涉嫌建议她向联邦调查局撒谎的事录了下来。埃斯特里奇拿到了一份雷根的申诉书，并打电话给自己的朋友、曾经是雷根在福克斯的制片人的乔尔·考夫曼。"我们得帮一下罗杰，"她说，"我们必须想好如何处理这个问题的策略。"

艾尔斯将埃斯特里奇介绍给了他的私人律师老彼得·约翰逊，这位作风严谨的曼哈顿诉讼律师之前是街头警察，曾参加过第二次世界大战中的硫磺岛战役。② 艾尔斯的律师跟默多克以及新闻集团的高级法律团队开了一次会。默多克冷静思考后，认定艾尔斯是需要保护的资产。默多克开始指责简·弗里德曼过于急切地解雇了雷根，从而引发了这一连串不幸的事。"他是个人才。新闻集团希望在合法的情况下尽最大的可能去帮助他。"一位参与过几次沟通的高管说。③

新闻集团内部的共识是，只要是雷根想做的事就没有不成功的。埃斯特里奇被派去当艾尔斯和雷根的中间人，她建议雷根不要公开这份录音。"苏珊充当了朱迪斯的心理医生，"一位高管说，"确保她不会破罐子破摔。"④ 雷根那边拒绝把她所说的艾尔斯的录音给默多克及其手下听，情况因此复杂起来。在不知道具体说了些什么的情况下，新闻集团的律师只能盲目行事。艾尔斯在会上否认自己曾建议雷根妨碍司法。"这很尴尬，"他在和律师说起自己与雷根的谈话时说，"我当时说的话有点糙。"⑤ 时任新闻集团总法律顾问的隆·雅各布斯

---

① 作者对一位熟悉此事的人士的采访。
② Gabriel Sherman, "Meet Roger Ailes's Fox News Mouthpiece," *New York*, Oct. 25, 2012.
③ 作者对一位参加了跟朱迪斯·雷根谈判的高管的采访。
④ 作者对一位参与谈判的人士的采访。
⑤ 作者对一位熟悉此事的人士的采访。

向约翰逊施压，希望了解真相。"我需要知道新闻集团的风险是什么。"他说。① 约翰逊则力挺自己的客户。他向雅各布斯保证，艾尔斯在录音中没说过任何违法的话。即使雷根同意，雅各布斯也不想听录音了。新闻集团的外部律师向他建议还是不听为好，万一艾尔斯说过什么可能违法的话。

雷根这几招让新闻集团没辙了。2008年1月25日，在佛罗里达州初选的四天前，新闻集团出1075万美元达成和解，双方都没有认罪。② 作为交易的一部分，雷根签了一份保密协议和一封信，信中声明艾尔斯没有逼她撒谎以帮助朱利安尼（新闻集团将这封信的副本存档，以便有需要时公开）。在麦克里斯事件过去不到4年，这是新闻集团的员工第二次因保守福克斯新闻的秘密而获得数百万美元封口费。

和解并没有扭转朱利安尼的命运。5天后他退出了总统竞选，此前他在佛罗里达州排名第三。③ 多年后，雷根指责艾尔斯对她进行了污蔑。"把这些点连起来就知道了。"她这样告诉一位记者。④

2008年最大的新闻是希拉里·克林顿和巴拉克·奥巴马为民主党提名而展开的马拉松式争夺战——而在这次竞选的大部分时间里，福克斯都在努力争取分一杯羹。CNN黄金时段的观众人数激增，1月份比去年同期增长了42%，第三季度则增长了68%。⑤ 沃尔夫·

---

① 作者对一位参与谈判的人士的采访。
② Patricia Hurtado and Gillian Wee, "News Corp. Settles Suit by Judith Regan over Firing," *Bloomberg News*, Jan. 25, 2008. See also Bob Van Voris and Patricia Hurtado, "Regan Accused Lawyer Dreier of Disclosing Settlement," *Bloomberg News*, Dec. 10, 2008.
③ Michael Powell and Michael Cooper, "Resurgent McCain Is Florida Victor; Giuliani Far Back," *New York Times*, Jan. 30, 2008.
④ 作者对朱迪斯·雷根的采访。
⑤ Molly Willow, "TV Ratings Upset," *Columbus* (Ohio) *Dispatch*, Feb. 21, 2008. See also Anthony Crupi, "Turner Nets Defy Soft Market," *Mediaweek*, Nov. 6, 2008.

布利泽这样一个显然不是名主持的人,居然成了收视率最高的选举之夜的主播。① MSNBC 也找到了成功的机会,吸引了积极性被调动起来的自由派观众。2007 年秋天,蒂姆·拉塞尔特把菲尔·格里芬叫到他在华盛顿分社的办公室,说:"格里芬,你将迎来我们一生中最伟大的一次总统选举。好好把握。"② 格里芬提出了一个新口号:"政治广场"(The Place for Politics)——拉塞尔特碰巧在有次上节目时说过这句话。"这让我们受到了前所未有的关注,"格里芬后来说,"我们曾经给自己打上'美国的新闻频道'的标签。但那是吹的!我们根本不是。"③

眼看 CNN 和 MSNBC 从奥巴马现象中获益,艾尔斯找到了一个从节目上进行反制的方法。"罗杰认为,随着奥巴马成为候选人,媒体对他进行了过度报道,"艾尔斯身边的某人回忆道,"有一次他还说:'我们得成为平衡民主党这边的一方。'"④ 尽管艾尔斯大声发表支持共和党的言论,但他继续维持三方平衡。2008 年初,福克斯新闻和希拉里·克林顿之间的结盟让人大跌眼镜,希拉里在美国腹地工业区——也就是收看福克斯新闻的地区——的蓝领白人选民中势头强劲。

希拉里需要她能得到的所有盟友的支持。其竞选团队和 MSNBC 之间的关系已经完全破裂。在希拉里赢得新罕布什尔州 1 月初选后的第二天,克里斯·马修斯宣称,她之所以从政是因为"她丈夫和别人乱搞"。⑤ MSNBC 总裁菲尔·格里芬命马修斯道歉,但这并没能安抚希拉里阵营的情绪。在希拉里竞选总部,出了一道命令,要求其记者

---

① Paul J. Gough, "In '08, Big Headlines for Everybody," *Hollywood Reporter*, Dec. 31, 2008.
② Gabriel Sherman, "Chasing Fox," *New York*, Oct. 11, 2010.
③ Linda Moss, "MSNBC Votes to Boost Politics Coverage," *Multichannel News*, Oct. 8, 2007.
④ 作者对一位接近罗杰·艾尔斯的人士的采访。
⑤ David Bauder, "Chris Matthews Says He Wronged Clinton by Tying Her Success to Husband's Infidelities," Associated Press, Jan. 18, 2008.

室里的 20 台电视都不许调到 MSNBC。① 2 月 7 日晚，也就是"超级星期二"的两天后，MSNBC 的政治记者大卫·舒斯特推测说切尔西·克林顿为了争取超级代表的支持而被"安排做了权色交易"。② 在希拉里威胁要抵制 MSNBC 今后的辩论会之后，该电视网暂停了舒斯特的工作。3 月初，克里斯·马修斯再次展示了 MSNBC 对奥巴马的偏爱，他在节目中对奥巴马不吝溢美之辞，称其演讲天赋让他"通体舒畅"。③

艾尔斯尽其所能地提供帮助。3 月 19 日，他向约翰·穆迪、比尔·奥莱利和比尔·希恩转发了一封题为"也许上帝是个共和党人"的电子邮件，邮件中附了一份竞选对手情况调查，关于奥巴马与有争议的伊利诺伊州参议员兼牧师詹姆斯·米克斯之间的关系。"米克斯曾谴责'好莱坞犹太人'，并将同性恋问题归咎于他们；还曾称〔理查德·〕戴利市长是个'奴隶主'，而且称戴利的支持者为'家养黑奴'；还说同性恋是'邪恶'的。"该调查这样写道。④ 当天晚上，奥莱利和汉尼提的节目中专门设置了介绍米克斯的环节。"现在我们不知道米克斯牧师和巴拉克·奥巴马之间到底是什么关系，"奥莱利大声说道，"我们和另外一些人正在进一步挖掘这条新闻。但今晚我们要问的问题是，对此克林顿和麦凯恩的竞选团队将如何应对？它会像滚雪球一样越滚越大。"⑤

新闻集团里也有希拉里的很多有影响力的代理人，他们可以对 MSNBC 和奥巴马进行反击。苏珊·埃斯特里奇在幕后为安排艾尔斯

---

① 作者对希拉里·克林顿的一位前竞选工作人员的采访。
② Howard Kurtz, "Chelsea Remark Earns MSNBC Correspondent a Suspension," *Washington Post*, Feb. 9, 2008.
③ ABC News, *Nightline* (transcript), March 5, 2008.
④ John Cook, "The Anti-Obama Emails Roger Ailes Forwards to His Underlings," *Gawker*, April 19, 2012, http://gawker.com/5903082/the-anti+obama-emails-roger-ailes-forwards-to-his-underlings.
⑤ *The O'Reilly Factor*, Fox News Channel (transcript), March 19, 2008. See also *Hannity & Colmes*, Fox News Channel (transcript), March 19, 2008.

和希拉里之间的私人会面而游说。①"这对她来说是件好事,"她对比尔·克林顿说,"别人不需要知道。福克斯也不会公之于众,他们知道民主党这边的敏感性。"鲁伯特·默多克的通讯主管加里·金斯伯格也是希拉里的支持者。在竞选初期,约翰·爱德华兹批评希拉里接受默多克捐款,金斯伯格为化解那次攻击发挥了关键作用。②金斯伯格打电话给哈珀柯林斯,发现该公司向爱德华兹预付了50万美元,请他写一本名为《家:我们生活的蓝图》的咖啡桌书。③(爱德华兹的竞选团队称这些钱会拿来做慈善。)金斯伯格立即把这一消息告诉了希拉里的通讯主管霍华德·沃尔夫森,后者将其透露给了媒体。

福克斯与克林顿夫妇走得很近,这招来了奥巴马竞选团队的敌意。希拉里在5月接受了比尔·奥莱利的一次访谈,受到了极大的关注。"跟NBC和其他许多自由派的新闻电视网相比,福克斯新闻对你更公平些,你惊讶吗?"他问。"我只是期望对我的竞选活动的报道是公平和平衡的。"她答道。④"她与默多克达成了某种约定。"奥巴马的前通讯主管安妮塔·邓恩后来说。⑤奥巴马的另一位高级顾问回忆说:"我们的竞选活动刚开始,福克斯就说奥巴马小时候上过伊斯兰宗教学校。""如果你看福克斯台的话,你根本不会知道正在发生金融危机和两场战争。你会认为美国最重要的事是比尔·艾尔斯和赖特牧师。"⑥

奥巴马对福克斯极不信任也就不足为奇了。在获得民主党提名

---

① 作者对一位熟悉情况的人士的采访。
② "Edwards Urges Fellow Democrats to Reject Murdoch's Money," *Washington Post*, Aug. 3, 2007.
③ Nedra Pickler, "Murdoch's News Corp. Says Edwards Benefited from Book Deal with the Media Company," *Washington Post*, Aug. 3, 2007.
④ *The O'Reilly Factor*, Fox News Channel (transcript), May 1, 2008.
⑤ 作者对白宫前通讯主管安妮塔·邓恩的采访。
⑥ 作者对巴拉克·奥巴马总统的一位高级顾问的采访。

后，奥巴马同意等默多克进城参加筹款活动时在华尔道夫酒店见他。① 奥巴马的高级顾问大卫·阿克塞尔罗德一直在与加里·金斯伯格私下沟通，并同意安排这次会面。为了让气氛轻松一点，默多克带上了艾尔斯。奥巴马告诉艾尔斯，如果福克斯继续把他和他的妻子描绘成危险的颠覆分子的话，他就不会跟他们打交道。艾尔斯则告诉奥巴马，如果他与福克斯合作而不是对着干的话，他们也会对他更好。话都说到这份上了，会面也就结束了。

会后，默多克问及艾尔斯对奥巴马的印象。"他就像一个中层管理者。"艾尔斯说。默多克大吃一惊。

"我并不是要你评价他在福克斯的位置，"默多克答道，"我是在问你对他作为总统候选人有何看法。"

"嗯，我就是这么想的。"艾尔斯说。

几个星期后，艾尔斯告诉阿克塞尔罗德，他担心奥巴马想建立一支国家警察部队。②

"你不是认真的吧，"阿克塞尔罗德回道，"你怎么会这么想呢？"

艾尔斯把 YouTube 上一段奥巴马在竞选中发表的关于国家服务的演讲通过电子邮件发给了阿克塞尔罗德，演讲中，奥巴马呼吁建立一个新的平民保育团，与军队一起执行海外项目。③

阿克塞尔罗德已经跟艾尔斯打了很久的交道，后者 1984 年在伊利诺伊州负责保罗·西蒙的参议员竞选时曾打败过他。他后来说那次交流中，他意识到艾尔斯是真的对自己在琢磨的东西深信不疑。④

---

① Michael Wolff, "Tuesdays with Rupert," *Vanity Fair*, Oct. 2008. See also Howard Kurtz, "Obama Met with News Executives," *Washington Post*, Sept. 3, 2008；作者对斯蒂芬·罗森菲尔德的采访，后者讲述了艾尔斯对这次会议的描述。
② Sherman, "The Elephant in the Green Room."
③ CQ Transcripts, "Senator Barack Obama Delivers Remarks at a Campaign Event" (transcript), July 2, 2008.
④ Sherman, "The Elephant in the Green Room."

尽管麦凯恩在竞选中的表现并不理想,艾尔斯最终还是把他定为自己的首选候选人。"他缺乏魅力,信息也没有精准到让你了解他这个人的地步,"艾尔斯在谈到麦凯恩时说,"他有这么一个神奇的故事,却有意淡化它。"[1] "罗杰首先是个制片人。"一位前工作人员这样说道。

新闻集团的一些高管曾私下议论过,艾尔斯是否会与默多克在政治立场上保持一致。默多克在政治风向上是出了名的墙头草,为了避免自己站到历史的错误一边,他开始在《纽约邮报》声称愿意支持奥巴马竞选总统。(1月,《纽约邮报》表示支持奥巴马获得民主党提名。[2])默多克的家里人,包括他的第三任妻子邓文迪,也被这位总统候选人所吸引并开始游说鲁伯特。就在这些手忙脚乱的时候,作家迈克尔·沃尔夫正为默多克授权他写的传记做最后的润色。经过对默多克及其许多下属和家庭成员的采访后写出的这本书,本身也是新闻集团内部的一个爆点。近十年来,加里·金斯伯格孜孜不倦地软化和美化默多克的形象,因为他的出色工作,新闻集团就算没到让人钦佩的地步,也能为曼哈顿的某些人所喜。金斯伯格和默多克的女婿、来自伦敦的公共关系主管马修斯·弗洛伊德一起,在沃尔夫写书过程中负责处理相关事务。但最终,沃尔夫写的很多内容激怒了新闻集团内部的许多阵营。根据《名利场》杂志对该书的预告,沃尔夫披露了默多克因为艾尔斯和比尔·奥莱利而感到的尴尬——沃尔夫说这一观点来自他对鲁伯特的采访——艾尔斯大为恼火。[3] "这是真的吗?"他在2008年9月的一次会上质问道。[4]

"不,这不是真的。"默多克答道。

---

[1] 作者对福克斯新闻一位前高管的采访。
[2] "New York Post Endorses Obama for President, Snubs Home-Town Senator," Associated Press, Jan. 30, 2008.
[3] Wolff, "Tuesdays with Rupert."
[4] Gabriel Sherman, "The Raging Septuagenarian," *New York*, Feb. 28, 2010.

就像他在炭疽袭击事件上与拉克兰对峙后所做的那样,艾尔斯要求默多克表明自己的忠诚。默多克向艾尔斯保证,他对福克斯新闻非常满意,并在 11 月与艾尔斯签了一份为期 5 年的新合同,批准其在编辑工作上有独立性。① "正是从那时起福克斯新闻疯了。"默多克的一位顾问说。② 艾尔斯确保充分利用这一时机。"当金斯伯格因为默多克的传记而大发雷霆时,布莱恩·刘易斯和罗杰在一起商讨如何利用这个机会打击彼得·切宁。"一位高管说。③

所有关于默多克是否正转变为自由派的猜测都在 9 月 8 日结束了,这一天,《纽约邮报》宣布支持麦凯恩参选。④ 在接下来的一年里,新闻集团高层里的民主党人——金斯伯格和切宁——将会离开公司,默多克对艾尔斯权力的制衡会越来越少。⑤ 艾尔斯享受着这样的时刻。"罗杰认为这是他应得的,"一位与他关系近的高管回忆说,"金斯伯格离开公司的那一天,罗杰走进下午的编辑会现场,把新闻稿撂在会议桌上,说:'生活中有赢家,也有……'艾尔斯就这么微笑着,看着大家传阅稿子。"⑥

新合同里的承诺让艾尔斯有时间为奥巴马获胜对福克斯收视率的影响做准备,但事实证明他不需要这样的时间。9 月 3 日,在与默多克面谈后的第二天,艾尔斯在收看共和党大会时,一下子被一位与众不同的政客吸引住了:莎拉·佩林。"她打出了全垒打。"他在第二天对高管们说。⑦ 她兴高采烈地抨击建制派,这使她成为艾尔斯新的新闻故事的完美女主角——而福克斯的收视率也一路飙升,创下有线电

---

① Matea Gold, "Roger Ailes Extends Fox Deal," *Los Angeles Times*, Nov. 21, 2008.
② 作者对鲁伯特·默多克的一位顾问的采访。
③ 作者对福克斯一位前高管的采访。
④ "Post Endorses John McCain," *New York Post*, Sept. 8, 2008.
⑤ Tim Arango, "An Adviser to Murdoch Is Leaving News Corp.," *New York Times*, Nov. 17, 2009.
⑥ 作者对福克斯一位高管的采访。
⑦ 作者对一位熟悉此事的人士的采访。

视新闻的最高纪录。佩林演讲期间，福克斯有900多万观众收看，这令其他所有的新闻网，无论是有线电视还是无线电视，都黯然失色。"至少现在人们关心起来了。"艾尔斯对他的团队说。①

他对这位阿拉斯加州州长产生了浓厚的兴趣。② 也不知佩林是如何做到的，反正她成功地将古老的西部故事里那种自力更生的拓荒者形象和一张可以参加选美比赛的脸结合在了一起，而且她有一种带有反击性、"不许压迫我"③的语言风格——这种个性让人耳目一新，非常引人注目。在佩林的大会演讲结束几个星期后，艾尔斯趁佩林前往纽约的联合国总部并与亨利·基辛格合影的间隙，与她进行了秘密会面。当天下午，福克斯负责报道佩林竞选活动的年轻制片人舒珊娜·沃尔什在直播中批评了麦凯恩的工作人员，称他们阻挠记者在佩林访问联合国期间向她提问。"佩林州长连一个回答问题的机会都没有，"沃尔什对着镜头说，"他们甚至不给任何与候选人互动的机会——这简直是史无前例。"

艾尔斯并不认识沃尔什，但当他听到这样的评论时他非常生气。④ 像《赫芬顿邮报》这样的自由派媒体将利用她的这些话，让人们认为福克斯在攻击佩林。他打电话给苏珊娜·斯科特，要求不让沃尔什出镜。⑤ "这不是公平和平衡的新闻报道。"一位高管后来告诉沃尔什。沃尔什被允许继续报道佩林，但被禁止今后再出镜。她很快就离开了福克斯。

10月，艾尔斯找到了福克斯下一个时代的另一位明星：CNN的格伦·贝克。自他2006年加入CNN以来，他的《头条新闻》收视率

---

① Anthony Crupi, "RNC Coverage Lifts Fox News Channel to Ratings Win," *Mediaweek*, Sept. 9, 2008.
② Sherman, "The Elephant in the Green Room."
③ don't-tread-on-me，美国独立战争时期军旗上的一句话，旗上还有一条西部响尾蛇，其象征意义在于，美国西部响尾蛇的攻击性并不强，但要小心它的反击力量。——译者
④ 作者对一位熟悉情况的人士的采访。
⑤ 作者对一位熟悉此事的人士的采访。

已经跃升了超过200%。① 他有好几本书成了《纽约时报》畅销书，他的电台节目收听率几乎追上了拉什·林博。那年秋天，当艾尔斯第一次和44岁的贝克见面时，他马上认定此人就是为电视而生。贝克的表现，融合了新时代的励志演讲和右翼的狂热，使他有了伊利亚·卡赞的《人群中的面孔》(A Face in the Crowd) 中安迪·格里菲斯扮演的流浪者龙瑟姆·罗德兹的那种特征。他的白发梳得一丝不苟，脸颊如面团般圆润，他是一场与奥巴马参选同步兴起的新生政治运动的预言家。

谈话间，艾尔斯和贝克发现他们俩对充满胜利的美国历史有着相同的见解，因而相见恨晚。② 艾尔斯希望贝克来主持福克斯下午5点的节目，这档被福克斯的高管称为"黑洞"③ 的节目一直没法吸引观众，无法为后面的节目暖场。而且因为布里特·休姆明确表示自己想退出下午6点的晚新闻节目，这等于是雪上加霜。④ 休姆的离开将进一步危及节目阵容。10月16日星期四，福克斯宣布贝克从CNN跳槽到福克斯。⑤

艾尔斯正在组建他的节目主持阵容，为奥巴马时代的到来做准备。虽然迈克·哈克比这位候选人给他留下的印象并不深刻，但他意识到此人在社会保守派中拥有一批粉丝。除了哈克比，艾尔斯还签下了卡尔·罗夫和约翰·博尔顿当评论员。然而，随着选举日的临近，艾尔斯似乎心情郁郁。9月下旬，麦凯恩暂停了他的竞选活动，希望

---

① Robyn-Denise Yourse, "Arts Etc.; Tuning in to TV," *Washington Times*, Oct. 21, 2008. See also Brian Stelter, "For Conservative Radio, It's a New Dawn, Too," *New York Times*, Dec. 22, 2008.
② 作者对一位熟悉此事的人士的采访。
③ 同上。
④ Brian Stelter, "Fox's Brit Hume to Stop Anchoring 'Special Report' After Election," "Media Decoder" (blog), *New York Times*, July 15, 2008, http://mediadecoder.blogs.nytimes.com/2008/07/15/foxs-brit-hume-to-stop-anchoring-special-report-after-election/.
⑤ "Glenn Beck Joins Fox News" (press release), Business Wire, Oct. 16, 2008.

就雷曼兄弟公司破产后的金融救助提议进行谈判,达成一项国会协议。[1] "当麦凯恩暂停竞选时,他真的气坏了,"一位高管回忆道,"他说,'只有那些正在落败的人才会暂停竞选活动。'"[2]

艾尔斯告诉高管们,奥巴马的当选"对美国而言将是最糟糕的事",[3] 但其他人感觉这是机遇。布莱恩·刘易斯不仅经验老到,还是个实用主义者——他的口头禅是"一切皆有可能"——他认为比起麦凯恩,奥巴马当选将对企业更有利。选举开始前几天,刘易斯专门见了一次艾尔斯,告诉他自己将投票给奥巴马。[4]

在去艾尔斯的办公室之前,他给加里·金斯伯格打了个电话。"如果奥巴马获胜,对我们来说是好事,"刘易斯说,"这就是我在进虎穴之前要跟你说的。"

---

[1] Michael Cooper, "For the Nominees, New Roles and New Risks," *New York Times*, Sept. 25, 2008.
[2] 作者对一位熟悉情况的人士的采访。
[3] 作者对一位熟悉此事的人士的采访。
[4] 同上。

二十、东山再起

奥巴马于 2008 年大选之夜在芝加哥的格兰特公园发表胜利演讲后的那个星期，艾尔斯带着他的儿子扎克瑞跟伊丽莎白回到俄亥俄州的沃伦镇参加退伍军人纪念日的活动。①当地邀请艾尔斯在特伦布尔县退伍军人纪念馆的献礼仪式上发表主旨演讲。自从 50 年前离开小镇去上大学，艾尔斯只回过几次老家——他和当地几乎没有什么联系。艾尔斯认为，是时候让他 8 岁的儿子看看他父亲的出生地了。坐在新闻集团专机的豪华座位上，艾尔斯一家穿过云层，降落在俄亥俄州东北部的平坦地带。11 月初的天气异常寒冷，下午气温几乎不会高过冰点。②从空中俯瞰，休耕的农田像是一床由棕色和灰色的碎布拼接而成的被子。

艾尔斯一家在镇上只住一晚，但事情排得满满当当。③他们在沃伦镇东边的阿瓦隆酒店住下，这里会有一场罗杰的高中同学聚会，随后是去市中心参加由亨廷顿国家银行为公民领袖和纪念馆捐款人举行的招待会，并接受《沃伦论坛纪事报》记者的采访。上午将有个纪念碑揭幕仪式，还要在特伦布尔县俱乐部参加庆祝午宴。但在所有这些活动之前，艾尔斯要兑现自己的一个承诺。他告诉扎克瑞，他们将去那家热狗店吃饭，想当年，那是他父亲那一辈的高中生最喜欢去的小酒馆。

从机场出来，一路上罗杰看到了一个跟他小时候全然不同的沃伦镇。热狗店屋顶上装的那根 15 英尺高的红色柱子上，一闪一闪的巨型铝制热狗旋转着，这家店还在正常营业，但很多当年的餐馆已不复存在。沃伦镇的衰落和位于锈带上的密歇根州底特律或弗林特没有什么差别。2008 年的金融危机给当地带来了前所未有的灾难。在雷曼公司申请破产后的18天之内,沃伦镇当时的镇长迈克尔·奥布莱恩收到了10家当地公司宣布大规模裁员或关闭的信函。④ 沃伦镇上为数不多的雇主之一谢韦尔钢铁公司宣布将其员工从1000人减到35人。帕卡德公司的员工降到900人,约为其全盛期的5%。

曾经一切运行正常的沃伦镇,如今早已破败不堪,大家熟悉的那些社会症状随处可见。瘾君子在光天化日之下入室抢劫,带着平板电视或电子游戏机一路跑去典当。妓女们靠在橡树的树影里,在街头接客。拾荒者把法拍屋里的东西——铜管和电线——洗劫一空,卖给当地的废品商。市政府削减了社会服务,还解雇了30%的警队人员。⑤ 为了保证街上有警察巡逻,警官出身的镇长奥布莱恩解散了警署的刑侦队,让十几名老侦探重新穿上了制服。

入住阿瓦隆酒店后,艾尔斯与沃伦·G.哈丁高中1958级的十几位老同学在一间包房聚会。他们回忆了他们的青春岁月,聊了一个小时,艾尔斯充满热情地描述了自己在高中时表演舞台剧的经历。⑥ 但当谈话转向时事时,现场气氛变得压抑起来。对于自己家乡的衰落,艾尔斯给出了一个具体的诊断。"纵观整个历史,我们养活的人以及解放的人比任何国家都要多得多。奥巴马需要让美国人关注的是个人责任。"艾尔斯说。他提到了自己夏天的时候在华尔道夫酒店与当选总统的那次邂逅。"如果他真的像他自己说的那样想把整个国家团结起来,那么现在是时候跟大家沟通,寻求合作了。"艾尔斯解释道。他告诉同学们他曾希望麦凯恩能够获胜,但这场"难以置信"的金融危机夺走了共和党人的机会。

---

① William K. Alcorn, "Fox News Chairman Ailes Comes Home, Discusses Obama's Tasks," *Youngstown* (Ohio) *News*, Nov. 11, 2008.
② http://www.almanac.com/weather/history/OH/Warren/2013-11-11.
③ 作者对沃伦镇检察官奈德·戈尔德的采访。另见 Alcorn, "Fox News Chairman Ailes Comes Home, Discusses Obama's Tasks"。
④ 作者对俄亥俄州沃伦镇前镇长迈克尔·奥布莱恩的采访。
⑤ 作者对迈克尔·奥布莱恩的采访。
⑥ Alcorn, "Fox News Chairman Ailes Comes Home, Discusses Obama's Tasks."

接着艾尔斯说起了自己在这场斗争中扮演的角色，以及其中的利害关系。"我捍卫美国、以色列和宪法。正因如此，我不止一次收到过死亡威胁，"他对大家说，"我坚持自己的信仰。我不退缩。过去40年我都是如此。这就是我成功的秘诀。我的脸皮很厚。我不在乎别人怎么说我……。我们不是一个完美的国家。但问题是，假如美国被摧毁的话，这个世界将变成什么样子？"当天下午晚些时候，他告诉当地报纸的记者，他的家乡可以从他父亲在他小时候教过他的道理里学到那么一点儿东西。"如果你想得到帮助，你只能依靠自己。"艾尔斯说。① 他在福克斯新闻也是这样告诫别人的。他喜欢跟人提起几年前他是如何为少数族裔推出一个名为"艾尔斯学徒计划"的就业培训项目的。② 这是他真正感到自豪的事情之一。"如果每家公司都这么做，你能想象他们能为少数族裔的失业问题做多少事吗？"他后来说。③

第二天早上，天气又冷又湿，艾尔斯一家来到纪念公园参加落成仪式。④ 已有数百人聚集在那里，这是多年来第一次在沃伦镇中心看到这么大一群人。⑤

当艾尔斯拿起话筒发表讲话时，他看到了自己过去熟悉的场景。"你们看到那边的喷泉池了吗？"他指着一座从嘴中喷着水的维多利亚时代的飞鹤雕像对人群说，"我母亲和祖母以前会带我去那里喂松鼠。"他又指了指法院对面的基督教青年会道："我以前每个星期六都去那里上游泳课。"⑥

---

① Larry Ringler, "Fox News Chief Returns to Warren," *Warren（Ohio）Tribune Chronicle*, Nov. 11, 2008.
② Website of the Ailes Apprentice Program, Ailesapprentice.foxnews.com.
③ Chris Ariens, "Roger Ailes on His Apprentices and His Legacy," *TVNewser*, Nov. 15, 2012.
④ http://www.wunderground.com/history/airport/KYNG/2008/11/12/DailyHistory.html?req_city=Warren&req_state=OH&req_statename=Ohio.
⑤ 作者对奈德·戈尔德的采访。
⑥ 作者对参加退伍军人纪念碑落成仪式的沃伦镇居民的采访。

他告诉听众在落成仪式上发言让他感动,因为他儿时最要好的朋友道格·韦伯斯特牺牲在越南战场。① 韦伯斯特在学校里比罗杰低一个年级,但他们好得像亲兄弟一样。韦伯斯特的家在埃奇伍德街上,离艾尔斯家一英里远。

韦伯斯特的生活对罗杰有着非常明显的影响。② 他在很多方面都是艾尔斯的榜样:明星运动员、高中时的副班长、俄亥俄州体操队副队长以及海军战斗机飞行员。艾尔斯和韦伯斯特一起到征兵办公室报名参军。"他被录取了,我没有。"艾尔斯说。但韦伯斯特在第一次被派到太平洋地区的3个月后死于一场意外,当时他的海军A-4天鹰战斗机从"提康德罗加号"航空母舰的甲板滑下。他的尸体一直没有找到。"我想我在一定程度上有种幸存者的内疚感。"艾尔斯说。③

人群散去后,艾尔斯前往特伦布尔乡村俱乐部吃午饭。一小时后,他向他的妻子示意。④

"抓紧点,我们得走了。"

"你这是什么意思?"伊丽莎白说。

"我们得回趟热狗店,把东西都装上车。"

路上,艾尔斯专门绕道去了贝尔蒙特街。他想让扎克瑞看看他小时候住过的房子。自从他父母离婚把房子卖掉后,这栋两层楼的房子大体上没怎么变过。艾尔斯只注意到一点细微的不同。现在房子的外墙是灰色的,楼上的窗户上有海军蓝的百叶窗。而这个街区的其他房子都多少有些年久失修的样子。艾尔斯敲了敲门。一个叫克里斯·蒙斯曼的年轻人开了门。他还不到30岁,曾是高中棒球明星,现在在一家橱柜制造厂上班。

"我在这栋房子里长大,"艾尔斯说,"今天我带我儿子过来,不

---

① Alcorn, "Fox News Chairman Ailes Comes Home, Discusses Obama's Tasks."
② Biography of Douglas Webster on website of A-4 Skyhawk Association, http://a4skyhawk.org/?q=3e/va56/webster-memorial.htm, accessed Nov.15,2013.
③ Alcorn, "Fox News Chairman Ailes Comes Home, Discusses Obama's Tasks."
④ 作者对两位在乡村俱乐部用午餐的沃伦镇居民的采访。

知道我能否带他进来看一下客厅。你介意吗?"①

"不介意,进来吧。"

这栋房子有一间浴室和五间低矮的房间。罗杰指了指楼上那间窄小的卧室,那是他和他哥哥共用的。扎克瑞环顾了一下狭小的屋内。"爸爸,这个客厅只有我们的车子那么大。"

"是啊,我们仨就是在这里长大的,儿子。"艾尔斯说。

艾尔斯告诉蒙斯曼夫妇他是福克斯新闻的负责人。② 他们看这个频道的节目吗?克里斯没看过,但他的妻子达内拉,一位家庭保健助理,喜欢看这个频道。达内拉认为主持人看上去更亲切友善,而且比其他新闻频道的主持人更有趣。艾尔斯对他们的房子大加赞赏了一番。他们参观了10分钟,临走前艾尔斯给了克里斯他在福克斯的名片。但没说他能为这个年轻人做些什么。

三年后,《沃伦论坛纪事报》的出版人查尔斯·贾维斯邀请艾尔斯回到沃伦镇发表演讲。③ 艾尔斯没法敲定日期,最后没有成行。尽管他以他老家的蓝领历史作为自己的出身,但或许艾尔斯想看到的沃伦镇只有这么多。"1958年我就离开那里了,"艾尔斯在2012年说,"那里任何人说的任何有关我的事都是不对的。他们并不了解我。"④ 他的目光所及之处,见到的都是他小时候所认识的美国正在消失。他已经开始担心那个美国可能再也回不来了。他经常说:"我们正处在风暴之中,我们的桅杆断了,我们的指南针也坏了,而且船上有个该死的大窟窿。"⑤ 对艾尔斯而言,福克斯新闻有一个高于利润和收视率的目标。

2009年2月19日早上8点过后不久,艾尔斯找到了奥巴马时代

---

① Junod, "Roger Ailes on Roger Ailes: The Interview Transcripts, Part 2."
② 作者对克里斯和达内拉·蒙斯曼夫妇的采访。
③ Brenda J. Linert, "Tribune Plans Year of Anniversary Events," *Warren* (Ohio) *Tribune Chronicle*, Oct. 16, 2011.
④ 作者与罗杰·艾尔斯的对话。
⑤ 作者关于罗杰·艾尔斯在肯尼迪中心的演讲(2013年6月12日)的文字记录。

决定收视率的关键所在。在他的早间编辑会开到一半的时候，CNBC电视台展现出一个引人注目的时刻。从对冲基金交易员转行、讲起话来咋咋呼呼的金融记者瑞克·桑特利在说起奥巴马的经济刺激法案和住房危机时，像霍华德·比尔那样咆哮起来。① "政府正在鼓励不好的行为!"桑特利站在芝加哥期货交易所大喊道，"总统，还有这一届新政府，要不这样吧？你们为什么不建个网站，让人们在网上投票，通过公投来看看我们是否真的要补贴那些废物的抵押贷款呢？"站在他周围的交易员们频频点头，高声表示赞同。"奥巴马总统，你在听吗？"桑特利对着镜头吼道，"我们正考虑在7月举行一次芝加哥茶党活动。"

这句话和这种情绪势不可当。2009年冬季和春季，茶党团体在全国各地如雨后春笋，艾尔斯利用这股兴奋的浪潮，使他们的抗议活动、他们戴的三角帽和有时过于夸张的创意标志，成为他的新闻节目的一个重要组成部分。总统与其反对者之间的这种冲突，对生意大有好处；在奥巴马担任总统的最初几个月里，黄金时段的收视率跃升了25%。② 福克斯的名主播们在模糊记者和活动家之间的界限方面比以往任何时候都有过之而无不及，他们常常在报道过程中直接参与创造新闻。③ 有位记者在讲述茶党运动历史的节目中穿上了殖民时期的服装。另一位制片人在现场拍摄前带领群众鼓掌欢呼。福克斯在纳税日前的抗议活动中不断营造预期。4月15日上午，福克斯的主持人在全国各地的路障前进行了现场直播。主播梅根·凯利兴高采烈地宣布："此时此刻，举国上下，茶党活动如火如荼。"这场新的运动经常被左派学者贬低为虚假的草根活动，但福克斯帮他们成长为一股持久的力量。"没有福克斯，就不会有茶党。"里根任州长时的助理、全国

---

① "Rick Santelli's Shout Heard 'Round the World," CNBC.com, Feb. 22, 2009, http://www.cnbc.com/id/29283701.
② Daniel Frankel, "CNN: A Fall from Glory, or a Much Better Story?," *Variety*, April 13, 2009.
③ Michael Calderone, "Fox Teas Up a Tempest," *Politico*, April 15, 2009.

茶党快车之旅的联合创始人萨尔·鲁索说。①

但在这股把新闻当主张的大潮中，福克斯新闻的一些坚守新闻的中流砥柱正在流失。2008年7月，有消息称布里特·休姆将在大选后辞去《特别报道》的主持一职。②接着，选举结束两个星期后，福克斯的新闻副总裁大卫·罗兹跳槽到了彭博电视。③罗兹有个兄弟叫本，是奥巴马的高级国家安全顾问，大卫跟员工们说过艾尔斯曾对他与白宫关系如此之近表示担忧。④而福克斯在奥巴马时代的发展方向也让大卫感觉不舒服。⑤让他心里犯怵的是，福克斯派了个摄影组去采访那位曾提起诉讼质疑奥巴马的出生证明的费城律师菲利普·伯格。⑥（那个诉讼在提出当月的晚些时候被驳回了。）福克斯新闻对新黑豹党之类边缘团体的报道，让他担心福克斯是在煽动种族恐惧。最终，在罗兹离开几个月后，约翰·穆迪也走了。⑦（默多克让他去负责推出新闻集团的电讯服务。）"他们过去都是对罗杰说不的人，"一位高管说，"他们也可以对他的要求进行筛选，并让他感觉播出的内容跟他希望的一样。"⑧

这次人员流动表明对艾尔斯的忠诚其实是有限的。虽然他在福克斯建立的文化有令人愉快的吸引力，但其令人恐惧的黑暗面把一些人

---

① 作者对全国茶党快车之旅的联合创始人萨尔·鲁索的采访。
② Brian Stelter, "Fox's Brit Hume to Stop Anchoring 'Special Report' After Election," *New York Times*, July 15, 2008.
③ Chris Ariens, "David Rhodes Leaves Fox News for Bloomberg," *TVNewser* (blog), Nov. 19, 2008, http://www.mediabistro.com/tvnewser/david-rhodes-leaves-fox-news-for-bloomberg_b21839.
④ Mark Landler, "Worldly at 35, and Shaping Obama's Voice," *New York Times*, March 25, 2013.
⑤ 作者对一位熟悉此事的人士的采访。
⑥ David G. Savage, "Legal Challenges Have Slim Chances," *Chicago Tribune*, Dec. 8, 2008.
⑦ Michael Liedtke, "New Venture to Introduce Fees for Online News," Associated Press, April 15, 2009. 约翰·穆迪将于2013年6月回到福克斯新闻，出任执行编辑和执行副总裁。
⑧ 作者对福克斯新闻一位高管的采访。

推了出去。有一年圣诞节期间,布莱恩·刘易斯跟他的下属到二楼给福克斯的高管分发礼物,这是刘易斯开创的一个传统。"嘀嘀嘀,媒体关系部祝你圣诞快乐!"刘易斯推着一辆装满礼物的邮车,在大厅里高声说着。有位高管坐在自己的办公室里,听到了这声节日问候,紧接着是一阵尖叫。"你他妈这是在做什么!他妈的!他妈的!"刘易斯喊道。① 他那位年轻的女助理发错礼物了。

这位高管坐在那里浑身发抖。片刻之后,刘易斯戴着圣诞老人的帽子突然出现在他的办公室门口,并把礼物递给了他。"圣诞快乐。"刘易斯欢快地说。然后继续推着邮车往走廊前面走去。

接替这些离职人员工作的人要么能力较弱,要么满脑子意识形态。《华盛顿时报》前记者比尔·萨蒙出任华盛顿分社总编,这一任命激怒了福克斯的政治记者,他们认为萨蒙把新闻报道进一步往右推,而这是他们接受不了的。② 在奥巴马就职典礼几天后,一场冰风暴给整个中西部地区造成了重大损失。在华盛顿分社的一次编辑会上,萨蒙告诉制片人福克斯应该在报道中将奥巴马的反应与布什对卡特里娜飓风的处理进行比较。"布什因为卡特里娜飓风而受到谴责。"萨蒙说。

"现在这么做为时过早;给他一点时间去应对吧,"一位制片人回击道,"这场冰风暴并不是卡特里娜。"③

后来,当大卫·布洛克的"媒体事务"拿到关于福克斯对气候变化和医疗保健的报道的一系列有争议性电子邮件时,萨蒙引发了多个内部问题。④ "关于地球在任何特定时期变暖(或变冷)的话题,如果我们没有立即指出这种理论所依据的数据受到批评家质疑的话,那

---

① 作者对福克斯新闻多位高管的采访。
② John Eggerton, "Fox News Names New VP and Bureau Manager in Washington," *Broadcasting & Cable*, Feb. 26, 2009, http://www.broadcastingcable.com/article/179936-Fox_News_Names_New_VP_and_Bureau_Manager_in_Washington.php.
③ 作者对福克斯新闻华盛顿分社一位前雇员的采访。
④ Ben Dimiero, "Fox's Bill Sammon Problem," *Media Matters for America*, March 29, 2011, http://mediamatters.org/research/2011/03/29/foxs-bill-sammon-problem/178036.

我们就要避免妄下断言。"他在 2009 年 12 月的一封邮件中这样写道。"媒体事务"还披露,萨蒙有次在私人游轮上对保守派发表演讲时,承认自己在 2008 年总统竞选活动的最后几天称奥巴马为社会主义者,故意误导福克斯的观众。私底下他认为自己的这种说法"很牵强"。

接替穆迪的是 ABC 新闻一位名叫迈克尔·克莱门特的新闻制片人。① 刚上任不久,克莱门特就想解雇艾尔斯的信徒肯·拉科特,因为他的工作要求非常含糊。②"大家对他具体做什么都不太清楚。"一位高管说。许多人认为,他是艾尔斯在新闻编辑室的眼线,正如另一位高管所说,他干的都是"见不得人的勾当"。当克莱门特告诉拉科特他被解雇时,两人顿时大吵起来。拉科特随即去找艾尔斯,后者撤销了对他的解雇。通过削弱克莱门特的威信,艾尔斯向公司上下发出了一个强有力的信息,那就是克莱门特无足轻重。"克莱门特与拉科特的关系搞砸了。他根本就不该对着干。"一位资深制片人说。

在奥巴马就职的前一天,格伦·贝克的 5 点档节目正式开播,并成为福克斯在重塑奥巴马形象过程中的一股更强大力量。③ 才短短几个星期,他每天的观众人数就达到了 200 多万,增长了 50%。④ 收视率比他高的只有比尔·奥莱利和肖恩·汉尼提,而且他们的节目还都在黄金时段,那时收看电视的观众要多很多。⑤ 尽管艾尔斯经常对主持人不吝赞美之词,但他在一次会上对贝克说:"你可能是我在电视上见过的最有独特才能的人。"⑥

---

① Fox News, "Michael Clemente Joins Fox News from ABC News," Business Wire (press release), Feb. 24, 2009.
② 作者对福克斯新闻多位管理人员的采访。
③ Richard Huff, "He's Beck Again, with Commentary, Not News," New York Daily News, Jan. 19, 2009.
④ "Fox News's Mad, Apocalyptic, Tearful Rising Star," New York Times, March 29, 2009.
⑤ 同上。
⑥ 作者对一位熟悉此事的人士的采访。

当艾尔斯把贝克招进来时,他想象贝克主持一档传统的有线电视新闻谈话节目。"我认为你的节目更像杰克·帕尔主持的那种,"他对贝克说,"杰克说一段独白,但是你也有嘉宾,带有综艺节目的成分。"① 贝克却有不一样的想法。他设想自己的节目是反电视的那种——部分原因是贝克说他自己并不喜欢电视——他对着一群摄影师和有线电视观众在录制现场踱步。节目也几乎没什么嘉宾。而他的演播室就像草原上只有一个房间的校舍,他每天像布道似的站在黑板前讲话,还把他眼中的敌人画在黑板上一张错综复杂的人物关系网上,在这些人中,乔治·索罗斯是核心人物,奥巴马的高级顾问瓦莱丽·贾勒特则是个配角。② 随着道琼斯指数从 14000 点的高峰跌至 6000点,贝克设想的几种极端情景——联邦紧急事务管理局的集中营、社会崩溃——成为人们完全可以想象的恐惧。③

贝克打破了福克斯的模式。与艾尔斯招募的大多数无名小卒和过气明星不同,贝克加入福克斯的时候正值他成为明星的上升期。他也是一位很有闯劲的商人。他成立了自己的公司——水星广播艺术公司(这个名字取自奥逊·威尔斯 1930 年代的电台节目),并请了管理人员负责经营。④ 贝克还打破了福克斯的一项传统,他拥有自己的公关团队,这些雷厉风行的公关咨询师曾为凯蒂·库里克和电影大亨哈维·韦恩斯坦服务过。⑤

但贝克的节目还是以艾尔斯的剧本为基础,把文化之争变成跟个人息息相关的事。在许多人看来,他是福克斯新闻的招牌,说的东西——奥巴马是种族主义者,纳粹的招数即改革派的招数——都是从

---

① 作者对一位熟悉此事的人士的采访。
② 同上。
③ http://finance.yahoo.com/echarts?s=％5Edji＋interactive♯symbol=％5Edji; range=20070101, 20090918; compare=; indicator=volume; charttype=area; crosshair=on; ohlcvalues=0; logscale=off; source=undefined.
④ http://www.glennbeck.com/content/program/.
⑤ 格伦·贝克雇用了曾为米拉麦克斯影业工作的马修·希尔特兹克。后者自己那家名为 Hiltzik Strategies 的公关公司代理过库里克等客户。

右翼的潜意识中挖出来的。贝克越过了甚至在福克斯都不该逾越的界限,他的表现——天真无邪、愤怒、时常催人泪下——跟他讲的内容一样引人注目。福克斯的一些人对贝克的言辞感到震惊,但艾尔斯完全可以接受。艾尔斯私下里说,贝克讲的都是实话。有一次贝克在节目中说总统"对白人有一种根深蒂固的仇恨",① 第二天,艾尔斯对其管理人员说:"我认为他说的没错。"② 唯一的问题是如何处理这句话引起的后果。最后决定由比尔·希恩发一份声明。"格伦·贝克的观点仅代表其个人,不代表福克斯新闻,"这份声明写道,"和有线电视新闻界的所有评论员一样,他有表达自己观点的自由。"③

白宫方面并没有认识到贝克日益增长的影响力,直到贝克挖出了白宫"绿色工作④特别负责人"范·琼斯在大学时期一度对黑人民族主义和共产主义产生过兴趣的料,并公之于众。⑤ 当时,琼斯是媒体的宠儿,《纽约客》刚给他做过一篇人物报道。2009年夏天的一天,琼斯的黑莓手机收到一条谷歌发的提醒,是关于贝克的一篇评论文章的。⑥ 他记得自己当时看到这篇文章时就觉得它"有些愚蠢"。"在白宫,大家普遍的态度就是这家伙是个小丑,他们不想给他继续借题发挥的机会。"他说。但随着贝克的不断抨击,琼斯担心了起来。"我开始感到不堪其扰。因为这家伙的收视率高到爆,而且他在踩着我的脸往上爬。"他说。琼斯开始向白宫助理寻求保护。

整个夏天,奥巴马的官员都在忙于推销医疗保健法案和处理其他危机,琼斯这边的事没有引起大家的重视。在贝克不断抨击琼斯的任

---

① "Fox Host Glenn Beck: Obama Is a Racist" (video), *Huffington Post*, Aug. 28, 2009.
② 作者对一位熟悉此事的人士的采访。
③ Chris Ariens, "FNC Responds to Glenn Beck Calling Pres. Obama a Racist," *Mediabistro*, July 28, 2009.
④ Green jobs, 也译为绿色就业,指在经济部门和经济活动中创造的可减轻环境影响并最终实现环境、经济和社会可持续发展的工作,它被许多国家视为21世纪最佳的劳动市场政策,也是最佳产业及环保政策。——译者
⑤ *Glenn Beck*, Fox News Channel (transcript), Aug. 24, 2009.
⑥ 作者对白宫前顾问范·琼斯的采访。以下大部分信息来自对琼斯的采访。

命之前，高级通讯专员丹·菲弗甚至不知道琼斯是谁。① 在收到死亡威胁后，琼斯要求他的幕僚长为他提供安全保障，但被告知他没到出动特勤局保护的资格。②"我有孩子啊，"他说，"我只是在这里进进出出的一个平民，而你却让那个家伙每天晚上跟几百万人说我是个共产党和重罪犯。"

9月1日，琼斯坐在他位于白宫对面拉斐特公园旁的联排别墅的办公室里，他的实习生问他："你有没有说过共和党人是'蠢货'?"③

"有可能吧。"琼斯说。

"这就是为什么他们现在还在报道这个内容。"琼斯看了一眼屏幕。有一段关于他的 YouTube 视频在保守派网站上疯传。④ "有人翻出我在伯克利与学生们大声谈笑的一段视频。"琼斯回忆道。迫于压力，他通过"政客网"发表了一份道歉声明，称自己的言论"有攻击性"，"显然不妥"。⑤ 还是在那个星期，有消息称琼斯签了一份所谓的"阴谋论者"⑥ 请愿书，说9·11袭击实际上是布什政府所为。⑦ 白宫官员以此质问琼斯。"他们说：'你为什么要签这个？'我说：'我没签过。我连看都没看过。就算在我对左翼最狂热的时候，我也不是个阴谋论者。我从没见过这样的东西。'"经过一番调查，琼斯发现有个团体在一次会上找到他，通过弄虚作假让他在文件上签了名。

---

① 作者对奥巴马的一位高级顾问的采访。
② 作者对范·琼斯的采访。
③ 同上。
④ 范·琼斯在伯克利的演讲，视频，2009年2月11日，YouTube, http://www.youtube.com/watch?v=yt66eWnjoTo, accessed Nov. 12, 2013。
⑤ Glenn Thrush, "Van Jones: A＊＊hole Remark 'Inappropriate,'" "On Congress" (blog), *Politico*, Sept. 2, 2009, http://www.politico.com/blogs/glennthrush/0909/Van_Jones_Ahole_remark_inappropriate.html.
⑥ Truther，指不能接受9·11的官方解释，坚持认为9·11是美国的官方行为的人。——译者
⑦ Martin Kady II, "Pence Calls on Van Jones to Resign," "On Congress" (blog), *Politico*, Sept. 4, 2009, http://www.politico.com/blogs/glennthrush/0909/Pence_calls_on_Van_Jones_to_resign.html.

"现在除了贝克，其他人也在报道。这事就此一步步走向结束。"琼斯说。9月6日，贝克赢了：琼斯辞职了。① 琼斯的离职对艾尔斯而言是一次象征性的胜利，证明福克斯重新推动了新闻的发展。

4天后，艾尔斯又打出了一记重拳。9月10日上午，福克斯播出了保守派活动家詹姆斯·奥基夫在社区组织团体ACORN巴尔的摩分部卧底拍到的视频。② 在这段剪辑过的视频中，奥基夫拍到了ACORN的员工展示如何隐藏从妓院那边获得的收入的过程。在其他媒体拒绝收下奥基夫这段视频后，保守派煽动者安德鲁·布莱特巴特找到了他，这位互联网出版商和奥基夫一起把视频交给福克斯独家使用。③ 有记者告诉布莱特巴特，这段视频"政治倾向太强"。布莱特巴特则认为这是一枚重磅炸弹，称之为"伟大社会的阿布格莱布"。④

在白宫内部，一场关于如何应对福克斯的辩论正在展开。米歇尔·奥巴马尤其讨厌福克斯新闻。那年夏天，奥巴马本人在接受CNBC的约翰·哈伍德采访时对福克斯进行了声讨。"有家电视台对我的攻击火力全开，"他说，"那是个相当大的扩音喇叭。就算你看那个台一整天，也很难找到一条跟我有关的正面报道。"⑤ 当时，全国各地正在举行关于医保的市民大会，奥巴马的顾问得到消息说，福克斯正在积极操纵对医保辩论的报道。"有传闻说，没有人大喊大叫的地方，他们是不会去报道的。"安妮塔·邓恩说。⑥ 艾尔斯多次在会上告诉制片人，医保改革是一场灾难。"他声称目前的制度没有任何

---

① John M. Broder, "White House Official Resigns After Flood of G. O. P. Criticism," *New York Times*, Sept. 7, 2009.
② *Special Report with Bret Baier*, Fox News Channel (transcript), Sept. 10, 2009.
③ 作者在安德鲁·布莱特巴特2012年去世前对其进行的采访。
④ Darryl Fears and Carol D. Leonnig, "The $1,300 Mission to Fell ACORN," *Washington Post*, Sept. 18, 2009.
⑤ Patrick Gavin, "Obama Slams Fox News," *Politico*, June 16, 2009, http://www.politico.com/blogs/michaelcalderone/0609/Obama_slams_Fox_News.html.
⑥ 作者对巴拉克·奥巴马总统的前通讯主任安妮塔·邓恩的采访。

问题。"一位制片人说。① 而最让白宫震惊的是，其他媒体突然紧随福克斯新闻的步伐。② 在范·琼斯辞职后，《纽约时报》的责任编辑吉尔·艾布拉姆森在发在该网站的一次采访中承认，他们今后要紧跟福克斯的报道。③ "话语权被福克斯劫持了，"邓恩说，"福克斯已然成为全国性记者团队的意见领袖。我们能够影响的是其他人对福克斯的看法。坦率地说，那才是真正的问题。"④

在白宫方面制定他们的战略时，邓恩联系到了在彭博电视履新的大卫·罗兹。⑤ 他告诉邓恩，白宫正在犯一个错误。"你们把这一切都搞错了。你们所做的都是在设想他们在某个地方开会，比如，'如果贝克说了一些让我们难堪的话，我们该怎么办呢？'那是 NBC 才会开的会。现在，让我告诉你福克斯那边是怎么开会的。福克斯的会议是，'天啊，他真的好激动。现在他流泪了。如果他真的情绪激动然后不做这个节目了，我们收视率没了，那接下来我们该怎么办呢？'"

在跟奥巴马商议后，他的助手们决定白宫将与福克斯开战。⑥ 白宫试图将其孤立起来。9 月中旬，当奥巴马同意接受周日的政治节目采访时，他跳过了《星期日福克斯新闻》，使得克里斯·华莱士在《奥莱利实情》中抱怨说："他们是我在华盛顿的 30 年里遇到的最大一群爱哭鬼。"⑦ 10 月初，邓恩在 CNN 宣称福克斯是"共和党的研究

---

① 作者对福克斯一位制片人的采访。
② Howard Kurtz,"Unamplified，Beck's Voice Still Carries,"*Washington Post*，Sept. 14，2009.
③ *New York Times*,"Talk to the Times"（Q&A with Jill Abramson），Sept. 7，2009.
④ 作者对安妮塔·邓恩的采访。
⑤ Sherman,"The Elephant in the Green Room."
⑥ 作者对多位现任及前任政府官员的采访。
⑦ *The O'Reilly Factor*, Fox News Channel（transcript），Sept. 18，2009. See also Jonathan Karl,"Obama, in Media Blitz, Snubs 'Whining' Fox," ABCNews. com, Sept. 19, 2009, http://abcnews. go. com/Politics/obamas-media-tour-incl-ude-fox-news/story?id=8621065.

福克斯新闻大亨　　495

部门"。① 接着，在10月底，当福克斯提出要采访负责问题资产救助计划的赔偿监管人肯·费恩伯格时，遭到了财政部一位官员的拒绝。② 这一举动反而造成了不好的影响，其他电视网的记者对白宫欺负他们的新闻同行感到愤怒，纷纷表示对福克斯的支持。③ 大卫·阿克塞尔罗德给艾尔斯打了个电话，把拒绝采访的决定归咎于财政部一位低级别的雇员。

对于白宫来说，愿意唱红脸的阿克塞尔罗德是一个重要的幕后渠道。"他非常争强好胜。为了得到他想要的，会不惜一切代价。偶尔，他会步履蹒跚。"阿克塞尔罗德曾对一位记者这样评价艾尔斯。④ 2009年秋天，在邓恩上CNN的节目大约一个星期之前，阿克塞尔罗德来到曼哈顿中城，为免引起注意，他跟艾尔斯在尚未正式营业的棕榈餐厅坐了下来。⑤ 阿克塞尔罗德告诉艾尔斯，他们应该尽量和解，共同合作。

但艾尔斯认为休战没任何好处。眼下收视率正在攀升。"他可是乐此不疲得很。"一位高管说。⑥ 他在编辑会上告诉手下的人要还击。一位管理人员记得艾尔斯说："他们恨美国。他们讨厌资本主义。"另一位高管则回忆道："他会说，打他们个屁滚尿流。"⑦ "用罗杰的话说，'去他妈的这些家伙。给我狠狠地扁他们。'"一些高管表示了他们的认同。他们中有人告诉新闻主管迈克尔·克莱门特，白宫的那些

---

① *Reliable Sources*, CNN (transcript), Oct. 11, 2009.
② *Reliable Sources*, CNN (transcript), Oct. 25, 2009.
③ Steve Krakauer, "Tipping Point? White House Press Pool Stands Up for Fox News," *Mediaite*, Oct. 23, 2009, http://www.mediaite.com/tv/tipping-point-white-house-press-pool-stands-up-for-fox-news/.
④ Joan Vennochi, "The Brains of the Bush Offensive; Strategist Roger Ailes Remade the Candidate," *Boston Globe*, Oct. 26, 1988.
⑤ Sherman, "The Elephant in the Green Room."
⑥ 作者对一位资深制片人的采访。
⑦ 同上。

攻击对福克斯而言就像"一个悬空的曲线球",要反击的话易如反掌。① 但这场仗对福克斯那些更敬业的记者却是艰难的。对于所有在屏幕前夸夸其谈的人来说,福克斯在华盛顿仍有一个很大的分社,有相当多无党派记者在那里工作,看着格伦·贝克成为福克斯的台柱子已经让他们饱受诟病。"华盛顿分社的工作变得更困难了,"一位制片人说,"但罗杰喜欢这样。"②

10月23日星期五,奥巴马的新闻秘书罗伯特·吉布斯给克莱门特打电话想商讨休战事宜。③ 克莱门特没接电话。吉布斯向福克斯口碑不错的驻白宫记者梅杰·加勒特抱怨说克莱门特把他晾在一边。加勒特在星期一的电话会议上告诉艾尔斯和克莱门特,白宫想要和解。

最终,克莱门特在10月27日打电话给吉布斯,并在第二天前往华盛顿缓和紧张关系。④ 11月,奥巴马在他的一次亚洲之行中接受了加勒特的采访,这是他与福克斯撕破脸以来的第一次。⑤ 事后,双方都声称自己取得了胜利。但梅杰·加勒特已经受够了。几个月后,他从福克斯辞职,去《国家期刊》当记者了。⑥

加勒特的离开反映出一个更大的真相。"罗杰对'公平和平衡'的思考发生了转变,"一位高管说,"他认为MSNBC和CNN在对他做出回应时已经左得太远了,以至于他要再右一些才行。所以你在福克斯不需要听到故事的正反面。你到福克斯来只听另一面就行了。"⑦

---

① 作者对福克斯一位管理人员的采访。
② 作者对一位资深制片人的采访。
③ 作者对一位熟悉此事的人士的采访。
④ 作者对福克斯一位管理人员的采访。
⑤ David Bauder, "Fox's Major Garrett Gets Obama Interview," Associated Press, Nov. 17, 2009.
⑥ Howard Kurtz, "Major Garrett Leaves Behind Obama-Fox War; White House Correspondent Moves from Fox TV to Print at National Journal," *Washington Post*, Aug. 26, 2010.
⑦ 作者对福克斯一位资深管理人员的采访。

但艾尔斯是把媒体政治化的催化剂。他把每一个重要的保守派媒体人招来,以此让他对手的电视网没有重量级的右派发表观点。"这个行业的运作方式是,他们像 ESPN 控制体育版权市场那样控制着保守派的评论,"一位艾尔斯跟前的人说,"如果你有一个联盟,你和 ESPN 开会之后知道了他们的报价,然后其他所有人如果想要,会同意出一样的价。……在福克斯也是如此。在用这种方式理解这个问题之前,我对那里一些人的收费感到惊讶。要是在 ABC,某天早上纽特·金里奇没法做节目,你可以让别人上。但在福克斯,只要纽特今天还能动弹、还能说话,你就得有他的节目。否则,你的观众会说:'纽特人呢?为什么他没在我看的频道呢?'"①

到 2009 年时,艾尔斯已经从根本上改变了有史以来人们对电视新闻的基本理解。虽然数百万人继续看着三大电视网的夜新闻,但推动政治的是有党派立场的有线电视新闻。因为缺乏党派品牌,CNN 被排除在对话之外。2008 年大选后的几个月里,CNN 黄金时段的收视率下降了近 25%。② 在这样一个后意识形态媒体时刻,这种下滑粉碎了 CNN 在 2008 年实现快速增长的一切希望。趾高气昂的 CNN/U. S. 总裁乔纳森·克莱恩抓到了一个可以力挽狂澜的解决方案。

与此同时,CNN 的竞争对手正乐此不疲地互相攻击,瓜分 CNN 的观众。每晚 8 点档的节目是重头戏。奥尔伯曼对"小丑比尔"·奥莱利的攻击充满戏剧色彩,成功到足以引起默多克的注意。③ "基思·奥尔伯曼正在千方百计毁了比尔·奥莱利,好从中获利。"默多克在一次采访中跟记者这样抱怨。奥莱利经常被称为"世界上最糟糕的人",有一次,奥尔伯曼在一个关于变性男子怀孕的节目环节中,很不得体地提到了奥莱利的家庭。"这跟比尔的孩子们在家的生活差

---

① 作者对福克斯新闻一位前主管的采访。
② Frankel, "CNN: A Fall from Glory, or a Much Better Story?"
③ *Esquire*, "Rupert Murdoch Has Potential," Oct. 1, 2008.

不多。"他说。①

奥莱利展开了反击，尽管他只字未提奥尔伯曼的名字（只称他为"一个恶语中伤的商人"）。他变本加厉，连奥尔伯曼的老板及其老板的老板也一道算上，在他的节目中播出了一系列关于通用电气首席执行官杰弗里·伊梅尔特，以及鲍勃·莱特的继任者、NBC首席执行官杰夫·扎克的环节。② 奥莱利拿通用电气与伊朗的生意攻击伊梅尔特，称该公司双手沾满鲜血。"假如我的孩子在伊拉克牺牲，我会将此归咎于杰弗里·伊梅尔特这些人身上。"奥莱利说。在其他一些时候，他叫伊梅尔特"傻瓜""卑鄙小人"，还将通用电气的标志与伊朗总统马哈茂德·艾哈迈迪·内贾德的照片放在一起，图片标上"商业伙伴"的字样。扎克也受到了同样的待遇。奥莱利抨击扎克的电视网"充斥着极左的宣传"，是"最积极的反布什电视网"。艾尔斯曾警告扎克，奥尔伯曼在玩火自焚。③ 2007年夏天，艾尔斯拨通了扎克的手机，发誓说如果奥尔伯曼不收敛的话，他就叫《纽约邮报》追着扎克不放。

双方都意识到了这场争斗附带的损害，可能会超过他们的收视率涨幅。伊梅尔特让营销主管贝丝·康斯托克联系了布莱恩·刘易斯，安排跟艾尔斯私下见个面。④ 2009年4月的一个下午，艾尔斯被带进洛克菲勒广场30号楼的一个私人入口，到伊梅尔特所在的53楼餐厅吃午饭。

两个人都准备好了讲话的要点。艾尔斯说，应受指责的是

---

① Howard Kurtz, "Out and a Bout," *Washington Post*, Aug. 7, 2009. See also Kurtz, "Feud Fuels Bill O'Reilly's Blasts at GE," *Washington Post*, May 19, 2008; Keith Olbermann, *The Worst Person in the World: And 202 Strong Contenders* (Hoboken: John Wiley, 2006).
② 关于奥莱利针对伊梅尔特的每条评论、GE标志的相关事件以及奥莱利针对扎克的评论，参见 Kurtz, "Feud Fuels Bill O'Reilly's Blasts at GE"。
③ 当时有报道说罗杰·艾尔斯威胁要用《纽约邮报》来对付杰夫·扎克，但艾尔斯矢口否认。
④ 作者对一位熟悉此事的人士的采访。另见 Kurtz, "Out and About"。

MSNBC 而不是福克斯。他说，我可以管住我手下的那些疯子，但你那边你控制不了。

伊梅尔特回道，他住在辛辛那提的母亲是奥莱利的忠实观众。当奥莱利指责她的儿子害死了美军将士时，她会作何感想？

奥莱利的妻子那边怎么说呢？艾尔斯回了一句。奥尔伯曼老是拿安德里亚·麦克里斯的性骚扰诉讼说事。两人把话说开了之后，一致同意分别跟自己的明星主播谈一谈，尽量平息事态。之后的那个月，伊梅尔特和默多克受邀参加在华盛顿州雷德蒙市举办的微软公司闭门会议。在查理·罗斯主持的一场非公开小组讨论中，默多克和伊梅尔特握手言和，并同意不再进行人身攻击。

这也不是说停就停的，几个星期后，到了 6 月，奥尔伯曼和奥莱利才偃旗息鼓。

7 月，在《纽约时报》负责报道媒体的记者布莱恩·斯特尔特开始到处打电话确认伊梅尔特和默多克之间的会面之后，双方的整个交易灰飞烟灭。① 斯特尔特发表在 7 月 31 日星期五那期的头版文章打破了原本基础就不稳定的和平状态。奥尔伯曼轻蔑地告诉斯特尔特他是"不会和解的一方"。三天后，他证明了自己所言非虚。在他节目中"最糟糕的人"的那个环节，奥尔伯曼谴责了斯特尔特、奥莱利和默多克。② 两天后，奥莱利做出了回应。他报道说通用电气因为美国证券交易委员会指控其误导投资者，不得不支付 5000 万美元来摆平此事。③ 眼看着这场恩怨又要重燃战火。但事情很快平息了，真的是来得快去得也快。

被挡在党派之争之外的 CNN 摇摇欲坠，艾尔斯则继续扩大自己

---

① Brian Stelter, "Voices from Above Silence a Cable TV Feud," *New York Times*, July 31, 2009.
② Keith Olbermann, "Worst Persons" (transcript), *Countdown with Keith Olbermann*, MSNBC, Aug. 3, 2009.
③ Bill O'Reilly, "Talking Points Memo" (transcript), *The O'Reilly Factor*, Fox News, Aug. 5, 2009.

的优势。他开了一个叫"有线电视游戏"的匿名博客,借此对他的竞争对手开火。① 艾尔斯派福克斯新闻的嘉宾吉姆·平克顿撰写博文。"'有线电视游戏'是罗杰的杰作。"一位艾尔斯跟前的人说。"CNN是站在伊拉克的杀手及恐怖分子那边的吗?"一篇文章的标题这样写道。② 另一个标题听上去有点刺耳:"大卫·布洛克露馅了!(虽然他私底下可能喜欢调皮和下流)"。③ 而且这篇博文的正文还附有一张布洛克穿着紧身背心与国会议员巴尼·弗兰克的合影。"创办'媒体事务'这个臭名昭著的左翼打手组织的,当然就是那个浮夸的、自我憎恨的保守派叛徒大卫·布洛克,"文章这样写道,"布洛克身上有种罕见的特质,那就是无论是自由派还是保守派,都指责其为人不诚实。你不要光听我说:如果你在谷歌上输入'大卫·布洛克骗子'的话,你会看到有 168000 条。"CNN 的负责人乔纳森·克莱恩很清楚这些文章背后的推手就是艾尔斯。他打电话给艾尔斯,指责福克斯在网上匿名发布八卦消息,曝光 CNN 黄金时段的明星主播安德森·库珀的性取向。④ 艾尔斯否认福克斯在这当中扮演了任何角色。(库珀直到 2012 年 7 月才宣布自己是同性恋。⑤)

---

① 作者对一位熟悉此事的人士的采访。2008 年 4 月 26 日晚,平克顿在《福克斯新闻观察》节目中提到了他在"一个名为有线电视游戏的博客"上看到一个故事,它指出,鉴于杰里迈亚·赖特牧师经常说白人很可怕,他与奥巴马的失败有很大的利害关系。平克顿没有理睬请他对评论做出回应的请求。
② "Is CNN on the Side of the Killers and Terrorists in Iraq?," *Cable Game* (defunct blog), Oct. 24, 2006; archived at http://web.archive.org/web/20061025010450/http://thecablegame.blogspot.com/.
③ "David Brock Gets Caught! (Although Secretly, He Probably Loves Being Naughty and Nasty)," *Cable Game* (defunct blog), Sept. 28, 2007; archived at http://web.archive.org/web/20070929103305/http://thecablegame.blogspot.com/.
④ 作者对一位熟悉此事之人的采访。当被要求发表评论时,克莱恩写道:"我不确定自己和罗杰有过这样的对话。"他还补充说:"我认为一个好的管理者会默默地做他或她要做的事,以保护团队和品牌。罗杰喜欢玩这一套,也尊重其他喜欢玩这一套的人。"
⑤ Andrew Sullivan, "Anderson Cooper: 'The Fact Is, I'm Gay,'" "The Dish" (blog), AndrewSullivan.com, July 2, 2012, http://dish.andrewsullivan.com/2012/07/02/anderson-cooper-the-fact-is-im-gay/.

克莱恩没来得及报复，2010年9月，他被解雇了。①

对莎拉·佩林来说，选举日之后的几个月，她经历的挫折甚至比输给巴拉克·奥巴马和乔·拜登还要大。② 她发现比起当媒体明星，当州长真是一件苦差事。"她的生活一团糟，"一位顾问说，"她从不着家，她［位于朱诺］的办公室离距离她家有4个小时车程。从瓦西拉到安克雷奇得开上一个小时的车。而且她快破产了。"她之前在阿拉斯加的支持率非常高——在麦凯恩选她做竞选搭档前曾高达80%——此时已经萎缩到50%多一点。③ 她面对的是一个充满敌意的州立法机构，一大堆针对她职业操守的投诉，还有当地以她的不幸为乐的无聊博主。所有这一切就只为了那12.5万美元的薪水？最糟糕的是，阿拉斯加州的公共安全专员因为拒绝开除她那位当州警的前姐夫而被她解雇，她为了挡住指控，累计欠下律师费达50万美元之多。④ 她手头紧，经常为钱的事发愁。

佩林是个家喻户晓的美国名人，这跟她在竞选期间接受了凯蒂·库里克那次尴尬的采访有关，也跟她奇特的家庭生活和猎麋鹿的习惯有关。2008年11月，约翰·柯尔与他的妻子格雷塔·范·苏斯特伦一同前往阿拉斯加，为福克斯新闻录制一段对佩林的采访。⑤ 之后，福克斯的摄制组、范·苏斯特伦和柯尔一起围坐在佩林家的厨房餐桌旁，吃起了辣味麋鹿肉。⑥ 饭后，柯尔和佩林坐在储藏室成堆的箱子

---

① Brian Stelter, "CNN Fires Executive Who Led Makeover," *New York Times*, Sept. 24, 2010.
② 以下段落中的大部分信息最初由加布里埃尔·谢尔曼发表在"The Revolution Will Be Commercialized," *New York*, May 3, 2010。
③ Becky Bohrer, "Palin Center Stage in Politics, but What of 2012?," Associated Press, July 2, 2010.
④ Rachel D'Oro, "New Palin Defense Fund Uses Fighting Words," Associated Press, June 29, 2010.
⑤ Matea Gold, "Palin to Talk with Van Susteren," *Los Angeles Times*, Nov. 8, 2008.
⑥ 作者对一位熟悉情况的人士的采访。

上，就她面临的"州警门事件"困境谈了一个小时。佩林坦言，她不知道怎么支付自己的律师费账单。柯尔向佩林保证他会想出办法的。

且不论人们对她的智商怎么看，但在利用自己在全国范围内新建立的形象来赚钱这件事上，她还是非常精明的，只是她之前没这么赚过钱。很快她就启动了出书的计划。保守派学者玛丽·马塔林把佩林介绍给了华盛顿的超级律师罗伯特·巴内特，后者帮佩林和哈珀柯林斯公司签订了一份据说价值700万美元的合同。[①] 佩林的两名前竞选助手被请回来策划一场类似于全国性政治活动的巡回售书活动。但有一个小问题：由于阿拉斯加州有严格的职业规定，佩林担心她的日常工作会妨碍到这件事。[②] 3月，她向阿拉斯加州总检察长办公室提出申请，后者的回应是一份长长的条件清单。她在阿拉斯加州的一位工作人员对这份清单的总结就是"她不可能在担任州长期间开展巡回售书活动"。

2009年7月3日上午，当着一大群全国性媒体记者的面，佩林宣布自己将辞去州长职务。[③] 对许多人而言，一个有可能成为总统候选人的人做出这样神秘的举动，从逻辑上有些说不过去，或许这当中有什么见不得人的丑闻——但事实上，这么选或许只是为了收支平衡，就这么简单。

7月，她一辞去州长职务就马不停蹄地开始与各种电视节目签约。[④] 制片人已经做出了一些试探。2008年大选结束几个星期后，创办了《幸存者》的真人秀节目制作人马克·伯内特给佩林打了个电话，向她推荐了自己的节目。之后，在2009年9月，当佩林要从圣地亚哥前往纽约与她在哈珀柯林斯的编辑见面时，艾尔斯为她安排了

[①] Scott Martelle, "The Book on Sarah Palin," *Los Angeles Times*, Nov. 12, 2009. 另见作者对玛丽·马塔林的采访。
[②] Hillel Italie, "Palin Has Book Deal, Memoir to Come Next Year," Associated Press, May 13, 2009.
[③] Rachel D'Oro, "Palin Resigning as Alaska Governor," Associated Press, July 3, 2009.
[④] Sherman, "The Revolution Will Be Commercialized."

一架私人飞机。① 在她造访纽约期间，默多克在他妻子邓文迪于 42 街的 Cipriani 举办的慈善晚宴上和佩林见了面，而这让福克斯新闻对她更志在必得了。艾尔斯委托比尔·希恩去找她把合作的事敲定下来。

接下来的 6 个月，谈判拖拖拉拉地进行着。佩林向福克斯明确表示自己不愿意搬到纽约或华盛顿。福克斯提出在她位于瓦西拉的家中连一个远程摄像头。佩林还告诉福克斯，她不希望制片人追着她采访。她希望自己的出镜都必须由希恩亲自安排。2010 年 1 月，佩林终于拿到了一份年薪 100 万美元的合约。② 希恩负责确保福克斯的各位主持人和她的上镜时间大致相等，以最大限度地提高她在整个电视网的收视率。"显然，要把一碗水端平。"希恩解释道。

佩林加入后，艾尔斯签下的潜在总统候选人达到了 5 个，另外 4 个是迈克·哈克比、里克·桑托勒姆、纽特·金里奇和约翰·博尔顿。总统政治是把观众吸引过来的原因，在奥巴马时代，无论在政治还是商业上，艾尔斯都是占主导的。福克斯有望创造近 10 亿美元的利润。华尔街的一位分析师对该电视网的估值超过了 124 亿美元。③ 2009 年，艾尔斯挣了 2300 万美元。④ 奥巴马时代的扭转计划正在如火如荼地全面展开。艾尔斯"预测民主党将失去众议院"，一位资深制片人说。⑤ 艾尔斯说对了。在中期选举中，共和党人以 1948 年以来最大的选举优势，一举夺回了众议院。⑥

---

① Sherman, "The Elephant in the Green Room." See also Sherman, "The Revolution Will Be Commercialized."
② Jim Rutenberg, "Palin Joins Fox News Team," *New York Times*, Jan. 12, 2010. See also Sherman, "The Elephant in the Green Room."
③ "The 35 Most Powerful People in Media," *Hollywood Reporter*, April 20, 2012.
④ Carr and Arango, "A Fox Chief at the Pinnacle of Media and Politics."
⑤ 作者对福克斯一位资深制片人的采访。
⑥ Quinn Bowman and Chris Amico, "Congress Loses Hundreds of Years of Experience — But Majority of Incumbents Stick Around," "The Rundown" (blog), *PBS NewsHour*, Nov. 5, 2010, http://www.pbs.org/newshour/（转下页）

但是，艾尔斯最耀眼的明星——格伦·贝克和莎拉·佩林——正炙手可热，而且太火了，这带来了新的问题。收看贝克节目的观众人数正朝着每天 300 万的方向发展，这样的成绩相当惊人。"我从没见过有人能如此迅速地建立起一个观众群。"艾尔斯对管理人员说。① 令人担心的是，贝克几乎要把福克斯吞掉了。他不按艾尔斯的指示行事，和他相比，福克斯的其他一些大牌主持人似乎黯淡无光——而且他还在嚷嚷这事。肖恩·汉尼提在比尔·希恩面前抱怨过贝克。② 而已经跟贝克成为朋友的奥莱利安排他成为自己节目的常客，此举对整个事态没有任何帮助，只会让汉尼提更加恼火。③ 3 月，《华盛顿邮报》登了一篇文章，报道了福克斯员工对贝克的煽动性言辞和自卖自夸的怨声载道。④

佩林也惹怒了福克斯公司的高管。⑤ 2010 年冬天，佩林的团队和福克斯之间的紧张关系因为福克斯想让佩林主持一档黄金时段的特别节目而加剧。福克斯的资深制片人南希·达菲想让佩林在直播间里，在一群观众面前主持该节目，她希望主持的节目取名为《莎拉·佩林的真实美国故事》。佩林很不喜欢这个点子。她跟自己的顾问抱怨说她不想当脱口秀主持人，她想只做配旁白的工作。她还强调不想让福克斯在节目名称里用她的名字来宣传。不过这不重要了：佩林的收视率已经开始让艾尔斯感到失望。福克斯没有再给她安排任何额外的特别节目。

控制室里，制片人津津有味地看着佩林夫妇上演的私人真人秀节

（接上页）rundown/2010/11/congress-loses-hundreds-of-years-of-experience-but-vast-majority-of-incumbents-stick-around.html.
① 作者对一位熟悉此事的人士的采访。
② 同上。
③ 同上。
④ Howard Kurtz, "The Beck Factor at Fox," *Washington Post*, March 15, 2010.
⑤ Sherman, "The Elephant in the Green Room."

目。① 福克斯的工作人员通过福克斯在莎拉位于瓦西拉办公室安装的视频连线，乐呵呵地看着莎拉和她丈夫托德的一举一动。"在内部传输画面的过程中，你可以看到所有的东西。应该有人告诉她这一点。托德负责摄影工作。她冲着他大吼：'托德，你在做什么！'这太令人尴尬了。"有人解释道。福克斯的制片人为他们眼前这出戏的角色想好了名字："婊子"和"爱斯基摩人"。

艾尔斯开始对佩林的政治直觉产生怀疑。② 他认为她的私人顾问并没有给她什么好的建议，而且她反复无常的举止说明她是个"我行我素"的人。他们之间关系的转折点出现在关于图森枪击案的全国性辩论中，此次事件导致国会女议员加布里埃尔·吉福兹生命垂危。媒体对佩林的暴力言论大加挞伐——几个月前，她的网站在吉福兹的选区贴出了一个靶子图，以动员她的选民在投票中让吉福兹大败③——佩林对评论员把她单独拎出来批判极为不满，想进行反击。艾尔斯表示同意，但劝她先回避一下。他认为如果保持沉默的话，她最终会取得胜利。

"这时候你要忍一下，"他告诉她，"如果你想事后回应，可以，但不要干扰追悼会。"

佩林没有理会艾尔斯的劝告，在奥巴马前往图森的那天上午，她一意孤行地发布了有争议的"血祭诽谤"④的视频。在艾尔斯看来，她的这个决定进一步证明她偏离了方向、乱了阵脚。"那你为什么给我打电话征求意见呢？"他对着同事大声问道。"他认为佩林是个白痴，"一位跟艾尔斯走得近的共和党人说，"他认为她很愚蠢。他拉了

---

① 作者对福克斯新闻一位员工的采访。
② Sherman, "The Elephant in the Green Room."
③ http://abcnews.go.com/Politics/sarah-palins-crosshairs-ad-focus-gabrielle-giffords-debate/story?id=12576437.
④ blood libel，是关于中世纪时反犹分子污蔑犹太人用基督徒儿童的血来烤制逾越节吃的无酵饼的谣言，纳粹宣传中，此类谣言是其监禁和折磨犹太人的理由之一。佩林此话一出便被人质疑她在乱用，根本不懂背后的典故。——译者

她一把。像莎拉·佩林这样的人却没有推动保守派的运动。"①

为了提高收视率所做的努力变成了一个复杂的问题。福克斯因为请来了有可能成为总统候选人的人以及格伦·贝克做节目,被批评说太过政治化。艾尔斯也听到不少共和党建制派领导人的批评,②他们尤其不满的是贝克、佩林和茶党支持的竞选特拉华州参议员的候选人克里斯蒂娜·"我不是个女巫"③·奥唐纳正成为福克斯新闻乃至共和党的门面。④"你为什么给佩林这么多曝光机会?"卡尔·罗夫在一次会议上对艾尔斯说,"你为什么让她在你的电视网上说她那些话?还有格伦·贝克?这些都是永远不会当选的另类人士,他们只会害死我们。"⑤

艾尔斯把这话听进去了。2009年春天,在福克斯新闻对首届茶党集会进行了铺天盖地的报道之后,艾尔斯告诉管理人员要开始减少这方面的宣传。据一位高管说,他传达的信息是:"我们不要放弃他们,因为推动我们收视率上升的正是他们的拥趸,但我们不要跟他们联系得过紧。他们得靠自己。因此,下一个标志性大事件发生的话,不要做什么计划好的报道。做有计划的新闻报道就可以了。"

尽管艾尔斯很看重收视率,但他有个更宏伟的目标。在中期选举前不久的一个下午,艾尔斯对围坐在他办公室里的高管们说:"我们电视网做得相当成功。我们赚了很多钱——这很棒。但我想捧出下一任总统。"⑥

---

① 作者对一位熟悉此事的人士的采访。
② 同上。
③ 她花了数百万美元做电视竞选广告,宣布"我不是女巫",试图淡化自己年轻时涉猎巫术的影响。——译者
④ Ashley Parker, "O'Donnell Ad Confronts Reports on Her Past," "The Caucus" (blog), *New York Times*, Oct. 4, 2010.
⑤ 作者对一位熟悉此事的人士的采访。
⑥ 同上。

二十一、主街的麻烦

当艾尔斯告诉福克斯的管理人员他想让共和党人入主白宫时,他发现自己陷入了一场更个人化的冲突:小镇政治。艾尔斯后来会说他其实并不想卷入这个混乱的局面。在福克斯新闻,铁制安全门、公共关系部门以及那些拿着丰厚报酬的密友的谨言慎行,使得外界对罗杰·艾尔斯的偏执和易怒一无所知。在他住的小镇上,他的这些问题都暴露了出来。

从一开始,艾尔斯就说他在加里森的住所是为了逃离福克斯新闻的党派政治前线,加里森位于曼哈顿以北 46 英里的纽约普特南县。"我只想在一个好地方住下,有个和和美美的家,最后在睡梦中平静地死去。"他在搬家时这样说过。[①] 加里森、一些小村庄、邻近的纳尔逊维尔和冷泉村组成了不算大的菲利普斯镇:这里有不到 1 万的居民。至少从表面上来看,这个地方似乎挺适合向扎克瑞灌输艾尔斯小时候就已经知道的艾森豪威尔那套价值观。普特南县甚至有点倾向于共和党;虽然选民在州一级更愿意投票给民主党,但最后在该县获胜的民主党总统候选人是伍德罗·威尔逊和林登·约翰逊。[②]

冷泉市的市中心很好地保留了俄亥俄州沃伦镇消失的一切。这里充满活力,有维护得很好的维多利亚式住宅、古朴的店面以及庄严的教堂。这个地方迎合了艾尔斯对美国的多愁善感。从他位于山顶的那栋用阿迪朗达克河石建造的 9000 平方英尺豪宅,可以俯瞰那些提醒他这个国家之所以强大的景象。[③] 西边是大陆军部队将一条 185 吨的铁链横在哈得孙河上以阻挡逆流而上的英国船只的地方。[④] 北边是一些关闭的钢铁厂,它们在 19 世纪生产出了重要的武器装备和蒸汽机。[⑤] 耸立在河对岸的是西点军校。屋内气派的装饰同样见证了美国的伟大。墙上挂着乔治·巴顿、尤利西斯·格兰特、罗伯特·E. 李和德怀特·艾森豪威尔等将军的照片。⑥

罗杰和伊丽莎白是这里的好邻居。他们加入了当地的天主教堂——洛雷托圣母教堂,伊丽莎白周日有时会在教堂里演奏管风琴。⑦ 他们认识了当初建造他们房子的承包商,为志愿消防队的成员办了一次野餐会,还在当地采购东西。莱昂诺拉·伯顿是冷泉市主街上一家名叫"乡村鹅"的礼品店店主,在她眼里,伊丽莎白是个"花钱大方的好主顾"。"我喜欢她,像我这样一个喜欢跟人拥抱的人,有时会给她一个拥抱。"这位健谈的英国人回忆道。⑧ 关于罗杰为人慷慨的故事在镇上广为流传。比如在听说一个店主生意艰难时,他把自己的钱借给了此人。⑨

2008年夏天,罗杰和伊丽莎白买下了《普特南县新闻与记录报》(PCN&R),这是他们在自己居住的小镇上的第一次公开举动。⑩ 这份创办于19世纪中期的周报最早叫《冷泉记录报》,就像这个社区本身一样,是一件来自过去时代的文物。⑪ 报纸的上一任老板兼出版商布莱恩·奥唐纳保留着古老的制作方式。在位于主街上的一间曾做过

---

① Peter Boyer, "Fox Among the Chickens," *New Yorker*, Jan. 31, 2011.
② See Putnam County Board of Elections, http://www.putnamcountyny.com/board-of-elections/election-results, accessed Nov. 15, 2013.
③ Chafets, *Roger Ailes*, 105.
④ "Obstructed the Hudson: Chains Used for This Purpose During the Revolutionary War," *New York Times*, Feb. 17, 1895.
⑤ "West Point Foundry Preserve Reopens Oct. 19," *Philipstown.info*, Oct. 16, 2013, http://philipstown.info/2013/10/16/scenic-hudson-and-partners-celebrate-new-park-opening-at-historic-west-point-foundry-preserve/Across the river.
⑥ Chafets, *Roger Ailes*, 105–6.
⑦ 同上,175。
⑧ 作者对冷泉市店主莱昂诺拉·伯顿的采访。
⑨ Boyer,"Fox Among the Chickens."
⑩ Brian Stelter, "Big-Time Cable News to Small-Town Paper," *New York Times*, July 14, 2008.
⑪ Boyer, "Fox Among the Chickens."

理发店的单间办公室里，报社员工用剪刀和胶水进行报纸的排版工作。① 在奥唐纳一成不变的领导下，《普特南县新闻与记录报》（或者干脆叫"报纸"，就像当地居民亲切称呼的那样）如果保留下来的话，不失为一个独特的信息渠道。"它报道了四健会②以及学校里举行的儿童活动。"伊丽莎白·安德森说，她是投资公司"比克曼财富咨询"的创始人兼总经理，也算半个菲利普斯镇居民。③ 迄今报纸上最经久不衰的栏目"读者来信"广受欢迎，但没有任何社论。④ 当市民抱怨该报忽略了不同的观点时，奥唐纳回应说，在公开会议上表达这些观点是市民们的职责，不该由他来挑起这些观点的讨论。⑤

艾尔斯将菲利普斯镇描述为传统美国的堡垒。在某种意义上，他是对的。19世纪爱尔兰和意大利移民在当地的铸造厂找到了工作，现在镇上的许多承包商和餐馆老板都是这些移民的后代。另一些居民的祖先在美国独立前就已经在这个地区生活了。但这些只是镇上居民的一部分。20世纪下半叶，跟这些人不同的新的定居者来到此地：这些人都是受过大学教育、向往乡村生活的城里人。

1960年代，当爱迪生联合电气公司提出在斯特姆国王山这座矗立在哈得孙河边、高1340英尺的圆顶山上建造一座发电站时，新移民们联合起来提起诉讼，与支持开发的当地企业抗衡。⑥ 随后的法律较量在法庭上演，直到1980年爱迪生联合电气公司达成和解并放弃该项目才告结束。⑦ 当时恰逢里根政府试图废除环境法规，这一具有

---

① Boyer, "Fox Among the Chickens."
② 4-H Club，美国农业部的农业合作推广体系所管理的一个非营利性青年组织，创立于1902年，其使命是"让年轻人在青春时期尽可能地发展他的潜力"。——译者
③ 作者对投资顾问伊丽莎白·安德森的采访。
④ Boyer, "Fox Among the Chickens."
⑤ 作者对《普特南县新闻与记录报》前员工的采访。
⑥ *Scenic Hudson Preservation Conference v. Federal Power Commission*, U.S. Court of Appeals, Second Circuit, Docket 29853.
⑦ Kathleen Teltsch, "Hudson Group Seeking River Study Proposals," *New York Times*, Dec. 19, 1982.

里程碑意义的胜利鼓舞了全国各地的公民,让他们敢于在地方发展问题上发言,进一步推动了现代环境运动。① 大批环保团体以菲利普斯镇为根据地,为保护当地的田园风光而斗争,并从镀金时代那些年久失修的庄园中获得了信托土地。②

9·11事件后,当地居民见证了新一波城里人的迁入。不出所料,他们带来了自己的政治观点以及"回归土地"的道德观。停在"食品城超市"停车场的普锐斯和斯巴鲁数量增加了,周末农夫市集上的各种原种农产品也丰富了起来。正是这种不断增长的人口维持了地方团体的发展,其中包括加里森研究所这样致力于将"深思的变革力量用于当今紧迫的社会和环境问题"的非营利组织。③

所有这些不断累积,形成了一种强烈的情感冲突,滋生了怨恨。这场冲突的轮廓与尼克松时代的那些争斗如出一辙。在很长一段时间里,这些激情只是在慢慢酝酿。如今有《普特南县新闻与记录报》在手,艾尔斯夫妇就要把温度调高了。

2008年7月的一个早晨,布莱恩·奥唐纳把报社员工叫到新闻编辑室,去跟罗杰·艾尔斯和他的妻子见面。④ 员工们都面色紧张。"他见识过这个地方吗?"一名员工问奥唐纳。虽然伊丽莎白的头衔是报纸发行人,但那天主要是罗杰发言。他说,他们可以继续在此工作,但报社有"新的"规章制度。⑤ "第一条就是'别说你老板的坏话',"记者迈克尔·特尔顿,一位和蔼可亲的加拿大人,回忆说,"在我工作过的所有地方,包括农场,我从来没有被告知不可以这样

---

① Marist College, "Scenic Hudson Collection: Records Relating to the Storm King Case, 1963 - 1981," historical note, http://library.marist.edu/archives/shc/scenichudsoncollection.xml, accessed Nov. 13, 2013.
② See Open Space Institute, Hudson Highlands Land Trust.
③ Garrison Institute, "Mission and Vision," http://www.garrisoninstitute.org/about-us/mission-and-vision, accessed Nov. 13, 2013.
④ 作者对《普特南县新闻与记录报》前员工的采访。
⑤ Boyer, "Fox Among the Chickens."

做。"罗杰的第二条规矩是要"了解新闻故事的正反两面"。"他说起报纸名称'新闻与记录',"特尔顿回忆说,"他说'记录'这部分没问题,但他认为'新闻'这部分不合格。"①

在公开场合,罗杰和伊丽莎白声称《普特南县新闻与记录报》不会成为福克斯新闻。但罗杰私下里传达了其他意图。②"他说社区需要更多的发言权。"当地记者凯文·弗利说,③ 弗利曾做过民主党州长马里奥·科莫的竞选志愿者,④ 也曾是纽约州保险部门的副主管。买下报纸后不久,罗杰多次邀请 57 岁的弗利去他山上的家里面试报纸总编一职。会面时,他基本上都是一个人在那里讲着困扰当地的各种弊病。他说他绝不会把扎克瑞送到公立学校,因为那里充斥着自由主义。他站在窗口,指着半英里外博斯科贝尔花园住宅的一个户外雕塑展。"你认为他们有权挡住我的视野吗?"罗杰问。"这不是他们的资产吗?"弗利问。"这不是他们的财产!这是个非营利组织!他们有税额优惠!"罗杰答道。他不止一次谈到他的安全。"他担心他的孩子和妻子,说他不希望他们因为他的身份而发生任何意外。"弗利回忆道。罗杰还告诉他,他家那条名叫冠军的德国牧羊犬在帮他们看家护院。"他说:'我们到家时把狗从车上放出来。狗先下车。它受过专门的训练,会把整个地方巡一圈回来跟我们汇报,然后我们再出来。"

弗利很快对这份工作失去了兴趣,而艾尔斯也对他不感兴趣了。那年夏天,艾尔斯聘请住在菲利普斯镇上的福克斯新闻人力资源部门员工莫琳·亨特担任报纸的编辑,⑤ 但她也没有坚持多久。⑥

---

① 作者对记者迈克尔·特尔顿的采访。
② Stelter, "Big-Time Cable News to Small-Town Paper."
③ 作者对凯文·弗利的采访。
④ Matthew Boyle, "A Force Behind Met Life's IPO," *PR Week*, July 26, 1999.
⑤ 作者对《普特南县新闻与记录报》前员工的采访。
⑥ 莫琳·亨特发给《普特南县新闻与记录报》员工的电子邮件,2008 年 10 月 31 日。

夏去秋来，政治问题开始涌现出来。报社刚换老板时，文字编辑艾莉森·鲁尼对这个的变化还是挺乐观的，因为她喜欢用新电脑做报纸，还满心期待新闻编辑室搬到主街上一栋翻新过的两层楼里。① 但是，当鲁尼在报纸上登了加里森艺术中心一份描述一件关于圣灵感孕这则"神话故事"的作品的新闻稿后，这段蜜月就结束了。② 这篇新闻稿发表后，洛雷托圣母教堂的牧师给编辑写了一封信，伊丽莎白·艾尔斯因此向鲁尼发难。③ 几个星期后，鲁尼在写一篇关于当地高中即将上演《尿镇》（*Urinetown*）剧目的文章时又被一位编辑臭骂了一顿，这位编辑认为她的文字有攻击性，并把文章标题提到的剧目名称删掉了。④

迈克尔·特尔顿也没有什么好印象。他被派去报道霍尔丹中学举行的模拟总统选举。活动结束后，特尔顿写了一篇报道，题为"模拟选举在霍尔丹产生了激动人心的结果；奥巴马以 2 比 1 击败麦凯恩"。他在文章中写道："2008 年的美国总统选举已经成为历史。根据票数统计结果，巴拉克·奥巴马以最终票数 128 比 53、超过 2 比 1 的优势击败了约翰·麦凯恩。"⑤ 几天后，当特尔顿读到这篇文章的最终发表版时，整个人都惊呆了。标题被改成了"霍尔丹举行模拟总统选举；中学生通过投票培养公民责任"。文章的开头一段也被改掉了，现在是："霍尔丹六至八年级的学生获得选举总统的权利，他们以极大的热情参与投票。"有关奥巴马获胜的内容在文中被大幅删减，只

---

① 作者对《普特南县新闻与记录报》前员工的采访。
② "Myth and Deception at Play in Maria Pia Marrella Exhibit at Garrison Art Center," *Putnam County News & Recorder*, March 4, 2009.
③ Reverend Brian McSweeney, "A Degradation of the Religious Beliefs of the Catholic Church," *Putnam County News & Recorder*, March 11, 2009.
④ "PVHS TheatreWorks Presents a Musical," *Putnam County News & Recorder*, April 15, 2009.
⑤ 作者看了迈克尔·特尔顿交上去的关于 2008 年 10 月在霍尔丹中学举行的模拟选举的文章草稿。

在最后一段轻描淡写地提了一下。①

特尔顿有些郁闷。"我一直在考虑对我写的文章的修改,也反复思考是否有必要表明自己的关切,"他在给亨特的电子邮件中这样写道,"与此同时,我相信这篇报道会让学生、家长、教师、校方领导以及理事们产生这样一个疑问,那就是一位记者在对选举进行报道的时候怎么会不说一下实际的选举结果呢……。我知道对文章进行编辑是整个流程的一部分,但我不明白为什么要把这部分内容省略掉。"②

他并没有得到亨特的回复,但很快收到了艾尔斯夫妇指责他的一连串的电子邮件。③伊丽莎白写道,特尔顿对于写这篇报道的"具体指示"置之不理,因此,文章才被编辑了。她还指出修改文章标题是再平常不过的事。"你以后会一直觉得这是个问题吗?"没过多久,罗杰也发表了意见。莫琳·亨特指出,关注学校关于选举的教学过程这事已指示得"非常明确"了,他写道,而特尔顿"想把故事改成奥巴马大胜"的想法不应喧宾夺主。艾尔斯称自己对特尔顿未能"按照商定好的方向"完成报道感到"失望"。

特尔顿为自己申辩。"对于明确的报道方针我不会视而不见,"他在一封电子邮件中回复道,"就算最后是完全相反的选举结果,我也会以同样的方式写这篇报道,包括写出最终的结果。"伊丽莎白含糊其辞地回了封信,感谢特尔顿"周到的解释",她说她会把这个情况"转告罗杰"。不久后,特尔顿就听说莫琳·亨特已经辞职了。

艾尔斯在 TVN 以及早期的福克斯也经历过类似的新闻编辑室人事动荡。为了给菲利普斯镇的居民带来"公平和平衡"的新闻报道,他继续寻找真正明白报纸要把当地社区带向何方的人选。

---

① Michael Turton, "Mock Presidential Election Held at Haldane," *Putnam County News & Recorder*, Oct. 22, 2008.
② 迈克尔·特尔顿发给莫琳·亨特和布莱恩·奥唐纳的电子邮件。
③ 迈克尔·特尔顿、伊丽莎白·艾尔斯和罗杰·艾尔斯之间的电子邮件往来。伊丽莎白·艾尔斯拒绝接受本书作者采访。

2009年2月，艾尔斯在他位于福克斯新闻三楼的私人餐厅里与25岁的记者乔·林兹利共进午餐。① 林兹利是保守派运动中迅速崛起的新星，经新闻集团的前高管马丁·辛格曼推荐，与艾尔斯见面，辛格曼曾和林兹利在美国院际研究协会合作过，该组织为大学校园里的右倾学生报纸提供资助。② 林兹利在圣母大学读书时，完成了严苛的"巨著"课程，并创办了《爱尔兰流浪者》这份刊物，跟《圣母大学新闻报》的自由派偏见对抗。林兹利是一个狂热的天主教徒，声音低沉而洪亮，而且跟艾尔斯有几分相似，他曾带同学们到密歇根州北部参观保守派历史学家拉塞尔·柯克的家，他身上这种极强的使命感让他的同学深受鼓舞。毕业后，他加入《标准周刊》，担任执行编辑（也是福克斯新闻的撰稿人）弗雷德·巴恩斯的助理，之后调到了该杂志的文化部工作。

他们聊完之后，艾尔斯邀请林兹利来担任总编，希望他立刻走马上任。艾尔斯当时正在收购他的第二份报纸——濒临破产的《普特南县信使报》，需要找到一位尽心尽力的新闻工作者来管理他刚刚起步的出版事业的新闻编辑室。林兹利抓住了这个机会，直接为这项事业的大佬效力。③ 由于没有时间找公寓，林兹利搬到罗杰和伊丽莎白家北面的泳池边小屋住下。那天，他开着自己那辆吉普牧马人一路驶到山顶的环形车道，走出车子，周遭一片寂静，气温接近冰点。对于一个刚毕业的大学生来说，这是一个与世隔绝的环境。他后来告诉朋友，那晚他昏昏沉沉地睡下，满心疑问。他心想："我在这里做什么呢？"

林兹利在2009年冬天搬到菲利普斯镇，当时冷泉镇主街上的人对艾尔斯的山头议论纷纷。"据说［艾尔斯］已要求移走他家周围的

---

① 作者对一位熟悉此次会面情况的人士的采访。
② 作者对新闻集团前高管马丁·辛格曼的采访。
③ 作者对乔·林兹利的一位熟人的采访。林兹利拒绝发表评论。

所有树木，这样一来，要是有左派的人准备冲向他家的话，他……就能一览无余。"莱昂诺拉·伯顿回忆道。① 罗杰和伊丽莎白也在尽自己所能买下自家周围的房子。"我觉得他还没把这些房子全都买下来，"罗杰的哥哥说，"可能只买下了80%吧。他非常相信房产的安全性。他觉得人们再也造不出比这更安全的东西了。"② 屋前屋后，里里外外，都装上了摄像头。"艾尔斯一家人不在的时候，几个园丁在院子里干活，"伯顿后来回忆道，"当他们正在种一棵树的时候，园丁的头听到手机响了。打电话的是伊丽莎白。'不对，不对，'她说，'我不想树种在那个位置。你必须把它挪开。'她指挥他们把树移到了正确的位置。园丁们一开始一脸疑惑，后来他们才意识到院子里装了许多摄像头，把他们的工作情况都拍了下来。伊丽莎白随时随地在看着他们，所以才能打电话告诉他们把树种在正确位置。"③ 当地另外一些承包商帮他们在这栋豪宅下面安装了一个可以抵御恐怖分子袭击的掩体。"他可以在里面住6个多月，"一位参观过这个掩体的朋友说，"那里有几间卧室、几台电视、水以及冻干食物。"④ "他们不许我谈论这事，"罗伯特·艾尔斯说，"但我认为应该称其为'恐慌室'才对。"⑤

最重要的是，《普特南县新闻与记录报》让镇上的自由主义者愈发恐慌。种种迹象令人无法忽视。当林兹利着手重新设计该报的时候，他的老板们建议他把《冷泉记录报》原来的座右铭——"蒙上帝之恩，自由且独立"——印在报头上。⑥ 刊登的文章就更不用说了。越来越多与宗教信仰有关的内容公然出现在版面上，他们怀疑这证明

---

① 作者对莱昂诺拉·伯顿的采访。
② 作者对小罗伯特·艾尔斯的采访。
③ Leonora Burton, *Lament of an Expat: How I Discovered America and Tried to Mend It* (Bloomington, Ind.: AuthorHouse, 2013), 164 - 65.
④ 作者对罗杰·艾尔斯的一位朋友的采访。
⑤ 作者对小罗伯特·艾尔斯的采访。
⑥ Boyer, "Fox Among the Chickens."

了洛雷托圣母教堂的麦克斯威尼神父的影响力越来越大。这份周报上大量刊登了爱国主义颂歌,包括对荣誉勋章获得者的赞颂,以及从《联邦党人文集》摘录的内容。

2009 年 5 月,当读者打开报纸时,发现了他们之前从未读到过的东西:一篇社论。这篇标题为"债务、决定和命运"的未署名文章大肆攻击奥巴马的经济刺激计划,称该计划"不计后果",并说"应该对富人表示些许尊重"。[1] 撰写这篇社论的是林兹利本人,他还引用了《阿特拉斯耸耸肩》一书中的这段话:"我们要么把我们自己视为一个想要实现梦想、有所创造、获得成功并对社会做出贡献的民族,要么把我们自己视为想依赖生产者创造的'意外之财'、通过拨款和联邦开支来维生的那种人。"

这篇社论让一些人无法接受。莱昂诺拉·伯顿的"乡村鹅"店里不再卖这份报纸了。[2] "伊丽莎白在得知我的决定之后就不再来我的店了。"她回忆道。一些个人订户也表达了他们的愤怒。伊丽莎白·安德森后来决定不续订了。[3] 在写给报社的一封电子邮件中,她质疑在报上公布那些不住在当地的荣誉勋章获得者的名字意义何在。在这封邮件发出去没几分钟,她接到了林兹利打来的电话,问她为什么要取消订阅报纸。

"我想我在电子邮件中已经解释过了。"她说。

"你到底是不是美国人?"林兹利回了一句。

几天后,她打开报纸,发现一篇社论中对她说的话嘲笑了一番。作为回应,她写了一封信,详细介绍了自己家多年来为海军效力的情况。"我不需要《普特南县新闻与记录报》给我做什么爱国主义讲座,也不需要你们跟我说军人有多英勇,更不需要向我解释军人家庭所做

---

[1] "Debt, Decisions, and Destiny" (editorial), *Putnam County News & Recorder*, May 13, 2009.
[2] 作者对莱昂诺拉·伯顿的采访。
[3] 作者对伊丽莎白·安德森的采访。

的那些牺牲。"她在信中这样写道。林兹利和伊丽莎白拒绝刊登这封信。

林兹利喜欢这样的党派之争。① 他像一台推土机那样高强度地工作，每个星期为艾尔斯家的报纸干 80 多个小时。他搬进了哈得孙河畔的一间公寓，这样他住得就离新闻编辑室很近。他没有时间结识城里的同龄人，也没有时间追求工作之外的兴趣爱好。林兹利高中时曾是州田径明星，但放弃了跑步。他长胖了，最胖的时候重了 40 磅，这让他看上去跟艾尔斯更像了。每个星期的上半周，他在《普特南县新闻与记录报》的新闻编辑室工作，改改稿子，处理报纸出版的相关事宜。到了星期四和星期五，林兹利通常会陪艾尔斯去福克斯新闻，在那里为他写演讲稿，帮他处理一些个人事务。星期日上午，林兹利与罗杰和伊丽莎白一起去教堂做弥撒。他随时都可以去山上，与艾尔斯一起观看战斗爱尔兰人队的比赛，或者与约翰·博尔顿和格伦·贝克的家人一起用晚餐。他和艾尔斯一起坐在洋基体育场的新闻集团包厢里观看棒球赛，还跟这家人一起乘坐新闻集团的私人飞机去全国各地拜访共和党名人。"这事你不能跟任何人提起，知道吗？"伊丽莎白在他们第一次一起坐飞机出行前提醒他。

有了这么一位值得信任的编辑之后，艾尔斯利用该报对当地的政治家出手了。詹姆斯·博科夫斯基是一位律师，1998 年至 2009 年担任普特南县法官，在他决定参加 2009 年的选举，跟艾尔斯的亲密盟友、现任警长唐·史密斯竞争普特南县警长一职后，他意识到与《普特南县新闻与记录报》交手有多危险。② 在共和党初选开始几个月前，林兹利邀请博科夫斯基与他和伊丽莎白在报社办公室对面的一家餐厅共进早餐。他们聊着聊着，突然，伊丽莎白转向博科夫斯基。

---

① 作者对乔·林兹利的几位熟人的采访。
② 作者对普特南县前法官、律师詹姆斯·博科夫斯基的采访。

"那么，"伊丽莎白凑过去说，"你是反堕胎的，对吗？"

博科夫斯基略微迟疑了一下。"我个人是捍卫生命权的。但我的立场是，那些有真实想法的通情达理之人可以持不同意见。"

这是个错误的答案。"我的回答给整个会面蒙上了一层阴影，"博科夫斯基后来说，"我记得自己当时心想，这跟竞选警长有什么关系呢？"

几个星期后，博尔科夫斯基再一次接到林兹利打来的电话。这一次是罗杰要见他。他们在报社的会议室见面。

"你为什么要跟他竞争？"艾尔斯指的他是自己的朋友史密斯，"这家伙是西点军校毕业的，在宗教信仰上非常虔诚，而且还是一个很有家庭观念的人。"

"他可能是个好人，但他的工作没做好。"博科夫斯基反驳说。艾尔斯不为所动。

艾尔斯花了一个小时向博尔科夫斯基询问当地政治人物的信息，特别是纽约州参议员文森特·莱贝尔三世。"你对慈善组织了解多少？文森特·莱贝尔从它们那里赚过钱吗？""整个谈话过程中一直在往莱贝尔身上扯。"博尔科夫斯基回忆道。谈话结束后，林兹利和伊丽莎白一起把博科大斯基送到前门。几个月后，博尔科夫斯基在竞选中输给了史密斯。①

理查德·谢伊是罗杰打听过的政治家之一。② 谢伊是一位温和派的民主党人，曾在镇委会任职，2009 年他在竞选菲利普斯镇镇长一职，这是当地高级民选官员。他是他家住在冷泉镇上的第五代人了。他在当地拥有一家成功的承包企业，对自己的定位是财政上的保守派和社会问题上的温和派。不过，这里有个问题，他在环境方面是个进

---

① Terence Corcoran, "Smith Easily Defeats McConville for 3rd Term as Putnam Sheriff," *Journal News* (Westchester County), Nov. 4, 2009.
② See website for Richard Shea Construction, http://www.richardsheacons-truction.com/contact.

步派。谢伊的竞选方针是改革小镇几十年的分区法规,以保护开放的空间。这让他跟艾尔斯产生了冲突。

这个分区概念艾尔斯非常讨厌。他对这个问题研究得越深,就越不喜欢他发现的东西。"天哪,等一等,"他跟一位记者这样描述自己思考这个问题的过程,"他们开始想方设法告诉你,你的窗户可以有多少玻璃,你的房子可以刷什么颜色的漆,而且他们还说了,你不能砍树。"① 他补充道:"上帝创造了树就是让你拿来造房子和做棒球棒的。"他觉得自己有权砍掉任何树,而且这个分区法规的法律含义也是显而易见的:"他们可以到处找老太太,告诉她们如果她们的地里有个泥坑,那块地就属于湿地,然后他们就可以偷走她们的农场和别的东西了。"

对谢伊来说,在分区问题上跟艾尔斯抬杠是有风险的。自斯特姆国王山那件事以来,这几十年来它一直是菲利普斯镇避之不及、极富争议的政治话题,加深了所有文化和经济上的怨恨。谢伊第一次和艾尔斯见面是在2009年10月由《普特南县新闻与记录报》主办的一次城市论坛上,那次活动的主持人是乔·林兹利。② 论坛结束后,艾尔斯走到谢伊面前,说他刚才一直都在回避林兹利提出的关于分区的问题。"你想对我隐瞒什么?"艾尔斯说,"这家报纸是我的。"(艾尔斯声称他只是想要谢伊的电话号码,并抱怨当地环保分子"太狂热"。)

次月,谢伊赢了选举。他立刻开始兑现他在竞选时的承诺,推动重新划区计划的实施。几个星期后,谢伊才意识到有罗杰·艾尔斯这样一个选民对他的生活会意味着什么。③ 1月10日星期日上午,他接到镇上很多朋友疯了似的打来的电话。艾尔斯已经打了一圈的电话,怒气冲冲地说着《纽约时报》当天早上这期刊登的关于他的头版报道。"当时给我的印象是这家伙差不多是在威胁我。"谢伊在提起那次

---

① Junod, "Why Does Roger Ailes Hate America?"
② Carr and Arango, "A Fox Chief at the Pinnacle of Media and Politics."
③ 作者对一位熟悉此事的人士的采访。理查德·谢伊拒绝发表评论。

论坛时说的这句话被这篇文章引用了。朋友们告诉谢伊他犯了一个大错。"你不该在媒体上提到艾尔斯的名字。"他们说。① 当天晚些时候他的电话响了。

"你他妈的不知道自己都干了什么吗!"谢伊立马听出这个声音是谁。"你不知道你是在跟谁对着干吗。你想跟我斗是吧,那就来吧,但这不会是一场持久战。"②

"这是我们那次交流的原话,"谢伊平静地说,"很抱歉,如果这让你感觉被冒犯了,但他就是这么说的。"

"听着,"艾尔斯怒斥道,"在这些事情上别太天真。我会让你没好日子过的。"

整个冬天,《普特南县新闻与记录报》都在报上刊登大量质疑谢伊的分区规划的新闻报道和社论,就像福克斯疯狂攻击奥巴马的政策一样。根据《普特南县新闻与记录报》的报道,一帮群龙无首的环保狂人和曼哈顿精英在小镇上横行,颐指气使地告诉普通民众如何使用他们的土地。这张报纸还将这场辩论描述成一个更广阔的战场上的一起小冲突,是政府践踏人权的又一例证。读者纷纷选边站,并且更加坚定自己的立场。珍妮特·亚尼特利是福克斯新闻的粉丝,她的儿子在主街附近开了一家卖酒的商店,她认为这些与威胁她生活方式的势力有关。③ 镇上一半的人没有缴纳财产税,正如她从福克斯听说有一半的美国人不缴纳任何联邦所得税一样。"没人叫托马斯·爱迪生去发明灯泡。那是他自己的想法。你不能从人家手里拿走东西再去给别人,"她跟自己的孙辈们这么说,"瞧瞧希腊那里都在发生什么。他们把所有东西都拱手给人了。这是不对的!"

由《普特南县新闻与记录报》的讨伐行动激发出的情绪将一些极端分子吸引到了这场辩论中。分区规划的反对派们已经开始制作海

---

① 作者对一位熟悉此事的人士的采访。
② 同上。
③ 作者对普特南县居民珍妮特·亚尼特利的采访。

报，上面放了枪支照片并配有"他们正在夺走你的财产权"这样的口号。为了缓和局势，谢伊决定在霍尔丹高中召开一次全镇大会，创造一个让镇上所有居民聚在一起、消除怨愤的机会。

2010年4月7日星期三，晚上快7:30时，艾尔斯和一位来自波基普西的白发律师斯科特·沃尔克曼一起穿过这所高中的停车场。①镇上数百名居民朝着学校的体育馆走去。乔·林兹利来到会场，为下一期报纸发表有关这次会议的报道做准备。那天早上上市的《普特南县新闻与记录报》在头版刊登了一篇林兹利撰写的文章，题为"住宅重新分区：业主会不会参与讨论？"。这篇文章模仿福克斯对茶党集会的那种铺天盖地的宣传，指出辩论双方的特殊利益集团都会"不遗余力地鼓励人们参加"这一活动。

当地人都踊跃参加了。体育馆内的气氛犹如政治集会般热烈。艾尔斯和沃尔克曼似乎是现场仅有的两个穿西装的人，当谢伊宣布会议即将开始时，他俩在会场主层中间的座位上坐下。"我们大家首先都要遵守文明礼貌，彼此客气一点。"谢伊说，同时指示在场每位讲话的时间控制在2分钟之内。②

这话等于白说。珍妮特·亚尼特利走到麦克风前。"现在这个镇上52%的人有税额减免！"她的语气听上去就像上福克斯节目的专家。

"先打住，这话不是真的。"谢伊说。

摆出事实也不能让亚尼特利动摇。"如果你偷我的东西，我会打911报警！"

会上吵吵闹闹了差不多一个小时，艾尔斯的律师从座位上站了起

---

① "Residential Re-Zoning: Will Property Owners Weigh In?," *Putnam County News & Recorder*, April 7, 2010.
② 有关此次会议的描述来自"Zoning Workshop Draws Hundreds," *Putnam County News & Recorder*, April 14, 2010.

来，拿起了麦克风。① 他先和谢伊唇枪舌剑了几分钟，然后提出要一对一地会谈，谢伊开玩笑问沃尔克曼是否要他当场烧掉分区提案。这时，艾尔斯起身加入了对话。艾尔斯没有自报家门——他是那种会表现得像是他不需要做自我介绍的人——而是开始教训起了这位镇长。②

"礼貌第一，拜托，谢伊先生，"艾尔斯一边说着，一边拿右手指着他，"礼貌第一，谢伊先生。在这里讲这种讽刺话是没什么用的，谢伊先生。"

艾尔斯扣上西装外套的纽扣，把话筒的高度调低，左手插到裤子口袋里。他开始发言了。

"显然，从内战开战前到现在，这个流程一直都在，"他说，"而正如你向我解释的那样，今天晚上是私有财产持有者们第一次在一起讨论。"

"请问沃尔克曼先生为什么会在这里？"坐在谢伊旁边的镇委会成员、民主党人南希·蒙哥马利问道，"他在镇上没有私有财产。"

"在美国，你可以请一位熟知法律的律师来代表你！"艾尔斯答道。这时，欢呼声、口哨声从楼厅和正厅的两侧响起。"但这里是菲利普斯镇，"蒙哥马利说，"这是一个民间会议，让我们社区的居民聚在一起共同商议——"

"哦，难道这里不属于美国吗？"艾尔斯一边说，一边轻蔑地挥舞右手，"不。不。在这件事上，普通民众已经被忽视很久了。这甚至与我无关。"

艾尔斯转身看向镇委会。"这份文件是否真的将机构利益置于企业和普通民众之上呢？"

---

① 文字记录由冷泉镇居民苏珊·皮尔提供。
② 关于艾尔斯的讲话片段，参见 2010 年 4 月 7 日在霍尔丹高中举行的市民大会的 YouTube 视频（由苏珊·皮尔提供），http://www.youtube.com/watch?v=iqEErpyQWAs。

福克斯新闻大亨

谢伊解释说，该计划旨在帮助保护非营利组织的开放空间不被房地产开发商掌控。

艾尔斯似乎并没有听进去。"为什么每个人在法律面前并不平等：是因为商业吗？私有财产？——可能没什么是比成为美国公民更高的地位了。为什么他们的利益会受到损害呢？"

谢伊告诉他没有人会得到特殊待遇。

"这么说，他们不会凌驾于法律和私人利益之上了？"

"不，他们不会。"

"好吧。就这样吧。"艾尔斯说。他又问该法规是否限定他家窗户的大小或他房子的颜色。

"不会。"谢伊说。

艾尔斯把这个作为他的开场白。在感谢镇委会和市民的到场后，他开始大谈美国的历史。"乔治·华盛顿说过'侵犯我的土地就是侵犯了我'，"他神色肃穆地说，"230年来我们始终信奉这一点。"艾尔斯喜欢引用华盛顿的话，但在华盛顿的任何著作或讲稿的档案资料中都找不到这句话。①

艾尔斯坐了下来，解开他的西装外套的扣子，接着，他注意到有个女人一直在用她的iPhone手机对着他拍视频。"把它拿开。"罗杰吼道。他身体前倾，抓起一把椅子怒气冲冲地摇着。

"先生，你拿这椅子做什么？"她问。罗杰坐了回去，双手叠放在腿上。

大会又开了一个多小时，居民们争论着分区法规的利弊。艾尔斯一直待到会议结束。散会后，南希·蒙哥马利在白色桌子前收拾文

---

① 在弗雷德·W. 史密斯国家图书馆研究乔治·华盛顿的历史学家玛丽·汤普森的一封电子邮件中写道："我们很想知道你是从哪里找到这句所谓名言的，这样我们就可以把它添加到我们关于冒充乔治·华盛顿名言的记录当中。""侵犯我的财产就是侵犯我的人格"这句话出现在 L. William Countryman, *Dirt, Greed, & Sex: Sexual Ethics in the New Testament and Their Implications for Today* (Minneapolis: Fortress Press, 2007), p. 144, 在论妇女和儿童作为财产那章。

件,这时艾尔斯走到她身边。①

"就你一个是我之前没见过的,"他说这话就算是介绍了,"你知道,我是为了那些小老百姓来的。"

"你连我是做什么的都不知道吧?"蒙哥马利问道。这时艾尔斯早已转身走开了。

"我是个酒保,艾尔斯先生。"她冲着他的背影叫道。

艾尔斯停下来转头看了看她。"你只是民主党的自由主义分子。"他说。

蒙哥马利讨厌的并不是艾尔斯的政治立场,尽管她不是福克斯的粉丝。她不喜欢他某天出现在镇上,开始到处施加他的影响力。

事后,艾尔斯对自己与蒙哥马利的这次对话是这么看的。"我犯了个错误,就是说了'我认为菲利普斯镇属于美国'这句话,现在她对我很生气,只要是我支持的,她都会反对,她对我恨之入骨,恨到想杀了我。"他说。②

关于分区改革的辩论又拖了一年,其间谢伊与市民进行了一对一的会面,以解决他们的关切。2010 年秋天,艾尔斯成功地与谢伊和乔·拉塞尔进行了私下会谈,乔·拉塞尔是一位专注于土地使用的律师,多年来一直就分区问题为菲利普斯镇提供咨询。③ 会面当天,艾尔斯在他的保镖和斯科特·沃尔克曼的陪同下来到市政厅。艾尔斯把一套彩色图表甩在了谢伊的桌上。

"那些你怎么看呢?"

谢伊低头看了看这些打印文件,上面显示的是福克斯新闻和其竞争对手的收视率数字。

"福克斯的表现超过了其他任何有线电视新闻网!"艾尔斯说。

---

① 作者对菲利普斯镇镇委会成员南希·蒙哥马利的采访。
② Junod, "Roger Ailes on Roger Ailes: The Interview Transcripts, Part 2."
③ 作者对熟悉此次在理查德·谢伊的办公室会面的两人的采访。谢伊拒绝对此次会面发表评论。

"好吧，蠢人到处都有啊。"谢伊冷笑道。

艾尔斯大笑起来。"哈！我的一个朋友也这么说过。"

装模作样的简短寒暄之后，艾尔斯张口怒斥参与分区规划的官员剥夺了他的财产权。"这九成是不准确的，"拉塞尔后来说，"他那套说辞过于夸张，基本上就是直接从福克斯新闻来的。他一直在说他的儿子还小，他的儿子将无法生活在一个他所知道的那个美国。"①

谢伊告诉艾尔斯他在有关分区限制这件事上被误导了，这话让艾尔斯再次暴跳如雷。

"我会看到你下台的！"艾尔斯呵斥道，"我从没在我插手的竞选中输过！"

谢伊看了看拉塞尔。"你听到这个了吗？有法律禁止这种事的吧。"

沃尔克曼在座位上不自觉地晃了晃。"我什么都没有听到，"他嘟囔道，"我是来谈关于分区的问题的。"

在2个小时的时间里，谢伊和拉塞尔想办法让艾尔斯冷静下来。最后他们发现，艾尔斯的担忧并非毫无根据：一张分区地图错误地将他在山顶的房产标记为风景区，这可能会对那里的开发造成限制。谢伊和拉塞尔马上向艾尔斯保证，他们会改过来。谈话结束时，艾尔斯告诉他们，如果有必要，他会花几百万美元来阻止危险分子进入小镇。为此，他正考虑购买神秘点（Mystery Point），将这块占地129英亩、建有一栋可以俯瞰哈得孙河的19世纪砖砌豪宅的土地变成福克斯的公司度假村。"那块地在挂牌出售，"艾尔斯说，"我可以立马买下它。你知道我为什么感兴趣吗？"②

所有人都看着他。

---

① 作者对土地使用方面的律师乔·拉塞尔的采访。
② Liz Schevtchuk Armstrong, "Mystery Point Sold to Billionaire Philanthropist," *Philipstown.info*, June 22, 2013, http://philipstown.info/2013/06/22/mystery-point-sold-to-billionaire-philanthropist/.

"我听说有一群中国投资者正在找地方。我不会让一群中国投资者在西点军校对面建导弹发射井的。"谢伊和拉塞尔等着他说出什么妙语来,但没有下文了。

对艾尔斯的了解让谢伊改变了对福克斯新闻的看法。"过去我认为那上面的就是一种表演技巧,或者说演戏,"他后来说,"我当时真的太天真了。现实让我清醒地认识到那不是瞎编乱造出来的。逐利是原因之一,但它主要是受意识形态驱动。"[1]

普特南县居民戈登·斯图尔特没有参加在霍尔丹高中举行的大会,但他在第二天早上听到了各种评论。[2] 这再一次证明了他的一位朋友所说的"艾尔斯问题"是不会消失的。与菲利普斯镇的许多进步人士不同,斯图尔特并没有立马开始担心艾尔斯在社区日益膨胀的权力。虽然斯图尔特和艾尔斯的交集并不多,但他们有着相似的经历。斯图尔特1939年出生于芝加哥南部,和艾尔斯一样,他也是一个家境普通的中西部人。为了上大学,他搬到了俄亥俄州,在欧柏林学习历史和音乐,巧的是,他和罗杰的哥哥是室友。("他是个很容易相处的人。"罗伯特·艾尔斯回忆道。[3])和艾尔斯一样,斯图尔特的职业生涯也游走于政界、娱乐圈和商界之间:他当过剧院导演、总统的演讲撰稿人以及美国证券交易所的副总裁。作为民主党人——他曾做过吉米·卡特总统的副首席演讲撰稿人,并帮忙起草了日后被称为"隐忧演讲"(malaise speech)的稿子——他还是很佩服自己这位保守派邻居的大才。1980年代末,斯图尔特在一家保险业贸易协会担任高管时,曾请艾尔斯给一群企业负责人做过演讲。"他谈到电视如何成为当代社会的恩里科·费米核反应堆,以及它如何塑造一切事物。"斯图尔特回忆道。

---

[1] 作者对菲利普斯镇镇长理查德·谢伊的采访。
[2] 作者对戈登·斯图尔特的采访。
[3] 作者对罗伯特·艾尔斯的采访。

在曼哈顿上西区居住了多年之后，斯图尔特和他的妻子 2005 年在加里森买了一块地。他们期待着有一天看着他们的小养女在后院奔跑，在自家的游泳池里游泳。斯图尔特经常在位于主街的皮特家乡杂货店停下买一份《普特南县新闻与记录报》。他每个星期都会读报上的文章，起初他并没注意到任何明显的右翼煽动的迹象。他尤其欣赏该报对当地学校董事会合同纠纷的追根究底。就在斯图尔特对加里森学校的批评被《普特南县新闻与记录报》引用后不久，一天午餐时间，他在媒体高管经常光顾的曼哈顿的迈克尔餐厅里碰到了艾尔斯。①

"我们得一起解决这个问题，那个学校糟糕透了！"艾尔斯对他说。

"你对它有什么意见呢？"斯图尔特说。

"圣诞节的时候草坪上连一个信基督教的孩子都没有！"艾尔斯说，"他们搞什么该死的宽扎节②，还有什么狗屁光明节③，这些他们全都有，而你甚至不能为耶稣庆祝！他们认为那样不合法。你不能表明自己的信仰。因此我是不会把我的孩子送去那里的。"当斯图尔特转身离开时，艾尔斯告诉他要保持联系。"给我打电话。"他说。

2009 年秋天，纪录片制作人斯蒂芬·艾夫斯邀请斯图尔特到他在加里森的家里。④ 一群邻居正在那儿聚会，大家集思广益，要找出对抗艾尔斯的办法。他们自称为"满月计划"，但斯图尔特喜欢叫他们"冷泉村公社"。民谣歌手达尔·威廉姆斯是这群政治上相当活跃的居民的引力中心。接下来几个星期，大家在讨论中逐渐形成一个想法。"满月计划"将推出一份在线出版物与《普特南县新闻与记录报》抗衡。甚至还有人计划成立一个类似于"媒体事务"的监督组织，监

---

① 作者对戈登·斯图尔特的采访。另见 Annie Chesnut, "District Settles with School-Related Personnel," *Putnam County News & Recorder*, Dec. 17, 2008。
② Kwanzaa，非裔美国人的节日。——译者
③ Hanukkah，犹太教节日。——译者
④ 作者对戈登·斯图尔特和苏珊·皮尔的采访。

控《普特南县新闻与记录报》上的右翼偏见。他们叫它"快速反应小组"。

艾尔斯听到了有关这些会议的风声后打电话给斯图尔特,问他是不是"满月阴谋"的成员。① 斯图尔特笑了。

但到了 2010 年 4 月,在霍尔丹高中举行针对分区规划的全镇大会时,斯图尔特对《普特南县新闻与记录报》的正面看法发生了改变。② 经过乔·林兹利的编辑,斯图尔特看到了该纸采取党派策略的不可否认的证据。他还听到了很多有关艾尔斯对阻挠他的当地人进行威胁的令人不安的故事。"你想看到一辆福克斯新闻的采访车停在你家外面吗?我明天就可以搞一辆停在这儿。"他对一个人说过这样的话。

让斯图尔特感到震惊的是,艾尔斯对该镇的简化设想与斯图尔特所了解的多元现实之间是多么脱节。"在罗杰出现之前,这里没人关心你是什么党派的,"斯图尔特说,"这种东西在人口只有 9000 的小镇没什么用。大家低头不见抬头见,很难因为党派原因把人妖魔化。弱化这里的罗杰主义和福克斯主义是一场灾难。"作为一个精明的商人,斯图尔特看到了机遇。"满月计划"讨论来讨论去,但斯图尔特准备采取行动。他开始悄悄推出一个本地的新闻网站直接向艾尔斯叫板。

2010 年 7 月 6 日星期二上午,林兹利正端坐在《普特南县新闻与记录报》的办公桌前写有关独立日游行的报道,在罗杰和伊丽莎白 2009 年恢复它的出版之前,有关独立日的报道已经停了 30 年,突然他咕哝了一声。③ 他上网搜索时,看到了《普特南县新闻与记录报》两位撰稿人迈克尔·特尔顿和丽兹·舍夫楚克·阿姆斯特朗的名字,他们在一个叫 Philipstown.info 的网站上发表了他们撰写的普特南县

---

① Boyer, "Fox Among the Chickens."
② 作者对戈登·斯图尔特的采访。
③ Boyer, "Fox Among the Chickens."

新闻,这个网站他之前从没听说过,它的老板正是戈登·斯图尔特。文字编辑艾莉森·鲁尼也已经叛逃了。林兹利把椅子从电脑前推开,然后打电话给艾尔斯。"这会造成什么影响?我们报纸出版会有问题吗?"面对员工的离职,艾尔斯问道。"绝对不会有问题。"林兹利回答。报纸的内容已经安排好了,包括一篇关于7月4日的回顾性文章以及《联邦党人文集》第78篇。

第二天,艾尔斯给斯图尔特打了电话,冲着他破口大骂,说他抢了他的人。① 斯图尔特把他的歇斯底里怼了回去。"你是一个爱讲美国宪法的人,"他说,"上次我一查才知道契约奴役(indentured servitude)在美国是非法的。我没有抢走他们。是他们自己离开你了。他们不想为你工作。"

"我可以给他们所有的健康保险,他们会辞职重回我这边来!"艾尔斯答道。

"很好啊。至少我可以让你改正你在用工方面的可怕做法。"

斯图尔特把他的新闻编辑室设在《普特南县新闻与记录报》对面一家之前开过香薰店的店面内,这对艾尔斯来说是个挺严重的问题。尽管这只是小镇上的一个商业利益之争,但这场竞争有着更大的象征意义:自从福克斯新闻创办以来,媒体业务第一次以艾尔斯无法完全理解的方式发生着变化。互联网的浪潮冲刷着传播行业的每一个角落。报纸和杂志是首当其冲的牺牲品。而有线电视开始受影响也只是一个时间问题。"没有人在推动技术方面的革新。"福克斯的一位前高管说。② CNN在诸如触屏和全息图这类新事物上投资了数百万美元。福克斯却没有。这位高管补充说,艾尔斯认为"他的核心观众是上了岁数的白人观众,他们对传统电视新闻节目这种简单方式更情有独钟"。

---

① 作者对戈登·斯图尔特的采访。
② 作者对福克斯新闻一位前高管的采访。

艾尔斯决定在纽约跟斯图尔特坐下来谈谈，摸清他的意图。① 在福克斯新闻一起用餐的两个半小时里，艾尔斯出人意料地坦言他对新媒体缺乏了解。"我不知道该拿你怎么办，"他告诉斯图尔特，"我在你这里遇到的跟我在福克斯新闻面临的是同样的问题。我在福克斯新闻也没做多少网络方面的事。"艾尔斯表示，如果他在网络上免费提供内容的话，那么他的观众就有可能不再付费看有线电视了。"那样的话就是跟我自己过不去。"他说。艾尔斯所希望的最好结果就是打一场消耗战。"我会耗到你身无分文。"艾尔斯向斯图尔特信誓旦旦道。"他不知道的是，我没什么钱，"斯图尔特后来说，"我和我妻子说好了，如果你想把赚来的钱花在网站上，总归比花在一个金发女郎和一部红色跑车上好。"

在记者们叛逃后的几天里，《普特南县新闻与记录报》的新闻编辑室笼罩在一片疑云之中。"他们认为每个人都是叛徒。"记者丽兹·舍夫楚克·阿姆斯特朗说。② 艾莉森·鲁尼发现自己的报社笔记本电脑上有奇怪的活动：她的电子邮箱被人远程打开过。③ 之后，罗杰和伊丽莎白指责她搞各种阴谋诡计。"这诡异得很，"一位熟悉这些事的人说，"这有一种詹姆斯·邦德搞的那套间谍工作的意思，有点像我们在处理国家安全问题一样，但她所有的邮件说的不过是'该死，我讨厌自己的工作！'。"④

为了确保记者们彻底了解罗杰和伊丽莎白对他们离开报社这个决定的看法，《普特南县新闻与记录报》使出了最后一招，在他们跳槽后的一周在报上印了点东西，以示提醒。在报纸文章中间，读者看到了一幅画着一只老鼠的小漫画。⑤

---

① 作者对戈登·斯图尔特的采访。
② 作者对《普特南县新闻与记录报》前记者丽兹·舍夫楚克·阿姆斯特朗的采访。
③ 作者对戈登·斯图尔特的采访。鲁尼拒绝发表评论。
④ 作者对《普特南县新闻与记录报》一位前员工的采访。
⑤ *Putnam County News & Recorder*, July 14, 2010, 10.

随着记者纷纷离职，报社员工出现了空缺。在一些人跳槽去 Philipstown. info 几天后，《普特南县新闻与记录报》的送报人 T. J. 海利向林兹利毛遂自荐。① 林兹利说会让他试一下。那年 6 月，福克斯新闻的人力资源部门将年仅 23 岁的前海军陆战队队员、在《奥莱利实情》做过实习生的海利安排到该报工作。在面试他时，人力资源代表对这位渴望在福克斯得到一份全职工作的海利说，去上州工作可以近水楼台先得月，给艾尔斯留下好印象。在拿着每小时 10 美元的报酬送了一个月的报纸后，海利开始给报纸写稿。

每天往返冷泉镇通勤给人一种灰头土脸的感觉。海利每天开车近 3 个小时往返于报社和他父母位于长岛的房子，他那少得可怜的收入都花在了汽油上。伊丽莎白提出让他睡在楼上的办公室沙发上，旁边就是罗杰跟当地政治家谈话的会议室。"你在办公室的时候就把这里当成自己的家。我们就是一家人。"伊丽莎白告诉他。他在那里睡了三个月。早上醒来后，海利就在报社的卫生间里洗漱。卫生间的装饰让人心里发毛：一面墙上挂着一件镶嵌着伊丽莎白大头照的艺术品，另一面墙上则挂着罗杰的画像。② 虽然林兹利算是同龄人，但海利起初发现他的神秘举止挺让人反感的。当海利跟林兹利提起自己喜欢的电影台词时，对方没有什么反应。林兹利的话题仅限于保守派政治、新闻工作以及圣母大学的橄榄球比赛。他似乎更像是艾尔斯家一个打杂的，而不是一位报纸编辑。"不要找他们聊天。"他会这么说。海利与来自普特南县东部的一个天主教小伙伴卡里·雷·潘尼相处得不错，20 岁左右的潘尼跟他差不多同一时期进报社。和海利一样，潘尼也曾是福克斯新闻的实习生，他们经常一起吃午饭。③

---

① 海利在《普特南县新闻与记录报》任职期间的细节来自作者对海利的熟人以及了解此事的人的采访。海利拒绝发表评论。
② 作者对一位参观过《普特南县新闻与记录报》办公室的人的采访。
③ See résumé of Carli-Rae Panny at www. carliraepanny. com/resume. html, accessed Nov. 13, 2013.

艾尔斯将分区规划作为评判政治家的试金石，甚至对共和党人也是如此。来自普特南县的文森特·莱贝尔长期担任州参议员，他很快就尝到了这个惨痛的教训。作为一名成功的房地产律师，莱贝尔同时也是普特南县共和党的教父。他有着宽阔的肩膀、圆润的脸颊，他的秃头造就了他专横的性格。当地人都管他叫"文尼叔叔"。"任何时候，只要有新人来，他都想知道他们的一切。一切。"当地一位政治家回忆道，"文尼会拉拢他们，否则，如果他们不按他说的做，他就会把他们扼杀在摇篮里。他称之为'摇篮之死'。"① 有段时间，文森特对艾尔斯的到来还是挺欢迎的。"文尼认为艾尔斯把报纸买下来是好事，可以利用它作为共和党的宣传机器。"普特南县立法机构的民主党人萨姆·奥利弗里奥说。②

艾尔斯听到了有关文尼叔叔摇摆不定的传闻。2008年总统选举前夕，他们在菲利普斯镇社区委员会主办的晚宴上第一次碰到对方。③ 与会的一位当地政治家告诉文尼叔叔，艾尔斯想见见他。

"你就是掌管这里一切的那个人。"艾尔斯说。

"不，我其实并不是。"

罗杰对这种谦虚的说辞并不买账。"我知道你管着这个县的一切。"

在接下来的几个月里，艾尔斯又是打电话又是邀请共进晚餐，想方设法地讨好文尼叔叔。④ 在一次谈话中，他问文尼叔叔是否想竞选州长。还有一次他建议文尼叔叔建一个像他那样的"避难室"。艾尔斯还喜欢对全国性话题发表自己的看法，或者抖出一些内部信息。他说奥巴马没有美国的出生证明，说默多克因为当时的妻子邓文迪的缘

---

① 作者对普特南县一位政治家的采访。莱贝尔拒绝发表评论。
② 作者对普特南县议员萨姆·奥利弗里奥的采访。
③ 作者对文森特·莱贝尔的一位熟人的采访。
④ 作者对莱贝尔家族的两位密友的采访。

故，告诉他在谈论中国人时要收敛些。但是，在文尼叔叔坚持己见，支持谢伊竞选菲利普斯镇镇长之后，他们之间的关系变味了。"你支持了一个民主党人！"艾尔斯在电话中嚷叫道。

针对分区规划的辩论会成为压断他俩之间关系的最后一根稻草。艾尔斯在办公室打电话给文尼叔叔。"那么，你打算怎么办？"

"我没打算做什么，"文尼叔叔说，"那是地方上的问题。我不希望镇上的人对我该怎么做指手画脚。"

2010年春天，文尼叔叔决定从州参议院退出，竞选普特南县行政长官一职。① 在宣布参选几个星期之后，文尼叔叔受邀到《普特南县新闻与记录报》跟艾尔斯会面，后者指责他就是该县正在创办的几家新报纸的"幕后推手"。②

"你这是在想方设法毁了我手上的几份报纸！"

"罗杰，我甚至都不知道这些报纸是谁的！"

"不，你就是他们的后台。你和他们脱不了关系。"

"罗杰，我对他们一无所知。希望你一切顺利吧。"

但文尼叔叔自己也有麻烦事。多年来，关于他拿回扣和敲诈的风言风语一直没停过。③ 人们想知道莱贝尔这么个乡村律师，怎么能买得起马场上那栋曾经属于电视演员、出演《迷魂阵》（*Bewitched*）的大明星伊丽莎白·蒙哥马利的大房子。艾尔斯对这些流言有所耳闻，而且他有个有利条件可用：那就是他与执法部门的关系。唐·史密斯警长打电话给联邦调查局，提供了有关文尼叔叔的一些信息。④ 2010年6月，《普特南县新闻与记录报》的姊妹报《普特南县信使报》爆出消息称，联邦调查局已经传唤了他的财务记录。⑤ 就在《普特南县

---

① Michael Brendan Dougherty, "Longtime Senator Has Staying Power," *Putnam County News & Recorder*, April 28, 2010.
② 作者对一位熟悉此事的人士的采访。
③ 作者对普特南县多位政治家的采访。
④ 作者对普特南县警长唐·史密斯的采访。
⑤ "FBI Probes Putnam," *Putnam County Courier*, June 3, 2010.

信使报》的报道刊出后不久,文尼叔叔接到一个电话。

"最近联邦调查局的人有没有来找过你?"艾尔斯说。

"没有。"文尼叔叔回答,竭力掩饰他声音中的恐慌。

"我对你的了解比你以为的要多。"

"好吧,你对我那么了解挺好的。"

电话蓦地挂了。

文尼叔叔跟人说,艾尔斯就是要把他拉下马。他声称有些来历不明的汽车在县城一带跟踪他,而这些车并不是联邦调查局的。有天晚上他在家里,有人用手电筒对着他的后窗照。他告诉朋友自己不能把这些令人不安的活动报告给史密斯警长,因为史密斯对艾尔斯忠心耿耿。"这是一场关于谁将控制该县共和党的较量,事关自尊心。文尼愚蠢到做了一些违法的事,而罗杰听到了风声。"萨姆·奥利弗里奥说。①

虽然文尼叔叔轻松地赢得了选举,但这场胜利也让他付出了极大的代价。② 联邦调查局的人正在逼近。仅仅4个星期后,文尼叔叔就透露他不会出任县行政长官一职。然后,在12月6日星期一的上午,艾尔斯得手了。③ 文尼叔叔承认从他所在地区的律师那里收取回扣。在纽约怀特普莱恩斯的联邦法院,莱贝尔承认了一项妨碍司法罪和一项逃税罪,并因此被判处21个月的联邦监禁。

文尼叔叔的这桩事最终促使林兹利与海利和潘尼打成一片。这三位年轻记者开始一起吃午饭,在外面时林兹利也放松了警惕。海利和潘尼开始意识到他们在办公室看到的不太寻常的事——比如挂在卫生

---

① 作者对萨姆·奥利弗里奥的采访。
② Eric Gross, "Leibell Is New County Executive," *Putnam County News & Recorder*, Nov. 3, 2010.
③ William K. Rashbaum and Nate Schweber, "Sidewalk Meeting for State Senator and Lawyer Leads to Guilty Plea," *New York Times*, Dec. 6, 2010. See also Ashley Parker, "Ex-Senator Gets 21-Month Prison Term in Tax Evasion Case," *New York Times*, May 13, 2011.

间里的罗杰和伊丽莎白的照片——仅仅是表面因素。

真正奇怪的是林兹利说的事。

罗杰和伊丽莎白正试图向林兹利灌输他们的阴谋论世界观。① 有些是微不足道的小事。林兹利曾经在某餐厅夸一位女服务员长相可人。"她可能是个间谍。"伊丽莎白说。还有些则是大问题。他们反复告诉林兹利他们不想他与海利待在一起。"他们不信任你，"林兹利告诉海利，"他们认为你是在利用他们。"尤其是罗杰，他对海利的背景充满怀疑。因为海利在父亲节那天和他们一家人一起做弥撒时发生的一件事，让他声称海利可能是个未婚爸爸。当牧师要求在座当中已为人父者都起立时，海利没听清牧师的话，莫名其妙地站了起来。但之后，艾尔斯多次跟林兹利说海利是个同性恋，而且他就是因为这个离开了海军陆战队。（事实上海利是异性恋，他是因为健康原因光荣退伍的。）伊丽莎白和罗杰还告诉林兹利，海利和潘尼可能是 MSNBC 甚至奥巴马安插在他们中的人。明知道他们的这些说法可笑至极，但林兹利承认自己因为这种孤立而备受困扰。在主街的麦奎尔酒馆喝了几杯啤酒后，林兹利发现自己默默地坐着，两眼死死盯着门口，就怕有人跟踪他。他担心没人会相信他。"正所谓高处不胜寒啊。"伊丽莎白曾这样告诉他。

起初，林兹利陶醉于自己正在接近权力。② 罗杰称他为小艾尔斯，并暗示自己已经为他制订了几个大计划。他建议这位门徒可以写自己的回忆录，或者成为《华尔街日报》最年轻的编辑。罗杰把他介绍给老布什和拉什·林博认识。对于他的未来，伊丽莎白开过一个有些病态的玩笑。"罗杰死后，你会在这里承担起一些特殊的责任。"她说。据两位福克斯高管说，艾尔斯经常在办公室里谈起林兹利。③ "我们以为他会来福克斯新闻管新闻编辑室，"一位高管说，"罗杰会

---

① 作者对两位熟悉此事的人士的采访。
② 作者对三位听乔·林兹利倾诉过此事的人的采访。
③ 作者对福克斯新闻几位高管的采访。

说他这人有多棒，他的新闻直觉有多好。"艾尔斯得意地吹嘘自己的报纸在扳倒文尼叔叔这件事上发挥的作用。"他谈论这些地方政客就跟谈论国家大事一样。他说我们应该报道更多这样的新闻，做更多的调查。"这位高管说。

但林兹利开始对罗杰和伊丽莎白的关注感到不安。当林兹利想回北卡罗来纳州看望家人时，罗杰没让他走，而是邀请他的姐妹们来山上小住。当林兹利说他想休假去拜访他在爱尔兰的亲戚时，罗杰和伊丽莎白说要和他一起去。他们乘坐新闻集团的私人飞机一起去了。有时候林兹利觉得罗杰的那条德国牧羊犬"冠军"才是他唯一的朋友。

海利和潘尼试图说服林兹利离开。"不行，那是不忠。"林兹利会这样说。当海利扬言要走时，林兹利警告他："别辞职。你不知道他们会对你干什么。"

有天晚上，林兹利在自己的公寓，电视里播放的是马丁·斯科塞斯的黑色惊悚片《禁闭岛》。看着莱昂纳多·迪卡普里奥扮演的那位美国联邦警官泰迪·丹尼尔斯在一座邪恶的精神病院里失去对是非曲直的判断时的那种痛苦，他感到了一种令人不安的共鸣。林兹利想要逃离，但不知该如何走出去。

乔·林兹利幡然醒悟时，恰是罗杰和伊丽莎白正面临一个微妙的时刻。艾尔斯获悉《纽约客》的记者彼得·博耶正在采访镇上的人，准备写一篇关于《普特南县新闻与记录报》的争议的文章。按照艾尔斯的习惯，他对这位记者的意图表示担忧。"你要跟那个人谈谈吗？这将会成为一场恶毒攻击！"艾尔斯对戈登·斯图尔特说。[1] 但由于博耶是个严谨的记者，他在 1980 年代末出了一本关于 CBS 新闻的有名的书，罗杰和伊丽莎白最终同意和他聊聊。[2] 虽然博耶为艾尔斯称

---

[1] 作者对戈登·斯图尔特的采访。
[2] Peter J. Boyer, *Who Killed CBS? The Undoing of America's Number One Network* (New York: Random House, 1988).

为自由派垃圾的杂志写文章,但艾尔斯还是有理由信任他。博耶是一位南方绅士,而且还是个保守派。

当博耶在 12 月的一个早晨出现在《普特南县新闻与记录报》办公室,来采访伊丽莎白和林兹利时,新闻编辑室的气氛有些紧张。① 尽管和艾尔斯一家的关系有了裂痕,但林兹利在记者面前还是一副忠心耿耿的样子。但罗杰相当警觉。他开始打电话给林兹利打听那篇即将发表的报道。"你的朋友博耶怎么样了?你的朋友博耶今天在干吗?嘿,伙计,博耶那里有什么消息吗?"

"我不和那人说话,"林兹利答道,"如果他打电话过来,我会告诉你的。"

刊登这篇报道的那期《纽约客》于 2011 年 1 月 24 日上市。博耶的文章以"鸡群中的狐狸"为题,按照苏斯博士的《黄油大战》(The Butter Battle Book)的思路来写,把罗杰和他的自由派对手描绘成 Yooks 和 Zooks,双方注定要摧毁任何和平共处的希望。但有所不同的是,苏斯在书的结尾没有解决冲突,而博耶以双方相互理解结束了这篇简洁的寓言故事。"许多比这里大 1000 倍的地方只有一份报纸;眼下菲利普斯镇有两份,而且每份报纸都明显比之前的好。"他在文中这样写道。②

艾尔斯对这个结果很满意。③ "报道发表的第二天,他给我打了电话,"斯图尔特回忆说,"他说他喜欢这篇报道,还认为博耶真的很好,而且伊丽莎白也非常喜欢她的照片。"斯图尔特和其他镇民却不这么认为。他们觉得博耶被忽悠了。

---

① 作者对一位熟悉此事的人士的采访。
② Boyer, "Fox Among the Chickens."
③ 作者对戈登·斯图尔特的采访。在被问到如何回应菲利普斯镇一些居民对其文章的批评时,博耶在电子邮件中写道:"听起来你已经决定要写什么了,不管事实如何(顺便说一下,你可以问问大卫·雷姆尼克或者住在冷泉镇的《纽约时报》书评人德怀特·加纳对那篇文章的看法)……。拜托了,加布。拿出做记者的样子来吧。这可是一份光荣的使命。"

538　The Loudest Voice in the Room

当博耶赶着在圣诞假期里写完他的报道时,林兹利最终做出了辞职的决定。① 1月初,也就是那篇报道发表的几个星期前,他把这个想法告诉了罗杰和伊丽莎白。他说自己会严守这个秘密,并留任几个月,直到他们找到新的主编。

听到这个消息后罗杰和伊丽莎白大为不悦,而且罗杰的偏执天性似乎因此变得更明显了。② 一天,罗杰打电话给林兹利,要他带话给海利:"告诉他不要穿连帽衫。那样看上去有点吓人。"林兹利意识到罗杰一定是通过监控摄像头看到海利离开办公室,这些摄像头是在办公室遭遇了一次故意破坏后安装的。对这三位记者而言,受监视是他们生活中的一个事实。当他们跑去隔壁镇的帕内拉面包店——一个更隐蔽的地方吃午餐时,他们不确定自己是否被艾尔斯的安保人员跟踪了。他们想离开,但苦于无处可去。明知道这么做有点冒险,海利还是决定打电话给博耶求助。博耶同意跟他、潘尼和林兹利见个面,喝杯啤酒。"他们明确表示自己在那里并不开心——坦率地说,这让我很吃惊。"博耶后来说。③ 博耶告诉他们,遗憾的是,他那里没有任何有希望的去处。

罗杰对林兹利的控制欲越来越强。一天晚上,林兹利的手机接到罗杰的电话,说是大院里的安全警报被触发了。罗杰当时不在镇上,也没法赶回家,他让林兹利赶紧上山,阻止不速之客的闯入。

"万一他们有武器怎么办?"

"管不了那么多了,"艾尔斯说,"你赶紧上去!"

林兹利在警察前面赶到了艾尔斯家的大院。当林兹利在黑漆漆的空旷大宅里查看每一间屋子时,艾尔斯就在手机上跟他保持通话。他

---

① 作者对乔·林兹利的几位熟人的采访。
② 有关《普特南县新闻与记录报》前记者从报社离职的细节来自作者对熟悉此事的人士的采访。
③ 作者对彼得·博耶的采访。

告诉林兹利打开不同的灯，以吓走入室的窃贼。最后发现这原来是个假警报。

3月初，艾尔斯来到《普特南县新闻与记录报》办公室，想对又一场的员工叛乱进行某种干预和平息。他与海利和潘尼分别一对一地谈了谈。"我在福克斯有2000名员工，而令我头痛的却是这家小报纸，"艾尔斯说，"我受够了这个办公室里种种闹剧。"他给两位年轻记者讲了一大通励志大道理，还有他那本《你就是信息》中的一些话。

3月的最后一个星期，轮到伊丽莎白上场了。她告诉海利不用再进办公室了，就在家里办公，跟往常一样把封面报道交来就行了。海利不清楚自己算不算是被解雇了。她还批评了林兹利和潘尼。这相当于最后推了这三个人一把。当伊丽莎白走出去的时候，海利看向他的朋友们并点了点头。他们收拾好自己的东西，走出了新闻编辑室。林兹利早就想离开冷泉镇这个地方了。海利答应那天晚上开车送他去华盛顿特区见朋友。当他们驶出镇子时，他们看到一辆深色的雷克萨斯SUV奔着他们这个方向开过来。开车的正是伊丽莎白本人。海利踩下油门，一连开出去好几英里都没有减速。

这些年轻记者害怕艾尔斯是有原因的。几天后，当潘尼回到办公室亲自提交辞呈时，罗杰和伊丽莎白冲着她吼了一个小时。他们指责她四处抹黑他们，还要求她在他们事先准备好的一份不诋毁协议上签字。潘尼看都没看这份文件一眼就离开了。在华盛顿待了几天后，当林兹利回到他在冷泉镇的公寓时，发现门外停着几辆奇怪的车。当天他开车出去吃午饭的时候，他在后视镜中看到一辆黑色的林肯领航员SUV。他在一个红灯前停下了他的吉普车。当他看到林肯车从公路上转进一个建筑工地时，正好绿灯亮起，他立即踩下油门，朝着他的公寓驶去。回到冷泉镇后，林兹利在一条小路上发现了这辆SUV，于是决定扭转局面。他朝林肯车开了过去。那车飞快地开走了。过了几个街区后，跟踪他的人把车停了下来。林兹利开到司机旁边，认出此人是新闻集团的安保人员。后来，林兹利打电话给那位保安，问他是不是被派来跟踪他。对方说是艾尔斯让他这么做的。

接替其父担任艾尔斯律师的小彼得·约翰逊给记者们发了大量威胁性的电子邮件和挂号信。其中包含一份不诋毁协议和一份罗杰和伊丽莎白正在考虑要提起诉讼的可能罪名清单。林兹利一连给海利发了好几条语气惊慌失措的短信。"世界真他妈的要玩完了!"其中一条短信这样写道。

2011年4月,在记者们出走几个星期后,高客网(Gawker)对那次跟踪事件做了报道,披露了详细情况。布莱恩·刘易斯拒绝对该报道发表评论。"我讨厌那边发生的这些事。"他跟人这样说过。[1] 尽管文章并没有引用《普特南县新闻与记录报》前工作人员的名字,但伊丽莎白还是将矛头指向了林兹利。高客网一发出这篇报道,贝丝就发表了一份充满恶意的声明大肆攻击林兹利,好像他就是提供消息的人:"这些漫无边际的指控是不真实的,事实上甚至连实实在在的依据都没有。"

当艾尔斯在那个星期走进福克斯的一个会场时,他告诉自己手下的高管:"外面在传的东西很多,但都不是真的。"[2] 之后的会上,艾尔斯再没提过乔·林兹利的名字。

这一事件再次证明了艾尔斯是如何利用手头权力的。席卷《普特南县新闻与记录报》办公室的恐惧,跟艾尔斯任职CNBC时那里的高管所经历的惶惶不安一样,都是发自内心的。

2011年春天,从冷泉镇的公寓搬出去后,林兹利开始在东海岸各地旅行,借住在朋友家里。[3] 他重新开始跑步,体重恢复到高中时的水平,最后找到了一份给保守派亿万富翁福斯特·弗里斯当写手的活儿。他还帮海利在弗里斯那里谋到了一份工作。潘尼后来在服务于康涅狄格州、纽约州和马萨诸塞州西部的《每日之声》(*The Daily*

---

[1] 作者对一位熟悉此事的人士的采访。
[2] 作者对福克斯一位前资深制片人的采访。
[3] 作者对一位熟悉《普特南县新闻与记录报》前记者的相关人士的采访。

Voice）做编辑。林兹利的叔叔，一位俄亥俄州的律师，负责解决彼得·约翰逊那边的事，那些威胁要采取的法律行动从没有兑现过。

罗杰和伊丽莎白竭尽全力抹掉这三位记者的痕迹。就在林兹利离开后不久，他发现他们的署名已经从《普特南县新闻与记录报》的档案中抹去了。报纸的网络版上，他们写的几十篇文章作者一栏只署名为："员工记者"。

2011年1月31日，在博耶的那篇关于冷泉镇的报道在《纽约客》上发表一周后，蒂娜·布朗宣布将聘博耶为《新闻周刊》和"每日野兽网"（The Daily Beast）的高级记者。① 这次调动对博耶来说并不好。2012年10月18日，就在《新闻周刊》宣布将在年底前停止出版其纸质版②的同一天，博耶找到了一份新工作。③ "在彼得富有传奇的职业生涯中，我一直在关注他的工作，"罗杰·艾尔斯给媒体的一份声明中这样写道，"他是一位富有才华的极具洞察力的记者，他将为我们的调查性报道增加影响力和深度。"福克斯这个大家庭，充满热情地欢迎新出炉的资深编辑博耶的到来。

---

① Jeremy W. Peters, "Newsweek and Daily Beast Hire Two More," "Media Decoder" (blog), New York Times, Jan. 31, 2011, mediadecoder.blogs.nytimes.com/2011/01/31/newsweek-daily-beast-hire-two-more/.
② Christine Haghney and David Carr, "At Newsweek, Ending Print and a Blend of Two Styles," "Media Decoder" (blog), New York Times, Oct. 18, 2012.
③ Alexander C. Kaufman, "Fox News Hires Peter J. Boyer from Newsweek," The Wrap, Oct. 18, 2012, http://www.thewrap.com/media/article/fox-news_names-prestigious_newsweek-writer-editor-61251. 在一封电子邮件中，博耶解释了他被福克斯新闻聘用的细节。"在我写那篇《纽约客》报道之前，我并不认识艾尔斯夫妇，我大部分时间都是在伊丽莎白的报社采访她。我记得我通过电话采访了罗杰。这篇报道发表几个月后，我在一些社交场合遇见过罗杰，我们相处得很不错，在接下来的一年多时间里，我们吃了几次午饭，有说有笑。当时我已经和蒂娜一起跳槽到了《新闻周刊》，罗杰对蒂娜也相当熟悉。2012年春天，罗杰提到了来福克斯的前景，到了夏天，他让我去和他的新闻主管们见面，讨论我加入这个频道和在纪录片部门工作的事（这些年来我做了不少一线工作）。我说，当然可以，然后一直干到现在。我觉得挺有意思的。"

二十二、最后一场竞选活动

对罗杰·艾尔斯而言，2011年3月是一个动荡的月份。乔·林兹利前脚刚走，他那位奥巴马时代的最大明星也将离他而去。3月28日星期一的下午，艾尔斯把格伦·贝克叫到自己的办公室，讨论接下来他在电视网的一些事宜。① 那个周末的大部分时间，艾尔斯都在加里森为贝克离开福克斯制定策略，这在当时几乎是铁板钉钉的事了。但是，就像涉及贝克的一切一样，这种情况搞得人精疲力竭，谈判和心理辅导要同时进行。贝克早已明确表示了离开的意愿。

"你一定是疯了。没有人会要离开电视这行的。"艾尔斯说。②

"可能我是疯了吧。"贝克回答。

艾尔斯让贝克的制片人乔尔·查特伍德来解释一下。"他妈的他到底在做什么？他想加薪吗？那就告诉我要多少钱啊。"贝克的人并没服软。

事实证明，把他送走且不因此造成任何损失是一件很难的事。

"让我们做笔交易吧。"艾尔斯直截了当地告诉贝克。③

在45分钟的谈话中，两人就以下条款达成一致：贝克将放弃他每天下午5点的节目，偶尔上一下福克斯新闻的"特别节目"——但即使这样也不能解决他们的问题。他们还就他将上多少次特别节目讨价还价。福克斯希望他每年上6次，贝克的顾问则希望是4次。在另一次谈话中，当说起自己与艾尔斯在右翼政治和历史方面心有戚戚时，贝克哽咽了。但艾尔斯威胁说这么谈会谈崩，贝克的顾问们是在耍他。"我要不直接炒了他，然后发篇新闻通稿就完了。"他对福克斯的一位高管说道。

自贝克加入福克斯以来，双方的关系一直很紧张。2009年初，

福克斯新闻大亨　543

贝克的制作团队提出让贝克的首席撰稿人兼密友帕特·格雷陪贝克在福克斯新闻演播室做每天的节目，但这个请求遭到了福克斯新闻高管的拒绝。④ 在 CNN，格雷要在演播室陪贝克从来不是问题；事实上，贝克在时代华纳中心为自己的全体员工租了办公空间。贝克给艾尔斯写了一封电子邮件，强调格雷是他节目的主要写手，他出现在演播室至关重要。艾尔斯回复说，他问过了，发放大楼通行证是违反"政策"的。私下里，艾尔斯对贝克的工作人员心存警惕。"我不希望这里有太多他的人。"他对一位管理人员说。

然而，当贝克召集其 30 万名忠实粉丝在 2010 年 8 月马丁·路德·金发表"我有一个梦想"演讲的纪念日当天，于林肯纪念堂前举行"恢复美国荣耀"（Restoring Honor）的集会时，事情变得更糟了。⑤ 福克斯的高管们对这次集会没什么热情。"我要去华盛顿，万一发生什么事情的话我们要有所应对，"比尔·希恩在前一天跟一位同事说，"我们有可能在新闻时段做一个插播。"⑥ 最后，福克斯对这一事件的报道相当少；反而 CNN 那边做的报道似乎更多些。事后，艾尔斯在会上当着他那些高管的面对贝克夸赞了一番——"我不知道全国上下还有谁能做成这样的事"⑦——但贝克想不通，为什么艾尔斯不积极宣传一下这场吸引了这么多潜在的福克斯观众的活动。布莱恩·刘易斯拿来说服艾尔斯的一个观点是，贝克上过《福布斯》《时代》和《纽约时报杂志》的封面，⑧ 他正在为拥有一个独立于福克斯

---

① Sherman, "The Elephant in the Green Room."
② 作者对一位了解此次会面的人士的采访。
③ Sherman, "The Elephant in the Green Room."
④ 作者对一位熟悉此事的人士的采访。
⑤ Kate Zernike and Carl Hulse, "At the Lincoln Memorial, a Call for Religious Rebirth," *New York Times*, Aug. 29, 2010.
⑥ 作者对一位熟悉此事的人士的采访。
⑦ 同上。
⑧ Lacey Rose, "Glenn Beck Inc.," *Forbes*, April 26, 2010; David von Drehle, "Mad Man: Is Glenn Beck Bad for America?," *Time*, Sept. 28, 2009; Mark Leibovich, "Being Glenn Beck," *New York Times Magazine*, Sept. 29, 2010.

之外的权力打基础。① "贝克有自己的公关团队,布莱恩对此相当反感,"一位同事说,"于是,布莱恩某天在一个跟这个话题完全不沾边的会上,给罗杰分析了一下格伦的问题,那就是他自认为比福克斯更有影响力。"② 艾尔斯对此表示认同,他认为,艺人绝不可以抢了品牌的风头。"从那天起,罗杰对格伦的态度就是:他不珍惜福克斯给他的平台,他应该被扫地出门。"这位同事说。

集会过后没几天,当贝克推出了保守派新闻网站 *The Blaze* 时,局势变得更为紧张。福克斯高层告诉贝克,他不能在电视节目上宣传自己新创办的网站。③ *The Blaze* 时不时就会对福克斯极力宣扬的新闻进行揭露,比如它铺天盖地报道的保守派煽动者詹姆斯·奥基夫针对美国国家公共广播电台(NPR)的暗访视频一事。④ 新年过后,这场冷战变得硝烟四起。贝克的公司——水星广播艺术公司雇了《赫芬顿邮报》的一位高管来管 *The Blaze* 网站,接着又从福克斯挖走了乔尔·查特伍德。⑤ 这些举动表明贝克野心勃勃地想要建立一个他自己的保守派媒体帝国——这明显是要抢艾尔斯的地盘。布莱恩·刘易斯展开报复,让他的部门告诉娱乐新闻网站 *Deadline Hollywood* 说查特伍德在福克斯的年薪是 70 万美元,爆出这么一个低薪就是为了不让他今后的工作挣得多。⑥ "罗杰对乔尔早就不再尊重和信任了。"一位不愿透露姓名的福克斯"内部人士"告诉该网站。记者们开始唱衰

---

① 作者对福克斯新闻一位前制片人的采访。
② 水星广播艺术公司雇了曼哈顿的公关公司 Hiltzik Strategies。
③ 作者对一位熟悉此事的人士的采访。
④ Emily Esfahani Smith, "Ends vs. Means: The Ethics of Undercover Journalism," *The Blaze*, March 9, 2011. See also Sherman, "The Elephant in the Green Room."
⑤ Bill Carter, "Former Huffington Post Chief Is Hired to Run Glenn Beck Site," *New York Times*, Jan. 6, 2011. See also David Bauder, "Glenn Beck's Fox Show Ending," Associated Press, April 7, 2011.
⑥ Nellie Andreeva, "Glenn Beck's Exec Expected to Leave Fox News," *Deadline Hollywood*, March 21, 2011, http://www.deadline.com/2011/03/Glenn-Becks-exec-to-leave-fox-news/.

贝克的收视率，一些进步团体还策划广告对其节目进行抵制。① 但他所在时段的收视率仍然差不多是他加入福克斯前这个时段的节目的两倍，福克斯只好把广告挪到其他节目上去了。

4月6日，福克斯和贝克宣布分手。② 双方都小心翼翼地把媒体上已经持续了数周的各种匿名诽谤给压了下来。贝克的庞大粉丝团早已成为福克斯的忠实观众，艾尔斯不希望因为公开的冲突而掉粉。最重要的是，他不希望贝克的离开被视为自由派媒体的一次胜利；那会毁掉最重要的故事情节。

在贝克离开之前，艾尔斯已花了相当多的精力讨论奥巴马连任的后果。在过去的两年半时间里，他一直致力于阻挠奥巴马的议程。当《平价医疗法案》在去年3月通过时，"他整个人都疯了"，一位资深制片人说。③ 艾尔斯指示他的制片人去请纽约州前副州长贝希·麦考伊上他们的节目，此人是保守派的医疗保健倡导者，曾提出过"死亡小组"的概念。"艾尔斯说她是讨论这个问题的最佳人选，"这位资深制片人回忆道，"他甚至给她准备好了道具：一大堆有关这个法案的文件。"

于是，艾尔斯开始招募一名靠谱的共和党候选人。2010年夏天，他邀请克里斯·克里斯蒂在他位于加里森的家中与拉什·林博一起用晚餐。④ 跟大多数美国建制派一样，艾尔斯对这位新泽西州州长情有独钟。他们谈了养老金改革以及对工会采取强硬态度。在艾尔斯看

---

① Scott Collins and Melissa Maerz, "Fox Gives Beck Show the Boot," *Los Angeles Times*, April 7, 2011. See also Robert Quigley, "Advertisers Wimp Out: 'Boycott' Glenn Beck, but Stay on Fox News," *Mediaite*, Aug. 11, 2009, http://www.mediaite.com/tv/advertisers-wimp-out-boycott-glenn-beck-but-stay-on-fox-news/.
② Collins and Maerz, "Fox Gives Beck's Show the Boot."
③ 作者对一位资深制片人的采访。
④ Sherman, "The Elephant in the Green Room."

来，克里斯蒂是一位非常出色的候选人：一个你可以在你家后院的栅栏边一起拉家常的普通人。但艾尔斯可能还看到了别的东西。克里斯蒂具有天生的镜头感，这是福克斯新闻所在意的电视价值。当然，奥巴马与克里斯蒂之间的对决是每一位制片人的梦想：这是黑人与白人、瘦子与胖子、教授与检察官之间的较量。也许，只是也许，艾尔斯可以一路笑到白宫和银行。尽管如此，克里斯蒂还是礼貌地拒绝了艾尔斯让他参加竞选的请求。克里斯蒂在饭桌上开玩笑说，他的体重是个问题。"我还是喜欢去吃汉堡王。"他对这三位身材敦实的保守派说。①

2011年4月，艾尔斯派福克斯新闻的嘉宾评论员凯瑟琳·麦克法兰前往喀布尔，想说服大卫·彼得雷乌斯将军参加总统竞选。② "罗杰很喜欢彼得雷乌斯，"一位资深制片人说，"2007年 MoveOn.org 在报纸上刊了那个'将军背叛了我们'的广告时，罗杰说这是叛国行为，而我们也是这样报道的。"③ 艾尔斯早就跟彼得雷乌斯说过，只要他竞选总统，艾尔斯就退出福克斯新闻，亲自负责他的竞选活动。那些拥有战争英雄背景的总统给艾尔斯的印象尤为深刻。这就是为什么他几乎每天都会跟老布什聊天。"大老板将为竞选活动提供资金，"麦克法兰告诉彼得雷乌斯，她说的大老板指的是默多克，"罗杰会亲

---

① Jonathan Alter, *The Center Holds: Obama and His Enemies* (New York: Simon & Schuster, 2013), 179.
② Bob Woodward, "Fox Chief Proposed Petraeus Campaign," *Washington Post*, Dec. 4, 2012. See also "Petraeus in 2011 Fox News Interview: 'I'm Not Running for President'" (audio), *Washington Post*, Dec. 3, 2012, http://www.washingtonpost.com/posttv/lifestyle/style/petraeus-in-2011-fox-news-interview-im-not-running-for-president/2012/12/03/c0aa0c72-3d6d-11e2-a2d9-822f58ac9fd5_video.html. 艾尔斯告诉伍德沃德，他与彼得雷乌斯的接触是"一个笑话"。在伍德沃德的文章出现的当天，麦克法兰在Foxnews.com上写了一篇专栏，为这一丑闻背了黑锅。"我现在知道罗杰其实是在开玩笑，但当时我并不确定，"她这样写道。据麦克法兰的一位密友说，在她被禁止参加福克斯的节目后，她迫于艾尔斯的压力才这么写的。艾尔斯的言论"并非玩笑"，这位朋友说，"她因此很受打击。"
③ 作者对福克斯新闻一位高管的采访。另见 Jake Tapper, "MoveOn.org Ad Takes Aim at Petraeus," *ABCNews* (blog), Sept. 10, 2007, http://abcnews.go.com/Politics/Decision2008/Story?ID=3581727。

自出马。我们其他人将成为你的团队成员。"但彼得雷乌斯也拒绝了艾尔斯。"我绝不会参选总统,"他对麦克法兰说,"我妻子会跟我离婚的。"

差不多也是在这个时候,艾尔斯安排了跟大卫·科赫和查尔斯·科赫的一次会面,这两位亿万富翁实业家资助了好几个右翼团体来打败奥巴马。① 艾尔斯之前从未和这对兄弟会过面,双方都表示是时候坐下来好好谈一谈了。查尔斯·科赫特意飞到纽约来会面,但艾尔斯不知道为什么取消了。"查尔斯非常生气。"一位知道这次会面的保守派人士解释说。也许艾尔斯认识到,如果会面的细节泄露的话,将进一步坐实他作为保守派造王者的人设,而这是他正在拼命想要消除的。"听着,那些说我想推出下一任总统的假设都是胡说八道,"艾尔斯这样告诉一位记者,"认为我在培养这些共和党人的想法是错误的。"② 尽管这次会面被取消了,但艾尔斯跟科赫兄弟之间的利益是一致的。2011年冬天,艾尔斯曾给科赫家族看好的候选人克里斯·克里斯蒂打电话,再次恳请他参选,但又一次被克里斯蒂拒绝了。③

2011年5月5日,福克斯的首场初选辩论在南卡罗来纳州的格林维尔进行,参加者没有一个是大咖级候选人。④ 舞台上的那些踌躇满志的候选人都不怎么入流:披萨饼大亨赫尔曼·凯恩;前州长加里·约翰逊和蒂姆·波伦蒂;前参议员里克·桑托勒姆;以及国会议员罗恩·保罗。艾尔斯的华盛顿分社总编比尔·萨蒙曾向福克斯的高管保证会有名气更响的候选人参加,但事实证明萨蒙的消息并不可靠。这场辩论会证明了此次竞选有多鱼龙混杂——而这样一个混乱局面部分是艾尔斯给了这些大嗓门的家伙在他的电视上露脸的机会以及

---

① 作者对一位熟悉此事的人士的采访。科赫夫妇的一位女发言人说,查尔斯·科赫没有飞往纽约。她说:"有第三方建议举行一次会议,但从未落实。"
② 作者跟罗杰·艾尔斯的对话。
③ 作者对一位熟悉此事的人士的采访。
④ Karen Tumulty, "Stage Set for First GOP Debate. So Where Are the Candidates?," *Washington Post*, May 5, 2011.

他培养的茶党造成的。

与此同时,艾尔斯还忙着自己镇上的竞选活动。那里也是一个烂摊子。2011年11月,民主党镇长理查德·谢伊打算参加选举。艾尔斯希望他出局。"那篇文章的事我还记着你一笔呢。"艾尔斯对谢伊说,指的是《纽约时报》上他发表的那些评论。[1] 在那次针对分区问题的市政厅会议开完之后,他们之间的关系就闹僵了。但在选举前几个月,艾尔斯请谢伊到位于主街上的《普特南县新闻与记录报》办公室见面。"你要做的是雇一个对手来跟你竞争,然后你就赢了。"艾尔斯说。谢伊事后告诉别人他怀疑艾尔斯当时在偷偷录音以陷害他。

这一季的竞选活动跟本地居民所见过的任何竞选都不同。艾尔斯支持的保守派候选人李·埃里克森是镇上一家钻井公司的老板,他给选民寄了十来份高光印刷的宣传资料,还进行了针对谢伊的电话民意调查。[2] 接着,在10月,埃里克森拒绝参加戈登·斯图尔特和philipstown.info组织将在霍尔丹中学举行的辩论。斯图尔特甚至承诺提前公布网站上的问题,但埃里克森不为所动。[3]

在《普特南县新闻与记录报》辩论会的当天,艾尔斯搞了一场心理战。最新一期的 *Newsmax* 杂志上有一篇关于艾尔斯的封面报道,称他是"新闻界最有权力的人"。[4] 那天,包括谢伊在内的几位当地政治家收到了由专人送来的这期杂志,而且在这篇报道所在的那几页上还贴了糖果色的便签贴。[5] "罗杰·艾尔斯凭借他对电视直播人才的直觉和对美国价值观的攻击,为电视新闻业制定了新的议程。但他

---

[1] 作者对一位熟悉此事的人士的采访。另见 Carr and Arango, "A Fox Chief at the Pinnacle of Media and Politics"。
[2] 作者对菲利普斯镇多位居民的采访。
[3] Kevin E. Foley, "Readers Can Affect Forum Questions," *Philipstown.info*, Oct. 2, 2011.
[4] Murdock, "This Is the Most Powerful Man in News."
[5] 作者对一位普特南县居民的采访。

绝不是自由派批评者所描述的那种媒体大亨。"文章这样写道。这篇文章似乎是为了反驳最近出现在全国性杂志上的一系列关于艾尔斯的文章而专门写的。艾尔斯送这期杂志时还附上了一张便条,当中至少有一条写着:"评价我妻子时小心些。"那天晚上,在霍尔丹中学的食堂,有人无意间听到谢伊向艾尔斯问起 Newsmax 的报道和他的便条:"那是怎么回事?"

"哦,我给所有人都这么发的。"罗杰笑道。

在伊丽莎白向 150 名观众致开幕词后,接替乔·林兹利职位的道格·坎宁安开始主持辩论会。① 在辩论过程中,埃里克森以艾尔斯的口吻大声抨击谢伊,叫他"理查德国王",并批评他"傲慢到令人失望的地步"。曾是产权组织"菲利普斯镇公民"的联合创始人的埃里克森,这次主要攻击谢伊的分区立法。谢伊镇定自若,应对自如。"分区规划是最令我自豪的事之一。"他说。谢伊话锋一转,指责埃里克森歪曲他的立场,称他的这位对手"在[9号公路]上来回走,向企业主散布虚假信息,挑起民众的怒气"。

镇上的选民一致认为,当晚谢伊表现出的实力远在埃里克森之上。选举日当天,埃里克森的一位支持者穿着殖民时期的服装在主街上走来走去,为他支持的候选人拉票,但最后谢伊以 518 票的优势,即 58.8% 对 41.2%,击败埃里克森,赢得选举。② 通过这件事应该可以预见到未来。虽然《普特南县新闻与记录报》成功垄断了与菲利普斯镇共和党人的联系,但还是没能让埃里克森当选。而同样的剧情也将在全国政治舞台上演。

共和党人将 2012 年的竞选活动称为"福克斯新闻初选"。③ "福

---

① Liz Schevtchuk Armstrong, "Shea and Erickson Clash on Dirt Roads, Zoning Stance, Governance and More," *Philipstown.info*, Oct. 26, 2011.
② Douglas Cunningham, "Election Day 2011," *Putnam County News & Recorder*, Nov. 9, 2011.
③ 作者对多位共和党官员的采访。

克斯新闻差不多每天都像在举行市民大会，"堪萨斯州州长萨姆·布朗贝克在艾奥瓦州党团会议前不久告诉《纽约时报》，"我喜欢福克斯，很高兴我们有这样一个出口，而且它正在对发生的事产生重大影响。"① 对于那些候选人和艾尔斯而言，福克斯的初选提高了收视率，但也对品牌形成了挑战。在 2011 年的最后 8 个月里，共和党总统候选人在福克斯新闻和福克斯商业电视杂志上露面超过 600 次，但对福克斯之外的媒体基本置之不理。②（金里奇的发言人 R.C. 哈蒙德在艾奥瓦州得梅因的党团会议前夕对 CNN 的一位制片人说："很抱歉，我们只上福克斯的节目。"③）这段时期，这些共和党人在福克斯的露面时间共达 77 小时 24 分钟。但是，当福克斯的专家和主播将候选人推入"速度与激情"行动④的阴谋沼泽（其中涉及枪支走私案曝光、破产的太阳能电池板公司 Solyndra）时，福克斯是在冒着疏远无党派观众和选民的风险。

艾尔斯没法把他的政党希望拿下无党派人士的目标置于他的个人观点之上，而这就是其中一个案例。"他不喜欢绿色能源——就是这样，"一位资深制片人说，"他总是说，在美国没有人死于核电，但有 15 个人已经被那些该死的风车砍死了。"⑤ 对艾尔斯来说，"速度与激情"是一个充满激情的事业。"他想要起诉。他认为［司法部长埃里克·］霍尔德应当引咎辞职，并为造成一名联邦特工死亡而入狱。他是那种不达目的不罢休的人。"这位制片人说。

撇开品牌问题不谈，福克斯初选本身是一个很讨巧的节目策略。

---

① Jeff Zeleny, "The Up-Close-and-Personal Candidate? A Thing of the Past," *New York Times*, Dec. 1, 2011.
② "The Fox Primary: 8 Months, 12 Candidates, 604 Appearances, 4644 Minutes," *Media Matters for America*, Feb. 27, 2012, http://mediamatters.org/blog/2012/02/27/the-fox-primary-8-months-12-candidates-604-appe/185876.
③ 作者对 CNN 一位资深制片人的采访。
④ Fast and Furious，有人向福克斯新闻独家爆料称，美国政府帮助向墨西哥贩毒集团运送枪支。——译者
⑤ 作者对一位资深制片人的采访。

它为艾尔斯的观众呈现了一台角色像走马灯似的不断变换的全新真人秀节目。2011年5月,迈克·哈克比承诺会在节目现场披露自己是否会参加总统竞选,引起了大家对他在福克斯每周一次的节目的兴趣。"哈克比州长将于明晚在他的节目中宣布是否有意竞选总统,"他的制片人伍迪·弗雷泽在一份新闻稿中吊足了大家的胃口,"他至今还没有向福克斯新闻的任何人透露过他的决定。"① 5月14日的晚上,当哈克比在节目中宣布他不打算参选时,其收视率飙升至220万。②

但当类似的决定不是在福克斯的片场宣布时,艾尔斯会像所有的导演一样暴跳如雷。③ 10月,莎拉·佩林犯了一个错误,她在马克·莱文的电台脱口秀节目中宣布她不会参加总统竞选。④ "我付了她两年的钱,好让她在我的电视网宣布这个消息。"艾尔斯在一次会上对比尔·希恩说。福克斯公司只能退而求其次:在佩林不参选的决定被苹果公司创始人史蒂夫·乔布斯去世的消息淹没后,佩林在格雷塔·范·苏斯特伦晚上10点档的节目上接受了后续采访。艾尔斯恼羞成怒,甚至考虑在佩林所签的100万美元的年度合同于2013年到期之前就将她从福克斯撤下来。希恩告诉佩林的经纪人鲍勃·巴内特,佩林有可能被"换下来"。在与佩林商议后,巴内特给希恩回了电话,告诉他佩林认识到了自己的失误。但佩林和福克斯之间的紧张关系并未得到缓和。

艾尔斯对于共和党最终提名的总统候选人米特·罗姆尼的硬气表

---

① Michael D. Shear, "Huckabee a Candidate? Tune In at 8," *New York Times*, May 14, 2011.
② Jack Mirkinson, " Mike Huckabee Gets Mixed Ratings for Presidential Announcement," *Huffington Post*, May 17, 2011, http://www.huffingtonpost.com/2011/05/17/mike-huckabee-gets-mixed-_n_863073.html.
③ Gabriel Sherman, "Sarah Palin Got Scolded by a Furious Roger Ailes," *New York*, Nov. 21, 2011.
④ Michael D. Shear, "After Summer of Speculation, Palin Says She Won't Join the 2012 Race," *New York Times*, Oct. 6, 2011. See also: Sherman, "The Elephant in the Green Room."

示质疑。在一次私下谈话中,艾尔斯跟比尔·克里斯托尔说:"罗姆尼必须撕破奥巴马的脸皮。这真的很难做到。我对老布什就是这样建议的。他对撕破杜卡基斯的脸皮这事也有点下不了手。乔治不得不告诉芭芭拉:'听着,这是罗杰的主意。'虽然芭芭拉对乔治变得如此消极很不满,但我必须撕破杜卡基斯的脸皮。"①

11月29日下午,罗姆尼在接受布雷特·拜尔的采访时表现得很不稳定,证明了艾尔斯的看法没错。② 几天来,罗姆尼一直在拒绝接受"全明星"评论员圆桌会谈的邀请。罗姆尼的竞选团队认为,如果他被福克斯新闻的多位评论员围着提问的话,会让他显得有失"总统风范"。③ 最终,他们各退一步,达成妥协。当罗姆尼在迈阿密的康奇塔食品公司视察时,布雷特·拜尔就在这家公司的一间仓库里对他进行了采访。但是,拜尔同意前往佛罗里达州并不意味着他采访时会手下留情。在列举了罗姆尼在气候变化、同性婚姻、堕胎和移民问题上的一系列出尔反尔的举动之后,拜尔就其对全民医保的立场提出了质疑。"你认为那对马萨诸塞州而言是件正确的事吗?"

"布雷特,我不知道我已经说过几百次了——"罗姆尼结结巴巴道,"这是一次不寻常的采访。"他们就这样尴尬地来回扯皮了几分钟。

当摄像机关掉后,罗姆尼跟拜尔抱怨了刚才两人的对话。④ 罗姆尼犯的第一个错误是没有做好准备工作。而侮辱拜尔是他犯下的第二个错误。第二天晚上,拜尔在《奥莱利实情》的节目上讲述了罗姆尼在镜头之外发脾气的事。

有时,艾尔斯似乎会利用福克斯为其他候选人营造一些兴奋点。

---

① 作者对一位熟悉该谈话的人士的采访。
② "Interview with Mitt Romney" (transcript), *Finance Wire*, Nov. 29, 2011.
③ 作者对罗姆尼的一位顾问的采访。
④ Jack Mirkinson, "Mitt Romney Complained About Fox News Interview," *Huffington Post*, Dec. 1, 2011, http://www.huffingtonpost.com/2011/12/01/mitt-romney-fox-news-bret-baier_n_1122801.html.

纽特·金里奇在新罕布什尔州初选中仅获得 9.4% 的选票,但之后在南卡罗来纳州打了个翻身仗。① 在马丁·路德·金纪念日当天,他在默特尔海滩举行的辩论会现场与福克斯的分析员胡安·威廉姆斯在直播中进行了热烈的交流,这成为他选情好转的一个开端。② 身为黑人的威廉姆斯向金里奇及他在竞选过程中说过的一句话,即市中心的孩子缺乏"职业道德",应该在学校里当"清洁工"。这些言论难道不是"对所有美国人——尤其是对美国黑人的侮辱吗"?"我不这么认为。"金里奇顶了回去。他接下来的回答赢得了热烈的掌声。"只有精英才鄙视挣钱。"他说。5 天后,金里奇在该州的初选中获胜。③

罗姆尼阵营中的一些人认为这个结果是艾尔斯一手造成的。罗姆尼的媒体战略顾问斯图尔特·史蒂文斯后来告诉罗姆尼的顾问们,他认为艾尔斯让一名黑人记者提问是为了象征性地把奥巴马放在一个坐满了白人保守派的房间里。④ 金里奇那句带有挑衅的反驳,东南各州摇篮里的红肉,是对总统的一次象征性的打压。

在一次编辑会上,福克斯新闻的管理人员苏珊娜·斯科特大声提出了自己的疑问,艾尔斯在节目上给这些死亡竞赛煽风点火是否会伤及共和党。⑤ "你可以通过党内斗争打造出一个里根,"艾尔斯答道,"如果有斗争的话,我们应该是那个开枪的人。"

无论从哪个角度来看,2012 年对艾尔斯来说都是非同寻常的一年:福克斯新闻有望实现 10 亿美元的利润,该电视网在竞争激烈的共和党初选期间处于主导地位,并依然压制着其有线电视新闻行业的

---

① "Republican Primary Map" (interactive graphic), *New York Times,* http://elections.nytimes.com/2012/primaries/results, accessed Nov. 15, 2013.
② CQ Transcriptions, Republican presidential debate (transcript), Jan. 16, 2012.
③ "Republican Primary Map," *New York Times.*
④ 作者对罗姆尼的一位高级顾问的采访。
⑤ 作者对福克斯的一位资深制片人的采访。

竞争对手。① 然而，在那些认识他的人看来，艾尔斯的想法似乎变得越发偏执和病态。"听着，每 25 个美国人当中就有一个精神变态。"他对手下的管理人员说。② 鸡毛蒜皮的小事和陈年旧账会引发他的过大反应。

2011 年秋天，继谷歌和福克斯在佛罗里达州奥兰多会议中心共同赞助了一场共和党辩论之后，艾尔斯发现自己跟谷歌有了矛盾。③ 此前，迈克尔·克莱门特一直在努力发展福克斯与这家互联网搜索巨头之间的关系，但这种关系并没有维持多久。让艾尔斯非常生气的是，当他搜索自己的名字时，排在第三的搜索结果是一个名为 rogerailes.blogspot.com 的自由派博客（该博客在主页上置顶了一条告读者书："与福克斯的那个肥缺没有任何关联。"）。艾尔斯告诉福克斯高管，他希望谷歌将该博客的排名拉低。谷歌回复福克斯说，他们不会插手此类事情。之后，福克斯取消了与谷歌的合作关系，不再

---

① Brian Stelter, "Fox News Is Set to Renew O'Reilly and Hannity Through 2016 Elections," "Media Decoder" (blog), *New York Times*, April 19, 2012, http://mediadecoder.blogs.nytimes.com/2012/04/19/fox-news-is-set-to-renew-oreilly-and-hannity-through-2016-elections/.
② Howard Kurtz, "Roger's Reality Show," *Newsweek*, Sept. 25, 2011.
③ 作者对一位熟悉此事的人士的采访。福克斯还与自己的一个地方电视台结怨。2010 年 4 月，福克斯新闻一个叫大卫·温斯特罗姆的高管向位于佛罗里达州那不勒斯的福克斯广播联盟的母公司 Journal Communications 的董事长兼首席执行官史蒂夫·史密斯发出一封批评信。该地方台的 名记者罗伯·科贝尔在圣母马利亚法学院采访了艾尔斯，该学院是由达美诺披萨的所有人、亿万富翁汤姆·莫纳汉资助的保守派天主教学院。"媒体事务"组织将采访内容发在了网上。"贵公司制作和播出的报道被转发给了我，"温斯特罗姆在给史密斯的信中说，"我对报道中的偏见感到惊讶。在福克斯，我们知道当你是业内老大时，你得有一张厚脸皮，因为其他新闻机构会攻击你。我只是惊讶于我们福克斯自己的一家附属机构居然也会用这样的手段。"这封信指出，科贝尔曾问艾尔斯："你如何保护 [福克斯新闻使其] 免受批评，尤其在你有一个包括莎拉·佩琳在内的主持人阵容的情况下？"温斯特罗姆告诉史密斯，他没有 "与罗杰讨论过这次采访"，并补充说 "他可能对那些明显带有偏见的问题没有任何强烈的感受"。但是，温斯特罗姆解释说："公平和平衡不仅仅是个口号……福克斯新闻在佛罗里达州有一个强大的支持者群体。我们感谢佛罗里达州南部的观众。我希望你们的福克斯地方台和我们的福克斯新闻团队一起努力留住那些忠实的观众。"

福克斯新闻大亨　　555

跟对方共同主持之后的辩论会。

艾尔斯经常谈到死亡这个话题。"我愿意付出一切代价多活10年。"艾尔斯会这么说。① 有了孩子后，他的这些情绪变得更加强烈。"我不想让孩子在一个乱七八糟的世界里长大。"他对一位记者这样说道。② "跟所有的父母一样，他想保护自己的儿子。"一位跟他关系比较近的同事说，"问题是，大多数父母并没有管着一家电视网。"③ 为了让扎克瑞对他离开人世有所准备，他加快了对扎克瑞的教育。扎克瑞12岁的时候，罗杰为他在曼哈顿的公关公司戴伦施耐德集团安排了一份暑期实习的工作，该公司的创始人罗伯特·戴伦施耐德是艾尔斯的私人公关顾问。④ 每天早上，扎克瑞都会穿上西装，打好领带，坐上新闻集团拨给罗杰的SUV前往实习的公司。差不多在那个时候，罗杰对一位记者说，他已经准备了好几个装满纪念品的箱子。⑤ 除了一些家庭照片和信件之外，他还放了一部袖珍版的《宪法》（他在上面写道："国父们相信它，所以你也应当如此。"）、一堆赞美他成就的剪报、一些金币（"以防万一"）以及孙子所著的《孙子兵法》，并在扉页上写下这么一段话：

尽可能避免战争，但永远不要放弃你的自由——或你的荣誉。始终坚持正确的东西。

如果迫不得已应战，那就勇敢战斗，并取得胜利。不要试图赢……而是必须赢！

爱你的，
爸爸

---

① Chafets, *Roger Ailes*, 234.
② Sella, "Red-State Network."
③ 作者对一位和罗杰·艾尔斯关系密切的同事的采访。
④ 作者对戴伦施耐德集团一名员工的采访。
⑤ Chafets, *Roger Ailes*, 235.

但他脑子想得更多的是自己终会一死。他有时会担心扎克瑞会遇到最坏的事。2012年的2月，戈登·斯图尔特在毫无征兆地情况下接到艾尔斯打来的一个歇斯底里的电话。①

"你让我儿子成了别人的靶子了！"他尖叫道，"万一出什么事的话，你要负责！"

斯图尔特不得不把电话从耳边挪开点，并问艾尔斯究竟在说什么。

那个星期，Philipstown.info发了一篇关于当地规划委员会最近举行的听证会的短文。② 报道的最后一段称，艾尔斯和他的邻居正在寻求对他们调整房子所在地块之间界限的批准，拥有这些房产的是"由罗杰·艾尔斯、Viewsave LLC 和杰拉尔德·莫里斯组成的哈得孙河谷2009"。

"我要去告你！"艾尔斯对着电话大喊道。

他说这篇报道将扎克瑞置于危险之中，因为它披露了他有一份信托的事。他开始扯出一些不相关的纠纷大声斥骂，包括翻出斯图尔特鼓动他手下员工不辞而别的旧账。斯图尔特说："你要知道我并没有做过这样的事。"

"你是个骗子！"

"罗杰，自从你打电话给我、我跟你问了好之后，你不仅侮辱了我的诚信，还当着我的面说我是骗子，指责我有可能是谋杀你儿子的帮凶并威胁要告我，"斯图尔特说，"你能向我解释一下你如何期望通过这种方式达到你打这个电话的目的吗？"

艾尔斯愣了一下。"你需要得到帮助！"他冲口而出，然后就挂断了电话。

---

① 作者对戈登·斯图尔特的采访。
② Liz Schevtchuk Armstrong, "Neighbors Object to Mega-Structure for Art Collection," *Philipstown.info*, Feb. 20, 2012, http://philipstown.info/2012/02/20/neighbors-object-to-mega-structure-for-art-collection/.

一个小时之后,艾尔斯又打来了。这一次他心平气和地要求斯图尔特把这篇文章从网站上撤掉。斯图尔特说自己稍后会回复他。在跟编辑凯文·弗利以及写这篇报道的记者讨论了艾尔斯的担忧之后,斯图尔特给他回了个电话,告诉他这篇文章不会被删掉。

"你不知道人们在外面是怎么找我麻烦的!我请你帮个忙,你却一口回绝了。"

"首先,"斯图尔特说,"报道中没有提到你的儿子。这篇文章中没有任何会危及你和你家庭的内容。你要求我删除的是在那次公开会议上发生过的事,我做不到。"

艾尔斯重申了自己的想法,即斯图尔特需要进行心理咨询。谈话到此结束。当天晚上斯图尔特在家,他的手机响了。这是艾尔斯当天第三次打来电话。这次,斯图尔特没有接。

那个月晚些时候,艾尔斯的老对手大卫·布洛克跟人合著了一本新书《福克斯效应:罗杰·艾尔斯如何将一家电视网变成一部宣传机器》,该书综合了"媒体事务"组织过去10年在其网站上发表的最具破坏性的研究。[1] "布洛克的书让他心神不宁。"福克斯的一位嘉宾回忆说。[2] 艾尔斯在一次会上说,在这本书出版之前,他"什么事"都做不了。这本书除了福克斯高管泄露的带有明显右翼偏见的电子邮件之外,还详述了在节目中谈论的那些有关奥巴马的宗教、背景和政策的疯狂言论,这些内容为福克斯的批判者提供了一轮又一轮的弹药,以用于将艾尔斯定义为宣传大师的战斗。作为报复,福克斯在节目中声称布洛克精神不稳定。[3]

---

[1] David Brock, Ari Rabin-Haft, and Media Matters for America, *The Fox Effect: How Roger Ailes Turned a Network into a Propaganda Machine* (New York: Random House, 2012).

[2] 作者对福克斯新闻的一位嘉宾的采访。

[3] "The Fox Effect: The Book That Terrifies Roger Ailes and Fox News," *Daily Kos*, Feb. 28, 2012, http://www.dailykos.com/story/2012/02/28/1069245/-The-Fox-Effect-The-Book-That-Terrifies-Roger-Ailes-And-Fox-News.

谷歌、"媒体事务"以及 Philpstown. info 都是新媒体对手。艾尔斯拿来对付传统媒体的那套威胁手段，在他们这儿起不了同样的效果。在面对 Gawker 时更是如此。4 月 10 日，这家八卦网站推出了一个新系列。① "以下是一位我们称为'福克斯内部人士'的人所开专栏的首期内容——这位福克斯新闻的长期在职员工将定期为 Gawker 提供来自该组织内部的消息。"网站的编辑这样写道。这些专栏在媒体圈引起了小规模的骚动，但没持续多久。福克斯高层在 24 小时内成功地锁定了"鼹鼠"——30 岁的乔·穆托，一位在该电视网工作了 8 年的副制片人，并解雇了他。②

穆托很快就在 5 月初拿到了一份报酬为六位数出头的讲述他个人经历的出书合同，艾尔斯决定表明一下自己的态度。③ 艾尔斯的保镖吉米·吉尔德告诉他可以提出起诉。"如果 Gawker 付钱买下赃物，那它会跟这个犯罪行为脱不了干系，就跟人雇佣杀手一个道理。"这位之前当过警察的保镖说。④ 布莱恩·刘易斯则希望艾尔斯对此置之不理，但他的建议被否决了。"我跟他们说了，"刘易斯说，"但他们告诉我从现在起这个问题交给法律来解决。那我就想，行吧。"⑤

4 月 25 日早晨 6:30，纽约地区检察官办公室的警察带着逮捕令来到穆托的公寓，对他提起指控，包括重大盗窃罪和阴谋罪。⑥ 他们

---

① "Announcing Our Newest Hire: A Current Fox News Channel Employee," *Gawker*, April 10, 2012, http://gawker.com/5900710/announcing-our-newest-hire-a-current-fox-news-channel-employee.
② Joe Muto, "Hi Roger. It's Me, Joe: The Fox Mole," *Gawker*, April 11, 2012, http://gawker.com/5901228/hi-roger-its-me-joe-the-fox-mole.
③ John Cook, "A Low Six-Figure Book Deal for the Fox Mole," *Gawker*, May 3, 2012, http://gawker.com/5907475/a-low+figure-book-deal-for-the-fox-mole.
④ Chafets, *Roger Ailes*, 229.
⑤ Sherman, "Roger Ailes Fired His PR Chief, and Now He's All Alone," "Daily Intel" (blog), *New York*, Aug. 20, 2013, http://nymag.com/daily/intelligencer/2013/08/roger-ailes-fired-his-pr-chief-now-all-alone.html.
⑥ Kat Stoeffel, "Fox Mole Joe Muto Says His Laptop Was Seized in Grand Larceny Investigation," *New York Observer*, April 25, 2012.

没收了他的苹果手机、笔记本电脑和旧笔记本。一年后，就在他的书出版前一个月，穆托戴着手铐出现在曼哈顿刑事法庭，当堂认下了对他的一项非法复制未遂罪和一项非法占有计算机相关材料的轻罪指控。① 法官对穆托处以 1000 美元的罚款，没收了他为 Gawker 报道福克斯的事所获得的 5000 美元报酬以及他的苹果电脑，并命令他完成 10 天的社区服务和 200 小时的私人服务。

在 2012 年总统竞选前的最后几个星期，艾尔斯的世界观从他开的日常编辑会上辐射到福克斯新闻的屏幕上。"他喜欢用滚动字幕的方式提出问题，"说这话的资深制片人指的是在屏幕底部打出滚动的图形和文字，"奥巴马是社会主义者吗？他告诉制作人用这种方式比直接说奥巴马是社会主义者要好。"② 艾尔斯的主播和专家评论员上气不接下气地将政府的一系列失误夸大为一场全面的阴谋。虽然福克斯记者对 2012 年 9 月 11 日美国驻班加西领事馆遭到的致命袭击做了积极的报道，但其新闻性因为一位主持人称这是"自'水门事件'以来最大的新闻"而被削弱。③ 选举的前几天，在班加西遇害的国务院雇员肖恩·帕特里克·史密斯的母亲说，福克斯的报道令她相信"是奥巴马杀害了我的儿子"。④ 福克斯夸大了新黑豹党等边缘团体的影响，并煽动人们对选票被盗的恐慌。"俄亥俄州的选举官员担心广泛存在的选民欺诈行为。"屏幕上打出的一个滚动字幕这样写道。⑤

艾尔斯手下的管理人员对他阿谀奉承，有人建议他亲自上电视发表那些攻击性言论，甚至还有人建议他竞选总统。（迈克尔·克莱门

---

① David Bauder, "Joe Muto, Fox News Mole, Resurfaces with Book," Associated Press, June 3, 2013.
② 作者对一位资深制片人的采访。
③ Eric Bolling, *The Five*, Fox News Channel, Sept. 28, 2012.
④ Jeanette Steele and Nathan Max, "Families Differ on U. S. Response," San Diego Union-Tribune, Nov. 2, 2012.
⑤ Megyn Kelly, *America Live*, Fox News Channel, Nov. 5, 2012.

特还印制了"艾尔斯2012"的保险杠贴纸在二楼分发。[1] 有时艾尔斯会推拒。"那样的日子一去不复返了。"他告诉自己的团队。但有时他又纵容他们的想法。那年夏天,他在某天下午召开的战略会议上告诉自己的核心圈子,他想主持一档谈话节目。负责他的公关事务的二把手阿雷纳·布里甘蒂当时也在会上,建议他不要这样做。"媒体会一直盯着你。"她警告道。

于是,每当艾尔斯想让大家知道他的想法时,就会让他的律师小彼得·约翰逊上《福克斯和朋友们》这档节目,借后者的口把消息散布出去。[2] 约翰逊私下里谈起艾尔斯时就像在说父亲似的。约翰逊告诉一位福克斯的同事,艾尔斯把他当成儿子。由于他的特殊地位,约翰逊被允许使用提词器照本宣科,通常这是福克斯主持人享受的待遇。"他可以把讲稿直接导进提词器里。因此,这甚至都不能说是在代艾尔斯言,简直就是艾尔斯本人在说。"一位熟悉此事的人说道。约翰逊的讲话充斥着有关穆斯林极端分子、占领华尔街的无政府主义者以及好高骛远的政府官僚做派的可怕场景,而且他还在评论中加一些尼克松式的吓唬人的东西。在奥巴马和罗姆尼就外交政策进行最后的辩论的前一天,约翰逊在电视上讨论起了班加西的局势。[3] 他推测奥巴马是否早就得知了这次袭击,并有足够的时间下令采取军事行动来保住那些遇害的美国人的性命。"如果他什么都没做,那就是美国的耻辱。"约翰逊说。他沉思了一下,说"我没有这方面的证据",但"这些人就这样成为中东外交政策的牺牲品了吗?"。

11月6日是选举日,这天下午,艾尔斯与卡尔·罗夫共进午餐,后者仍然相信罗姆尼会获胜。[4] 很少有福克斯的专家像罗夫那样为这位候选人大力游说的。罗夫的超级政治行动委员会(Super PAC)、

---

[1] 作者对一位熟悉此事的人士的采访。
[2] 同上。
[3] *Fox & Friends*, Fox News Channel, Oct. 21, 2012.
[4] Chafets, *Roger Ailes*, 240.

美国十字路口（American Crossroads）及其附属机构十字路口基层政策战略（Crossroads GPS）曾发誓要在 2012 年的政治竞选中花 3 亿美元来支持保守派。① "该死，也许卡尔是对的。"艾尔斯在那天晚些时候说道。②

下午 5 点，艾尔斯把自己手下负责总统竞选新闻的团队叫到二楼会议室，讨论当晚的报道。③ "伙计们，"他对他们说，"无论情况如何，都不要让人看着觉得像是有人把你家的狗轧死了。"但是，当福克斯的出口民调团队把数字报上来时，艾尔斯就不那么淡定了。"这些数字对罗姆尼不利，"房间里有人说道，"罗杰开始争论这些数据样本有多偏向自由派。"艾尔斯说："自由派喜欢分享他们的感受，保守派则在埋头工作，因此他们要晚些时候才会投票。"福克斯的决策部团队负责人阿农·米什金告诉艾尔斯，数据造成了样本偏差。看来罗姆尼要败了。更糟糕的是，那些所谓的稍后决定者正在为奥巴马打破僵局。

"谢谢你，克里斯·克里斯蒂。"艾尔斯埋怨道。他仍然对于克里斯蒂在飓风桑迪过后和奥巴马一起在新泽西海边拍的那张象征两党友好的合影感到愤愤不平。

"实际上，这不是真的，"米什金说，"我们问过大家这个问题。民调中没有数据表明飓风桑迪对罗姆尼不利。"

"就算这样，拥抱那家伙也不能让人们增加对罗姆尼的好感。"艾尔斯反驳道。

他的直觉告诉他的东西是数据没法给的。"每个人在走出那个房间时心理都很明白，罗杰并不相信民意调查。"一位与会者说。他的观点将在当晚的直播节目中散播出去，而结果令人颇为尴尬。

---

① Nicholas Confessore, "At 40, Steering a Vast Machine of G. O. P. Money," *New York Times*, July 22, 2012.
② Chafets, *Roger Ailes*, 240.
③ 作者对一位在场人士的采访。

大约一小时后，艾尔斯在福克斯运动套房的一张长椅上坐定。[1]包括鲁伯特·默多克在内的几百号人在房间里吃着寿司和羊肉串等小吃。福克斯的一位管理人员回忆说，他不敢当着艾尔斯的面吃生鱼片。他解释说："寿司是自由派吃的东西。"[2] 安装在墙上的 8 台平板电视播放着有关大选的报道。8 点左右，伊丽莎白到了。《普特南县新闻与记录报》当晚会出刊。她坐在艾尔斯身边，用她的 iPad 查看本周日期。快到 11 点时，眼看罗姆尼胜出的机会逐渐渺茫，罗杰和伊丽莎白决定结束工作回家去。"我想在扎克瑞入睡前吻他并道晚安，"艾尔斯告诉一位记者，试图美化最后的结果，"如果罗姆尼获胜，这对纳税人而言是件好事。如果奥巴马赢的话，我们的收视率会更上一层楼。"

楼下，阿农·米什金正和福克斯的数字统计员一起准备宣布奥巴马拿下了俄亥俄州。[3] "记住，这是福克斯新闻在宣布俄亥俄州的选票结果。这也就是说除了俄亥俄州，还有别的州也会支持奥巴马。"米什金对福克斯的这些老大说。福克斯的多位管理人员告诉米什金，只要把数字搞对，别考虑什么政治问题。"假如我们认为俄亥俄州已经倒向奥巴马，那就宣布俄亥俄州的选票结果。"福克斯新闻的一位高管说。

布雷特·拜尔在节目现场宣布了这个选票结果。"基本上这就是总统之位的归属了。"他说。旋即，福克斯就接到了罗姆尼竞选团队打来的怒气冲冲的电话和铺天盖地的电子邮件，他们认为这个结果宣布得为时过早。在拜尔宣布俄亥俄州的票选结果后，罗夫公开表达了他们的不满，除了呼应艾尔斯之前的评论，他还在现场通过简单介绍俄亥俄州的选举计票对结果提出了质疑。鉴于电视网内部的意见不

---

[1] Chafets, *Roger Ailes*, 239-46.
[2] 作者对一位在场人士的采访。
[3] Sherman, "How Karl Rove Fought with Fox News over the Ohio Call."

一，资深制片人开会做出了最后的决定。决策部立场坚定。他们知道宣布这个结果有多重要。最后，制片人只能想一个折中的办法。梅根·凯利穿过新闻编辑室来到决策部进行采访。"这就是福克斯新闻，"房间里的一个人说，"只要有机会秀一下梅根·凯利的腿，他们就一定会这么做。"

到午夜时分，罗夫似乎不太情愿地认输了。这一刻成为右翼在大选最后几天所持的否认态度的象征。迪克·莫里斯在直播时曾预测罗姆尼将以压倒性优势获胜，认为罗姆尼获胜的几率为90%。[①] 私下里，福克斯的一些工作人员认为该电视网的上赶着吹捧已然成了一个笑话。[②] 在选举前的那个星期六的一次排练中，梅根·凯利笑着向同事们转述了别人告诉她的话。"我真的很喜欢迪克·莫里斯。他总是错的，但他让我感觉很好。"

罗杰·艾尔斯的宏伟计划只实现了一半。虽然福克斯的收视率仍然没有受到什么挑战，但这个频道却未能选出下一任总统——福克斯这边的闹剧既让这一努力变得复杂，也在其中起了推波助澜的作用。福克斯在电视上播出了来自右翼的最离谱的观点，由此进一步扭曲了关于国家未来的辩论，使选民更容易否定共和党的论点。艾尔斯的个人政治冲动——包括劝说克里斯·克里斯蒂或大卫·彼得雷乌斯参选——跟福克斯经常在节目中安排的那些生动的政治喜剧背道而驰。事实证明，电视和政治是完全不同的学科。为了追求收视率，福克斯加剧了国家的分裂，而这种分裂让民主党受益。自尼克松政府执政和TVN成立以来，右派一直梦想拥有一个电视频道好让美国公众了解自己的观点，平衡辩论中的不同声音。"你是我们人民的英雄。"一位著名的保守派人士在肯尼迪中心举办的一次晚会上对艾尔斯说。[③] 但

---

① Don Frederick, "Dick Morris Stands His Ground," *Bloomberg News*, Nov. 5, 2012, http://go.bloomberg.com/political-capital/2012-11-05/dick-morris-stands-his-ground-romney-wins-maybe-by-landslide/.
② 作者对一位参加排练的人士的采访。
③ 作者在2013年6月12日举办的布拉德利奖颁奖仪式上的所见所闻。

在2012年，以此为标准来看的话，福克斯是失败的。

在米特·罗姆尼输掉2012年的大选后，乔治·梅森大学公共政策学院代理院长马克·罗泽尔和弗吉尼亚州民主党前主席保罗·戈德曼合写了一篇文章，指出保守派媒体的崛起与共和党赢得全国多数席位的能力之间存在反向关系。"在1952年至1988年期间，当主流媒体占据主导时，共和党在10次总统选举中赢了7次，"他们在文中指出，"保守派的脱口秀主持人和福克斯新闻将1992年以来共和党的糟糕表现归咎于全国'烂流'媒体的'自由主义偏见'。然而，保守派主导的媒体的崛起，决定了共和党总统候选人的命运沦落到了1856年该党成立以来最差水平的时代。"① 也许这场怪胎秀已经变得过于怪异了。

福克斯新闻内部也展开了大选后对共和党的反思。和共和党其他重量级人物一样，艾尔斯精心策划了一些措施，在大选后的媒体环境中重新定位他的频道，更新了新闻故事线——并且在某些情况下，更换了主持人选。比尔·希恩发出一项指令，要求制片人在预约卡尔·罗夫或迪克·莫里斯上节目之前需要得到高管的许可。② 2月时，福克斯没有跟莫里斯续约，罗夫则留了下来。③ 佩林也没有。上个月，有消息称她和福克斯已经分道扬镳。④

艾尔斯在各种大会小会上告诉各位制片人，观众对政治已经感到

---

① Paul Goldman and Mark J. Rozell, "Right-Wing Talk Shows Turned White House Blue," Reuters, April 11, 2013.
② Sherman, "Fox News Puts Karl Rove on the Bench," "Daily Intel" (blog), New York, Dec. 4, 2012, http://nymag.com/daily/intelligencer/2012/12/fox-news-puts-karl-rove-on-the-bench.html.
③ Brian Stelter, "Fox News and Dick Morris Part Ways," "Media Decoder" (blog), New York Times, Feb. 6, 2013, http://mediadecoder.blogs.nytimes.com/2013/02/06/fox-news-and-dick-morris-part-ways/.
④ Brian Stelter, "Fox Says Its 3-Year Relationship with Palin Is Over," "Media Decoder" (blog), New York Times, Jan. 26, 2013, http://mediadecoder.blogs.nytimes.com/2013/01/25/fox-news-and-sarah-palin-part-ways/.

厌倦了。① 在选举日和就职典礼之间的日子里，福克斯的报道变得低调起来。12月中旬，就在康涅狄格州纽敦市发生可怕的校园枪击案，造成20名儿童死亡之后，艾尔斯告诉制片人不要在节目上热烈讨论第二修正案的政治问题。枪击案发生的第二天，负责福克斯周末报道的执行制片人大卫·克拉克对各制片人发出了明确的指示。② "我们电视网不会赶去那里。"克拉克在星期六晚上给一位制片人的邮件中写道。福克斯还删除了 Foxnews.com 上撰稿人约翰·洛特所写的一篇支持攻击性武器的专栏文章，他是全国最有影响力的第二修正案绝对论者之一。"他们没有给我发电子邮件。我就接到一个电话，"洛特解释道，"他们说：'这事实在是太敏感了。'"这项政策也不是铁打不动的。一些专家和主播还是讨论了这场悲剧的政治性。但是，福克斯的主持人会先让观众平复心绪，然后再开始进行持枪权的讨论。

这种暂时的消停在2013年1月21日总统就职典礼当天上午结束了。③《福克斯和朋友们》的主持人公开表达了该电视网对奥巴马开始第二个任期的感受。"仿佛1月的一个寒冷的星期一还不够沉闷似的，今天被称为——他们大概在5年前就发现这个日子了——'蓝色星期一'，它也是这一年中最令人沮丧的一天。"史蒂夫·杜奇说。为了帮助观众面对这样的情形，他们把人称"个性发展斗士"的励志大师拉里·温盖特请到了直播现场。整个上午，屏幕上的气氛都相当阴郁。"这是对自由主义议程坚定不移、毫不妥协的支持。"克里斯·华莱士在奥巴马发表完演讲后说道。④

---

① 作者对一位熟悉此事的人士的采访。
② Gabriel Sherman, "Fox News Spikes Pro-Gun Column; Writer Told Issue Is 'Too Sensitive,'" *New York*, Dec. 20, 2012.
③ Noah Rothman, "*Fox & Friends:* Obama's Inauguration Happens to Be 'The Most Depressing Day of the Year,'" *Mediaite*, Jan. 21, 2013, http://www.mediaite.com/tv/fox-friends-obamas-inauguration-day-happens-to-be-the-the-most-depressing-day-of-the-year/.
④ *Special Inauguration Coverage*, Fox News Channel, Jan. 21, 2013.

大选结束后，福克斯在节目上做了些微小的调整，仅此而已。艾尔斯坚持己见，对这次失败几乎不承担什么责任。他把罗姆尼的败北归咎于他的政党。"共和党无能至极。"他对高管们说。① 前一年春天，在某次给新闻专业的学生做演讲时，艾尔斯说："莎拉·佩林没什么机会，对吧？"他接着说，"有人认为她有机会成为总统吗？这里有谁是这么认为的？没有对吧。哎哟。纽特·金里奇在国会工作，但没能在那里找到任何人来支持他，记得吗？这就有点问题了。里克·桑托勒姆，大约六个星期前有人听说过这个人吗？他在自己的州输了17个百分点。"②

当艾尔斯重新签下一份2016年到期的合同时，福克斯仿佛又一切如故了。③ 他让约翰·穆迪回来担任执行编辑和执行副总裁。④ 汉尼提、奥莱利、范·苏斯特伦和梅根·凯利全都签了新的多年期合同。⑤ 就连莎拉·佩林也在2013年6月被返聘了。⑥ 2013年10月，艾尔斯对其黄金时段的节目表进行了调整，这也是这么多年来他第一

---

① 作者对一位熟悉此事的人士的采访。
② Roger Ailes, Roy H. Park Lecture at the University of North Carolina School of Journalism (transcript). April 12, 2013, http://jomc.unc.edu/roger-ailes-park-lecture-april-12-2012-transcript.
③ Brian Stelter, "Roger Ailes Signs Up for Another 4 Years at Fox News," "Media Decoder" (blog), *New York Times*, Oct. 20, 2012. 根据记者David Folkenflik的 *Murdoch's World: The Last of the Old Media Empires* (New York: PublicAffairs, 2013)一书所说，大卫·扎斯拉夫的报酬让艾尔斯倍感"困扰"。2012年，扎斯拉夫的收入为3600万美元。艾尔斯考虑离开福克斯新闻，加盟 *Newsmax*，那边开出的薪水为2500万美元，另加股权。
④ Joe Pompeo, "John Moody Returns to Roger Ailes, His Murdochian Wire Service in Tow," *Capital New York*, June 7, 2012, http://www.capitalnewyork.com/article/media/2012/06/6007210/john-moody-returns-roger-ailes-his-murdochian-wire-service-tow.
⑤ Fox News, "Megyn Kelly to Move to Primetime on Fox News Channel," Business Wire (press release), July 2, 2013. See also Brian Stelter, "Kelly and Van Susteren Are Said to Re-Sign with Fox News," *New York Times*, May 8, 2013.
⑥ Brian Stelter, "Palin Is Returning to Fox News, Months After They Parted Ways," *New York Times*, June 14, 2013.

次这么做。① 这次的更新幅度不大：梅根·凯利接手了晚上 9 点的节目，汉尼提调到了晚上 10 点，而范·苏斯特伦接手谢泼德·史密斯主持的晚上 7 点的新闻播报。作为整个主持阵容的顶梁柱，奥莱利依然坐镇晚上 8 点档。

在新闻集团的高层那里，艾尔斯对福克斯一成不变的愿景让人忧心。奥巴马连任时正值新闻集团进行业务重组。2013 年 6 月，该公司拆分为 21 世纪福克斯（其电影和电视资产）和新闻集团（其以八卦新闻为主的报纸部门）。② 福克斯新闻曾是一艘火箭，但如今，一些董事会成员怀疑艾尔斯的燃料是否已经用尽。尽管该公司的有线电视资产依然利润惊人——2013 年的第二季度，其有线电视收入比上年同期增长了 16%，达到 30 亿美元——但福克斯新闻并没有被视为一项有所增长的资产。奥巴马成功连任后，该电视网的收视率明显下降。③ 所有的有线电视新闻机构都受到了打击，但福克斯在 25 至 54 岁这个关键的广告受众群中的收视率下降幅度比其竞争对手要大。2013 年 2 月，收看汉尼提节目的观众比 2012 年同期下降了 35%，奥莱利的观众则少了 26%。因为不是选举年，第一季度的广告营收也有所下滑。④

新闻集团的董事会 2013 年 4 月在曼哈顿开了一次会，之后，一

---

① Mike Allen, "The New Fox News Prime-Time Lineup," *Politico*, Sept. 17, 2013, http://www.politico.com/blogs/media/2013/09/the-new-fox-news-primetime-lineup-172859.html.

② Amy Chozick, "Shareholders Approve Plan to Split News Corp.," *New York Times*, June 12, 2013. See also Chozick, "Cable Helps News Corp. Post Gains," *New York Times*, Feb. 7, 2013; Annlee Ellingson, "It's Official: 21st Century Fox and News Corp Split, with New Shares to Be Issued Monday," *L. A. Biz*, June 30, 2013; and Gina Hall, "21st Century Fox Finding Its Footing After the Split from News Corp," *L. A. Biz*, Aug. 7, 2013.

③ Katherine Fung and Jack Mirkinson, "Fox News Ratings: O'Reilly, Hannity See Huge Drop-Off in February Demo Numbers," *Huffington Post*, Feb. 26, 2013, http://www.huffingtonpost.com/2013/02/26/fox-news-ratings-february-oreilly-hannity_n_2768265.html.

④ "News Corporation Reports Third Quarter Earnings Per Share of $1.22 on Net Income Attributable to Stockholders of $2.85 Billion," Business Wire, May 8, 2013.

些董事私下里质疑艾尔斯是否还有扭转颓势的节目策略。① 此外，他们还担心接班人的问题。艾尔斯把权力牢牢攥在手上，以至于福克斯的一些高管害怕会出现"蝇王"式的混乱局面。艾尔斯有时似乎并未意识到福克斯新闻的这些令人担忧的趋势。② 当一位销售主管在某次会上指出，福克斯的观众群比其有线电视新闻竞争对手的观众群年龄大时，艾尔斯根本不信。"我们受众群的统计数据很糟糕。"这位主管说。"不，才不是呢！"艾尔斯大喊道。当这些数字摆到艾尔斯眼前时，他看上去真的很惊讶。"为什么我对此一无所知？"他问道。事实是，这么多年来，高管们因为惧怕艾尔斯的火爆脾气，一直不敢把坏消息告诉他。有位高管回忆说，每当黄金时段的收视率下降时，比尔·希恩就会趁机跟他聊一些有关党派的玩笑。"你看了昨晚奥尔伯曼是怎么说的吗？"希恩斗胆一问。这个问题会让艾尔斯对这位MSNBC前主持人品头论足一番，一连讲上5分钟别人都插不上话，而有关福克斯收视率的问题被抛在了一边。

　　福克斯商业电视网的收视率也让新闻集团的一些高管大失所望。③ 而艾尔斯从一开始就不想要这个频道。当默多克在2007年指派艾尔斯推出该频道时，艾尔斯对招来负责经营该频道的5位高管说："这个世界不需要再有一个商业电视网。"④ 老板本人都已经明确表示自己对这个频道毫无热情，那几位高管自然也就心照不宣地不让其获得成功。"欢迎来到这个频道。你们注定会失败。"艾尔斯的忠实拥护者肯·拉科特在商业新闻总监雷·汉尼斯被聘用后不久对他说。出任该频道总编的尼尔·卡武托紧跟艾尔斯的步伐。一位主管说：

---

① 作者对一位熟悉此事的人士的采访。
② 同上。
③ D. M. Levine, "Neil Cavuto Wants Your Business," *Adweek*, Feb. 7, 2012, http://www.adweek.com/news/technology/neil-cavuto-wants-your-business-137997.
④ 作者对一位高管的采访。

"卡武托就没怎么管过事。"

备受福克斯新闻器重的高管凯文·马吉负责商业频道日常运作，他努力打造该频道的形象。① 艾尔斯告诉马吉及其团队，他不希望在节目中谈论政治话题——"那是我们在新闻频道上做的事。"他说——但接下来他又说，政治对业务是有影响的。2010年夏天，马吉和他的团队试图另辟蹊径，通过让主持黄金时段节目《自由观察》的安德鲁·纳波利塔诺法官这样的自由主义者做现场报道，开辟一片新天地。但这一举措跟艾尔斯引导福克斯远离茶党的努力相冲突。一天晚上，这位法官在电视上大声疾呼，反对美国用无人机袭击被贴上恐怖分子标签的美国公民。② "第二天，罗杰真的气坏了，"一位高管回忆道，"他说：'如果俄罗斯人向我们发射导弹，这位法官会希望我们咨询国会，得到他们的允许后再做出回应。'然后艾尔斯说他希望把这档节目停掉。几个星期后，这档节目不见了。③ 他把这位受观众欢迎的法官留了下来，但节目撤了。"大批的自由主义者在Facebook和其他网站上留言抱怨。艾尔斯一概不予理会。"如果所有那些代表法官给福克斯发电子邮件的人都有一台尼尔森盒子④的话，我就让他继续上节目。"艾尔斯说。⑤

除了政治，这个商业频道还有一个基本的节目编排缺陷：福克斯新闻的娱乐价值运用到商业新闻上，就会产生滑稽可笑的结果。商业频道开播前不久，福克斯商业频道一位年轻的女主播与《纽约邮报》商业部的工作人员一起头脑风暴，讨论新闻选题。⑥

---

① 作者对一位高管的采访。
② Judge Andrew Napolitano, *Freedom Watch*, Fox Business Network, Nov. 11, 2011.
③ Frances Martel, "Judge Andrew Napolitano Signs Off from the Last Episode of *Freedom Watch*," *Mediaite*, Feb. 13, 2012, http://www.mediaite.com/tv/watch-judge-napolitano-sign-off-from-the-last-episode-of-freedom-watch/.
④ 收视率统计公司尼尔森发给用户用来收集收视数据的装置。——译者
⑤ 作者对一位高管的采访。
⑥ 作者对一位在场人士的采访。

"你对商业了解多少?"自以为是的罗迪·博伊德问道,当时他还是《纽约邮报》的一名金融记者。她告诉他们自己的工作经验主要在天气预报这一块,但"我读了很多书。我知道道琼斯指数在上升。我也看博客"。

"那他们为什么会雇你?"博伊德又问。她笑了,胸部跟着颤抖起来。

艾尔斯试着把一些著名主持人放进福克斯商业频道。2009年9月,他请了名誉扫地的电台主持人唐·伊姆斯来主持早间节目,两年前伊姆斯因为在节目中说罗格斯大学的女子篮球队是"长着娃娃脸的性感尤物"而被MSNBC撤了下来。① 差不多在同一时期,他也考虑过挖走CNBC的明星主播玛丽亚·巴蒂罗莫。"罗杰最后没要她,"一位参与谈判的高管说,"他希望她的体重没增加那么多。他说她以前长得像索菲亚·罗兰,如今却跟开餐厅的莱昂夫人似的。他觉得对方利用他从CNBC挣了更多的钱。他告诉我们,她的经纪人应该拿出一部分佣金给他,因为这些会谈会让他们多赚100万美元。"② (2013年11月,巴蒂罗莫离开CNBC,跳槽到福克斯商业频道。③)

默多克于2007年收购《华尔街日报》后,该商业电视网的不足之处就更加明显了。但在艾尔斯口中,《华尔街日报》是个威胁。这份报纸并不与福克斯协同作战。高管们注意到,默多克对《华尔街日报》母公司道琼斯公司的慷慨支持以及他与罗伯特·汤姆森之间的友谊,让艾尔斯感到不满,默多克还请汤姆森这位《伦敦时报》的前编辑出任《华尔街日报》的出版人。④ 当时任道琼斯公司总裁的莱斯·辛顿陪同

---

① Bio of Don Imus on Fox Business, www.foxbusiness.com/watch/anchors-reporters/don-imus-bio/.
② 作者对福克斯一位管理人员的采访。
③ Bill Carter, "Maria Bartiromo to Leave CNBC for Fox Business," *New York Times*, Nov. 18, 2013.
④ Richard Pérez-Peña, "News Corp. Completes Takeover of Dow Jones," *New York Times*, Dec. 14, 2007;作者对新闻集团多位高管的采访。

艾尔斯参观设在福克斯新闻上面几个楼层的《华尔街日报》那间崭新的新闻编辑室时,艾尔斯说:"所以,你是在带我看我花钱买的东西。"

2012年秋天,艾尔斯与福克斯商业频道的高管开会,讨论福克斯是否应该与道琼斯签一份内容方面的约定。[①]那一年,道琼斯公司退出了与CNBC的长期合作关系,可以自由地与福克斯公司签约了。"我为什么要付钱给他们?"艾尔斯说。尼尔·卡武托接下来所说的话引起了艾尔斯对企业竞争的担忧。他告诉艾尔斯:"《华尔街日报》就是一匹特洛伊木马。他们想得到商业频道。"

当艾尔斯得知负责将《华尔街日报》向视频制作领域扩张的该报副总编辑艾伦·默里,对福克斯发表过冷嘲热讽的评论之后,他基本上就禁止《华尔街日报》的记者上他的电视节目了。"艾伦告诉大家他会如何把福克斯商业频道做得更好,这犯了大忌。"这位高管说道。几个月后,福克斯商业频道的一名初级员工误将艾尔斯的这项禁令透露给了《华尔街日报》的一名员工。"我们不得不对禁令这事矢口否认。这真的很愚蠢。"这位福克斯高管说道。

而报社那边对福克斯也不怎么待见。《华尔街日报》的一些记者,每当他们不得不把重要的消息人士带到办公室去时,在电梯里就会故意站在播放福克斯新闻的电视屏幕前。

那次大选大败后,艾尔斯在公司的地位似乎削弱了。到了2013年春天,艾尔斯在默多克和一些高管眼里就像一幅他的肖像漫画一样滑稽可笑。默多克在枪支管制和移民等议题上与艾尔斯渐行渐远。"鲁伯特没什么世界观,但罗杰有。"一位高管说。[②]"罗杰说鲁伯特不了解中国的威胁,"一位资深制片人回忆道,"罗杰还认为鲁伯特不清楚中东的威胁。"艾尔斯在一次会上告诉他的团队,默多克要他与

---

① 作者对福克斯一位高管的采访。
② 作者对新闻集团一位前高管的采访。

沙特王子阿尔瓦利德·本·塔拉勒会面,后者当时是新闻集团仅次于默多克的第二大有投票权的股东。"罗杰说他不想去,"这位制片人说,"他说那是他唯一一次对鲁伯特说'不'。"①

新闻集团高层之间流传着一些艾尔斯疑神疑鬼的故事。②"他认为民主党全国委员会将他定为暗杀对象,并对此深信不疑,"默多克家的一名密友说,"米歇尔·奥巴马在一次晚宴上走到他跟前,面带微笑地说:'我好惊讶在这里见到你。'但在他看来,这句话其实是对他的一个赤裸裸的威胁。"另一些高管谈到了艾尔斯与纽约市学校前校监乔尔·克莱恩之间的纠葛,后者在2010年11月受默多克的聘请负责开展营利性教育业务。"罗杰说:'教育业务是个大错。教师工会绝不会让鲁伯特·默多克教育他们的孩子。'"一位主管说。克莱恩加入公司大约一年后,新闻集团聘请克莱恩的前女发言人纳塔莉·拉维茨担任默多克的幕僚长。拉维兹去了福克斯新闻,跟艾尔斯互相认识了一下。她回去跟同事们说她与艾尔斯的沟通很顺利。艾尔斯的看法却截然不同。"我刚刚见了那个密探!"他事后告诉切斯·凯里,"我知道她是克林顿和乔尔的密探!"

艾尔斯比以往更孤立无援了。③"罗杰不再信任他身边的任何人。"在大选结束后一位高管说过这样的话。在艾尔斯突然发作时没人能够幸免。他常常吐槽自己的主持人。他对担任过政治顾问的《五人帮》(The Five)节目主持人之一安德里亚·坦塔罗斯怨声载道。"她人长得挺漂亮,但她帮任何人当选过哪怕是捕狗员的职位吗?"当有人提到格雷琴·卡尔森的名字时,艾尔斯指出她曾经是美国小姐,然后补充说:"那一年参加选美的可能都不怎么样。"在他口中,跟她搭档主持的布莱恩·基尔米德是个"来自长岛的足球教练",比尔·奥莱利则是个"手上有档电视节目的图书推销员"。

---

① 作者对福克斯一位管理人员的采访。
② 作者对新闻集团一位前高管的采访。另见 Alter, The Center Holds, 65。
③ 作者对一位跟罗杰·艾尔斯走得近的人士的采访。

似乎没有人是安全的，哪怕是为他工作时间最长的亲信。2013年7月25日的下午，艾尔斯把布莱恩·刘易斯叫到他的办公室里。①新闻集团的外部法律顾问罗纳德·格林也在场。艾尔斯叫刘易斯去"休个假"。

"是带薪假吗？"刘易斯问。

"没错。"艾尔斯答道。

就在刘易斯从办公室往外走的时候，艾尔斯对他说："你是我见过的最棒的人之一。但我始终是更厉害的那个。"

接下来的几个星期里，刘易斯就其离职协议展开谈判。8月20日，在双方谈崩后，福克斯公司发表声明，称刘易斯因为"与财务违规有关的问题"以及"多次实质性的严重违反其雇用合同的行为"，被终止与公司的劳务关系。②艾尔斯停发了刘易斯的工资，并派福克斯的高管和明星主持人对刘易斯进行公开抨击，称他是叛徒和无名小卒。

刘易斯聘请了实力派律师贾德·伯斯汀助阵。"人们请伯斯汀并非因为他们有罪，而是因为他们被激怒了！"刘易斯告诉人们。8月27日，伯斯汀向高客网发表了一份声明，对艾尔斯嘲讽了一番。③"比起布莱恩·刘易斯担心罗杰·艾尔斯及其马屁精到处散布他的谣言，罗杰·艾尔斯和新闻集团更应该害怕布莱恩·刘易斯说出他们那里的真相。"声明这样写道。很多人都知道刘易斯给希恩起了个"马屁精"的绰号。刘易斯此举就是要告诉希恩，他很清楚艾尔斯在新闻媒体上对他的攻击都是希恩一手操办的。

---

① 作者对一位熟悉此事的人士的采访。
② Bill Carter, "Fox News Confirms the Firing of a Top Executive Who Was Once Close to Ailes," *New York Times*, Aug. 20, 2013. See also Dylan Byers, "Roger Fires His 'Right Hand,'" *Politico*, Aug. 20, 2013, and Paul Bond and Matthew Belloni, "Top Roger Ailes Adviser Fired and Escorted from Fox News Building," *Hollywood Reporter*, Aug. 20, 2013.
③ J. K. Trotter, "Brian Lewis Speaks Out: Roger Ailes and Fox News Should Fear Him," *Gawker*, Aug. 27, 2013, http://gawker.com/brian-lewis-speaks-out-roger-ailes-and-fox-news-should-1208497354.

这种隐晦的威胁让艾尔斯感到害怕。9月,伯斯汀与罗纳德·格林和小彼得·约翰逊会面。① 一年前,约翰逊曾试图缓和刘易斯与艾尔斯的关系。"布莱恩,你得给他一些面子,"约翰逊说,"你和我就像他的儿子一样。"那年秋天,福克斯花数百万美元与刘易斯达成了和解。刘易斯对朋友们说离开那里让他松了一口气。他提起想在新泽西州开一家赛百味加盟店。这种斗法刘易斯已经经历过太多,他对结束的这一天毫不畏惧。"我早已身经百战。"他对一位朋友说。

即便在刘易斯和艾尔斯相处这么久之后也不免一拍两散的时候,艾尔斯跟前的其他人仍继续宣扬对他的崇拜。2012 年 5 月,伊丽莎白·艾尔斯获得圣玛丽山学院的荣誉博士学位时发言说:"我的丈夫罗杰·艾尔斯是个了不起的男人。""罗杰·艾尔斯就像我的第二个父亲一样,"谢泼德·史密斯在那年 1 月对一位记者表示,"他是我所认识的最伟大的人之一。我对他无比地尊重和钦佩。""他改变了我的人生,"2013 年 3 月肖恩·汉尼提对着镜头这样说道,"要不是他给了我机会,我在美国根本就不会家喻户晓。""在你的职业生涯中,谁对你影响最大呢?"2013 年 10 月,一名男子在推特上问梅根·凯利。"我的老板罗杰·艾尔斯。"她答道。

对乔·麦金尼斯而言,2012 年选举前的一个月是一段艰难的日子。② 刚满 70 岁的麦金尼斯近期被诊断出患有前列腺癌,而罗杰对他犹如家人,这让他对罗杰有很高的评价。"他说:'你永远不要操心钱的事。如果哪天你没法再工作了,尽管告诉我,我会开支票给你。'"罗杰还打了几个电话,帮他联系上了尤金·权博士(Dr. Eugene Kwon),国内治疗他这种病的顶级专家之一。麦金尼斯被罗杰的热情慷慨所感动,但也为他的老朋友感到难过,这让他想起了 HBO 黑帮剧《黑道家族》中的一个情节。"有段戏中卡梅拉对托

---

① 作者对一位熟悉此事的人士的采访。
② 作者对乔·麦金尼斯的采访。

尼说：你没什么朋友。所有那些人能算是你的朋友吗？你说笑话他们就哄堂大笑，但那是因为你是老板，他们怕你。他说：你都在胡说些什么？"麦金尼斯继续说道，"然后剧中有这样一个情节，托尼讲了个非常傻的笑话，突然，所有这些人都开始'哈哈哈'地大笑起来。接着镜头慢慢移动，你就看到托尼看着他们那一张张假笑的脸。当然了，他明白卡梅拉说的一点没错。"

2013年，在冷泉镇的独立日游行过后没几天，艾尔斯叫理查德·谢伊到《普特南县新闻与记录报》总部开个会，有事要跟他讨论。① 6月，在华盛顿的肯尼迪中心举办的一个晚会上，保守派组织布拉德利基金会奖给艾尔斯25万美元，表彰他对"美国新闻业的远见卓识"。② 在艾尔斯的获奖演说中，他对奥巴马和试图伤害这个国家的阴暗势力大肆嘲讽了一番，在共和党支持者中引起了热烈的反响。③ 他说，配备武装的国税局人员将用枪指着人们，逼他们执行奥巴马的医疗保健法。"我们必须停止挥舞伸出的双臂，别在沿着宪法的边缘蹑手蹑脚地行走时努力使自己保持平衡，我们必须停止挥舞伸出的双臂，别努力不让软弱的绥靖主义者因为我们坚定相信的那些会让美国与众不同且变得更好的想法和原则而感到不安。"艾尔斯说。当晚他脖子上挂着一块闪闪发亮的金牌在台上唱起了《上帝保佑美国》这首歌，还跳起舞来。

艾尔斯告诉谢伊，他将把这笔奖金捐给菲利普斯镇的一个老年人中心。④ 在《普特南县新闻与记录报》的会议室里，谢伊很快意识

---

① 事后，谢伊向戈登·斯图尔特描述了这次会面的情形，作者采访了斯图尔特。谢伊拒绝对此事发表评论。
② Gabriel Sherman, "In Kennedy Center Speech, Roger Ailes Gets Wild," *New York*, June 13, 2013.
③ 作者对艾尔斯2013年6月12日在肯尼迪中心发表的演讲所做的文字记录。
④ Catherine Garnsey, "Town Has Good News for Seniors," *Putnam County News & Recorder*, Aug. 7, 2013.

到，除了慈善捐赠，艾尔斯还有别的打算。罗杰针对世界混乱的现状发表了一番长篇大论，差不多是他的一种人生观，而谢伊就在那里听着。艾尔斯说，假如他是总统，他会让墨西哥总统坐下，跟他好好谈谈如何解决移民问题："你们国家腐败不堪。现在你只能拿到人民收入的30%，而不是70%。如果你不这样做的话，我就派中央情报局的人过去杀了你。"此前在公开场合，他一直小心翼翼地用和缓的口气发表他对移民问题的观点。几个月前，他告诉《新共和》："如果我要冒着生命危险翻过隔离栏进入美国的话，我就要成功。我认为福克斯新闻会阐明这一点。"[1] 但艾尔斯告诉谢伊，如果他成为总统的话，他会派海豹突击队的学员前往边境线，将这作为他们毕业汇报的一部分："我会规定，你必须亲手杀死一名进入美国的非法移民。他们必须每人带一具尸体回来。"

当谢伊提起艾尔斯的过去时，他突然大发脾气。"我与理查德·尼克松八竿子打不着！"艾尔斯声称罗纳德·里根才是跟他关系近的那个。

"为什么人们不喜欢我呢？"艾尔斯问谢伊。海豹突击队的人都喜欢他。难道菲利普斯镇的人对他和伊丽莎白所做的一切视而不见吗？在艾尔斯的整个职业生涯中，他把慷慨当作一种权力——他最近说他把自己年收入的10%捐了出去——但在他的社区，结果却让他大失所望。[2]

他把最恶毒的话用在了戈登·斯图尔特身上。"为什么人们喜欢他这个人呢？"艾尔斯跟谢伊抱怨道，"他想把我赶出镇子！"自从斯图尔特在2010年7月4日推出Philipstown.info后，他俩之间的仇怨不断恶化。2012年6月，斯图尔特创办了一份周报，并狡猾地取名为《菲利普斯镇报》。[3]《普特南县新闻与记录报》的新任编辑问斯图

---

[1] Eliza Gray, "Roger Ailes's Border War," *New Republic*, Feb. 22, 2013.
[2] Chafets, *Roger Ailes*, 175.
[3] Sherman, "Roger Ailes, Upstate Press Baron, Is in a Newspaper War," "Daily Intel" (blog), *New York*, May 31, 2012, http://nymag.com/daily/intelligencer/2012/05/roger-ailes-is-in-an-upstate-newspaper-war.html.

尔特,哈得孙高地土地信托基金或"Facebook 上的那几个人"(他指的是在当地拥有地产的 Facebook 联合创始人克里斯·休斯和他的丈夫肖恩·埃尔德里奇)是不是躲在这份报纸后面的自由主义黑势力。斯图尔特说,支持这份报纸的除了他自己,没有其他任何人。

2013 年 3 月,伊丽莎白因为冷泉镇商会要她与斯图尔特分享"年度商业人物"奖而拒绝接受该奖项。① "鉴于日程安排上的冲突,以及戈登·斯图尔特对我、我的家人和我的企业缺乏职业道德的所作所为,我决定拒绝接受该奖项。"她说。② 几个月后,罗杰和伊丽莎白给了冷泉镇的村子 3 万美元,赞助当地接下来 3 年的 7 月 4 日烟火燃放活动,一举击败了前一年赞助过这项活动的斯图尔特。③ 斯图尔特转而资助起音乐活动。当《普特南县新闻与记录报》刊登小镇的一则向当天庆祝活动的赞助商表示感谢的广告时,报纸对斯图尔特的贡献只字未提。④ "他想让我妻子的报纸完蛋!"艾尔斯告诉谢伊。(随着新闻编辑室内部的动荡加剧,艾尔斯已将报纸的所有权转给了伊丽莎白。)那你怎么看竞争这件事呢?谢伊问道。艾尔斯拒绝回答。他正忙于一场零和游戏。"斯图尔特不择手段!"艾尔斯说,他甚至声称斯图尔特是那个山寨网站的幕后推手,说该网站"假装是《普特南县新闻与记录报》"。⑤ ("我跟这事毫无关系。"斯图尔特后来澄清道。⑥)艾尔斯的样子惊到了谢伊。"我从没见过有人如此满心仇恨,"几天后谢伊对斯图尔特说,"我必须告诉你,如果罗杰能杀了你的话,

---

① Kevin E. Foley, "Chamber Dinner to Honor 2013 Award Winners," *Philipstown.info*, March 13, 2013. See also Liz Schevtchuk Armstrong, "Chamber Hosts Record Crowd for Award Dinner," *Philipstown.info*, March 29, 2013.
② Annie Chesnut, "Elizabeth Ailes Clarifies Chamber Confusion," *Putnam County News & Recorder*, March 20, 2013.
③ 作者对戈登·斯图尔特的采访。
④ Michael Turton, "Village Trustees Express Regret over July Fourth Ads," *Philipstown.info*, Aug. 3, 2013.
⑤ *The Pretend Putnam County News and Recorder*, ppcnr.com.
⑥ 作者对戈登·斯图尔特的采访。

他绝不会心慈手软。简直是恨之入骨。"

那次谈话的最后,艾尔斯警告谢伊,如果他继续与斯图尔特来往就后果自负。谢伊将于 11 月竞选连任。① 他在镇上很受欢迎。而共和党那边还没派出一位挑战者。艾尔斯的耐心正在耗尽。"上次竞选的时候我支持了那个笨蛋,"他指的是李·埃里克森,"如果这次我要搞你的话,我就要打得你翻不了身。我会亲自出马,竞选镇长。"

罗杰·艾尔斯并没有参加竞选。理查德·谢伊在没有竞争对手的情况下轻松赢得了 11 月的选举。② 但是,尽管艾尔斯置身事外,仍在努力争取让人们记住他是菲利普斯镇上一位待人友善的已为人父的公民,尽管菲利普斯镇目前并不完美,但这是他所热爱的美国的一个缩影。与他所在行业的任何人相比,艾尔斯出奇地敏感。"他不想被人讨厌,"一位熟悉他的共和党人士说,"如果那样的话,真的会让他很困扰。"③

艾尔斯为讨人喜欢所做的各种努力,跟他绝不妥协的理念相矛盾。"所有的进步都是由毫无理智可言的人达成的。"他在 1989 年对一位记者这样说道。④ 这句话完全可以拿来说艾尔斯自己,因为他身上就体现着各种矛盾。他既接纳了对美国生活和历史的天真理想主义,也接纳了对上至总统下全半民百姓的许多美国人的深刻嘲讽。他为采用卑鄙的政治策略辩护,声称那是在保护他心心念念的传统美国。无论是真正的敌人还是假想敌,他欺负起来从不手软,但在因此受批评时却假装是受害者。他既能变成最具威胁的人,也能变成最风

---

① Liz Schevtchuk Armstrong, "Philipstown Democrats Set Slate for Town Board Elections," *Philipstown.info*, May 31, 2013. See also Eric Gross, "Erickson Joins Leonard, Van Tassel in Town Race," *Putnam County News & Recorder*, July 7, 2013.
② Putnam County Board of Elections, http://www.putnamcountyny.com/board-of-elections/2013-elections/liveelectionresults/.
③ 作者对共和党全国委员会某人的采访。
④ Donald Baer, "Roger Rabid," *Manhattan Inc.*, Sept. 1989.

趣、最引人入胜的健谈之人。他对曼哈顿的精英人士横加指责,但他本人也是其中一员。他投身新闻行业,却对新闻从业人员嗤之以鼻。在他身上所有的矛盾点中,最明显且影响最深远的,莫过于他一手创建了所谓"公平和平衡"实际上却是一个政党分支机构的新闻网。

在近几年的采访中,艾尔斯身上体现出政客的一种当时不杂、未来不迎的胜负观。"我不关心我的遗产。现在想这个问题为时已晚。我的敌人会杜撰出来并四处宣扬。"他在 2012 年大选结束一个星期后说。① "这会儿,人人视我为世上最伟大的人,"他告诉另一位记者,"那些为我准备的悼词都充满了溢美之词,但一旦我死了,尸骨还未寒人们就会一脚从我身上跨过去。不出一两天,每个人都会在那里抱怨,说我是个混蛋,数落我没为他们做到的所有事情。"②

他说出这番话有些出人意料,听上去既谦虚又大气,但却忽略了一个更重要的事实。艾尔斯的职业生涯是在一个拿到 50.1% 的多数就能赢家通吃的世界里完成的,这个 50.1% 的多数通过拉动杠杆和点击遥控器来衡量:拇指向上,拇指向下;加入或退出;喜欢他或讨厌他。但跟竞选活动不同,他的职业生涯要从好坏两面进行评判。没有对一个人盖棺定论的全民投票。

45 年来,罗杰·艾尔斯已经指导了很多来自不同党派的,甚至是半吊子的候选人。他变得更为强硬,就算别人不爱听,他也会道明真相。他很清楚自己这么做会遭人记恨。"这个国家的大多数媒体都巴不得罗杰离开,"他的哥哥罗伯特说,"福克斯新闻是美国媒体中的保守主义的灯塔。很多人都盼着能看到福克斯新闻倒掉。"③ 但艾尔斯以一己之力,肩负起这一切,从不言弃:"在我相信有足够多的人

---

① Chris Ariens, "Roger Ailes on His Apprentices and His Legacy," *TVNewser*, Nov. 15, 2012, http://www.mediabistro.com/tvnewser/roger-ailes-on-his-apprentices-and-his-legacy-i-dont-care-about-my-legacy-its-too-late _ b155146.
② Chafets, *Roger Ailes*, 233.
③ 作者对小罗伯特·艾尔斯的采访。

意识到作为一个美国人的价值和重要性之前,我不会离开。"①

在《你就是信息》一书的结尾,艾尔斯描述了他在1969年朱迪·加兰去世前不久与她的一次相遇。② 当时,艾尔斯还不到30岁。"在朱迪的晚年,她病得很重,以至于她经常无法完成一场演出……。她几乎失声了,控制不了她的颤音。当我见到她的时候,她排练时的嗓音以及她的仪容让我倍感震撼,我不明白为什么她还是有如此忠实的追随者,"他在书中这样写道,"但凡看过她的音乐会的人都会明白她的魔力。观众认同的是她身上的'人性'。他们看得出她的虚弱。他们理解她的脆弱。当她在卡内基音乐厅演唱,并努力唱出《飞越彩虹》中的那些高音时,现场的2800名观众都在为她祈祷,希望她能成功。"

这一点同样也适用于他自己的生活。"如果你能获得观众的支持,你就会赢,"艾尔斯写道,"毕竟,观众就跟你一样。他们是人。他们关心人。他们有同情心。他们鼎力支持。观众希望你能成功……。认识到你自己以及别人的脆弱,会让你成为一个更好、更有人性的沟通者。而只有人性化的沟通者才能成为沟通大师。"③

罗杰·艾尔斯仍然站在舞台上。有200万美国人为他掌管的电视网摇旗助威。④ 跟他一样,这些人会日益老去。福克斯新闻是他在他最大的舞台上呈现出来的最辉煌的演出,但每一场演出都有曲终人散的一天。

---

① Hoover Institution, "Fox and More with Roger Ailes" (video interview), *Uncommon Knowledge with Peter Robinson*, Feb. 5, 2010, http://www.hoover.org/multimedia/uncommon-knowledge/26681.
② Ailes and Kraushar, *You Are the Message*, 203-4.
③ 同上。
④ Rick Kissell, "MSNBC Continues Ratings Slide as CNN Surges over Summer," *Variety.com*, Aug. 21, 2013, http://www.variety.com/2013/tv/news/msnbc-continues-ratings-slide-as-cnn-surges-over-summer-1200585373/.

后记

在所有会扳倒艾尔斯的人中,《福克斯和朋友们》节目的前主播格雷琴·卡尔森是最不可能的人之一。① 这位 50 岁的前美国小姐是一位典型的福克斯主播:金发,右翼,以反智为荣。但电视是一个具有欺骗性的媒体。镜头外的卡尔森是一位受过斯坦福和牛津教育的女权主义者,对福克斯新闻的文化感到不满。面对艾尔斯对她的腿所做的骚扰性的评论,以及建议她在 2005 年加入电视台后穿紧身衣这些,她都尽量视而不见,充耳不闻。② 但他最后把她逼急了。2009 年,卡尔森向艾尔斯抱怨,说她的搭档主持人史蒂夫·杜奇无论在镜头前还是在后台,都对她颐指气使,作为老板的艾尔斯却回应说她是"男人的仇敌"和"杀手",还说她"需要和男人多相处相处"。③ 卡尔森说,在这次谈话之后她在节目中的地位有所削弱。2013 年 9 月,艾尔斯降了她的职,将她从《福克斯和朋友们》调到了收视率较低的下午 2 点档节目。④

卡尔森知道她的情况绝非个案:福克斯公司上上下下都知道艾尔斯经常在私下召开的会上对女性发表不恰当的评论,还要求她们在他面前转圈,好让他检查她们的身材,而且一直有传言说艾尔斯向女性员工提出性要求。⑤ 跟艾尔斯对着干是危险的,但卡尔森决心反击。

---

① Gretchen Carlson' biography, http://www.gretchencarlson.com/about-gretchen/.
② 作者对律师南希·埃里卡·史密斯的采访。
③ Gretchen Carlson v. Roger Ailes, Supreme Court of New Jersey (Bergen County).
④ Noah Rothman, "Gretchen Carlson Bids Farewell to Fox & Friends," *Mediaite*, 2013 年 7 月 10 日, http://www.mediaite.com/tv/gretchen-carlson-bids-farewell-to-fox-friends-gears-up-for-move-to-afternoons-as-news-anchor/.
⑤ 作者对南希·埃里卡·史密斯的采访。

她采取了一个简单的策略：通过对他的监视扭转自己的局面。从2014年开始，卡尔森去艾尔斯办公室开会的时候都会带上自己的苹果手机，并把他对她说的各种话都偷偷录了下来。① "我认为我俩之间早就应该有性关系，那样你就会变得越来越好，而且我也会变得越来越好。有时候问题就更容易解决。"他在一次谈话中这样说道。"我相信那些甜言蜜语，只要你想，就一定可以做到的。"另一次谈话时他这样说道。②

　　经过一年多的录音，她录到了许多次性骚扰事件。③ 卡尔森的丈夫、体育经纪人凯西·克洛斯让她联系自己的律师马丁·海曼，后者将她介绍给了就业律师南希·埃里卡·史密斯。史密斯曾在2008年为一名起诉新泽西州前代理州长唐纳德·迪弗朗西斯科的妇女赢得了性骚扰官司的和解。"我讨厌仗势欺人的人，"史密斯说，"我成为一名律师就是为了打击这些恶霸。"但这次诉讼比她代理过的任何案子都更有风险。在卡尔森和福克斯签订的合同中，有一项条款规定劳务纠纷必须通过私人仲裁解决——这意味着卡尔森的案件可能被驳回，而且史密斯本人也可能因提起诉讼而被起诉，并被索赔数百万。

　　卡尔森的团队决定通过起诉艾尔斯个人而不是福克斯新闻来规避这项条款。④ 他们希望不打草惊蛇，出奇制胜，以防福克斯先发制人，对他们进行诉讼，从而迫使他们进入仲裁。他们原本计划2016年9月在新泽西州最高法院提起诉讼（艾尔斯在新泽西州克莱斯基尔拥有一处住宅）。但6月23日下午，卡尔森被叫去跟福克斯的总法律顾问戴安娜·布兰迪和比尔·希恩开会，并在会上遭到解雇，如此一来，他们的时间表只得提前了。因腿筋断裂接受手术并正卧床不起的史密斯赶紧做好诉讼的准备。在7月4日过后的那个周末，史密斯让

---

① 作者对一位和卡尔森关系密切的人士的采访。
② Gretchen Carlson v. Roger Ailes.
③ 作者对南希·埃里卡·史密斯的采访。
④ 同上。

一名IT技术人员在她公司的网络和卡尔森的电子设备上安装好软件，以防福克斯公司使用间谍软件。"我们不想被黑客攻击。"史密斯说。7月6日，他们提起了诉讼。

当卡尔森起诉时，鲁伯特·默多克和他的儿子詹姆斯及拉克兰正在爱达荷州的太阳谷参加艾伦公司的年度媒体会议。① 那些年在公司日益位高权重的詹姆斯和拉克兰两人（让艾尔斯不爽的是，从技术上讲，他从2015年6月开始向这两位汇报工作），很快意识到这起诉讼既是一个大问题，也是一次机遇。没过几个小时，默多克的继承人就说服他们85岁的父亲发表声明，称"我们对此事非常重视"。② 他们还说服鲁伯特聘请Paul, Weiss, Rifkind, Wharton & Garrison律师事务所对此事进行内部调查。③ 让艾尔斯的处境雪上加霜的是，在卡尔森提起诉讼三天后，又有6位女性站出来，向《纽约》杂志讲述了艾尔斯长达30年的骚扰行为。④

在《纽约》的报道发表数小时后，艾尔斯在他位于加里森的家中跟他多年的好友鲁迪·朱利安尼和律师马克·穆卡西开了个紧急会议。⑤ 对于这些指控，艾尔斯全都矢口否认。第二天早上，艾尔斯和他的妻子伊丽莎白把他在福克斯新闻的二楼办公室变成了一间作战室。"这全都是胡说八道！我们得站出来。"他对高管们说道。"这不是钱不钱的问题。这事关他的历史遗产。"伊丽莎白说。艾尔斯召集福克斯新闻的员工在媒体上为他辩护，以此作为他反击的一部分。《福克斯和朋友们》的节目主持人安斯利·厄哈特称艾尔斯是一个

---

① 作者对21世纪福克斯公司一位高管的采访。
② Hadas Gold, "21st Century Fox Launching 'Internal Review' at Fox News Following Gretchen Carlson Lawsuit," *Politico*, July 6, 2016, http://www.politico.com/blogs/on-media/2016/07/gretchen-carlson-files-lawsuit-against-roger-ailes-alleging-sexual-harassment-225162.
③ 作者对收到调查简报的人的采访。
④ Gabriel Sherman, "6 More Women Allege That Roger Ailes Sexually Harassed Them," *New York* magazine, July 9, 2016.
⑤ 作者对福克斯新闻一位高级主管的采访。

"顾家的男人";① 尼尔·卡武托据说主动写了一篇专栏文章,称指控艾尔斯的人"脑子有问题"。② 艾尔斯的法律团队试图恐吓一名叫鲁迪·巴赫蒂亚尔的前福克斯记者,她曾向《纽约》杂志讲述过自己受到的骚扰。③

艾尔斯告诉高管们,他正受到自由派媒体和默多克儿子们的迫害。④ 他向21世纪福克斯公司的总法律顾问格尔森·茨威法赫抱怨说,詹姆斯的妻子曾为克林顿基金会工作,她在想方设法除掉他这个人好帮助希拉里·克林顿当选。当时,默多克与新婚妻子杰里·霍尔正在法国度假,艾尔斯一度威胁要飞过去,尽一切办法保住自己的工作。或许默多克跟他说了别麻烦跑一趟了,他到最后没能成行。

撇开詹姆斯和拉克兰的因素不说,默多克和艾尔斯之间的关系也变得日益紧张起来。⑤ 默多克不喜欢艾尔斯让福克斯给唐纳德·特朗普背书,堂而皇之地支持他的竞选活动。至于福克斯在没有这位创始人的情况下是否还能继续生存下去,这个问题他早就不再担心了。(最近几年,艾尔斯因为身体健康原因跟福克斯请了很长时间的假,在其休假期间电视网的收视率一直保持得不错。)如今,艾尔斯自己真的成了福克斯的麻烦:20多位福克斯新闻的女性员工向保罗·韦斯的律师们声情并茂地讲述了她们被骚扰的情况。⑥ 这些指控者当中最重要的非梅根·凯利莫属,这位被默多克家族视为电视网未来的主

---

① "Fox News' Elisabeth Hasselbeck and Ainsley Earhardt Come to Roger Ailes' Defense amid Sexual Harassment Claims,"*People*,July 12, 2016.
② Neil Cavuto, "The Character of Roger Aiels," *Business Insider*, July 12, 2016, http://www.businessinsider.com/neil-cavuto-roger-ailes-fox-news-2016-7.
③ Gabriel Sherman, "How Fox News Fired and Silenced a Female Reporter Who Alleged Sexual Harassment," *New York* magazine, July 23, 2016, http://nymag.com/daily/intelligencer/2016/07/how-fox-news-fired-and-silenced-an-ailes-accuser.html.
④ 作者对福克斯新闻多位高管的采访。
⑤ 作者对福克斯多位主持人的采访。
⑥ 作者对多位了解保罗·韦斯公司调查情况的人士的采访。

持人，当时正跟福克斯进行合同谈判。① 当时，拉克兰亲自批准默多克旗下的出版商哈珀柯林斯公司给凯利 600 万美元图书预付款，足见她对福克斯的重要性。②

眼看着艾尔斯下台已经是铁板钉钉的事了，他的团队开始陷入混乱。③ 7月19日下午，当凯利站出来指控他的消息传出后，艾尔斯的律师苏珊·埃斯特里奇原本想把艾尔斯的否认书发给德拉吉，却误将艾尔斯拟好的离职协议的草稿发到了对方的邮箱，德拉吉随后简短地发表了这一声明。当天，艾尔斯的盟友还向布莱特巴特新闻网（Breitbart）宣称，假如艾尔斯被免职的话，福克斯会有 50 位重量级人物准备辞职，但事实上根本没这回事。④ 当天晚上，默多克用自己手上的一家新闻机构进行了反击，《纽约邮报》在推特上发布了第二天报纸的头版，上面有艾尔斯的照片以及"罗杰·艾尔斯的末日将至"这条新闻。⑤

的确，当天晚上，艾尔斯就被明令禁止进入福克斯新闻的总部，其公司邮箱和电话也都被关闭。⑥ 7月21日下午，特朗普在克利夫兰接受共和党提名的几个小时前，默多克把艾尔斯叫到他在纽约的顶楼公寓，讨论其离职协议。詹姆斯原打算找个理由解雇艾尔斯，但在仔细查看了他的合同后，鲁伯特决定付他 4000 万美元，并保留他的"顾问"头衔。而艾尔斯需要同意一项多年的竞业禁止条款，该条款

---

① Gabriel Sherman, "Sources: Megyn Kelly Told Murdoch Investigators That Roger Ailes Sexually Harassed Her," *New York* magazine, July 19, 2016, http://nymag.com/daily/intelligencer/2016/07/sources-kelly-said-ailes-sexually-harassed-her.html.
② 作者对两位了解此事的消息人士的采访。
③ 作者对福克斯多位高管的采访。
④ Matthew Boyle, "Fox News Stars Stand with Roger Ailes Against Megyn Kelly, More Than 50 Fox Contributors, All Primetime, Willing to Walk," *Breitbart*, July 19, http://www.breitbart.com/big-government/2016/07/19/exclusive-fox-news-stands-roger-ailes-megyn-kelly-50-fox-contributors-primetime-willing-walk-ailes/.
⑤ Claire Atkinson, "The End is Near for Roger Ailes," *New York Post*, July 19, 2016.
⑥ 作者对了解调查情况的人士的采访。

不许他去竞争对手的电视台工作（不过值得注意的是，并没有说他不能从事政治活动）。默多克向艾尔斯保证，作为福克斯新闻的代理首席执行官，他将捍卫该频道的保守派的声音。"我就在这里，一切由我负责。"当天下午，默多克在拉克兰的陪同下对福克斯员工宣布（詹姆斯当时去欧洲出差了）。① 当晚，鲁伯特和拉克兰在 Eleven Madison Park 餐厅一边喝酒，一边讨论一路走来各种事件的波澜起伏、峰回路转。

默多克家族肯定希望通过迅速采取行动解除艾尔斯的职务来躲过一场更大的危机。但在接下来的日子里，在更多女性站出来提出骚扰的指控后，显然问题不仅仅出在艾尔斯一个人身上，还有纵容他这些所作所为的人——那些在福克斯新闻围着他转的忠实跟班以及 21 世纪福克斯公司对此视而不见的人。"表面上，福克斯新闻装出一副捍卫传统家庭价值观的样子，"福克斯的主播安德里亚·坦塔罗斯在其诉讼中宣称，她说自己在拒绝艾尔斯提出的性要求后遭到降职并被媒体抹黑，"但在背地里，这里就像充满性欲的类似花花公子大厦的那种邪教组织，到处弥漫着恐吓、猥亵和厌女的气氛"。②

随着艾尔斯下台，他在整个职业生涯中对待女性的那种恶劣态度被彻底揭露了出来。2016 年夏天，18 位女性站出来，讲述了艾尔斯以她们同意为他和他的朋友提供性服务来换取工作机会的事。③ 有时候，他以公布这些会面的录音作为要挟，以防这些女性举报他。"面试的过程让我感受到他那种排斥、权欲、蔑视、暴力以及对于征服和羞辱的需要。"一位曾在 1968 年被艾尔斯面试过的女性这样说道，当

---

① Chris Ariens, "Murdoch Tells Fox News Staff: 'I'm in Charge'," *Adweek*, July 21, 2016.
② Andrea Tantaros against Fox News Network LLC, Roger Ailes, William Shine, Dianne Brandi, Irena Briganti, and Suzanne Scott, New York State Court (New York County).
③ 作者对 18 位指控艾尔斯性骚扰的女性的采访。

时她还是个大学生。还有一位前模特说，1969年她在辛辛那提的一间酒店房间里遭到了艾尔斯的侵犯，她父母得知此事后报了警。"我记得艾尔斯对我父母花言巧语了一番，最终他们没有起诉他。"她说。

一位知名的共和党人说过，艾尔斯对待女性的行为举止可谓臭名昭著，正因如此，他没有受邀去尼克松的白宫工作（之后也没有加入老布什的政府工作）。① 因此，在1968年大选之后，他搬到纽约，在那里他继续利用自己的权力向那些求职的女性提出性要求。在此期间，艾尔斯经历了离婚、再婚、再离婚。一位前电视制片人讲述了1975年艾尔斯面试她的时候说过的话："如果你想在纽约的电视行业有所作为的话，你必须跟我做爱，而且我叫你去跟谁睡你就得去。"当艾尔斯为鲁迪·朱利安尼1989年的市长竞选制定媒体战略时，他向自己政治咨询公司的一名员工要求发生性关系；他提到了他朋友巴里·迪勒的大名，并说如果她愿意跟他上床的话，他将让迪勒在电视剧《比弗利山庄90210》中给她找个角色。（迪勒说他从未收到过这样的请托。）

根据对福克斯新闻的女员工的采访，艾尔斯通常会先提出对年轻员工进行指导。然后他会问好些个私人问题，借此了解对方的潜在弱点。"他会问我：'在恋爱吗？家庭关系有哪些？'这都是为了了解我的个人情况是否稳定。"一位前员工这样说。梅根·凯利告诉保罗·韦斯的律师，当她在2006年办离婚的时候，艾尔斯曾给过她一次让她相当反感的性暗示。前主播劳里·杜埃的一位律师说艾尔斯在2006年左右骚扰过她，当时，她正在跟酗酒问题作斗争。

长期担任艾尔斯行政助理的朱迪·拉特萨似乎在这方面起了推波助澜的作用。福克斯新闻的一位行政助理还记得2004年拉特萨请她去见艾尔斯的情景。虽然多次请拉特萨做出评论，但并未得到其任何回应。当时，这位25岁的女性告诉艾尔斯，她的理想是做广告。艾

---

① 作者对一位知名共和党人的采访。

尔斯提出给她钱去上声乐课（她拒绝了），还帮她在威廉·莫里斯公司找了一位经纪人。几个月后，艾尔斯把她叫到自己的办公室了解进展。她告诉他，自己对这些机会感到相当兴奋，艾尔斯请她一起出去喝一杯。她建议选在酒吧优惠时段去，但他回绝了。"对一个像我这样地位的人而言，必须在酒店里单独喝酒才行，"她记得当时他是这么说的，"你知道这个游戏怎么玩吗？"她搜肠刮肚想办法尽可能委婉地脱身而去。"我觉得这样做不太合适，"她说，"我尊重你的家庭；还有，你儿子会怎么想？"她记得艾尔斯回答说："我这个人有很多面。那是我其中一面。"后来她说在她离开办公室的时候，艾尔斯试图亲吻她。"我手上拿着一个塞满了配音试镜资料的文件夹，我把它横在我们两人中间。心里害怕极了。"她说她再也没有听到威廉·莫里斯公司经纪人那里的任何消息。

正因为这样的骚扰事件如此普遍，以至于直到2016年福克斯才有人站出来或提起诉讼。艾尔斯对女性的态度已经渗透到了该电视网的方方面面：只聘用有吸引力的女性，严格执行裙子配高跟鞋的着装规定，在直播时要将镜头对准那些参与讨论的女性的交叠的腿拍"腿部特写"。当人们对这种东西习以为常后，就很难对此有所抱怨。而且，其他一些高管也会对女性进行骚扰。"但凡有人说这里的工作环境恶劣的话，就会被视为爱抱怨，"一位声称遭到艾尔斯骚扰的福克斯前雇员说，"或者，被说成是开不起玩笑。"

福克斯随时随地的监视也令潜在的告密者缄口不言。[①] 根据高管们的说法，艾尔斯指示福克斯的工程主管沃伦·范德维尔安装了一套闭路电视系统，这样艾尔斯就能够对福克斯的办公室、演播室、演员休息室、后门以及他自己家进行监视。当艾尔斯在监视器上看到詹姆斯·默多克在办公室外抽烟的时候，据当时在场的一位主管称，他对他的副手比尔·希恩说："你说这张嘴没有吸过鸡巴。"希恩笑了。

[①] 作者对福克斯新闻多位现任及前任的管理人员的采访。

（福克斯发言人声称希恩不记得有过此事。）有知情人士透露，福克斯的 IT 部门还对员工的电子邮件进行了监控。"我不记得我经手过的所有搜索了。"福克斯公司的 IT 主管德博拉·萨杜辛格说。

福克斯新闻还通过钻法律空子来获得记者的电话记录。[①] 据两位直接了解此事的消息人士称，福克斯的总顾问布兰迪在 2010 年底雇用了一位私人侦探，以获取自由派监督组织"媒体事务"的记者乔·斯特鲁普家里的座机及手机的通话记录。（布兰迪通过发言人否认了此事。）那年秋天，斯特鲁普写了几篇文章，引用的是福克斯内部的匿名人士提供的消息，于是福克斯电视网想搞清楚究竟谁在向他透露消息。"这就是当时的文化。获取电话记录这样的事看到了都不会有人眨一下眼睛。"福克斯一位高管说。

此前《卫报》已经发表过关于默多克在英国的报纸有电话黑客行为的文章，福克斯的这种做法只是变得更加肆无忌惮了。关于这件丑闻，默多克说过："我不承担最终的责任。我认为该承担责任的，应该是那些受我托付主事的人以及他们所信任的人。"[②] 当然，在这起事件中，他信任的人凑巧就是艾尔斯，而且默多克似乎并不想知道艾尔斯在使用公司资金上是如何决策的。艾尔斯每年提交的预算，默多克都会毫不怀疑地予以批准。"当你的公司赚那么多钱的时候，就不会逐条审查大家报上来的预算了。"新闻集团一位前高管说。

以艾尔斯的名声，以及几十年来受过他骚扰和侵犯的女性的人数，要说福克斯新闻的高层对此一无所知的话，那是令人无法理解的。更有可能的是，他们这些人的工作包括了对他们老板的协助、教唆、保护和掩饰。"没有人对罗杰说不。"福克斯一位高管说。

《纽约》杂志在 2016 年 7 月报道的有关劳里·卢恩的新闻，就是

---

① 作者对两位对电话监控有直接了解的消息人士的采访。
② "Rupert Murdoch: I Do Not Accept Responsibility for Wrongdoing at News of the World," *Telegraph*, July 19, 2011.

艾尔斯利用福克斯的公关、法律和财务部门为其行为提供便利的一个例子。① 艾尔斯在 1988 年老布什的竞选活动中认识了卢恩，此后不久，他的政治咨询公司每月支付她 500 美元的酬劳，作为他在华盛顿的"探子"，而实际上她的工作就是在酒店房间里见他。（卢恩说，在他们第一次见面的时候，艾尔斯给穿着吊带袜的她拍了录像，并对她说："我打算把［录像带］放在一个保险箱里，以便我们彼此了解对方。"）1996 年，艾尔斯将卢恩招入福克斯，当时福克斯电视网还没有正式启动。他当时的副手切特·科利尔给她安排的是在华盛顿分社负责嘉宾外联的工作。

拉特萨、希恩以及希恩的副手苏珊娜·斯科特会轮流把卢恩叫到纽约"开会"。（福克斯的一位发言人说，高管们并不知道艾尔斯与卢恩保持的性关系。）卢恩说，到了下午，艾尔斯和卢恩会在时报广场附近的酒店见面，艾尔斯会为她提供的性服务付现金。同时，她还在福克斯领工资——她在该频道担任活动策划人的那段时期是她的事业巅峰，每年可以挣 25 万美元。但这样的安排要求她做许多现在让她感到痛苦的事，包括引诱福克斯的年轻女员工与艾尔斯进行一对一的谈话，而且卢恩心里很清楚，这些会面很可能会让这些年轻女性受到骚扰。"你要帮我找到'罗杰的天使'。"据说他跟她说过这样的话。卢恩手下的一位员工在对艾尔斯提出骚扰指控后，获得了六位数的赔偿。

卢恩说，到 2006 年秋天的时候，艾尔斯担心她会把他的事公之于众或大闹一场。从那时起，福克斯的机器就真正开始运转了起来。据卢恩说，福克斯的公关部试图向纽约的《每日新闻报》散布谣言，称卢恩曾与李·阿特沃特有染（对此她予以否认；阿特沃特于 1991

---

① "Former Fox News Booker Says She was Sexually Harassed and 'Psychologically Tortured' by Roger Ailes for More than 20 Years," *New York* magazine, July 29, 2016, http://nymag.com/daily/intelligencer/2016/07/fmr-fox-booker-harassed-by-ailes-for-20-years.html.

年去世），传播这条假新闻的目的就是要让卢恩给人一种很淫乱的印象，借此破坏她的声誉。当卢恩在去墨西哥度假的途中情绪崩溃时，希恩负责安排人把她带了回来。斯科特在机场接她，并把她送到了第六大道上的沃里克酒店，卢恩回忆说，斯科特在那里用斯科特的名字为她办理了入住。（斯科特对此予以否认。）

之后，卢恩搬进了福克斯在曼哈顿的一间公寓，她说拉特萨和希恩在那段时期监视她的电子邮件。（希恩对此予以否认。）卢恩的父亲说，在卢恩搬去加州后，希恩曾多次打电话给他询问卢恩的情况，当时福克斯还在给她发工资。最后，希恩甚至推荐了一位精神病医生对她进行药物治疗和住院治疗。卢恩一度试图自杀。希恩通过一位发言人声称自己"只是想帮忙而已"。

2010年底或2011年初，卢恩给布兰迪写了一封信，称自己遭受艾尔斯的性骚扰长达20年之久。据一位消息人士称，布兰迪就这些指控对艾尔斯进行了询问，但遭到他的否认。随后，艾尔斯要求布兰迪跟卢恩达成和解。2011年6月15日，卢恩签署了一份含有大量保密条款的315万美元的和解协议。福克斯新闻的首席财务官马克·克朗茨批准了这笔款项。支票由福克斯电视台公司的财务主管大卫·米勒签字，该部门由现任福克斯联合总裁的杰克·阿伯内西负责。"我不知道我的名字怎么会出现在这张支票上的。"米勒解释说，公司的标准做法是不问为什么，直接签支票就是了。在和解文件上签字的则是艾尔斯、布兰迪和希恩。

自卢恩离开福克斯后，艾尔斯采取了更多措施来掩盖他对员工的骚扰。2011年，他在自己的行政套房外安装了一扇从地板到天花板的木门（之前这里一直是敞开的）。[1] 只有他的助手才能看到谁进入他的办公室。据福克斯一位前制片人说，当进入艾尔斯办公室的是女性时，拉特萨会用在他的日志上用假名字做记录："就算你拿到他的

---

[1] Sarah Ellison, "Inside the Fox News Bunker," *Vanity Fair*, August 8, 2016.

记事本,也不会知道谁来拜访过他。"

就算这样,私下里关于艾尔斯和女人的议论却越来越多了。福克斯的前化妆师凯伦·阿尔西纳回忆说,当福克斯的主播们在与艾尔斯私下会面之前来找她化妆时,她就开始怀疑了。"她们会说:'我要去见罗杰,一定要看上去美美哒!'"她回忆道,"其中一位在会面后回到我这里时,她鼻子和下巴上的妆都不见了。"

2012 年,在我为这本书做了一年的报道之后,梅根·凯利对这些谣言非常担心,她直接去找了艾尔斯当时的公关主管布莱恩·刘易斯,试图进行干预。① 她告诉刘易斯,艾尔斯行事有些鲁莽,而我可能会把他的所作所为写进我的书里。刘易斯叫拉特萨告诉艾尔斯别再这么干了,他想当然地以为艾尔斯可能会听自己这位长期助理的话。可结果却事与愿违,拉特萨告诉艾尔斯他的公关主管对他不忠。之后不到一年,艾尔斯就炒了刘易斯的鱿鱼。

梅根·凯利是其中一个幸运儿:她在 2005 年和 2006 年不仅成功地回绝了艾尔斯提出的性要求,而且没有因此跟自己的老板产生嫌隙。事实上,凯利在这之后的事业蒸蒸日上。2010 年,艾尔斯给她安排了一个两小时的午间节目,她在节目中不遗余力地给他的右翼议程做宣传——例如,大肆炒作在很多人看来带有种族主义色彩的关于新黑豹党的新闻。②

转眼到了 2015 年,尽管她的节目毫无疑问还是属于右翼倾向,但凯利的品牌正发生着变化。③ 她在和包括迪克·切尼在内的共和党人发生过几次冲突并闹得沸沸扬扬之后,开始打造自己作为女权主义者的形象。在她合同还剩下最后两年的时候,她开始考虑未来在福克斯

---

① 作者对跟凯利走得近的消息人士的采访。
② Brian Stelter, "New Role Puts Anchor in Fox News Spotlight," *New York Times*, January 31, 2010.
③ Jim Rutenberg, "The Megan Kelly Moment," *New York Times Magazine*, January 21, 2015.

以外发展自己的事业,并于2013年与CNN总裁杰夫·扎克见了面。[1]

接着是唐纳德·特朗普的出现。在大选的过程中,凯利与这位共和党提名人之间的争执是最重要的新闻故事之一;同时它也打破了福克斯新闻高层之间关系上脆弱的平衡。

据福克斯消息人士透露,默多克指责艾尔斯为特朗普的竞选打基础。每个星期,艾尔斯都会让他的老朋友特朗普在《福克斯和朋友们》中接受电话采访,就政治问题发表意见。特朗普利用福克斯新闻将"鸟人"阴谋论纳入了主流。在特朗普正式开始总统竞选的几天前,艾尔斯还跟他共进午餐,并在整个初选期间继续为他提供政治建议。[2] 格雷琴·卡尔森提起诉讼后的那几天,特朗普在危机处理方面给艾尔斯出谋划策,甚至还给他推荐了一位律师。[3]

默多克不喜欢特朗普,尤其是他在移民问题上的立场。(这种反感是相互的:"默多克对我很不好。"特朗普在2016年3月的一次采访中说。[4])2015年8月,在福克斯主持的第一场美国共和党辩论的几天前,默多克从家里给艾尔斯打了个电话。据一位了解那次谈话内容的人士称,默多克告诉艾尔斯,他希望福克斯那场辩论的主持人——凯利、布雷特·拜尔和克里斯·华莱士——拿出各种问题向特朗普发难。跟当时的大多数人相比,艾尔斯对共和党的选民更为了解,他认为这可能是个坏主意。"唐纳德·特朗普将得到共和党的提名。"艾尔斯当时就跟一位同事说过。但他并没有对默多克的指示提出异议。

8月6日晚,当着2400万观众的面,福克斯的主持人向特朗普提了一堆颇为棘手的问题。但恰恰是凯利提的关于特朗普过去对女性的粗暴

---

[1] 作者对跟凯利走得近的消息人士的采访。
[2] Dylan Byers, "Donald Trump Lunched with Fox's Roger Ailes," *Politico*, July 8, 2015, http://www.politico.com/blogs/media/2015/05/donald-trump-lunched-with-foxs-roger-ailes-210154.
[3] 作者对跟艾尔斯走得近的消息人士的采访。
[4] 作者对特朗普的采访。

评论的问题，在媒体上引起了一阵轰动。她暗示特朗普的性情可能不适合担任总统，这似乎伤害了他的感情。"尽管以你对待我的方式，我完全可以不用对你很好，但我一直对你不薄。"他不加掩饰地说道。

辩论结束后，特朗普打电话给艾尔斯，大声质问凯利提问的事。"你怎么能这样做呢？"他说。艾尔斯被夹在自己的朋友特朗普、老板默多克以及他的明星主播凯利之间。"罗杰对梅根和特朗普束手无措。"福克斯的一位主播说。

当特朗普对凯利发起一系列人身攻击，包括暗示她受月经周期影响在辩论会上那样提问，当事各方的关系变得更积重难返。对艾尔斯来说，问题在于福克斯的观众在这场争端中站在了特朗普一边；凯利收到了观众的死亡威胁。[1] 据福克斯的一位消息人士称，凯利甚至开始猜测，她在去年夏天辩论前的那场暴病很有可能就是特朗普搞的。她对同事们说，特朗普会不会雇人那天早上到克利夫兰在她喝的咖啡里加了什么东西呀？

艾尔斯一边发表声明为凯利进行辩护，一边在私下里指责她制造了这场危机。"那是一个有失公平的问题。"他对福克斯的一位主播这样说道。据一位和凯利交谈过的消息人士说，在凯利看来，无论是艾尔斯还是奥莱利以及拜尔等同事都没有站出来为她辩护，这让她有一种被人背叛的感觉。"她认为自己只是在尽力做好自己的工作而已。"一位同事说。

凯利对福克斯已经心灰意冷了，于是她在 CAA 找了个非常有实力的经纪人，正儿八经地开始出去试镜，寻找别的电视网的工作机会。[2] 她在面试时说自己的理想是成为下一个芭芭拉·沃尔特斯，而且她还希望能够主持黄金时段的特别节目。[3] 她希望向业界证明自己

---

[1] 作者对福克斯多名员工的采访。
[2] 作者对跟凯利关系近的人士的采访。
[3] John Koblin, "Megyn Kelly, Contract Set to Expire Next Year, Is Primed for the Big Show," *New York Times*, May 14, 2016.

能采访到一个"有来头的人物"——而来头最大的当属特朗普了。为此，凯利专门去了特朗普大厦一趟，游说这位候选人接受自己的采访。她的这招奏效了——甚至连特朗普也无法抗拒与之再次一决高下的壮观场面——但节目还是以失败告终：收视率糟糕透了，评论家们对她整体上的谄媚表现也相当不满。对凯利而言，更糟糕的是，这次采访削弱了她刚刚树立起来的作为一名反特朗普的强硬记者的新形象。而且，她与艾尔斯的关系也在这之后进一步恶化。福克斯的消息人士称，他们在最近几个月几乎没有任何交流。

凯利和格雷琴·卡尔森既非朋友，也非盟友，但卡尔森的诉讼给凯利提供了一个机会。① 凯利可以借此捣毁福克斯的"男孩俱乐部"，在滚雪球式的媒体报道中站在正确的一边，并摆脱不再支持她的老板——除了所有这些之外，还能在合同谈判中最大限度地提高她的影响力。与此同时，她还有默多克儿子们的支持。凯利告诉拉克兰·默多克，艾尔斯曾对她有过骚扰性的言论，并在他的办公室做出过拥抱她的不当举动。② 詹姆斯和拉克兰都鼓励她将此事告知保罗·韦斯律师事务所的律师。据一位知情人士透露，凯利只是第三或第四位跟律师说过这类事情的女性，但她是迄今为止最具影响力的一位。她与调查人员进行了沟通，并打电话给目前以及以前的福克斯同事，鼓励她们向保罗·韦斯律师事务所说出自己的经历，在这之后，又有多位女性站了出来。③

凯利没有在公众面前为他辩护，艾尔斯为此恼羞成怒。据一位福克斯的消息人士称，艾尔斯的妻子伊丽莎白希望福克斯的公关部公布凯利多年前登在 *GQ* 杂志上的艳照，让她名誉扫地。但这一次公关部一口回绝了。

在《纽约》杂志发表了凯利向保罗·韦斯律师事务所讲述她个人

---

① 作者对梅根·凯利的采访。
② Megyn Kelly, *Settle for More* (New York: HarperCollins), 2016.
③ 作者对梅根·凯利的采访。

遭遇的报道的两天后,艾尔斯离开了福克斯。

艾尔斯的下台造成了福克斯新闻领导层的真空。几位工作人员说感觉他们好像属于一个刚推翻了独裁者的极权主义政权。"没人知道该做什么。没人知道该向谁汇报。整个就是一片混乱。"福克斯的一位主持人说。当保罗·韦斯律师事务所的调查细节在办公室里传开时,员工们感到既震惊又厌恶。艾尔斯涉嫌性侵女性的程度远远超出了员工们的想象。"人们都惊呆了。"一位高管说道。

尽管艾尔斯的管理团队为他的骚扰行为大开方便之门的细节都被爆了出来,但对于全面清理门户的要求,默多克还是拒绝了。8 月 12 日,默多克提拔希恩和另一位艾尔斯的忠实支持者阿伯内西为福克斯新闻的联合总裁。① 他任命苏珊娜·斯科特为执行副总裁,并让戴安娜·布兰迪和阿雷纳·布里甘蒂在原来的职位上留任。被赶走的人当中,福克斯新闻的首席财务官马克·克朗茨是唯一一位高层(官方的说法是他退休了),其他的包括拉特萨和少数几位助理、节目嘉宾和顾问。"他们当然要尽量把这作为少数坏分子干的一起孤立事件。"21 世纪福克斯的一位高管说。

至于那些一起终结了罗杰·艾尔斯时代的女性,她们的命运有悲有喜。② 梅根·凯利在合同谈判中占据有利位置,而格雷琴·卡尔森据说获得了 2000 万美元的赔偿。但由于纽约州对性骚扰的诉讼时效为三年,到目前为止,除卡尔森外,只有两位女性从 21 世纪福克斯获得了赔偿。其他许多在调查前辞职或被公司辞退的人得到的赔偿金则要少很多——有些人甚至一无所得。

很难说正义得到了伸张。但事情还没结束。2016 年 8 月底,

---

① Stephen Battaglio, "Bill Shine and Jack Abernethy to Fill Roger Ailes' Role at Fox News," *Los Angeles Times*, August 12, 2016.
② Sarah Ellison, "Fox News Settles with Gretchen Carlson for $20 Million," *Vanity Fair*, September 6, 2016.

Scott & Scott 律师事务所宣布其正在对 21 世纪福克斯展开调查,以"确定福克斯的高层和董事是否有负他们的信托责任"。① 与此同时,艾尔斯还在从他职业生涯的最大失败中走出来,通过这个国家唯一一个不把他视为政治上的致命弱点的人,寻找自己的机会重新获得权力。此人正是他一手打造出来的总统候选人:唐纳德·J. 特朗普。艾尔斯也许已经把另一位总统推销给了我们,但现在,我们对这位推销员的真实面目也有所了解了。

---

① Scott+Scott, "Attorneys at Law, LLP Announces Investigation of Twenty-First Century Fox, Inc. ," *Businesswire*, September 7, 2016.

致谢

出版这样一本书的悖论之一，就是虽然这本书的封面上署的是我的名字，但书里每一个字都是经过多人之手。如果没有我的消息人士、编辑、事实核查员、家人和朋友的慷慨相助，我现在也不会在这里写下这段感激的文字。

我的妻子珍妮弗·斯塔尔，是我的主要合作者。2012年冬天，在《纽约客》杂志的事实核查部门工作了5年之后，她离开了该杂志，全身心地参与到我这本书的工作中。在这本书的撰写过程中，她承担起了各种工作，她所做的一切都至关重要。作为一名调查员，她帮我追踪重要的采访对象和文件，并且还研究了数千页详细描绘罗杰·艾尔斯的人生形成时期的原始资料。她是我最亲密无间的编辑，帮助我构思故事以及整本书的结构。从第一稿开始，每一版草稿她都做了行文编辑。这本书是我的，也属于她。

我在《纽约》杂志的编辑约翰·霍曼斯，用18个月的时间对书稿做了大量富有见地的编辑工作，完善了我的写作创意，强化了叙事能力。作为一位作家，他以自己的天赋让我的写作有了无法估量的提升，对他的辛勤工作以及宽容，我感激不尽。同时，我还要感谢《纽约》杂志的主编亚当·莫斯，在过去6年里，他给了我一个新闻界的家，并让我发表了4篇封面报道，而正是这些故事为这本书中的几个章节打下了基础。我从杂志社的同事那里学到了很多有关报道和写作的知识，他们的新闻素养仍在继续激励着我。

在做报道和撰写这本书的3年时间里，我的经纪人盖尔·罗斯为我提供了明智的建议和支持。在此之前的几年，她鼓励我从杂志的长篇新闻报道中跳出来，开始写书。她最棒的决定之一就是把我引荐给了我在兰登书屋的编辑乔纳森·焦，从他接手我这个项目的那一刻开始，到我们一起为最后一稿的编辑并肩工作的时时刻刻，他跟我一样对这本书倾注了满腔热情。他精辟的注释和删减尤为宝贵。我还要感谢乔纳森在兰登书屋的那些同事为这个项目的付出，他们是：总裁吉娜·切斯特洛、出版商苏珊·卡米尔、副出版商汤姆·佩里、宣传部的伦敦·金和芭芭拉·菲荣、副总法律顾问劳拉·戈尔丁、制作编辑史蒂夫·梅西纳以及乔纳森的助理莫莉·图宾。

要是没有我的事实核查员团队——辛西娅·科特斯和罗布·利古里的话，这本书根本不可能在如此紧张的期限内通过兰登书屋的出版系统。他们曾在《纽约客》《名利场》和《纽约时报杂志》等工作过，将自己如此顶尖的资历带到了我的这个项目中。辛西娅和罗布本身就是坚定的记者，经过他们处理的每一段文字都会添加细微差别以及背景。

最早那些对罗杰·艾尔斯以及新闻集团进行报道的作家，他们的新闻报道为本书的撰写奠定了基础，这些作家包括库尔特·安德森、朱莉娅·安格文、蒂姆·阿朗戈、肯·奥莱塔、唐纳德·贝尔、大卫·鲍德、大卫·布洛克、布莱恩·伯劳、迈克尔·卡尔德隆、约翰·卡莫迪、大卫·卡尔、比尔·卡特、约翰·卡西迪、斯科特·柯林斯、约翰·库克、瑞贝卡·达纳、萨拉·埃里森、詹姆斯·艾罗伊、史蒂夫·费舍曼、大卫·福肯弗利克、杰森·盖伊、瓦妮莎·格里戈里亚迪斯、马歇尔·塞拉、布莱恩·斯特尔特和迈克尔·沃尔夫。我尤其要特别感谢 *Esquire* 杂志的汤姆·朱诺德发表了他在2011年对罗杰·艾尔斯的采访笔记，为艾尔斯的童年经历这一章提供了参考。我还要感谢我的导师、曾在《纽约观察家报》长期担任主编的彼得·卡普兰，他于2013年11月去世，享年59岁。当我还是一个在《纽约观察家报》报道媒体行业的年轻记者时，彼得告诉我要像《纽约时报》的记者报道国务院那样在这条线上进行新闻报道。我将永远铭记他的谆谆教诲。我在撰写这本书的时候就一直把彼得想象成我的读者，我会非常想念他。

自 2012 年 9 月以来，我有幸成为华盛顿特区新美国基金会的研究员。史蒂夫·科尔、安妮-玛丽·斯劳特、雷切尔·怀特、安德烈·马丁内斯、贝基·沙弗、克尔斯滕·伯格以及凯西·沙夫为本书提供了慷慨的协助及机构支持。

我非常感谢朋友和家人在我努力完成这个项目的过程中给予我的耐心，包括我的兄弟托德和他的妻子克莱尔，以及我的小姨克里斯蒂娜和她的丈夫大卫。我的岳父岳母柯米特和黛博拉·斯塔尔源源不断地给予我安慰与支持，再次提醒我他们把我当作儿子，视我为他们家的一分子。最最重要的是，因为有我的父母伦纳德和雷切尔·谢尔曼的爱，才有了这本书。他们一直以来为我所做的牺牲，包括在这本书的创作过程中的付出，我今生今世无以为报。

精选参考文献

书籍

Ailes, Roger, and Jon Kraushar. *You Are the Message: Getting What You Want by Being Who You Are.* New York: Crown Business, 1988.

Alter, Jonathan. *The Center Holds: Obama and His Enemies.* New York: Simon& Schuster, 2013.

Auletta, Ken. *Media Man: Ted Turner's Improbable Empire.* New York: W. W. Norton, 2005.

———. *Three Blind Mice: How the TV Networks Lost Their Way.* New York: Random House, 1991.

Babiak, Paul, and Robert D. Hare. *Snakes in Suits: When Psychopaths Go to Work.* New York: HarperCollins e-books, 2009.

Barnouw, Erik. *Tube of Plenty: The Evolution of American Television.* New York: Oxford University, 1975.

Baum, Dan. *Citizen Coors: A Grand Family Saga of Business, Politics, and Beer.* New York: HarperCollins, 2000.

Bibb, Porter. *Ted Turner: It Ain't As Easy As It Looks: The Inside Story of the Billion-Dollar Donor.* Boulder, Colo.: Johnson, 1997.

Black, Conrad. *Richard M. Nixon: A Life in Full.* New York: PublicAffairs, 2007.

Blumenthal, Sidney. *The Clinton Wars.* New York: Farrar, Straus and Giroux, 2003.

Boyer, Peter J. *Who Killed CBS? The Undoing of America's Number One News Network.* New York: Random House, 1988.

Brinkley, Alan. *Voices of Protest: Huey Long, Father Coughlin, and the Great Depression.* New York: Vintage, 1983.

Brock, David. *Blinded by the Right: The Conscience of an Ex-Conservative.* New York: Random House, 2002.

Brock, David, Ari Rabin-Haft, and Media Matters for America. *The Fox Effect: How Roger Ailes Turned a Network into a Propaganda Machine.* New York: Random House, 2012.

Bruck, Connie. *Master of the Game: How Steve Ross Rode the Light Fantastic from Undertaker to Creator of the Largest Media Conglomerate in the World*. New York: Simon & Schuster, 1994.

Carter, Graydon, Bryan Burrough, Sarah Ellison, William Shawcross, and Michael Wolff. *Rupert Murdoch, the Master Mogul of Fleet Street: 24 Tales from the Pages of Vanity Fair*（New York: Vanity Fair ebook, 2011; New York: Penguin, 2013）. 有关这本书的所有材料引自 Kim Masters 和 Bryan Burrough 发表的文章"Cable Guys", Jan. 1997 issue of *Vanity Fair*。

Chafets, Zev. *Roger Ailes: Off Camera*. New York: Sentinel, 2013.

Colford, Paul D. *The Rush Limbaugh Story: The Unauthorized Biography*. New York: St. Martin's, 1993.

Collins, Scott. *Crazy Like a Fox: The Inside Story of How Fox News Beat CNN*. New York: Penguin, 2004.

Conason, Joe, and Gene Lyons. *The Hunting of the President: The Ten-Year Campaign to Destroy Bill and Hillary Clinton*. New York: St. Martin's, 2000.

Cramer, Richard Ben. *What It Takes: The Way to the White House*. New York: Open Road Media ebook, 2011.

Douglas, Mike. *Mike Douglas: My Story*. New York: Ballantine, 1979.

Douglas, Mike, Thomas Kelly, and Michael Heaton. *I'll Be Right Back: Memories of TV's Greatest Talk Show*. New York: Simon & Schuster, 2000.

Edwards, Lee. *The Power of Ideas: The Heritage Foundation at 25 Years*. Ottawa, Ill.: Jameson, 1997.

Ellroy, James. *American Tabloid*. New York: Vintage, 2001.

Evans, Harold. *Good Times, Bad Times*. New York: Open Road Media, 2011.

Evans, Rowland, and Robert Novak. *Nixon in the White House: The Frustration of Power*. New York: Random House, 1971.

Folkenflik, David. *Murdoch's World: The Last of the Old Media Empires*（New York: PublicAffairs, 2013）.

Gabler, Neal. *Winchell: Gossip, Power and the Culture of Celebrity*. New York: Alfred A. Knopf, 1994.

Garment, Leonard. *Crazy Rhythm: From Brooklyn and Jazz to Nixon's White House, Watergate, and Beyond*. Cambridge, Mass.: Da Capo, 1997.

Gitlin, Todd. *The Sixties: Years of Hope, Days of Rage*. New York: Bantam, 1993.

Goldberg, Robert, and Gerald Jay Goldberg. *Citizen Turner: The Wild Rise of an American Tycoon*. New York: Harcourt Brace, 1995.

Goldman, Peter, Tom Mathews, and the Newsweek Special Election Team. *The Quest for the Presidency : The 1988 Campaign.* New York : Simon &Schuster, 1989.

Goldwater, Barry M. *The Conscience of a Conservative.* Shepherdsville, Ky. : Victor, 1960.

Gormley, Ken. *The Death of American Virtue: Clinton vs. Starr.* New York: Random House, 2010.

Halberstam, David. *The Fifties.* New York: Ballantine, 1994.

Haldeman, H. R. *The Haldeman Diaries: Inside the Nixon White House.* New York: Putnam, 1994.

Halperin, Mark, and John Harris. *The Way to Win: Taking the White House in 2008.* New York: Random House, 2006.

Harris, Harry. *Mike Douglas: The Private Life of the Public Legend.* New York: Award, 1976.

Harris, John F. *The Survivor: Bill Clinton in the White House.* New York : Random House, 2005.

Hendershot, Heather. *What's Fair on the Air? Cold War Right-Wing Broadcasting and the Public Interest.* Chicago: University of Chicago Press, 2011.

Hitchcock, A. B. C. *History of Shelby County, Ohio, and Representative Citizens.* Chicago: Richmond-Arnold, 1913.

Holtzman, Elizabeth, and Cynthia L. Cooper. *Who Said It Would Be Easy? One Woman's Life in the Political Arena.* New York: Arcade, 1996.

Isikoff, Michael. *Uncovering Clinton: A Reporter's Story.* New York: Random House, 1999.

Jamieson, Kathleen Hall, and Joseph N. Cappella. *Echo Chamber : Rush Limbaugh and the Conservative Media Establishment.* New York : Oxford University Press, 2008.

Jenkins, William D. *Steel Valley Klan: The Ku Klux Klan in Ohio's Mahoning Valley.* Kent, Ohio: Kent State University Press, 1990.

Kazan, Elia. *Elia Kazan: A Life.* New York: Alfred A. Knopf, 1988.

Kiernan, Thomas. *Citizen Murdoch.* New York: Dodd, Mead, 1986.

Kirk, Russell. *The Conservative Mind: From Burke to Eliot.* Washington, D. C. : Regnery, 1953.

Kitman, Marvin. *The Man Who Would Not Shut Up: The Rise of Bill O'Reilly.* New York: St. Martin's, 2007.

Kreskin, The Amazing. *Secrets of the Amazing Kreskin.* New York: Prometheus,

1991.

Kurtz, Howard. *The Fortune Tellers : Inside Wall Street's Game of Money, Media, and Manipulation.* New York: Free Press, 2000.

———. *Spin Cycle: How the White House and the Media Manipulate the News.* New York: Simon & Schuster, 1998.

Mahler, Jonathan. *Ladies and Gentlemen, The Bronx Is Burning : 1977, Baseball, Politics, and the Battle for the Soul of a City.* New York : Picador, 2006.

McGinniss, Joe. *Heroes.* New York: Simon & Schuster, 1976.

———. *The Selling of the President 1968 : The Classic Account of the Packaging of a Candidate.* New York: Simon & Schuster, 1969.

McMahon, Ed, and David Fisher, *Laughing Out Loud: My Life and Good Times* (New York: Warner, 1998), e-book.

Menadue, John. *Things You Learn Along the Way.* Ringwood, Australia: David Lovell, 1999.

Moore, David. *How to Steal an Election: The Inside Story of How George Bush's Brother and Fox Network Miscalled the 2000 Election and Changed the Course of History.* New York: Nation Books, 2006.

Munk, Nina. *Fools Rush In: Steve Case, Jerry Levin, and the Unmaking of AOL Time Warner.* New York: HarperCollins, 2004.

Neil, Andrew. *Full Disclosure: The Most Candid and Revealing Portrait of Rupert Murdoch Ever.* London: Macmillan, 1996.

Perlstein, Rick. *Nixonland : The Rise of a President and the Fracturing of America.* New York: Scribner, 2008.

Reagan, Ron. *My Father at 100 : A Memoir.* New York: Viking, 2011.

Reeves, Richard. *President Nixon: Alone in the White House.* Simon & Schuster, 2001.

Safire, William. *Before the Fall : An Inside View of the Pre-Watergate White House.* New York: Doubleday, 1975.

Sammon, Bill. *At Any Cost : How Al Gore Tried to Steal the Election.* Washington, D. C. : Regnery, 2001.

Schonfeld, Reese. *Me and Ted Against the World: The Unauthorized Founding of CNN.* New York: HarperCollins, 2001.

Shawcross, William. *Murdoch : The Making of a Media Empire.* New York : Simon & Schuster, 1992.

Stephanopoulos, George. *All Too Human: A Political Education.* Boston: Little,

Brown, 1999.
Stewart, James B. *Blood Sport: The President and His Adversaries*. New York: Simon & Schuster, 1996.
———. *Disney War*. New York: Simon & Schuster, 2005.
Suskin, Steven. *Second Act Trouble : Behind the Scenes at Broadway's Big Musical Bombs*. New York: Applause Theatre & Cinema, 2006.
Swaim, Don. *Radio Days*. Self-published at donswaim.com/WOUB.html, donswaim.com/WOUB2.html.
Swint, Kerwin. *Dark Genius : The Influential Career of Legendary Political Operative and Fox News Founder Roger Ailes*. New York: Sterling, 2008.
Tapper, Jake. *Down and Dirty: The Plot to Steal the Presidency*. Boston: Little, Brown, 2001.
Toobin, Jeffrey. *Too Close to Call: The Thirty-Six-Day Battle to Decide the 2000 Election*. New York: Random House, 2001.
———. *A Vast Conspiracy : The Real Story of the Sex Scandal That Nearly Brought Down a President*. New York: Simon & Schuster, 2000.
Turner, Ted, and Bill Burke. *Call Me Ted*. New York: Hachette Digital, 2008.
Welch, Jack, and John A. Byrne. *Jack : Straight from the Gut*. New York: Warner, 2001.
White, Theodore H. *The Making of the President 1968*. New York: HarperCollins, 1969.
Wiener, Robert. *Live from Baghdad : Making Journalism History Behind the Lines*. New York, St. Martin's, 1992.
Wills, Garry. *Nixon Agonistes : The Crisis of the Self-Made Man*. New York: Houghton Mifflin, 1969.
Wolff, Michael. *Inside the Secret World of Rupert Murdoch: The Man Who Owns the News*. New York: Random House, 2008.
Woodward, Bob. *The Agenda : Inside the Clinton White House*. New York: Simon & Schuster, 2005.

文章

Ailes, Melville D. "Pure Drinking Water." *Boston Daily Globe*, June 27, 1928.
"Ailes to Run Murdoch's New Network." *Washington Post*, Jan. 31, 1996.
Alcorn, William K. "Fox News Chairman Ailes Comes Home, Discusses Obama's Tasks." *Youngstown (Ohio) News*, Nov. 11, 2008.
———. "Webster Scholarship to Help City Youths." *Youngstown (Ohio) News*,

July 3, 2006.

"... And Now from Our Man in Bangkok." *TV Guide*, June 8, 1974.

Andrews, Edmund L. "F. C. C. Vote Gives Murdoch Big Victory on Ownership." *New York Times*, May 5, 1995.

———. "Fox TV Deal Seems to Face Few Official Barriers." *New York Times*, May 5, 1994.

———. "Mr. Murdoch Goes to Washington." *New York Times*, July 23, 1995.

Angwin, Julia. "After Riding High with Fox News, Murdoch Aide Has Harder Slog." *Wall Street Journal*, Oct. 3, 2006.

"Announcing Our Newest Hire: A Current Fox News Channel Employee." *Gawker*, April 10, 2012.

Auletta, Ken. "John Malone: Flying Solo." *New Yorker*, Feb. 7, 1994.

———. "The Lost Tycoon," *New Yorker*, April 23, 2001.

———. "The Pirate." *New Yorker*, Nov. 13, 1995.

———. "Promises, Promises: What Might the Wall Street Journal Become If Rupert Murdoch Owned It?" *New Yorker*, July 2, 2007.

———. "Vox Fox: How Roger Ailes and Fox News are Changing Cable News." *New Yorker*, May 26, 2003.

Baer, Donald. "Roger Rabid." *Manhattan Inc.*, Sept. 1989.

Barnes, Clive. "Stage: 'Mother Earth,' a Rock Revue." *New York Times*, Oct. 20, 1972.

Battaglio, Stephen. "Ailes the Cure for What Ails Fox News." *Hollywood Reporter*, Jan. 31, 1996.

———. "Bombing Spurs Fox News to First Special." *Hollywood Reporter*, April 21, 1995.

———. "Fox News Net Will Debut Oct. 7." *Hollywood Reporter*, July 19, 1996.

———. "Long, Busy Day Planned for Fox News Channel." *Hollywood Reporter*, Sept. 5, 1996.

Bauder, David. "Joe Muto, Fox News Mole, Resurfaces with Book." Associated Press, June 3, 2013.

Biddle, Frederic M. "What's Wrong with Ted-TV's Picture?" *Boston Globe*, July 16, 1995.

Bosman, Julie, and Richard Siklos. "Fired Editor's Remarks Said to Have Provoked Murdoch." *New York Times*, Dec. 18, 2006.

Bovsun, Mara. "The Case of Adolph Coors." *New York Daily News*, Sept. 13, 2009.

Bowers, Peter. "Revealed: Murdoch's Role in 1975." *Sydney Morning Herald*, Nov. 4, 1995.

Boyer, Peter J. "Fox Among the Chickens." *New Yorker*, Jan. 31, 2011.

———. "NBC Rules Out TBS Stake as Talks with Turner Fail." *New York Times*, Jan. 16, 1988.

Brenner, Marie. "Steve Forbes's Quixotic Presidential Quest." *Vanity Fair*, Jan. 1996.

Brock, David. "Roger Ailes Is Mad as Hell." *New York*, Sept. 17, 1997.

Brooks, Richard. "Neil Lacks Bite in the Big Apple TV War." *London Observer*, July 17, 1994.

Bruck, Connie. "A Mogul's Farewell." *New Yorker*, Oct. 18, 1993.

Buettner, Russ. "Ex-Publisher's Suit Plays a Giuliani-Kerik Angle." *New York Times*, Nov. 14, 2007.

———. "Fox News Chief Is Said to Urge Lying in Inquiry." *New York Times*, Feb. 25, 2011.

———. "In Fox News, Led by an Ally, Giuliani Finds a Friendly Stage." *New York Times*, Aug. 2, 2007.

Byers, Dylan. "Fox News Firing Tied to Ailes Book." *Politico*, Aug. 21, 2013.

———. "Tucker Carlson to Fox & Friends Weekends." *Politico*, March 27, 2013.

Carlson, Tucker, and Vince Coglianese. "Inside Media Matters: Source, Memos Reveal Erratic Behavior, Close Coordination with White House and News Organizations," *Daily Caller*, Feb. 12, 2012.

Carr, David, and Tim Arango. "A Fox Chief at the Pinnacle of Media and Politics." *New York Times*, Jan. 9, 2010.

Carter, Bill. "Fox News Confirms the Firing of a Top Executive Who Was Once Close to Ailes." *New York Times*, Aug. 20, 2013.

———. "The Media Business: Murdoch Joins a Cable TV Rush Into the Crowded All-News Field." *New York Times*, Jan. 31, 1996.

———. "Networks' New Cable Channels Get a Big Jump on the Competition." *New York Times*, March 14, 1994.

———. "TCI Reaches Deal with Fox to Carry All-News Channel." *New York Times*, June 25, 1996.

Carter, Bill, and Edward Wyatt. "Under Pressure, News Corp. Pulls Simpson Project." *New York Times*, Nov. 21, 2006.

Cassidy, John. "Murdoch's Game: Will He Move Left in 2008?" *New Yorker*, Oct. 16, 2006.

Chaffin, Joshua, and Aline van Duyn. "Interview with Rupert Murdoch and Roger Ailes." *Financial Times,* Oct. 6, 2006.

"A Changing World Catches Up with Delphi, Shocks Valley." *Youngstown (Ohio) News,* Oct. 9, 2005.

Cook, John. "A Low Six-Figure Book Deal for the Fox Mole." *Gawker,* May 3, 2012.

Cook, John, and Hamilton Nolan. "Roger Ailes Caught Spying on the Reporters at His Small-Town Newspaper." *Gawker,* April 1, 2011.

"Coors Beer; Tastes Right." *Economist,* May 17, 1975.

Cornwell, Rupert. "Ed Koch: Brash and Feisty Politician Who Served Three Terms as Mayor of New York." *Independent* (London), Feb. 2, 2013.

———. "Noted New York Judge Starring in War of the Richardsons Saga." *Independent* (London), reprinted in *Vancouver Sun,* Aug. 10, 1995.

Coscarelli, Joe. "Roger Ailes Lied About the New York Times Being 'Lying Scum.'" *New York,* May 29, 2012.

Crutsinger, Martin. "FTC Approves Time Warner's Acquisition of Turner." Associated Press, Sept. 12, 1996.

Dana, Rebecca. "Good Night, ABC! TV Tabloid Empress Packs Up and Leaves." *New York Observer,* Dec. 11, 2006.

Davis, Stephen, and Ian Bailey. "The War on Wapping: Anatomy of a Pitched Battle." *Sunday Times* (London), Feb. 1, 1987.

Dickinson, Tim. "How Roger Ailes Built the Fox News Fear Factory." *Rolling Stone,* June 9, 2011.

Dorling, Philip. "Getting Gough; Murdoch Files." *Melbourne Age,* Nov. 29, 2011.

"Eckerd's Moves Hint Nixon's Fighting Kirk." Times Wire Services, *St. Petersburg Times,* Feb. 28, 1970.

Evans, Rowland, and Robert Novak. "Unilateral Withdrawal of 200,000 GIs Is Key to Nixon Strategy on Vietnam." *Washington Post,* April 11, 1969.

Fabrikant, Geraldine. "Ex-Consultant to Bush Named to CNBC." *New York Times,* Aug. 31, 1993.

———. "Walt Disney to Acquire ABC in $19 Billion Deal to Build a Giant for Entertainment." Media Business, *New York Times,* Aug. 1, 1995.

Farthi, Paul. "Mogul Wrestling; In the War Between Murdoch and Turner, Similarity Breeds Contempt." *Washington Post,* Nov. 18, 1996.

———. "No News Is Good News: CNN's Ratings Tumble as Events Fail to Capture the TV-Viewing Public's Attention." *Washington Post,* June 10, 1994.

Firestone, David. "Giulianis Earned $ 303, 889." New York Times, April 13, 1996.

———. "Mayor's Family Income at All-Time High." New York Times, April 16, 1997.

———. "Time Warner Wins Order Keeping Fox off City Cable TV." New York Times, Oct. 12, 1996.

"The Fox Effect: The Book That Terrifies Roger Ailes and Fox News." Daily Kos, Feb. 28, 2012.

Gay, Verne. "The All-News Wars Heat Up." Newsday, Oct. 7, 1996.

Getlin, Josh. "Regan Was Fired After Slur, News Corp. Says." Los Angeles Times, Dec. 19, 2006.

Gold, Matea. "Fox News Displays a Green Side." Los Angeles Times, Nov. 12, 2005.

Gould, Stanhope. "Coors Brews the News." Columbia Journalism Review, Vol. 13, No. 6 (March/April 1975).

Grigoriadis, Vanessa. "Even Bitches Have Feelings." New York, Feb. 5, 2007.

Grim, Ryan. "Nevada Dems Nix Fox Debate." Politico, March 9, 2007.

Grove, Lloyd. "The Image Shaker; Roger Ailes, the Bush Team's Wily Media Man." Washington Post, June 20, 1988.

Hampson, Rick. "Diaries Put 'Love Judge' on Trial." Associated Press, published in Memphis Commercial Appeal, Aug. 9, 1995.

Hass, Nancy. "Embracing the Enemy: Roger Ailes." New York Times Magazine, Jan. 8, 1995.

Heller, Zoë. "Full Disclosure." Granta, Vol. 53 (Spring 1996).

Henry, Georgina. "Thatcher Knew of TV Merger Plans." Guardian Weekly, Jan. 18, 1990.

Hill, Gladwin. "Nixon Denounces Press as Biased." New York Times, Nov. 8, 1962.

Hocking, Jenny. "How Murdoch Wrote the Final Act in Gough Saga." Melbourne Sunday Age, Aug. 26, 2012.

Hofmeister, Sallie. "Changing Channels; Quirky Programming Whiz Puts Spin on USA Networks." Los Angeles Times, May 9, 1998.

Huff, Richard, and Douglas Feiden. "Ailes Quits CNBC, Ch. 4 GM Steps In." New York Daily News, Jan. 19, 1996.

Hunter, Marjorie. "Networks Chided on Election Role; Conservative Group Urges Strict Policing in Future." New York Times, Nov. 25, 1966.

Hurtado, Patricia. "Publisher Regan Says News Corp. Fired Her to Protect Giuliani." *Bloomberg News*, Nov. 14, 2007.

Hurtado, Patricia, and Gillian Wee. "News Corp. Settles Suit by Judith Regan over Firing." *Bloomberg News*, Jan. 25, 2008.

Isaacs, Stephen. "Coors Beer—and Politics—Move East." *Washington Post*, May 4, 1975.

Johnson, Bradley. "Microsoft-NBC: A 'Virtual Corporation'; Details May Be Fuzzy but Packaging Is Loud as Companies Converge." *Advertising Age*, May 22, 1995.

Johnson, Peter, and Alan Bash. "Roger Ailes Ponders His Future with CNBC." *USA Today*, June 21, 1995.

Junod, Tom. "Why Does Roger Ailes Hate America?" *Esquire*, Feb. 2011.

Kakutani, Michiko. "Thatcher Deciphers Her Indelible Mark on Britain." *New York Times*, Jan. 17, 1993.

Kempton, Murray. "Roger Ailes and the Autumn of His Vocational Discontent." *Newsday*, Nov. 8, 1989.

Kerr, Walter. "The Crazies Are Good to Listen To." *New York Times*, March 4, 1973.

Krebs, Albin. "Kermit Bloomgarden, Producer of Many Outstanding Plays, Dead." *New York Times*, Sept. 21, 1976.

Kurtz, Howard. "Chelsea Remark Earns MSNBC Correspondent a Suspension." *Washington Post*, Feb. 9, 2008.

———. "CNBC's Roger Ailes, Talking a Fine Line." *Washington Post*, Dec. 11, 1995.

——— "The Little Network with Big Names; Microsoft, NBC Boldly Venture into the Cable News Game." *Washington Post*, July 12, 1996.

———. "Obama Met with News Executives." *Washington Post*, Sept. 3, 2008.

Landler, Mark. "An Accord That Could Help Murdoch." *New York Times*, July 18, 1996.

Large, Arlen J. "Mr. Nixon on TV: 'Man in the Arena.'" *Wall Street Journal*, Oct. 1, 1969.

Laurent, Lawrence. "Virginia TV Gets School Film Contract." *Washington Post*, Oct. 4, 1969.

Leduc, Daniel. "Controversial Ad Man Quits Whitman Camp." *Philadelphia Inquirer*, July 22, 1993.

———. "Whitman Hires Ad Man Who Raised Ire with Willie Horton."

Philadelphia Inquirer, July 21, 1993.

Lescaze, Lee. "Now Ailes Is Packaging Business Executives." *Washington Post*, July 30, 1977.

Lesly, Elizabeth. "The Dumbest Show in Television." *Businessweek*, Oct. 20, 1996.

Levy, Clifford J. "In Cable TV Fight, Mayor Plans to Put Fox Channel on a City Station." *New York Times*, Oct. 10, 1996.

———. "Lobbying at Murdoch Gala Ignited New York Cable Clash." *New York Times*, Oct. 13, 1996.

———. "An Old Friend Called Giuliani, and New York's Cable Clash Was On." *New York Times*, Nov. 4, 1996.

Lieberman, David. "Cap Cities/ABC Cuts Cord on Cable News." *USA Today*, May 24, 1996.

———. "Taking to New Stump: CNBC's Ailes Dares to Raise the Cable Stakes." *USA Today*, April 28, 1994.

———. "Time Warner-Murdoch Feud Heats Up." *USA Today*, Sept. 27, 1996.

Linert, Brenda J. "Tribune Plans Year of Anniversary Events." *Warren (Ohio) Tribune Chronicle*, Oct. 16, 2011.

Lippman, John. "Murdoch Fires President of Fox TV Unit." *Los Angeles Times*, June 22, 1992.

Lomartire, Paul. "A Night in Ted's Empire." *Palm Beach Post*, July 11, 1995.

Lowry, Brian. "New World Vision: Murdoch's News Corp. to Buy Broadcast Group." *New York Times*, July 18, 1996.

Mahler, Jonathan. "What Rupert Wrought." *New York*, April 11, 2005.

Margasak, Larry. "Democrats Question Gingrich's Ethics over Book Deal." *Associated Press*, Dec. 22, 1994.

Masters, Kim, and Bryan Burrough. "Cable Guys." *Vanity Fair*, Jan. 1997.

McGinniss, Joe. "The Resale of the President." *New York Times Magazine*, Sept. 3, 1972.

Moore, Frazier. "Fox News Channel: More Round-the-Clock News a Month Away." *Associated Press*, Sept. 4, 1996.

"Murdoch Planning All-News TV Network." *Associated Press*, Nov. 29, 1995.

Murdock, Deroy. "This Is the Most Powerful Man in News." *Newsmax*, Nov. 2011.

Muto, Joe. "Hi Roger. It's Me, Joe: The Fox Mole." *Gawker*, April 11, 2012.

Neil, Andrew. "Murdoch and Me." *Vanity Fair*, Dec. 1996.

"Nixon Aide Joins TV News Agency." *Variety*, Feb. 19, 1975.

"Nixon in New Hampshire. Granite State Saved Nixon's Political Life." Manchester (New Hampshire) Union Leader, April 23, 1994.

"Nixon's Roger Ailes." Washington Post, Feb. 13, 1972.

"Now, the Meat of the Kimba Wood Story; 'Love Judge' Returns to Bench for Spam Case." Washington Post, Aug. 11, 1995.

Nyhan, David. "Roger Ailes: He Doctors a Politician's TV Image." Boston Globe, May 3, 1970.

O'Brian, Jack. "Gal from Santa Fe." Spartanburg (South Carolina) Herald, July 26, 1974.

Painton, Priscilla. "The Taming of Ted Turner." Time, Jan. 6, 1992.

Pearson, Drew. "Fluoridation Battle Dividing New Canaan; DAR Leading Foe." Sunday Herald (Bridgeport, Ct.), April 2, 1948.

Peer, Elizabeth, with Philip S. Cook. "Foaming over Coors." Newsweek, Sept. 22, 1975.

Pierce, Scott D. "Fox News Chief Ailes Is Certainly Arrogant." Salt Lake City Deseret News, July 31, 1996.

Preston, Jennifer. "Murdoch's Denials of Political Favors Hard to Swallow in New York." "City Room" (blog), New York Times, April 27, 2012.

Prodigy and CNBC. "America's Talking Is Nation's First Interactive Live Television Network." Press release. Business Wire, June 15, 1994.

Purdum, Todd S. "Amid the Shouts, Dinkins Remains Calm." New York Times, Oct. 26, 1989.

Rashbaum, William K., and Nate Schweber. "Sidewalk Meeting for State Senator and Lawyer Leads to Guilty Plea." New York Times, Dec. 6, 2010.

Rexrode, Christina, and Bernard Condon. "Typical CEO Made $9.6 Million Last Year, AP Study Finds." Associated Press, May 25, 2012.

Ringler, Larry. "Fox News Chief Returns to Warren." Warren (Ohio) Tribune Chronicle, Nov. 11, 2008.

Robins, J. Max. "The ABC's of Michael Jackson." Variety, June 26 – July 9, 1995.

"Roger Ailes Still Has Snap in His Political Jabs," Washington Times, May 11, 1993.

Rosenstiel, Tom. "The Myth of CNN." New Republic, Aug. 22, 1994.

Safire, William. "Citizen of the World." New York Times, May 16, 1985.

Sanger, David. "U.S. Confirms It Lost an H-Bomb Off Japan in '65." New York Times, May 9, 1989.

Sanger, Elizabeth. "Financial News Is Hot." Newsday, Dec. 3, 1995.
Seeiye, Katharine. "Murdoch, Joined by Lobbyist, Talked of Regulatory Problem at Meeting with Gingrich." New York Times, Jan. 15, 1995.
Sella, Marshall. "The Red-State Network." New York Times Magazine, June 24, 2001.
Sellers, Patricia. "Gone with the Wind." Fortune, May 26, 2003.
Shafer, Jack. "Fox News 1. 0." Slate, June 5, 2008.
Sharbutt, Jay. "Kelly Garrett Isn't 'Overnight' Success," Associated Press, published in Pittsburgh Post-Gazette, July 1, 1974.
Sherman, Gabriel. "Chasing Fox." New York, Oct. 11, 2010.
———. "The Elephant in the Green Room." New York, May 22, 2011.
———. "Fox News Spikes Pro-Gun Column; Writer Told Issue Is 'Too Sensitive.'" New York, Dec. 20, 2012.
———. "How Karl Rove Fought with Fox News over the Ohio Call." New York, Nov. 7, 2012.
———. "In Kennedy Center Speech, Roger Ailes Gets Wild." New York, June 13, 2013.
———. "Meet Roger Ailes's Fox News Mouthpiece." New York, Oct. 25, 2012.
———. "Sarah Palin Got Scolded by a Furious Roger Ailes." New York, Nov. 21, 2011.
Smith, Liz. "Roger's a Free Man." Newsday, Dec. 11, 1995.
Stelter, Brian. "Big-Time Cable News to Small-Town Paper." New York Times, July 14, 2008.
———. "Fox News and Dick Morris Part Ways." "Media Decoder" (blog), New York Times, Feb. 6, 2013.
———. "Fox News Is Set to Renew O'Reilly and Hannity Through 2016 Elections." "Media Decoder" (blog), New York Times, April 19, 2012.
———. "Fox Says Its 3-Year Relationship with Palin Is Over." "Media Decoder" (blog), New York Times, Jan. 26, 2013.
———. "Fox's Brit Hume to Stop Anchoring 'Special Report' After Election." New York Times, July 15, 2008.
———. "Hannity to Go It Alone, Without Colmes." New York Times, Nov. 25, 2008.
———. "Kelly and Van Susteren Are Said to Re-Sign with Fox News." "Media Decoder" (blog), New York Times, May 8, 2013.
———. "Palin Is Returning to Fox News, Months After They Parted Ways." New

York Times, June 14, 2013.

———. "Robert Pauley, Former Head of ABC Radio, Dies at 85." New York Times, May 13, 2009.

———. "Roger Ailes Signs Up for Another 4 Years at Fox News." "Media Decoder" (blog), New York Times, Oct. 20, 2012.

Stoeffel, Kat. "Fox Mole Joe Muto Says His Laptop Was Seized in Grand Larceny Investigation." New York Observer, April 25, 2012.

Sullivan, Patricia. "A Father of Modern Conservative Movement." Obituaries, Washington Post, Dec. 19, 2008.

Swift, Pamela. "Keeping Up with Youth." Modesto Bee, April 28, 1974.

Taylor, Carol. "History: Students for a Democratic Society Was Top 1968 Story in Boulder." Boulder Daily Camera, Oct. 11, 2011.

Television News, Inc. "New Television News Service for U.S. Broadcasters Announced." Press release. Shaw Elliott Public Relations, Jan. 22, 1975.

Thomas, Bob. "Both Critics and Audience Like 'Mother Earth' Stage Musical." Associated Press, published in Daytona Beach Morning Journal, Aug. 25, 1971.

Thompson, Howard. "'Ionescopade' Shifts to the Cherry Lane." New York Times, July 28, 1973.

Turton, Michael. "Mock Presidential Election Held at Haldane." Putnam County News & Recorder, Oct. 22, 2008.

———. "Village Trustees Express Regret over July Fourth Ads." Philipstown. info, Aug. 3, 2013.

"TVN Gets Shot for What Ailes It: St. John Return." Variety, Nov. 20, 1974.

"Typical CEO Made $9.6 Million Last Year, AP Study Finds." Associated Press, May 25, 2012.

"Valentine's Day Wedding." Los Angeles Times Syndicate, published in Toledo Blade, Dec. 23, 1997.

VandeHei, Jim, and Mike Allen. "Roger Ailes Unplugged." Politico, June 6, 2013.

Van Gelder, Lawrence. "Officials Deny Murdoch Link to Book Pact for Gingrich." New York Times, Dec. 24, 1994.

Van Voris, Bob, and Patricia Hurtado. "Regan Accused Lawyer Dreier of Disclosing Settlement." Bloomberg News, Dec. 10, 2008.

Vaughan, Kevin. "Adolph Coors' Murder: Notorious Killer's Quiet End." Denver Post, Aug. 30, 2009.

Weinraub, Bernard. "Strip Show Flops at Fox: Murdoch Ousts Official." New

York Times, June 23, 1992.
Weiss, Murray. "Son of Sam's Reign of Fear—Siege by a Murderous Madman." New York Post, July 23, 2007.
Welch, Mary Alma. "Cable Exec's 'Joke' Bombs at White House; Remarks by Ailes 'Inappropriate.'" Washington Post, March 12, 1994.
Wenner, Jann S. "Obama in Command: The Rolling Stone Interview." Rolling Stone, Oct. 14, 2010.
Wharton, Dennis. "NAACP Decries Fox's TV Station Ownership." Daily Variety, Nov. 23, 1993.
Williams, Scott. "Murdoch Names Ailes to Launch 24-Hour TV News Channel." Associated Press, Jan. 30, 1996.
Wilson, Earl. "Snakes Alive! Patrice Munsel Has Pet Boa." Milwaukee Sentinel, June 24, 1974.
Windeler, Robert. "Nixon's Television Aide Says Candidate 'Is Not a Child of TV.'" New York Times, Oct. 9, 1968.
Winter, Jana. "Former Fox News Employee Pleads Guilty in 'Mole' Case." Foxnews.com, May 9, 2013.
Witt, Linda. "Reclusive Joe Coors Peddles Beer and a Tough Right-Wing Line." People, July 7, 1975.
Wolff, Michael. "The Secrets of His Succession." Vanity Fair, Dec. 2008.
———. "The Trouble with Judith." Vanity Fair, March 2007.
———. "Tuesdays with Rupert." Vanity Fair, Oct. 2008.
Wollenberg, Skip. "CNBC Corners Wealthy Audience." Associated Press, Jan. 2, 1992.
———. "Turner Broadcasting Breaks Off Talks with NBC." Associated Press, Jan. 15, 1995.
Woodward, Bob. "Fox Chief Proposed Petraeus Campaign." Washington Post, Dec. 4, 2012.
Zeitchik, Steven. "Regan Ousted from HarperCollins." Variety, Dec. 15, 2006.

讲稿、录音带和私人文件

Ailes, Elizabeth. Commencement speech, Mount Saint Mary College, Class of 2012. May 19, 2012. http://www.youtube.com/watch?v=LoTlCx7Kzx0.
Ailes, Roger. Roy H. Park Lecture at the University of North Carolina School of Journalism (transcript).
April 12, 2013, http://jomc.unc.edu/roger-ailes-park-lecture-april-12-2012-transcript.

Bloomgarden, Kermit. Private papers, Wisconsin Historical Society.

CNBC/Dow Jones Business Video. "NBC Holds News Conference to Announce New 24-Hour News Channel." Transcript of news conference, Dec. 14, 1995.

Federal News Service. Transcript of remarks by Rupert Murdoch at National Press Club, Feb. 26, 1996.

Federal News Service. Transcript of remarks by Ted Turner at National Press Club, Sept. 27, 1994.

Herschensohn, Bruce. Private papers, Pepperdine University Library.

Pauley, Robert. Private papers, courtesy of Pauley's family.

Rourke, Jack. Letters, courtesy Martha Rourke.

Gabriel Sherman
The Loudest Voice in the Room:
How the Brilliant, Bombastic Roger Ailes Built Fox News and Divided a Country
Copyright © 2014 by Gabriel Sherman

图字：09－2024－0568号

图书在版编目（CIP）数据

福克斯新闻大亨 /（美）加布里埃尔·谢尔曼
(Gabriel Sheman) 著；徐晓丽译. －－ 上海：上海译文
出版社，2024.12. －－（译文纪实）. －－ ISBN 978－7
－5327－9542－0

Ⅰ.Ⅰ712.55
中国国家版本馆 CIP 数据核字第 2024YX1022 号

福克斯新闻大亨
[美] 加布里埃尔·谢尔曼 著　徐晓丽 译
责任编辑/钟　瑾　装帧设计/柴昊洲　邵　旻　观止堂_未氓

上海译文出版社有限公司出版、发行
网址：www.yiwen.com.cn
201101　上海市闵行区号景路159弄B座
上海盛通时代印刷有限公司印刷

开本 890×1240　1/32　印张 20.25　插页 5　字数 551,000
2024 年 12 月第 1 版　2024 年 12 月第 1 次印刷
印数：0,001—6,000 册

ISBN 978－7－5327－9542－0
定价：98.00元

本书版权为本社独家所有，未经本社同意不得转载、摘编或复制
如有质量问题，请与承印厂质量科联系，T: 021－37910000